红色文化研究

（第5辑）

阎浩岗　李继凯　主编

河北大学出版社
·保定·

出 版 人：马　力
选题策划：杨显硕
封面题签：李继凯
责任编辑：郝　健
装帧设计：赵　谦
责任校对：姚萌萌
责任印制：常　凯

图书在版编目（CIP）数据

红色文化研究．第5辑 / 阎浩岗，李继凯主编．保定：河北大学出版社，2025．5．-- ISBN 978-7-5666-2685-1

Ⅰ．I206.6

中国国家版本馆CIP数据核字第2025XQ7086号

红色文化研究（第5辑）
HONGSE WENHUA YANJIU
DI-WU JI

出版发行：河北大学出版社
　地址：河北省保定市七一东路2666号　邮编：071000
　电话：0312-5073003　0312-5073029
　网址：www.hbdxcbs.com
　邮箱：hbdxcbs@163.com
印　　刷：涿州市般润文化传播有限公司
幅面尺寸：185 mm×260 mm
字　　数：400千字
印　　张：18.25
版　　次：2025年5月第1版
印　　次：2025年5月第1次印刷
书　　号：ISBN 978-7-5666-2685-1
定　　价：88.00元

《红色文化研究》编委会

目　　录

左翼文学与解放区文学研究

社会主义文学研究

马克思主义理论研究

红色新闻与传播研究

红色历史与文化传承研究

孙犁与丁玲交往述考
——从《关于丁玲》说开去

刘卫东[①]

摘　要： 孙犁、丁玲的相似性表现在，同为20世纪“革命”阵营中的作家，却又在文学表述的角度上有与阵营中其他作家疏离的一面。孙犁个性上的特点在他与丁玲的关系上表现得是比较明显的，他特别感激丁玲对自己的欣赏和帮助，但也保持了一定的距离，不是去迎合，而是有一定的独立性。以《关于丁玲》为中心，对照他们的交往，从孙犁的趋避中是可以看出一些问题的。丁玲和孙犁在革命队伍中的“边缘”色彩，虽然隐藏在时代的潮流中，不过却是可以被对方看到并珍惜的，这大概是孙犁和丁玲交往不多但有默契并相知的原因。

关键词： 孙犁；丁玲；《关于丁玲》

孙犁1913年出生于河北安平，丁玲1904年出生于湖南常德，他们并非同乡、同学和亲戚关系，是“原生”关系上没有交集的两代人。他们的相似性表现在，同为20世纪“革命”阵营中的作家，却又在文学表述的角度上有与阵营中其他作家疏离的一面：丁玲曾经因为《“三八节”有感》和《在医院中》等作品被批判和“再批判”[②]；孙犁被研究者定位为革命文学中的“多余人”[③]。孙犁与丁玲有过不少交集，但因为各自性格的原因，他们的交往也是很独特的，应该说，丁玲是欣赏、提携孙犁的，而孙犁对丁玲是学

---

① 作者简介：刘卫东（1971—　），男，河北邯郸人，文学博士，天津师范大学文学院教授、博士生导师，主要研究方向为中国现当代文学。

② 丁玲在1942年3月9日的《解放日报》上发表了《“三八节”有感》，后来遭到批评。参见王增如、李向东《丁玲传》（上），中国大百科全书出版社2015年版，第279页。

③ 参见杨联芬《孙犁：革命文学中的“多余人”》，《中国现代文学研究丛刊》1998年第4期，第1—29页。

习、尊重的——不过，仅此还不能完全概括他们之间的来自文学和人格深处的默契。他们往来的书信也以文字的形式，保留于《孙犁文集》和《丁玲全集》，但是由于发表的语境，还有一些内容是被遮蔽的，这就需要联系他们交往的复杂背景来研究，有时还需要结合其他史料进行推理和猜测，以便更接近“真相”（当然也是相对的）。目前来看，还较少有研究者专文对他们往来的情况做出详细梳理并解释他们交往中的一些“默契”互动。1986年3月4日，丁玲去世。73岁的孙犁写了短文《关于丁玲》，文末注“3月7日下午2时写讫”，回顾了与丁玲的交往。文章不长，2000多字，孙犁以晚年特有的冷静叙述了自己一生与丁玲交往的片段，没有抒情的成分。第一时间写了回忆文章，可见极其重视、感情深厚，这是首先要说的。但是，由于写作仓促，孙犁只是注明了事件，并没有展开。关于此文，卫建民在1986年3月24日的日记中记录，孙犁告诉他写了纪念丁玲的文章，并说“没感情了（指对丁玲的感情——笔者注），有个青年说，全是白描”。卫建民看了《关于丁玲》后认为，“这篇文章不是‘没感情’，而是将感情沉淀到心的底层了”①。可见《关于丁玲》是一个考察孙犁和丁玲关系的索引，但对它的看法却各有不同。孙犁这篇短文看起来似乎干巴巴的有些语焉不详（孙犁挑选了一些事件），其实是有不少言外之意的。因此，在此文基础上，补充孙犁没有提及的材料，更为细致地考察他们交往的一些关键事件，并借此探讨一些历史问题的细节，不仅对丰富孙犁和丁玲研究是很有必要的，还由此可以更深入理解现当代文学的叙事场域。

一

不认识丁玲之前，孙犁就是丁玲的读者和崇拜者了。孙犁在《关于丁玲》中说，他当时在地摊上买过丁玲主编的《北斗》，对其中的《水》印象深刻，把杂志保留了很长时间才失掉；他还在丁玲被捕后买了《现代》杂志，剪存了丁玲的照片。孙犁说，“她是革命作家，又是女作家，这是容易得到年轻人的崇拜的”②。买书读书可见对丁玲的“崇拜”，而保存照片则还有一个青年对成熟女性的爱慕的意味。在1980年致丁玲的信中，孙犁提到，“在三十年代，我们还是年轻人的时候，都受过您在文学方面的强烈的影响。我那时崇拜您到了狂热的程度，我曾通过报刊杂志，注视你的生活和遭遇，作品的出版，还保存了杂志上登载的您的照片、手迹”③。顺便说，丁玲当时确实影响很大，当时在保

---

① 卫建民：《耕堂闻见录》，天津人民出版社2022年版，第110页。

② 孙犁：《关于丁玲》，《孙犁文集》第3卷，百花文艺出版社2013年版，第577页。

③ 孙犁：《致丁玲》，《孙犁文集》第9卷，百花文艺出版社2013年版，第462—463页。

定、北平活动的文学青年梁斌，同样是“崇拜”丁玲的。① 丁玲最早开始发表小说《梦珂》是1927年11月，然后相继发表《莎菲女士的日记》《韦护》等，震动文坛，到了1933年5月被捕前，已经是相当著名的作家了。同时期，1926年8月到1933年夏季，孙犁就读于保定育德中学的初中和高中。可见，学生时代的孙犁就自发地关注丁玲并将其视为偶像了。从孙犁的《我中学时课外阅读的情况》来看，孙犁的阅读量是很大的，在谈“当时所读杂志”时，列举的名字中有《小说月报》《现代》和《北斗》，可见是由此关注到丁玲的。② 孙犁一直保存着剪下来的丁玲的照片，他在《致丁玲》（1980）中这样描述：“在照片中，印象最深的，是登在《现代》上的，您去纱厂工作前，对镜梳妆，打扮成一个青年女工模样的那一张，明眸皓腕，庄严肃穆，至今清晰如在目前。”③ 认识丁玲后，孙犁还写信问要不要把照片寄去：“丁玲没有复信，可能认为我既然爱好它，就自己保存吧。”④ ——这种相互的“好感”是不言而喻的。到了土改时期，孙犁的这批材料丢失了。

孙犁与丁玲的交集始于延安。丁玲于抗战全面爆发前的1936年11月，在组织的帮助下辗转到了延安，此后，成为延安最有影响力的作家。孙犁抗战后一直在冀中边区政府做文艺方面的工作，如编辑《晋察冀日报》和对抗战人员进行文化培训等，还出版了指导写作的小册子《区村和连队的文学写作课本》。1944年6月，孙犁跟随华北联大师生从冀中到延安，之后在鲁艺做教员。有一天，他与严文井、邵子南去听领导讲话，见到了同在会场的丁玲。孙犁在《关于丁玲》中说，丁玲坐在一条板凳上，“我坐在地上，她那时还不认识我”⑤。——可见“地位”还是有差距的。延安期间，孙犁写了《荷花淀——白洋淀纪事之一》，发表于1945年4月5日的《解放日报》。编发这篇小说的方纪后来还回忆过他和编辑部看到小说后的兴奋心情。⑥ 丁玲虽然1942年后不再担任《解放日报》的主编，但应该是读过《荷花淀》并对孙犁的风格留下印象的。而孙犁与“革命”有一定距离的叙述方法，与丁玲延安时期被批评的《在医院中》《我在霞村的时候》显然有一致性。从这个意义上说，他们是有相似文艺趣味的“同路人”。

---

① 梁斌在《悼丁玲同志》中说，丁玲被捕后，“《现代》文学杂志把她的照片刊在首页上”，“看着照片，想到监狱生活，想到她受到的各种酷刑、审讯，内心十分心酸，竟至于落泪”。《梁斌文集》第7卷，人民文学出版社2005年版，第38页。

② 参见孙犁《我中学时课外阅读的情况》，《孙犁文集》第7卷，百花文艺出版社2013年版，第187页。

③ 孙犁：《致丁玲》，《孙犁文集》第9卷，百花文艺出版社2013年版，第463页。

④ 孙犁：《关于丁玲》，《孙犁文集》第3卷，百花文艺出版社2013年版，第577页。

⑤ 孙犁：《关于丁玲》，《孙犁文集》第3卷，百花文艺出版社2013年版，第578页。

⑥ 方纪看到小说后“差不多跳起来了”，编辑部也展开议论，“大家都把它看成一个将要产生好作品的信号”。方纪《一个有风格的作家——读孙犁的〈白洋淀纪事〉》，《孙犁作品评论集》，百花文艺出版社1982年版，第53页。

有一个事件体现出孙犁和丁玲在延安期间“同路人”的关系，孙犁在《关于丁玲》中没有提及。康濯在 1986 年悼念丁玲的散文《一颗乐观、开朗的心》中谈到“建国初期”他与丁玲的谈话。丁玲说，“在延安，一次我问主席，看过孙犁的《荷花淀》那几篇小说没有，那是 1944 年（应为 1945 年——笔者注）前后，延安《解放日报》发表的喽！主席说，看过的，又拿一个指头逗点着说，‘孙犁，我看是个风格家呢！’”丁玲强调，“当然主席上面这些话都是闲谈中说的喽，不过总反映了他的爱好，他的意见”①。毛泽东关注《荷花淀》并认为孙犁是“风格家”这件事，郭志刚的《孙犁传》是没有收录的。晚近的苑英科的《孙犁传》和段华的《孙犁年谱》都收录了。② 目前看，丁玲和孙犁方面都没有提及过此事。笔者倾向此事为真，原因是康濯没有必要无中生有编造丁玲的谈话（文内还记录了丁玲谈及高层对郭沫若、茅盾、冯雪峰等人的评论），当然丁玲更不可能凭空捏造高层的谈话。深知纪律的康濯（曾为中国作协书记处书记、湖南省文联主席）在转述事关高层与丁玲的事件和言谈的时候，白纸黑字，是不会没有根据的。那么，如果 1950 年代丁玲将此事告诉康濯的话，那她有可能告诉过孙犁；即便丁玲没跟孙犁说过，但康濯和孙犁 1950 年代初期过从甚密（从他们往来的书信可以看出），很可能会转告他的。王林 1951 年 4 月 25 日的日记中记录有孙犁向他转述丁玲与高层谈文艺家的情况，也是对此事的印证。③ 在《关于丁玲》中，孙犁没有谈及此事。但是，就此来看，丁玲对孙犁的欣赏是毫无疑问的，而且她还拿高层的观点来说明——这一点，孙犁大概率也是知道的。他内心对丁玲的认同和感激，可想而知。

还有一个关于延安时期孙犁、丁玲交往的问题需要讨论下，就是孙犁是否有过在丁玲和周扬之间的“站队”，因为这涉及孙犁在 1950 年代的命运的问题。丁玲和周扬在延安有矛盾是公开的，延安文艺圈的作家、艺术家有“鲁艺”和“文抗”两派的说法，也不算秘密。④ 周扬自己也承认与丁玲不睦。⑤ 孙犁是 1944 年底到延安、1945 年 6 月离开

---

① 康濯：《一颗乐观、开朗的心》，康濯、孙犁等《真诚礼赞》，作家出版社 2010 年版，第 106 页。

② 参见苑英科《孙犁传》，新华出版社 2023 年版，第 321 页；段华《孙犁年谱》，人民出版社 2023 年版，第 39 页。

③ 王林日记载，“孙犁同志到北京走了一趟，听了不少珍奇的广播”，“毛泽东同志请丁玲同志吃饭时说：‘文骨要高，茅盾的就不够高，还不如郭沫若的高呢，近代最高的是鲁迅’”。王林日记从侧面验证了丁玲在 1951 年 4 月（与康濯《一颗乐观、开朗的心》中所说的“建国初期”的时间是一致的）与康濯谈话时提及文艺界人物的事件是存在的。也就是说，孙犁很可能 1954 年就从康濯口中得知了丁玲转述的高层对自己的评价。王端阳、冉淮舟编：《王林日记辑录之一：我与孙犁四十年》，北岳文艺出版社 2019 年版，第 44 页。

④ 参见杨桂欣《丁玲与周扬的恩怨》，湖北人民出版社 2006 年版，第 188 页。

⑤ 周扬 1979 年接受香港记者采访时说，当时延安有两派，一是以他为首的“鲁艺”，一是以丁玲为首的“文抗”，这两派“本来在上海就闹点宗派主义”。参见赵浩生《周扬笑谈历史功过》，《新文学史料》1979 年第 2 期，第 239 页。

的，所以不会有“站队”的需要。问题是，他在“鲁艺”当教员，应该是周扬领导下的；而发表《荷花淀》等作品是在《解放日报》，明显是丁玲的“地盘”。孙犁会不会是一种“中立”的情况？当然是有可能的，但是，从后来的经历看，相比而言，孙犁明显更接近丁玲。从1949年后的情况看，周扬并不欣赏孙犁，否定过他的剧本。孙犁回忆起延安时期和周扬的交往，显然不是很愉快的表述：“在延安时，我发表几篇小说后，周扬同志曾到我的窑洞看望我一次。也没有地方坐，站着和我说了几句话，就走了。当时我是鲁艺文学系的教员，他是院长。”① 所以，至少可以确定，在延安，孙犁和丁玲是有“同路人”一般的认同感的，因此友谊也保留了下来；而孙犁当时和之后对周扬的印象则不算太好。② 1949年下半年，孙犁应凌子风之约写了一个电影剧本，周扬审查的时候不予通过，孙犁与康濯写信告知此事，并说“不同意周扬同志的批语”③。当然，这里对孙、周关系的描述是一种“感觉”，不过，有时人与另一个人相处就是“感觉”，没有特别的道理——所以延安时期孙犁与丁玲、周扬的关系也可以这样理解。

二

1950年代初期，孙犁和丁玲的关系是比较密切的。当时，丁玲如日中天，身兼中央讲习所所长、《文艺报》主编和《人民文学》主编，在文坛的影响力到达顶峰。孙犁1949年后定居天津，在《天津日报》副刊部工作。这时期，孙犁与丁玲已经有很多互动。1950年1月，“丁玲叫萧殷给我写了信来，陈企霞也写了信来，并说愿意批阅我的作品，这是一种鼓舞，但是虚心一点儿讲，我那也称得起作品吗？”④ 可见丁玲很关心孙犁的创作情况。1950年底，中国首次派作家代表团赴苏联访问，其中就有孙犁，而他能够参与其中的原因，《关于丁玲》中说：“也是这年冬季（1950年——笔者注），我住在北京文学研究所，等候出差。丁玲是那里的负责人。”⑤ 可见正是丁玲的点名和推荐，孙犁才有了这次难得的机会。在丁玲面前，孙犁还是自信不足的。孙犁发表了《铁木前传》的一部分后，希望丁玲能看一看，给自己把一下关。1952年4月致康濯的信中说：“从报上，知道了丁玲同志已回，我很希望她能看看这二集，并且给我提出批评。”⑥

---

① 孙犁：《文宗——文事琐谈之四》，《孙犁文集》第6卷，百花文艺出版社2013年版，第457页。

② 孙犁1949年应约写了关于冀中斗争的电影剧本，周扬审读时没有通过。孙犁1949年12月致康濯的信中提交此事，表示不满，“我不同意周扬同志的批语，以为我写的只是印象，而且是想象的印象有‘许多’”。《致康濯》，《孙犁文集》第9卷，百花文艺出版社2013年版，第51页。

③ 孙犁：《致康濯》，《孙犁文集》第9卷，百花文艺出版社2013年版，第51页。

④ 孙犁：《致康濯》，《孙犁文集》第9卷，百花文艺出版社2013年版，第53页。

⑤ 孙犁：《关于丁玲》，《孙犁文集》第3卷，百花文艺出版社2013年版，第578页。

⑥ 孙犁：《致康濯》，《孙犁文集》第9卷，百花文艺出版社2013年版，第73页。

这个时期有一件事，也是可能会影响孙犁命运的事件，即他的工作问题，孙犁在《关于丁玲》中没有言及。当时丁玲试图把孙犁调到北京工作。孙犁在1950年给康濯的信中说，“丁玲他们有愿意我去《文艺报》的意思，我暂时不能离开这里，理由好像跟你谈过，如扯到时，可同他们谈谈，我是很感激他们对我的关怀的”①。丁玲一直关心孙犁，想把他调到北京工作；孙犁也一直在犹豫中。1952年3月王林日记载：“他（孙犁——笔者注）说中央调他到京电影局去写电影剧本，他不愿去，愿继续把《村歌》写完。”② 孙犁在1953年10月致田间的信中还在谈这个问题，说自己去北京打算住在田间家，为的是“可以从容谈谈转移工作之事”③。丁玲是主动来帮助孙犁解决工作的，当然她本来也是很热情的人，需要提拔自己的“亲信”（所谓“集团”也不是凭空捏造），但按照常理，如果不是孙犁的为人给丁玲留下了好印象，她是不会有此想法的。至于孙犁为何没有进京，目前没有直接的材料，他的犹豫是确定的，但最终调动无果，笔者认为更与“丁陈集团”事发有关。

1955年，丁玲因为“丁陈集团”失势，这不仅使孙犁的调动意向停止了，而且给他的精神带来了很大的冲击。在《关于丁玲》中，孙犁记录了这件事，是很耐人寻味的：“北京召开了批判丁、陈的大会，天津也去了几个人，我在内。大家都很紧张，在小组会上确定谁在大会发言时，有人推我。我想：你对他们更熟悉，更了解，为什么不上？我以有病辞。”④ 当时天津同去的还有方纪等，而且方纪在会议上揭发了陈企霞的私生活问题，令陈精神崩溃。孙犁以“有病”为由，拒绝批判丁玲，从中可以看出孙犁的态度。其实细想也不能说通，既然“有病”就不能到会场了，所以批判丁玲的时候“临时”称病的意思，再明确不过了。与丁玲关系密切的徐光耀（曾与孙犁一同访苏）在长文《昨夜西风凋碧树》中回忆了批判“丁陈”会议，“我惊愕，我痴呆，我脑袋里嗡嗡乱响”，“在方纪列举的事实过程中，牵连人数之多，最叫我惊心”，此后，“所有与丁、陈有关的人，都在忙于‘坦白’，各单位互通信息，互转‘材料’，共同‘破案’”。⑤ 这件事给孙犁带来的打击很大，本来就敏感的他看到自己尊敬、崇拜的丁玲被无情批判时的窘迫、屈辱，受到的震撼是可想而知的。⑥《关于丁玲》中说：“我真病了。一九五七年住进北京的红十字会医院，严重神经衰弱。丁玲托人给我带来一封信，还给我介绍了一位湖南

① 孙犁：《致康濯》，《孙犁文集》第9卷，百花文艺出版社2013年版，第53页。

② 王端阳、冉淮舟编：《王林日记辑录之一：我与孙犁四十年》，北岳文艺出版社2020年版，第47页。

③ 孙犁：《致田间》，《孙犁文集》第9卷，百花文艺出版社2013年版，第9页。

④ 孙犁：《关于丁玲》，《孙犁文集》第3卷，百花文艺出版社2013年版，第579页。

⑤ 徐光耀：《昨夜西风凋碧树》，北京十月文艺出版社2016年版，第126、144页。

⑥ 1955年12月31日，孙犁等参加完中国作协的扩大会议返津，“王雪波、鲍昌说孙犁这几天睡得很晚，起得很早。意思是说孙犁受批判丁、陈集团的惊吓，有点告状的意味”。这则材料侧面说明孙犁确实在精神上受到刺激。段华：《孙犁年谱》，人民出版社2023年版，第128页。

医学院的李大夫，进院看病。”[①] 1956 年“百花”期间，丁玲情况刚好转（丁玲不同意 1955 年的结论，要求重新做结论），就关心“生病”的孙犁，很大原因是孙犁在她危难之际没有像其他人一样落井下石。没有多久，1957 年丁玲又被打倒，孙犁也获知了消息：“我转到小汤山疗养，在那里，从广播上听到了丁玲的不幸遭际。”[②] 在丁玲命运发生陡转的 1956—1957 年中，孙犁虽然没有站出来为丁玲说话（也不可能），但他恪守了原则，没有在压力下为了自己脱身而抹黑和诋毁丁玲。相反，康濯 1980 年代为自己参加批斗丁玲而后悔不已。

孙犁个性上的特点在他对丁玲的关系上表现得是比较明显的，他特别感激丁玲对自己的欣赏和帮助，但也保持了一定的距离，不是去迎合，而是有一定的独立性——这可能也是丁玲尊敬孙犁的原因之一。孙犁在 1954 年的时候写了一篇《论农村题材》的评论，批评当时小说的一些问题，“差不多每一个民族的著名的文学都和它的著名的河流发生过关系。但是，在我们这里，太阳只是照在这条河上了，却没有能够写出，主要的是照见了这一带人民的复杂的繁重的斗争”[③]。显然，这里批评的是丁玲的《太阳照在桑干河上》。孙犁对土改工作是熟悉的，他也参加了土改且因家里的成分问题被批评，所以对其中的斗争是了解的，这是他觉得《太阳照在桑干河上》不够“复杂”和“繁重”的原因。——孙犁虽然对丁玲有很多崇拜和感激，但是并未阿谀吹捧，而是实事求是地指出丁玲写作中存在的问题。

《关于丁玲》在叙述 1955 年 12 月底“丁陈”事件的时候，孙犁特意讲了自己的生病，而且说自己不愿意发言是“有病辞”，接着说 1957 年的时候“我真病了”。这个表述是值得玩味的，“有病辞”是托病的意思，其实孙犁并没有生病。查《孙犁年谱》[④]，他 1955 年 12 月 10 日写了散文《妇女之路》，12 月 13 日写了散文《青春的热力》，12 月 21 日写了《一天的日记》——明明是很“正常”的写作状态，怎么 12 月 30 日就突然“有病”了呢？可见不是“真的”。但是，孙犁确实被这次斗争震撼了。1956 年 1 月，天津市不断组织活动，讨论“丁陈”问题，孙犁都参加了，心情想必是糟糕的。3 月 26 日，孙犁在家中摔了一跤，划破了脸颊，被送到医院——从此就“生病”了。孙犁的研究和传记都把这次摔倒事件作为孙犁“生病”乃至后来 20 年搁笔的开端，是没有问题的，但是恰忽略了孙犁 1955 年就开始以此为由来拒绝参与社会活动了。现在学界流行两种说法，一是认为孙犁的“有病”是确实的，而且是他少年时代就有的“抑郁”倾向，只不过当

---

① 孙犁：《关于丁玲》，《孙犁文集》第 3 卷，百花文艺出版社 2013 年版，第 579 页。

② 孙犁：《关于丁玲》，《孙犁文集》第 3 卷，百花文艺出版社 2013 年版，第 579 页。

③ 孙犁：《关于农村题材》，《孙犁文集》第 5 卷，百花文艺出版社 2013 年版，第 451 页。

④ 参见段华《孙犁年谱》，人民出版社 2023 年版，第 128 页。

时医学界还不了解这个病症①；二是认为孙犁没有“生病”，他只是借此与现实疏离，不参与愈演愈烈的思潮和行动了，这在以后是不同流合污的证据②。笔者认为，就事实来看，二者都说对了一部分。应该说，如果把孙犁“生病”放在当时的语境中细读，是可以看出来其中的因果关系的。笔者曾在一篇论文中认为“孙犁之病”除了抑郁情绪，还与当时时事有关——最主要是他的作品被批和丁玲被打倒而形成的山雨欲来的压力。③具体到本文而言，第一，孙犁性格中有敏感细腻的一面，因此他对一些事件的反应就比较强烈。1955年底“丁陈”事件没有出现前，他工作努力，在文坛是比较愉快的，其中有一些是受到丁玲欣赏的原因。第二，丁玲的被批判与孙犁看起来没有关系，但是还是让他很受震动，会议的几天他就被同行者看出来受到了“惊吓”。其实很符合常理：自己熟悉的文艺界领导丁玲忽然被严厉地批判，他肯定觉得有问题，但又想不通和无法阻止，甚至，还会因此对局势和现实产生失望的情绪。第三，周扬在丁玲被打倒后独掌文艺界大权，这对孙犁来说意味着环境的恶化，因为周扬对孙犁素无好感，或许还认为他与丁玲关系较好。外部环境变得不利于自己，这恐怕也是孙犁决心“真的”“生病”的另一原因。因此，“丁陈”事件是孙犁“生病”的心理诱因是很明显的——他先是1955年底说“有病”是一种托词，但是看到1956年形势更加严峻，内心也更加焦虑和不安，再加上摔跤（摔跤造成的是皮外伤，而孙犁的病是失眠等“神经衰弱”，明显摔跤是借口），于是可以说是“真病了”。

这也是为什么孙犁在《关于丁玲》的“丁陈”事件后接着说自己从此“生病”的原因。他是下意识把二者联系在一起的，也可以推测这种联系与真相相距不远。

三

1957年后的长达20年时间内，孙犁和丁玲都自身难保，失去了联络。丁玲到黑龙江下放，回归后出版了《风雪人间》。孙犁生病蛰伏，后来出版了《书衣文录》。直到特殊年代结束，孙犁和丁玲相继回到文坛，又接续上了多年的友情，开始联络。丁玲1980年致孙犁的信中谈到联系的“中断”：“前两年吧，我就看到过你谈创作的文章，感到很大的安慰。记得是一九五七年春天，你正住在医院，我介绍过一个专门从事心理学研究的医生去看过你，以后就不再听到你的消息。再后，我长年乡居，与文坛隔绝，更无从打

---

① 参见程桂婷《惊弓之鸟的春天——论孙犁的抑郁症与一九六二年的创作》，《当代作家评论》2010年第5期，第173页。

② 参见叶君《论孙犁的“病”》，《天津师范大学学报》（社会科学版）2008年第5期，第65页。

③ 参见刘卫东《再谈“孙犁之病”——以“王林日记”为中心》，《海南师范大学学报》（社会科学版）2022年第2期，第27页。

听你的情况，偶尔想到也无非以为……既然你现在又写文章了，可以想象大约还过得去吧。”① 可以想见他们灾难后再见故人的五味杂陈了。

在工作上，孙犁和丁玲相互支持，有了不少交集。1980 年下半年，孙犁请丁玲给《天津日报》的“文艺周刊”写几句话，丁玲答应了。其间编辑问孙犁会不会出变故，孙犁以“丁玲同志是重感情的，绝不会使我们失望的”② 回答。孙犁对丁玲“重感情”的判断，与其说是泛指的，不如说是特指的，因为他相信以自己和丁玲的“感情”，丁玲是会重视并给予支持的。果然，孙犁 11 月 2 日收到了丁玲的信。收到信后，孙犁立刻给丁玲写信表达了感激和兴奋之情，说自己“热泪盈眶”，“我们小小的编辑部，可以说是举国若狂，奔走相告”。③《丁玲全集》收录了这封信。1982 年 5 月 21 日下午，应天津作家协会和孙犁邀请来津指导工作的丁玲专程来到多伦道孙犁寓所，看望他并亲切交谈，孙犁的这个“高光时刻”他却在《关于丁玲》中没有提及。④

新时期以来，孙犁和丁玲都到了晚年，也借着各种机会，表达了对对方的评价。丁玲致孙犁的信中，除了一些关于时代与文艺状况的表述外，还有不少关于孙犁的个人评价。丁玲在信中把自己与孙犁定位为“老朋友”，“现在写封信复你，不是应酬，也不是投稿，而是向一个老朋友（我总以为你是我们的一个老朋友）谈谈心”⑤。这无疑是很亲切的说法，因为孙犁一直是以晚辈的身份与丁玲交往的。另外，丁玲还从个人印象的角度评价了孙犁：“你是一个不大说话的人，不喜欢在人面前饶舌的人，你很早就给我这样一个印象，在我们仅有的几次见面中，我们没有交流过很多，我实在想不起来，你谈过什么，和我谈过什么。”⑥ 这说明，丁玲、孙犁并非有个人利益方面的往来，甚至很少交换关于文学的意见，他们更多是因为作品而相互理解和欣赏的——从中是可以看出孙犁的行为方式和丁玲识人的眼光。当然，此时他们的关系已经经过了 1950 年代中期“丁陈”事件的考验。在信中，丁玲对孙犁的风格做了自己的概括：“你的文章我是喜欢的。含蓄、精炼、自然、流畅。人物、生活，如同一幅优美的风景画带着淡淡的颜色摆在读者面前。我没有读全你所有的著作，但从你的这篇、那篇文章中，我好像对你很熟，而且总以为你对我也会有同样的看法和关心。”⑦ 丁玲对孙犁作品的评价也很别致，她在一般叙述孙犁的风景画之后，特别点明自己阅读时感到的某种“默契”，这是心灵相通的理解。显然，这个评价一方面是关于孙犁作品的，一方面是对他们之间友情的阐述，是非

---

① 丁玲：《致孙犁》，《丁玲全集》第 12 卷，河北教育出版社 2000 年版，第 145 页。

② 孙犁：《致丁玲》，《孙犁文集》第 9 卷，百花文艺出版社 2013 年版，第 462 页。

③ 孙犁：《致丁玲》，《孙犁文集》第 9 卷，百花文艺出版社 2013 年版，第 462 页。

④ 参见王增如、李向东编著《丁玲年谱长编》（下），天津人民出版社 2006 年版，第 622 页。

⑤ 丁玲：《致孙犁》，《丁玲全集》第 12 卷，河北教育出版社 2000 年版，第 146 页。

⑥ 丁玲：《致孙犁》，《丁玲全集》第 12 卷，河北教育出版社 2000 年版，第 146 页。

⑦ 丁玲：《致孙犁》，《丁玲全集》第 12 卷，河北教育出版社 2000 年版，第 146 页。

常用心的，所以孙犁收到信后“热泪盈眶”的反应就可以理解了——一种获得知音的感动。

1984年9月9日，刚开始主编《中国》工作的丁玲向孙犁、巴金、白桦、马加、彭荆风等发出了约稿信，希望对方支持自己。丁玲、陈明给孙犁的信中说了约稿大意，然后说“我们希望你的帮助”，还说“要请你担任编委，但决不太麻烦你”，“编委较多，近未最后决定，你是逃不脱的，望你答应，不要叫人失望、难受”。① 孙犁虽然没有做《中国》的编委，但以实际行动做了支持：他的稿件分别发表在《中国》1985年第1期（《从〈腊月·正月〉谈起——致苏予同志》）和第3期（《再谈通俗文学——致贾平凹同志》）。由此可见他对约稿和刊物的重视了。

在《关于丁玲》中，孙犁在概述了几件他与丁玲交往的事件后，也对丁玲有一个评价。因为这篇文章是在丁玲去世的特殊时刻写的，所以孙犁比较克制，但是通过细读，还是可以读出很多言外之意的。孙犁说：“丁玲，她在三十年代的出现，她的名望，她的影响，她的吸引力，对当时的文学青年来说，是能使万人空巷的，举国若狂的。这不只因为她写小说，更因为她献身革命。风云兴会，作家离不开时代。后来的丁玲，屡遭颠踬，社会风尚不断变化，虽然创作不少衰，名声不少减，比起三十年代，文坛上下，对她的热情与瞩望，究竟是有些程度上的差异了。”② 孙犁把丁玲的影响分成了两个时期，1930年代的“万人空巷”和“举国若狂”的用语无疑是把自己的感情投射了进去，而后期“程度”上有了差异，孙犁也没有回避。对丁玲的评价采取“献身革命”的标准，其实是孙犁的文章中少见的，尤其是写这篇文章的1986年——丁玲晚年特别看重这个革命者身份，她的“历史问题”最终到1984年才获得结论。③ 孙犁对丁玲的了解、尊敬和支持，是体现在这些心细如发的叙述中的。所以，孙犁的千言万语，都集中在《关于丁玲》的最后一句盖棺定论：“一颗明亮的，曾经子夜高悬，几度隐现云端，多灾多难，与祖国的命运相伴随，而终于不失其光辉的星，陨落了。”④ 这段评价概括了丁玲的一生，包括了她的“明亮”和“多灾多难”，但最终与“祖国”共振，几乎一字不可易，确实是对丁玲的评价的典范文本之一。

---

① 王增如、李向东编著：《丁玲年谱长编》（下），天津人民出版社2006年版，第741页。

② 孙犁：《关于丁玲》，《孙犁文集》第3卷，百花文艺出版社2013年版，第579页。

③ 1984年8月1日，中组部颁发《关于为丁玲同志恢复名誉的通知》，丁玲看到后立刻给中组部写信：“我还有什么说的呢？没有了。我只有向党盟誓：丁玲永远是属于中国共产党的，是党的一个普通的忠诚战士。”王增如、李向东编著：《丁玲年谱长编》（下），天津人民出版社2006年版，第735页。

④ 孙犁：《关于丁玲》，《孙犁文集》第3卷，百花文艺出版社2013年版，第579—580页。

四

丁玲去世后的第二天，天津作家王家斌到孙犁处告知了消息，孙犁正在卫生间，“久久未出声”①。孙犁在《关于丁玲》的文末说，“谨记私人交往过从，以寄哀思”②。《孙犁文集》中收录的悼亡散文有十多篇，丁玲居其一，由此可见孙犁对丁玲的重视，而其中的情感的近乎零度，却又表明孙犁的克制——这对孙犁来说一定是很难表述的情感。毕竟在相当长的一段时间内，丁玲是她周围的人纷纷回避、切割并力图证明“关系一般”的人，而这段经历也是孙犁的人生阴影之一。孙犁写的时候，挑选了一些他认为“重要”的内容，而其他一些不方便在悼亡场合说的话，就没有写。所以，以这篇文章为中心，对照他们的交往，从孙犁的趋避中是很可以看出一些问题的。在貌似冷静的叙述下，孙犁诉说着丁玲对自己一点一滴的关照，是很有感情的；同时，他又谈丁玲后来的作品的影响比不上 1930 年代，是客观公允的。从更大的视野看，丁玲和孙犁在革命队伍中的位置是比较特殊的，他们身上的一些“边缘”色彩，虽然隐藏在时代的潮流中，不过却是可以被对方看到并珍惜的——这大概是孙犁和丁玲交往不多但有默契并相知的原因。

① 王家斌：《丁玲办〈中国〉》，《天津日报》2011 年 8 月 25 日第 12 版。

② 孙犁：《关于丁玲》，《孙犁文集》第 3 卷，百花文艺出版社 2013 年版，第 580 页。

新发现姚雪垠早年描写土匪生活的短篇小说《露水夫妻》

吴永平①

摘　要：新近发现的姚雪垠早年佚作《露水夫妻》创作于1933年，是作家最早的正面表现土匪生活的短篇小说作品。该小说与作家1947年出版的长篇小说《长夜》具有明显的一脉相承关系。该小说的重新面世将更新研究界对其人其文的研究。

关键词：早年佚作；土匪生活；《长夜》雏形

2018年，《姚雪垠全集》编辑工作启动。几年来，经过编委们的共同努力，陆续发现一批未被收进《姚雪垠书系》（1999年出版）的逸文，短篇小说《露水夫妻》是其中最为重要的篇什之一。

该短篇小说创作于1933年，是目前发现的姚雪垠最早的正面描写土匪生活的短篇小说②，较之1947年出版的长篇小说《长夜》，除了叙述角度不同之外（前者采用第三人称，后者采用第一人称），两部作品中的人物形象、情节结构、语言风格具有令人惊奇的一脉相承的关系，前者堪称后者的“雏形”或“蓝本”。

譬如，该短篇小说中出场的匪众，他们的身份、称谓、性格——“杆子头”李水沫、“票房头”瓤子九、“汤将”李二红、赵狮子、刘老义等——与《长夜》中的同名人物别无二致。

譬如，该短篇小说的主要情节——二打刘胡庄——亦与《长夜》中的描写基本相同。

譬如，该短篇小说的中心事件——刘老义强抢民女——亦与《长夜》无甚差别。

只是，该小说“刘老义强抢民女”的结局却与《长夜》有所不同：在《长夜》中，

---

① 作者简介：吴永平（1951—　），湖北省社会科学院文史所研究员，湖北省文艺评论家协会顾问。

② 姚雪垠在《七十述略》中忆及：“（1926年失学在家时，）曾用文言体写了一篇小说，取材于我在土匪中所眼见的一段故事。”该小说或许应是“最早”的一篇，惜未发表，原稿无存。参见《姚雪垠书系》第16卷，中国青年出版社1999年版，第273页。

刘老义将强抢的女子送到结拜大哥家，被后者认出是其“表妹”，软语央求，刘老义便忍痛割爱，表现出尚未完全泯灭的人性；而在《露水夫妻》中，结拜大哥认出“表妹”后，不动声色，设计毒杀刘老义，并沉尸灭迹，尽显绿林世界的残酷不仁。

请比较阅读《露水夫妻》和《长夜》中关于匪众夜行军的描写，其场景何其相似：

《露水夫妻》第一节：

管家的李水沫，骑着匹白色风子，走在前面。百十口能打惯战的汤将，紧紧地在后跟随。瓤子九睁着一对熬夜的红眼，同弟兄们骂着，笑着，说着，走着。因为他是票房头，不得不时时地回过头去吩咐二红们使票们把叉子放开。

二红是艮匠出身，脾气很和善，好说笑，对待票子却另有颗狮子般凶狠的心。他除掉有一支八音子（手枪）外，裹腿里还插了一根短短的锋利的小刀。

票们像猪一般地被赶着走，一条长绳系着各人底胳膊。

“叉子放开!”二红吩咐说。“看你们那副贼脸，少耳缺鼻的，三分像人七分像鬼!”

一望无际的旷野，砭肌欲裂的寒风，浓云堆叠的天空，……在这样森然严肃的环境里，更增加汤将们严肃的心情。

“往后传!”管家的低声音。“叉子放开，沉住气，快到!……不要慌张；顶镗子喂好……沉着气!”

《长夜》第十三章：

“传，义子放稀!”①

下弦月透过薄云，照着寒冷的积雪未化的荒原。这一群土匪带着肉票，在寂静的荒原上匆匆前进，冰冻的雪花在脚下沙沙作响；有时打破落的村庄经过，常不免引起来几声狗叫。但乱世的狗是胆怯的，一边叫一边向黑影逃避，从不敢扑近队伍。有时从寨墙下边过，守寨人从寨垛间探头望一望，立刻又躲了进去，从寨墙上发出来悄悄的说话声音。除二管家偶然发出来催大家走快的简单命令，带条的时不时用黑话报告过河或过桥，以及大家机械地口传着二管家和带条的所说的黑话之外，没有谁再说别的话，也没人像往日行军时那样乱打闲枪。夜景显得特别的凄凉和森严，连交冬来常有的北风也在干枯的枝上噎住。

再请阅读比较这两部作品中关于刘老义强抢民女之结局的不同描写，其内蕴何其

① 姚雪垠原注：“‘义子’指两腿，‘义子放稀’是要脚步放开，走快。”参见《姚雪垠书系》第12卷，中国青年出版社1999年版，第383页。笔者认为，姚老或有误记，《露水夫妻》中的“叉子”也许是正解。

丰富：

《露水夫妻》第五节：

酒饭吃毕，大哥把烟盘子已摆在床上。老义感到肚子里一阵绞肠刮肚地怪疼，忙向茅厕里跑。刚跑到茅厕门口，徒然天和地旋转起来，老义觉得有件什么落在头上，又有件什么从头顶飞出，墙屋都在动摇，月亮变成了灰暗的。老义躺在地下了。

换帖大哥放下短头棍，用刀子照着老义底喉咙戳下，老义又无力地挣扎了几下，战栗了几下，两腿慢慢地伸直，月亮底光色从眼底变为漆黑。血溅在换帖大哥底手上，正如某次别人底血在他自己底手上。

事情快完了，大嫂从后面跑出来，帮同丈夫将老义放在驴子背上，悄悄地走出村子，顺着沟向南进发。朝南走二三里远，沟水在这里打了一转，黑渌渌的大约有一丈多深，村人名之回龙潭。驴在回龙潭边停住，大哥把老义从驴子背上拉下，将脚手绑在一块，脖颈上系好一块石头，咕噜一推，老义滚进了龙宫。一声“扑通”之后，水面泛起些白泡，枯草上溅落些水珠，沟水仍然依旧地流着。

《长夜》第二十三章：

陶菊生对于刘老义的报告很觉有趣，但同时又感到一点惘然。他望着刘老义的眼睛问：

“老义叔，你以后又看见她了没有？”

刘老义回答说：“临走的时候又见啦，大哥留住不让我走，大酒大肉地待我两天。昨儿早晨我告诉大哥说非走不可，大哥看实在留不住，只好答应了。临走前，大哥故意躲个空儿，叫他表妹子出来同我见见面。他妈的，两天没见，真想得有点心慌！可是她一见我，脸就红得跟倒血的一样；我也怪没腔的，停了半袋烟工夫，俺俩都没有开口说话。”

一个蹚将心急地问：“后来是哪一个先开腔呀？”

“当然是咱先开嘛。”刘老义又点着一根纸烟，抽了几口，然后说：“我说：‘我不晓得咱们是亲戚，弄得真不好，可是我对你的心确实不坏。’她说：‘我知道你是好人；只要我不死，我永远忘不下你的救命之恩。’她站在我面前只是脸红，也不敢抬起头来。后来，我让她走啦……”①

《露水夫妻》的发现对于姚雪垠研究来说具有特别重要的意义：她是姚早年发表的第一部正面表现土匪生活的小说作品，作家少年时期被土匪绑架百日（1924）的生活经历

① 《长夜》，人民文学出版社 1981 年版，第 149—150 页。

刻骨铭心，对其日后的文学创作风貌产生了深刻的影响。她的出世（1933）补全了作家独具个性的表现社会生活的艺术作品序列，与《月出之前》《野祭》（1935），《七月的夜》（1936），《援兵》《生死路》（1937），《牛全德与红萝卜》（1940），《长夜》（1947）及《李自成》（1963）等相连贯，共同构成了一座完整的色彩斑斓的“农民叛逆者”（或曰“强人形象”）的艺术画廊。

短篇小说《露水夫妻》，作者署名“薛衡”，原载1933年出版的《大陆文艺》创刊号。该刊的发行者为“开封北书店街大陆书店”，编者为“姚雪痕”（姚雪垠当年的曾用名）。

该短篇小说的被发现颇具戏剧性——

早在1980年，姚雪垠就曾在回忆录《七十述略》中隐约提到过这篇小说。他写道：“1933年我没走成，怀着天真而幼稚的理想同朋友们在开封办了个小书店，名叫大陆书店。出版个刊物叫《大陆文艺》，我在上边发表了一篇短篇小说。随即不再出了，改出了个小刊物《今日》，是杂文性质。”该文发表在武汉的一家刊物上，没有引起多少研究者的注意。

同年稍迟，姚雪垠在回忆录《学习追求五十年》中回忆1933年事时，又提到“大陆书店”，但未提《大陆文艺》。他写道：“大概就是这一年，我同王国权、苗化铭等几个朋友在开封北书店街办了一个小书店，名叫大陆书店，出了个小刊物《今日》。《今日》第二期出版后，国民党要抓人，我同王国权、苗化铭逃离开封，到巩县康店王国权同志（国权本姓康）的家中住了一段时间。”该回忆录连载于《新文学史料》，为研究者所看重。

1983年，河南大学教授刘增杰在开封市图书馆找到了《大陆文艺》，复印了几篇署名“姚雪痕”的文章，并寄交姚雪垠审阅。同年6月22日，姚雪垠在复信中写道：“你复制的几页《大陆文艺》是很难得的资料，两篇杂文都是我写的。总题目为《风马随笔》，什么意思，我现在也想不起来了。”刘教授当年共复印了三篇文章：一篇是长诗《沧桑曲》；两篇是杂文，总题为《风君随笔》①。但他未意识到载于同刊的《露水夫妻》也是姚的作品，个中原因且待下述。

同年，时任姚雪垠助手的俞汝捷见到了这批复印件，并将其篇目辑入了《姚雪垠生平与著作简表》（载《河南师大学报》1983年第5期）中，“1933年23岁”条目下记有：“与王国权、苗化铭等在开封北书店街开一小书店，名大陆书店，出版一个刊物叫《大陆文艺》，只出一期即不再出。曾在该期发表散文《风马随笔》和散文诗《沧桑曲》。”此后，研究者凡谈起《大陆文艺》，皆持此说。

---

① 《风君随笔》（二则）：一、《东西文化之搀和》，二、《关于“杂感”的杂感》。又，姚雪垠将“风君”误记为“风马”，笔者根据《大陆文艺》封面复印件改正。

2019 年，《姚雪垠全集》编委徐晋先生也找到了《大陆文艺》，他重新复印了署名“姚雪痕”的三篇文章，并复印了该刊的封面和封底。

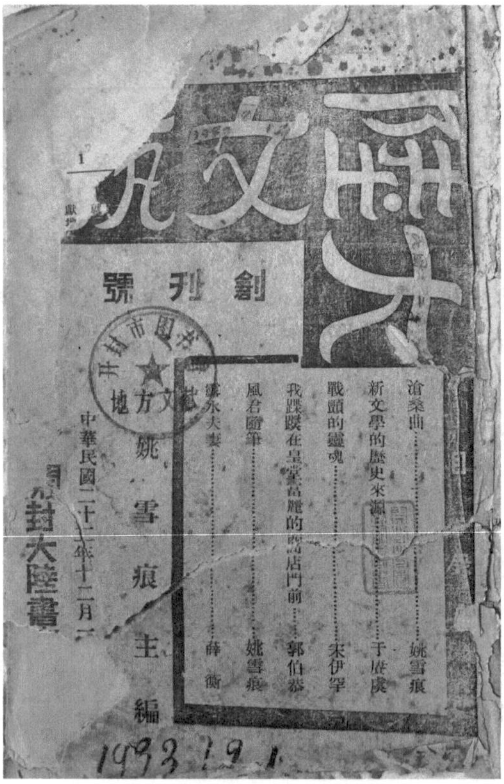

图 1 《大陆文艺》创刊号封面复印件

该刊封面字样如下——

《大陆文艺》创刊号

目录

沧桑曲	姚雪痕
新文学的历史来源	于赓虞
战颤的灵魂	宋伊罕①
我踩蹬在皇堂富丽的商店门前	郭伯恭②

① 即宋一翰。

② 郭伯恭（1905—1951），河南邓县人。自幼酷爱读书，以优异成绩考入开封黎明中学。著名文学家、史学家和诗人。著有《四库全书纂修考》等。

风君随笔　　　　姚雪痕

露水夫妻　　　　薛衡①

姚雪痕主编

中华民国二十二年十二月一日出版

开封大陆书店发行

笔者收到徐晋先生寄来的刊物封面复印件，审视再三，确认了《风君随笔》不应误为《风马随笔》，但也未意识到署名“薛衡”的《露水夫妻》与姚老有什么关涉。

不久，笔者读到姚老的又一篇“佚作”《无名作家之死》（剧本）后，思路才被打开。该剧本写成于1934年5月，载开封《文艺月报》1934年第1卷第1期。剧中主角为夫妻二人，男主角名“薛蘅”，女主角名“若冰”。剧本中有如下几句对白：

若冰　我有办法？（顿）没一说你便生气，你那脾气就不会变好一点！你想想，你又不会避谷，困得这样可怜，连学也不教。一提起叫你教学，你就说“为人作嫁”，“断送青春”，一百个不愿意！这样活受罪又不是一天半天了，直直地困了这一年半。以前教学的时候多快活，钱不讲，到哪里哪里欢迎，同事们特别恭维，学生们又盲目地崇拜，不比咱现在的景况好？你说呀，你还生气呢！（顿）又不是教学生时担的功课重，老是两班国文，每班人数挺少，见月净拿几十元，不向一个人求告说好话。

薛蘅　别说啦！别说啦！真会啰嗦！

若冰　你嫌啰嗦我还说！

薛蘅　你说我不听。

若冰　那我偏说不成，看你听不听！我说……

薛蘅　（忙两手掩耳，朗诵）“老冉冉其将至兮……”

读到这里，笔者惊喜地发现，该剧剧情完全采自作者的生活实景：1932年，姚雪垠为了养家糊口，曾先后在河南内黄县的楚旺中学和信阳的义光女中担任国文老师，课时不多，待遇丰厚。1933年初，他为继续其“做一个学者的梦想”（《七十述略》），辞去教职返回开封，稿酬微薄，生活陷入困顿。1934年5月写作该剧本时，距离其辞去教职正好“一年半”。想到此处，还有什么不明白的：此“薛蘅”与彼“薛衡”，虽然有个“草头”之差，但都与“雪痕”谐音，都是作家自况。笔者几乎可以确定，“薛衡”应该是姚雪垠使

① “薛衡”与“雪痕”谐音，为姚雪垠的又一笔名，但被他遗忘。考证见后。

用过但遗忘了的笔名之一①，《露水夫妻》极有可能是姚雪垠生前在回忆录中提过一次的那篇“小说”！

于是笔者马上致信徐晋先生，请求他赶紧再去图书馆把《露水夫妻》全文复印下来。几天后，复印件寄到。笔者展卷开读，就被第一段文字给震晕了：

> 管家的李水沫，骑着匹白色风子，走在前面。百十口能打惯战的汤将，紧紧地在后跟随。瓤子九睁着一对熬夜的红眼，同弟兄们骂着，笑着，说着，走着。因为他是票房头，不得不时时地回过头去吩咐二红们使票们把叉子放开。

啊，她竟与《长夜》同腔同调！毫无疑问，她是姚雪垠的宁馨儿，是《长夜》的前生！

说句笑话，读过《露水夫妻》之后，已有的关于《长夜》的论文可能都要改写！

附录：

露水夫妻

一

管家的李水沫，骑着匹白色风子，走在前面。百十口能打惯战的汤将，紧紧地在后跟随。瓤子九睁着一对熬夜的红眼，同弟兄们骂着，笑着，说着，走着。因为他是票房头，不得不时时地回过头去吩咐二红们使票们把叉子放开。

二红是艮匠出身，脾气很和善，好说笑，对待票子却另有颗狮子般凶狠的心。他除掉有一支八音子（手枪）外，裹腿里还插了一根短短的锋利的小刀。

票们像猪一般地被赶着走，一条长绳系着各人底胳膊。

“叉子放开！”二红吩咐说。“看你们那副贼脸，少耳缺鼻的，三分像人七分像鬼！”

一望无际的旷野，砭肌欲裂的寒风，浓云堆叠的天空，……在这样森然严肃的环境里，更增加汤将们严肃的心情。

“往后传！”管家的低声音。“叉子放开，沉住气，快到！……不要慌张；顶镗子喂好……沉着气！”

“传！叉子放开……顶镗子喂好……”

“传！……”依次地传到二红为止。

距刘胡庄还有半里远，票们被赶到大路沟中蹲下。瓤子九点了数，吩咐了“不要动”，站起来看弟兄们底冒险动作。

---

① 刘增杰教授当时不知晓“薛衡”是姚雪垠的笔名，遗憾地与《露水夫妻》擦肩而过。

两三个弟兄提着枪向围子走去，其余的若无其事地停留在围子外的广场上。围子上伸满了人头，围子里响满锣声。

弟兄们走到围子下，和守围子的开始搭话了。

“我们是李水沫底杆子，不是外人，今晚预备盘在这里，毫草不动。不是外人，请劳驾把围子门开开。”

围子上的人头，一个个都缩了进去，只剩两颗。

“不是外人，都是邻亲……”围子上的人们说，“围子门实在不能开，早就用土封了。……实在的，不是那，一定要请大家进来盘几天。”

“绝对不要紧，老乡，如果有人摸你们一根草，喂，老乡，管预先起誓！”

“那里的话。”围子上的人们陪了个笑，说，“真的，围子门一时开不开，请弟兄们暂且盘在别的庄上，用什么，派人送去。围子门实在不能开。……”

“真不讲朋友么？”赵狮子，一个矮矮的，胖胖的弟兄已经按捺不住了。

乒！……乒！……

围子上的两颗人头，随声缩下。

广场上的弟兄们向围子根奔扑，围子下的弟兄们向围攀登，喊声震破了天空的乌云。砖石撒豆般地从围子上抛下，抬枪和生进炮也接二连三地狂吼起来。

赵狮子挨了一砖，弟兄们退了下来。

“灌呀！灌呀！”弟兄们喊得更起劲，刘胡庄已被团团围住了。

“老乡！限你们两点钟呵！送出来十八个油青脸，倒（跟）脚，双眼皮的大闺女呵！不然，打进去时可要把你们洗得鸡犬不留呵！”连票们都能辨出这是老义底喊声，响亮而清脆。

老义姓刘，不知何许人也。曾在陆军第七师当过副兵，携枪潜逃，通缉在案。当李水沫成杆之前，据许多人都说他曾干过霸爷，但他却绝不承认。他有一位老母，寄住在什么地方，没人知道。老义底脸同夜天一样地佈满着点点星斗，但却没人敢呼他为麻子，因为他有着和通常麻子相反的脾气：严肃而激烈。他底皮肉是铁青的。铁青的腿上长着猪鬃般的长毛。

“双眼皮，……女人，少不了的。……母亲老了，也得一个人侍候才是……”一个时常横梗在心里的问题，忽然诱致他把枪呆呆地端着，入了沉思。

乒！……乒！……乒！……

“老义哥，打呀，怎么端着枪不放一下呢？”狮子举枪顺手在他底背上拍了一下。

乒！……

“谁说不放呢？打呵！……”老义随着无力的枪声回答一句，又继续想：“母亲老了，也得有个人侍候才是。……女人，少不了的。……”

乒！……乒！……

兵！……

二

夜幕笼罩了四面八方。

管家的李水沫传下了命令：收兵。

一队人马，在青灰色薄纱似的暮霭中，向邻村移动着。瓤子九仍然是有说有笑，李水沫照旧地跨着白色风子。

瓢子填过了，刘老义因为是明早选定的灌手，一填过了瓢子就躺下去睡。赵狮子派的是后半夜的岗，此时也同老义睡在一个铺上。

“老义哥，围子里有你什么亲戚么?”

“没有。”老义满不在意地回答。

“没有?”狮子怀疑起来。

“呵……”

“我觉着你在想什么心事。”

“我想娶老婆……嘻嘻嘻嘻……”

“不要胡想！当汤将那里不是现成的老婆？有几个要固定的家小？……傻货!”狮子翻过身，呼呼地睡了。

院里，站岗底脚步声，轻轻地响着。梆子声，犬声，在本村和邻村互鸣着。乌云慢慢退藏到天角，嫦娥在寒空里徘徊着，从窗棂间正可望见她那副多愁多病似的淡黄色的圆脸。

“呵……”老义呆呆地隔窗棂凝望着寒空里那副圆圆的脸。

圆脸愈望愈近，一直近在窗外。脸和五官渐渐儿清楚起来，可以看见，而且是分明地看见，眼角有五年前晶莹的珠泪，眼皮下有五年前殴伤的指痕。呵！他看见了五年前被李三爷夺走的妻子!

老义痴迷般地沉入了回忆里。

那时他结婚未久，为生活所迫，不得已让妻子到李三爷家去做工。李三爷家很有钱，很有势，很讲面子。三爷和县长大老很贴气，衙门走得呼呼地响。三爷最感为一生大憾者是没有儿子，大太太没解怀，二太太也不曾替他获麟得凤。三太太是张二老底丫头，高高的身材，大大的屁股，娶来不到四五个月就孕了个“白胖小”，但还不到周岁竟得惊风死了。夫不孝有三，无后为大，三爷为此而悒悒者，於兹有年矣。三四年来三爷常打算再娶一个四房，总遇不着相当的人。刘嫂又年轻，又长的不错，为人又极和气，会做活，“正合孤意。”

事情不知是怎样经过，某一天黎明时候，刘嫂偷偷地跑回家来。

一家三口正在一块儿忿哭间，三爷底人马赶到了。据派来的人们声称，刘嫂偷了三爷家底贵重东西，连老义也得抓走。

这事情底结局是老义挨了一次死去活来的苦打，和母亲被逐出境，娇妻没收为奴。

呵，五年了！五年的时光和着愁像江水般地向前奔流！秋风一年一度地吹着，吹白了母亲底头发，吹远了夫妻底隔离，却永远吹不尽心中的忿恨忧伤！

老义打算从铺上下来，到窗前去吻那淡黄色的圆脸。但圆脸忽然暗淡了，消失了，——一块流云遮住了寂寞的寒月。

不久，流云走开了，圆脸重现在窗外。可是，老义已经打着鼾声，赵狮子也爬起来准备上岗了。

三

鸡鸣二遍，大家饱餐已毕，第二次去攻打围子。

老义拿着李水沫底盒子，带着用纸包好的火药，领了三个另外的灌手，呐喊着向围子进冲。看看近了，又被打退下来；一直冲到“大饭食”，始终没冲到围子跟前。李水沫焦急了，老义焦急了，大家弟兄们都焦急了。

“里边并没有快枪。”一个说。

“快枪是没有，土枪却很稠，打得不能近前。”另一个说。

“好了，有办法了！入他娘底。老义……哈哈哈……”

“老义真能干！入他娘底。……哈哈哈……”

“灌呀！呵喝哟……”

老义在邻村找来只榆木门板，顶在前面，呐喊着向围子奔跑。

通!!

门板打歪了，老义险些儿晕倒地上，但土枪是往往打不透榆木门板的，于是另一个灌手奔来了，帮老义同顶住一个门板前奔。

“灌呀！灌呀!”十来个弟兄跟在门板后而呐喊着。

通!!

后面的弟兄们尽伏在地上，门板只震动了一下。

“灌呀！灌呀!”

通!! 轰!!!

“枪笑啦！……灌呀！灌呀！……”

弟兄们奔在围子下，围子上砖石如雨。老义急将火药包底引线燃着，向围子里抛去。

出——轰!!!

随着有哭叫声，奔跑声，……守围子的人们是骚动了。

门板靠上围子了。老义爬上门板去，另一个紧随着。老义底盒子响了。

崩崩崩崩……

老义一只腿跨上围子了，另一个紧随着。两只盒子都响了。

崩崩崩崩……

老义跳到围子上，另一个紧随着，其余的跟着爬上了门板。三四只盒子都响了。

崩崩崩崩……

“缴枪唉！……缴枪不打……”

三分钟后，汤将们全体灌进了围子，守围子的死得七零八落。男人们格斗而死，老婆们被火烧了，小孩们被投入井里和粪池子里了，漂亮的姑娘们被强奸了……

血的刀，血的手，红的烈火，惨的白日，昏暗的天地……

一点钟的骚乱紧张过后，一切又归于平静。汤将们站了队，报了数，揣着各人所得的什物走出了围子。大家都怀着疑团：老义为什么不见了呢?

“但各处都找遍了。唉!”李水沫绝望地叹了一口气。

“唉!”赵狮子跟着也叹了一口气。

四

当李水沫率着众人走回昨晚所盘住的村子时，瓤子九笑嘻嘻地站在路口迎着说：

“老义，入他娘底，可老早弄个黑脊梁沟子回来了。”

“老义回来了?”李水沫下了风子：脸上露出意外的笑来。

“那家伙！……”赵狮子笑着骂了一句。

经了瓤子九底形容，宣传，弟兄们都羡慕老义底艳福不浅，争着去看老义底黑脊梁沟子。——黑脊梁沟子者，托着长辫的大姑娘之别称也。

她，长长的脸，紫糖色面皮，乌黑的眼珠，纤细的腰身，裹着一双有棱斯正的小脚。才十五岁，个子倒像有十七八了。

“他很爱她，她不一定就爱他。”弟兄们有的如此这般地在背地里谈论着。

“反正是露水夫妻，过不了三天!”

的确，已经是一个整天了，伊除掉呜呜地哭泣而外，不曾和老义说过一句话。老义什么话也都劝过，而且又请了别的女人们劝过多次，都不发生效力。但老义始终爱伊，到晚上也就勉强同铺了。

虽云同铺，却非同枕，伊依墙通宵，直抽咽到晓!

在夜间，老义试几试打算把嘴唇凑向伊底嘴唇，总被伊底哭泣所感动而止。到早晨，伊实在疲乏极了，慢慢儿止歇了那动人的低咽。老义把伊轻轻地揽在怀里，伊没有反抗，因为伊已经睡熟了。

这天上午伊不曾再哭，老义很高兴，暗暗地感谢了天地。

下午伊和老义开始说了两三句话，老义更高兴，喜欢得流出泪来。

晚上老义跑去向管家的李水沫请假，说是要把伊送在换帖哥哥家里。

“小心呵，女人是靠不得住的!”

“那自然。……没有什么……”

“好，去吧，早去早回。”

老义走回了自己住的屋里，披好子弹，提了枪，和那位姑娘向远远的夏沟出发。在路上他望了望伊底长长的脸，望了望似姤似羡的嫦娥底脸，笑了。伊也别有原因地还报了一笑。

五

月色渲染了大地，宇宙间的一切都入睡了。

道旁的溪水在月色中潺潺地流着，时时地把激起的水珠溅在两岸枯草上。路上发着反光，好似一条托地的曲曲白练。双双入影，被月光投在地上，斯依斯傍地向前移动着。他们不多说话，各人怀着各人底希望与欢欣。

三更时分，他们走到了夏沟；从村西转到村南，用石子敲着一家黑漆大门。

狗在村里汪汪地乱吠，血流在他俩底心头砰砰地乱跳。

"谁？是谁在敲门？"

这声音他俩都熟，但他却料不到她也熟。

"我呵！快起来开门呵！你俩个正睡美了，对不起呀！"

"老义弟呀，你怎么一个人来了？……等一等，让我们起来给你开门。……女妈，起来！老义弟来啦。"

"我带着你们弟妹来了。"

老义说了后望着伊得意地一笑，伊底脸上泛起了一层红霞。老义又嘱咐了伊许多话，但伊却全没有注意。

大门开了，换帖哥哥站在门口请进。

"大哥，看这位弟妹怎么样？"老义喜欢得合不住嘴来，大哥底脸色突然变青了，但没说什么，只陪了一个勉强的笑。

老义被让进客室里，伊却很熟悉地走进后院。老义很怀疑，但没敢问什么。

弟兄俩略事寒暄，大哥推到后边吩咐安排酒饭，匆匆地进去了。

伊正伏在姑母底膝上哭泣，表嫂也在一旁揩泪。

"表妹，妈，都不必哭了，莫叫前边听见。……表妹，妳们来时别的汤将知道是来这里来么？"

"别的都不知道。"

"那么，不要哭了，我给你报仇出气！"老义底换帖大哥，又悄声吩咐了点什么，向客室走去。

"好！"大哥陪着强笑了几声。

弟兄俩坐下谈着知己话，火盆放在两个人中间。移时，大嫂把酒饭端出。

"大嫂看这位弟妹如意么？"

"好呀！可是呢，长得多好，年岁也小，配你多相当！"继着是一阵咯咯咯的笑声。

"哈哈哈哈……以后全指望大嫂教调哩。"

大嫂把酒饭摆好，又诙谐了两句，在咯咯的笑声中走回后院。

大哥说昨晚喝了许多状元红，陡然起来着点凉，此刻觉着很恶心，不能奉陪。老义就独自大吃大喝起来。

“前天有人来说枪，”大哥说，“是一只头把盒子，一只三十八年式；盒子带三排钉子，三八式带五排。……叫我替你倒，喝起，喝起。……我打算把那只盒子买来送你玩。……再喝一盅，来，喝起。……这种东西很必须，尤其是在紧急的时候。”

“盒子最必须不过……这酒不错，比前时的好些……打围门风时非盒子不成。”

“酒还行，请多喝几盅。……近来局势又快清了，姚亮街前天开来一连人，——马文德底军队。……现在女人是有了，弄几个钱早点洗手才好。……多喝几盅，这酒味道很正。……咱是自家人，我待你比待亲弟兄还亲，你应该听老哥底话，早点弄几个钱洗手。”

“大哥说的很对，我也是这么打算。”

酒饭吃毕，大哥把烟盘子已摆在床上。老义感到肚子里一阵绞肠刮肚地怪疼，忙向茅厕里跑。刚跑到茅厕门口，徒然天和地旋转起来，老义觉得有件什么落在头上，又有件什么从头顶飞出，墙屋都在动摇，月亮变成了灰暗的。老义躺在地下了。

换帖大哥放下短头棍，用刀子照着老义底喉咙戳下，老义又无力地挣扎了几下，战栗了几下，两腿慢慢地伸直，月亮底光色从眼底变为漆黑。血溅在换帖大哥底手上，正如某次别人底血在他自己底手上。

事情快完了，大嫂从后面跑出来，帮同丈夫将老义放在驴子背上，悄悄地走出村子，顺着沟向南进发。朝南走二三里远，沟水在这里打了一转，黑渌渌的大约有一丈多深，村人名之回龙潭。驴在回龙潭边停住，大哥把老义从驴子背上拉下，将脚手绑在一块，脖颈上系好一块石头，咕噜一推，老义滚进了龙宫。一声“扑通”之后，水面泛起些白泡，枯草上溅落些水珠，沟水仍然依旧地流着。

此外，一切都寂然。

六

一直三四天，弟兄们不见老义销假，有的说他洗了手，有的说他怕是遇了害，但谁也不能说出来个明白来。第五天，杆子要往方城拉，刘老义仍没有回来。李水沫对弟兄们叹息着说：

“谁知他往什么地方去了呢？那时我忘掉问他底换帖哥哥是谁，和住在什么地方了。”

“也许是被害了。”二红说，“人该死的时候就要变脾气，你看老义平日脾气是那样坏，最后对黑脊梁沟子却是那么温顺，一点脾气也没有。”

杆子在灰白的月色中向前进发，小路正搭回龙潭边经过。沟水静静地流着，终古如斯地发着澌澌的呻吟。

“传！叉子放开！”

“传！……”

条子如白练，月色如寒霜。一队人马，在白练上，寒霜中，向前移动着。然而他们谁也想不到在他们底下脚边，回龙潭下，静卧着他们底勇敢灌手——那遗弃了白发老母的青年！

荣一农致茅盾信释读及其他*

韩金玲　赵思运①

摘　要： 茅盾担任《文学》月刊隐形主编时期，特别注重发现和培养文学新人。河北省立邢台师范学校的荣一农（曾用名荣亦农）就是其中一位。他写给茅盾的现存两封信件，记录了茅盾对于年轻作者的指导、扶持，以及年轻作者的成长历程。信件内容显示，茅盾曾经指导荣一农多多创作农村题材的诗作。荣一农接受教导，因此改变了早期创作中象征主义的伤感倾向，他投稿给《文学》月刊的四首诗作显示出可贵的努力。茅盾对荣一农的指导、关怀和影响，不仅促使荣一农转变了诗歌道路，更对其人生道路的选择产生了重要作用。荣一农后来投身党的新闻事业，或许与此有关。

关键词： 茅盾；书信；荣一农；河北省立邢台师范学校

《文学》月刊（也称《文学》月报）曾是中国左翼作家联盟的机关刊物，1932 年 6 月 10 日在上海创刊。茅盾虽然没有挂名担任《文学》月刊主编，但实际上是《文学》月刊的主持人，是隐形的主编。黄源曾回忆说："1933 年，郑振铎、傅东华编《文学》，茅盾仍在被通缉中，不能更多地公开露面，但他是实际上的主持人。"② 茅盾在《我走过的道路》中曾说过，"这次聚餐以后，郑振铎即回北平教书"，"傅东华忙于编商务印书馆的中学语文国文教科书"，"所以，《文学》的实际筹备工作，我不得不多方照应"。③

茅盾担任《文学》隐形主编时期，特别注重发现和培养文学新人。在《文学》月刊创刊号上，茅盾发表未署名文章，说："我们与新进作家或是将发表处女作的作家初无一面之雅，就只好等他们投稿来了。……我们并不想出什么'无名作家专号'以事号召，

---

* 项目基金：国家社会科学基金一般项目"茅盾形象的媒介建构研究"（批准号：23BZW125）。

① 作者简介：韩金玲（1969—　），女，山东菏泽人，硕士，浙江传媒学院马克思主义学院副教授，主要研究方向为中国近现代史。赵思运（1967—　），通讯作者，男，山东郓城人，博士，浙江传媒学院茅盾研究中心教授，主要研究方向为中国现当代文学、文艺理论史案。

② 黄源：《忆鲁迅先生》，人民文学出版社 1981 年版，第 43 页。

③ 茅盾：《我走过的道路》（中），人民文学出版社 1984 年版，第 199 页。

只要有稿子，我们一定发表，——打算每期里刊登新作家或‘处女作’家的文章一二篇。同时我们对于那些作品的意见也将掬诚贡献，俾作者和读者参考。”① 甚至倡议“让我们来喊一声：‘新作家’万岁！”② 一大批文学新人，如端木蕻良、骆宾基、张天翼、沙汀、臧克家、艾芜、夏征农等就是30年代被茅盾发掘的“新进作家”，后来都长期占据着新文坛的重要地位。另外还有一位不为人知的年轻作者，他就是河北省立邢台师范学校的荣一农（曾用名荣亦农）。他写给茅盾的现存两封通信，记录了茅盾对于年轻作者的指导、扶持，以及年轻作者的成长历程。

一

关于荣一农的生卒年和籍贯，已无从查考。署名“荣亦农”“荣一农”的两封信，现存于浙江省桐乡市档案馆。信封显示收寄人茅盾先生及其《文学》月刊的地址：“上海极司斐尔路四五五弄二号 文学社 台转”。落款为“河北省省立邢台师范学校”。（见图1）而茅盾给荣一农（荣亦农）的信件佚失。荣一农（荣亦农）给茅盾的信件，据内容推断，写于1937年。

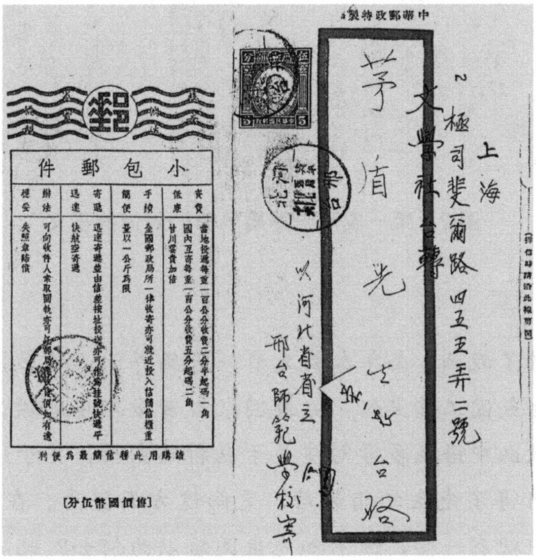

图1　荣一农写给茅盾的第一封信的信封

第一封信内容如下（见图2）：

---

① 茅盾：《茅盾全集》第19卷《中国文论二集》，黄山书社2014年版，第513页。

② 茅盾（发表时署名“蕙”）：《新，老?》，《文学》1934年第2卷第4期，第573页。

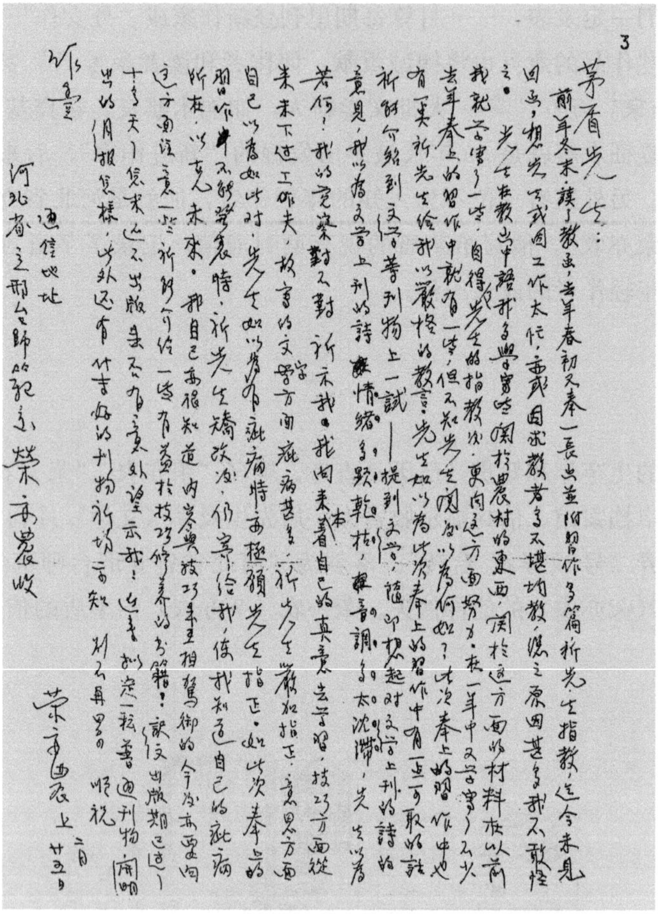

3

茅盾先生：
前年冬末，读了教函，去年春初又奉一长函并附习作多篇祈先生指教，迄今未见回函，想先生或因工作太忙，亦或因求教者多不堪均教，总之原因甚多，我不敢怪之。先生在教函中语我多学写些关于农村的东西，关于这方面的材料在以前我就学写了一些，自得了先生的指教后，更向这方面努力。在一年中又学写了不少，去年奉上的习作中就有一些，但不知先生阅后以为何如？此次奉上的习作中也有一点，祈先生给我以严格的教言。先生如以为此次奉上的习作中有一点可取的话，祈能介绍到文学等刊物上一试——提到文学，随即想起对文学上刊的诗的意见，我以为文学上刊的诗情绪多显干枯，音调多太沉滞，先生以为若何！我的觉察对不对，祈示我。我向来本着自己的真意去学习，技巧方面从来未下过工夫，故写的文字方面疵病甚多，祈先生严加指正。意思方面自己以为如此对，先生如以为有疵病时亦极愿先生指正。如此次奉上的习作如不能发表时，祈先生矫改后，仍寄给我，使我知道自己的疵病所在，以充未来。我自己亦很知道内容与技巧未互相驾御的，今后亦要向这方面注意一些，祈能介绍一些有益于技巧修养的书籍！《文》出版期已过了十多天了，总未见出版，未知有意外否？望示我！近来拟定一种普通刊物（开明出的月报似的），此外还有什么好的刊物祈告知。别不再渎 顺祝
[illegible]

荣一农上 二月廿五日

通信地址
河北省立邢台师范荣一农收

图2　荣一农写给茅盾的第一封信的正文

茅盾先生：

前年冬末，读了教函，去年春初又奉一长函并附习作多篇，祈先生指教，迄今未见回函，想先生或因工作太忙，亦或因求教者多不堪均教，总之原因甚多，我不敢怪之。先生在教函中语我多学写些关于农村的东西，关于这方面的材料在以前我就学写了一些，自得了先生的指教后，更向这方面努力。在一年中又学写了不少，去年奉上的习作中就有一些，但不知先生阅后以为何如？此次奉上的习作中也有一点，祈先生给我以严格的教言。先生如以为此次奉上的习作中有一点可取的话，祈能介绍到《文学》等刊物上一试——提到《文学》，随即想起对《文学》上刊的诗的意见，我以为《文学》上刊的诗情绪多显干枯，音调多太沉滞，先生以为若何！我的觉察对不对，祈示我。我向来本着自己的真意去学习，技巧方面从来未下过工夫，故写的文字方面疵病甚多，祈先生严加指正。意思方面自己以为如此对，先生如以为有疵病时亦极愿先生指正。如此次奉上的习作不能发表时，祈先生矫改后，仍寄

给我，使我知道自己的疵病所在，以克未来。我自己亦很知道内容与技巧是互相驾御的，今后亦要向这方面注意一些，祈能介绍一些有益于技巧修养的书籍！《译文》出版期已过了十多天了，怎末还不出版，是否有意外，望示我！近来拟定一种普通刊物，开明出的《月报》怎样，此外还有什末好的刊物祈均示知。别不再累。　顺祝

作丰

荣亦农　上　二月廿五日

通信地址：河北省立邢台师范交　荣亦农　收

这封信由于超重被退回了，荣一农重新给茅盾写信，附上了第一封信和调整后的稿子。内容如下：

茅盾先生：

这信是本学期开学之初就由《文学》社转奉给先生的，因为附上的稿件过多，重量超过，故邮局要以邮资不足的名义，罚《文学》社，《文学》社不接受征罚，随延至今日而退回。农接到这退信后，把附上的习作取出三分之二，再附此，意又奉寄给先生，祈先生给农一严格的指教是幸！专此敬祝

近安

荣一农　上

五月廿五日

（若来教言，祈能早复，农下月底就要离开这里——寄时附。）

再附另一首习作如左，

拣残炭的孩子们

顺德站的西南
漫堆着烧过的残炭。
残炭堆上一个个手挖的炭坑
像是一个个的小黑洞一般。
每个炭坑里
多还显着一糊摊（土语——凸起的一片之意。）
经过路人的声扰
每个一糊摊

都要娓娓的动颤——
鬼头哭丧脸
两眼白多半
懒懒的现给你一看。
定睛细看：
每个炭坑里
多有贫童一员
和破布袋皮一片，
定睛再看：
猴头猴脸，
两眼仰闪——
“没人怜俺，
自知寒酸！”
(耳朵里听到这样一片无声之言。)
突的一屯旋风周转
把贫童们的袄后襟吹卷——
露出他们的皮肤与残炭无辨，
那一条条的小肋骨
活像一把把的小匕首一般；
那两条肋骨间
就像给狂风吹干了的小溪川，
啊！啊！啊……
我们要把这些仔细观观！

一九三六 二月十六日

以下三首诗，是荣一农从上次投稿中选出来再次寄奉的，写在12×35竖排方格稿纸上。

宿乡村

荣一农

狺狺狺……
一阵犬吠声，

告诉你：
将踏到乡村。

“停步，什么人?”
一群人拥过来，
“什么时候还走?!”
“我错计了路程，
夜深才赶到贵村，
打算在贵村休一宿，
明日赶（起，用何字为宜?）早再前行。”
（我这样哀求。）
“这年头，
不许生人宿敝村!
“尤其是夜深!”
“诸位老兄：
我是一个老实人——
不会做任何坏事情，
请你们行一点好，
叫我在贵村休一宿，
将来贵村人到敝村张家屯，
我决以致礼待贵村人!”
“这位老兄：
你说你是好人，
我们也不敢信人；
人别你是歹人，
也未保一准!
这不留生人在敝村休宿，
这是我们村里的乡规!
你今既如此哀求，
天也实在晚了，
看你也不一定是坏人，
所以我们也就通融一回。
你把你的姓名、籍贯，
来路去径

身世身随
……
……登记一遍，
我们再把你的身上检查一番，
若无嫌疑，
我们就允你在敝村端宿这一回。”

如此的慎审，
你若是犯人，
不用说生命，
就是灵魂也难飞！

登记和检查后，
我被驱到村端一处破厦，
一片奇静，
一团漆黑，
促我赶快入睡。

一九三六年七月廿六日深夜 作于邢台师范

洋车夫的一天

荣一农

一家的吃穿
都由他一人负担，
他每日挣的，也刚够他一家的薄餐。
他为了孝老养小，
整日价用两只手握紧车把
和用两条壮腿到处跑跑喋喋去挣钱。
因为他每日挣的刚够他一家的吃饭，
所以往日他也并不感觉什末困难。

今天可是意外的一天：
一阵阵的暴雨——

两条都像是鞭杆；
下下停停，停停下下——
整整下了一天——
这，可使他感到艰难：
整一天，没有拉到一个单钱，
这可怎么叫一家老小吃饭？

到了傍晚
浓云才渐淡，
但接着又是乌黑的夜天，
他没劲的拉着车子回返——
回返的道上，心里没有别的
尽是“难”和“饭”。

身上的寒战，
肚里的腹鸣，
像产妇临盆前的阵痛来，
这应和着脚下的水泥声，
但，这些都好像和他无关，
和他有关的只有“难”和“饭”。

一九三六年夏作

“生”与“死”

荣一农

生并不是件难事——
只要肯；
死实在残酷——
不要甘心为。

生虽不是件难事，
但越艰难越有趣味；
死固然残酷，

然为了生，也不要避讳。

一九三七年二月一日 作于巨鹿简师

荣一农的这几首诗有这样的共同特点：内容上多写农村题材，刻画农民及孩子们的苦难与不幸，流露出浓厚的人道主义关怀；艺术上采取朴素的现实主义手法。这确实受到茅盾先生的指导。荣一农在信中说："先生在教函中语我多学写些关于农村的东西，关于这方面的材料在以前我就学写了一些，自得了先生的指教后，更向这方面努力。在一年中又学写了不少，去年奉上的习作中就有一些"。《拣残炭的孩子们》写的是顺德站旁边在炭坑里拣残炭的贫童的不幸命运。诗人对于孩子们的肖像描绘运用的比喻意象触目惊心："突的一屯旋风周转/把贫童们的袄后襟吹卷——/露出他们的皮肤与残炭无辨，/那一条条的小肋骨/活像一把把的小匕首一般；/那两条肋骨间/就像给狂风吹干了的小溪川"。《宿乡村》和《洋车夫的一天》叙写战争年代无处投宿的夜行人、暴风雨极端天气中没有生意的车夫的悲惨境遇，激起读者强烈的情感共鸣。三首叙事诗纯用白描手法，而《"生"与"死"》则用抒情和议论手法，虽然在整体的艺术表现方面还有些粗糙，但是显示出作者的多种艺术探索。

二

因为是向《文学》月刊投稿，荣一农听从茅盾先生的指导，多写农村题材的作品，那么，荣一农肯定会仔细研读《文学》月刊曾经重点推荐的"农民诗人"臧克家。确实，我们在《拣残炭的孩子们》《洋车夫的一天》中能够看到臧克家的影子。《文学》1933年7月出版的第1卷第1期创刊号上有臧克家的《捡煤球的姑娘》，1933年第1卷第4期有臧克家的《洋车夫》。1933年第1卷第5期同时发表茅盾撰写的书评《一个青年诗人的〈烙印〉》和老舍撰写的书评《臧克家的〈烙印〉》。臧克家的《捡煤球的姑娘》全诗为："一堆垃圾，春风在上面/吹不出美丽的花朵，/淘金似的，小姑娘们/把希望放在指头尖上。//晨雾迷了人的脸，/连心也全是黑色了；/她们的青春不见开花，/暗暗地憔悴了，在黑风里。"臧克家的《洋车夫》全诗为："一片风啸湍激在林梢，/雨从他鼻尖上大起来了，/车上一盏可怜的小灯，/照不破四周的黑影。//他的心是个古怪的谜，/这样的风雨全不在意，/呆着像一只水淋鸡，/夜深了，还等什么呢?"臧克家在意象的营造、氛围的烘托、语言的凝练、蕴意的含蓄等方面，都显示出比较成熟的艺术表现力。虽然在艺术表现和手法上，荣一农与臧克家有所不同，但是在题材的选择上和现实主义精神的挖掘上，可以看出清晰的影响关系。

可以说，正是由于茅盾对于荣一农的指导，荣一农的诗学风格产生了重大变化。如果比较一下他在 1935 年 11 月 1 日《星火》第 2 卷第 2 期发表的诗歌《暮感》，就可以看得很明白。《暮感》署名荣亦农，也是目前可查荣一农唯一发表的诗作。全诗如下：

暮感

夜幕张在眼前，
视线一丝一丝的缩短，
是谁作的迷网
笼罩了这寂寂的庭院？

怀里扯起一片灰暗
苦闷的象征
爬上了我身上的桅杆，
这——
有谁解除我这没奈的伤感？

一九三四，十二，二 午后。

图 3 《火星》第 2 卷第 2 期封面

《星火》是一家文艺类期刊，1935 年 5 月 15 日创刊于上海，编辑部地址在上海北四川路横浜桥 810 号，1936 年搬至上海闸北中兴路 1375 号。该刊是青年作者主办的同人期刊。其《前致词》里写道："我们看到，在目前这充满了黑暗的文坛上，形成了军阀割据似的局面的文坛上，并不是每一个诚恳的为文艺而努力的青年都能得到他的应得的立足地。我们有创造的欲望，我们也都有发表的欲望，但是我们的作品是只配丢到编辑先生的字纸篓里去。我们知道也许自己的作品并不完全成熟，但我们也知道，即使是成熟的作品，要找到个发表的机会，也是像抽彩票一样的困难。在这种文坛已经被垄断的情形下，每一个有点自爱心而不屑于钻营逢迎的文艺青年，想要不消极，不灰心，便只有一条路可走——那就是有一个完全是自己的刊物"，"我们这刊物虽然是同人刊物，但我们这同人是可以无限制的扩大的。我们诚意的欢迎任何对我们的态度表同情的文艺青年也成为我们的同人"。① 荣一农即是这众多青年作者中的一员。

《暮感》可以作为荣一农初入诗坛时的创作样本。诗中充满了极强的个人体验，"迷网""寂寂""灰暗""苦闷""没奈""伤感"等负值情感色彩的字眼，氤氲出浓厚的感伤气息，艺术手法上更接近象征主义。从《暮感》到《拣残炭的孩子们》《宿乡村》《洋车夫的一天》《"生"与"死"》，体现了作者从抒发个人情感向描绘大众生存的转变，以及从象征主义向现实主义的转变。

三

茅盾对荣一农的指导、关怀和影响，不仅促使荣一农转变了诗歌道路，更对其人生道路的选择产生了重要作用。荣一农后来投身党的新闻事业，或许与此有关。

1937 年 5 月 25 日，他给茅盾的信的末尾有句说明："若来教言，祈能早复，农下月底就要离开这里——寄时附。"意思就是说，六七月份他将离开省立邢台师范学校。去哪里？笔者猜测大概率去"巨鹿县立简易师范"。他投稿的最后一首《"生"与"死"》末尾注明了"一九三七年二月一日　作于巨鹿简师"。也就是说，他在邢台师范学校教书的时候，已经与巨鹿县立简易师范有了密切联系。巨鹿简师是一所具有革命传统的学校。1922 年创立的巨鹿县立乡村师范，于 1935 年正式易名为"巨鹿县立简易师范"。1935 年春，中共党员王武修来校任教，主讲鲁迅、茅盾等进步作家的作品，给巨鹿简师播种下了革命的火种。在巨鹿简师中，共产党人夏炎光、潘宗正、张申平、杜庆人等大量发放进步书籍，开展读书活动，爱国革命思想已然在巨鹿简师内激荡如潮。荣一农极有可能于 1937 年六七月间去了巨鹿县立简易师范，在从事教育事业的同时，积极投入革命洪流。

荣一农的革命活动主要是从事进步新闻事业。据有限文献检索，基本情况如下：

---

① 本社同人：《前致词》，《星火》1935 年第 1 卷第 1 期，第 1 页。

1938 年 8 月，时任民族革命通讯社上党分社记者的荣一农在《群众》周刊第 3 卷第 12 期发表《平原游击战的经验教训——陈赓旅长访问记》。

1940 年春，荣一农以民族革命通讯社上党分社记者身份，加入《胜利报》。①

1941 年 3 月，时任晋冀豫日报记者的荣一农在《八路军军政杂志》第 3 卷第 3 期发表《克复榆社之战——百团大战榆辽战役通讯》。

1942 年，《晋豫日报》创刊阶段，荣一农担任编委。②

1946 年，荣一农在《文艺杂志》（太行）第 2 卷第 3 期发表《阎顽区民谣一束》。

1946 年，荣一农作为《新华日报（太行版）》人员，参与华北局机关报《人民日报》的创刊工作。③

1948 年 6 月间，荣一农任职邯郸电视台编辑部门。④

1949 年 4 月，人民解放军攻克太原城以后，以邯郸新华广播电台台长常振玉为组长的太原市军事管制委员会电台接管组迅速接管国民党电台，成立了太原新华广播电台，荣一农系重要成员。图 4 为 1949 年 1 月太原市军事管制委员会电台接管组部分人员在榆次的合影，后排右二为荣一农。⑤

图 4　太原市军事管制委员会电台接管组部分人员合影

① 参见刘江《胜利报的风流才子》，《采写编》2011 年第 2 期，第 55 页。

② 参见邵挺军《抗日战争时期山西报刊简介》，《新闻研究资料》1985 年第 4 期，第 192 页。

③ 参见钱江《烽火岁月谱写报业史诗——晋冀鲁豫〈人民日报〉创刊纪实》，《中国报业》2007 年第 5 期，第 58 页。

④ 参见祝敬迓、萧风《邯郸新华广播电台记实》，《新闻研究资料》1983 年第 1 期，第 181 页。

⑤ 参见刘英魁《与时代同频共振 为三晋传声留影——写在山西广播电视台建台 72 周年之际》，《新闻采编》2021 年第 3 期，第 7 页。

1949年12月，重庆，军代表荣一农与中央广播事业局派往重庆接管广播电台的涂国林，先后进驻被国民党派人炸毁的国际广播电台，于1950年元旦组建重庆人民广播电台。①

中华人民共和国成立以后，1949年12月9日以康定（今四川省康定市）为省会设西康省。西康人民广播电台于1952年8月6日在雅安开始试播，同年9月1日起正式播音。荣一农任西康人民广播电台第一任台长。②

致谢：

感谢浙江省桐乡市档案馆及沈琳同志提供帮助。

① 参见陆原《四川广播电视发展简况》，《新闻研究资料》1987年第4期，第105页。

② 参见卢德武《西康人民广播电台研究（1951—1955）》，四川师范大学2011年硕士论文，第12页。

《重逢》：抗敌故事的“剧场版”书写与“成长式”叙述*

宋　宇　任毅然①

摘　要：延安抗日根据地话剧以救亡主题和人民立场彰显了鲜明的民族精神、民族风格与民族气派，在蓬勃发展的延安文艺运动中作出了独特贡献。其中，创作于1937年8月的独幕剧《重逢》是丁玲到达延安后执笔的首部剧本。丁玲通过聚焦女主人公白兰的生存困境和“突围”方式，塑造了一位勇敢刚强、不屈不挠却缺乏斗争经验的青年革命女性形象，并凭借其深厚的文学功底、新颖的取材和个性思想，使得这部“战时急就章”仍具有丰富的艺术内涵和强大的情感号召力。《重逢》实现了丁玲创作生涯中的体裁突破，深度诠释了抗日救亡的时代要求，充分考虑了群众的战时审美意向与情感需要，同时也凝结着丁玲本人的个体囚居经验与革命观，是对抗敌故事的“剧场版”书写与“成长式”叙述。

关键词：丁玲；《重逢》；解放区戏剧；抗战；女性成长

延安岁月是丁玲创作新生活的开始，她积极地通过小说、戏剧与散文等各种文学形式反映人民群众以及军队的生活，踏上了革命现实主义创作的新征程。在抗日民族救亡成为时代主题的战时环境中，戏剧以其快捷直观的形式特征、巨大的情感号召力成为重要的文艺宣传形态。丁玲作为西北战地服务团主任接受了组织的文艺创作任务，力图通过剧作激发人民抗战热情、坚定革命意志，使戏剧在抗日救亡运动中发挥重要作用。丁玲到解放区后的第一个剧本《重逢》便是在这种背景下创作的，带有明显的战地文学色

---

* 项目基金：河北省高等学校人文社会科学研究项目（青年拔尖人才项目）“晋察冀戏剧文学编年视野下的战时文艺体制研究”（批准号：BJS2022014）。

① 作者简介：宋宇（1987—　），男，河北保定人，博士（后），河北大学文学院副教授、硕士研究生导师，主要研究方向为中国现当代文学。任毅然（2000—　），女，河北保定人，河北大学文学院硕士研究生在读，主要研究方向为中国现当代文学。

彩，似乎这一剧作也如丁玲自己所说的“只是适应宣传工作的需要、完成戏剧组分配给我的一项写作任务”① 的“遵命”之作。然而，丁玲的延安时期作品虽然不再如五四时期时多数是个人主义情绪抒发的载体，但《重逢》这一剧作在作为政治宣传工具存在的同时，它的创作动机的功利性并没有完全掩盖创作过程中的个性光辉。丁玲在进行抗敌故事的“剧场版”书写的过程中充分调动了其三年南京囚居体验，白兰这一年轻革命女性形象更是丁玲对自身困境心态、复杂情感和突围方式的一种“成长式”叙述。

一、空间位移与作家创作语境的改变

1936 年 11 月，丁玲在结束三年的南京囚居生活后，怀着满腔的壮志与豪情奔赴其心中一直向往的“革命圣地”。“我却只有一个心愿。我要到我最亲的人那里去，我要母亲，我要投到母亲的怀抱，那就是党中央，只有党中央，才能慰藉我这颗受过严重摧残的心。”② 当丁玲进入解放区之后，共产党人给予了她真诚、热烈的欢迎，毛泽东后来更是通过电报写词赞其为“昨日文小姐，今日武将军”。进入苏区的丁玲以实际行动深入了解、参与红军的真实生活，不愿仅顶着一个作家的头衔在根据地无所事事，她渴望首先作为一个红军战士投入抗敌斗争中，并在实际战斗中汲取创作的养分和经验，“当红军”成为丁玲的热忱所在。丁玲初到延安，便能够主动自觉地从党的文艺干部的立场出发，切实考虑苏区的文艺工作情况。此时的丁玲兼具革命女作家和革命女战士的双重身份，又经历了从国统区到根据地的空间位移，她对自己的身份认同、写作方式进行着重新思考与梳理，并在这一过程中逐渐完成了创作的转型。丁玲一直以来以小说家著称，尽管她对戏剧有着良好的印象与青春记忆，但由于生活环境等条件的限制，戏剧这一文体从未进入她的创作视野。丁玲早期的作品《梦珂》《莎菲女士的日记》等小说多是以大胆的女性观点和日记式的手法，流露出知识分子的苦闷、寂寞与烦躁，充斥着迷惘的个人主义话语的烦恼。即使《韦护》具有“革命加爱情”的故事内核，但仍旧不是一部真正意义上的革命文学作品。在浓烈的革命氛围的包裹、热情的革命同志的簇拥以及紧张的战时环境的迫近下，丁玲一扫莎菲时代的怨愤与绝望情绪，走出个人的狭小天地，为民族国家苦难和革命斗争登高一呼。

七七事变发生后，延安的抗日热情空前高涨，上前线杀敌成为解放区人民的普遍强烈诉求。丁玲也紧随时代步伐，建议筹划组织战地记者团以推动抗战文艺的发展，为抗战胜利填注精神声援。在参与人数众多，组织逐渐扩大，戏剧、歌咏、漫画等多种文艺形式不断丰富的基础上，中共中央宣传部决定成立“西北战地服务团”（以下简称“西战

① 丁玲：《丁玲全集》第 10 卷，河北人民出版社 2001 年版，第 264 页。

② 丁玲：《丁玲全集》第 6 卷，河北人民出版社 2001 年版，第 164 页。

团”），丁玲被任命为西战团主任。西战团是一个以宣传为主要武器的战地工作团，为了宣传工作的需要，完成团里戏剧组分配的一项工作，丁玲在西战团出发前于延安创作了《重逢》。《重逢》是全民族抗战时代背景下的产物，同时也是当时延安文艺政策的深度体现。毛泽东曾在西战团成立前对丁玲有过指示：“这个工作很重要，对你也很好，到前方去可以接近部队，接近群众，宣传党的政策，扩大党的影响。宣传上要做到群众喜闻乐见，要大众化。”① 在西战团的成立大会上，毛泽东再次勉励同志们：“宣传内容要大众化，扩大党的影响，争取抗战的胜利，作风也要大众化，为人民服务，向人民学习。”②可见，当时的核心政治任务是“抗战”，核心文化立场是“人民”。剧作中塑造的年轻的女革命者白兰、宁死不屈的三位战友以及执行潜伏任务的昔日恋人马达明，都是契合“全民族抗战”这一时代主题的典型形象。日本特务的穷凶极恶与共产党员的正气凛然形成鲜明对比，严峻复杂的敌营环境更突显出革命战士的钢铁意志。这一剧本是应抗战所需、应时代所需、应人民所需的文艺作品，在激发人民抗战热情、鼓舞人民革命意志方面发挥了重要作用。

“西战团除了写通讯报导以外，主要是各种形式的宣传演出，并且常常以话剧为主。这样我不能不参与选剧本、审查节目，或者动手写。那时我先后写了两个剧本：《重逢》与《河内一郎》。”③《重逢》是丁玲的第一个戏剧剧本，实现了她创作文体上的突破，而丁玲首先以戏剧活动为起点开启延安岁月，则与戏剧独特的宣传功用、广泛的大众接受度密切相关。戏剧自晚清以来便在各时期革命斗争的文艺活动中担任着重要角色，至抗战时期，在抗日民族救亡成为时代主题的战时环境中，戏剧更是以其快捷直观的形式特征、巨大的情感号召力成为不可取代的文艺宣传形态。如果说丁玲之前的小说创作为城市青年男女的苦闷心绪提供了宣泄的出口，那么此时丁玲在延安的戏剧活动则必须要考虑受众的转变，即群众的接受能力与审美习惯。延安文艺运动的实质是中国共产党领导下的一场群众运动，人民是文艺作品、文艺活动的参与主体、评价主体和受益主体。在延安及其他抗日根据地，文艺作品主要受众是文化水平普遍较低的农民和来自农村的八路军指战员，具有鲜明的直观性与对话性的戏剧显然较小说、散文更适于群众的战时审美意向与情感需要。因此作家们纷纷开启了戏剧潜在的组织动员功能，通过简浅的语言形式和通俗易懂、贴近实际的故事内容，力求群众在观剧过程中获得充分的情感共鸣，达到培养革命意志、激发革命斗志的情感政治效果。独幕剧《重逢》着力塑造了年轻的女性革命者白兰这一典型形象，被捕入狱、宁死不屈、战友牺牲、逃离敌营等情节都是发生在现实革命斗争中真实故事的艺术缩影，同时通过叙写白兰与昔日恋人马达明之间

---

① 蒋祖林：《丁玲传》，人民文学出版社 2016 年版，第 230 页。

② 蒋祖林：《丁玲传》，人民文学出版社 2016 年版，第 233 页。

③ 丁玲：《丁玲戏剧集》，中国戏剧出版社 1983 年版，第 1 页。

的血色浪漫故事，展现了白兰在理智与情感之间的痛苦挣扎，使得观众感受到的是一个有血有肉的共产党员形象，而非脱离实际、凭空想象出的单薄的剧本角色。通过“爱情”视域的设置，导向革命者身份最终战胜恋人身份的结局也展现了私人情感绝对让位于民族大义的革命观，从而抵达政治宣传与思想教育的文艺目的。饱蘸革命热情的台词对解放区的观众们会产生巨大的情感冲击力，而群众观剧的过程也正是建设以抵御外侮、救国救民为主题的新民主主义文化的重要途径，“传统戏剧潜在的讽喻功能为新民主主义文化主题的有效传达提供了便捷的通道。从这个角度来理解延安时期的戏剧活动，便能深切感受到当时戏剧热的背后所蕴含的时代症候与历史机缘”①。由此，《重逢》在内容和形式上都深度体现了当时服务抗战、服务人民的政策要求。《重逢》上演之后，在延安、西安等地都引起了热烈的反响，后来在《七月》杂志上发表。

二、心理描写与剧中人物冲突的构建

丁玲十分重视对人物形象的刻画在创作过程中的地位，她在进行剧本构思时，也充分调动了其作为小说家丰富的创作经验，穿插人物的心理描写，注重构建人物之间的多重冲突，在典型环境中塑造具有丰满血肉的典型人物形象。

《重逢》作为一出独幕剧，将气氛恐怖的日本特高科密室作为限制性空间，将白兰被捕后的一天一夜作为特定时间，在相对逼仄的时空环境中有意地展开、激化矛盾冲突。剧作开篇在展现白兰独处的这一时间段内运用了大量心理描写。白兰在被囚密室后情绪愤怒激越，意欲逃离又无计可施：“幕启：白兰静睡在床上，半分钟后起身环顾室中，在室中来回踱步作焦思状，又走至桌前凝望片刻，拍桌，愤怒不可忍耐。”② 在白兰的一系列行动中穿插对其内心焦急、愤恨和无奈情绪的揭示。继而剧作者又通过白兰自言自语的方式向观众剖析了她矛盾、复杂的心理活动：“我，我算完了，我死，多死我一个，不要紧，只是……他们，同志们还在等我的回信。”③ 白兰此时心中既有与敌人同归于尽的想法，又担心自己的抗敌任务尚未完成，在严峻的囚禁环境中，这种挣扎与痛苦更加强烈，同时也体现了白兰作为一名年轻的革命者因缺乏斗争经验而心绪难定的徘徊状态。“鬼子来了，我一看见日本人，我的心就好像要炸开似的。我可以咬他，我要……来了，来了，鬼子来了！”④ 白兰的矛盾心理在敌人逼近之时又迅速转化为强烈的愤慨和革命斗志，这是一个共产党员心中时刻铭记民族大义、国仇家恨的真实写照。这些精彩的心理

① 惠雁冰：《延安时期的戏剧运动》，《中国现代文学研究丛刊》2016 年第 12 期，第 93 页。

② 丁玲：《丁玲戏剧集》，第 3 页。

③ 丁玲：《丁玲戏剧集》，第 4 页。

④ 丁玲：《丁玲戏剧集》，第 4 页。

描写使得一位身处险境仍满腔热血的年轻女革命者形象跃然纸上。同时，这些心理描写也为白兰面对日军不卑不亢、因误会恋人叛变而手刃恋人等情节埋下伏笔，加剧了戏剧冲突，推进了剧情发展。

丁玲首次进行戏剧创作便已较为成功地展现了其在人物刻画与冲突设置上的娴熟技巧，通过设置白兰与敌人、战友、恋人之间的多重冲突，塑造了鲜明的人物性格，强化了戏剧的艺术张力。

首先，白兰与日军第七十五团特务部队长山本之间的对抗是全剧根本性的冲突。白兰对山本穷凶极恶、笑里藏刀的侵略者嘴脸无比痛恨，但考虑到敌营环境的复杂性和严峻性，她暂时以一种策略性的回答应付山本："我不懂，我不认识，我不知道什么反日分子。"① 看似平淡简短的回答，表露出白兰绝对不会供出任何情报、出卖同志的坚定决心。当白兰目睹战友牺牲时，她发誓道："我一定报仇，替你们……山本，山本看你能逃出我白兰的手！"此时，白兰与山本之间的矛盾冲突愈发激化。而当山本以花言巧语要求白兰嫁给他时，白兰痛斥其是在白日做梦，二人之间的直接冲突虽然并无过多展现，但这种根本性、原则性的民族矛盾却是剧作中其他矛盾冲突的原因所在。

其次，白兰与战友之间关于斗争方式的问题发生了冲突。她与张大山、王光仁、齐新三位战友在狱中意外"重逢"。三人身份暴露却宁死不屈，面临着即将被处决的命运。而战友们在对白兰描述外面已然是尸横遍野的情形后，向其抛出了一个有关身份属性的极其敏感的问题："白兰，你到底是什么时候被抓进来的？我们已经算是一整天了。啊，你还有运气，你还活着，……许多抓进来的同志都牺牲了！这个事……为什么呢？"② 在整座城市被血腥屠杀、抗日战士牺牲者众多的恐怖氛围下，被捕一天一夜后的白兰既未被严刑拷打更未被处决，成为一个"有运气"的革命者，这是对其革命忠诚性的质疑。白兰在面对无法自证清白的境况时感到不安："难道你不相信我，你怀疑我么，齐同志！"甚至激愤地说道："你说什么，为了哪一桩，你要平白地侮辱我？难道我白兰是那样无耻，甘心做亡国奴的人么？你太看不起我了！"③ 白兰作为一名年轻的革命女性，时刻坚守着对党和国家的信仰，以"宁为玉碎"的姿态面对穷凶极恶的敌人，但同时也缺乏一些斗争经验，在她的革命观中从来不想也不屑以任何"迂回方式"进行斗争，因此齐新等人之后向她提出的"潜伏者"任务也对她的革命理念和信仰方式产生了冲击。"告诉你，白兰可以死一百次，也绝不会投降的！投降给日本帝国主义，当汉奸，做卖国贼，做走狗吗？"④ 白兰与三位战友之间的冲突展现出她坚贞不屈、视死如归但又遇事欠缺深

---

① 丁玲：《丁玲戏剧集》，第 9 页。

② 丁玲：《丁玲戏剧集》，第 5 页。

③ 丁玲：《丁玲戏剧集》，第 6 页。

④ 丁玲：《丁玲戏剧集》，第 7 页。

思熟虑、斗争经验较少的性格，这也为其与马达明之间的巨大误解埋下了伏笔。

白兰与昔日恋人马达明的“重逢”将剧情推向了高潮。白兰惊诧地发现眼前的情报科长竟是自己失散一年多的恋人，她没有时间去体会重逢恋人的喜悦，而是对其叛变组织的残忍现实感到惊惧与痛苦：“白兰闻声视马达明，认出是她一年多未见面的同志、爱人，骇急，苦痛万分，手腿痉挛，但极力掩饰着。转过身去，不欲使马达明认出。”① 白兰以激愤的语言痛斥着眼前的叛徒，曾经的爱恋立即转变为喷发的怒火和极度的仇恨，此时两人之间的对话除去了爱情底色，成为革命者与敌人之间的针锋相对，对于革命的忠诚与否是白兰对马达明进行审判的唯一准则。时代洪流和复杂多变的战时环境让这对恋人失散，又以误解的方式重逢。在白兰眼中，马达明的种种询问话语只是代替其“日本主子”实施的劝降术，而她又由于被囚禁在恐怖压抑的空间内多时，亲历了战友的惨烈牺牲，情绪激越，思绪混乱，并没有充足的时间去领会到马达明的多种暗示，甚至主动暴露了自己“抗日分子”的真实身份。马达明也对提前被释放的白兰身份存疑，没有立即明示自己的身份，希望通过对话给对方以暗示和线索从而达成共识，结果却是二人的信息沟通彻底失效，彼此皆无法建立起革命战士之间的信任，因此最后的“误杀”也发生得既突猛又自然。白兰对马达明的态度由“重逢”时的惊惧到对话中的愤恨再到之后的痛惜悔恨，“白兰：（解衣得物，阅后疯似地扑到马达明身边抚他）天啊！我做了什么事了，这怎么这样糊涂，我真该死！达明，达明，你为什么不早说，你为什么不早说呢?”② 她一方面因爱人假意投敌的“真”革命者行为感到欣慰，另一方面又因自己误杀爱人而痛彻心扉。革命者的忠诚原则此时先于情感原则，但“抗战加恋爱”模式下的信任重构却是以鲜血和牺牲为代价，爱情悲剧与革命意义同时生成。

三、革命话语与女性成长意识的糅合

《重逢》虽然是一部战时文学的“遵命”之作，但白兰这一革命女性并不纯粹是丁玲为了“接任务”“赶色彩”生硬臆想出的人物形象，而是丁玲自身囚困经验、革命心态、突围方式的文本再现与精神投射。白兰所面临的“革命忠诚”问题、“潜伏者”指令乃至爱情纠葛，皆凝结着丁玲对革命女性在特殊环境中如何生存并实现自我成长的深刻思考。同时，丁玲借白兰这一角色彰显其革命立场，并与其熟悉的女性成长主题进行有机结合。

首先，丁玲将强调“忠烈”的革命话语融入剧本人物的成长历程。白兰在面对敌人威逼利诱的同时也遭受了来自战友的质疑，其表面上的“暂时安全”使得其成为一个看似尴尬、不合情理的存在。这意味着她在遭受身份质疑的同时无法自证清白，这对于一

① 丁玲：《丁玲戏剧集》，第13页。

② 丁玲：《丁玲戏剧集》，第19页。

位革命战士和知识女性而言是无法容忍、不能触碰的敏感问题，而此时白兰的身份焦虑正是丁玲在逃离南京后所面临的信任危机的投射。革命者被捕是常有之事，而被捕之后的命运总会引起他人关注和思考。“在白色恐怖弥漫的国统区，带有社会名望的著名女作家从国民党刽子手眼皮底下悄然隐去而逃脱，这似乎并不平常。”① 丁玲在历尽千难万险摆脱囚居困境，一心奔赴心目中的革命圣地之际，却面临着“丁玲是清白的”这一问题的自证。丁玲在《魍魉世界》中记录了其南京囚居的种种风波，国民党利用《商报》造谣丁玲被捕后自首并与特务同居，企图以“卑劣恶毒的谣言从精神上来杀害一个手无寸铁的知识妇女”②。她在身处恶劣环境但无能为力和无所作为时，更是曾想到以死亡来证明自己对信仰、对党的忠诚。丁玲在与革命同志重逢后满怀喜悦和期盼的同时，却因敌人捏造和散布的谣言假象而被张天翼等人采取了谨慎疏远的态度。白兰被战友称为“有运气”的革命者，丁玲本人也在与革命同志的相处中遭遇了冷淡，革命女性的生存困境在现实和文本中都被一一呈现。作为战士对党和国家事业无限忠诚，作为年轻女性知识分子又难以逃脱被谣言污名化的境遇，并因无力自证而无法消除他人质疑，以及在新的革命队伍中如何生存，这是革命女性在抗敌和成长过程中所遭遇的处境尴尬和身份焦虑问题。

其次，白兰在面对“潜伏者”任务的艰难选择时，在个人思想和组织要求发生冲突时，最终选择了执行任务，个人观念完全让位于民族意识。白兰最开始坚决拒绝以作为年轻女性而具有的所谓特殊“资本”假意顺从敌人，进入敌人内部，在保全性命的同时进行“潜伏”任务。但在齐新等人的一再劝说下，白兰的斗争思路开始发生转变。剧作中对白兰此时的语言和声调进行了巧妙的处理，从而表现了其在危机中的矛盾思绪。“我做不了！（声音硬而果决）”“我……我做不了。（声音弱）”“我……我做不了……”白兰的语气一再变弱，这是年轻的革命女性在组织代言人下达的命令和自身革命忠诚观之间出现矛盾时而产生的精神迷惘。当白兰在亲历战友被残忍杀害后，于悲愤的情绪和充满危机的环境中转变了自己旧有的斗争方式，决定坚决执行“潜伏”任务并为战友复仇。白兰在与三位战友的“重逢”中实现了一次革命者的成长。丁玲也在表现白兰的艰难选择和最终决定的同时重现了自己的心路历程和革命观。丁玲在南京囚居期间曾一度陷入求生不得、求死不能的困境，但她始终渴求着革命者的自由，没有放弃逃脱“四壁铁墙式的囚笼”的希望，她也曾在“欺骗敌人是污点吗”的问题中自我怀疑，最终写下了“申明书”作为摆脱敌人的一种手段，这既不是叛变、自首，也不表示动摇、妥协，只是

---

① 黄丹銮：《革命女性对生命意义的探寻——丁玲的〈重逢〉再解读》，《现代中文学刊》2014 年第 6 期，第 78 页。

② 丁玲：《丁玲全集》第 10 卷，河北人民出版社 2001 年版，第 158 页。

“为着要飞出去，希望要找到我想找的人而制作的一些烟幕”①。白兰与丁玲都在抗敌斗争中对自己的革命观进行了较为成熟的改进，她们不断积累与敌人周旋的生存经验，在各种矛盾心理和迷茫心态中保持客观清醒的认知，并始终以顽强的“韧性”精神战斗下去。

最后，白兰在与昔日恋人的情感体验中实现了自我革命观、斗争方式的进一步成熟。执行“潜伏”任务的战友及爱人竟然被自己误杀，白兰在解开马达明的衣服发现军事地图、名单等重要文件时终于领会到了他的“真意”，她此时的表现似乎应是痛哭流涕而无法自拔，但丁玲则突出了周围复杂严峻环境对她的影响，以“抚着他的伤口，哭了”这一略显平和的动作对白兰此时的情绪加以“节制化”处理。“如若回到特定历史场域，置身于紧张的剧本环境，我们也许便能领会，革命者的生死抉择身不由己，根本没有‘时空’环境让他们‘顾虑’个体的生命，‘咂味’个人的情感。”② 白兰在爱人的声声劝告和敌人的逐渐逼近中被推离“误杀爱人”这一场景，意味着革命者在私人感情和民族意识发生矛盾时，必须迅速重建革命意志，白兰此时的身份绝不是痛失爱人的知识女性，而是临危受命的共产党员，此时革命者身份彻底战胜了恋人身份。实际上，白兰的心路历程和艰难选择也是充分融入了丁玲在南京囚居时的亲身体验。丁玲曾被国民党政府罗织各种罪名，在无法自证和无力辩白之际，丁玲也曾有过以死亡来证明自己对信仰、对党绝对忠诚的念头，但她的囚居生存经验又使其深刻认识到死亡对党和国家的事业并没有任何实质性的帮助，只有存活下去才能继续为自己的信仰战斗。白兰作为年轻的女共产党员，没有在面临爱情悲剧时“垮下去”，而是痛定思痛，从爱人的肩上接过了抗敌的重担，选择了“跨过去”生命中的每一个关卡。丁玲在剧中塑造的白兰对自己的信仰、对党和国家的事业无比忠诚，虽然年轻而缺乏斗争经验，但仍是一位勇敢刚强、不屈不挠的纯粹的革命者。这一人物形象展现了在抗战的时代洪流之中，革命女性肩负起特定历史时期的责任与使命，彰显了女性特殊且不可忽视的价值。白兰的身上揭示了革命女性所面临的身份焦虑问题、“潜伏”任务问题以及爱情婚姻等问题，丁玲的目光始终聚焦在革命女性的生存困境和“突围”方式上，“丁玲一生都以女性的姿态在自己的作品中探索中国女性的生存、地位、价值等问题”③。她对这些年轻革命女性的斗争方式、斗争环境和心路历程有着感同身受的隐忧，但她更为关切的是通过文本中的每个革命者形象传达出自己对革命女性如何在困境中突围的思考。革命者尤其是革命女性在复杂严峻的困境之中，在情感和理智的挣扎之中，要时刻保持对周围客观形势的清醒判断，保持对未

① 丁玲：《丁玲全集》第10卷，河北人民出版社2001年版，第77页。

② 黄丹銮：《革命女性对生命意义的探寻——丁玲的〈重逢〉再解读》，《现代中文学刊》2014年第6期，第82页。

③ 黄玉蓉：《丁玲女性意识的演变轨迹》，《深圳大学学报》（人文社会科学版）2003年第5期，第58页。

来充满希望的光明心态，保持民族意识至上，发挥“韧战”精神，在顽强不屈的斗争中积累革命经验，实现自我成长。

结　语

《重逢》是丁玲延安时期创作生涯的开端，是应时代需求、为抗战服务而作，表现出青年女性革命者在艰苦环境中的成长以及对党的无限忠诚的高尚品质。剧作通过树立白兰等革命者形象，以浅显易懂的内容、饱蘸热情的语言在解放区引起了强烈反响，并达到了战时宣传和思想动员的良好效果。同时，丁玲在紧随时代步伐和文艺政策的要求时，也并未抛却对作品艺术魅力的思考，精彩的心理描写、人物多重冲突的呈现、个体经验的凝结都使得剧作真实丰富、血肉可感，以“抗战加恋爱”为故事内核，视角独特、题材新颖，为人民群众所喜闻乐见。

巫神之制与文学空间的精神认同

——赵树理延安时期小说语言再阐释*

杜　睿①

摘　要：赵树理方向的产生与发展成为延安时期的一个重要现象。作为书写农民又关联知识分子话语的作家，他赢得了农民和知识分子的普遍认同。赵树理通过民间巫神叙事和反衬式语言来观照民间，以“翻译者”的语言嫁接起一座全新的桥梁，打通了农民和知识分子之间的阻隔，从而形成文学地理空间下的精神认同。

关键词：赵树理；延安；语言；认同

从20世纪30年代开始，赵树理就已经开启了农民话语书写之路，直至40年代后期，当通俗文艺的重要性被广泛认可并得到意识形态的强制推动之后，赵树理在延安时期的重要性得以彰显并逐渐站在了文学主流之中，成为“方向性”人物。对赵树理而言，农民话语书写的成功主要得益于两个方面。一方面是语言上建构起来的空间的“现代性”，这便是他的“文摊文学家”理念，即转换了知识分子的语言模式，其既没有排斥五四白话语言，又在叙事思维上与当地农民保持同一场域的对话，使用的是一种介于知识分子语言与农民方言土语的普遍性民间话语。他既是文学创作者，同时也时常把自己置身于文学接受者之列，与农民产生共情。另一个方面是他的语言体系中还有一个重要因素——敬畏鬼神又牵制鬼神（巫神之制）。巫神在赵树理小说中的运用与反衬是他的作品与农民（接受主体）建立关联的非常重要的一个方面。得益于父亲赵和清的教导，在长期的耳濡目染中，赵树理在占卜、风水、编织、看病、音乐、曲艺、文学等方面无一不晓，特别是与农民有根性联系的民间信仰与巫神之术他十分精通，这也为他敬鬼神而又制鬼神提供了十分重要的优势。他在小说中既利用地方性语言打破与农民之间的隔阂，

---

* 项目基金：国家社会科学基金项目“文化地理视阈中的陕甘宁边区文艺研究”（批准号：22XZW034）。

① 作者简介：杜睿（1982—　），女，山西晋中人，西安外事学院副教授，陕西省社会科学院副研究员，主要研究方向为延安文艺。

又融入巫神信仰来反制迷信，切中要害，并用农民可以接受的话语进行写作，这便是赵树理小说的独到之处。然而赵树理的这种农民话语书写又与民间艺人的旧情评说有质的不同，赵树理从本质上说是农民出身的知识分子，他接受过新式教育又深谙农民喜好，他对地方性语言的运用是以“载道”的形式激发农民，而非以“旧情”的语言娱乐农民，他的语言是以“翻译者”的形式在知识分子与农民之间传递；他对民间信仰的汲取是敬而制之，或批判或制约，而非宣扬认同。正如他对美国作家杰克·贝尔登所说的那样：“过去，我使用的语言和现在不一样，我的东西只有少数知识分子看。后来我想到，农民能看到的书尽是写极端反动的书，这些书向农民宣传崇拜偶像，敬鬼神，宣扬迷信，使农民听凭巫婆的摆弄。我想我应该向农民灌输新知识，同时又使他们有所娱乐，于是我开始用农民的语言写作。”① 赵树理之所以能够在延安后期脱颖而出成为“方向性”人物，与他定位的接受主体有很大关系，而接受主体——农民的喜好又直接与他的作品相关联。因此从赵树理最初的创作《打卦歌》（长篇叙事诗）和《盘龙峪》开始，就已经显示出他与原籍地理——沁水县之间的关系，他的活动轨迹一直都围绕着晋东南地区（原籍沁水县—长治市—太原市），这一活动地理与他的原籍地理高度重合，而他求学和工作经历的曲折也在断断续续中与原籍地理建立着关联，因此可以说赵树理作为一个知识分子并没有完全脱离他的母体文化，更没有在活动地理改变之后与他的原籍地理进行割裂。他和外来的知识分子不同，甚至和其他本土的作家也不尽相同，即在于他的书写场域与读者的阅读能够在同一个空间内共情。因此，相比后期外来作家深入乡下极力寻求本土语系的水土不服，赵树理地方性语言与革命性话语的同时在场，自然就成了学习的标杆。外来作家与本土空间的融合很难达到赵树理的熟悉程度，因此地方语系与赵树理自身作为一个农民知识分子的身份认同让他的小说成为“通俗文艺”的代表性作品。赵树理本非延安核心区人物，也非前期延安知名作家，他是在太行山区成长起来的，因《在延安文艺座谈会上的讲话》（以下简称《讲话》）倡导的工农兵书写而走进主流之中，主动实践地方性农民话语与“通俗文艺”的作家。和丁玲、卞之琳等空间位移带来的感知冲击不同，赵树理所受空间影响主要是来自同一空间场域的认同，而非不同空间的冲突。原籍地理与活动地理两个空间的重合，成为赵树理与外来作家在空间上的不同。

一、巫神之制与反衬式语言色彩

如果从源头而论，赵树理实际上是农民和知识分子的结合体。他祖上几代都是官宦出身，从祖父开始虽有落魄但也是读书人，祖父和父亲对他寄予厚望，不惜一切让他读书，希望他能够光宗耀祖。这便是他从小与真正的农民的区别所在。而他又不纯是知识

---

① 黄修己编：《赵树理研究资料》，《中国文学史资料全编·现代卷》，知识产权出版社 2010 年版，第 34 页。

分子，虽读了书，上了位于长治的山西省立第四师范学校，但从家族传承上而言，父亲赵和清是一个精通各类民间信仰的手艺人，是实实在在靠与土地打交道的农民，也是一个凡事求神问药、占卜算卦，具有很深民间信仰之人，这种民间信仰根植于赵和清的心中，并在其后成为对赵树理影响至深的基石。沁水县“敬神信巫，有不平必质之于神”。当然不止沁水县，中国农民与民间信仰的深厚关联，深入到他们朴素的价值体系中，成为日常生活和求医问药的必然选择。赵树理从父亲那里习得的不仅是算卦风水，还有中医学的一些理论，博大精深的中医学实际上与占卜风水有很深的渊源，两者从精神和肉体上给予贫苦农民最大的慰藉。赵树理的祖父母信奉的是“三圣教道会”，这个道会是儒释道合一；母亲则是“清茶教”的教徒；父亲信奉传统阴阳八卦，无论做什么都要算一卦。尉迟村老百姓则同样对民间信仰深信不疑。赵树理的开蒙读物不是传统的四书五经，而是《奇门遁甲》《麻衣神相》等卦书。

17 岁时，赵树理与妻子张慧英一起加入了太阳教，为的是保佑自己身体健康。赵树理曾自述道：“太阳教会按摩，得了病，请教给治疗，治好了病，入教，一如一对，两口齐入，我高级小学毕业就十七岁了，已结了婚，和前妻一起加入，入了之后也敬神，上过坊口。”① 直至到山西省立第四师范学校读书时，赵树理仍然信奉《四书白话新解》（内容涉及儒、佛）并坚持“举头三尺有神明”这样的思想。这种根植在内心最深处的意识也成为赵树理与农民建立联系的第一步。他的小说语言往往带有神性色彩，这种神性色彩或直接进入到他的创作中，或间接以“神庙”“抽签”“投掷”等方式渗入。他在最初的创作中就已经融入这种民间信仰，比如署名为“野小”的早期长篇叙事诗《打卦歌》就带有很明显的宿命倾向，“这个不久前认真学过马克思主义，决心弃‘礼’树‘理’的革命者，竟然向封建迷信高唱赞歌，要受尽苦难的人们安贫知命，接受精神麻痹，真是不可思议”②。随后在《盘龙峪》（赵树理自认为非常满意的一部小说）中，将农民关于敬神之事融入农民话语叙事中，并且是通过大段对话完成的。

得水老婆道：“你们还没有敬神，怎么就先炒菜，先闹着自己吃？”

得水道：“菜没有炒出来怎么敬神？”

得水老婆道：“你们没有吃过猪肉，难道也没有见过猪跑？放着整鸡不敬神，炒碎了才敬神吗？”

小松道：“难道关老爷爱吃囫囵鸡？”

春生道：“你们不用再辩了，原是咱们一时迷了：谁敬神也是囫囵鸡，从没有先炒了然后再敬神的。”

---

① 赵树理：《运用传统形式写现代戏的一点体会》，黄修己编《赵树理研究资料》，第 145 页。

② 戴光中：《赵树理传》，十月文艺出版社 1987 年版，第 81 页。

……

这地方的风俗，遇着了敬神的事，邻里们平常有点交情的，往往大伙攒凑一份香火来陪祭，名曰“邀神”。①

1942 年赵树理创作的《万象楼》中，也有求神拜佛的场景：

你小时候七病八痛，要不是佛祖保佑，早就没命了呀。莫听那道外人胡言乱道，行善人哪一个不把香烧？你长到七八岁险乎死了，若不是佛祖保佑哪有今朝？②

他在小说中通过农民之口传递巫神话语。一方面，赵树理长期浸润的地方环境形成了他与农民相通的民间价值体系，这种价值体系没有因为他读书而被摒弃、背叛，而是通过他对农民的观照和共情而完成。他善以提出“工作中所碰到的问题”为目的写作“问题小说”，他“感到那个问题不解决会妨碍我们工作的进展”。③ 在“问题小说”中，赵树理往往只谈问题，而不去启蒙和批判，同时借鉴传统话本的叙事方式赋予故事“大团圆”的结局。另一方面，赵树理以“文摊文学家”的身份书写他们朴素的价值体系——巫神，拉近了与农民之间的距离。

1943 年赵树理以《小二黑结婚》成名，其中主要内容就涉及二诸葛和三仙姑的巫神之术。无论是二诸葛还是三仙姑，其实都是小说中的灵魂人物，也是当时农民的缩影。二诸葛这样一位“不宜栽种”、诸事问神的农民，却承载着普通农民最朴素的价值观，在得不到回报又无力反抗之下，农民对朴素的“举头三尺有神明”“因果报应”“敬神”有着神秘的向往。三仙姑的巫神则是通过“神”解决某种无法解决之事，比如寻医问药、求财问病。而小说主人公小二黑虽然是一个进步青年，但其从小学习的并非四书五经，而是占卜问卦书籍。二诸葛和三仙姑的语言描述中同样充满了民间色彩：“唉，我知道这几天要出事啦，前天早上我上地去，才上到岭上，碰上个骑驴媳妇，穿了一身孝，我就知道坏了。”④ 三仙姑则是动不动就唱“前世姻缘由天定，不顺天意活不成……”这些话乍一听似乎不是出自作家之笔，倒像是日常农民的对白。《李有才板话》中，虽然没有直接以巫神之术来写农民，但是在庙里殿上掷豆子投票的场景和赵树理儿时祖父让他投掷豆子的场景有相似之处，其本身和巫神之术是相通的。《李家庄的变迁》中，开篇就是“李家庄有座龙王庙，看庙的叫老宋”。龙王庙不仅是敬神的场所，还是说理的地方。老

① 赵树理：《盘龙峪》，《赵树理全集》第 1 卷，大众文艺出版社 2006 年版，第 120—121 页。

② 赵树理：《万象楼》，《赵树理全集》第 2 卷，大众文艺出版社 2006 年版，第 152 页。

③ 赵树理：《当前创作中的几个问题》，《赵树理全集》第 5 卷，大众文艺出版社 2006 年，第 303 页。

④ 赵树理：《小二黑结婚》，《赵树理全集》第 2 卷，大众文艺出版社 2006 年版，第 227 页。

宋也有两个职责，一个是村警，一个是庙管。这个庙堂在李家庄之后的公案中起到了重要作用，审判、说理都在庙堂进行。在赵树理小说中，“庙”多次出现，并极具象征意义。庙，其解释为：“供祀祖宗的地方。汉代以后，庙逐渐与原始的神社（土地庙）混在一起。随着佛教的传入，后代的佛教寺院也称庙。”庙往往是与神灵相关，在农民眼中更是神圣的、权威的象征。《诗经·大雅·思齐》曰：“雝雝在宫，肃肃在庙。”除此之外，庙还与占卜、算卦联系在一起，庙堂内往往有求神之灵签。赵树理对庙的书写，是基于“母体”文化的根性记忆，这种根性记忆不仅来自他的父辈，同时也来自他所生存的土壤。在这种“母体”环境下，他对巫神之术的书写与反制，皆来源于生活，往往通过真人真事改编而成，即他本人所说：农民能够看得懂、听得懂的语言素材。

然而我们又不得不把赵树理民间信仰的语言色彩与旧情小说区别开来，其语言并非客观叙述或者以惩恶扬善之道来凸显神秘色彩，而是以“巫神之制”的方式来反讽。他对地方性农民话语素材的运用不仅限于语言，也包含了农民普遍的民间信仰和原始图腾。他在“母体”文化的萦绕下更是深知农民在过分追求民间信仰下的封建迷信，从而通过迷信来反制迷信，比如赵树理在谈到《万象楼》的创作时说：“《万象楼》是反迷信戏，主题有广泛的教育意义，是一九四二年写的本……反迷信这类戏我有生活经验……我当时所处的环境，就是这样一种宗教的迷信环境，只好在那里活下来，后来上了长治第四师范，接受了五四精神，才反迷信。”① 无论是最早写的《盘龙峪》，后佚的《巫婆祭灶》、戏剧《万象楼》，还是成名作《小二黑结婚》，都是通过农民爱看并且看得懂的语言来融入革命的东西。将民间信仰与革命相结合的素材融入普通农民的日常生活和对白中，从而产生了更大的宣传作用。“现代中国文学的发展绝不意味着与原有文学形式的割裂，而应该是如何进行有效的传承与创新，即致力于一种传承转化中的创造与创造转化中的传承，然后达到一种新的文学创造。”②

五四时期，儒释道都受到了极大的冲击，人们对“德先生”和“赛先生”（民主和科学）的推崇是以破除迷信的方式进行的。但是民间信仰（迷信）并没有因革命和战争而消除，人们对因战乱、灾荒导致的贫困产生无力感，只能靠求神拜庙来寻求心理慰藉。革命对民间信仰的破坏和打压，并没有使巫神之术消亡，而是以另一种形式存在。随着革命的深入，民间信仰被很好地调动之后，它又成为鼓动农民的重要利器，《万象楼》就是根据“离卦道”的迷信暴动写成的。这一暴动于1941年10月发生在山西长治黎城县，李永相等人通过一种封建迷信“离卦道”鼓动农民，人数发展十分迅速。这是因为大多数的农民仍是没有受过五四新式教育的，并不知道德先生和赛先生，而喜欢看《麻衣神

① 赵树理：《运用传统形式写现代戏的一点体会》，黄修己编《赵树理研究资料》，第145页。

② 袁盛勇、刘飞：《论赵树理小说叙事形式的传承与创造》，《中国现代文学研究丛刊》2021年第1期，第188页。

相》《推背图》一类的卦象书籍。赵树理利用迷信又反过来批判和讽刺迷信，让科学、民主得到最终的胜利，革命的一方战胜愚昧的一方，在语言色彩上并非灰暗的，而是积极、正面的。比如《小二黑结婚》中，小二黑和小芹最终在一起，而二诸葛老婆也突然教育二诸葛："把你的鬼八卦收起来，你不是说二黑这回了不得吗？你一辈子放个屁都要卜一课，究竟抵了些什么事？我看小芹满不错，能跟咱二黑过就很好！什么命相对不对？你就不记得不宜栽种？"① 最后一段小芹和小二黑的对话既是对迷信的反讽，也是农村青年夫妇的日常对话，小二黑好学三仙姑下神时候唱"前世姻缘由天定"，小芹好学二诸葛说"区长恩典，命相不对"。《万象楼》中以当时长治著名的"离卦道"事件来反对迷信，其警示意义是非常深刻的。《李有才板话》中，革命最终在农村中取得胜利——农民得以翻身，愚昧、落后的一面终被民主和科学所代替。即使《讲话》以后的文学家们纷纷下乡创作，但如赵树理一样，自如运用农民熟悉的民间信仰素材，并在其中以正面的语言色彩进行回应的几乎没有。"巫神"在赵树理的作品中是一种素材，更准确地说是语言素材（或者是语言色彩）。然而在《小二黑结婚》之后，他的创作逐渐趋于革命与政治（成名之后与党的政策越来越近），作为素材的民间信仰逐渐弱化，甚至略过。

二、翻译者身份与农民话语传递

除了区别于知识分子的"巫神"语言，赵树理的语言还有一个被大众所熟悉的语言体系——地方性民间话语书写。赵树理以"农民的儿子"与知识分子同路人的双重身份来写作，即主体以"农民的儿子"作为民间根性，又有知识分子的学识修养。其位于知识分子和民间话语之间，带有鲜明的地域性，他知道农民能够听得懂什么语言，应该如何书写农民才会爱看、爱听，同时也忠实地实践着他为"接受主体"服务的目的。他的农民性语言带有两层含义，一是在服务于接受主体时，并没有排斥自己作为知识分子的身份存在；二是农民性话语，带有鲜明的地方性。赵树理曾自述道："我既是个农民出生而又上过学校的人，自然是既不得不与农民说话，又不得不与知识分子说话……"② 他的作品考虑的第一要素是接受群体，所以才把自己写出来的东西读给农民听，而大段的欧式用语被摒弃之后，他的小说、戏剧和鼓词以大量的晋东南农民日常对话为主线，偶有一些必要的描写作为解释，是地方性农民话语书写的典型。在其中，他又没有完全按照旧式小说"也说"开头，"且听下回分解"结束，而是以新文学的白话用语作为语言习惯。"赵树理本人便是一个'老中国'与'新中国'的中介物，因而，他所使用的'翻译'一词，便具有格外丰富的含义。这种'翻译者'的身份，意味着他一方面熟悉知识

① 赵树理：《小二黑结婚》，《赵树理全集》第 2 卷，大众文艺出版社 2006 年版，第 234 页。

② 赵树理：《也算经验》，《人民日报》1949 年 6 月 26 日第 4 版。

群体的现代思想和语言，成为将此种思想和语言传递给隔绝其外的农民的‘启蒙者’；另一方面，由于不满足于那种局限于都市市民和知识群体的现代文学，他致力于将现代文学扩展到更为广大的范围，并格外强调以农民作为现代化主体的文学实践。”① 因此，所谓他忠实实践的通俗文艺改造运用，是包含着通俗文艺与改造话语两层含义，一方面是面向太行山区的大多数百姓，另一方面则又要在其中进行改造，正如他对巫神、庙堂、香案的一再书写，而后又以批判的手段让科学、革命和民主占据上风，都是他对两者的结合。他的语言结构和语词用法也同样如此，其小说开篇往往直入主题，以人物开篇，欧化描写较少，或为辅助点缀。而同时期以丁玲为代表的作家，虽极力强加一些方言、地方风景，却无法脱离大段描写。

> 李家庄有座龙王庙，看庙的叫“老宋”，老宋原来也有名字，可是因为他的年纪老，谁也不提他的名字。——《李家庄的变迁》②
>
> 福贵这个人，在村里比狗屎还臭。——《福贵》③
>
> 刘家峧有两个神仙：一个是前庄上的二孔明，一个是后庄上的三仙姑。——《小二黑结婚》④
>
> 阎家庄有个李有才，外号叫气不死。——《李有才板话》⑤

赵树理小说开篇都是单刀直入的主人公介绍，没有多余的外在描述。而在同一时期的其他作家小说中（已经是《讲话》以后深入工农兵的创作），情况则有所不同：

> 天气热得厉害，从八里桥走到洋河边不过十二三里路，白鼻的胸脯上，大腿上便都被汗湿透了。但它是胡泰最好的牲口，在有泥浆的车道上还是有劲的走着。挂在西边的太阳，从路边的柳树丛里射出来，仍是火烫烫的，溅到车子上来的泥浆水，打在光腿上也是热乎乎的。——丁玲《太阳照在桑干河上》⑥
>
> 这故事出在任家沟合作社里面。那时候，是公历一千九百四十一年。这一年，土地革命才过后不久，许多工作都还没上轨道。——欧阳山《高干大》⑦

---

① 贺桂梅：《赵树理文学的现代性问题》，唐小兵编《再解读——大众文艺与意识形态》（增订版），北京大学出版社2007年版，第94页。

② 赵树理：《赵树理全集》第3卷，大众文艺出版社2006年版，第1页。

③ 赵树理：《赵树理全集》第3卷，大众文艺出版社2006年版，第147页。

④ 赵树理：《赵树理全集》第2卷，大众文艺出版社2006年版，第210页。

⑤ 赵树理：《赵树理全集》第2卷，大众文艺出版社2006年版，第249页。

⑥ 丁玲：《太阳照在桑干河上》，《丁玲代表作·太阳照在桑干河上》，华夏出版社2011年版，第73页。

⑦ 欧阳山：《高干大》，新中国书局1949年版，第1页。

七月里的一个清早，太阳刚出来。地里，苞米和高粱的确青的叶子上，抹上了金子的颜色。豆叶和西蔓谷上的露水，好像无数银珠似的晃眼睛。——周立波《暴风骤雨》①

这几位在《讲话》之后迅速转变的作家，其小说创作与赵树理的创作在语言上并不是一个风格。他们极力以农民的题材进行创作，在其中也根据自己采访把收录的农民语言加入小说之中，但在语言构架上，描写的成分大于对话，叙事性大于故事性，这是与赵树理的区别之所在。他们虽然也竭力摆脱知识分子话语体系，但又无法在短时间内建立其农民话语体系，于是便形成了杂糅风格，看上去很不协调，农民其实仍然是读不懂，许多欧化的语言也让农民读起来有隔阂。

赵树理的文学创作中，接受主体的实践过程就是一步步走向地方性语言的递进过程。他用晋东南农民听得懂看得懂的日常口语写作，同时把这种语言再传递给知识分子，形成知识分子和农民都看得懂的语言。他就像一个传递者，把自己的作品传递给读者，然后通过自己的作品来进行宣教。所以他在用语上都是轻松的，甚至带有惯用的调侃，先抑后扬，“在周立波的《暴风骤雨》或丁玲的《太阳照在桑干河上》及柳青的《创业史》等所常见的那种用口语（多借重地域方言）作为人物（多为农民形象）语言、用欧化的书面语作为叙述语言的写法，在这里得到统一”②。赵树理的语言结构都是以对话为主，以描写为辅，描写过程也不是给风景画像般进行深刻细腻的勾勒，而只是三言两语介绍清楚为止。比如赵树理的《小二黑结婚》和丁玲的《太阳照在桑干河上》，同样都是以人物为主线，每一个章节都以一个人物为主，两者都以农民为写作对象，但其语言是不同的。细读赵树理的小说，其接受主体是农民，整个小说以短句为主，口语化，真人真事上也力求诙谐幽默，大篇幅的对话更像是讲故事。冯牧在评价《李有才板话》时，对其语言特色有专门的评价：“第一、它的语言是极其单纯朴素的，它尽量地采用了民间语言，但它也尽量地避免了那种为了表示自己的‘特色’而特别涂脂抹粉的毛病；第二、它在可能范围内，尽量地避免了欧化语言和西洋小说形式的采用，但它也尽量保留了一些已为我们所习用的现代语法；第三、就其表现方法来说，可以看出，它是尽量接受了一部分中国旧小说的特点的，但是，它也摒弃了旧小说中的一切陈腐滥套，而保留了它的简洁和朴素。这些特点，使它保有了一种平易、口语化、适于朗诵的特色。”③ 在赵树理的小说语言中，冯牧提到的这三个特点，实际上就意味着赵树理是介于五四的精英话

---

① 周立波：《暴风骤雨》，人民文学出版社 2018 年版，第 1 页。

② 贺桂梅：《赵树理文学的现代性问题》，唐小兵编《再解读——大众文艺与意识形态》（增订版），北京大学出版社 2007 年版，第 95 页。

③ 冯牧：《人民文艺的杰出成果——推荐〈李有才板话〉》，黄修己编《赵树理研究资料》，第 153 页。

语与民间旧式小说之间的中介，为两者进行语言翻译，也搭建起两者都可以读懂的桥梁。他的小说语言简短、朴素，在现代语言书写基础上摒弃欧化，保留口语。相比之下，同时期最著名的作家丁玲，其小说人物冲突明显，语言以大段描写为主，长句多于短句，偏于细腻的心理分析和精雕细琢的外在描写，读起来更偏欧化，小说色彩浓厚。在人物冲突上，二元对立明显，语言更为深奥，方言土语的融入难免牵强。而在赵树理的小说中，人物冲突并不激烈，如在《小二黑结婚》中，工作人员说服三仙姑时没有形成新的冲突和对抗，而是以三仙姑自我意识的转变为终结。三仙姑那天在区上被一伙妇女围住看了半天，实在觉得不好意思，回去对着镜子研究了一下，觉得真有点儿打扮得不像话。而二诸葛则是被老婆骂道“把你的鬼八卦收起吧”，自我意识的主动代替了冲突和斗争。到最后的光明前景，则是通过坏的被好的说服，主动意识到问题所在。

语言上以对话短句为主：

> 区长问：“你会下神是不是？”
>
> ……
>
> 区长问：“你给闺女找了个婆家？”
>
> 三仙姑答：“找下了。”
>
> 问：“使了多少钱？”
>
> 答：“三千五。”
>
> ……
>
> “看看！四十五了！”
>
> “看那裤腿！”
>
> “看那鞋！”①

同样写“土改”的小说《李家庄的变迁》，其中审判公案一段也是以对话为主，中间叙述的成分很少。春喜和铁锁的案子上，中间没有叙述，全部都是几个人的对话：

> 铁锁道：“怎么不能，你怕俺邻家陈修福老汉记不得啦？”
>
> 春喜道：“他不行，一来他是跟你都是林县人，再者他是你女人的爷爷，是你的老丈爷，那还不是只替你说话？”
>
> 铁锁道：“咱就不找他，找杨三奎吧，那是本地人。”
>
> 春喜道：“那也不行，白狗是你的小舅，定的是杨三奎的闺女，那也有亲戚关系。”

---

① 赵树理：《小二黑结婚》，《赵树理全集》第2卷，大众文艺出版社2006年版，第230页。

铁锁道："这你难不住我！咱村的老年人多啦！"

这大段的对话，单刀直入，不加大量叙述，语速较快，短句连接，给人一种脱口而出的感觉。这不仅符合农民日常的口语化习惯，也符合农民的受教育水平和阅读审美需求。

相比同期丁玲的《太阳照在桑干河上》，前部分基本是以叙述为主，开篇大段的外在风景衬托和叙述用语，长句叠加，对话的成分很少，到后面斗争部分有对话，但对话中也穿插着大量的叙述，在用语习惯和故事性上相比赵树理弱化许多，语言上仍无法脱离知识分子的用语习惯。赵树理所定位的接受主体是以农民为主，兼顾知识分子的读者群。而丁玲等作家的小说则是在套用农民说话方式的基础上，以知识分子思维模式进行创作。两者的创作模式、接受主体、期待效果是完全不同的。

赵树理对读者群体是批判地接受，既接受他们的文学阅读习惯，又在小说中以批判的方式改造了旧小说的弊端，以新式小说的白话用语和语言结构为主，亦即冯牧所提出的吸收新式语言而摒弃欧化用语，融入旧小说而反对陈词滥调，以朴素、简短的对话代替冗长繁杂的叙述。赵树理的"翻译者"身份是既可以考虑到农民读者的喜好，同时也忠实于白话用语，在他的创作中都是以白话入文，从他最初写小说就是以白话文的语言去创作，及至后来小说语言逐渐以白话口语化为主，对旧通俗小说语言模式赵树理是摒弃的。陈思和在 20 世纪 90 年代提出，赵树理的小说代表的是"民间文化"，而这种民间文化是"国家权力支持的政治意识形态"和"知识分子为主题的外来文化形态"① 的另一种，其实就是介于两者之间的"翻译者"，既可以让农民听得懂，也不会排除知识分子群体，既避免了知识分子所使用的冗长的句法，又把农民口头语言中一些不科学的方言土语剔除，而使他的语言十分朴素。这和同时期被改造过的韩起祥、李卜等民间艺人是不同的，韩起祥的说书中大量运用"狗日的""他妈×""算逑了"等农民日常不文雅的口头禅，以及"出嗑""喜浪""引上喀"等土语，显然民间艺人的接受主体只是边区农民，而赵树理本质上仍是接受了新式教育的知识分子，在建立了新的人民大众的感情的同时，并没有抛弃知识分子同路人的身份。

三、文学地理空间与精神认同

赵树理在书写地方农民话语时的得心应手与他的"母体"文化是有直接关联的，他所熟悉的话语是晋东南语系农民话语，其原籍地理——沁水县尉迟村，则是他创作的根源，他在新中国成立之前始终与自己的原籍地理保持非常紧密的联系。在这之后又有

① 参见陈思和《民间的浮沉——从"抗战"到"文革"文学史的一个尝试性解释》，《上海文学》1994 年第 1 期，第 69—80 页。

“山药蛋派”的崛起，这是以地方性创作命名的文学流派，“山药蛋”本身就带有山西地方色彩。除了赵树理之外，还有其他五将①同样也是以地方性农民话语写作而归类命名。可以说，赵树理的生活轨迹与他的创作轨迹是重合的，是与“母体”有根性联系的。因此赵树理创作在延安后期得以凸显，重要的原因是其创作源头——原籍地理晋察冀边区是涵盖在延安这一区域内的，除了延安这一核心区域外，与延安相邻的太行山区也是在中共统摄范围内联系较为紧密的，丁玲、何其芳、卞之琳、阮章竞、田间等许多文艺工作者都曾奔赴太行山区进行宣传和采风。赵树理在“关于通俗化”中谈到了自己的创作语言：“我的语言是被我的出身所决定的。我生在农村，中农家庭，父亲是给‘八音会’里拉弦的。那时‘八音会’的领导人是个老贫农，五个儿子都没有娶过媳妇，都能打能唱，乐器就在他们家，每年冬季的夜里，和农忙的雨天，我们就常到他家里凑热闹。在不打不唱的时候，就没头没尾的漫谈。往往是俏皮话连成串，随时引起轰堂大笑，这便是我初级的语言学校。”② 很显然，他的语言来自于他的原籍地理，在他的语言中，融入了山西地方语言快板、说书、鼓书、上党梆子，这些都是长治地区的曲艺。上党梆子是山西省四大梆子之一，流行于山西东南部长治、晋城两市。赵树理最早用上党梆子创作的《万象楼》就深受欢迎，之后还改编了古装戏《邺宫图》《韩玉娘》。快板是赵树理十分拿手的艺术形式，他在《李有才板话》中大量使用了快板，小说中对老村长阎恒元的批判没有直接描述，而是用快板的形式通过李有才之口表达出来：“村长阎恒元，一手遮住天，自从有村长，一当几十年。年年要投票，嘴说是改选，选来又选去，还是阎恒元。不如弄块板，刻个大名牌，每逢该投票，大家按一按。人人省的写，年年不用换，用他百把年，管保用不烂。”赵树理在这里使用快板所表达的语言仍带有非常鲜明的地方色彩：“鼓冬按倒地，打个背绑兔。家祥干眏眼，恒元屙一裤”，“恒元说砂锅能捣蒜，得贵就说打不烂”。

对于赵树理的语言，学界往往以民间性、通俗化定义，更强调其对方言土语的回避，周扬在《论赵树理的创作》中就谈道：“在他的作品中，他几乎很少用方言、土语、歇后语这些；他决不为了眩耀自己语言的知识，或为了装饰自己的作品来滥用它们。他尽量用普通的，平常的话语，但求每句都能适合每个人物的特殊身份，状态和心理。”③ 这篇发表于《解放日报》的评论，正是《讲话》以后对赵树理创作的方向性认定，其中提到赵树理少用方言土语，或许能够与他“翻译者”的身份相对应，而并非说明其中地方性语言运用得较少。他的小说中人物之间的对话，从语气上都是山西腔，“嘴说”“管保”

---

① 主要作家还有西戎、李束为、马烽、胡正、孙谦等，人称“西李马胡孙”，他们都是山西农村土生土长的作家，有比较深厚的农村生活基础。

② 赵树理：《回忆历史 认识自己》，黄修己编《赵树理研究资料》，第156页。

③ 周扬：《论赵树理的创作》，黄修己编《赵树理研究资料》，第186页。

“仇气”“箍住了”“没甚”“碰座”“能不够”等都是晋东南特有的表达方式。还有一些惯用的歇后语、口头语都带有地方性语言色彩，比如，在描写三仙姑时说“官粉涂不平脸上的皱纹，看起来好像驴粪蛋下了霜”。对孟祥英的婆婆又描写道：“她的脑筋里有个媳妇样子，是这样：头上梳个扫帚把，下边两只粽子脚……”李有才则是“吃饱了一家不饥，锁住门也不怕饿死小板凳”。在语词的运用上也都涉及了“在地性”的自然和人文风俗，比如盘龙峪就是在长治，小二黑的原型是在山西辽县（今左权县），其中涉及的道会又是在长治一带盛行，而李有才说的快板虽具有普遍性，不过其中的字句都十分明显地带有地域性特色，这种地方性农民话语成为赵树理在语言上的独特优势。赵树理不止一次强调自己是“在太行山区成长起来的”，这是他对自己原籍地理的强烈认同。和同时期的作家相比，外来者身份与原籍地理——客籍地理（活动地理）的冲突对抗，很难让他们真正地融入，而赵树理的“母体”文化是他能够在语言上做到与农民相融合的利器。赵树理就是太行山区人，他了解这片土地上的人们的生活，同时对当时政策下农民真实的“翻身”生活有深刻的体悟，另外，他越过了其他知识分子“翻身”的阵痛期，创作上没有割裂和违和，而是真实空间下的自我满足。作为与政治中心距离较远，又非著名作家的赵树理，并没有受到任何政治因素的影响，他的成名作《小二黑结婚》发表时间是1943年，已经是《讲话》以后的一年了，却并没有受到重视和关注；《李有才板话》发表之后虽然开始受到延安方面的关注，但也仍处于与知识分子的磨合期。[①] 因此他的创作初始灵感皆来自母体的文化熏陶。高捷在一篇文章中从山药蛋派的角度看赵树理，他谈道：“当代写农民的作家并不少，如丁玲、周立波、柳青、李准、王汶石以至高晓声等，但他们都不属于‘山药蛋派’，原因即在于写的不是山西农民。赵树理写的是山西农民，不仅他们的生活环境、生活习惯、乡土风俗是山西的，衣着打扮是山西的，而且人的气质也是山西的。……每个民族、每个地区都因其复杂的因素，形成一种普遍的心理素质，形成自己的民族性、地方性。这种民族性、地方性深入人们的肌髓，世代相传。”[②] 日本学者今村与志雄对赵树理同样有相关评价：“他重视自己周围的事物，例如，他的作品舞台背景从处女作到现在，全部是在太行山区的农村。赵树理不写作时就回到那里从事实际工作。例如前面提到过的那样，他在工作中抓住主体，进行创作，赵树理当然会把自己名副其实的生活根据地放在自己的故乡太行山区。”[③] 他所生活和工作的地方与他的出生地是同一地方（短暂停留的太原等地也属于晋东南一带），即原籍地理与活动地理高度重合，“母体”文化的重心又落在了作品中，而恰好他的作品适应了时代的要求，所以才会逐渐被重视并树立赵树理方向。

---

① 许多知识分子对赵树理的创作是有争议的，甚至刚开始带有轻视的意味。

② 高捷：《从流派的角度看赵树理创作的艺术特色》，黄修己编《赵树理研究资料》，第285页。

③ 今村与志雄：《赵树理文学札记》，黄修己编《赵树理研究资料》，第419页。

赵树理的创作话语是一种农民话语的想象共同体，是通过地方性农民话语而窥探整个解放区农民，虽然他竭力回避许多难懂的方言，但语词语感中明显是晋语语系。在赵树理的小说中，农民口语语言也是经过了编辑和筛选，这是和民间艺人方言土语的区别所在。比如在韩起祥的说书里，仍保留着“麻烦逑了”“引上嗒”等农民原始的土语，甚至是骂人的口头禅。这些话必须通过陕北方言表达才可以真正读懂，而其他知识分子甚至是其他地方的农民都难以听懂。大量的土语增加了阅读的限制，也无法成为其他地方农民的话语共同体。赵树理则是以“翻译者”的身份创作，他的创作接受主体是整个边区农民，是通过长治地方话语来勾勒农民普遍话语。而他在其中得心应手的巫神文化和地方曲艺也是长治地区非常普遍的，甚至是他自己祖辈的生活印迹。这便是赵树理在语言上获得农民认可的重要原因。当然赵树理能够获得成功，还有一个非常重要的原因，即他并非完全以地方性农民话语为对象，他的创作宗旨是以革命的明朗化为最重要目的，即朴素的乐观主义。无论是最后翻身了的农民，还是想要重新获得尊重的农民，都从中看到了希望，迎接了光明。地主恶霸与农民的斗争并不是如丁玲、周立波、欧阳山笔下暴力而残酷的，而是以温和的改造获得了大团圆。

赵树理通过巫神之制的语言素材与地方性话语的建构，最终形成了独特的山药蛋文学流派。他并非旧小说的代言人，而是游走于新话语与旧语言习惯之间，他没有抛弃知识分子，因为从本质上而言他就是知识分子。他把晋东南语言色彩、语词语感融入新白话中，构建了地方性农民话语的想象共同体，从而在与政治性重合之后迅速被人认知和推崇，与同时期的丁玲等人都有着不同的经历和创作走向。

四、赵树理方向与边区的民间性问题

1947 年晋冀鲁豫边区文联召开的“文艺工作座谈会”首次提出“赵树理方向”，陈荒煤又在《向赵树理方向迈进》一文中作了具体阐述。陈荒煤在其中盛赞赵树理：应该把赵树理方向提出来，作为我们的旗帜，号召边区文艺工作者向他学习、看齐！当然方向不是模型，向赵树理同志学习，走赵树理方向，绝不会限制了文艺创作更进一步的自由发展，限制文艺创作的形式的多样性。① 他的作品很好地诠释了文学要为群众服务和如何服务的问题，实际上是《讲话》最有力的执行者和倡导者，也是能够与农民建立最直接联系的“故事”（赵树理说自己写的是通俗故事）。因此，赵树理在 1943 年以后突然成为一种标杆和方向便不足为奇。赵树理一直都致力于倡导文艺“接地气”“大众化”，他对太行山区的群众有着一种天然的亲近，对知识分子的那种“大洋古”不仅是坚决的反对，甚至是坚决的抵制。在边区轰轰烈烈地上演大戏、洋戏的时候，赵树理已经发起

---

① 参见陈荒煤《向赵树理方向迈进》，《人民日报》1947 年 8 月 10 月第 2 版。

了通俗化研究会，他们同样拥护鲁迅的观点——“应该多有为大众设想的作家，竭力来作浅显易解的作品，使大家能懂，爱看，以挤掉一些陈腐的劳什子，但那文字的程度，恐怕也只能到唱本那样。”① 有意思的是，在毛泽东等政治领袖处，鲁迅被视为精神导师；在萧军等知识分子处，鲁迅被奉为如父般的领路人；在赵树理等通俗文学家处，鲁迅被视为通俗文学的倡导者。但不论如何，鲁迅是提倡文艺的大众化的，也是革命之必要。

赵树理成为延安文艺的标杆人物，是从文艺转向开始的。前期赵树理的文艺大众化和通俗化并能够与辛苦奔赴延安的知识分子抗衡，后期直至《李有才板话》描写边区土改，才真正让赵树理成为边区熟知的通俗文学家。（《小二黑结婚》在当时文艺界影响并没有之后的《李有才板话》那么受重视，对其评论也不多。据杨献珍回忆说：“一九四三年春天，赵树理从农村回到北方局调查研究室，交给我一篇他写的通俗小说《小二黑结婚》。这是他到辽县（今左权县）搞农村调查，了解到一桩农村干部迫害争取婚姻自由的青年农民岳冬至致死的案件，他就以此为直接素材，运用了他长期在农村生活的积累写作而成的。”② 这篇稿子直到“彭德怀同志热情的题词”，说“像这样从群众调查研究中写出来的通俗故事还不多见”，终于得以出版。小说在群众中受欢迎程度较高，改编的秧歌剧深受老百姓欢迎，1943 年出版之后发行量就有三四万册，这个数量还不包括在边区群众之间口口相传的结果。）而到了《李家庄的变迁》，赵树理方向才有了确立的可能。一方面，是《讲话》之后，人文环境变化，民间话语成为主流；另一方面，革命让原本的一切打乱，一切都要纳入革命的语境中。赵树理从寂寂无名的一个作家到“方向性”的人物，其中不能不说是带有强大的政治干预，但也是其创作恰好符合群众的审美需求，深受群众的欢迎和喜爱。在《小二黑结婚》中，他没有按照故事人物原型山西辽县青年民兵队长岳冬至因自由恋爱被迫害致死的情节去书写，而是用了大团圆的结局，让这个原本简单的爱情故事升华出农民在中共领导下的新恋爱观，大团圆的结局符合人民对故事本身的美好期许，而其中的人物无论是小二黑、小芹，还是三仙姑、二诸葛都是农民身边的人，特别是有着外号“不宜栽种”的二诸葛、“米烂子”三仙姑，更是农村人物的真实写照。之后的《李有才板话》更是通过他熟悉的农村土改故事，融入快板的形式，写出了农民与地主斗智斗勇并最终胜利的故事。和其他知识分子动辄暴露黑暗，或者描写不足相比，赵树理的故事都是进步农民的大团圆结局。

赵树理能够成为 40 年代后期的方向，是民间的选择。他本身不处于延安核心区域内，而是在太行山区一带（晋东南），最初他所坚持的通俗文艺一直不被关注，与党的核心选择一直都是若即若离的状态，当文艺风向转变之后，他在地理位置上仍然处于最边

① 鲁迅：《文艺的大众化》，《鲁迅全集》第 4 卷，人民文学出版社 2005 年版，第 367—368 页。

② 杨献珍：《〈小二黑结婚〉出版经过》，黄修己编《赵树理研究资料》，第 77 页。

缘的地方。即使《小二黑结婚》写出来之后，出版也并不顺利，当时在太行山主持文艺工作的徐懋庸对赵树理很不认同，认为他的作品是“为演旧戏而演旧戏，没有改造没有提高”。因此赵树理方向的确立，一方面是民间选择的结果，另一方面也印证了社会生态对文艺的影响。赵树理的通俗文艺在民间的流行，给启蒙文学的知识分子通往民间建立了一种行之有效的联系，同时他在小说中倡导的乐观光明、邪不压正的积极思想，正是农民与政治双向选择的结果，同时，他的文学作品在旧道德与新思想之间实现了平衡。

赵树理方向折射出了边区的民间性问题，即边区的文学主体性问题。边区的民间性问题一直都是萦绕在文学创作中悬而未决的重要问题。从“民族形式”讨论到集体征文、集体书写，致力于民间——从中共落脚延安建构文艺开始就在探索，而直至《讲话》以后，民间性问题看似有了答案，却仍然是一种隔离性的写作，因此赵树理能够在边区大热，是与知识分子始终无法超脱的民间相对应的，即其运用了获得了农民认可的语言和艺术形式。

生命体验与孙犁延安时期抗战叙事特质的生成*

于浩男①

摘　要：孙犁延安时期的抗战叙事是其多种生命体验不断深化的结果。这体现在：其一，孙犁通过对“家庭生活”的描写，以小说中人物的感伤/埋怨情绪调和了战士的革命理性，这与他的情感体验息息相关；其二，孙犁的审美体验促使其在叙事中注重贴近战斗生活的复杂性，因此，其在作品中淡化了战士在战斗中的决定性作用；其三，在空间体验的影响下，孙犁善于建构战争环境中稳定的乡土空间。在复杂生命体验的推动下，孙犁的抗战叙事既展现了其相较于多数延安文学作品的独特性，也从一个侧面彰显了延安文学的丰富性和复杂性。

关键词：生命体验；孙犁；抗战叙事；延安文艺

孙犁延安时期的抗战叙事自有其独特性，学界对此已有较为充分的关注。譬如，有研究者意识到其这一时期的小说展现了富有特色的地域文化、复杂的人心世态和别样的自然观、审美观②，较之多数延安文人，孙犁彰显了其审美视界的独特性，开创了延安文学的另一种审美空间和样式③。

需要追问的是，孙犁延安时期抗战叙事的特质是如何生成的？有的研究者已经对这

＊ 项目基金：国家社会科学基金重大项目“陕甘宁文艺文献的整理与研究”（批准号：16&ZDA187）；国家社会科学基金重大项目“延安文艺与现代中国研究”（批准号：18ZDA280）；陕西师范大学研究生领航人才培养项目“现代性境遇中的延安知识分子研究”（批准号：LHRCTS23029）。

① 作者简介：于浩男（1993—　），男，内蒙古通辽人，陕西师范大学博士研究生，主要研究方向为中国现代文学与文人。

② 参见李继凯、冯超、王奎《书写劳动人民：延安时期重要作家作品研究》，陕西师范大学出版总社 2022 年版，第 122 页。

③ 参见袁盛勇《抗战与延安文学现代性》，中国社会科学出版社 2019 年版，第 243 页。

一问题进行了探索，或是指出孙犁丰富深刻的人生经历造就了他独树一帜的情感叙事风格①；或是看到淳朴的农村生活感知是孙犁小说审美特质生成的思想资源之一②；或是考察了孙犁行云流水般的独特叙事风格的形成与其在水乡生活的经历和自身优柔性格的关联③。显然，部分研究者已经将研究视域投向了孙犁的生命体验与其创作特质的生成之间的关系问题，尽管现有的讨论还不够充分。

的确，如果说多数延安文人的创作样态主要是延安文艺政策的导向和文人主体状态的转变双重作用的结果，那么，孙犁的文学创作路径则主要是在其自身多种生命体验的推动下生成的，这是孙犁的抗战叙事有别于多数延安文学创作的重要原因。值得注意的是，随着"新革命史"乃至"微观史学"的视野逐渐介入文学研究领域，学界更加意识到重审延安文学发展历程的重要性和必要性，即，研究者不仅要看到延安主流文化形态对延安文人文学创作的导向作用，还应充分考察延安文人进入延安文学发展历程内部的具体过程，他们的主体状态和诸种体验如何推进了延安文学的发展，这对于重识延安文人复杂的主体状态和延安文学的发展历程，以及更新延安文人研究范式和叙述逻辑而言，是至关重要的。从这一视角出发，我们也应进一步讨论孙犁独特的抗战叙事与其情感体验、审美体验、空间体验等多种生命体验的密切关系，进而理解孙犁延安时期小说创作的独特性与复杂性。

一、情感体验：以感伤/埋怨情绪调和革命理性

孙犁的情感体验对其延安时期的抗战叙事产生了重要影响，如果将孙犁小说中人物的情感表达与孙犁自身的情感脉络联系起来，便可透视孙犁投射于小说中的情感。这种情感表达不仅体现了孙犁小说在抒情方式上迥异于多数延安文学作品，也显示了孙犁的作品有着调和充斥于当时历史语境中的革命理性的特征。具体来讲，孙犁在其延安时期的小说中，描写了大量战士"抛妻别子"的情节，与此同时，孙犁也描写了妻子们的感伤/埋怨情绪，对战士们的革命理性进行了调和。或者可以说，相比多数延安文人的抗战叙事相对凸显战士们的革命理性，孙犁注重引入"家庭生活"的视角，从一个侧面为我们呈现了别样的战士日常生活景象。

我们知道，理性是现代性的核心观念之一，是现代社会、国家组织形式的内在根基，

---

① 参见陈联记《论孙犁抗日小说的情感叙事》，《河北学刊》2022年第4期，第120页。

② 参见席建彬《"土气"的诗意——论孙犁小说的另一种精神资源》，《南方文坛》2013年第1期，第116页。

③ 参见胡斌、靳新来《"水边文学"：孙犁小说创作与水的关系》，《学术交流》2012年第11期，第188页。

在解放区尤其是延安，革命理性更是被置于文学实践的中心位置。① 正如胡绳所言，抗战“是人类的理性对反理性的斗争。因此，在我们的抗战中所发展起来的思想文化潮流，其基本的方向，应该是理性主义”②。作为抗战文学的一部分，延安文学显示了浓厚的革命理性色彩，延安文人们“在马克思主义革命理性精神指引下……形成了意识形态化的文学观”③，应该说，这也是延安文学现代性的一种体现。同时也应该看到，“现代社会远远不是理性统治者全盘理性化的社会”，社会中的人“也不能够合乎理性的实现那些他们所主张的目标”④，同样，延安文学也并非全然充斥着革命理性，延安文学作品中那些有别于革命理性的微妙情感及其背后的历史意义是值得我们重视的。在以往的部分延安文学研究中，情感/情绪往往被视作政治理性无法穿透的私人领域⑤，这一认知框架无疑遮蔽了延安文学复杂的实践经验和情感内涵，以及延安文学在贴近与表达革命理性时所显示出的复杂路径。在这样的研究背景下，有的研究者试图将革命史研究的视角从社会、政治转到革命者自身，让我们认识到人的精神、情感的丰富性和复杂性⑥，试图正视不同主体的情感实践是如何具体而微地进入革命的内部，甚至参与塑造了革命的日常形式⑦。应该说，这种情感史研究视野的引入，为我们重新挖掘和解读延安文学中难以被革命理性所“吸纳”的情感/情绪提供了新的视野。

由此出发，可以发现，孙犁小说中即便也有着革命理性的成分，但却在一定程度上被那些情感/情绪因素进行了调和，使孙犁小说实现了对情感的表现与对理性的传达的统一。在孙犁延安时期的抗战叙事中，最能体现其隐秘情感和情感体验的应该是其对有关战争中的家庭生活的描写，尤其是小说中“抛妻别子”的情节模式流露的夫妻离别的感伤/埋怨的情绪。

其一，孙犁小说中有着直接描写人物尤其是女性人物感伤/埋怨情绪的情节，这种情绪一定程度上冲淡了战士的革命理性，还原了一个丰满而感人的战士形象。在《“藏”》中，浅花跟踪实际上是出门参加抗日工作的新卯，看见新卯跳进井中后哭着说：“你不能死，你先杀了我吧！”当她躺在新卯的怀里，哭得是那么伤心动情，使新卯的心热起来，

---

① 参见王德威《现代中国小说十讲》，复旦大学出版社 2003 年版，第 55 页。

② 胡绳：《理性与自由》，华夏书店 1946 年版，第 2 页。

③ 贾振勇：《理性与革命：中国左翼文学的文化阐释》，人民出版社 2009 年版，第 215 页。

④ ［美］E. 希尔斯著，傅铿、吕乐译：《论传统》，上海人民出版社 1991 年版，第 388 页。

⑤ 参见路杨、孙晓忠、程凯《情感实践、主体转换与社会重造——情感政治视野下的解放区文艺研究》，《文艺研究》2021 年第 7 期，第 102 页。

⑥ 参见李志毓《情感史视野与二十世纪中国革命史研究》，《史学月刊》2018 年第 4 期，第 17 页。

⑦ 参见路杨、孙晓忠、程凯《情感实践、主体转换与社会重造——情感政治视野下的解放区文艺研究》，《文艺研究》2021 年第 7 期，第 102 页。

感觉到了在这个女人心里他的重要性。[①] 此时的新卯不再仅仅是一个“铁面无私”的革命志士，而是感受到了来自家庭的情感冲击。这种感伤情绪在《嘱咐》中表现得更为明显。小说中的水生显然并不是一个全然被革命理性包裹的战士，他八年没有回家，因此常常为想家而苦恼，在他请假绕道回家的路上，心里也想着父亲是不是还活着，想着自己一别八年的女人以及分离时她肚子里的小孩，为此，他感觉到了来自这些思绪的沉重的压迫。当女人看到水生时，泣不成声地对孩子说：“来！这就是你爹……”还说：“我们可常常想你，黑夜白日”，“你能猜一猜我们想你的那段苦情吗?”“八年，你只在家里待了一个晚上”。[②] 在这里，我们不仅看到了战士水生的隐秘情感，更看到了他的妻子感伤/埋怨的情绪，这无疑对水生八年未归背后所体现的革命理性进行了再次的冲淡与调和。此外，与后期延安文学作品所流露的喜剧性因素不同的是，上述情节为我们呈现了一个家庭因战争而导致的离别的苦楚，以及无法被革命理性所冲淡的发自夫妻内心深处的人间真情。在这里，战士夫妇的形象无疑是丰满而感人的。

其二，孙犁在小说中也时常将人物内在的感伤/埋怨情绪隐藏在外在的说笑之中。在《荷花淀》中，几个女人因没有找到丈夫而失望，也有些伤心，各人在心里骂着自己的“狠心贼”。可是孙犁却转而写道：“青年人，永远朝着愉快的事情想，女人们尤其容易忘记那些不痛快。不久，她们就又说笑起来了。”[③] 在《嘱咐》中，丈夫八年只回家一次，临别前女人忍着眼泪，笑着说：“快去你的吧！我们不冷。记着，好好打仗，快回来，我们等着你的胜利消息。”[④] 我们显然不能把这种说笑的方式理解为人物能够因其乐观的革命理性而释怀或忘却了感伤/埋怨情绪，因为这种以笑写泪的方式背后潜藏着的是妻子们的不舍和隐痛。此类情节无疑能够冲淡小说中所描写的战士抛妻别子的革命理性，进而增强人物的情感张力。

其三，在部分小说中，战士并非“冷面无情”，而是强忍着自身的感伤情绪，这也使其形象显得较为丰满。请看以下对话——抗属妇女说：“你看人家有人的，有的种地了，咱这地还没起沙子……一个女人和一个孩子怎么会种上……在心里骂我们当家的，撇下大人孩子不管。”“你就不惦记你的大人孩子，她们在家里不骂你呀?”我说：“我们那里有敌人，村边就是炮楼，她们痛苦极了，她恨敌人，就愿意我在外面好好抗日。”[⑤] 可以看到，“我”并不是不知道妻儿的痛苦，抛妻别子也是出于无奈，因此“我”便以妻子“愿意我在外面好好抗日”为由，压制了内心的不忍。尤其值得注意的是，就《荷花淀》

---

① 参见孙犁《藏》，《芦花荡》，群益出版社 1949 年版，第 12 页。

② 孙犁：《嘱咐》，《嘱咐》，天下图书公司 1949 年版，第 58—69 页。

③ 孙犁：《荷花淀——白洋淀记事之一》，《解放日报》1945 年 5 月 15 日第 4 版。

④ 孙犁：《嘱咐》，《嘱咐》，天下图书公司 1949 年版，第 72 页。

⑤ 孙犁：《山里的春天》，《荷花淀》，生活·读书·新知联合发行所 1949 年版，第 57—60 页。

的临别场面而言，作者更多突出的是女人的不舍，写到了面对丈夫的离开，女人鼻子里有些酸，流着眼泪，有些藕断丝连的情绪，但此时的水生也并非丝毫没有感伤，或毫无牵挂，否则，他何以说出“千斤的担子你先担吧，打走了鬼子，我回来谢你”①？这表明水生心中既有不舍，也有愧疚和无奈，这看似充满了革命理性的话语背后，隐藏着的是十分复杂而矛盾的情绪。此外，在《杀楼》中也出现了类似的对话。女人痛哭着说：“我看你像忘了他们一样。”英华说：“我把眼泪往肚子里吞，我好好执行上级的命令，去消灭鬼子！”“家去吧！不要净啼哭，啼哭有什么用？”② 于是女人赶紧抹着眼泪转身走了。在战士英华“我把眼泪往肚子里吞”的话语中，我们已经能够感受到他的感伤和难过，他同样要以其革命的理性压制这种情绪，也正因如此，这一战士形象才显得那样丰满而感人。

其四，孙犁在小说中还描写了一类有着较为强烈的埋怨情绪的女性，这种情绪甚至压倒了小说中战士的革命理性，直接导致了家庭的分裂。在《光荣》中，原生出去参军，他的妻子小五渐渐感到不满，常常和婆婆吵架，并长期住娘家，她的婆婆却只能处处将就。因为原生迟迟没有音信，小五感到没有盼头，并表现出一系列的落后举动，甚至认为光荣一文不值。随着埋怨和不满情绪的爆发，她提出要和原生离婚，对此婆婆也只能答应。可以说，这种强烈的埋怨情绪直接冲淡甚至颠覆了延安文学作品中经常出现的有关“前线战斗、后方生产”的基本情节及其所蕴含的革命理性，同时也为我们显示了当时的抗属在面对丈夫长期不在家时产生的多样而复杂的情绪。

可见，正是小说中的女性面对丈夫外出参军时的复杂与矛盾情绪，调和了作为战士的丈夫的革命理性，丰富了小说所蕴含的情感。因此，我们应该重新理解孙犁笔下的女性形象及其复杂的情感世界。然而多数研究者在讨论孙犁小说中有关感伤/埋怨的情绪时，或是用小说中显示的人性人情人道主义以及悲悯情怀、人文关怀等元素来阐释有关家庭骨肉分离之痛的情感③，更倾向于以历时性的眼光在五四或传统文化对孙犁创作的影响的框架里进行解读；或是往往得出以下结论来突出孙犁笔下女性的乐观坚韧的正面形象，即妇女以识大体、顾大局的牺牲奉献精神压倒了感伤情绪；或是将孙犁小说的基本情节模式定位为“女人支持男人去打仗，等着他胜利归来”④，将孙犁对人物情感的处理理解为他终于克服冲动、驱散“伤感”情绪，因此恰好与延安文学体制号召的党领导文艺等政策不谋而合⑤。诸如此类的结论有其合理性，但也略显偏颇，尤其是上述孙犁

① 孙犁：《荷花淀——白洋淀记事之一》，《解放日报》1945 年 5 月 15 日第 4 版。

② 孙犁：《杀楼（《五柳庄记事》的一节）》，《解放日报》1945 年 4 月 16 日第 4 版。

③ 参见贺仲明《孙犁：中国乡村人道主义作家》，《暨南学报》（哲学社会科学版）2020 年第 10 期，第 1—9 页。

④ 熊权：《彷徨“家”“国”：土改与孙犁的“文变”》，《文艺理论与批评》2020 年第 3 期，第 23 页。

⑤ 参见熊权《“革命人”孙犁：“优美”的历史与意识形态》，《文艺研究》2019 年第 2 期，第 83 页。

小说中人物复杂的感伤/埋怨情绪是无法放置于此类研究思路中加以全面解释的。

其实，孙犁小说中的感伤/埋怨情绪并非无源之水，这与他自身的情感体验有着密切的关联。并且，学界充分注意到的孙犁在小说中对感伤/埋怨情绪的克服，实则体现了孙犁文学创作中的“心理安慰”机制。孙犁的父亲在外工作40年，每年仅回家一次，这使孙犁在童年时期就切身感受到了抛妻别子对一个家庭的影响。直到他自己也不得不抛妻别子，则更深切体会到此间的艰难：“我离开家乡、父母、妻子，已经八年了。我很想念他们。”① 乃至在他后来的回忆文字中也不断地提到：“过去，青春两地，一别数年，求一梦而不可得”“在夫妻情分上，我做得很差”②，“我离家已经六七年了，听人说父亲健康情况不好，长子不幸夭折……我实在控制不住对家庭的思念”③，他甚至感叹自己的一生充满了个人的故园残破、亲情残破、爱情残破④。可见，当时抛妻别子的经历给孙犁的情感带来了多么刻骨的印记，这种情感无疑参与了他的文学创作。孙犁不止一次说过他的小说具有自传性：“我的小说单薄，自传的成分多”⑤，“文章里边的生活基础，我是有的……并非完全虚构”⑥，更直言“我写出了自己的感情，就是写出了所有离家抗日战士的感情”⑦。看到了孙犁这样刻骨铭心的抛妻别子的感伤记忆，我们有理由相信，他所谓的“暂时的分别，正是为了将来的团聚，父母妻子也是这样想”⑧，以及敬佩青年妇女“识大体、乐观主义以及献身精神”，很难说没有一种在无奈之下产生的对自我及他人“心理安慰”的成分，这种“心理安慰”机制正是使其小说通向“崇高”与“规范”的策略之一。因此，只有在小说中看到了孙犁的情感体验的影子，看到了孙犁小说中的“心理安慰”机制，才能最大程度地理解孙犁的情感表达背后的依据，捕捉到掩盖在其文字深处的复杂情感内涵。

但也应该看到，我们并不能认为孙犁无意贴近“党的文学”，只是他呼应党的文艺政策的方式比较特别，这就使孙犁的创作在抗战之外获得了另一种“政治正确性”。⑨ 与其以一种二元对立的思维方式去判定孙犁是有意迎合或有意偏离延安文学的主流形态，不如说他的文学创作样态是由主流文学环境，尤其是他的独特生命体验与审美旨趣共同作

---

① 孙犁：《关于〈荷花淀〉的写作》，《孙犁全集》第5卷，人民文学出版社2016年版，第57页。

② 孙犁：《亡人逸事》，《人民文学》1982年第4期，第19页。

③ 孙晓玲、李屏锦：《孙犁论孙犁》，花山文艺出版社2017年版，第39页。

④ 参见孙犁《残瓷人》，《人民日报》1992年2月17日第8版。

⑤ 孙晓玲、李屏锦：《孙犁论孙犁》，花山文艺出版社2017年版，第173页。

⑥ 孙犁：《写作漫谈》，《孙犁全集》第3卷，人民文学出版社2016年版，第478页。

⑦ 孙犁：《关于〈荷花淀〉的写作》，《孙犁全集》第5卷，人民文学出版社2016年版，第57—58页。

⑧ 孙犁：《关于〈荷花淀〉的写作》，《孙犁全集》第5卷，人民文学出版社2016年版，第56页。

⑨ 参见郜元宝《柔顺之美：革命文学的道德谱系——孙犁、铁凝合论》，《南方文坛》2007年第1期，第16页。

用的结果。孙犁从不拒绝悲壮的情绪，他认为小说中有抒情的成分并不就是小资产阶级，应该把情感放进文章中；他还认为人生的悲欢离合，总是与女人有关①。也许正因如此，他才极力挖掘女性丰富的情感，以展现战争下的人包括前线战士普遍的悲欢离合，挖掘出人的隐秘而复杂的情感，这也是他的人道主义理念的体现。

总体来讲，孙犁的抗战叙事中围绕家庭生活而产生的感伤/埋怨情绪，不仅不会与延安文人们经常书写的战士们的革命理性对立，反而使战士的革命激情带有了一种悲壮美和感性力量，避免了在对战士情感的塑造及其家庭生活的描写上显得扁平与单一，还原了丰满而真实感人的战士形象。可见，孙犁的抗战叙事已经作为一种情感实践进入了延安文学发展史乃至革命的内部，实现了革命理性与审美意识的统一，彰显了其区别于多数延安文学作品的独特性。

二、审美体验：贴近战斗生活的复杂性

多数延安文人在其抗战叙事中都试图揭示历史的某种必然性与一般规律，而孙犁的抗战叙事则体现了与多数延安文学作品的差异。在部分小说中，孙犁力图贴近生活本身的复杂性，这集中体现在，其淡化了战士在战斗中的决定性作用，既没有着重凸显战斗的领导者对战斗胜利的推动作用，也淡化了对完美的英雄形象的塑造。这种创作倾向与孙犁的审美体验息息相关。

首先，孙犁在部分小说中没有着重凸显领导者对战斗胜利的推动作用，某些战斗的过程就是由一连串的偶然性事件构成的，最能体现这一点的就是《荷花淀》，其故事情节的关键节点是一系列近乎偶然性的事件。丈夫们出门参军后女人们有些藕断丝连，于是有了这样的对话："听他说鬼子要在同口安据点……""哪里就碰得那么巧，我们快去快回来。"到了马庄后得知"你们来得不巧，昨天晚上他们还在这里，半夜里走了"，这是第一次偶然事件，直接促成了第二次偶然事件：她们与鬼子偶然遭遇。"哪里就碰得那么巧"的设定也因此被消解，推动着故事情节发展到她们"奔着那不知道有几亩大小的荷花淀去"，于是有了第三次偶然事件：和丈夫们偶遇。但这次偶然无疑促成了战斗的胜利，在小队长"你们也没有白来，不是你们，我们的伏击不会这么彻底"② 的感叹中，形成了第四次偶然事件，即女人们的突然闯入推动了战斗的胜利。这四次偶然事件虽然是孙犁精心设计的，为的就是推进情节走向战斗必然胜利的结果，但是，正因这几次偶然事件，让我们看到，战斗生活本身就是十分复杂的，战士们胜利的原因并不是领导者的周密计划，而是突然闯入伏击圈的非战斗小组成员的女人们的推波助澜。延安文人在

---

① 参见孙犁《文集自序》，《人民日报》1981 年 9 月 2 日第 5 版。

② 孙犁：《荷花淀——白洋淀记事之一》，《解放日报》1945 年 5 月 15 日第 4 版。

抗战叙事中常常凸显的领导者对战斗胜利的推动作用，在这里被大大地削减，进而使小说人物形象和情节都充满了张力。

其次，孙犁在部分小说中还淡化了对战斗中完美的英雄形象的塑造，这在《芦花荡》中体现得较为明显。《芦花荡》的故事情节也具有一定的偶然性，“过于自信和自尊”的老头子一向自认为“我什么也靠给水上的能耐，一切保险”，在他认为“不怕，小火轮上的探照灯，它照不见我们”时，偏偏“探照灯突然照向她们，不动了”；在他柔和地说“不怕。他打不着我们”时，偏偏“她挂了花”。这是小说对这一“完美英雄形象”的第一次淡化。老头子由于羞愧而“没脸见人”，竟“带到半路上就不愿带了”，小女孩子也好像是抱怨“一路上多么紧张，也没怎么样，谁知到了这里，反倒……”在老头子的羞愧与小女孩子的抱怨中，“完美英雄形象”再一次被淡化。终于，在两个孩子对老头子的“豪言壮语”全没有答言，老头子觉得受了轻视时①，这一“完美英雄形象”被淡化甚至消解殆尽。即便下文重新树立起他的英雄形象，贴近了延安文学对表现历史“本质”的要求，但前面的情节也冲淡了读者对在战斗中占据绝对主导地位的“完美英雄形象”的崇拜之情，还原了战斗生活的复杂性。

那么，孙犁采取这样的方式处理其笔下的形象，动因何在？作家的写作动因与其逐渐生成的对生活、对文学的审美体验有关，这种审美体验直接催生了作家的文学观念，因此，对孙犁的抗战叙事的考察自然无法忽视审美体验这一重要因素。我们有必要梳理一下孙犁对于文学创作的认知。孙犁在谈及学习《在延安文艺座谈会上的讲话》的收获时指出，在我们的小说里，“往往有概念多于实际的情况”，“不善于描述或避免描述生活里存在的那些复杂的矛盾和斗争……只有胜利；没有斗争，没有困难，没有挫折。因为不能全面地真实地反映生活，就使我们写出来的生活显得不那么深厚和丰满”。② 或者可以说，想要写出生活的真实性和历史的丰富性就要观照那些复杂的矛盾和斗争，不能只满足于对解放事业的热情的宣泄，因此也就不能止步于对历史“本质”的揭示。在对人物的描写上，孙犁也强调从生活中写人，他认为这是创造民族形式的基础。③ 从生活中写人，也就意味着孙犁秉持了一种清醒的现实主义手法。对于塑造英雄人物这一问题，孙犁也认为：“只说勇敢、英雄……这种字眼，是没有意义的”，行动“失败了，读者有深深的遗憾和愤怒，这才是英雄”，“即使是英雄的行径，也有无数波折和困难”。④ 可以说，孙犁对部队中或战斗中的人所采取的如上描写方式，正是其在创作中追求小说的情

① 参见孙犁《芦花荡——白洋淀记事之二》，《解放日报》1945年8月31日第4版。

② 孙犁：《领会和收获》，《孙犁全集》第3卷，人民文学出版社2016年版，第425、426页。

③ 参见孙犁《接受“遗产问题”（提要）》，《晋察冀日报》1941年3月15日第4版。

④ 孙犁：《论战时的英雄文学——在冀中〈前线报〉文艺小组座谈会上的发言》，《晋察冀日报》1941年12月16日第4版。

节和人物的矛盾性与真实性的体现，也是他长期以来的审美体验所催生的审美追求，因而使其小说保留了文学形象自身的丰厚感，在某种合目的性的叙述中贴近了生活与历史本身的复杂性。孙犁抗战叙事的特质由此再一次呈现出来。

三、空间体验：建构战争中稳定的乡土空间

以往的研究者往往以历时性的动态的眼光看待孙犁小说中的地理空间，认为孙犁的小说是通过空间变化反映时代变化，比如《荷花淀》中的水乡景色和《嘱咐》中的破败村庄，前者是抗战初期，环境未遭破坏，后者是战争结束，环境被彻底摧毁①；也有研究者认为，孙犁小说中的女人们不得不卷入战争，战争的残酷已不是乡土的稳定性所能抵御②。此类阐释当然有其合理性，但也应该看到，孙犁小说的大部分叙事基本上是在静态的乡土风物与内在的人物心理层面上延展③，其在抗战叙事中所建构的地理空间显示了较为鲜明的稳定性。值得注意的是，延安文人在抗战叙事的过程中，往往会涉及对战争中的地理空间或环境的书写，当文人们书写战争中的某一地理空间时，往往凸显了战争对这一地理空间的重大影响。而孙犁笔下的地理空间（主要是乡土空间）虽是处在抗战这一象征着时代裂变的环境中的，但却有着相对的稳定性，孙犁对于战争中的乡土空间的这一建构方式在延安文学的抗战叙事中是较为独特的。

其一，孙犁对战争中稳定的乡土空间的建构，体现在孙犁在小说中描绘了一系列稳定的文学景观。这种自然或人文景观的稳定性，表现在处于战争中的乡村有时仍是一个稳定的场域，并不随着外界战争环境的改变而改变，战争中的人和这样稳定的环境结合，构成了一个相对独立的乡土空间。请看："只有在天地相接连的那里，才是萧萧的风云低垂的烟雾。这时还有人在秋草地上牧羊，羊群是那样的洁白和安静，人们丝毫没有惊扰"④，"滹沱河在山里受着约束，昼夜不停地号叫，到了平原，就今年向南一滚，明年往北一冲，自由自在地奔流"⑤，"南郝村……是大平原田园本色……村西有一条大河绕过，隔河望去，又是一围村庄，一片田亩苇坑麻地。倘在夏秋两季，也一定有些风光景致"⑥。以上是孙犁对稳定的自然景观的描写。我们发现，孙犁常常用类似于"天地接

---

① 参见李华秀《孙犁的意义》，《河北学刊》2016年第2期，第98页。

② 参见席建彬《"土气"的诗意——论孙犁小说的另一种精神资源》，《南方文坛》2013年第1期，第117页。

③ 参见叶诚生《"问题叙事"与"诗化抒写"：解放区文学实践中的个性表征——以赵树理、孙犁为中心》，《东岳论丛》2011年第11期，第107页。

④ 孙犁：《种谷的人》，《孙犁全集》第1卷，人民文学出版社2016年版，第320页。

⑤ 孙犁：《光荣》，《华北文艺》1948年第1期，第40页。

⑥ 孙犁：《走出以后》，《孙犁全集》第1卷，人民文学出版社2016年版，第333页。

连”“在平原奔流”“大平原田园本色”等词汇描写自然景观，他似乎很乐于描写乡村风光大场面，而不是精心雕琢小的景观，这种宏阔而经年不变的乡村风光大场面无疑更能显示其自身的稳定性，仿佛这种稳定性并不受外界战争环境的影响，也就更无从显示现代历史的裂变性。再看：“敌后的县城、城墙……都遭战争破坏；而此地的环境，还这样完整安静。我躺在米脂的牌坊下，睡了一觉，不知梦到何方。”① “要问白洋淀有多少苇地？不知道。……每年芦花飘飞苇叶黄的时候，全淀的芦苇收割，垛起垛来，在白洋淀周围的广场上，就成了一条苇子的长城。女人们，在场里院里编着席。”② “自从敌人在河南岸安上炮楼，老人就更不干别的事，整天到河边去，有鱼没鱼，就在这里待一天……看看滹沱河从天的边缘那里白茫茫地流下来……就又奔到远远的东方去了。看看这些景致……比受鬼子汉奸的气便宜多了。”③ 以上是孙犁对稳定的人文景观的描写。我们看到的是战争中的人与其所在的自然环境融为一体，形成了一个相对独立、自洽的乡土空间。如果从文学作品的地理空间建构模式的角度来看，孙犁建构上述自然或人文景观时，在时空组合上有如下特点：或是作品仅营造了一个空间与一个时间，地理空间中的景观、实物、人物、事件都出现在同样的稳定的时空里；或是作品营造的时间不同但空间相同，空间诸要素的特征并未随时间的变化而变化。可见孙犁较少采用那种空间上往复对照、时间上回环对比的结构模式，这也侧面体现出孙犁善于建构相对稳定的文学地理空间，作品中的人们并未像多数延安文学作品所经常描写的那样，随时参与着剧烈的斗争，而是能够在生活的某些瞬间遁入一个稳定的乡土空间中去，进而绕开了战争可能带给他们的生活的剧变。

其二，孙犁对战争中稳定的乡土空间的建构，体现于在部分小说中，人的生活状态和心态在战争发生前后并没有重大变化，也未显示出鲜明的断裂性特征。在《“藏”》中，刚刚经历了敌人的包围后，“在外面的大地里，风还是吹着，太阳还是照着，豆花谢了结了实，瓜儿熟了落了蒂，人们还在受着苦难，在田野里进行着斗争”④。在这里，我们已经看不到多数延安文人在抗战叙事中对战争带给人们生活状态的巨变的描写，而是感受到了人的生活状态和心态就是这样一如既往地被苦难包裹着，成了生命的常态。在《游击区生活一星期》中，刚和敌人周旋的游击区人们一回到家里，“像没有刚才那一场出生入死的奔跑一样，大家又生活得那样活泼愉快，充满希望，该拿针线的拿起针线来，织布的重新踏上机板，纺线的摇动起纺车”，使“我”不由感慨，这些经历“仅仅是平原游击区人民生活的一次脉搏的跳动而已”。同样，“我”能感受到的不是战争如何更新或

---

① 孙犁：《〈善闇室纪年〉摘抄》，《孙犁全集》第 5 卷，人民文学出版社 2016 年版，第 191 页。

② 孙犁：《荷花淀——白洋淀记事之一》，《解放日报》1945 年 5 月 15 日第 4 版。

③ 孙犁：《碑》，《北方文化》1946 年第 2 期，第 42—45 页。

④ 孙犁：《“藏”》，《芦花荡》，群益出版社 1949 年版，第 23 页。

影响了人们的生活状态和心态，而是战争中的人们“生活在这里是这样充实和有意义，生活的经线和纬线，是那样复杂、坚韧”①。或者可以说，战争只是人们在稳定的乡土生活中的一场经历，相比描述战争中人们的生活及心态的激烈变化，尤其是延安文学的抗战叙事中经常描述的人们在革命意识上的更新，孙犁更愿意表现在这场经历中的人的常态化的悲欢离合。在这里，我们仿佛看到了孙犁对京派文人所思考的人生之“常”与“变”这一问题的呼应。

其三，孙犁对战争中稳定的乡土空间的建构，还体现在孙犁在其抗战叙事中有时会用以节气为中心的稳定的“乡土时间”来遮盖战争发生的时间背景，淡化了战争本身所包含的时间的断裂意义。文学作品的地理空间的结构模式是由空间和时间两个维度决定的，任何一个维度的变化都会导致结构的变化。② 孙犁在小说中所营造的时间维度，就在一定程度上催生了小说中稳定的乡土空间。相比一些延安文人在抗战叙事中经常以某一战争的名称来作为情节展开的时间背景，孙犁在小说中往往以某一节气或农民的生产时间替代暗含“历史意义”的某一战争发生的时间，即便小说涉及的是有关战争的内容。最为典型的当属《丈夫》一文，该文开篇即以“今天是中秋节日，可是还有一场黑豆没打”引入，并且中秋节贯穿了整篇文章的情感发展链条：丈夫常年在外抗战，杳无音信，使妻子无心过节，进而产生埋怨情绪；当丈夫来信后，她感叹：“信来得巧，今年的节我又过痛快了！”③ 在这篇小说中，孙犁用中秋节这一中国传统时间意象来串联情节，显然更容易使情节与历史时间及事件拉开距离，使我们很难感受到战争这一历史事件带给一个战士家庭的生活状态的裂变，反而使读者转向对传统乡村稳定的家庭生活的向往，以及对传统节日所蕴含的民族情感的共情。

其实，孙犁小说中出现上述稳定的乡土空间并非巧合，这与他对乡土空间的体验有着直接的关联。孙犁童年时期就有过这样的经历：“童年，我在这里……看到了对艚大船上的船夫船妇……他们远来远去，东来西往，给这一带的农民，带来了新鲜奇异的生活感受……对于这条河流，祖祖辈辈……人们只是觉得，它是大自然的一部分。”④ 在孙犁闭塞的故乡，远去的河流无疑是年幼的他想象外部世界的最佳方式，河中来来往往的人们让他强烈地感受到自身所处环境的稳定、保守与闭塞。此外，如前所述，孙犁很乐于描写稳定的文学景观，勾勒具有稳定性的乡村风光大场面，这与他当初对漫天芦苇的白洋淀空间的体验有着紧密的关联，孙犁不止一次在其作品中感叹这万顷芦苇的宏阔画面。孙犁对有关乡土空间的稳定性的感受，以及对由于时代的变革而导致剧烈变化的乡村风

① 孙犁：《游击区生活一星期》，《新华日报》1945 年 5 月 15 日第 4 版。

② 参见曾大兴《文学地理学概论》，商务印书馆 2017 年版，第 184 页。

③ 孙犁：《丈夫》，《芦花荡》，群益出版社 1949 年版，第 58—69 页。

④ 孙犁：《关于河》，《散文（天津）》1983 年第 3 期，第 6 页。

物描写的规避，恐怕不能说与其上述的空间体验无关。还应该看到，孙犁的创作中所延续的古典雅文学与京派乡土文学传统本身就是一种蕴含着稳定性的文化结构。此外，正如有的研究者所言，对于处于艺术灵境中的孙犁来说，大地就是他的母亲，母性崇拜心理常常和大地崇拜心理纠结在一起①，也可以说，这种大地崇拜心理正包含着对乡土中国自然和社会空间的稳定性的依恋。

孙犁笔下稳定的乡土空间，显然与延安文学有关为历史的断裂呐喊、定义的文字存在一定差异，也与多数延安文人在抗战叙事中强调战争打破了原初的乡土空间样态，并对生活在其间的人的状态产生了巨大影响的叙述模式有所不同，这就构成了孙犁抗战叙事的独特性和非典型性。同时，这也彰显了孙犁小说独特的审美意蕴，即，其创作能够“在极端断裂的年代，依赖其源自个人经验和个人记忆的东西，弥合历史的裂痕”，并“使那些变动和分裂的历史时期，人们的形象认知和情感记忆能有一种延续的韧性”②，从而消解了现代性有关历史的“断裂”“进步”的整一性图景，建立起了审美主义的多元视野③。

结　语

孙犁延安时期的抗战叙事是其多种生命体验不断深化的结果，这些生命体验至少包括孙犁对自我情感经验的体悟、对自身审美观念的把握和对其所处的地理空间的感知。如果从发生学的角度去考察孙犁的多种生命体验对其文学创作的催生作用，会发现，启蒙/审美、革命/艺术等因素在孙犁的抗战叙事中并非剑拔弩张的关系，而是作为一个复杂的矛盾体彼此缠绕、调和。或者可以说，孙犁延安时期的抗战叙事，在贴近“规范”的同时，包含对生命经验的复杂化观照和对审美体验的丰富性传达。正是这些复杂的生命体验，促成了孙犁独特的文学品格和创作的内在理路，生成了孙犁的抗战叙事相较于多数延安文学作品的独特性和复杂性。同时，孙犁抗战叙事的生成路径也从一个侧面彰显了延安文学的丰富性和复杂性。

---

① 参见李遇春《孙犁小说创作的深层心理探析》，《华东师范大学学报》（哲学社会科学版）2003年第4期，第96页。

② 陈晓明：《现代性与中国当代文学转型》，云南人民出版社2003年版，第14页。

③ 参见吴晓东《中国现代文学中的审美主义与现代性问题》，《文艺理论研究》1999年第1期，第12—20页。

· 社会主义文学研究 ·

乡村基石

——农业合作化题材小说中农村基层党员形象研究

鲁太光①

摘　要： 农业合作化运动是当代中国的一个重要事件。这个时期，许多作家深入生活，创作了一批优秀的农业合作化题材小说，比如周立波的《山乡巨变》、赵树理的《三里湾》、柳青的《创业史》。这些小说的一个重要贡献是塑造了一批光彩照人的基层优秀党员形象，展现了他们带领农民重建乡村基层组织、重构心理结构、重塑乡村文化，进而追求美好生活的努力与辛劳。合作化运动已成历史往事，但这些犹如乡村基石的优秀党员的作为和精神仍值得我们学习，他们的艺术形象值得我们深情回望，而那些前辈作家的经验也值得我们汲取。

关键词： 农业合作化题材小说；党员形象；信任革命；组织革命；信心革命

在中国，有这么一群人，他们扎根乡土，立身农村，跟父老乡亲们搅合在一起，与兄弟姐妹们合作成一体。危险时，做他们的组织者、保护者，既英勇无畏，又灵活机智。困难时，做他们的宽心人、引路人，和大家一起，研究问题，解决问题。劳动时，你看不出哪一个是他们，因为，跟大多数人一样，他们正摸爬滚打，满身泥水呢。闲暇时，他们倒很显眼，因为，当多数人休憩时，他们却要么奔波在田间地头，检查生产；要么流动在村头巷尾，嘘寒问暖。白天，他们以少抵多，劳动着、奔波着、动员着；夜幕降临后，他们依然没有得闲，要么在会议上讨论着、谋划着，要么在灯下学习着、沉思着。用鲁迅先生的说法，他们是埋头苦干的人，是中国的脊梁，是乡村的基石。

他们就是中国农村——最基层——的共产党员。他们既是中国农村的黏合剂，把广袤的中国农村有机地联系在一起，又是中国农民的催化剂，使亿万中国农民追求美好生活的梦想代代相传，不断升级。正是他们的存在，他们的劳作，他们的奉献，中国的长

---

①　作者简介：鲁太光（1973—　），中国艺术研究院马克思主义文艺理论研究所研究员，文学博士。

治久安才有了深厚的根基。如果这个群体发生变化，或者，干脆把他们从中国农村中抽离，那么，中国农村，乃至整个中国则可能会是另一种样貌。可以说，这个群体的存在，特别是这个群体能够始终保持自己的本色，对农村、对中国而言，至关重要。因此，把他们在中国农村的作为，他们与中国农民的关系，把他们的光荣与梦想，以及遭遇的挫折与困境，完整地呈现出来，加以细致分析，就不仅是必要的，而且是迫切的。

由于这一群体的基层属性，或者说草根属性，历史文献对他们的记载相对有限，往往作为一个整体一笔带过。幸运的是，他们为另一种“历史”所青睐，并被精细地刻画出来。这就是文学史——在中国当代文学史中有大量农村党员形象。通过这些党员形象，我们不仅能够知道他们的辛劳与作为，而且还能够知道农民们的心声与关切，了解中国农村的变迁与脉动。在这个意义上看，为这一群体存照是中国文学的功德。因此，研究这一群像，将其产生的原因揭示出来，是一件极其有意义的事情，对中国特色社会主义新农村建设尤有意义。

在百年中国文学中，农业合作化题材小说中的党员形象格外典型，启示格外深刻，值得深入挖掘。看，他们向我们走来了，带着花草的芳香，泥土的气息，带着汗味儿，甚至粪味儿，向我们走来了……

一、革命的信仰者

首先向我们走来的，是来自山水湖南、带着茶子花香的李月辉。

1954 年 11 月，著名作家周立波回湖南益阳家乡，参加了益阳县谢林港区发展互助组、建立初级农业合作社的工作，并回老家邓石桥清溪村生活了一段日子。这段经历应该给他留下了深刻印象，回到北京后，他不仅于 1955 年 4 月写下了反映互助合作运动的短篇小说《盖满爹》，而且干脆在 10 月份将全家从北京迁回湖南益阳农村，住在益阳市郊桃花仑乡竹山湾村，参加办社，在此建立了生活和创作的基地。

周立波不是来这里体验生活，更不是来“做客”，而是真正地深入生活，因而他一方面“采取一个普通农民的姿态”，“扎扎实实和群众一道劳动，同吃、同住，当小学生，毫无架子，虚心、诚恳地向群众学习”，使自己变成他们中的一个，“生活在他们当中”；另一方面，“以工作人员的态度”，“关心生产，关怀社员的生活，与群众同呼吸、共艰苦”，心连心地打成一片，与他们“巴皮洽肉”。[①] 通过办社，通过认真工作、勤恳劳动，通过将心比心、以心换心，周立波不仅掌握了合作化运动的基本规律，获得了许多实实在在的工作经验，而且同许多农村干部和社员群众交上了朋友，摸熟了他们各自不同的

① 胡坚：《作家周立波在农村》，李华盛、胡光凡编《周立波研究资料》，知识产权出版社 2010 年版，第 115、116 页。

心理、习惯和个性。慢慢地，这些亲朋友邻成为他创造艺术典型的模特，他萌生了创作反映湖南农业合作化运动的长篇小说《山乡巨变》的念头。

经过反复酝酿、精心构思，1957年底，《山乡巨变》正篇定稿，并于1958年1月开始在《人民文学》连载，至6月，分6期载完；同年7月，小说由作家出版社出版。在此前后，除回北京参加必要的活动外，他继续在湖南益阳农村工作、劳动。1957年10月，他兼任桃花仑乡党委副书记，参加整党整社工作，并为《山乡巨变》续篇积累素材。1958年下半年，开始续篇写作。1959年10月后，陆续在《湖南文学》《人民文学》发表续篇部分章节。1960年1月24日，续篇全文发表于《收获》第一期。同年4月，小说由作家出版社出版。这样，自1954年11月首次返乡算起，历时5年多，《山乡巨变》终于全部完成。

一是由于题材重大，二是由于风格独特，这部小说面世后，受到了读者和评论界的重视和欢迎。茅盾就撰文说："从《暴风骤雨》到《山乡巨变》，周立波的创作沿着两条线交错发展，一条是民族形式，一条是个人风格；确切地说，他在追求民族形式的时候逐步地建立起他的个人风格。他善于吸收传统的优点而不受它的拘束。"他还进一步分析道："《山乡巨变》续篇可以作为例子说明他在民族形式和个人风格所取得的成就；他是越来越洗练了，而且在紧锣密鼓之间，以轻松愉快的笔调写一二小事，亦幽默可喜。这部作品，结构整齐，层次分明，笔墨干净，勾勒人物，素朴遒劲，这些都是他的特点。"①

在这部洋溢着浓郁生活气息和明丽地方色彩的小说中，作家塑造了一系列特色鲜明的人物形象，包括一些党员形象，李月辉是其中最独特的一个。实际上，如果我们稍微放宽视野，将其放在同类题材作品谱系中，乃至"十七年文学"整体中来看，这个人物都非常独特。最独特之处，就是他细腻、和气、温婉的性情和细致、周到、绵密的工作作风。用我们今天的话来说，就是不那么阳刚，甚至有点儿婆婆妈妈，以至于作家竟然借乡里人之口，送了他一个绰号——婆婆子。

小说一开场，作家就借外来者、下乡干部邓秀梅的所思所想，让我们知道他"脾气蛮好，容易打商量。他和群众的关系也不错。他过去犯过右倾错误，检讨还好"②。随着邓秀梅进入清溪乡的土地，我们通过她的耳朵、眼睛，听到越来越多他的消息，看到越来越多他的行动。一句话：果然好脾气！邓秀梅进入乡政府后，一群后生子在那里打扑克，看到邓秀梅后，只是瞟一眼就又低下头来仍旧打，直到李月辉提醒他们来了远客，

① 茅盾：《关于周立波的创作》，李华盛、胡光凡编《周立波研究资料》，知识产权出版社2010年版，第175页。

② 周立波：《山乡巨变》，人民文学出版社1958年版，第6页。

应该守点儿规矩，他们才收了扑克，“一窝蜂跑出屋去了”①。可见，他平时就跟他们“玩”成一片，不分彼此。

最有意思的一次，是邓秀梅在乡政府主持妇女会，李月辉找来商量工作，青年姑娘盛淑君“邀请”他参加妇女会，跟他开玩笑的情景：

> 李主席才要走开，听见房间里有个姑娘叫：
>
> “欢迎李主席参加我们的会议。”李月辉不看也晓得，说这话的，是盛淑君。他回转身子，满脸春风地问道：
>
> “要我参加？我有资格加入你们半边天？”
>
> “你怎么没有资格？你不是婆婆子吗？”盛淑君笑嘻嘻地说。②

被一位青年姑娘当众叫自己的绰号，暗示自己是女性，漫说是一位基层干部，就是一般的乡村男性，也不大容易接受，甚至会大发雷霆。然而，李月辉不仅没有恼怒，反而言来语去地跟盛淑君斗起嘴来：

> “这个细妹子，敢在太岁头上动土，调起我的皮来了，好，好，我去告诉个人去。”
>
> “告诉哪个，我也不怕。”盛淑君偏起脑壳回复他。
>
> “我晓得你哪一个都不怕，只怕那个武高武大的蛮家伙，名字叫做……我说不出口，你也猜到了，看啊，颈根都红了，你调皮，是角色，就不要红脸，有什么怕羞的呢？从古到今，哪个姑娘都要找个婆家的。”
>
> 李主席说完就走，盛淑君起身要追，被陈雪春拖住，低低劝她：“不要理这老不正经的。”李主席站在厢房的门口，没有听见雪春的小声的说话，只顾对盛淑君取笑：
>
> “细妹子，不要得罪我，总有一天，你会求到我的名下的。晓得吗，人家叫我月老？月老是做什么的？”
>
> “吃糠的。”盛淑君撅起嘴巴说。
>
> “好，好，骂得好恶，我一定会帮你的忙，一定会的，妹子放心吧。”在一大群姑娘们的放怀的欢笑里，李月辉走了。③

---

① 周立波：《山乡巨变》，第19页。

② 周立波：《山乡巨变》，第69页。

③ 周立波：《山乡巨变》，第69页。

这就是李月辉，货真价实的“婆婆子”。按常理说，这样的人威望应该不会太高。但情况恰恰相反。邓秀梅初入清溪乡，就遇到亭面糊听信谣风砍竹子卖，不免有些担心。进入村中，正好碰见盛淑君挑水，就有意识地上前搭话，问她信不信合作化后竹木归公的谣言，这位年轻姑娘不仅斩钉截铁地回答说不信，而且竟然爆了粗口，她还紧跟着解释说：“李主席没有说过的话，我通通不信。”她进而高度评价李月辉，说他人好，“没得架子，也不骂人，不像别的人”①。一面是当面交锋，语气戏谑，一面是背后谈论，高度评价，有些矛盾。

其实并不矛盾。作家表面上写李月辉的谦让、柔和，甚至软弱，实际上是为了突出他的耐心、细腻、友好，突出他的群众意识、民主作风、合作精神。其实邓秀梅一进入乡政府，跟他接洽工作时，我们就和她一起初步感受到了这种耐心和细腻。当邓秀梅把党员关系交给他后，他接在手里，“略微看一眼，站起身来，口衔烟斗，打开长桌屉上的小锁，把信收好，又锁好抽屉，回身坐在床沿上”②，跟她谈起工作来。这短短的一句话，包含七个动词，简洁明快，节奏利落，特别是接信、开锁、收信的一系列动作，已然让我们看到了他的细致。而后，他又妥善地安排好了邓秀梅的住宿。而且，让人感到惊讶的是，当深夜散会，邓秀梅要休息时，盛淑君竟不请自来，到了她的宿处。原来是李月辉担心邓秀梅一个人害怕，让盛淑君来跟她“搭伴”的。这一细节，不仅体现出李月辉对同志的关心，体现出他细腻的心思，而且还体现出他的工作能力——邓秀梅进入村子后，不过跟盛淑君走了段路，帮她挑了会儿水，交谈了几句，在了解村里的青年团工作时，提到了她的名字。可就是这样一件小事，也没有逃过李月辉的耳朵和眼睛，更没逃过他的心思，因而才知人善任，给邓秀梅找了个伙伴。

更重要的是，他对清溪乡的工作是多么熟稔哪。当他给邓秀梅介绍情况时，我们看到他不仅对互助合作的要求一清二白，而且对乡里每家每户的情况甚至每个人的情况都心知肚明，因而能娓娓道来。再就是，他很讲究工作方法。当邓秀梅因第一次给清溪乡的党员开会，“有点怯生”，脸热心慌，讲得不流利，听众精神散漫时，他提醒邓秀梅休息一下，并撺掇她跟大家打打扑克，相互熟悉，而且不停地在那里插话，活跃气氛。当气氛足够活跃，障碍消除后，他又重新组织会议，郑重介绍邓秀梅，强调会议的重要性，提醒邓秀梅“多讲点事实”③。经由他策应，邓秀梅果然很快进入状态，把会开得有声有色。

由是观之，“婆婆妈妈”不仅不是李月辉的缺点，反而是其优点，是他团结群众、联

---

① 周立波：《山乡巨变》，第 16 页。

② 周立波：《山乡巨变》，第 21 页。

③ 周立波：《山乡巨变》，第 32 页。

系群众、组织群众、服务群众的方法。① 其实，对此，他自己有着十分清醒的认识。邓秀梅和他一起去区上开会，路上邓秀梅委婉地批评他有点儿像亭面糊，他毫不迟疑地反驳说，亭面糊之所以爱发火是希望人家怕他，而自己，“跟他相反，根本不愿意人家怕我。我最怕的是人家怕我。你想想看，从土改时起，我就做了乡农会主席，建党后，又兼党支书。党教育我：‘共产党员一时一刻都不能脱离群众’，我一逞性，发气，人就都会躲开我，还做什么工作呢？脱离群众，不要说工作没办法推动，连扑克牌也没得人跟我打了”②。

这可真是至理名言。可以说，这是周立波借人物之口表达的心声，或者说，他塑造李月辉这个人物，就是为了传达这种精神。同样扎根农村参加合作化运动的柳青，对此也有深刻体会。据《创业史》中梁生宝的原型之一王家斌回忆，柳青“对普通农民从来不发脾气，也不说重话，要求脱产干部和俺也要这样”，他还“经常提醒我们做农民工作，说明问题时不要面面俱到，一次就讲一两个问题，用农民熟悉的语言和实例，把道理说深说透，让人们真正理解党的政策”③。柳青所强调的，不外乎两点：一是耐心细致，二是准确清楚。前者是工作作风要求，后者是工作方法要求。这两者，正是李月辉所坚持的。

结合党史来看，李月辉的所作所为可能更有意义。密切联系群众是中国共产党在领导中国革命的过程中形成的优良传统，并在社会主义建设中发扬光大，是党的事业取得胜利的重要保证之一。之所以如此，是因为与历史上的一切政党不同，马克思主义政党的理论是“消灭私有制”，最终目标是建立自由人的联合体，“在那里，每个人的自由发展是一切人自由发展的条件”④。是因为在马克思主义政党看来，“人民，只有人民，才是创造世界历史的动力”⑤。正因为如此，中国共产党才高度重视群众的力量，重视与群众的密切联系。早在青年时期，毛泽东就在《湘江评论》中连续撰文，热情讴歌民众，强调民众联合的力量，吁请“民众的大联合”。⑥ 随着革命历程深人，这一认识持续深化。1934 年，在中华苏维埃第二次全国代表大会上，毛泽东就要求党和红军要“关心群

---

① 关于他性格的另一面，或者说缺点，闫作雷在《“道”“术”之辨与革命者的“修养”——解读〈山乡巨变〉中的乡村干部》（《文艺理论与批评》2024 年第 4 期，第 63—78 页）中做了细致、辩证的分析，可以参考。

② 周立波：《山乡巨变》，第 105、106 页。

③ 刘可风：《柳青传》，人民文学出版社 2016 年版，第 140 页。

④ ［德］马克思、恩格斯：《共产党宣言》，中共中央马克思恩格斯列宁斯大林著作编译局编译《马克思恩格斯文集》第 2 卷，人民出版社 2009 年版，第 53 页。

⑤ 毛泽东：《论联合政府》，《毛泽东选集》第 3 卷，人民出版社 1991 年版，第 1031 页。

⑥ 1919 年 7—8 月，毛泽东以《民众的大联合》为同一标题，在《湘江评论》第 2、3、4 号上连续发表三篇文章，申明群众联合的意义，倡导群众联合。参见中共中央文献研究室、中共湖南省委《毛泽东早期文稿》编辑组编《毛泽东早期文稿》，湖南人民出版社 2008 年第 2 版，第 312—315 页。

众生活，注意工作方法"，指出要想得到群众的支持，甚至得到他们真心实意的爱戴，"就得和群众在一起，就得去发动群众的积极性，就得关心群众的痛痒，就得真心真意地为群众谋利益，解决群众的生产和生活问题，盐的问题，米的问题，房子的问题，衣的问题，生小孩子的问题，解决群众的一切问题"。① 延安时期，这一思想走向成熟，凝练为一句话——"全心全意地为人民服务"②，并作为党的三大优良作风之一确立下来。

如果在这个脉络上看，李月辉的所作所为就格外意味深长。在我们党的历史上，当群众路线执行得好的时候，我们的事业就顺风顺水，而当群众路线执行得不好，甚至出了偏差的时候，我们的事业就往往坎坎坷坷，遭遇挫折。也正是在这个脉络中，李月辉这个人物的典型性才得以确立——他的确既是普遍的，又是独特的，是"这个"③。可以说，他是在进行一场"细腻革命"，或者说，他是在以"细腻革命"的方式促进中国农村的"信任革命"，即以细腻的工作作风，唤起农民对他的信任，对党的信任，进而重新将中国农村建成信任共同体。对党来说，这是一场空前艰巨的任务，也是一场空前复杂的工作。

熟悉乡土中国历史的人都知道，近代以前，中国乡村原本是一个以士绅为中心的相对自足的存在，即是一个封闭落后但却自给自足的社会。在这个社会里，正常情况下，农民以地租的形式奉养士绅，士绅则以一定的方式承担起乡村社会的保护职责，可视为"保护者"。④ 然而，近代以降，随着资本主义发展，国民党在乡村推进现代治理，特别是帝国主义的入侵，打破了中国乡村社会的超稳定结构，使乡村社会沙化，四分五裂，农民成为风中枯叶，水中浮萍，无可依赖，苦不堪言。正是在这样的背景下，中国共产党顺势崛起，在漫长的革命中，再造中国，再造乡土，特别是通过土地改革运动，初步恢复了农村的生产、生活秩序。中华人民共和国建立后，通过社会主义改造，进一步将农村组织起来，使之作为一个共同体开始运转。然而，客观地说，由于历史负累沉重，也由于一穷二白的现状，中国农村只是在较低的层次上，即只是在物质形态上重组起来，尚未在情感和精神上有机地组织起来，因而进行"细腻革命"、重建信任社会就尤为必要。

这就是李月辉这个人物形象的独特意义——他是我们党密切联系群众的作风和全心全意为人民服务的精神的一个文学"肉身"。其实，又何止他一个人在进行"信任革命"

---

① 毛泽东：《关心群众生活，注意工作方法》，《毛泽东选集》第1卷，人民出版社1991年版，第138—139页。

② 毛泽东：《论联合政府》，《毛泽东选集》第3卷，人民出版社1991年版，第1094页。

③ 恩格斯在《致明娜·考茨基》中强调典型是独特性与普遍性的有机体时，使用了黑格尔的关键词"这个"。参见中国作家协会、中央编译局编《马克思恩格斯列宁斯大林论文艺》，作家出版社2010年版，第135页。

④ 当然，这里的"保护"是有限的。在一定程度上，"保护"与"控制"可谓一枚硬币的两面。参见费孝通著，赵旭东、秦志杰译《中国士绅》，生活·读书·新知三联书店2009年版，第62—73页。

呢？除了“忽冷忽热”的谢庆元和有些“狭隘、粗暴”的陈大春这两个作为“反例”①出现的形象外，小说中的哪一位党员不是竭心尽力地去联系群众，说服他们、团结他们、影响他们、感动他们呢？比如常青社的社长刘雨生，当谢庆元因为自己只当了个副社长而闹情绪，甚至跟他采取对立态度时，他不仅没有以牙还牙，而且从大局出发，从党的利益出发，主动团结谢庆元，帮助谢庆元，使其回归正途。为了让社员们按习俗吃上一餐“鱼肉饭”，精神饱满地插秧作田，他动员恋爱对象盛佳秀把家中喂养的一口大肥猪“借”给社里，尽管她百般不舍、千般不愿——因为她喂养这口猪是想与他结婚时办席面用的。最感人的是，当暴雨肆虐庄稼受损时，他奋不顾身，跳入汹涌的波涛中，拼命堵住了冲进田里的大水，保住了社里的庄稼，他自己却差点儿牺牲。被从江中救上岸，好不容易苏醒过来后，他问的第一句话竟然是：“管子不出水了吧?”情形稳定，别人问他在水里塞管子的状况，他却仅仅简单讲了几句，“就偏过头去，跟支书商量工作”②。这样的党员，怎能不让人信任？如果党组织都是由这样的党员组成的，怎能不人心所向、天下归心？

有读者和研究者将邓秀梅当作李月辉的“对立面”，认为这个人物的出现平衡了李月辉的“婆婆妈妈”，其实，这是只看到了现象，没有看到本质，因为，归根结底，邓秀梅自己同样是一个如假包换的“婆婆子”。要不，她怎么可能一踏上清溪乡的土地就跟亭面糊搭上了话，开始了解清溪乡的社情民意，熟悉亭面糊后，还觉得他可爱呢。要不，她怎么可能一到村里，就帮盛淑君挑水，在言来语去中，了解谣风传播的范围及影响。要不，她怎么可能在村民申请入社时，事情那么忙，头绪那么多，却耐心地听完盛家姆妈讲述自己生育与不幸的陈年往事，且委婉而又坚决地谢绝了她送给自己补身子的鸡婆呢。要不，她怎么可能在追牛时身先士卒，堵住了想要杀害耕牛的秋丝瓜，而且敏锐地发现了他袄袖中藏着的杀猪刀，指挥民兵将其制服。要不，她怎么会一遍遍地走村串户，了解人们的想法，并一把钥匙开一把锁，找专人给他们做工作，打开他们的心结，动员他们加入合作社。要不，她怎么会有意识地安排刘雨生给盛佳秀做工作，让他们接近，使这两个遭遇家庭变故的人重组家庭，幸福地生活在一起。要不，她怎么明明十分爱恋自己的丈夫，读了他的来信后，“一颗由于狂喜和激动蒸发出来的晶莹的泪珠，扑的一声，滴在信纸上”③，但却强制自己搁置情思，宁愿与他山水相隔，把全部精力都用在了互助合作事业上。

《山乡巨变》正篇俄译本译者B.克里夫佐夫敏锐地觉察到了这一点，在向苏联读者介绍邓秀梅时，说她尽管对爱情有自己的观点，是一位温柔可爱的女性，但她“在所有

---

① 说陈大春是“反例”，只是在“信任革命”这一点上说的，他的大公无私、积极肯干等都是正向的。

② 周立波：《山乡巨变》，第487页。

③ 周立波：《山乡巨变》，第252页。

的场合里都是处在群众之中，处于事件的活动之中，作者几乎没有触及到人们称之为‘私生活’的事情”。由于担心苏联读者觉得邓秀梅的形象“可能显得有些刻板化”，他特意解释说：“这绝不是塑造形象的公式主义，而是人物的性格特征。一定程度的禁欲主义、自我牺牲精神、对未来的热情向往和置‘私生活’于不顾——正是这些特征突出了中国革命年代中成长起来的党的干部的性格，这一切自然也在邓秀梅的形象上留下了痕迹。”①

B. 克里夫佐夫的概括十分到位，很有启发。为了完成这场“信任革命”，重建中国农村，重建信任社会，邓秀梅、李月辉、刘雨生等党员，哪一位不是存在“一定程度的禁欲主义”，具有“自我牺牲精神”，“对未来热情向往”，而又往往“置‘私生活’于不顾”呢？在小说中，刘雨生不就是因为一心扑在合作化事业上，顾不上“私生活”，不被前妻张桂贞所理解，而导致家庭破裂的么？可即便如此，他依然痴心不改，一心向社，在与盛佳秀重组家庭后，还是舍小家顾大家，把合作社的事业放在第一位，把自己家庭的事情放到第二位。李月辉又何尝不是如此？他伯伯之所以嫌弃他“男儿无性，钝铁无钢”，还不主要是因为他把主要精力都放在清溪乡的事业上，全心全意跟群众打成一片，而不是像旧时代的“官员”那样，高高在上，颐指气使？

B. 克里夫佐夫还有个发现：“读着这本书，使人情不自禁地想起了周立波另一部长篇小说《暴风骤雨》中的人物肖祥。当肖祥这个党的老干部在东北农村元茂屯进行土地改革的时候，邓秀梅还只有十岁，和他的女儿差不多大，但是在这部小说中，邓秀梅却是以他的可靠的接班人的形象出现的。这就使人感到，从《暴风骤雨》到《春到山乡》的十年间，整整一代中国青年革命者和邓秀梅一起成长起来了，他们与老一辈革命家一起手挽手，肩并肩，建设着新的生活。”②

其实，不仅邓秀梅能使我们想起《暴风骤雨》中的肖祥，李月辉不是也使我们想起其中的郭全海，刘雨生使我们想起其中的白玉山吗？这说明，他们是在党的领导、教育下成长起来的，是党的优良作风的传承者。只不过，在肖祥、郭全海、白玉山从事土改的时候，在摧毁旧社会旧制度的革命行动中，既需要和风细雨的群众精神，更需要暴风骤雨的斗争精神；而在当下，在这场主要是教育农民、引导农民的社会主义建设中，尤其需要发扬春风化雨的群众作风、群众精神。这就是邓秀梅、李月辉、刘雨生等人物如春风般和煦的意义所在，因为他们所从事的是一场更加“严重、复杂和微妙的斗争，它

---

① ［苏］B. 克里夫佐夫：《〈山乡巨变〉正篇俄译本译者序言》，李华盛、胡光凡编《周立波研究资料》，知识产权出版社 2010 年版，第 400 页。

② ［苏］B. 克里夫佐夫：《〈山乡巨变〉正篇俄译本译者序言》，李华盛、胡光凡编《周立波研究资料》，知识产权出版社 2010 版年，第 399—400 页。《山乡巨变》正篇俄译本名为《春到山乡》。

所引起的矛盾会深入人心，波及所有的家庭……"① 对，这是一场"信任革命"。

正是这场"信任革命"，使小说主人公如鱼入水，自由地生活、工作在清溪乡的父老乡亲中间，得到他们的认同，得到他们的体贴。不仅如此，也正是这场"信任革命"，使小说主人公与清溪乡的山水自然也完美地融合在一起，或者说，这场"信任革命"不仅重新塑造了中国农村的社会关系，而且重新"发现"了中国农村的山水——风景。

一般研究者往往就风景谈风景，以此为切入口讨论周立波的艺术特色。但实际上，在《山乡巨变》中，风景与人物密不可分，不能离开人物独立讨论风景，也不能离开风景独立讨论人物，因为小说中人物与风景是彼此确认的，进而言之，可以说正是由于社会关系重构，新的主体出现，才产生了新的风景，而新的风景的出现又强化了新的主体的生成。在分析周立波这一时期的短篇小说时，何吉贤指出，人物眼中的风景之所以发生由远及近、由外而内的变化，人物顺利融入风景，是因为"对于新的主体而言，产生的是一种新的归属感，这种归属感又归结于一种新的集体主体的确认"。这一新的人/景关系，远非柄谷行人"风景的发现"这一理论所能解释，因为这种新的关系"与其说这是'内面人'所导致的观察呈现，还不如说这是某种作为个体的'内面性'向集体主体的一定程度上的让渡的结果"②。

是的，通过"信任革命"，不仅社会面貌一新，山水亦新姿焕发。

二、革命的组织者

"信任革命"对中国农村意义重大，然而，我们却不能抽象地谈论这个问题，或者说，在《山乡巨变》中，"信任革命"之所以产生了那么大的作用，不仅初步重构了社会关系，唤醒了新的社会主体，甚至还改变了人与自然的心理距离，使之和谐地融为一体，是因为他们处于具体的历史结构中，处于社会主义事业在农村渐次展开因而生机勃勃的阶段。如果脱离了具体的历史结构，我们目睹的将是另外的"信任"故事，即，在不同的历史结构中，"信任"故事可以有不同版本。

鲁迅的《祝福》，就是一个不同版本的"信任"故事。祥林嫂一开始在鲁四老爷家干得不错，一个重要原因就是鲁四老爷和四婶的信任。尽管她初到时，鲁四老爷因为讨厌她是寡妇，"皱了皱眉"，但由于"她整天的做，似乎闲着就无聊，又有力，简直抵得过一个男子"，所以，得到了鲁四老爷特别是四婶的信任，"到年底，扫尘，洗地，杀鸡，宰鹅，彻夜地煮福礼，全是一人担当，竟没有添短工"。通过这段简短的文字，我们可以

---

① 周立波：《山乡巨变》，第34页。

② 何吉贤：《"小说回乡"中的精神和美学转换——以周立波故乡题材晚期短篇小说为中心》，《文艺争鸣》2020年第5期，第68页。

看到祥林嫂的工作不可谓不繁重，但在她眼中，这不仅不是剥削，反而反映了主人对她的信任，因而她非但没有意见，还很满足，“口角边渐渐的有了笑影，脸上也白胖了”①。

摧毁她的，也是信任。被婆家从鲁镇抢回去强行改嫁后，经历了一段波折，她的生活再次步入正轨，但祸不单行，过了几年，不仅丈夫死于风寒，儿子也被狼衔走了，族人赶她走，她只好再次投奔鲁四老爷和四婶。鲁四老爷和四婶因同情而收留了她，但却不再信任她。鲁四老爷特意暗地里告诫四婶说：“这种人虽然似乎很可怜，但是败坏风俗的，用她帮忙还可以，祭祀时候可用不着她沾手，一切饭菜只好自己做，否则，不干不净，祖宗是不吃的。”② 就是这段话，导致了祥林嫂的悲剧。以前祭祀时，原本是她最忙碌的时候，现在却清闲了。因为，每当她要干什么的时候，四婶总是会慌忙而及时地制止她。

伴随着鲁四老爷和四婶的信任消失的，是镇上人的态度变化。人们“也仍然叫她祥林嫂，但音调和先前很不同；也还和她讲话，但笑容却是冷冷的了”③。一言以蔽之，他们也不信任祥林嫂了，以为她不祥。为了走出困境，她颇费心思，支取了历年积存的工钱，换算了十二元鹰洋，到镇西头的土地庙里捐了一条门槛，才“神气舒畅”起来。她以为自己既已赎了罪，也就赎回了信任，因而，冬至祭祖时节，“她做得更出力，看四婶装好祭品，和阿牛将桌子抬到堂屋中央，她便坦然地去拿酒杯和筷子”。没想到，四婶仍然“慌忙大声”地制止了她：“你放着吧，祥林嫂!”④ 就是这一声将她彻底摧毁了。因为这制止声使她明白，自己的“罪”无法赎清，那失去的信任再也赎不回来了，因而，“她像是受了炮烙似的缩手，脸色同时变作灰黑，也不再去取烛台，只是失神的站着”，而且，“这一回她的变化非常之大，第二天，不但眼睛窈陷下去，连精神也更不济了。而且很胆怯，不独怕暗夜，怕黑影，即使看见人，虽是自己的主人，也总惴惴的，有如在白天出穴游行的小鼠；否则呆坐着，直是一个木偶人”。⑤ 在鲁迅传神的笔下，我们看到，随着信任消失，祥林嫂的魂魄也消失了。

没有比较就没有鉴别。在《山乡巨变》中，是党员，党的基层工作者，竭心尽力，获得群众信任，信任与否，是衡量他们工作能力和成效的重要标准，也是他们的心理参照之一。而在《祝福》中，我们看到，信任成了鲁四老爷（士绅阶层代表）辖制祥林嫂（乡村农民代表）的一个重要工具：当鲁四老爷信任祥林嫂时，她会感到荣幸，拼命劳作，以巩固这种信任；当这种信任消失而又挽救不得后，她就只能自怨自艾、自暴自弃，

---

① 鲁迅：《祝福》，《鲁迅全集》第 2 卷，人民文学出版社 2005 年版，第 10、11 页。

② 鲁迅：《祝福》，第 16 页。

③ 鲁迅：《祝福》，第 17 页。

④ 鲁迅：《祝福》，第 20 页。

⑤ 鲁迅：《祝福》，第 20、21 页。

而后被人抛弃，走向穷途末路。①

一者是民众的信任及其力量，一者是主人的信任及其力量。这是多么不同的信任结构，又是多么不同的信任结果。实际上，我们在上文已约略提到过，《祝福》中呈现的社会结构，在传统中国乡村社会极其常见，即农民以地租或劳役等方式服务于士绅，士绅则承担起保护乡村社会的任务，在这样的社会结构中，理想的关系就是主贵奴忠。但是，必须要看到，这种社会结构并非单向度的，而是多向度的。其中最值得注意的就是管理、辖制乃至统治的向度，即士绅不仅是传统乡村社会的保护者，而且也是其辖制者、统治者，在一定程度上，对农民有生杀予夺之权。鲁迅的《离婚》，讲述的就是这样的故事。小说主人公庄木三可谓豪横，“平时沿海的居民对他都有几分惧怕”②，他带着六个儿子将出轨女婿施家的灶给拆了后，在“沿海三六十八村”更是声名远扬，他女儿爱姑更是泼辣，誓言要跟执意离婚的丈夫闹个“家破人亡”③。然而，还是这爷俩，还是为了同一桩事——离婚与否，在施家搬来的救兵——士绅七大人三言两语下，就哑然屈从，其管制力可见一斑。鲁迅果然妙笔传神，反复写七大人的“知书识理”，写他的慢条斯理，写他吸鼻烟，写他打喷嚏，写他的杂七杂八，就是没有一个字写他的严厉，却将他的“威仪”展示得淋漓尽致。就是这如空气般无处不在的“威仪”，将豪横的庄木三和泼辣的爱姑给压制住了。不过，需要补充一句：这“威仪”并不是无缘无故就能获得的。

我们可以用杜赞奇“权力的文化网络”理论来揭示这一“威仪”的起源。在杜赞奇看来，“权力的文化网络”是由“不断相互交错影响作用的等级组织和非正式相互关联网”组成的，“诸如市场、宗族、宗教和水利控制的等级组织以及诸如庇护人与被庇护者、亲戚朋友间的相互关系，构成了施展权力和权威的基础”。这里的“文化”是指“扎根于这些组织之中、为组织成员所认同的象征和规范。这些规范包括宗教信仰、内心爱憎、亲亲仇仇等，它们由文化网络中的制度与网结交织维系在一起。这些组织攀援依附于各种象征价值，从而赋予文化网络以一定的权威，使它能够成为地方社会领导权具有合法性的表现场所”④。“组织”与“象征价值”，就是这一网络的权威来源。由此，我们还可以反观鲁迅《离婚》的独特价值。鲁迅之所以不厌其烦地细描七老爷吸鼻烟的一系列行为，就是为了揭示其“象征价值”。

居于“权力的文化网络”中心和结点上的，是大大小小的士绅。杜赞奇用“经纪”

---

① 这样的故事并不少见，传统戏剧中的良主忠仆故事就往往隐含着这样的“主奴”结构。当下的文艺作品中也不乏这样的故事，最典型的是陈忠实的《白鹿原》中白嘉轩与鹿三的主仆关系。为了忠于自己的主人白嘉轩，鹿三竟然狠心杀死自己无辜的儿媳小娥，而且还心安理得，以为这是忠义之举、报恩之举。

② 鲁迅：《离婚》，《鲁迅全集》第2卷，人民文学出版社2005年版，第153页。

③ 鲁迅：《离婚》，《鲁迅全集》第2卷，人民文学出版社2005年版，第149、150页。

④ ［美］杜赞奇著，王福明译：《文化、权力与国家——1900—1942年的华北农村》，江苏人民出版社2010年第2版，前言第5页。

这个词语命名他们，以便更形象准确地揭示其功能。在杜赞奇看来，传统乡土中国社会，既有“保护型经纪”，也有“营利型经纪”。前者“代表社区的利益，并保护自己的社区免遭国家政权的侵犯”，这类“经纪”跟社区的关系比较密切，“有点类似于‘乡村共同体’”①。这类“经纪”参与乡村共同体事务，主要是“出于提高社会地位、威望、荣耀并向大众负责的考虑，而并不是为了追求物质利益”②。后者的动机则正好相反，他们“视乡民为榨取利润的对象”，是贪婪的乡村掠夺者，因而也可被称为“掠夺型经纪”。③

近代以来乡土中国社会的变迁，可以在这一理论框架中得到理解。客观地看，《祝福》中的鲁四老爷、《离婚》中的七大人等，还不是“掠夺型经纪”，他们的所作所为是出于维护乡村礼俗，因而压制性还不是十分明显——鲁迅之所以穷形尽相地刻画他们，是为了突显其文化、精神压制。然而，正如杜赞奇所指出的，近代以降，随着国家权力的扩张，对乡村的榨取日益严重，特别是随着军阀混战、帝国主义侵略，乡土中国一片离乱，那些“保护型经纪”越来越无力维持，逐渐退出乡村社会，“权利的文化网络”逐渐变质、异化，因为，这个时候居于中心位置和各个节点上的，往往是“掠夺型经纪”。换言之，“恶霸”取代“士绅”成为乡土中国社会的控制者、主宰者。

在这一理论框架中，中国革命的贡献也可以得到一定程度的呈现：首先，中国革命消除了乡村社会中的“掠夺型经纪”，使之恢复平和状态。其次，通过土地改革，赋予农民土地，恢复了农民的经济能力，也在一定程度上恢复了其政治、文化能力。最后，通过合作化运动，重建乡村政治、经济、文化结构，使之成为一个有机体，在此基础上，再造农民的主体性。《山乡巨变》中李月辉等通过“细腻革命”推动农村社会进行“信任革命”，即是这一努力的体现。

在这一理论框架中，他们的贡献是显而易见的。但值得注意的是，由于中国农村久经变乱，负担沉重，这一“信任革命”犹如逆水行舟，不进则退，稍有不慎，就有可能滑入旧轨，或产生新问题。因此，为了巩固“信任革命”的成果，必须还要进行“组织革命”。或者说，“信任革命”和“组织革命”是同一事物的两个面向，需要同时推进。只不过，由于作家切入的视角不同，在《山乡巨变》中，我们看到的主要是“信任革命”，而没有看到“组织革命”。不过，不用遗憾，因为赵树理同样写合作化运动的小说《三里湾》写的就是“组织革命”，我们从中可看到农村党员为此付出的心血。是的，如果说《山乡巨变》的主题是“信任革命”的话，那么，《三里湾》的主题就是“组织革命”。而这一“组织革命”正是从“信任革命”面临的危机开始的。

---

① ［美］杜赞奇著，王福明译：《文化、权力与国家——1900—1942年的华北农村》，中译版序第2页。

② ［美］杜赞奇著，王福明译：《文化、权力与国家——1900—1942年的华北农村》，前言第5页。

③ ［美］杜赞奇著，王福明译：《文化、权力与国家——1900—1942年的华北农村》，中译版序第2、3页。由于“掠夺型经纪”比“营利型经纪”更准确，笔者采用这个说法。

危机主要表现为两种情况。一种情况是党内的危机。其代表是三里湾村主任范登高。他原是土改积极分子，土改时得利过高，分了好地，经济发展得比较快，因而产生退坡思想，一心发展个人事业，不再关心村里的公共事务，除了依靠互助组的劳力经管好自己的土地外，又买来两头骡子，雇工经营。他的行为严重影响了党的形象，也就是说，使群众对党不再那么信任，甚至产生了一定的怀疑思想，以至于有党员动员群众加入合作社，走社会主义道路时，群众竟然质疑说：买上两头骡子雇上一个赶骡子的，是不是社会主义道路？这位党员解释范登高只是个别现象时，群众又质疑说：共产党的规定，是不是小党员走社会主义道路，大党员走资本主义道路？这样的质疑，让三里湾村党支部书记王金生无言以对。① 与范登高类似的是袁天成，他原先也是积极分子，但现在听信老婆"能不够"的主意，多留自留地，不关心合作社生产，引起群众不满和议论。其危害由此可见一斑。

第二种情况是旧家庭、旧思想的影响。这主要体现在马多寿家。赵树理特别了解农村，一个家庭的基本状况往往体现在院落格局上，因而，写这个家庭思想落后时，他没有从人物言行开始，而是先重点为读者介绍了这个家庭的院落情况，特别是大门的情况："三里湾是个老解放区，自从经过土改，根本没有小偷，有好多院子根本没有大门，就是有大门的，也不过是到了睡觉时候，把搭子扣上防个狼，只有马多寿家把关锁门户看得特别重要——只要天一黑，不论有几口人还没有回来，总得先把门搭子扣上，然后回来一个开一次，等到最后的一个回来以后，负责开门的人须得把上下两道栓关好，再上上碗口粗的腰栓，打上个像道士帽样子的木楔子，顶上个连榾柮刨起来的顶门杈。"② 两道门栓、碗口粗的腰栓、木楔子、夸张的顶门杈——这些东西守护的已经不是一个院落，而是一个独立王国，一座城堡。不过，这还没完，为了捍卫这座城堡，他们还养了一条凶恶的大黄狗。

外观固若金汤，内里更是密不透风。这一点，从几个主要家庭成员的外号上就可见一斑。家长马多寿，外号"糊涂涂"。不要以为他是真糊涂，实际上，他是利用糊涂的外表掩盖内心的精明。他老婆叫"常有理"，一听就是个无理也要闹三分的厉害角色。他大儿子马多余叫"铁算盘"，这个人有多精明，可想而知。马多余媳妇叫"惹不起"，一听就是个狠角色。这家人仗着自己家劳力多、牲口多、土地多，在互助组中能多得利，不愿加入合作社。不仅如此，为了防止互助组成员加入合作社，影响自家利益，他们还想方设法阻挠扩社工作。

更严重的是，为了各自的小算盘，这两股力量已有意识地结合起来，反对合作化事业。其中最有代表性的还是范登高。他尽量逃避村里的会议，以使村里的公共事务无法

① 参见赵树理《三里湾》，《赵树理全集》第2卷，北岳文艺出版社1990年版，第191页。

② 赵树理：《三里湾》，第92页。

讨论，从而延宕下去。实在无法逃避时，他在会上就声东击西，为马多寿等家庭反对合作化的做法寻找各种借口，从而为自己反对合作化事业寻找挡箭牌。比如，当马多寿家追求进步的三儿媳、青年团员菊英受到婆婆“常有理”、嫂子“惹不起”欺辱，不愿再将就下去，想分家单过时，作为村调解委员会主任的范登高，不仅不支持菊英的合理要求，反而“批评”党支部要把人家的家庭给拆开了。马多寿就是因为掌握了范登高的这种心理，有意识地把范登高往自己这边拉拢，反过来把他当自己的挡箭牌。袁天成老婆“能不够”也不是一盏省油的灯。为了自己女儿小俊能够掌控住丈夫——进步社员王玉生，时时刻刻给她出歪点子，先是让她闹分家，后是让她离婚。马多寿和“常有理”因为担心小儿子马有翼跟范灵芝、王玉梅等进步分子在一起待久了，不听他们的话，竟然把他关在家中。

不要小看这些家长里短的事情。因为农村最基本的单位是“家”，“家”乱了，“村”就不得安生，而如果“村”乱了，乡镇就不安宁。这正是赵树理的高明之处，他是通过家庭关系演变来反映乡村变化。现在，就是因为范登高、马多寿、“能不够”等人的撺掇，三里湾几个家庭已经乱成了一锅粥，王玉生的小家庭已经破裂了——如果不是有一个进步、和睦的大家庭，王玉生的生活恐怕也不会比《山乡巨变》中刚刚离婚后的刘雨生好到哪里去。更重要的是，由于这些阻力的存在，三里湾的扩社、开渠等工作受阻，眼看着无法完成预期计划。为解决这个问题，经反复研究，村党支部决定开展“组织革命”。首先，召开“整党”工作会，要范登高、袁天成检查思想、深入检讨、改正错误，消除党内的阻碍力量。在此基础之上，执行“拆”字诀，“尽量动员各互助组的进步社员入社”，让给范登高、袁天成、马多寿等保守家庭捧场的人少一些，其中的“大”户“要因为入社问题闹分家”，就鼓励他们分，“不要让落后的拖住进步的不得进步”。①

由于措施得力，各种障碍得以克服。范登高因为受了“留党察看”的处分，不得不打消个人主义思想，加入合作社。袁天成一是迫于党内压力，二是实在受不了老婆“能不够”的摆布，特别是看到女儿小俊因为听信母亲指使，跟王玉生离婚后，前景堪忧，因而闹起了“革命”，要求老婆“能不够”和女儿小俊跟他一起，加入合作社，诚实劳动，追求进步。马多寿家虽然情况复杂，但由于以王金生为代表的党员做了大量细致的工作，而且措施得当，问题也迎刃而解：为了阻挠菊英分家，马多寿联合妻舅牙行李林虎，找出土改时因怕地多被斗争而制定的假分单来，以为菊英会因为这份假分单留养老地过多不满，跟他们争吵，或者担心吃亏不再分家了，但没想到因为这个分单相对公平，菊英在村党委支持下欣然接受，使他们阻挠分家的计划落空。而且，令马多寿没想到的是，他竟“弄假成真”——他在外地参加革命工作的二儿子马有福把分在他名下的土地无偿献给了合作社，这样，不仅他家的地少了一份，他阻挠开渠的依凭也没有了。最后，

---

① 赵树理：《三里湾》，第 77 页。

他的小儿子有翼因为爱慕的对象范灵芝嫁给了王玉生，他母亲“常有理”和姨“能不够”又逼着他娶袁小俊，一方面绝望，一方面恼怒，马有翼再也不听他父母的话，闹起了“革命”，一股劲儿“逃”出马家院，从家里把自己那份分单要来，也执意分家。而且，他跟进步青年王玉梅确立恋爱关系后，为了不再被家庭拘牵，还是坚持分家。马多寿和马有余一看大势已去，不得已，“要光荣就更光荣些！”① 也入了社。

不了解当时情况的人，可能会以为三里湾的党员干部小题大做，甚至会同情范登高、袁天成，特别是马多寿：他们就是想发家致富，有什么错呢？为什么要把他们“拆”开呢？但如果了解当时的情况，可能就不会这么想了。在“整党”会上，老党员张乐意给范登高说过一段意味深长的话，可以帮助我们理解三里湾党员干部的作为。他说：

> 在旧社会里，你给刘老五赶骡子，我给刘老五种地，咱们都是人家的长工，谁也知道谁家有几斗粮！翻身时候，你和咱们全体党员比一比，是不是数你得利多？可是你再和全体党员比一比，是不是数你对党不满？为什么对党不满呢？要让我看就是因为得利太多了！不占人的便宜就不能得利太多，占人的便宜就是资本主义思想！你给刘老五赶骡子，王小聚给你赶骡子，你还不是和刘老五学样子吗？党不让你学刘老五，你自然就对党不满！我的同志！我的老弟！咱们已经有二十年的交情了！不论按同志关系，不论讲私人交情，我都不愿意看着你变成第二个刘老五！要让你来当刘老五，哪如就让原来的刘老五独霸三里湾？请你前前后后想一想该走那一条道路吧！②

“变成第二个刘老五！”如果放任不管的话，这就是范登高、马多寿的终极结果，也就是说，他们将会重新变成三里湾的“经纪人”。然而，不管他们是变成“保护型经纪”，还是“掠夺型经纪”，这都将是历史的倒退，即三里湾会重回封建时代，甚至会重回近代以来的离乱状态。这并非文学虚构，而是历史事实。据山西省长治地委1950年11月14日的报告，土地改革后，农民生产热情高涨，农业生产恢复迅速，农民生活日渐富裕，但与此同时，“在农民群众中，农村党员、农村的基层干部中”，产生了一些“新的问题与要求”，即“在农民群众中，特别在经济上上升比较迅速的农民中，产生了愿意自由地发展生产，产生了不愿意组织起来或者对组织起来兴趣不大的‘单干’思想”。如果顺其自然，“少数农民上升为新富农，而使其他农民没落破产的道路，是不可避免的”。③ 正是出于这个原因，山西省委提出了“把老区互助组织提高一步”的意见，但华北局不同意

---

① 赵树理：《三里湾》，第251页。

② 赵树理：《三里湾》，第199—200页。

③ 中共长治地委：《关于组织起来的情况与问题的报告》，《人民日报》1950年11月14日第2版。

这个意见，进而引发我国合作化初期的一场重要争论。这场争论前后，赵树理正在山西长治深入生活，比较全面地了解了这场争论的来龙去脉。1951 年 4 月，他又扎根平顺县川底村帮助郭玉恩办合作社，进一步了解合作化情况。基于这一前提，在一定程度上可以说《三里湾》是对新中国成立初期那场关于合作化问题争论的一个文学回应，也是川底村的一个文学影像——小说中的几个主要人物，在川底村都有原型。①

实际上，如果放任小生产思想自由发展，还会产生一个后果，那就是资本主义的社会结构及其管控。由于在当时的情况下，资本的力量极其弱小，几近于零，作家没有展示其隐患。但在当下，资本的力量无处不在、无孔不入，占据统治性地位的时候，有必要提一下这个问题。切入资本的视角有很多，其中一个就是“信任”，而且，20 世纪八九十年代以来，这一视角还很流行，著述颇丰。笔者看到的代表性著作有两本：一本是美国学者弗朗西斯·福山的《信任：社会美德与经济繁荣》，一本是法国学者阿兰·佩雷菲特的《信任社会》。这两位作者都高度强调信任的社会作用。弗朗西斯·福山认为信任是最重要的“社会资本”，不仅具有“巨大的且可衡量的经济价值”，而且甚至能够决定“一个国家的繁盛和竞争力”。② 阿兰·佩雷菲特更进一步，他甚至认为“被传统自由主义理论家及社会主义理论家们视为经济增长函数的两要素：资本和劳动，实际上是次要因素；主要因素，即能给这两个传统要素添上正、负指数的因素”，是“文化因素”，而这“文化因素”即信任。③ 他认为信任是一种文化基因，因而力图建立“信任品性学”。基于信任的重要性，他们都呼唤建立信任社会。

然而，有一个现象值得注意，即他们不约而同地将“信任社会”与市场、资本主义联系起来，认为这是市场、资本主义的固有品性。比如，弗朗西斯·福山就自信地宣称：“今天，几乎所有的发达国家已经或准备采用自由民主的政治制度，与此同时，世界大部分国家转向市场导向的经济，并融入资本主义的全球性分工”，而且，“几乎所有严肃的观察家都不再寄望于社会工程，他们都坚信自由主义政治经济体制的活力源于健康且多样化的公民社会”，“一个蓬勃发展的公民社会植根于民众的习惯、习俗和道德品行。而这些特征只能通过有意识的政治行动来间接改变，抑或是通过提高文化意识和对文化的尊重来滋养”。④ 他通过对世界主要国家进行比较研究后，认为信任文化只能在日本、德国、美国（尽管有批评）这样的社会才能兴盛。

---

① 参见山西省史志研究院编《赵树理传》，当代中国出版社 2009 年版，第 139 页。

② ［美］弗朗西斯·福山著，郭华译：《信任：社会美德与创造经济繁荣》，广西师范大学出版社 2016 年版，第 11、15 页。

③ ［法］阿兰·佩雷菲特著，邱海婴译：《信任社会——论发展之缘起》，商务印书馆 2005 年版，前言第 4 页。

④ ［美］弗朗西斯·福山著，郭华译：《信任：社会美德与创造经济繁荣》，广西师范大学出版社 2016 年版，第 3、8、9 页。

阿兰·佩雷菲特也如出一辙，认为“在所有制度中，市场是最民主的制度”①，他还通过苏联解体后在俄罗斯产生的“黑社会”现象，批评“共产主义”制度，他说：“就是最野蛮的西方资本主义总还是个理性（韦伯的用语是正确的）世界，企业主为自己的行动自由受到尊重而实行的团结互助，构成这个理性世界的保障。这也令我想到西方资本主义是在法治国家里、在法律学家主宰的世界里成长壮大的。而俄罗斯，共产主义制度扭曲了法律。法律信誉纯粹建立在它所引起的畏惧心理上。一旦国家分崩离析，信誉也就荡然无存。通过革命是重建不了法制文化的，而这个文化是信任社会大厦的必要基础。”②

毋庸讳言，他们对信任、信任社会的强调是极其重要的，但对他们研究中那种根深蒂固的“历史终结”意识，笔者却不敢苟同。我们已经说过，“信任”不是一个抽象的概念，而是在具体历史结构中形成的，其内涵必然随着社会变化而变化，封建社会有封建社会的信任，资本主义社会有资本主义社会的信任，社会主义社会有社会主义社会的信任，未来社会一定也会有与其相称的信任。弗朗西斯·福山和阿兰·佩雷菲特都将他们关于信任的理想寄托于资本主义制度，认为这是人类历史的唯一坦途，真是令人感到奇怪。他们好像看不到在资本主义制度下，“信任”的另一个名字叫“信用”，而“信用”不仅是一个抽象的经济名词，也不仅是一种道德、一种文化，而且还是一种社会管控系统，或者说，是一种社会制度。经历了周期性的经济危机，经历了战乱纷争，经历了美国次贷危机，经历了华尔街革命，经历了全球性的贸易战，经历了身边的各种资本“爆雷”事件后，我们自然已清楚，这种制度并不必然是民主、自由、繁荣的代名词。

从这个维度上看，在《山乡巨变》《三里湾》等小说中，共产党人领导的“信任革命”意义重大，尽管这一实践后来遭遇巨大挫折，但留给我们的“遗产”仍十分丰富，这是人类向着美好未来的艰难行军。阿兰·佩雷菲特对“我们时代的一个矛盾现象”感到困惑：为什么“马克思主义能够调动排山倒海的力量，让那么多人接受他的幻想，许多国家的人民心甘情愿、而且往往怀抱真诚的热情，为这个主义作出如此巨大的牺牲。可是进步国家却显得没有能力激起同样的认同和参与”③？其实，《山乡巨变》《三里湾》的故事就能回答他的困惑。

马克思主义不是“幻想”，而是驯服资本主义的伟大思想方案。共产主义不是“幻想”，而是驯服资本主义的伟大实践。投身于其中的千千万万人民，并非盲目热情，而是因为他们目睹了现实的种种困境，因而竭尽全力将自己从这种困境中解放出来。在这个维度上，我们才能够认识到王金生等三里湾的党员们所作所为的意义，他们不仅是要

---

① ［法］阿兰·佩雷菲特著，邱海婴译：《信任社会——论发展之缘起》，商务印书馆2005年版，第555页。

② ［法］阿兰·佩雷菲特著，邱海婴译：《信任社会——论发展之缘起》，商务印书馆2005年版，第564页。

③ ［法］阿兰·佩雷菲特著，邱海婴译：《信任社会——论发展之缘起》，商务印书馆2005年版，第564页。

“拆”掉一个旧家庭/社会，更是要组织一个新家庭/社会。为了生动地展示这一点，赵树理不仅写了扩社工作，写了合作化的美好前景，而且重点写了三里湾几对年轻人的组合，写了几个新家庭的诞生。

首先是王玉生和范灵芝的组合。王玉生代表着三里湾的一种“可爱的人”，“他们是在生产上有创造性的人，这种人每遇到传统的生产技术不如自己想象得顺利的时候，就产生改良工具或改变做法的念头。他们作些新的研究、试验，得到一定的成功，从而把自己的兴趣逐渐从生产目的（经济收入）转移到生产工作本身上来；只要新的试验有成绩，赔一点本也满意”。个体经营方式局限了他们的才能，而合作社恰恰能发挥他们的才能，因而他们在社里“如鱼得水”，“以忘我的精神时时为这种新的生产组织增加新的生产效能——这种效能，在动力未变之前，对增加生产是有重要意义的”。① 也就是说，王玉生是三里湾合作化的新生力量。他的妻子袁小俊听信母亲“能不够”唆使，想把他局限在小家庭中，但他不为所动，最后两个人离了婚。没想到，王玉生的上进吸引了三里湾另一位“可爱的人”范灵芝。她是青年学生的代表，是合作化事业的另一种新生力量，她“有青年人特有的朝气，很少有、甚而没有一般农民传统的缺点”②。范灵芝原本也没有看上王玉生，觉得他没有文化，她关注的是同样为中学生的马有翼。可马有翼被家庭羁绊，在合作化事业中犹犹豫豫，而王玉生的多才多艺、钻研精神，慢慢吸引了她，打动了她，使她改变了自己以为有知识就一定进步的错误认识，最后两个人喜结良缘。小说结尾，两个人商量一切从简组织小家庭，而将精力投入合作化事业中。这样一个家庭的诞生，必然能成为三里湾新生活新风尚的示范力量。

再就是马有翼和王玉梅的结合。两人确立恋爱关系后，王玉梅依然要马有翼分家。王金生因为马多寿已经入了社，就劝妹妹不要再分家，而是发挥团员的作用，争取他们。王玉梅不同意，跟大哥辩论起来，她的话很有启发。她说：“分开了，各家都在社里劳动，自然都走的是社会主义道路；要不分开，给他们留下个封建老窝，让年轻人到了社里走社会主义道路，回到家里受封建管制，难道是合理的吗?”③ 当王金生担心这会伤老人的心，就问妹妹，年轻人一到自己能生产了就都闹着分家，剩下不能劳动的老人谁负责时，王玉梅回答说：“只要他们老两口子愿意跟我们过，管保能比他们现在吃的好、穿的好。”金生媳妇听了妹妹的话，笑着插话说：“那不又和不分一样了吗?”王玉梅回答说：“那可不一样：我们又不是怕他们穿衣吃饭，只是不愿意让他们管制。那样一来，他们便管制不着我们，我们让他们痛快一点还能争取他们进步。”④ 这段对话，形象地传达

---

① 赵树理：《〈三里湾〉写作前后》，《赵树理全集》第 4 卷，北岳文艺出版社 1990 年版，第 278—279 页。

② 赵树理：《〈三里湾〉写作前后》，《赵树理全集》第 4 卷，北岳文艺出版社 1990 年版，第 280 页。

③ 赵树理：《三里湾》，第 254 页。

④ 赵树理：《三里湾》，第 255 页。

了《三里湾》的主题——“组织革命”，使三里湾的生产、生活在更合理更高级的形式上组织起来，使人们不再生活在各种“经纪”手下。果然，马多寿和老婆权衡利弊后，觉得跟精明的大儿子、儿媳生活不会如意，就选择跟有翼和玉梅一起生活。旧家庭/社会解体，新家庭/社会组织起来。

三、对革命的信心和期待

社会主义还是一场“信心革命”。通过中国革命，中国共产党带领中国人民打败了帝国主义，打败了封建主义，打败了官僚资本主义，建立了中华人民共和国，中国人民站了起来。自近代以来就陷入半殖民地半封建泥淖的中国人民，终于看到了新社会、新生活的曙光，那被长久的苦难压抑得近乎麻木的心灵也逐渐苏醒过来，萌发新的生机。但就像我们一再强调的，由于中国历史负担的沉重，也由于当时中国极端贫困的现状，要想使这初萌的生机持续下去，蓬勃发展，形成气候，我们党不仅需要领导中国人民组织起来，发展生产，富起来，强起来，而且更要在这过程中不仅“翻身”，而且“翻心”，实现“信心革命”。合作化题材的小说，大都涉及这一主题，但最完美地表达了这一主题的，是柳青的长篇小说《创业史》，这也是其成为社会主义文艺经典的根本原因。对，《山乡巨变》的主题是“信任革命”，《三里湾》的主题是“组织革命”，《创业史》的主题是“信心革命”。

这“信心革命”突出体现在梁三老汉身上。在这老汉身上，“信心”的灯火几经风雨，反复寂灭，终于被互助合作的灯塔引燃，蓬勃燃烧，明亮起来。年轻时，梁三是多么有信心哪。“他爹是下堡村地主杨大财东最讲‘信用’的佃户，一个和现在的梁三一样有力气的庄稼汉。老汉居然在他们落脚的草棚屋旁边，盖起了三间正房，给梁三取过了媳妇。”① 父亲“心满意足”地辞别人间后，接过父亲交接的生活重担和“创家立业”希望的的梁三，一定压力与信心并存，觉得自己可以像父亲一样，拼命劳动，创家立业。然而，他“命运不济，接连着死了两回牛，后来连媳妇也死于产后风。他不仅再租不到地了，就连他爹和他千辛万苦盖起的那三间房，也拆得卖了木料和砖瓦了，自己仍然独独地住在他爷留下的草棚屋里”②。他第一次梦灭。

四十多岁后，借着饥馑，他“拾”了个婆娘，还有个孩子——年幼的梁生宝。他“信心”的灯火被重新点燃，甚至当着邻居们的面，“对外乡女人夸起海口来了：说他是有力气的人，他将要尽他的力气跑终南山扛椽、背板、担炭、砍柴，说他将要重新买牛、

① 柳青：《创业史》第 1 部，《柳青文集》第 2 卷，人民文学出版社 2005 年版，第 3 页。

② 柳青：《创业史》第 1 部，第 3 页。

租地、立庄稼；说他将要把孤儿当做自己的亲生儿子一模一样抚养成人，创家立业哩……”① 特别是当生宝少年初长成，比他更有力气，更有雄心，更有锐气，更能吃苦，更肯拼命，决心“创家立业”后，他“信心”的灯火也格外明亮起来。然而，辛苦一年，颗粒不剩：“交过地租，还过肥料欠债（一斗大米还一斗四升），剩下的被下堡村大庙里头的保公所打发保丁来装走了，生宝他妈趴在街门外土场上的碌碡上，放声大哭。生宝的妹子和童养媳见她哭，也跟着大声哭号，好像送葬一样，送走了剩余的稻谷。”这时，梁三老汉还心存幻想，劝生宝忍耐些，“种几年庄稼以后就好了”②。然而灾难接踵而至，先是生宝被拉了壮丁，梁三老汉只好卖了黄牛把生宝赎回来。为避免被再次拉走，生宝躲进了终南山。十八亩稻地退还给吕老二，改租给旁人了。这一次，“梁三老汉既不气愤，也不怎么伤心，好像境况的这一发展是必然的一般，平静而且心服。看破红尘的老汉，要求全家人都不必难受。他认为和命运对抗是徒然的”。哀莫大于心死！梁三老汉和老婆“好像土拨鼠一样悄悄地活着”，“他们再也不提创家立业的事了”。③

如果没有天大的变化，相信梁三老汉就这样寂寂无声，以至终老。然而，幸运的是，他遇上了开天辟地的大事——中国革命胜利了，土地改革开始了。他分到了十来亩稻地，度过短暂的惶惑，确认世事不会再变之后，“仿佛有一种莫名其妙的精力，注入了梁三老汉早已干瘪了的身体。他竟竭力地把弯了多年的腰杆，挺直起来了”。他竟然对着儿子生宝“大声吼叫”起来：“宝娃，好哇！干哪！”④ 他的“信心”“死灰复燃”，他又燃起了“创家立业”的雄心壮志。他梦想着，父子同心，一番苦干后，他将成为“一个三合头瓦房院的长者”，“穿着很厚实的棉衣裳，腰里结着很粗壮的蓝布腰带。暖和倒暖和，行动起来却有些笨手笨脚，怪不灵便的。但是有什么办法呢？儿子和媳妇给自己做下了嘛！为了不辜负他们的一片孝心，只好穿得像一个客人一样，在院子里走进来走出去”。⑤ 多么合理而又多么可爱的畅想啊！

然而，他的梦想再次破灭了，因为他发现生宝“迷失了庄稼人过光景的正路”，“种租地立庄稼时的那个心，好像被什么人挖去了，给他换上一个热衷于工作的心”，“做出一些在旁人看来是荒唐的、可笑的、几乎是傻瓜做的事情”。⑥ 相信这次的打击，不比他和生宝种租地立庄稼失败那次小，因为这或许是他“创家立业”的最后一次机会，也是最完美的一次机会。可这么好的机会，竟然从眼前溜走了，他怎么能不绝望，怎么能不生气，怎么能不抱怨，怎么能不自卑呢？由此开始，他表现出两种态度：在家里使性置

① 柳青：《创业史》第1部，第3页。

② 柳青：《创业史》第1部，第13页。

③ 柳青：《创业史》第1部，第14页。

④ 柳青：《创业史》第1部，第17页。

⑤ 柳青：《创业史》第1部，第18页。

⑥ 柳青：《创业史》第1部，第19、20页。

气，在外边卑微可怜。这都是“信心”之火熄灭的表征啊，在家中有劲使不出，只能生气；在外边，看着人家“创家立业”，日月越过越红火，他怎能不卑微？

小说中有个情节，把梁三老汉的不甘、可怜、屈辱写得淋漓尽致。富裕中农郭世富盖新房上梁的鞭炮声，把梁三老汉吸引过去了。富裕中农郭世富是梁三老汉“顶羡慕的人”，他家大业大，事业兴旺：“现在人家是二十几口人的大家庭，几十亩稻地的庄稼主，在三合头瓦房院前面盖楼房了。”他“梁三老汉几十年来只梦想能恢复起他爹盖的那三间房，也办不到呀！”① 看，有多少人在这里看热闹、帮忙，又有多少人等着做客、庆祝！在这些人中，既有富农姚士杰，也有“村里的代表主任、四九年的老共产党员，在村里享有最高的威望”② 的郭振山，还有心好命好、儿子孝顺、“创立了家业”的郭二老汉……“在地多的人和能干的人面前”，梁三老汉“有一种难以克制的自卑感”，因而他“把自己穿旧棉衣的身体”，无声无息地插进看热闹的人里头，“没有引起任何人的注意，连他左右的人也没扭头看看新来的什么人”。③ 这还算好。当他看见郭二老汉，想去找他倾吐郁闷时，竟被一个绰号“孙水嘴”的年轻人孙志明发现了，成了他调侃的对象：

有一个喜欢开玩笑的小伙子名叫孙志明，突然大声呼吁乱杂杂地站在街上的人安静下来，然后，他像这个闲人会议的主持人一样，严肃地宣布：

“咱们大伙都甭乱嚷嚷哩。只有人家这老汉，”孙志明很不恭敬地用指头指着梁三老汉说，“恐怕很快就要盖楼房啦！”

“哈哈哈……”人们又笑起来了。

一个恶作剧的中年人，丝毫没有一点敬老的自觉，竟然一声不响地走去，伸手一把抓住梁三老汉头上戴的旧毡帽。

“甭乱！甭乱！”梁三老汉双手按住帽子，央求着。

“不！放手！让大伙看看，你的脑袋到底比俺们平常人大多少。据说贵人头大，可是从来也没仔细看过……”

直至羞愧得梁三老汉红了脸，宣称要是再不放手就要破口，加上郭二老汉的劝教，那只无情地抓着毡帽的手才松开了。人们用各种眼光——有的同情、有的好笑、有的漠然——望着梁三老汉卑微地把自己的毡帽戴正。人们这样不尊重他，他也不怎么生气，因为他认为：只有像他哥梁大、郭二老汉他们一样创起业来，才能被人尊重。④

---

① 柳青：《创业史》第1部，第30页。

② 柳青：《创业史》第1部，第31页。

③ 柳青：《创业史》第1部，第31、32页。

④ 柳青：《创业史》第1部，第33页。

是啊，如果不能“创家立业”，连尊严都守不住，又何谈“自信”？问题就这样严峻地提给了年轻的共产党员梁生宝。他该如何应对？是的，这就是梁生宝，也是所有共产党员应该思考、解决的核心问题。

苍天不负有心人！经过艰苦奋斗，克服重重困难，梁生宝交出了一份优异的答卷，不仅实现了梁三老汉“创家立业”的梦想，而且实现了蛤蟆滩许多贫困家庭“创家立业”的梦想，使他们赢得尊严，重塑信心。首先，与李月辉等一样，他进行了艰苦细致的“信任革命”。这是一项多么艰难的任务哇。为了完成这一使命，他自己承担路费，甚至给互助组成员垫款，顶风沐雨，长途跋涉，到郭县去买水稻良种。为了完成这一使命，他带领互助组成员进终南山割竹子、编笤帚，自己承担着巨大的风险，却任劳任怨，无怨无悔，取得丰硕成绩。特别是当栓栓不小心受伤后，他不仅没有抱怨，反而精心照料，并承诺栓栓养伤期间，自己砍竹子挣的钱，有一半补贴给他。为了完成这一使命，他尊敬老人，即使封建保守的王二直杠那么瞧不起他，处处挤兑他、贬低他，甚至想借儿子栓栓受伤的事讹诈他，他虽然难受，但却从未向老人说过一句重话，甚至时时处处维护他的利益，维护他的家庭利益。① 为了完成这一使命，他爱护幼者，接受邻居任老三的临终嘱托，帮他照料好儿子欢喜。他果然不负重托，诚心帮扶，不仅使欢喜成长为一个健康的小伙子，而且坚持让他读书读到高小毕业，成为村里的高才生，先是做了互助组的记工员，后又做了互助组的技术员。

与“信任革命”同时进行的，是“组织革命”，是建立互助组，发展生产。可是，把千百年来习惯了单干的农民组织起来是多么的困难啊！好不容易组成一个互助组，可富裕户梁大老汉和互助组面合心不合，时时刻刻想着互助组闹矛盾、出乱子，自己好从中抽身而退。果然，问题来了，生宝带领互助组成员进终南山割竹子，每人都挣了一大笔钱，可先是王二直杠以儿子栓栓受伤的事为借口，脱离互助组，去跟富农姚士杰搭伙生产了；梁大老汉便借题发挥，从互助组退出去，自己单干了；互助组的另一个成员郭锁也心生二意，想把自己家的小牛卖了，添上进山割竹子挣的钱，买一头大牛，自己单干；最让人难受的是任老四，没有钱的时候，一心一意要加入互助组，可是穷怕了的他，进山割竹子挣了一笔钱后，却害怕起来，担心互助组的生产计划不可靠，好不容易挣来的钱打了水漂，因而不想投资买肥料，使互助组陷入两难之中……不过，面对这么多的困难，梁生宝却没有急躁，而是兵来将挡水来土掩，一一克服。对梁大老汉，他没有挽留，任其退出，因为他知道，互助组不能靠中农的同情，而只能靠组织起来，发展生产，在竞争中“说服”他们。对于栓栓，他没有为难，反而在对他进行一番教育后又告诉他：“入组自愿，出组自由。你告诉你爸：二回要回互助组来的时候，说话！你就说：不管他怎样不觉悟，俺们不计较他。好赖是咱贫雇农里头的人嘛。毛主席叫俺忍耐、等待哩。

---

① 栓栓媳妇素芳爱慕生宝，多次向生宝暗示，生宝不仅拒绝了她，而且义正辞严地批评她，要她善待栓栓。

你明白吗?"[1] 这番话不仅感动了栓栓，也感动了旁听的众人。对于任老四，生宝更是不急不躁，耐心说服，终于让他下定决心："好！是崖，任老四要跟你跳一回!"[2] 对于郭锁等人，他也因人施策，做了工作。不仅如此，他们还吸收了高增福，壮大了互助组的力量。此外，经过耐心说服，互助组还接受了前国民党兵白占魁的入组申请。

真金不怕火炼！经过一场风波，梁生宝互助组不仅没有垮掉，反而更加牢靠地组织起来，成为蛤蟆滩一支最团结也最强大的生产力量。更为重要的是，组织起来的梁生宝互助组还打了一场生产的翻身仗。"生宝互助组密植的水稻，每亩平均产量六百二十五斤，接近单干户产量的一倍。组长梁生宝有一亩九分九厘试验田，亩产九百九十七斤半，差二斤半，就是整整一千斤了。这八户组员里头，有五户是每年要吃活跃借贷粮的穷鬼，现在他们全组自报向国家出售余粮五十石，合一万两千斤哩。这是活生生的事实——它不长嘴巴，自己会说话的。"[3] 在互助组成功后，梁生宝又带着大家向合作社前进了。

我们还是回到梁三老汉身上来。阴历的十一月二十三日，黄堡镇逢集。街上人山人海，人人都在谈论一件新鲜事：本区的第一个农业生产合作社——灯塔社成立了。在烟酒门市部前边排队的几十个淳厚庄稼人，也在谈论蛤蟆滩的灯塔农业社，他们谈到灯塔社的主任梁生宝，谈到他父亲，说他"跑了一辈子南山，官名叫啥，人都不知道咯"，而后感慨地说："这社会，就要在咱穷庄稼人里头出人物哩!"[4]

> 排队买东西的第十七个老汉，个子本来很高大，因为罗锅腰，显得低了，不被人注意。他穿着笨手笨脚的新棉袄棉裤，左胳膊上挂着一个竹篮子，里头平放一个空豆油瓶。他低头用右手指抹眼泪，抹掉又溢出来了。
>
> 大伙终于注意了这个奇怪的老汉。为什么在大伙高兴的时候，他流泪，而且看样子流上没完了。
>
> 所有人都看见：这个老汉满面很深的皱纹，稀疏的八字胡子，忧愁了一辈子的眼神，脖颈上有一大块死肉疙瘩，看来，几十年沉重的劳动，在这个人身上留下过多的痕迹，很明显、很突出。上万赶集的庄稼人里头，这样的人也是少数。
>
> 终于，有人认出来了——这是梁生宝他爸嘛![5]

是的，这正是梁三老汉。"在人们谈论灯塔社和社主任梁生宝的时候，他想起了他爹和他

① 柳青：《创业史》第1部，第393页。
② 柳青：《创业史》第1部，第396页。
③ 柳青：《创业史》第1部，第420页。
④ 柳青：《创业史》第1部，第432页。
⑤ 柳青：《创业史》第1部，第432页。

两辈子创业的历史。实在说：那不算创业史！那是劳苦史、饥饿史和耻辱史！他爹和他合起来，在世上活了一百来年，什么时候倒在一个冬天同时穿上新棉袄新棉裤来?”梁三老汉曾经梦想过：“未来的富裕中农梁生宝他爹要穿一套崭新棉衣上黄堡街上，暖和暖和，体面体面的！梦想的世界破碎了，现实的世界像终南山一般摆在眼前——灯塔农业社主任梁生宝他爹，穿上一套崭新的棉衣，在黄堡街上暖和而又体面。”① 是的，他的儿子梁生宝，原生宝互助组组长，现灯塔社主任，在更大范围内实现了他“创家立业”的梦想，在更高层面上圆了他的创业梦，在更深刻的意义上激活了他的“信心”，在更宽阔的世界里为他赢得了“尊严”。他为此泪流满面。

放开视野看，这不只是梁三老汉一个人的泪水，更是千千万万贫苦农民的泪水。他们祖祖辈辈做生活的奴隶，今天终于做了生活的主人。他们为此感慨万千，喜泪横流。在这漫溢的泪水中，梁生宝的形象、党的形象，清亮洁净，光彩照人。即使今天看来，依然令人怦然心动。是的，我们多么需要像梁生宝、李月辉、王金生这样的党员啊！是的，我们多么需要一个一心为公、一心为民、形象洁净清亮的党啊！

结　语

中国农村经历了漫长的封建时代。在这样的时代里，中国农民贫困、闭塞地活着。中国农村也经历了近代以来百年多的沉沦。在这样的沉沦中，中国农民痛苦地活着或死去。中国农村还经历了风起云涌的革命和建设岁月，经历了给他们带来希望和梦想的土地改革和农业合作化。在这样的岁月中，中国农民满怀希望而又不无惶惑地劳作着、求索着，为了未来的美好生活。中国农村还经历了改革开放的“第二次革命”，经历了家庭联产承包责任制。在这样的变革中，中国农民苦干能干，生活逐渐富裕起来。

现在，中国农村正经历着全面建成小康社会的新时代。中国特色社会主义进入新时代，“我国社会主要矛盾已经转化为人民日益增长的美好生活需要和不平衡不充分的发展之间的矛盾”②。中国共产党的使命就是在发展中保障和改善民生，“保证全体人民在共建共享发展中有更多获得感，不断促进人的全面发展、全体人民共同富裕”③。

在这样的时代任务下，中国农村又迎来了一个发展的关键期。在这样的时期，尤其需要我们党发扬革命、建设、改革时期形成的优良传统，培养一批更加优秀的基层党员，

---

① 柳青：《创业史》第1部，第433页。

② 习近平：《决胜全面建成小康社会，夺取新时代中国特色社会主义伟大胜利》，《习近平谈治国理政》第3卷，外文出版社2020年版，第9页。

③ 习近平：《决胜全面建成小康社会，夺取新时代中国特色社会主义伟大胜利》，《习近平谈治国理政》第3卷，外文出版社2020年版，第18—19页。

锤炼更有力的基层党组织，作为乡村建设的基石，带领农民进行一场更深刻的信任革命、组织革命、信心革命，使中国农民更有心劲、动力，使中国农村更富足、美丽。从这个要求来看，农业合作化固然已成历史，但其时优秀党员的作为，特别是精神，值得我们借鉴。其时，许多作家深入生活，创作了大量反映现实的作品，其中那些光彩照人的党员形象，值得我们深情回望。

1950 年代抗美援朝题材文学叙事中的崇高美及其当代意义

张元珂[1]

摘　要：1950 年代抗美援朝题材文学大都以志愿军军队和军人为书写对象，以表达对美帝霸权主义的无尽憎恨和对新中国及子弟兵们的无限崇敬为旨归，从而在整体上生成一种那个时代文学所特有的文本格调——一种以家国情怀为中心的、超越个体的担当型的崇高美。由于中国传统的美善情怀和爱国精神，战争环境下由尖锐冲突所生成的生命意志力，特别是悲壮之美、牺牲精神、保家卫国的责任感和使命感，都被作家们以虔诚之笔融入文本实践中，故这种从特定时代与战争环境中生成的“崇高美”也必然包孕着复杂的历史信息和丰富的美学内涵。该时期抗美援朝叙事虽也大都难脱概念化、主题先行的弊端，但以《谁是最可爱的人》《洼地上的战役》为代表的作品又不乏打动人、感染人的艺术品格，从而展现出超越时代、跨越代际的经典品质。

关键词：抗美援朝；崇高美；红色经典；生命意志力；《谁是最可爱的人》

在“十七年”时期，战争文学作为共和国文学的重要组成部分，其中既有类似杜鹏程的《保卫延安》、刘白羽的《火光在前》那种正面描写解放战争的“英雄史诗”，也有类似刘知侠的《铁道游击队》、曲波的《林海雪原》那种描写局部战争中的传奇故事，还有类似茹志鹃的《百合花》那种带有清新俊逸风格的人性赞歌。而以魏巍的《谁是最可爱的人》、巴金的《我们会见了彭德怀司令员》和电影剧本《上甘岭》为代表的一批抗美援朝题材文学作品则普遍带有即时性写实风格，不仅聚焦战争环境中的典型事件、人物及其关系，还表现出足以感染人、激励人、塑造人的，向内深度指涉、向外又大幅拓展的强大精神力量。

战争文学尤其长于讲述悲喜、生死、强弱等命运故事，展现人与人、人与环境、人

---

① 作者简介：张元珂（1976—　），男，山东沂南人，中国艺术研究院《传记文学》编辑部研究员，博士，主要研究方向为中国当代小说、传记文学。

与自身的复杂关系，表达信仰、尊严、生命力、意志力等主题向度。当然，战争文学也常被纳入“国家文学”范畴内，承担宣传主流意识形态的重要使命。几乎与1950年代在东北亚爆发的那场战争同步，文学界以笔为武器所进行的“抗美援朝”也同时展开。包括抗美援朝战争在内的所有跟踪式记录或描写战争进程的文学创作最初大都是以简短的通讯、诗歌、短篇小说为主，而从整体上看，艺术让位于政治，宣传压过审美，在彼时语境中，自然也就有了充足的合理性。这实属必然，无可厚非。待到战后，主题表达向度上的总结与反思以及审美形式营构上的丰富与多元，往往会成为主流或主调。我国的抗美援朝叙事也大体延续这一规律或路径。而无论战中还是战后几年内，文学创作中的赞歌模式以及由此而不断生成的对于家国主题、英雄主义和崇高意识的表达，作为创作中的绝对主流而凸显了其在“国家文学”中的重要地位。简单梳理和绍介上述概况，意在揭示一个为大家所习焉不察的现象，即1950年代出现的这些“急就章”虽大都来不及在艺术上精雕细刻，也普遍不注重艺术形式上的经营，但它们依然感动和塑造了一代人的心灵。那么，它们得以成功的核心密码何在？当时过境迁，其中诸如《谁是最可爱的人》《上甘岭》等经典依然在不断增值中深受国人喜爱，那么，它们在哪个层面上生成了新内涵，并在当代语境中焕发新颜？

中美之间在国力和武器装备上的悬殊，注定了为“保家卫国”而被迫出兵朝鲜的志愿军在具体地面战争中要遭受远大于对方的巨大的牺牲。几乎每一次攻坚、突围、阻击，中国军人都以超出极限的勇敢、巨大的牺牲和史无前例的悲壮来定格一段历史。从长津湖战役中被冻成冰雕的狙击连（“冰雕连”），到上甘岭战役中成建制被炮火震死的某排战士，从二次战役中松骨峰上打至最后的肉搏战，到黄继光、邱少云等烈士的悲壮牺牲，都在充分表明一个事实，即抗美援朝战争的残酷性远超一般人的想象——不仅大大改变了人类对于人与战争关系从具象到本质的更深层审视与思考，也激起了人们对内在于其中的“人”的本质与潜能的再认识。但在1950年代，由随军记者与文学名家为主力军所组成的这支文艺队伍，其核心要义不在于要以写实手法展现这场战争的残酷本相和超脱于战争之上的人性反思或形而上追问，而是以典型战事、典型人物、典型故事为主抓手，旨在表现这支新建国家的新式军队的灵魂所在，并以此为“武器”加入讨伐美帝国主义及其帮凶的阵营中来。如此一来，对爱国主义、国际主义、勇敢与牺牲精神的文学表达，一旦付诸具体实践中，也即完成了一次从现实场景到文本景观的“大挪移”——这一时期的此类文学创作大都洋溢着一种雄伟、庄严、乐观、高昂的艺术风格，其书写对象毫无例外地大都指向志愿军军队和军人，并从中表达对美帝霸权主义的无尽憎恨和对新中国及子弟兵们的无限崇敬。而从主题实践向度来看，中国传统的美善情怀和爱国精神，战争环境下由尖锐冲突所生成的生命意志力（特别是悲壮之美、牺牲精神），保家卫国的责任感和使命感，被作家们以虔诚之笔融入文本中，从而在整体上生成一种那个时代文学所特有的文本格调——一种以家国情怀为中心的、超越个体的担当型的崇高美。

《谁是最可爱的人》毫无疑问是彰显此类文学创作崇高美及其巨大影响力的第一文本。但它在理念表达与文本实践之间所形成的巨大张力，即使在今天看来也依然是一个诱人的谜——一个在文本形式上普通寻常且并不乏主题先行烙印的作品，它为什么在当时产生那么大的影响力？当年，魏巍以战地记者身份赴朝采访，广泛听取志愿军战士、指挥员、干部、新参军的学生、美军战俘等亲历者的讲述，肯定积攒了不止他说的 20 个生动故事，那么，为什么到最后只选取了 3 个故事予以详述，继而成就通讯名篇《谁是最可爱的人》？按照他的解释："对于伟大祖国的爱，对朝鲜人民深厚的同情和在这个思想基础上产生的革命英雄主义。于是，我了解了在党的教育下这种伟大深厚的爱国主义与国际主义的思想感情，就是我们战士英勇无畏的最基本的动力。我肯定了它。我一定要反映它。我毫不怀疑。一切其他枝节的、片面性的、偶然性的东西，都不能改变我对这个问题的认识。"① 这至少表明，主题先行、概念化的理念依然是他创作这篇作品的根本动力，或者说，他是带着一种有明显倾向性的理念来采访和筛选这些事例的，而对那些虽然真实、生动但无助于凸显上述主题的案例予以剔除。可是无论在当时还是在今天，它都持续在真实性和文学性两个维度上影响一代代人。而且，作为红色经典之一种，它是不多见的能从正面为精神文明建设注入新力量的文艺精品。这是如何达成的？为什么同时代的那些长篇大论都已被忘却，而这篇 3000 多字的短通讯却一直持续保有其生命力？很显然，以设问方式提出观点，然后举例论证，再以议论、抒情作结，单靠无甚新意的结构方式也难以达成上述效果。

在笔者看来，其关键还在于以下两个层面的经营：一是以委婉语气和交流模式所创设的讲述模式。"让我还是来说一段故事吧。""朋友们，当你听到这段英雄事迹的时候，你的感想如何呢？你不觉得我们的战士是可爱的吗？""朋友们，用不着多举例……"这类话语所营构的话语场对读者来说是极具亲和力的。作者与读者围绕文本所展开的平等交流以及由此而生成的共时在场感，在同时代作家文本中极为少见。二是极具冲击力的细节与场景描写。三则故事，第一则故事写了战士们牺牲时的各种姿态："烈士们的尸体，做着各种各样的姿势，有抱住敌人腰的，有抱住敌人头的，有卡住敌人脖子，把敌人捺倒在地上的，和敌人倒在一起，烧在一起。还有一个战士，他手里还紧握着一个手榴弹，弹体上沾满脑浆，和他死在一起的美国鬼子，脑浆崩裂，涂了一地。另有一个战士，他的嘴里还衔着敌人的半块耳朵。在掩埋烈士们遗体的时候，由于他们两手扣着，把敌人抱得那样紧，分都分不开，以致把有的手指都折断了。"第二则故事写了小战士火中救助朝鲜小孩的过程："先一摸摸着一个大人，拉了拉没拉动，又向大人的身后摸，才摸着一个小孩腿，我就一把抓着抱起来跳出门去。我一看小孩子，是挺好的一个小孩子呀。他穿着个小短褂儿，光着两条小腿儿，小腿乱跳着，哇哇地哭。"第三则故事描写在

① 魏巍：《〈谁是最可爱的人〉写作经过及体会》，《军事记者》2001 年第 4 期，第 10 页。

防空洞里与一小战士的对话："你不觉得苦吗?""怎么能不觉得！咱们革命军队又不是个怪物！不过我们的光荣也就在这里。"这三则故事都带有写实性，虽为文学门类的通讯报道，但亦可当作历史文献予以参考，即若从史学角度研究松骨峰战斗过程、志愿军战士精神风貌等，这篇文章完全可以当作史料来用。当然，它主要是作为文学文本而凸显其无可取代的价值。或者说，正是借助文学笔法，战争的残酷以及志愿军战士的勇敢、可爱才更加深入人心，并给读者以心灵震撼。第一则故事中的抱住、卡住、紧握着、衔着、两手扣着、抱得那样紧、手指都折断了等动作细节，以及第二则故事中先一摸、拉了拉、向身后摸、一把抓着、抱起来跳出门去等火中救人过程，还不够震撼人心吗？第三则故事中小战士的朴实想法和崇高思想都合情合理，经得起来自生活实际的严格检验。因此，在经典重读背景下，有必要强调《谁是最可爱的人》在"红色经典"谱系中的"正典"价值及意义，即如陈子善所言："历史价值高于文学价值，对了解当时人的所思所想很有作用"，"《谁是最可爱的人》堪比历史文献，写出了真正的红色经典"。[①] 这对于我们科学评判"十七年"时期"红色经典"的真正价值将会是一个有益的参照。

"人"是一切战争的主角，故包括抗美援朝题材在内的任何战争文学最终都理应将"人"作为文学所要考量和表现的主体。但如何处理"人"在战争文学中的地位和作用，每一个时代的每一位作家在主体理念、修辞策略、主题向度上都各各不同。在1950年代，从现实中的"抗美援朝"到文学中的"抗美援朝"，其间有两个转变尤其引人瞩目：一方面，在宏观修辞上的一个突出策略即将敌对一方"脸谱化"——常见的策略是将美军予以丑化，而对韩军作淡化处理。"丑化"也有一个模式化套路："'阶级敌人'地位的高低、国籍与种族的不同，决定着他们反动性的程度、丑恶性的深浅。依此类推，美军军官、美国士兵、'联合国军'其他成员军、白人与有色人种、南韩军，其形象的丑陋性，依随其国籍的不同、军衔的高低、种族的差异而逐层递减。"[②] 比如，杨朔的《三千里江山》[③] 对美军战俘中白人与黑人之间种族纷争的描写，电影《上甘岭》中屡屡出现美军撤退时像无头苍蝇般狼狈逃窜的镜头，大型文集《志愿军一日》中描写美军贪生怕死、消极作战、军心涣散、品质恶劣、生活腐化堕落的事例不胜枚举，刘白羽《安玉姬》中以"苍白的，松塌塌的腮帮""长着长毛的手""紫红的嘴唇""凶狠的眼光"来形容美军军官外貌，黎石的独幕剧《仇深似海》讲述两个美国兵畜生般的恶行……作家们在文本中对美军施予的丑化或概念化描写当然是直接服务于敌我斗争的直接需要，但这在客观上也为另一个主体愿景的达成——将志愿军立为主体并予以典型塑造或深描，将志愿

① 《送别魏巍·品读大家》，《郑州晚报》2008年8月27日第A31版。

② 常彬：《抗美援朝文学叙事中的政治与人性》，《文学评论》2007年第2期，第63页。

③ 初刊于《人民文学》1952年第10、11、12号，后由人民文学出版社初版于1953年3月。由初刊到初版，作者又对之做了很多修改。

军形象崇高化——做了强有力的助推。这种宏观修辞策略实际上是将敌对方充分背景化，并将其活动悉数置于后台，以为主角的出场和相关故事的展开做铺垫。另一方面，在主题表达向度上除直接契合家国主题、英雄情怀外，还更多以生动的细节描写来展现志愿军高级指挥员或普通战士朴素而崇高的形象。这也就是这类作品能打动人、感染人的根本原因。无论是巴金在《我们会见了彭德怀司令员》① 中对彭德怀形象的素描——在写作过程中，彭德怀建议巴金将文中"像长者对子弟讲话"一句改为"像和睦家庭中亲人谈话似的"，并说"我是一个渺小的人，把我写得太大了，使我有些害怕!"，还是在电影剧本《上甘岭》和《英雄儿女》（改编自巴金的短篇小说《团圆》）中对张忠发连长、战士王成、文工团团员王芳等人物形象及其故事的影像呈现，都可以看出，文学中从志愿军司令员、连队指挥员到普通战士的形象，无不显得朴素、谦虚、伟岸、有力。而这一类作品尤重细节刻画的笔力，比如《上甘岭》中，防空洞里为了一个苹果传来传去的镜头，捉老鼠并饮老鼠尿的细节，女卫生员王兰和大家齐唱《我的祖国》的场景，机枪手们在洞内排队前赴后继的悲壮一幕，以及连长张忠发和善而坚毅的眼神，等等，作为经典的一瞬间都让人永生难忘。在影片中，美军在装备和火力上的强大被充分背景化，用以映现志愿军不惧牺牲的勇敢、坚毅精神。实际发生的上甘岭战役的残酷程度远远超过电影所呈现的影像，而且电影中出现的一些人物也不能等同于实际战争中的角色，一如当年上甘岭战役前线实际指挥者崔建功师长所言："这哪像打仗啊！这是打着玩，好人死不掉，坏人都死完。像这样打，我这个师长太好当了"，"所有能参战的我都命令上了，唯独没有叫女兵上"。② 但为什么今天的观众依然能够从电影《上甘岭》中领略当年这场战争的残酷性并从中获得有关人的崇高感？原因很简单，以生活与虚构为基础的文学创作本就以其"无中生有"（比如《上甘岭》中的卫生员王兰）的艺术建构力和感染力而凸显其特殊性和重要性。

在 1950 年代，作家们以虔诚而崇高的心态投入抗美援朝文学写作中，并以此作为致敬志愿军和颂歌新中国的主体实践活动，可看作那一代作家所共有的精神诉求。杨朔在谈创作《三千里江山》时的体会颇具代表性：

> 一九五〇年冬天过江后，我经历的不算少了。打那时起，我的心就被一件事感染着。朝鲜，这对我们志愿军是一个陌生的地方，十分陌生。但在朝鲜战场上，你处处可以看见我们的同志那种忘我的战斗精神。许许多多同志死了，在我眼前死了，死的那么勇敢。在埋葬那些死者后，我们活着的同志又接着做着死者未完成的事。这些同志，活着的，死了的，伤了的，每个人都有自己的生活，自己的来历，自己

① 初刊于《人民日报》1952 年 4 月 9 日第 3 版。

② 吴东峰：《上甘岭大战四少将记》，《同舟共进》2017 年第 12 期，第 33 页。

> 的家庭骨肉，是什么力量促使他们抛开自己，抛开自己原来的生活，来到朝鲜呢？我认为他们有种最大的爱，这就是对祖国，对人民，对和平，对正义的爱。我常常被他们那种自我牺牲的精神所感动……我决定了，就要写这些铁路工人组成的志愿军这种自我牺牲的最大的爱。①

从“对祖国，对人民，对和平，对正义的爱”到“要写这些铁路工人组成的志愿军这种自我牺牲的最大的爱”，再到“我写着写着，我感到自豪，自豪于我们有这样的人民；深深地苦恼，苦恼于我的笔太笨，表现不出我们人民的英雄性格，饶恕作者吧！是我损害了我们人民应有的光彩！”② 发生于杨朔内心深处的这种崇高情怀和使命意识，让他在创作《三千里江山》时激情满满；而亲历这场战争，并在战争中完成这部长篇的写作，自然也使其因写实色彩而具有特殊意义。小说描写姚长庚、姚志兰、吴天宝等铁路工人在后方如何运输、抢修铁路以支援前线作战的故事。他们的工作和斗争生活轰轰烈烈——世间还能有什么能比他们宁可牺牲家庭、爱情与肉体也要为祖国、人民、和平而肝脑涂地的事迹更显壮烈？激情与使命感也使得这种即时性写作在动笔之时便融入对爱国主义、英雄主义、国际主义精神的直接表达。为此，小说将家庭与爱情故事融入家国主题中，并将之处理为一个相依共生、和谐共存的故事范式，再加之散文化笔法，特别是议论、抒情等表达方式的广泛运用，使得这部小说在整体格调上气质丰盈、情绪饱满。然而，这种直奔主题的“做减法”式叙述范式自然也有其先天弊端。其中之一即是，它往往使得人物形象及其关系陷入概念化泥淖中，从而使得相关细节或描写失真。其实，这也就是《三千里江山》这类小说写得激情高涨、理性有余而美感不足的根因所在。一相比较，倒是类似路翎《洼地上的战役》表现志愿军战士日常生活中内心情理冲突的小说更能凸显“崇高”在审美接受维度上的持久传播力。侦察兵王应洪与朝鲜姑娘金圣姬之间的朦胧爱情被置于残酷的战争环境中，也即意味着在部队钢铁般的纪律面前这注定是不可能之事。这个小说之所以成为经典，就在于它写活了主人翁惊慌而又甜蜜的内心纠葛（小说中有大量的细节和心理描写），并在对铁汉柔情、自律意志、革命牺牲精神、中朝友谊等主题向度的表达中将志愿军形象塑造得饱满而丰盈。小说对王应洪言行、心理、事迹及最后结局的描写或交代——比如，在老大娘家每天打水、劈柴；主动疏远那个让自己心动的朝鲜姑娘；最后为掩护战友撤离而英勇牺牲在“洼地”上——处处流露出一种崇高而纯粹的小说格调。《洼地上的战役》在今天依然深受读者喜爱，且常读常新并从中受到崇高美的熏陶。由乔羽作词的《我的祖国》更是一首表达对祖国之爱、乡土之思的抒情诗。这首歌曲之所以在中央人民广播电台首播，稍后伴随电影《上甘岭》上映而传唱

① 转引自许建辉《“三千里江山”的诉说》，《文艺报》2015年4月27日第8版。

② 杨朔：《几句表白》，《三千里江山》，人民文学出版社1953年版，第1页。

祖国大江南北，当然是由电影本身、刘炽作曲、郭兰英演唱等诸要素合力凝聚、升华的结果，但无可置疑的是乔羽在其中的贡献尤其大。词作中诸如“一条大河波浪宽”“风吹稻花”这类话语，集抒情与写意于一体，无论在战时环境还是在和平年代，对听众（读者）都具有十足的审美感染力。这正如1935年由张寒晖创作的抗战歌曲《松花江上》中的歌词——“那里有森林煤矿，还有那满山遍野的大豆高粱”“那里有我的同胞，还有那衰老的爹娘”——对流亡关外、渴望打回老家的东北军战士构成巨大号召力一样，乔羽的“大河之恋”亦然：一边是炮火连天的战争环境，一边是歌词中如诗如画的祖国江山（词中“景”与每个人都有关，且都能不同程度地唤起往昔记忆），两相比较，其对激发志愿军战士乡恋乡愁和保家卫国意识都是染于情和入于心的。这三个例子也表明，由作家主体精神中的崇高意识转化为文学文本中的崇高美，中间还有相当复杂的困难要克服，或者说彼此间还隔着相当长的一段距离要消弭。单靠赤裸裸的图解或口号式言说，没有在艺术上找到恰切的表现方式，那么，对崇高的表达也就仅仅停留于概念层面，而文本中的崇高美不是概念化存在，它只有被转化为某种生动形象，才能对读者产生实质性影响。

以文本为中心，内外勾连所形成的开放性、多向度互文特征，也是抗美援朝叙事中一个极为引人注目的现象。以《谁是最可爱的人》为例，这部同时兼具文学和历史双重文本属性的经典作品，在战火中诞生，又携带历史风云而来，总有着说不完的话题。从毛泽东“引发全军”的批示，朱德的称赞（“写得好！很好!”），周恩来在做全国第二次文代会报告时突然发问（“在座的谁是魏巍同志，今天来了没有？请站起来，我要认识一下这位朋友”）①，到后来长期被选入中学语文课本，以及在“文革”中被指认是“暴露文学”“宣传战争残酷”“贩卖人性论”② 的大毒草的经历，再到今天“最可爱的人”成为包括军人在内的所有为社会和国家作出突出贡献的人的统称，在此过程中围绕其所发生的或肯定或否定、或正面或反面的阐释与论争，都是验证其经典成色并在不同时代产生积极而深远影响的重要标志。不仅如此，它还持续拓展文本及其周边景观，从而延续其在新世纪文化场域中的生命力。比如，当1990年代突然走上前台的“活烈士”李玉安③、档

---

① 转引自李建军《重读〈谁是最可爱的人〉》，《文学自由谈》2009年第5期，第145页。

② 转引自刘波、刘绳、张景发《激情似火唱东方——访长篇小说〈东方〉的作者魏巍同志》，《人民日报》1978年11月10日第4版。

③ 魏巍在《谁是最可爱的人》中所提及的12个烈士中的李玉安当时身负重伤，当晚被一名途径此地的朝鲜人民军司号员发现，并把他背到附近一所空房里。第三天他又被途径此地的334团战士用担架送到18里外的师部卫生所，做了开胸手术，才幸免一死。1951年被送回国治疗，1952年回到家乡巴彦县，被安排到兴隆镇粮库当工人，一直到1980年才退休。后来，魏巍和他曾在北京见过面。参见《作家“误笔” 勇士为烈士 超越生死 沧桑四十年——由〈谁是最可爱的人〉“失误”引出的故事》，《新闻知识》1990年第8期，第29页。

案中记载的那个不乏缺点的“李玉安”①、《谁是最可爱的人》中记载的那个名为“李玉安”的烈士在消费文化时代一同“现身”时，其所给予当代人的认知与感慨岂只是“传奇”二字所能说明得了的吗？

这说明，文学对“人”在战争中的彼时状态与境遇的表现具有无穷可能。一个经典文本一旦生成，其内部信息和触角在内外两个向度上拓展或延伸，从而形成跨时代、跨时空的多元对话关系。经典就是在这种对话中实现艺术上的保值或不断增值。《谁是最可爱的人》中那三个让人刻骨铭心的故事记载的不仅仅是那场惨烈的松骨峰战斗，电影《上甘岭》所呈现的也不仅仅是那场被称为“绞肉机”的上甘岭战役，《洼地上的战役》所讲述的也不仅仅是一个战士与一个朝鲜姑娘之间的朦胧爱情，它们作为经典文本所启发后人的也不仅仅是爱国主义、国际主义、英雄主义等为彼时作家们所全力表达的宏大主题，而是更进一步引发后人对有关爱恨、强弱、生死以及使命、崇高、意志力等与人类命运息息相关的恒常命题的不断审视。

抗美援朝文学创作虽然存在明显概念化、模式化的倾向，且不少作品在彼时文学现场以及此后阅读场域中的影响力都极其有限，但也无可否认，以《谁是最可爱的人》《洼地上的战役》《上甘岭》为代表的一些经典文本以其特有的格调和气质影响了一代人的精神生活。事实上，它们自 1950 年代诞生以来，一直未离开过读者（观众）视野——从“新时期”到“新时代”不断彰显“正典”意义的传播史，已充分证明其在当代语境中一直就是或隐或显存在着的不可忽视的建构力量。其中尤值得重视的是，那一代作家深处战争中心并以纯粹而崇高的家国情怀投入创作的文艺实践，以及普遍将崇高作为审美对象而在经典文本中生成的趋向形而上意义的、可以“崇高美”称之的宏大气象，理应在新时代文化语境中再次焕发其生命力——至少它对今人重新审视和思考后现代虚无主义思想、毫无底线的解构风潮、自私而冷酷的人际关系、日益撕裂的民间舆论等“风景”都提供了契机与视角。当然，今日不同于往日，今日不可能也不必回到往日，但今日与往日渊源相继的关系，又再一次给今日以提醒：往日之歧途不可续，往日之正路须承继。比如，由魏巍命名继而被广为接受的“最可爱的人”在内涵与外延上的大幅延展，以及在关键时刻总能起到汇聚人心、激扬崇高情怀的场景不也在屡屡上演吗？《洼地上的战役》和电影《上甘岭》不也一直被读、被看并从中生成美的形象与力量吗？然而，作为真正的“红色经典”，他们从创作到被广为接受的历史也一再表明：任何弘扬主旋律的文学作品，如果不能像《谁是最可爱的人》那样，以其自身的文本属性有效化解外部理念并将之凝聚为一个艺术整体或形成一种富有穿透力的艺术格调，或者最终不以正面精神力量和审美范式作用于人、塑造人，那么所谓创作也就是无效的或者说难以流传于后世的。

---

① 1952 年，李玉安转业到地方工作，其鉴定材料上优点和缺点各占一半，其中有“团结作风差，如，与同志打过一架”的记载。参见刘新颖《“烈士”李玉安“复活”前后》，《军事记者》2006 年第 1 期，第 44 页。

红墙下破壁而生的“孤蕊”

——《苦菜花》对“革命+恋爱”模式的突破*

王　平　高震洋①

摘　要：在众多红色经典中，冯德英的“三花系列”（《苦菜花》《迎春花》《山菊花》）如同路边的野花，蔓枝丛生、无拘无束，装点了新时期革命文学的康庄大道。和传统意义上的革命题材小说相比，《苦菜花》的独特之处在于，冯德英能自觉学习并运用高尔基、雨果等外国作家的文学理论，较早地在革命文学作品中注重革命性与人文性的融合，并对“十七年”文学中“革命+恋爱”模式的流弊大胆地突破。《苦菜花》在情感问题、两性话语、革命力量等方面的书写，具有强烈的人文色彩和现代性价值，彰显了作品的社会历史深度。

关键词：冯德英；苦菜花；革命加恋爱

近年来，越来越多的学者以现代精神观照社会主义文学作品中的先进性因素，聚焦于红色经典文学当代价值的再发现。除“三红一创，青山保林”等红色经典之外，一些之前未受到足够重视、游离于文学“经典”与“非经典”间的作品，由于具有更加多元化的诠释空间，也逐渐浮出水面。冯德英的《苦菜花》便是其中之一，小说描绘了当时的社会生活，通过深挖两性情感以及女性的原生力量，将革命话语与人文思想紧密结合，革除了“革命+恋爱”小说创作模式的流弊。在集体主义盛行的时期，作品中涵盖的现代精神如同沧海遗珠，值得对其进行深度探寻。

一

革命历史小说是指新中国成立后“十七年”文学中与“战斗精神”“共产主义”等主

* 项目基金：辽宁师范大学科研项目“红色经典文学的时代价值研究”（批准号：CX202302035）。

① 作者简介：王平（1973—　），女，辽宁省瓦房店市人，辽宁师范大学文学院教授，博士，主要研究方向为中国现当代文学。高震洋（2000—　），女，辽宁省瓦房店市人，辽宁师范大学文学院研究生，主要研究方向为中国现当代文学。

题紧密联系的作品。其中包含着浓厚的意识形态色彩，且具有广泛传播性的作品被奉为“红色经典”。有关“革命历史小说”和“红色经典”间的关系，学者宋剑华在《关于“红色经典”概念的“具指性”问题》一文中做了详细的论证和梳理，认为“红色经典”中的“红色”将革命历史小说进行了标签化的处理，限定了小说题材必须以记录革命历史故事为主，并结合文学语言进行加工转换，并由此得出结论：“红色经典”这一文学概念是“‘有限文化生产场’里的精英话语”①，即符合时代特征且被人民群众广泛传播和接受的作品。倘若以此为参考对《苦菜花》进行归类，毫无疑问，无论是按照传播范围还是影响力，《苦菜花》都属于文学经典范畴，但与“三红一创，青山保林”等同类型文学作品相比，却处于较为“边缘”的位置。与“三红一创，青山保林”中呈现的激昂的战斗热情相比，《苦菜花》在“红色”主旋律中还夹杂了对革命较为暧昧的情感态度，这来源于高尔基、雨果、托尔斯泰等作家对冯德英写作理念的影响。同样是反映生活，冯德英追求的是未经美化的、最本真的生活，在小说中深刻地再现了战争的残酷场面，作家难免流露出些许反战意识，小说也因此在特殊年代里曾遭到“特殊对待”。在人物塑造方面，冯德英则试图摆脱正反面人物“脸谱化”的约束。以小说中重要的反面角色王柬芝为例，起初冯德英并非要将他塑造为彻头彻尾的反派，而是一个虽然大节有失却依旧有血有肉的人。在有关正面战场的描写中，除了突出英雄人物的正面形象外，冯德英更多着墨于战争对民众生活的侵害，并融合了带有“罗曼蒂克”气息的诗意场面。

冯德英一向将“文艺复兴的那种批判现实主义的文艺传统”② 奉为圭臬，因而其作品沾染了强烈的人文色彩。高尔基著名的“文学是人学”的理论，肯定了文学创作中人物自身的价值，也在“十七年”文学中被用作批判“以阶级成分为标准”进行的文学创作。而冯德英早在这一理论尚未广泛传播时就已经加以实践，以人文关怀在作品中给予民众以深切同情：“马蹄子的痕迹和钉底皮靴的脚印，踩乱白雪，尸横遍地”，“哭啊哭！哭昏苍天，哭没太阳！泪啊泪！流成黄河，搅浑长江！”③ 在号角呼啸、枪炮轰鸣的时代，冯德英看到了家破人亡的百姓，看到了残忍血腥的战场，他在情节架构上的取舍和犹疑，使作品真正长出血肉。

《苦菜花》虽然也经历了影视化改编以扩大传播范围的过程，但在文学史上一直未得到足够的重视。这在《阶级话语视阈中的人性化战争书写——关于冯德英长篇战争小说〈苦菜花〉》中被充分证实，作者犀利地指出，《苦菜花》是一部“明显被低估了的长篇

---

① 宋剑华：《关于“红色经典”概念的“具指性”问题》，《当代作家评论》2023年第3期，第57页。

② 俞春玲：《〈苦菜花〉及其他——冯德英访谈实录》，《新文学史料》2015年第4期，第49页。

③ 冯德英：《苦菜花》，人民文学出版社2012年版，第364—365页。

战争小说”[1]；而在对当代文学领域有着深远影响的《中国当代文学史》和《中国当代文学史教程》中，对《苦菜花》的提及亦是少之又少。然而，在王春林、梁贝两位学者看来，冯德英这部作品自身的创作成就实际并不逊于其他几部红色经典；《中国当代文学史新稿》亦给予《苦菜花》较高的评价，认为“作者在对革命战争的描写中特别注重突出感情的意义”[2]，对于人物情感方面也有较充分的表现。同样作为文学经典，为何《苦菜花》要与主流文学刻意“保持距离”？通过同种类型作品间的对比或许可以窥知一二：首先，相较于《红岩》《保卫延安》等同时期作品，《苦菜花》的中心人物并非英勇无畏的共产主义战士，而是生活中普普通通的农妇，因而人物形象在身份上缺乏典型性。其次，《苦菜花》中不时流露出对战争的暧昧态度，并采用意识流的情感描述方式，导致它在思想内核上不够“根正苗红”。

“革命＋恋爱”的模式最早可追溯到五四时期，觉醒的青年们以标榜“个性解放、恋爱自由”的口号作为反抗封建思想的武器。钱杏邨将1927年的《野祭》定义为第一部真正意义上的“革命＋恋爱”小说；茅盾在《“革命”与“恋爱”的公式》中又概括出“为了革命牺牲恋爱”“革命决定了恋爱”“革命产生了恋爱”[3] 等几种模式。在左翼文学时期，“革命＋恋爱”模式经历了从繁盛到衰落的过程。时隔多年，“革命”与“恋爱”主题又在“十七年”文学场域中得到融合与发展，经过周立波、柳青等作家的成功实践，在技巧上越发圆熟，在革命宏大叙事中点缀了由革命友谊生发的纯洁真挚的爱情。事实上，“革命”与“恋爱”，一个作为社会公共事件，另一个作为私人情感欲求，二者在本质上并不具有相斥性，但是“恋爱”代表的私人话语使它与“革命”之间的关系逐渐上升为非理性与理性情感的对立。即使是到了新中国成立后的“十七年”文学中，“革命”与“恋爱”双方在地位上也并未达到真正的平等。更加发人深省的是，这种不平等的处境根本上涉及两性话语权的归属问题，因为“革命”囊括的对象往往为男性，“恋爱”话题则关涉女性。这种笔调上的失衡首先体现在男女双方对革命事业所作的贡献上：在我们所熟知的“十七年”文学作品中，恋爱往往被视作革命事业的“负担”。

《红日》中，姚月琴和胡克为了争取到前线战斗放弃了爱情；《苦菜花》中，星梅在提到想要一个自己的孩子时也遭到了纪铁功的规劝，娟子在孩子没有断奶时就将他交给母亲，独自回到革命岗位上。凡此种种，革命和恋爱不仅不能兼顾，甚至处于相互对立的矛盾中。即使做到二者兼顾，恋爱仍旧无法依靠自身力量存活，只能被迫成为革命的

---

① 王春林、梁贝：《阶级话语视阈中的人性化战争书写——关于冯德英长篇战争小说〈苦菜花〉》，《当代文坛》2021年第3期，第31页。

② 董健、丁帆、王彬彬：《中国当代文学史新稿》，北京师范大学出版社2017年版，第108页。

③ 茅盾：《“革命”与“恋爱”的公式》，《茅盾全集》第20卷，人民文学出版社1990年版，第337—338页。

附庸。正如《青春之歌》中林道静与余永泽情感的破裂，恰恰是因为余永泽害怕革命的消极态度，最终遭到革命者林道静决然的抛弃。若想努力融入革命的“男性话语”中，则需要恋爱关系中的女性剔除个体的性别意识，成为“传统的花木兰”，才能在男性圈层中得以生存。《苦菜花》中多次描写娟子身上带有明显的男性化特征，“生得粗腿大胳膊”“乍一看起来，就同男孩子一样”“被太阳晒成黑红色的方圆开朗的脸庞”“厚实的脚板”① ……娟子的形象显然并不符合传统文学作品中对女性形象的要求，但冯德英却对娟子结实健壮的身材大加赞美，将它视作娟子在众多女性角色中脱颖而出，成为革命战士的先天优势。同样，《苦菜花》中的冯大娘之所以出彩，也是因为她兼具母亲和英雄的双重特征。冯大娘的丈夫冯仁义被迫出逃，直接导致娟子家庭结构中父本位的缺失，在这种条件下，母亲代替父亲行使职能。小说中对于冯大娘的刻画不仅仅集中在她作为母亲慈爱的一面上，还更多地突出她在苦难面前极强的承受力：小女儿嫚子被敌人折磨，死在母亲怀中，敌人为了问出军工厂的位置而施加酷刑……此时，冯大娘在肉体和精神层面都俨然一个刚强不屈的革命战士。但无论是女性通过压抑生理特征将身体“男性化”，还是在精神上自觉向男性靠拢，从本质上都是利用革命话语实现对爱情的“收编”和“改造”，双方地位远远达不到平等。最后，恋爱必须由革命衍生，只有经过革命“提纯”后的恋爱才值得歌颂。在许多革命历史小说的故事情节中，女性作为弱势群体，一旦陷入“被压迫”的泥沼，便很难依靠自身生理和心理力量摆脱困境。《红色娘子军》中，吴琼花被地主南霸天欺凌毒打，被关在水牢中不见天日，直到革命战士洪常青出现将她从深渊中解救出来投身革命，在日后一次次战斗友谊中萌生了爱情。《苦菜花》中，姜永泉和娟子、德强和杏莉的爱情也多数依照“遇险——获救——恋爱”的情感模式展开。男性身为革命的“布道者”，通过救赎传播革命的火种；而女性作为被压迫者的代表，其作用更多在于衬托革命的正义性，而非赞颂爱情的伟大。

正是在男性话语的限制性语境下对爱情的激情书写，使部分革命历史小说在情感上略显空洞和失真，正如孟悦和戴锦华在《浮出历史地表：现代妇女文学研究》的结语中所说：“她在一个解放、翻身的神话中，既完全丧失了自己，又完全丧失了寻找自己的理由和权力。”② 刚刚从“封建”洞穴中逃离的女性惊魂未定，试探性发出的呢喃又被冲散在了革命的号角声中，相比之下，《苦菜花》在“革命+恋爱”风潮中的破茧之举才更加令人欣慰。

二

迄今为止，国内针对《苦菜花》的研究，多数是基于小说中母亲形象的承变或是借

---

① 冯德英：《苦菜花》，人民文学出版社 2012 年版，第 17—18 页。

② 孟悦、戴锦华：《浮出历史地表：现代妇女文学研究》，北京大学出版社 2018 年版，第 281 页。

助同类型作品中的母亲形象进行对比研究，少数则是从影视化改编和另类的战争书写方面着手对《苦菜花》进行解读。相比而言，针对作品中“革命+恋爱”母题的研究相对较少，唯有进一步深挖故事情节、剖析思想内核，方能更准确地把握《苦菜花》作为文学经典的独到之处。

以男性视角展开恢宏壮阔的战斗场面是“革命+恋爱”模式的重要特征之一，在多部“十七年”文学作品中，与反派正面对抗、殊死搏斗的场面大多落在男性角色身上，也在一定程度上导致革命书写在两性话语方面的失衡。这一方面与“战争”一词带有的男性气质与男性色彩息息相关，另一方面也归因于军队内部对女性职位分工的限制。以《苦菜花》中男女战士的职能分工为例，姜永泉、王东海甚至刚入伍的德强都有机会参与到重要的偷袭围剿战役中，而星梅、娟子、白芸等女性角色所承担的任务却仅限于运送情报、革命宣传、运送伤员、组织妇救会等敌后战场的工作。两相对比不难看出，与女性有关的情节在小说中成了点缀血腥单调战争场面的“装饰”性存在，英雄主义的光环照耀之处仍旧都是“大丈夫”们的身影。冯德英显然不认同“革命+恋爱”话语模式中男性主导革命走向的结构方式，在娟子和姜永泉、杏莉和德强等几对恋爱关系中，就能明确感知到女性在革命中显示出的巾帼不让须眉的力量。小说中的汉奸宫少尼、王柬芝被捕前都与女性角色展开过激烈的生死决战。王柬芝安排宫少尼在娟子回家的路上伏击她，却没想到两人之间爆发了一场剧烈的冲突，娟子一次又一次被打倒在地，头上鲜血直流，多次昏厥，却强撑着身体拼命抵抗，在孤立无援的情况下取得了胜利，直接让王柬芝失去了宫少尼这一左膀右臂，也让组织对王柬芝的投诚存下戒备之心。王柬芝被捕也是由于杏莉的大义灭亲，当杏莉听到王柬芝房间里发送电报的声音后，第一时间去找母亲确认，在母亲的讲述下，她认清了父亲汉奸的身份，毅然决然地选择将真相和盘托出，却不幸被王柬芝发现，杏莉多次试图逃生报信，最终却寡不敌众，被亲生父亲杀害，王柬芝东窗事发后被捕。在众多红色经典文学中，女性如此破天荒地走出庇荫，势单力薄地与反派斡旋的情节是极其少见的。在几次与反派的正面对峙中，除了激烈的搏斗场景，冯德英对女性心理的描摹也十分精彩。例如，娟子控制住宫少尼时对他恨之入骨，却又因党员身份不得不多次告诫自己保持理智，摸索到手枪后心底对姜永泉的爱意与感激，等不到救援时的煎熬和担忧，这些心理描写非常真实而细腻；杏莉在得知父亲汉奸身份后，从震惊转为愤怒，见到母亲楚楚可怜的神态，又转为对母亲的同情和谅解，同父亲对峙时为争取救援所做的盘算以及与其一刀两断的决心，这些带有个人色彩的心理描写都极为贴切。《苦菜花》将正反力量决战的情节都放置到革命力量的弱势方——女性身上，她们在失去德强、姜永泉等强势方援助与保护的情况下，孑然一身面对凶神恶煞、奸诈无比的敌人，仍旧能够出色地完成使命，足以证明“恋爱”一方并非没有独立生存的能力。不可否认的是，对革命的忠诚与热爱，仍旧需要她们所爱慕的、代表着“革命”一方的男性提供范例，但女性为革命事业流下的鲜血乃至献出的生命，都强调了“恋爱”

对胜利作出的卓越贡献，短暂地捍卫了“恋爱”与“革命”间的平等地位。

除此之外，《青春之歌》中的林道静与《白毛女》中的喜儿所代表的女性，都是受到男性的引导才加入革命队伍，“革命＋恋爱”写作模式中的“救世主”通常也由男性充当，他们在千钧一发之际力挽狂澜，帮助被压迫者走出困境、投身革命。而革命历史小说中女性形象抛弃性别特征向男性靠拢的趋势，进一步导致女性相关事迹被吞并到英雄主义下的单一叙述中。《苦菜花》则不然，这首先表现在女性有了觉醒意识，能够自觉投身革命，甚至与男性一样处于革命引导者的位置上。比如女党员白芸，她在从教过程中被宫少尼、吕锡铅排挤，离开了岗位，从小受过教育的她在得知理琪等人带领的起义队伍的动向后，便去投奔这支队伍；在运送伤员的途中，白芸遇到了赵星梅的妹妹赵星蕙，赵星蕙受到姐姐的影响，很小便知道什么是革命，在看到女战士白芸后再次点燃了她的从军激情，革命的火炬在女战士们的手中点燃并传递下去。除此之外，小说中有一幕“戏中戏”的情节更加让人印象深刻。战士们根据革命的真实事件在乡村里排演戏剧，一共三场，主角分别是英雄母亲冯大娘、救助伤兵的女卫生员们、反抗童养媳身份的花子。戏剧在群众中的宣传和感召作用不言而喻，小说肯将如此重要而光荣的使命毫无保留地交给革命女性也是难能可贵的，这和以往一味赞颂男性英雄的革命历史小说范式不同，意味着女英雄形象终于能够站上历史的“领奖台”被尊重和突显，在对革命女性的声声赞美中，甚至能够依稀听见女性主义的低语。

“革命”与“恋爱”在一定程度上包含着理性与非理性的对立，而“革命＋恋爱”模式则更多强调理性精神在革命中的重要作用，即使这种理性精神是经由政治激情熏陶下做出的选择，并非纯粹的理性。相比较而言，大众认知下女性所带有的“敏感”“心软”“脆弱”的特质使女性成为非理性情感的代名词，这种相对冲动、不稳定的情感状态在“革命＋恋爱”写作模式中常常作为革命的不利因素出现。但在《苦菜花》中我们却能够惊喜地发现，独属于女性的性格特质却在关键时刻纠正了革命的错误判断，在一定程度上促成了革命的胜利。在地主王唯一被打倒后，他的儿子王柬芝为了求得自保，使出浑身解数和父亲撇清关系，开办义学、捐赠粮食、收留穷人……种种举动迷惑了村民，甚至身为党员的姜永泉也一时相信了他，而唯独娟子对王柬芝的投诚始终怀有戒心，认为他“不一定是出于真心”，这种判断一部分来自对地主阶级带有的偏见，也缘于身为女性较为敏锐的直觉。在王柬芝放出妻子出轨的流言以混淆视听时，也是娟子最先发现杏莉母亲神情的异常。在王柬芝杀害女儿试图逃跑时，娟子紧紧跟着他，逼得王柬芝狗急跳墙，暴露了汉奸的真面目。娟子仅仅是根据与杏莉母亲只言片语的对话，便已经看出她有苦难言的窘境，故意装作没有察觉，暂时离开以保护对方。女性与女性的心灵相通，跨越了阶级身份的障碍，真正体现了革命战士与群众的鱼水之情。女性深刻的洞察力同样体现在娟子母亲的身上。花子和老起见不得光的爱情被揭发时，群情激愤，花子被旧婆家半拉半绑地接回去，老起被村长庆林抓去游街。村长打着“公事公办”的旗号进行

“正义”的审判，将母亲的劝和视作“倚仗抗属身份欺人”。可母亲依旧愿意挺身而出，一把年纪连夜走几十里山路为花子求得一个公道。母亲目不识丁，更不清楚党内的章程和纪律，但她清楚知道花子是个好人，是好人就不该被冤枉，她将心比心，用最宽容的爱保护了花子这位好党员，保证了组织决策的公平性，也触动了村长庆林，让他转变了旧思想。此时，女性细腻的情感特征不再是革命的阻碍，反而为弥漫着硝烟与炮灰的革命历史小说增添了几许温情。女性将真挚的感性表达转化为在革命中谋求胜利的独特手段，化被动为主动，为“革命＋恋爱”模式中原本无处安放的感性话语找到了更加适宜的落脚点。

三

自古以来，才子佳人小说将“男未婚、女未嫁”的爱情视为正统，“孔雀东南飞”“牡丹亭”等爱情故事更是流传千古，成为佳话。但传统爱情关系中女性付出的努力和承担的苦难要大于男性，原因在于，一方面，女性的活动空间有限，很难借助自我疏导或社交行为排遣情感上的空洞与苦闷；另一方面，伦理道德的种种要求始终如达摩克里斯之剑一般悬于头上，进一步加剧女性内心的恐慌。曾有学者从建筑空间角度分析古代闺阁女子出嫁后的处境：“古代女性的活动场地极其有限，一般来讲是未嫁居父家，嫁后住夫家，始终扮演着从属于家庭的角色，在但凡有一定条件的家庭中过着‘大门不出，二门不迈’的幽闭生活，即使幸有夫妻情爱，也难免空闺相思。”① 因此不难看出，中国古代女子的生存空间极度狭小闭塞，古代女子社会职能的缺失又加剧了这种封闭性，即使女性有幸嫁得如意郎君也不免面对聚少离多的现实。深闺女子只有两种选择，一种是遵循圣人之言守身如玉、出嫁从夫，在“细思往事心犹恨，生把鸳鸯两下分”② 的哀怨声中了此一生；另一种则是遵从内心欲望的驱使，在遭到冷遇时跟随本心、追寻真爱，但却要背负水性杨花的千古骂名。在如此进退失度的处境下，古典爱情小说中的女性被迫“失声”，既没人赋予她们自我剖白的权利，也没人试图了解她们行为背后的心理动机。这一处境一直延续到了新中国成立时期，人们仍旧将妇女失节、红杏出墙等行为视作污泥浊水，认为它玷污了爱情的神圣。但冯德英却在《苦菜花》中反其道而行之，作者没有延续“革命＋恋爱”小说面对非正统爱情时高高在上的审判语调，而是在作品中展现“失节之人”内心的落寞与无奈，隐晦地传达出两性关系中最原始的肉体的冲动，并给予充分的包容和理解。《苦菜花》中，花子年纪轻轻便被父亲卖给了村里的一个傻子，婆家

① 刘雨婷：《重门掩幽怨，草木爱情柔——中国古代文学中的女性情感空间》，《同济大学学报》（社会科学版）2010 年第 3 期，第 34 页。

② 中国戏曲研究院：《程砚秋演出剧本选集》，中国戏剧出版社 1958 年版，第 364 页。

对她非打即骂，花子逃了几十里路，加入了组织，成为一名党员，结识了心上人老起。两人原本是地下恋情，直到花子怀孕，事情暴露，婆家来要人，花子和老起两人都被抓走，后经过娟子母亲竭力劝说求情，才得到组织的公证得以成婚。花子没有摆脱本能的驱动，逃婚出走，与农民老起相爱，花子怀孕也是在加入革命队伍之后，这与以往塑造的党员形象有很大的不同。花子和老起的情感交往，也违背了“革命+恋爱”写作中规避肉体书写、以革命提纯爱情的模式。冯德英反其道而行，正是要借助花子和农民老起“非主流”的爱情，打破主流文学的封锁，以二人的结合象征灵魂和肉体的双重解放。

如果说冯德英让花子与王东海结合的情节设计令人意外，那么从正面突出并歌颂花子与老起、杏莉母亲与王长锁的反伦理道德的情感纠葛则是更为冒险的举动。

《苦菜花》众多女性群像中，除了主人公娟子母亲外，杏莉母亲是整部小说中较复杂鲜活的角色之一，她既有愚昧懦弱的性格，也有顽强抗争的意志。从这一人物身上，读者能真切地看到一个在旧社会烟尘中翻滚挣扎、缓步向前的人。从道德角度看，杏莉母亲做了伤风败俗的丑事：与长工王长锁私通，怀了孕，还扮作是丈夫的孩子，她因为害怕事情暴露而甘心被丈夫驱使做了汉奸，又被逼着与宫少尼发生关系……人物思想的滞后性让她不敢反抗，革命在她眼中不是寻求拯救的手段，而是审判的催命符，即使求生的本能让她数次在威胁下想要鱼死网破，现实却一次又一次让她跌入尘烟。但身为一个母亲，一个活生生的人，杏莉母亲却并非“十恶不赦”。丈夫离家十几年对她不闻不问，她独自一人无依无靠才会依赖对她多加照拂的长工王长锁；她自己并不怕死，但她害怕丑事一旦暴露会害死王长锁和女儿，所以她甘愿出卖肉体和灵魂。在军民反“扫荡”过程中，杏莉母亲和王长锁抱着仅仅几个月的孩子，倒在了满是敌人围剿的山洞里，刚刚组建的小家也消失在敌人放出的滚滚黑烟中。为了将杏莉母亲与传统意义上背叛丈夫的风尘女子区别开，冯德英在小说中细致地描述了人物出轨的心理动因和客观条件，利用王柬芝汉奸的身份来稀释她出轨这一行为，又精心加入了杏莉母亲被宫少尼侵犯这个极其屈辱的情节，在这个过程中多次穿插杏莉母亲第一视角的心理活动，借此突出旧社会妇女窘迫而艰涩的生存境遇。

“革命+恋爱”写作中标榜的爱情模范，多数以“革命斗争”为男女双方交往的契机，共同的革命目标被视作爱情保鲜的良药，而性与肉体代表的原始恋爱冲动，往往被视为野蛮与低俗，是病态、可耻的恋爱状态，如《林海雪原》中风流成性的蝴蝶迷、《红岩》中沉沦情爱而变节的甫志高等。同样是书写革命中的爱情，冯德英却并不把男女交往的肉体接触视作淫邪之举，相反，异性视角下的身体描写在《苦菜花》中曾多次出现，如杏莉母亲喜欢上年轻力壮的长工王长锁时，“是从窗口上、门缝中窥看他那赤臂露腿的黑红肌肉和厚实粗壮的体格”①；恋爱中的纪铁功与星梅有了身体上的接触，“纪铁功紧

① 冯德英：《苦菜花》，人民文学出版社2012年版，第48页。

紧地搂抱着她那窈窕而健壮的腰肢。他感到她的脸腮热得烤人。她那丰满的富有弹性的胸脯，紧挤在他的坚实的胸脯上”①；当上革命干部的花子与老起相爱，于是，在夜晚偏僻的荒山沟里，老起“这个强壮的穷汉子，第一次得到女人的抚爱”，“他感到她那柔软丰腴的身子热得像热炕头”②。革命历史小说中甚少有作家会对恋爱男女双方的肢体接触进行如此精确细腻的描摹，冯德英虽未直接触及有关女性肉体解放等较为敏感的现代性论题，但却借助人物的悲剧间接呼吁人性的复归。正如韩少功所言：“人既不可能完全神化，也不可能完全兽化，只能在灵肉两极之间巨大的张力中燃烧和舞蹈。”③ 但“革命+恋爱”的写作模式恰恰钟情于将人性本能的欲求“神化”为战斗友谊下顺水推舟的爱情，这本身在一定程度上是对人性的压抑与否定。幸运的是，冯德英看到了革命小说创作中的缺失，为革命者的身体理念注入了血脉精魂，从而贴近马克思主义文艺路线对人类最本质的要求：自由地发挥自己的肉体力量和精神力量。

《苦菜花》的原题为《母亲》，因“苦菜花”的意象在小说中多次出现才有了现在的名字，如今看来确为神来之笔。放眼望去，苦菜花象征的何止是母亲，小说本身便如同在红色砖石中破壁而出的一朵孤蕊，冷艳清绝，时隔多年依旧芬芳馥郁。当然，自古以来，无论多么具有超越性的作家最终都无法完全摆脱时代的束缚而独立生存，《苦菜花》亦然。故事中两对不被世俗认可的情侣最终都走向了悲剧性的结局，以女性为代表的“恋爱”独立的一面也在试探性地探出头后便再次隐匿于革命的身影之下。可以说，《苦菜花》对“革命+恋爱”模式的突破和作品在结局设置上的局限并不冲突，冯德英虽没有完全脱离时代的洪流自成一派，可作品体现出的对本真的坚守和对情感的深切洞察在那个时代已经弥足珍贵，即使只是立于边缘处的一次观望和试探，也让我们看到了中国文学按照自身发展道路独立行走的可能。正如莫言所言：“当代文学正如江水向前流淌，性爱描写所达到的艺术高度，会成为对某一时期文学所达到的艺术水平的一个衡量标准。十七年中我们还有一部《苦菜花》，何况现在，何况将来!”④ 红色经典本该在完成它的光荣使命后顺应文学思潮的迭代功成身退，但近些年文学界“重读经典”的呼声越来越高，学术界针对文学经典的创新性研究也层出不穷，这便足以证明，红色经典仍然具有被开发的价值。对于文学经典的现代性诠释，是在原本较为僵硬的历史语调中找寻并还原作者最本真的话语，让那些即将湮灭在时代浪潮中的声音再度变得清晰可闻，这本身就是一件非常有价值的事情。

---

① 冯德英：《苦菜花》，人民文学出版社 2012 年版，第 201 页。

② 冯德英：《苦菜花》，人民文学出版社 2012 年版，第 331 页。

③ 韩少功：《性而上的迷失》，山东文艺出版社 2001 年版，第 58 页。

④ 杨扬：《莫言研究资料》，天津人民出版社 2005 年版，第 41 页。

20世纪50—70年代抗战题材儿童小说价值重估*

王　欢①

摘　要：20世纪50—70年代抗战题材儿童小说作为中国当代文学“红色经典”的重要组成部分，一直没有得到充分重视和深度研究。事实上，这一时期的抗战题材儿童小说在弘扬斗争精神与赓续革命传统的同时，最大程度地完成了时代赋予的“育人使命”，塑造了一批“动态成长”的英雄少年形象，并彰显了独特的历史真实性与艺术感染力，具有儿童教育、形象塑造、故事审美等多方面价值。

关键词：20世纪50—70年代；抗战题材儿童小说；教育价值；形象价值；审美价值

红色经典儿童文学，“是指以少年儿童为作品主角，以他们参与中国共产党领导的革命斗争，在血与火的洗礼中成长进步的经历为主要内容，以展现他们在艰苦岁月里乐观向上、不屈不挠、舍生忘死的精神为主旨，同时具有教育意义和艺术审美价值的文学作品”②，如《小兵张嘎》《小英雄雨来》等。20世纪50—70年代抗战题材儿童小说作为中国当代文学“红色经典”的重要组成部分，影响了一代又一代少年儿童的情感发生和品格养成，培养了他们对国家、民族的认知和责任意识、抗争精神，蕴含着中国共产党的精神传统与育人经验。这些作品在反映时代精神之外，在形象塑造与审美叙事方面也积累了值得研究与借鉴的艺术经验，需要我们认真地进行价值重估。

---

* 项目基金：重庆市教委人文社科规划项目“百年红色经典儿童文学研究”（批准号：24SKGH064）；重庆师范大学人才引进基金项目“中国抗战题材儿童小说研究”（批准号：24XWB028）。

① 作者简介：王欢（1983—　），女，陕西西安人，文学博士，重庆师范大学文学院副教授，硕士生导师，主要研究方向为红色儿童文艺。

② 刘红叶、周秋良：《游戏性与去游戏性——红色儿童文学经典中的空间表现》，《中国文学研究》2022年第3期，第22页。

一、教育价值："政治助推"与"育人使命"

20 世纪 50—70 年代是中国当代文学的起点，其承继的直接源流，是 1942 年延安文艺座谈会以来的解放区新文学。洪子诚认为，所谓 20 世纪 50—70 年代的"当代文学"，其实就是中国的"左翼文学"（广义上的使用），或者说中国的"革命文学"的一种"当代形态"。[①] 20 世纪 50—70 年代的文学其思想基础和创作宗旨是基本一致的，可以视为一个整体。政治对文学的强烈干预是这一时期文学的显著面貌，也被公认为是造成当时文学创作公式化、概念化和阻碍文学发展的多样性和丰富性的根本原因。然而文学与政治之间从来就没有单纯的关系，离开政治的文学是不存在的，也没有任何一个作家可以完全摆脱时代意识形态的制约。换一个角度来看，政治一方面可能"绑架"文学，另一方面也可能"成就"文学——这是政治与文学之间形成的独特张力。共和国前三十年的儿童文学，正是由于政治的助推，才迅速地发展起来。

新中国成立之初，少年儿童的精神食粮少得可怜。1955 年 8 月，毛泽东主席在一份名为《儿童读物奇缺，有关部门重视不够》的文件中认真批示了"书少""无人编""太贵"的意见，并责令中央书记处设法解决。[②] 之后，党中央、团中央开始高度重视少年儿童读物的写作、翻译、出版和发行工作，中国作家协会专门制定了少年儿童文学创作计划和一系列发展举措，甚至为创作儿童文学的作家专设了"创作贷款及津贴"。《人民文学》《文艺报》等多家纸媒倡导"多多为少年儿童写作"，冰心呼吁全体作家"一人一篇"……由于党中央的高度重视和一系列行政举措的干预，作家们纷纷响应，儿童文学在 50 年代中后期进入了当代的第一个繁荣期。

政治为儿童文学创造机遇的同时，也赋予其明确的"功利化"目的。此时的儿童文学创作既为国家所大力扶持倡导，则成为一种"公器"，必然要符合国家对其的性质定位和功能期待。新中国成立伊始，新生的人民政权迫切需要民心的稳固和思想的统一，迫切需要培养社会主义事业的建设者和接班人。1955 年 11 月 18 日，中国作家协会召开第十四次理事会主席团会议（扩大），专门讨论了发展少年儿童文学创作的问题，会后向全国各地的分会下发了《关于发展少年儿童文学的指示》（以下简称《指示》），指出："少年儿童文学是培养年轻一代成为优秀的社会主义事业接班人的强有力的工具；发展少年

① 参见洪子诚《问题与方法：中国当代文学史研究讲稿》，生活·读书·新知三联书店 2018 年第 2 版，第 282 页。

② 参见王泉根《"十七年"儿童文学演进的整体考察》，《中国现代文学研究丛刊》2019 年第 4 期，第 44—45 页。

儿童文学创作，是关系着1亿2000万少年儿童的精神食粮的极其迫切的任务。”[①]《指示》明确规定了少年儿童文学的目标——培养社会主义事业接班人，以及性质——工具，此时儿童文学的“教育工具论”也就呼之欲出了。同时在苏联儿童教育思想的影响下，鲁兵于1962年明确提出“儿童文学是教育儿童的文学”，奠定和统一了20世纪50—70年代儿童文学创作的基础与观念。

“育人”既是时代赋予当时儿童文学的历史使命，也与儿童文学这种特殊文类的本质属性相吻合。众所周知，儿童文学本身就是衔着“教育”的汤匙诞生的，即使是在倡导“儿童本位”的五四时期，儿童文学也首先担当着教育功能。

儿童小说是20世纪50—70年代儿童文学创作的主流文体，当时的创作题材主要集中在革命战争题材和少先队校园题材，其中又以抗战题材作品数量最多、影响最广。仅以长篇儿童小说为例，管桦的《小英雄雨来》(1951)、知侠的《“铁道游击队”的小队员们》(1959)、颜一烟的《小马倌和“大皮靴”叔叔》(1959)、李心田的《两个小八路》(1961)、徐光耀的《小兵张嘎》(1962)、任大星的《野妹子》(1964)、勤耕的《小砍刀的故事》(1965)、邱勋的《烽火三少年》(1978)、陈模的《奇花》(1979)、胡树国的《地下儿童团》(1980)、王一地的《少年爆炸队》(1980)等作品，均在全国产生巨大影响力。尤其是《小兵张嘎》，经过影视化的改编与推广传播，成为“现象级”的儿童文学红色经典。试问作家们为何如此青睐抗战题材？从客观上讲，中国人民刚刚经历过漫长的水深火热的战争，战争已经成为生活的一部分，深深地镌刻在历史的年轮中。要用社会主义现实主义路线来反映生活，战争是一个回避不了的历史事实。从主观上讲，许多作家的童年少年都是在战火中度过的，拥有真切的生活素材；许多作家是军旅出身，亲身经历过残酷的战争，拥有活生生的战斗素材。而具有决定性的原因，则是新中国重视对少年儿童的思想政治教育，抗战题材可以更好地发挥儿童文学的育人功能，用抗战小英雄热爱祖国、不畏牺牲、勇于奉献、大公无私的精神品格去影响和塑造一代新人。早在1938年4月，毛泽东在边区国防教育第一次代表大会上就指出：“我们的民族是一个缺乏教育的民族，但抗战已大大地改变了中国人，这是几十年的教育所不能成功的，如果抗战再坚持下去，还会造成千百万新人。”[②] 毛泽东认为抗战本身就是“塑造新人”的土壤，那么抗战题材也应是进行文学“育人”的优质土壤。

抗战题材儿童小说在20世纪50—70年代的繁荣，是政治的、时代的选择，也是历史的选择。事实证明，抗战题材儿童小说显示出强大的历史担当，最大程度地完成了其育人使命，几乎影响了整整一个时代少年儿童的精神品性。

其一，从“育人”的内容上来看，抗战题材儿童小说讲述了一个个出身贫苦的农家

---

① 王泉根：《百年中国儿童文学编年史》，湖南少年儿童出版社2017年版，第330—331页。

② 闫树声等编著：《毛泽东与延安教育》，陕西人民出版社1993年版，第92页。

少年在战火的历练与洗礼中，与敌人斗智斗勇，逐渐成长为英勇顽强的抗日小英雄的过程。海娃、雨来、小马倌、孙大兴、张嘎子、铁强华等一长串名字熟悉而响亮，他们吃苦耐劳、聪明机警，在战争中遭遇国仇家恨，在敌人面前英勇顽强、不怕牺牲、坚忍不拔，他们在一次次与敌人或间接或直接的斡旋与交锋中迅速成长，认清了战争的残酷和革命事业的伟大，改变了自己原先狭隘的复仇思想，变得识大局、守纪律、能忍耐、有担当。我们从他们身上看到的是爱国主义、英雄主义、革命乐观主义精神和强烈的社会责任感与使命感，而这些正是战争教育留下的宝贵精神财富。如果说，20 世纪 50—70 年代成人文学的红色经典《红岩》《红日》《红旗谱》们使人民获得革命的信念与建设的热情，那么这些儿童小说《小英雄雨来》《小兵张嘎》们则以独特的艺术质地影响着那个时代少年儿童的情感发生和品格养成，让他们从这些少年英雄身上获得对国家和民族的深厚情感认同以及自身成长向上的力量。将这样的儿童文学与成人文学合在一起，才能称之为 20 世纪 50—70 年代完整的“红色经典”。其实，抗战时期不仅意味着“儿童要与成人同等地承受战争创伤，更重要的是儿童承担着与成人类似的抗战责任”①。二战后西方的战争题材儿童小说普遍关注的是少年儿童作为个体的创伤，目的是反思战争；而我国的革命战争题材儿童小说关注的更多是少年儿童作为国民的责任，目的是建设新中国。国情不同，语境不同，同一题材的表现内容自然不同。

其二，从“育人”的形式上来看，作家们着实下了一番功夫。首先，这些抗战题材儿童小说摈弃了枯燥乏味的直接说教，而是用故事来承载教育思想。作家们将一个个少年参加抗战的故事讲述得完整曲折、险象环生、精彩幽默，极大地吸引了少年儿童的兴趣，让他们在享受故事时潜移默化地接受其中蕴含的教育思想。其次，作家也不是直接给读者树立一个完美的小英雄，而是通过对小说中主人公的教育来完成对小读者的教育。比如《小马倌和“大皮靴”叔叔》中运用的思想教育方式就非常巧妙：小江虽已是部队里的小战士了，但仍野性未脱，因粮食短缺，小江不请假就去打野羊，用的是捡来的子弹且一枪命中，他觉得为大家做了好事，却被大队长惩罚，心里很是委屈。指导员“大皮靴”叔叔见他总是拗在“好事”上，就问：“你说好事是多好，还是少好啊?”小江：“当然是越多越好。”“那战士们都去做好事了，能行吗？要参加战斗找不到人，一人拎一头大野羊回来，能行吗?”小江不说话了，接着叔叔说：“要记住是在革命队伍里，军人是有组织有纪律的。”这种“以子之矛攻子之盾”并层层深入的教育方式水到渠成，让小江轻而易举就转变了思想，小读者也随之恍然大悟，没有丝毫被说教的反感，感到“党的教育”既不教条也不空洞，而是十分令人信服的。抗战题材儿童小说普遍采用这种“教育之教育”的方法，正是考虑到了少年儿童读者的心理接受特点。

其三，从“育人”的效果上来看，雨来、嘎子们成为 20 世纪 50—70 年代少年儿童

---

① 徐兰君：《儿童与战争：国族、教育及大众文化》，北京大学出版社 2015 年版，第 9 页。

心中的偶像和榜样，他们的英雄事迹牢牢地印刻在千千万万少年儿童的记忆中，他们“天不怕地不怕”的壮志豪情、“正义必胜”的坚定信念、爱憎分明的凛然正气曾深深地感召过一个时代的少年儿童，并影响着他们的人生观和价值观。但也有学者提出忧虑：“这种被反复渲染的假象（写战争生活的神圣和美好），有时会是非常致命的”①，担心会使下一代人渴望进入战争状态——这当然是知识分子文化反思和忧患意识的体现，但同时也抹杀了抗战题材儿童小说在那个特殊年代曾产生的巨大“育人”价值。首先，崇拜战斗英雄并不等于渴望战争，自古男儿就有决战疆场、精忠报国的志向，少年英雄向往参军是为了抵御外敌、保家卫国，他们是被动地卷入到战争中去的。其次，抗战题材儿童小说中的小英雄正直善良、知恩图报，他们身上顽强的意志和不畏牺牲的精神正是中华民族精神力量的写照，给人以光明和力量，今天看来仍然充满正向能量。再次，在社会主义建设初期，我们需要为少年儿童树立英雄的榜样，用爱国主义、理想主义、集体主义来引领他们，用革命精神和革命传统激励并感召他们。即使在今天，我们仍需要这种浩然的英雄之气，因为“这种英雄浩气的作用大到可以防止一个种族的退化，小到可以抗拒庸常生活对人精神上的磨损与腐蚀”②。最后，抗战题材儿童小说也是20世纪50—70年代中国少年儿童的文学启蒙，在那个物质生活贫乏、精神生活单一、政治热情高涨的年代，成为少年儿童最重要的精神食粮和文化记忆，也为孩子们带来了仅有的文学滋养和故事想象，其中不乏优秀的作品，如甘露般哺育着少年儿童那如饥似渴的精神世界。

二、形象价值：“儿童特性”与“动态成长”

“任何文学作品，能在一定时期产生重大影响，广为传播、妇孺皆知，必是由历史的与现实的、审美的和非审美的、文学自身的和文学之外的诸多因素叠加互动产生的结果。”③ 人们一般认为，20世纪50—70年代的大量抗战题材儿童小说能风靡全国，主要是由文学之外的、非审美的因素决定的，或者说借由文化权力和时代精神成为“红色经典”。但如果我们摈弃成见，从文学的、审美的角度来考察，会发现这些作品亦具有独特的审美品性与艺术价值。从人物形象塑造上来看，儿童小说呈现出当时成人小说所不及的优势，比如，当时的特殊文化语境规定了“正面人物不能写缺点”，成人小说中便出现了大量“高大全”式的英雄形象，部分甚至脱离了现实生活；儿童小说中虽然也难免出现思想和胆识都超越常人的小英雄，但同时也涌现了一批拥有真实“儿童性”的少年英

① 刘绪源：《文心雕虎全编》，广西师范大学出版社2018年版，第210页。

② 尤凤伟：《战争往事——抗日战争胜利半世纪祭》，人民文学出版社1997年版，第279页。

③ 王泉根：《李心田与〈闪闪的红星〉》，《文艺报》2019年7月22日第3版。

雄，他们可能幼稚、莽撞、自满、爱炫耀，但这些并非缺点，而是儿童的天然本性（所以在当时的文艺创作中被允许），这样的儿童形象便能立起来、活起来。

《小兵张嘎》就是这样一个成功的典型。13岁的张嘎机智勇敢、爱憎分明，与鬼子周旋，与汉奸智斗，为八路掩护，步步成长，屡屡立功；与此同时，他又“嘎气”十足，野性难驯。嘎子对枪的渴望达到了一种痴迷的程度，好不容易缴来的枪却要上交，他气得“青筋都迭暴起来”，负气丢下一句：“我不要了！”心里憋着怨气，去跟小胖墩打赌摔跤，眼看要输了竟张口咬人，被胖墩的爹斥责“给八路军丢了人”；被伤了自尊心，他报复性地堵了人家烟筒，出了一口恶气，转身却“把一切烦恼忘得干干净净”；被关禁闭满腹委屈，听到窗户外有鸟叫，又满心欢喜地捉鸟去了。嘎子的一连串表现自然都不是什么光彩行为，但这样的任性、好胜以及情绪的迅速转换，全部都贴合着这个年龄段孩子的心理特征和真实反应。正是这些“儿童性”特征的捕捉，把这个小英雄一下子拉到了我们身边，让嘎子这个形象变得生动可感、立体传神，成为中国抗战文学中的经典形象，至今难以超越。

当然，“儿童性”不仅包括儿童那些顽劣、稚拙的小“缺点”，还囊括一切体现儿童思维、儿童心理、儿童想象和儿童情趣的语言和行为，这在“十七年”时期的抗战题材儿童小说中可见一斑（“文革”时期的作品基本没有“儿童性”）。《小英雄雨来》中，一群孩子夜晚行军，去寻找主力部队。铁头是队长，雨来是侦察排长（孩子自己任命）。铁头用一只手捂着屁股上的挎兜，在队伍里跑前跑后，时而低声命令着：“跟上，跟上！”时而低声警告说：“别咳嗽！”文中虽然没有直接描绘铁头的外貌和神情，但是只通过几个简单的动作和语言，就精准地传达出这个13岁少年成为“队长”后掩饰不住的得意和履行职责的认真，孩子们的一举一动都在模仿真正的军队和战士，甚至连捂挎包的动作都模仿得惟妙惟肖。文中还有一个细节：铁头手里攥了一个手榴弹，紧跟其后的二黑请求让他也拿一会儿，最后呢，每个孩子都拿了一会儿。作者可谓深谙儿童心理，将儿童的天真好奇和“不甘落后”的从众心理刻画得入木三分，手榴弹这种危险武器似乎都变成了游戏道具在每个孩子手上小心翼翼地传递，几个鲜活的男孩形象跃然纸上。

《“铁道游击队”的小队员们》有三个主人公：小张、小朱和小银，三个少年虽不知全名，性格却各有特点。小张有胆有谋，很快就立了功；小朱鲁莽好胜，一心想干一票大的压过小张；小银胆小谨慎，又怕被人瞧不起。小朱的“嫉妒”和小银的“胆小”反而要比小张的“完美”更加真实自然。《小砍刀的故事》中，小砍刀郭顺第一次参与对敌行动，激动得睡不着，满心想的都是回去给村里的小伙伴讲讲自己的威风。《奇花》中，孩子剧团的孩子们夜里去街上贴抗日标语，干事长嘱咐他们四人一组，两人贴标语两人放哨，可孩子们为了贴得更多更快就没有放哨，结果大清早全被抓了。多么吻合儿童的心理和行为特征，儿童容易投入和忘我，将各种情境都能视作游戏或竞赛迅速投入其中，完全将革命工作的危险和纪律抛到了脑后。“儿童性”赋予了战争中的孩子以丰满的血肉，让他们得以一个个从平薄的纸页中站起来，活灵活现，亲切可触。

抗战题材儿童小说在人物形象塑造上还有一点超越同时期同题材的成人小说，就是人物有成长变化。成人小说中的那些英雄人物一出场便已定型，临危不惧，无所不能，这种一成不变的人物设定后来遭到了严重诟病。而少年儿童本就是动态成长着的，抗战题材儿童小说中的小主人公，许多都经历过一个完整的“转变过程”：从一个懵懂无知一心只想报仇的乡野少年，转变为一个严格遵守组织纪律和顾全大局的合格小战士。在当时的社会语境下，这种转变当然是有限的，一般只限于表层的认识和行动，尚未深入到儿童的“内宇宙”。

比较典型的除了《小兵张嘎》，还有《小马倌和“大皮靴”叔叔》和《野妹子》。《小马倌和“大皮靴”叔叔》中的小江最初认为“当兵的没好人”；看到战士们帮他治伤、背他行军，他意识到“当兵的和当兵的不一样”；见到老百姓对军队的拥护爱戴，他明白了东北抗日联军是什么样的军队，由此产生了深切的敬佩与向往。在指导员的耐心教导和同志们的关爱下，小江成长为一名优秀的抗联战士。这部小说始终在写小江的变化，更难得的是细腻的心理描写，比如小江被关禁闭后经历了一段复杂的心理活动，一直在“走”与“不走”之间纠结徘徊，这种细腻的心理刻画在当时实属难得。《野妹子》中的“我”（少年曾天秀）生性软弱，父亲死后无依无靠，老奸巨猾的汉奸乡长陈步云一次次对“我”拉拢威胁，目的是要引出“我”的新四军哥哥，“我”虽不情愿但也无力抵抗，后来在野妹子及其三哥（共产党员）一次次的帮助和教育下，认清了陈步云的真面目，慢慢变得坚强起来，成功窃取情报，最后加入了新四军。这两部小说采取了在当时很少见的儿童视角，可以令读者清晰地看到小主人公的心路历程，无疑是一种可贵的探索和作家主体意识的展现。

1970年代末的《奇花》是中国战争题材儿童小说的一部突破之作，奠定了此后新时期战争题材儿童小说“从个体落笔”的叙事路径。《奇花》细致地书写了儿童的成长，着力于言说这个漫长的转变过程。很多战争小说都写到孩子面对灾难、家破人亡时一夜长大——灾难确实会给孩子以致命打击，但它不能代替孩子成长，打击过后，孩子还得自己学着成长。《奇花》中孩子的成长不是一蹴而就的，而是在现实生活中慢慢领悟、在实际斗争中慢慢锻炼出来的。比如出身工人阶级家庭、有脾气有个性有主意的王小海，开始莽撞冲动意气用事，在实际的斗争中一步步变得成熟稳重有大局意识；小资产阶级家庭出身的曹正，单纯善良被敌人一次次利用，经过委屈、动摇、迷惑，终于认清敌人的真面目……作者让我们真切地看到了一个个小英雄的成长史。

关注和书写少年儿童的“动态成长”在一定程度上弥补了20世纪50—70年代抗战题材儿童小说在人物形象塑造方面的先天不足（性格缺失），较大地提升了作品的艺术含量。

三、审美价值："故事为王"与"细节真实"

"新时期"以后，在反思和审视20世纪50—70年代的抗战题材儿童小说时，一些学者认为其政治意识浓厚、人物形象单薄、叙事模式单一扁平……总之，"除了故事别无他物"。这些观点主要是从"文学性"和"艺术性"的角度来进行判断，有其合理之处，也有其值得商榷之处。值得注意的是，没有人否认这个时期抗战题材儿童小说的"故事性"。我们评价一个人"穷得只剩下钱了"，是否定这个人，但承认他有钱；而评价一部作品"除了故事别无他物"，是否定这部作品，但承认它的故事。作为一种类型小说，20世纪50—70年代的抗战题材儿童小说选择的叙事路径是讲故事，作家对复杂历史经验的所有认知与观念都诉诸"故事"这一基本文学要素。对"故事"的重视恰恰暗合了儿童文学的本质属性。

在儿童文学领域，"故事"甚至是超越"人物"的叙事要素，儿童评价一部作品的优劣，不会去在意主题意蕴的深刻或者人物形象的立体丰满，他在乎的就是故事好不好看，能不能吸引到他。人物是伴随故事而生的——人物的性格特点都是通过故事来体现，人物的命运和际遇又构成了精彩有趣的故事。"故事"对儿童如此重要，因为儿童的思维是故事性思维，儿童是借着故事来认识世界，借着故事来进行价值判断和审美感知。如果儿童文学应该对应儿童的心灵世界和思维特性，那么，它必然会成为"故事"文学。① 而20世纪50—70年代恰恰是我国抗战题材儿童小说发展历程中最重视"故事"的阶段。

在战时，由于救亡图存的现实需求与紧迫恶劣的时间环境，抗战儿童小说大多成文较为简短和仓促，萧红的《孩子的讲演》、丁玲的《一颗未出膛的枪弹》、柯蓝的《一只胳臂的孩子》等短篇小说都是对抗战实景做侧面切割，没有时间打磨情节和语言，无法形成完整而曲折的故事。新时期以后，受西方反法西斯战争小说的影响，人们的战争观和历史观发生转变，新的战争小说开始纵深反思战争本质、关注战争中的人性和个体创伤，我国的抗战题材儿童小说也不例外，但它们在提升了作品的思想性和文学性的同时，却逐渐淡化了"故事"这一吸引儿童读者的基本要素，在一定程度上降低了作品的可读性。

儿童是如此自由的个体，以至于"没有任何的力量，可以强迫儿童阅读那些他们不想读的书"②，"如果无法从一本书里得到满足感，他们会立即换另一本"③。这里的"满足感"当然是对故事的满足感。20世纪50—70年代抗战题材儿童小说为何风靡全国？这

---

① 参见朱自强《儿童文学概论》，高等教育出版社2009年版，第32页。

② ［加］李利安·史密斯著，梅思繁译：《欢欣岁月》，湖南少年儿童出版社2014年版，第4页。

③ ［加］李利安·史密斯著，梅思繁译：《欢欣岁月》，湖南少年儿童出版社2014年版，第6页。

绝不仅仅是因为当时儿童精神产品的匮乏，况且抗战作品也并非全都受欢迎。但是从那个时代成长起来的人们回想起童年时期最难忘和喜爱的儿童小说时，都不约而同地指向了《小马倌与“大皮靴”叔叔》和《小兵张嘎》，原因何为？归根结底，是这些作品下功夫写出了好故事。如果把这些作品拿给今天的孩子，他们同样会被深深吸引，这就是故事的魅力。

再者，20世纪50—70年代，中国的儿童小说文体发展并不成熟，儿童文学理论也还处于起步与探索阶段，作家们并不一定能清楚地辨别“儿童故事”与“儿童小说”，他们更多是受到号召，从自己的感性认识和儿童接受的角度出发，只要写出受儿童喜爱的故事又承载了教育思想即可。按照小说“人物优先”而故事“情节优先”的原则，其实这个时期大部分中长篇抗战题材儿童小说都可视为加长版的儿童冒险故事，或者处于儿童故事到儿童小说的过渡阶段，从这个意义上说，我们没有必要过分苛责这一时期抗战题材儿童小说的人物塑造，因为在儿童文学中，类型人物不一定低于典型人物，类型人物也自有其价值。况且这些作品故事情节跌宕起伏，人物形象鲜明生动，“爽脆”的叙事节奏符合孩子们“出事要快”的心理期待，略带传奇性的情节让少年儿童如临其境热血沸腾，自有其独特的艺术感染力和生命力。

20世纪50—70年代的抗战题材儿童小说还有一个特点是其后任何一个时期都无法匹敌的——“细节真实”。细节真实来源于真实经历，非亲历不可知，这成就了这批儿童小说独一无二的“质感”。譬如《“铁道游击队”的小队员们》中，小朱和小银藏在铁闷子车厢，鬼子端着刺刀上车检查时，作者描绘到小银“已看到鬼子的皮靴尖，闻到皮靴的气味了”。“大皮靴”是鬼子的标志之一，给人留下的印象主要显现在视觉和听觉上，而具体到嗅觉，那是隔着书和电视屏幕去了解抗战的人无论如何也想象不到和编不出的。

还有一些情节虽然相似，细节却各不相同。比如常见的小主人公通过伪装侦查敌情的情节：《小马倌与“大皮靴”叔叔》中的小江是伪装成卖烟小贩，偷看后默默记录；《两个小八路》中孙大兴也伪装成小贩，可他不仅仅是暗中观察，还充分调动主观能动性，利用伪军爱占便宜的心理，不断给他们赊账，成功混进鬼子据点摸清楚了底细；《“铁道游击队”的小队员们》中三个少年的侦查手段则更巧妙，他们摸到了伪军的大伙房帮厨，机灵地通过观察有多少饭、一盆饭能盛多少碗计算出了伪军的人头数——这个情节颇具新鲜感。

没经历过战争的作家写战争题材，故事是听来的，细节是想象的，虽然重视了思想深度和叙事艺术，但故事的稀薄和细节的缺失，是很难令读者感同身受的。比如同样是写“孩子剧团”，2017年张吉宙的《孩子剧团》便远远无法与1979年陈模的《奇花》相提并论。《奇花》是20世纪50—70年代第一部带有“史诗”性质的长篇抗战儿童小说，在小说的叙事艺术上做出了积极的尝试和重要的突破，引领中国抗战题材儿童小说摸索到了一条从故事到小说，从传奇到写实，从乡村到城市，从集体到个人的转型之路。作者陈模曾是孩子剧团的团员，他以惊人的记忆力和细腻的笔触，真实再现了孩子剧团从成立之初，自上海、武汉、长沙辗转到广西、贵州、重庆，最后就地解散奔赴抗日前线这一路的艰难旅程与复杂斗争。二十多个孩子主要来自城市底层的工人阶级家庭，时值“国共合作”，孩子剧团经历了被国民党政府轻视打压、拉拢离间、威逼利诱的重重考验。比如，孩子剧团要去县里组织学生，国民党县党部立即通知中小学提前放假，切断他们与小朋友的联系；孩子剧团贴出抗日演出海报，国民党县党部赶紧把川剧团调来免费演出，摆明了唱对台戏。孩子剧团的每一次化险为夷都离不开周副主席（周恩来）的关怀和帮助，眼看要被国民党宣传大队合并了，孩子们连夜被转移到矿区，继续宣传抗日；眼看要被三民主义青年团（法西斯团体）收编了，孩子剧团就地解散，被送往延安等地……大量事件和细节今天读来仍旧真实可信并扣人心弦，令人不禁感慨现实远远超出想象。我们自然要肯定当下作家尝试抗战题材创作的勇气与情怀，但也必须看到当下作家始终无法跨越非亲历者的“疏”与“隔”，因为“细节真实”难以伪造，这也成为20世纪50—70年代抗战题材儿童小说能够历久弥新的天然优势之一。

结　语

文学是时代的镜子和风向标，有什么样的时代精神，就有什么样的文学作品应运而生。回顾20世纪50—70年代抗战题材儿童小说，它们或许与今天的价值取向与审美旨趣有不同之处，却辐射出极其强大的精神力量和育人品格，在人物塑造和故事讲述上自有其独特的魅力，并且已内化为民族的集体记忆和精神传统，在文学史上拥有其特殊而稳固的位置。当我们充分结合那个时代的文化生态，以“同情的理解”作为历史叙述的前提①，我们看到，那个夹缝时代的文学价值又重新浮现出来。

---

① 参见张光芒《时代夹缝中的启蒙碎片——对“十七年文学”的价值重估》，《学术月刊》2007年第6期，第104页。

民主启蒙 · 马克思主义启蒙 · 马克思主义中国化

——论马克思主义在中国传播的三个思想向度（下）*

曾成贵①

（接上期）

三、马克思主义启蒙的内容、论战及其启示

（一）马克思主义启蒙的开端及其标志

毛泽东说："十月革命一声炮响，给我们送来了马克思列宁主义。"② 列宁继承和发展马克思主义，根据帝国主义时代的现实和无产阶级革命斗争的实践，创立了列宁主义。斯大林把列宁主义与马克思主义合为一体，称为"马克思列宁主义"。在当代中国语境中，马克思主义与马克思列宁主义、马列主义是同义语，使用时并无严格区别，甚至以马克思主义包含列宁主义。在俄国十月革命的飓风之下，马克思主义启蒙开始了：一是马克思主义传播到中国，中国的先进分子通过十月革命，真正学到了马克思主义，并用以作为观察国家前途和命运的工具；二是十月革命后，俄共（布）、共产国际派人来到中国，直接进行传播马克思主义、列宁主义和帮助建立中国共产党的活动。传播马克思主义与筹建共产党相辅相成，马克思主义传播造就了早期的马克思主义者去创建共产党，而参与创党活动的人又构成传播马克思主义的中坚力量，更有力且深入地推进了马克思主义的启蒙。

---

* 项目基金：教育部重大课题攻关项目"马克思主义在中国早期传播史料收集、整理与研究"（批准号：17JZD010，首席专家为湖北大学教授田子渝）子课题。

① 作者简介：曾成贵（1954— ），湖北省社会科学院原党组书记，研究员。

② 毛泽东：《毛泽东选集》第 4 卷，人民出版社 1991 年版，第 1471 页。

李大钊是中国共产主义运动的先驱，最早在中国举起马克思主义的旗帜。李大钊在日本留学期间，深受日本社会主义者河上肇影响，接触了马克思主义。十月革命后，他率先发表《法俄革命之比较观》《庶民的胜利》《BOLSHEVISM的胜利》等文，热烈赞扬十月革命，指出十月革命“是立于社会主义上之革命，是社会的革命而并著世界的革命之采色者也”；十月革命是新时代的象征，“非独俄罗斯人心变动之显兆，实二十世纪全世界人类普遍心理变动之显兆”；十月革命犹如桐叶惊秋，中国人应“翘首以迎其世界的新文明之曙光”①；十月革命的胜利是庶民的胜利，此后的世界就是劳工的世界。李大钊指出，俄国布尔什维克的主义“就是革命的社会主义；他们的党，就是革命的社会党；他们是奉德国社会主义经济学家马客士（Marx）为宗主的；他们的目的，在把为社会主义的障碍的国家界限打破，把资本家独占利益的生产制度打破”，他们的战争“是阶级战争，是合世界无产庶民对于世界资本家的战争”，布尔什维主义将“是廿世纪世界革命的新信条”。②

1919年5月5日是马克思诞辰纪念日，《新青年》第5号发表了一组介绍马克思生平、传播马克思学说的文章，李大钊写出《我的马克思主义观》（第5号、第6号连载），重点论述了唯物史观、阶级斗争学说、剩余价值学说，率先整体性地传播了马克思主义基本原理。他指出：“马克思是社会主义经济学的学祖，现在正是社会主义经济学改造世界的新纪元”；《共产党宣言》发表，“大家才知道社会主义的实现，离开人民本身，是万万作不到的，这是马克思主义一个绝大的功绩”；马克思主义“实在是一个时代的产物，在马氏时代，实在是一个最大的发见”。③ 1920年3月，北京大学马克思学说研究会成立。次年11月，对外公开。公布的发起人均为北京大学学生，李大钊虽无署名，实为被公认的领导人。研究会的办公场所和图书室取名“亢慕尼斋”，李大钊常来办公。1920年12月，公开成立北京大学社会主义研究会，是李大钊领衔发起的。

陈独秀在马克思主义启蒙中发挥了重要作用。他创办《新青年》，为马克思主义启蒙提供了最重要的传播平台。他与李大钊同为当时中国最觉悟的一群人的杰出代表。毛泽东后来评价陈独秀在某些地方就“好像俄国的普列汉诺夫，做了启蒙运动的工作，创造了党”④。

---

① 李大钊：《法俄革命之比较观》（1918年7月1日），《李大钊文集》（上），人民出版社1984年版，第573、575页。

② 李大钊：《BOLSHEVISM的胜利》（1918年10月），《新青年》1918年10月15日第5卷第5号，第444、445页。

③ 李大钊：《我的马克思主义观》（1919年），《新青年》1919年5月第6卷第5号，第523、534、536、537页。

④ 中共中央文献研究室编：《毛泽东在七大的报告和讲话集》，中央文献出版社1995年版，第9页。

（二）马克思主义启蒙内涵述要

马克思主义启蒙是先进分子共同的志业。五四运动中，陈独秀因散发传单被北京军警逮捕，李大钊和各界人士多方营救；毛泽东在长沙积极声援，称陈为“思想界的明星”。[①] 陈独秀出狱后，在《新青年》发表《本志宣言》，谴责“军国主义”“金力主义”的罪恶。所谓“军国主义”，指的就是帝国主义；“金力主义”，指的就是资本主义。他明确提出实行民众运动社会改造，相信真的民主政治必会把政权分配到人民全体，为此，要实验我们的主张，森严我们的壁垒。[②] 1920年9月，《新青年》在上海出版第8卷第1号，转型为中共上海早期组织的机关刊物，出刊内容由提倡民主、科学、新文学为主开始转向以传播马克思主义为主。陈独秀并组织成立了社会主义研究社，出版“新青年丛书”。

第一，以著作形态进行马克思主义启蒙。直至1922年7月，中国共产党第二次全国代表大会召开，马克思主义经典名著以及阐释马克思主义原理、介绍社会主义、宣传俄国十月革命的著作得到了集束式出版。根据田子渝教授的研究，据不完全统计，先后出版了《社会主义平议》（谭荔恒、刘铸伯著，香港华商总会报社1919年）；《一九一九旅俄六周见闻记》（兰姆塞著，兼生即黄凌霜译，北京晨报社1920年4月）；《社会主义与中国》（冯自由著，社会主义研究所1920年4月）；《劳农政府与中国》（张冥飞辑译，汉口新文化共进社1920年6月）；《共产党宣言》（马克思、恩格斯著，陈望道译，社会主义研究社1920年8月）；《科学的社会主义》（即《社会主义从空想到科学的发展》，恩格斯著，郑次川译，上海群益书社、伊文思图书公司1920年8月）；《新俄国之研究》（邵飘萍编著，泰东图书局1920年8月）；《俄国无产阶级的十月革命》（作者不详，李绰译，1920年8月前出版，出版者不详；该文另一版本名为《十月革命给了我们甚么》，杨明斋译，手写本）；《马格斯资本论入门》（马尔西著，李汉俊译，社会主义研究社1920年9月）；《马克思经济学说》（柯祖基即考茨基著，陈溥贤译，商务印书馆1920年9月）；《综合研究各国社会思潮》（邵振青即邵飘萍编著，商务印书馆1920年9月）；《近世经济思想史论》（河上肇著，李培天译，泰东图书局1920年9月）；《社会主义史》（柯卡普著，李季译，新青年社1920年10月）；《社会主义总论》（邝摩汉著，北京又新日报社1920年11月）；《经济史观》（塞利格曼著，陈石孚译，商务印书馆1920年10月）；《欧洲和议后之经济》（坎斯即凯恩斯著，陶孟和、沈性仁译，陈独秀校译，新青年社1920年11月）；《救贫丛谈》（河上肇著，杨山木译，商务印书馆1920年12月；该书另一译本名为《贫乏论》，李凤亭译述，泰东图书局出版）；《工钱劳动与资本》（今译《雇佣劳动与资本》，马克思著，袁让译，人民出版社1920年12月）；《社会主义概观》（生田长

---

① 毛泽东：《陈独秀之被捕及营救》，《湘江评论》1919年7月14日创刊号，第2版。

② 参见陈独秀《本志宣言》（1919年12月1日），《新青年》1919年12月1日第7卷第1号，第1—3页。

江、本间久雄著，周佛海译，中华书局1920年12月）；《政治主义谈》（陈独秀著，社会主义研究社1920年）；《到自由之路》（罗素著，李季、黄凌霜、沈雁冰译，新青年社1920年）；《工团主义》（哈列著，李季译，新青年社1920年）；《社会改造原理》（罗素著，余家菊译，上海群益书社1920年）；《劳动问题概论》（卖文社编，冯飞译述，北京华星印书社1920年）；《劳动总同盟研究》（邹敬芳译述，泰东图书局1920年）；《工业自治》（柯尔著，张慰慈、高一涵译，新青年社1921年）；《阶级争斗》（考茨基著，恽代英译，新青年社1921年1月）；《过激党真相》（孙范译述，泰东图书局1921年3月）；《社会问题详解》（高畠素之著，盟西译，商务印书馆1921年4月）；《社会问题总览》（高畠素之著，李达译，中华书局1921年4月）；《布尔什维主义底心理》（施罢戈著，陈国榘译，商务印书馆1921年5月）；《唯物史观解说》（郭泰著，李达译，中华书局1921年5月）；《德国社会民主党》（罗素著，陈与漪译，商务印书馆1921年5月）；《共产主义与智识阶级》（田诚著，汉口新文化共进社1921年6月）；《经济思潮史》（小林丑三郎著，高一涵译，北京大学新知书社1921年7月）；《社会改造之八大思想家》（生田长江、本间久雄著，林本等译，商务印书馆1921年9月）；《劳农会之建设》（今译《苏维埃政权的当前任务》，列宁著，李立译，人民出版社1921年12月）；《讨论进行计划书》（今译《论无产阶级在这次革命中的任务》，又名《四月提纲》，列宁著，成则人即沈泽民译，人民出版社1921年12月）；《共产党底计划》（布哈林著，太柳译，人民出版社1921年12月）；《欧洲劳佣问题之大势》（桑田雄藏著，刘景译，吴贯因校，内务部编译处1921年）；《社会主义与个人主义》（王尔德著，袁振英译，受匡出版部1921年）；《共产党礼拜六》（今译《伟大的创举》，列宁著，王静译，人民出版社1922年1月）；《俄国共产党党纲》（列宁起草，张希曼译，人民出版社1922年1月）；《列宁传》（山川均著，张亮译，人民出版社1922年1月）；《俄国革命纪实》（托洛茨基著，周诠译，人民出版社1922年1月）；《国际劳动运动中之重要问题》（季诺维也夫著，李梅羹译，人民出版社1922年1月）；《李卜克内西纪念》（李特编，人民出版社1922年1月）；《马克思主义和达尔文主义》（派纳柯克著，施存统译，商务印书馆1922年1月）；《最新经济思潮史》（小林丑三郎著，邝摩汉、徐冠译，北京舆论报社1922年1月）；《劳农政府之成功与困难》（今译《苏维埃政权的成就与困难》，列宁著，李梅羹译，人民出版社1922年2月）；《社会主义与进化论》（高畠素之著，夏丏尊、李继桢译，商务印书馆1922年3月）；《第三国际议案及宣言》（沈泽民译，人民出版社1922年4月）；《马克斯学说概要》（高畠素之著，施存统译，商务印书馆1922年4月）；《劳动运动史》（施光亮即施存统编，新青年社1922年4月）；《马克思纪念册》（中国劳动组合书记部编印1922年5月）；《马克思派社会主义》（拉尔金著，李凤亭译，商务印书馆1922年6月）；等等。1920年8月底前，受俄共（布）派遣来华的维经斯基，领导出版了16种以上翻译的和原著的小册子与传单，其中有《共产党宣言》《共产党员是些什么人》《十月革命带来了什么?》《论俄国共产主义青年运动》《苏俄的教育》《俄罗斯苏维埃联邦社会主义共和国宪法》《士兵须知》《论工会》等。

当然，各种宣传马克思主义的文章以及有关马克思主义的译介作品更是在各种报刊上遍地开花。几乎所有与新文化运动有联系的报纸和杂志都刊登此类文章，《新青年》、《每周评论》、《国民》、《新潮》、《晨报》副刊、《星期评论》、《民国日报》副刊《觉悟》、《建设》、《少年中国》、《湘江评论》、《武汉星期评论》、《新社会》、《解放与改造》（后更名《改造》）、《时事新报》副刊《学灯》等，搭建了重要的传播平台。

第二，马克思主义得到了整体上的传播。除上文书单所开列的整体传播马克思主义的书目以外，报纸杂志也开辟了专栏。1919 年《新青年》第 6 卷第 5 号除李大钊的《我的马克思主义观》以外，还有顾兆熊的《马克思学说》、黄凌霜的《马克思学说批评》、刘秉麟的《马克思传略》，以及以《马克思研究》为题目的 3 篇文章；1921 年，该刊发表李达的《马克思还原》，综述马克思主义的丰富内容，列举其重要原则是唯物史观、资本集中说、资本主义崩坏说、剩余价值说、阶级斗争说，指出"马克思社会主义是科学的"，德国社会民主党人将其弄"堕落"了，"今日却能因列宁等的发扬光大，恢复了马克思的真面目"。① 1919 年 11 月至 12 月，杨匏安在《广东中华新报》连载《马克思主义(Marxism)（一称科学的社会主义）》，指出："自马克斯氏出，从来之社会主义，于理论及实际上，皆顿失其光辉，所著《资本论》一书，劳动者奉为经典"，"马氏以唯物的史观为经，以革命思想为纬，加之以在英法观察经济状态之所得，遂构成一种以经济的内容为主之世界观"。② 他还写了《共产主义》《马克斯主义浅说》。施存统发表《马克思底共产主义》等文，系统介绍了科学社会主义的基本原理，指出："马克思是一个科学的社会主义者，他的社会主义是有科学的体系的。"③

第三，社会主义得到广泛的讨论。社会主义学说的出现早于马克思主义的创立，马克思、恩格斯将空想社会主义发展成科学社会主义以后，社会主义学说的演变并未终结，而是继续出现各种社会主义思想理论并存的局面。因此，在当时，社会主义是庞杂的理论体系，在中国传播社会主义，要念真经，要加以鉴别。

1920 年、1921 年，《新青年》连续组织了"社会主义讨论"。陈独秀先后发表《谈政治》《社会主义批评》，他坚持科学社会主义观点，"承认用革命的手段建设劳动阶级（即生产阶级）的国家，创造那禁止对内对外一切掠夺的政治法律，为现代社会第一需

---

① 李达：《马克思还原》(1920 年 12 月 26 日)，《新青年》1921 年 1 月 1 日第 8 卷第 5 号，第 2、8 页。

② 杨匏安：《马克思主义 (Marxism)（一称科学的社会主义）》(1919 年 11 月—12 月)，中共中央文献研究室、中央档案馆编《建党以来重要文献选编（1921—1949）》第 1 册，中央文献出版社 2011 年版，第 438 页。

③ 存统（施存统）：《马克思底共产主义》，《新青年》1921 年 8 月 1 日第 9 卷第 4 号，第 1 页。

要”①。他回答了为什么要讲社会主义、为什么能讲社会主义、应该讲何种社会主义的问题，指出社会主义现有工团主义、基尔特社会主义、无政府主义、国家社会主义和共产主义的不同流派，重点分析了共产主义与国家社会主义的区别，指出只有坚持阶级战争、直接行动、无产阶级专政和国际运动的俄国布尔什维克党，才是实行真正的马克思主义，中国所应实行的应当是马克思的社会主义，若是采用德国社会民主党的国家社会主义，不过多多给腐败贪污的官僚政客以作恶的机会罢了。

李达发表《马克思派社会主义》《什么叫社会主义?》《讨论社会主义并质梁任公》等文，阐述了什么是社会主义，什么是社会主义运动，批评那些把社会主义看作“洪水猛兽”一般者，其实是世间不懂社会主义的人。李汉俊发表《浑朴的社会主义者底特别的劳动运动意见》《劳动者与“国际运动”》；周佛海发表《从资本主义组织到社会主义组织的两条路——进化与革命》《关于社会主义与发展实业》；恽代英发表《论社会主义》；瞿秋白发表《将来的社会与现在的逆势》《伯伯尔之泛劳动主义观》；高一涵发表《共产主义历史上的变迁》；李季发表《社会主义与中国》；邵力子发表《社会主义与公妻》；戴季陶发表《国家主义的破产与社会的革命》；林云陔发表《社会主义与社会改良之现形》《近代社会主义进行之动机》；等等。进步党人主持的《改造》杂志也辟有“社会主义研究”栏目。社会主义的传播和讨论，涉及了思想理论、社会运动、经济生产、社会生活、社会制度，论者观点不一，有的甚至是对立的，内容广泛而丰富。

第四，在多元竞合中形成传播聚焦，唯物史观、剩余价值学说、阶级斗争学说成为重点。恩格斯把唯物史观和剩余价值称为马克思的两个“伟大的发现”，正是由于这两个发现，才得以使社会主义从空想变成科学。1919 年 5 月，陈溥泉先后在《晨报》副刊、《新青年》译载河上肇《马克思的唯物史观》，该文指明了唯物史观的“根底”地位；1921 年 5 月，李达翻译出版郭泰所著《唯物史观解说》，对唯物史观作了全面诠释。李大钊、陈独秀、李达、李汉俊、施存统、胡汉民、戴季陶等发表文章，传播唯物史观。李大钊在北京大学、李汉俊在武昌高等师范学校还开设了唯物史观课程，李大钊未曾公开出版的《唯物史观》讲稿被保存了下来。

通过这些传播，物质生活的生产方式对于人类的生活及其方式的决定地位；生产力与生产关系、经济基础与上层建筑的决定与被决定、作用与反作用关系；社会存在对于社会意识的决定与被决定关系；无论哪一个社会形态，在它所能容纳的全部生产力发挥出来以前，是决不会灭亡的，而新的更高的生产关系，在它的物质存在条件在旧社会的胎胞里成熟以前，是决不会出现的；资产阶级的生产关系是社会生产过程中的最后一个对抗形式，它必然为新的社会形态所取代，等等，唯物史观的这些基本原理被传播开来。

唯物史观在社会运动中的实践，就是阶级斗争。恽代英翻译了考茨基的《阶级争

① 陈独秀：《谈政治》（1920 年 9 月 1 日），《新青年》1920 年 9 月 1 日第 8 卷第 1 号，第 9 页。

斗》，该书以浅显通俗的文字叙述了人类社会的生产，劳动阶级、资产阶级两大对抗阶级，人类社会未来的共同生活，以及实现其目标的不二路径——阶级斗争。作者告诉人们：无产阶级要取得最后的胜利，必须抛弃乌托邦社会主义；社会主义运动需要无产阶级的党来领导。在这方面，《共产党宣言》“给了现代社会主义一个科学的根据”，“马克司昂格斯的学说，给劳动者阶级战争一个完全新性质”。① 《阶级争斗》帮助中国早期马克思主义者，接受阶级斗争理论，掌握阶级斗争的武器。《阶级争斗》与马克思、恩格斯的《共产党宣言》、柯卡普的《社会主义史》一道影响毛泽东成为马克思主义者。

马克思研究商品，创立剩余价值学说，揭示了资本主义生产方式在生产、交换、分配和消费的一切主要方面所呈现的规律，发现了无产者之所以穷、资产者之所以富的秘密。剩余价值学说是无产阶级革命的理论，为无产阶级进行推翻资本主义制度的斗争，论证了合理性和必然性，提供了锐利的思想武器。对巨著《资本论》的传播，借助了翻译通俗读本的形式。戴季陶、朱执信和胡汉民合译《马克思资本论解说》，在《建设》连载，并由商务印书馆出版单行本；陈溥泉翻译考茨基的《马克思资本论释义》，1919年6月在《晨报》副刊发表；李汉俊翻译马尔西的《马格斯资本论入门》，1920年由社会主义研究社出版。李汉俊以流畅的文笔，加上必要的注释，讲述了商品、价值、价格、剩余价值、资本和劳动的关系，复原了剩余价值在商品的生产、流通、交换和消费中产生的全过程，以及剩余价值就是工人的剩余劳动而被资本家无偿占有的事实，说明了工人团结起来以“阶级的共同一致”开展斗争，就获得“所向无敌的武器”的道理。② 同时，他在《星期评论》“劳动纪念号”发表文章，立竿见影地运用剩余价值学说，痛斥资产阶级无偿占有工人创造的剩余价值而成为强盗阶级。

第五，对国际共产主义运动和苏俄情况的介绍，体现了十月革命后马克思主义启蒙的时代新特色。毛泽东在《湘江评论》发表《民众的大联合》，热烈赞扬十月革命使“全世界为之震动”，中国人民解放的新时代也已经到来：“思想的解放，政治的解放，经济的解放，男女的解放，教育的解放，都要从九重冤狱，求见青天。”③ 这无疑道出了激进青年们渴求解放的心声。苏俄政府对中国的第一次宣言，1920年4月见刊于中国媒体，立即得到好评。苏俄的研究和宣传进而成为热点。同年6月，汉口新文化共进社出版了张冥飞编辑的《劳农政府与中国》，具体介绍了十月革命和苏维埃政府产生的经过，苏维埃政府的宪法和各项法令，苏维埃政府的教育，苏维埃政府与各国及与中国的关系，第三者对于苏俄的观察。编者在结论中将中、俄两国进行对比，发出行动呼唤：俄国在列

① ［德］考茨基著，恽代英译：《阶级争斗》，新青年社1921年版，第181页。

② 参见［德］马尔西著、李汉俊译《马格斯资本论入门》，社会主义研究社1920年版，第50页。

③ 毛泽东：《民众的大联合》（1919年8月4日），《湘江评论》1919年8月4日第4号，第1版。

宁领导下实现了人类共同生活的主义，“只是中国是怎样呢？我们又应该怎样呢？”①

《新青年》第8卷、第9卷开辟“俄罗斯研究”专栏，登载了李汉俊、李达、杨明斋、陈望道、张慰慈、袁振英等人的翻译文章33篇，原稿选自美国纽约出版的《苏维埃俄罗斯》14篇，其他的选自俄国《真理报》、莫斯科苏维埃“年历公报”（日历），法国巴黎《共产报》《人道报》，英国伦敦俄罗斯人民通信社、《自由》月刊以及美国《国民》杂志等，显示出不再像以前那样主要依赖日本渠道和间接资源。李大钊在专栏中发表了《俄罗斯革命的过去和现在》。他和李达、李汉俊分别撰文介绍了第一国际、第二国际和第三国际的历史。

（三）思想论战巩固并扩大了马克思主义启蒙的成果

在马克思主义启蒙中，由李大钊、陈独秀为代表的革命知识分子转变立场，形成对马克思主义的信仰，由激进民主主义者成为马克思主义者，是马克思主义启蒙的中坚力量。这是一个转折年代，自觉或不自觉地参加到马克思主义启蒙中来的，特别是参加到传播社会主义思潮中来的，还有各种各样的人，如国民党人胡汉民、戴季陶，进步党人梁启超、张东荪，无政府主义者黄凌霜、区声白，等等。

如同辛亥革命时期资产阶级革命派和改良派进行过论战一样，在马克思主义启蒙中，也不可避免地要发生不同思想的碰撞和理论的交锋，这是新思想新理论确立思想理论领域主导地位的必经过程，而马克思主义的指导地位在中国思想理论界的确立更不是轻轻松松就可以实现的。

在马克思主义启蒙中，首先发生的理论交锋就是后来所称的“问题与主义”之争。五四运动后，当马克思主义传播在中国思想界方兴未艾之际，胡适发表《多研究些问题，少谈些主义》，批评舆论界偏于纸上的学说，不研究具体问题，自以为找到包医百病的“根本解决”方法，其矛头主要指向马克思主义的传播。以胡适在新文化运动中领头的地位，他的发言自然有很大的影响力。李大钊立即撰文回应，认为偏于纸上空谈的多，涉及具体问题的少，固然应当改进，但不能就此否定传播“主义”的必要性和致用性，传播“主义”与研究“问题”并不互相排斥，而是交相为用、并行不悖；主张“根本解决”是正确的，依照唯物史观，经济问题的解决就是根本解决，当然，它需要通过阶级斗争来完成。李大钊旗帜鲜明地说：“我可以自白，我是喜欢谈谈布尔扎维主义的。……我总觉得布尔扎维主义的流行，实在是世界文化上的一大变动。我们应该研究他，介绍他，把他的害［实］象昭布在人类社会，……我们惟有一面认定我们的主义，用他作材料、作工具，以为实际的运动；一面宣传我们的主义，使社会上多数人都能用他作材料、作工具，以解决具体的社会问题。那些猫、狗、鹦鹉、留声机，尽管任他们在旁边乱响，

① 张冥飞辑译：《劳农政府与中国》，汉口新文化共进社1920年版，第148页。

过激主义哪，洪水猛兽哪，邪说异端哪，尽管任他们乱给我们作头衔，那有闲工夫去理他!”① 后来，胡适连发两文强作辩解，坚持其实验主义立场。“问题与主义”之争参与者不多，没有形成激烈氛围，但触及了在中国到底要不要传播马克思主义、要不要实践马克思主义的根本问题。这就绝不止于清谈，而是涉及了中国发展道路的选择，其影响是极为深远的。实际上，中国思想界就在这个问题上形成了分水岭，当时国内最大的新型社团少年中国学会，后来即因要不要坚持“主义”和政治上的分歧而告解体。

在中国，以马克思主义引领意识形态，经过许多努力以后先在中国共产党内实现。共产党引导社会舆论，形成人民群众的价值认同，经过了很长的历史过程，绝不是可以一蹴而就的。及至中国共产党成立后的一段时间中，马克思主义启蒙继续呈现主体多元的复杂局面。无政府主义、工团主义、基尔特社会主义、社会民主主义以及新村主义、互助主义等观点，纷然杂陈。这种复杂场面，正如瞿秋白所描述的那样：“社会主义的讨论，常常引起我们无限的兴味。然而究竟如俄国十九世纪四十年代的青年思想似的，模糊影响，隔着纱窗看晓雾，社会主义流派，社会主义意义都是纷乱的，不十分清晰的。”② 这样，理论斗争就不可避免。引起重大反响的主要有关于社会主义的论战和关于无政府主义的论战。

关于社会主义的论战。1920年10月，英国著名哲学家罗素应北京讲学社之邀来华讲学。罗素是国际名人，持基尔特社会主义立场，到苏俄做过实地考察。基尔特社会主义源于英国，“基尔特”是英文Guild的译音，意为“行会”。罗素建议中国当下首先发展资本主义，反对搞劳农专政。他的这种说法，对于基尔特社会主义在中国的流行给予了极大的鼓励。进步党人张东荪自诩对于基尔特社会主义“信之甚笃”，他陪同罗素旅行内地到处讲演，返沪后即在《时事新报》和《改造》上发表文章，积极呼应罗素的观点，确信中国目前的唯一病症就是贫乏，救国之路唯在开发实业，应在发展资本主义上下功夫。梁启超发表《复张东荪书论社会主义》，认为中国连劳动阶级都没有，哪有什么社会主义运动的资格，当务之急是对资本家采“矫正”态度，在现行经济制度之下，徐图健实地发展资本主义。罗素的讲演也好，张东荪、梁启超的文章也好，核心问题只有一个，无非就是马克思的社会主义不合中国国情，中国应当走资本主义道路。

这自然是不容回避的挑战。于是，关于社会主义的大讨论应声而起。早期马克思主义者和共产党人纷纷发表文章，积极参与辩论，批驳基尔特社会主义。陈独秀从《新青年》《共产党》和《民国日报》副刊《觉悟》中选编部分文章，以《社会主义讨论集》为名结集出版。这些文章，回顾世界社会主义运动历史，从理论和实践上区别了科学社会主义与空想社会主义；揭示了马克思主义创立后，各派社会主义的分野，指明伯恩斯坦

① 李大钊：《再论问题与主义》(1919年8月17日)，《每周评论》1919年8月17日第35期，第1、2版。
② 瞿秋白：《饿乡纪程》，《瞿秋白诗文选》，人民文学出版社1982年版，第35页。

考茨基修正派社会主义、法国工团主义、英国基尔特社会主义，都不主张从根本上改变资本主义的统治，实质上是维护资本主义；指明了俄国布尔什维主义是马克思主义在俄国的实践和发展，中国革命必须走俄国革命的道路。

如何才能使中国摆脱贫困？陈独秀、李大钊、李达等强调应该从根本改变社会制度上找出路，要搞马克思的社会主义。陈独秀指出：中国贫穷固待开发实业，但不能说这非走资本主义道路不可。中国的贫穷和人民得不到“人的生活”，都是资本主义生产制度所造成的，中外资本家都不能使多数人“都”过上“人的生活”。拔除这个病根，“非废除资本主义生产制采用社会主义生产制不可”①。李大钊指出：中国的经济情形不能超出世界的经济势力之外，现今世界经济组织已由资本主义进至社会主义，中国的实业虽较落后，但受国际资本压迫深重，“所以今日在中国想发展实业，非由纯粹生产者组织政府，以铲除国内的掠夺阶级，抵抗此世界的资本主义，依社会主义的组织经营实业不可”②。李达也强调了资本主义是社会的病，社会主义是社会健康的标准，社会主义运动是治病而复于健康的药。“一定要把中国现在的病症移做资本主义的病症而后照西洋的原方用药，这种医生是不是庸医？”他谴责“‘庸医杀人’！”③

中国是否具备开展社会主义运动的资格？陈独秀、李汉俊等作了肯定的回答，强调中国能搞马克思的社会主义。陈独秀运用马克思主义政治经济学基本理论，阐明了资本主义生产追逐剩余价值而导致经济危机，帝国主义战争造成资本主义体系崩溃，社会主义制度因而代替资本主义的历史过程，指出现代人类经济关系已经国际化，中国不能自立于世界之外，故“此时我们中国不但有讲社会主义底可能，而且有急于讲社会主义底必要”④。李汉俊从国际和国内、历史和现实出发，分析了中国社会混乱的根源，指出这种混乱只有进化到社会主义才能终止，“现在中国要进化到社会主义，没有要经过资本主义充分发展的阶段的必要，可以直接向社会主义的路上走去，并且资本主义在现在的中国没有充分发展的可能，以中国现在的环境又有直接向社会主义路上走去的必要”⑤。

针对所谓中国没有资本家、没有劳动者、劳农程度低不配实行无产阶级专政的问题，《共产党》发表《短言》予以坚决反驳，称：“我要问中国农工商矿一切生产分配交换方法是资本制度还是共产制度？”“我要问中国人底衣食住等各生产品是何人造成的？欧美

---

① 陈独秀：《独秀复东荪先生的信》（1920 年 12 月 1 日），《新青年》1920 年 12 月 1 日第 8 卷第 4 号，第 19 页。

② 李大钊：《中国的社会主义与世界的资本主义》（1921 年 3 月 20 日），《李大钊文集》（下），人民出版社 1984 年版，第 455 页。

③ 李达：《讨论社会主义并质梁任公》（1921 年 4 月 8 日），《新青年》1921 年 5 月 1 日第 9 卷第 1 号，第 11 页。

④ 陈独秀：《社会主义批评》（1921 年 1 月），《新青年》1921 年 7 月 1 日第 9 卷第 3 号，第 8 页。

⑤ 李汉俊：《我们如何使中国底混乱赶快终止》，《社会主义讨论集》，新青年社 1922 年版，第 348 页。

各国底华工又是什么人?”“我要问中国劳农底智识人格比徐世昌梁启超还低几何?”① 李达则指出：中国境内的资本家是国际的，全国四万万人在某种意义上说，都可算是劳动者。“中国是劳动过剩，不能说没有劳动阶级，只不过没有组织罢了。”②

早期马克思主义者和共产党人中也有人正视了目前中国生产力的落后与实行社会主义的矛盾问题，如李汉俊就指出这可以通过政治的变革，创造条件把生产力水平提上去来加以解决，并认为“这物质的条件不必一定要在资本主义制度之下才能完备，在这新制度之下一样也能完备，并且还要比在资本主义制度之下完备得快”③。

早期马克思主义者和共产党人反对在社会主义问题上“浑朴的趋向”，反对搞兼容并包，认为那样做只能“趋”到资本主义方向去。陈独秀揭露了基尔特社会主义的本质，指出它主张经济组织由行会管理，政治组织由国家管理，既失了工团主义阶级战争的精神，又失了国家社会主义由国家干涉生产事业的作用，自以为“在各派社会主义中算是最圆满最稳定的了”，而其本质则是实行劳资调和，“免得剧烈的革命”。④ 李达揭露了温情主义的弊害，指出所谓“矫正”资本家不过空话一句而已：“谁可以矫正资本家？国家是受资本家维持的，绅士式的智识阶级是受资本家豢养的，社会改造论者的空言是无补的，有实行力者唯有劳动家，而劳动家却被温情主义缓和了。”⑤ 毛泽东也不认为罗素以教育的方法使有产阶级觉悟是合适的，指出：“共产党人非取得政权，且不能安息于其宇下，更安能握得其教育权？如此，资本家久握教育权，大鼓吹其资本主义，使共产党人的共产主义宣传，信者日见其微。所以我觉得教育的方法是不行的。”⑥

早期马克思主义者和共产党人又同国家社会主义亦即社会民主主义划清了界限。国家社会主义是第二国际的纲领，德国社会民主党力行最为突出，主张在现行社会制度下进行改良，开展合法的、和平的议会竞争，反对实行无产阶级专政，他们的格言是“从革命去到普通选举！从劳动专政去到议会政治”。这种主张在中国也有市场。陈独秀揭示了国家社会主义与共产主义即科学社会主义的根本区别，指出前者主张劳资携手、议会政策、民主政治、国家主义；后者主张阶级战争、直接行动、无产阶级专政、国际运动。主张国家社会主义的社会民主党，“其实并不要求社会的民主主义，也不要求产业的民主化，只主张把生产工具集中在现存的国家——现存的资产阶级底军阀官僚盘踞为恶的国

---

① 《短言》，《共产党》1921年4月7日第3号，第1页。

② 李达：《讨论社会主义并质梁任公》（1921年4月8日），《新青年》1921年5月1日第9卷第1号，第9页。

③ 李汉俊：《我们如何使中国底混乱赶快终止》，《社会主义讨论集》，新青年社1922年版，第350、351页。

④ 陈独秀：《社会主义批评》（1921年1月），《新青年》1921年7月1日第9卷第3号，第9页。

⑤ 李达：《讨论社会主义并质梁任公》（1921年4月8日），《新青年》1921年5月1日第9卷第1号，第11页。

⑥ 毛泽东：《致蔡和森等》（1920年12月1日），《毛泽东书信选集》，人民出版社1983年版，第5页。

家——手里”，这种主义就是国家资本主义。① 毛泽东、李达等也都认为国家社会主义者的理想与现实完全相反，理论上说得好听，事实上做不到。

关于无政府主义的论战。无政府主义亦称“无政府共产主义”，因其共产主义辞藻和激进“左”倾的面貌，使一些进步青年群体受其影响，并积极试验作为无政府主义变体的俄国克鲁泡特金的互助主义、日本武者小路实笃的新村主义以及具有改良主义性质的工读主义。中国共产党创建初期，早期党组织的建立者并不排斥无政府主义。无政府主义者也一度是马克思主义传播的同盟军，早期马克思主义者和共产党人中曾经浸染“安那其”者也不乏其人。但是，中共早期组织的领导者终究发现并确信，“继续同这些无政府主义者共事是不可能的，因为他们开始以共产主义组织的名义发表关于他们的目标和原则的宣言，而他们的目标和原则同我们对共产主义的基本概念是背道而驰的”②。早期共产党人认识到与无政府主义者之间，已然不是同志的关系，有必要从组织上清理门户；但还是朋友，可以从理论上讨论是非，从而以正视听。

这种理论上的论辩，从 1920 年 9 月《新青年》实质上转变为上海党的早期组织机关刊物时就开始了。11 月《共产党》一创刊，又向无政府主义者发出改弦更张的呼吁，并把同无政府主义者论战作为发稿重点之一。《社会主义讨论集》汇集了一部分具有代表性的文章，指出共产主义者与无政府主义者的根本分歧，不在于消灭阶级、国家、实现共产主义等终极目标的不同，而在如何推翻现存资产阶级的国家，以及推翻资产阶级国家后应否建立无产阶级国家问题上的根本区别。无政府主义主张无条件废除一切国家、法律、阶级，是不能实现的也不利于无产阶级的虚幻主张。无产阶级应该运用革命手段，掌握国家机器，用社会主义生产方式发展生产力，建设社会主义，进而最终达到共产主义。“我们共产主义者，主张推翻有产阶级的国家之后，一定要建设无产阶级的国家；否则，革命就不能完成，共产主义就不能实现。”③ 陈独秀在广州与无政府主义代表人物区声白三度往还，公开辩论无政府主义，指出无政府主义者虽有不同派别，而主张极端自由、绝对自由则是共同的，然而，除非逃出当今社会去，这种目标决不能实现；指望通过教育，唤醒人们心灵深处的良善，以达到各尽所能、各取所需，使国家、法律等强权机器失去存在的根基，同样只是幻想。毛泽东在湖南新民学会中表达怀疑，称“我的理由却不仅在无强权无组织的社会状态之不可能，我只忧一到这种社会状态实现了之难以

① 参见陈独秀《谈政治》（1920 年 9 月 1 日），《新青年》1920 年 9 月 1 日第 8 卷第 1 号，第 7 页。

② 张太雷：《致共产国际第三次代表大会的书面报告》（1921 年 6 月 10 日），中共中央党史研究室第一研究部编《共产国际、联共（布）与中国革命文献资料选辑（1917—1925）》，北京图书馆出版社 1997 年版，第 175 页。

③ CT（施存统）：《我们要怎么样干社会革命?》（1921 年 5 月 16 日），《共产党》1921 年 6 月 7 日第 5 号，第 11、12 页。

终其局”①，同样否定了无政府主义。

关于社会主义的讨论包括同无政府主义者的辩论是非常必要、十分及时的，它涉及在中国到底要不要科学社会主义，进而要不要共产党的根本问题。以不同形式参加讨论的早期马克思主义者和共产党人非常之多，论者树立共产主义者“为主义牺牲一切”的信条，坚信中国有走科学社会主义道路的可能和必要，认同改造中国社会不可任意为之而必须从实际出发的理念。这个讨论，当时主要限于宏观理论层面，其最大价值在于确认只有科学社会主义才能救中国，才能发展中国。中国共产党创建伊始，就从各派社会主义中坚定地选择了科学社会主义，具有举红旗、走正路的重大意义。

（四）关于马克思主义早期传播的简要总结

第一，在俄国十月革命经验传入中国以后，马克思主义启蒙在前一阶段民主启蒙尤其是在前期新文化运动的基础上展开，这是更加深刻地影响中国社会历史发展的思想启蒙，是思想领域前所未有的深刻变革。

第二，马克思主义启蒙的思想理论资源，由主要来自日本发展到同时来自日本、俄国和欧美，随着俄共（布）和共产国际因素介入，俄国渠道日渐发挥主渠道作用，并促使中国革命发生“以俄为师”的革命性转变。

第三，马克思主义基本理论得到全面的传播，唯物史观、剩余价值学说、阶级斗争和无产阶级专政理论、共产主义远大理想，取代了前一时期对民主、自由等一般民主原则的宣传，为共产党人开展革命斗争提供了锐利的思想武器。

第四，列宁主义特别是关于东方革命的理论得到传播，使中国革命的开展找到了切入口。关于这一点，下文将继续加以阐述。

第五，马克思主义启蒙与思想理论斗争相伴而行，一开始就明确以马克思主义为指导，是中国共产党的特点和优点。

第六，马克思主义启蒙产生了直接成果，即中国共产党的成立。创立中国共产党的先驱者形成了“坚持真理、坚守理想，践行初心、担当使命，不怕牺牲、英勇斗争，对党忠诚、不负人民”② 的伟大建党精神，成为中国共产党的精神之源。经过马克思主义启蒙，马克思主义基本原理和共产主义远大理想，启示了中国共产党人不忘初心、牢记使命、砥砺前行，进而“深刻改变了近代以后中华民族发展的方向和进程，深刻改变了中国人民和中华民族的前途和命运，深刻改变了世界发展的趋势和格局”③。

---

① 毛泽东：《致蔡和森等》（1920年12月1日），《毛泽东书信选集》，人民出版社1983年版，第7、8页。

② 习近平：《在庆祝中国共产党成立100周年大会上的讲话》（2021年7月1日），人民出版社2021年版，第8页。

③ 习近平：《在庆祝中国共产党成立100周年大会上的讲话》（2021年7月1日），人民出版社2021年版，第3页。

四、马克思主义早期中国化的丰富内涵、宝贵成果和历史经验

中共二大以后到1927年7月第一次国共合作彻底破裂大革命失败，仍然处在马克思主义早期传播时期。一方面，马克思主义启蒙并没有结束，有待进一步扩大和加深，并持续地走入大众；另一方面，马克思主义中国化已经开始，马克思主义启蒙开始产生革命性的实践变革。鉴于马克思主义与中国实际初步结合起来，共产党人和人民大众开始掌握这一改造客观世界和主观世界的科学武器，马克思主义早期中国化就成为这一时期马克思主义传播的主要内容和鲜明特征。因此，我们把马克思主义早期中国化作为这一阶段的主要特征和内容加以论述。

（一）马克思主义早期中国化阶段的马克思主义传播

在这个阶段，马克思主义的传播沿着更广、更深的方向继续发展着，并且表现出一系列新的时代特点。

从传播主体上说，中国共产党人无疑成为传播的主力，这是因为他们已经理解到，马克思主义的理论一经为民众所掌握，就会变成巨大的改变现存社会的力量。共产党人的马克思主义传播是这一阶段的主流。当然，马克思主义传播本身具有文化属性，从这个角度参与的人仍然为数众多，其政治光谱相应地比较复杂一些。他们中有热衷于传播新思想新学说的知识分子，有国共合作条件下的部分国民党人，甚至无政府主义者也继续从他们的角度谈论社会主义、共产主义。

从传播手段上说，出版著作、发表文章仍然是主要方式。由于中国共产党一经成立就投入了实际斗争，因此，群众集会、干部培训、编写教材成为新的传播手段，马克思主义的传播进入了学校和培训机构。这两类传播手段相辅相成，在马克思主义中国化、大众化方面起了重要作用。

从传播平台上说，商务印书馆、中华书局等出版机构，《民国日报》《晨报》《东方杂志》等国内影响较大的报刊继续发挥重要作用。更多的传播新平台则是由中国共产党创办的，党中央层面有新青年社、人民出版社，新成立了向导周报社，党领导的群团创办了中国青年社、中国工人社、工人周刊社等，党的地方机构创办了人民周刊社、政治生活社、战士周报社等，《向导》《新青年》《前锋》《中国青年》《中国工人》《工人周刊》《人民周刊》《政治生活》《战士》等党所主办的报刊处于主流地位。党利用国共合作的条件主持《政治周报》《中国农民》《中国军人》等纸质媒体。党还开办或者利用了一些书店，如上海书店、汕头书店、汉口长江书店及国光书店等。

传播的内容发生了实质性变化。从田子渝教授列出的书单可以看出，在这个阶段，马克思、恩格斯、列宁的经典著作，联共（布）、共产国际领导人的著作和共产国际文献，国外诠释马克思主义理论的著作，国内诠释马克思主义理论的著作更多地出版，而

且一批运用马克思主义基本原理研究中国革命问题的著作纷纷面世。不仅如此，传播马克思主义基本原理和运用马克思主义基本原理研究中国革命问题的文章更是难以数计。关于马克思主义传播和马克思主义早期中国化的著作，就目前所见，可以大致归纳如下。

第一，关于政治经济学方面。出版了《价值价格及利润》（今译《工资、价格和利润》，马克思著，李季、陶孟和译，商务印书馆 1922 年 10 月）；《分配论》（马沙著，刘秉麟译，泰东图书局 1922 年）；《社会经济丛刊》（施存统编译，泰东图书局 1922 年）；《马克斯经济学原理》（E. Unterman 著，周佛海译，商务印书馆 1923 年 4 月）；《经济学史概论》（北泽新次郎著，周佛海译，商务印书馆 1924 年 11 月）；《经济思想史》（韩讷著，臧启芳译，商务印书馆 1925 年 1 月）；《通俗资本论》（博洽德编，李季译，上海社会科学社 1926 年 6 月）；《新经济学》（卢森堡著，陈寿僧译、胡汉民校，中国新文社 1927 年 3 月）；《经济科学概论》（波格达诺夫著，周佛海译，商务印书馆 1927 年 4 月）；《经济学新论》（安部矶雄著，曾毅译，太平洋书店 1927 年 7 月）。

第二，关于社会主义方面。经典著作方面，马克思、恩格斯合著的《共产党宣言》到 1926 年 5 月出版共计 17 个版次；《哥达纲领批判》（马克思著，李春蕃即柯柏年译，上海书店 1925 年 8 月）；《马克思主义的民族革命论》（马克思、列宁等著，新青年社 1927 年 1 月）。其他阐释社会主义的著作，出版了《社会主义与社会改良》（伊利著，何飞雄译，陶履恭校，商务印书馆 1922 年）；《社会主义之意义》（格莱西尔著，刘建阳译，商务印书馆 1923 年 1 月）；《资本主义与社会主义》（塞里格门、尼林著，岑德彰译，商务印书馆 1923 年 1 月）；《社会主义浅说》（梅生编著，星五校，教育研究会新文化书社 1923 年 4 月）；《社会主义与近世科学》（安锐戈佛黎著，费觉天译，商务印书馆 1923 年 5 月）；《近世社会主义论》（伊黎著，黄尊三译，商务印书馆 1923 年 6 月）；《社会主义之思潮及运动（*Socialism in Thought and Action*）》上下卷（列德莱著，李季译，商务印书馆 1923 年 11 月）；《社会主义初步》（克卡朴今译柯卡普著，孙百刚译，中华书局 1923 年 11 月）；《近代社会主义》（Louis Levine 等，钱智修译，商务印书馆 1923 年 12 月）；《社会进化简史》（张伯简著，长江书店 1924 年 1 月）；《社会进化史》（蔡和森著，民智书局 1924 年 10 月）；《社会主义史》（孙倬章著，商务印书馆 1924 年 10 月）；《各时代社会经济结构原素表》（张伯简著，上海书店 1924 年 12 月）；《资本制度浅说》（山川均著，施存统译，上海书店、广州国光书店 1925 年 2 月）；《社会组织与社会革命》（河上肇著，郭沫若译，商务印书馆 1925 年 5 月）；《新社会观》（郭范仑科著，王伊维即王一飞译、瞿秋白校，平民书社 1925 年 6 月）；《共产主义与共产党》（陈独秀著，广州书店 1925 年）；《马克思主义浅说》（一峯即张若名、辟世即任弼时著，中国青年社 1925 年）；《社会主义底发展》（拉狄克著，朱静我译，创造社出版部 1925 年）；《帝国主义浅说》（中国青年社编印，1926 年 1 月）；《国际社会运动小史》（高尔松著，光华书局 1926 年 6 月）；《社会主义学说大要》（堺利彦著，吕一鸣译，北新书局 1927 年 4 月）；《社会主义浅说》

(唐庐锋著，中央图书局1927年4月)；《帝国主义浅说》(一峯即张若名编著，青年学会书局1927年4月)；《阶级斗争原理》(费觉天著，上海北新书局1927年3月)；《社会主义史》(俺·伯亚著，胡汉民译，民智书局1927年6月)；《马克斯主义与社会史观》(Maurice William著，社会主义研究社译，民智书局1927年6月)；《各派社会主义浅说》(贺良著，世界书局1927年6月)；《资本主义之玄妙》(山川均著，吕一鸣译，北新书局1927年7月)；《共产主义问答》(任卓宣著，国光书店1927年)；等等。

第三，关于列宁主义、共产国际文献、俄国革命和政策方面。关于列宁和列宁主义，出版了《列宁逝世纪念册》(邝摩汉、李春涛、杜国庠等编，1924年1月)；《上海追悼列宁大会特刊》(编印者未署名，1924年3月)；《列宁经济学》(杜夫莱斯基编，社会调查部编译出版1924年7月)；《帝国主义浅说》(列宁著，李春蕃译，上海书店1925年8月)；《共产主义初步》(布哈林著，编译、出版者未署名，1925年9月)；《共产主义的ABC》(布哈林著，郑超龄译未署名，新青年社1926年1月)；《列宁主义之理论与实施》(今译《论列宁主义概论》，斯大林著，汤澄波译自英文，广东国民大学1926年10月)；《农民问题》(布哈林著，新青年社1926年11月)；《共产主义ABC的问题及附注》(美国共产党教育部编，中国青年社编译1926年12月)；《马克思主义者的列宁》(布哈林著，译者未署名，新青年社1927年1月)；《列宁的帝国主义观》(巴甫洛维奇著，朱则节译，青年书店1927年4月)；《论反对派》(斯大林著，译者未署名，播种社1927年5月)。关于俄国革命和共产国际，出版了《劳农俄国研究》(山川均著，李达译述，商务印书馆1922年8月)；《两个工人谈话》(安利科马赍斯太著，李少穆译，人民出版社1922年)；《俄国革命史》(普莱斯著，朱枕薪编译，商务印书馆1923年11月)；《俄罗斯一瞥》(窝尔忒著，郑次川译，商务印书馆1923年11月)；《俄国大革命记略》(高劳、善斋合编，商务印书馆1923年12月)；《劳农俄国之考察》(东方杂志社编，商务印书馆1923年12月)；《新俄回想录》(游者著，北京印务局1924年5月)；《赤都心史》(瞿秋白著，商务印书馆1924年6月)；《少年共产国际》(创刊号)(中国青年社编印，上海书店1924年7月)；《俄国革命八周年纪念》(中国共产党广东区委员会编印，1925年11月)；《帝国主义政策之基础》(巴夫洛维奇著，朱则译，中国国民党中央执行委员会宣传部1926年1月)；《革命史上的几个重要纪念日》(国民革命军司令部政治部编印，1926年)；《俄国新经济政策》(史黎雯、王国源译述，三民出版部1926年9月)；《经济科学大纲》(浦格丹诺夫著，施存统译，新青年社1927年1月)；《资本主义稳定与无产阶级革命》(布哈林著，陆定一译，新青年社1927年2月)；《共产国际党纲草案》(王伊维即王一飞译，新青年社1927年4月)；《世界劳工运动现状》(洛若夫斯基著，瞿秋白译，新青年1927年4月)；《劳动历史上的重要纪念日》(中国国民党宣传委员会编印，1927年4月)；《世界无产政党发达史》(高尔松著，太平洋书店1927年4月)；《广东各界纪念列宁逝世三周年纪念大会特刊》(编印者未署名，1927年)；等等。

第四，关于哲学社会科学方面。出版了《人生哲学与唯物史观》（柯祖基今译考茨基著，徐六几、郭梦良、黄卓译，商务印书馆 1922 年 10 月）；《平民主义》（李守常即李大钊著，商务印书馆 1923 年 1 月）；《马克思主义与唯物史观》（河上肇等著，范寿康、施存统、化鲁译述，商务印书馆 1923 年 12 月）；《唯物史观浅释》（刘宜之著，上海书店 1923 年 12 月）；《现代社会学》（瞿秋白著，上海书店 1924 年 2 月）；《史学要论》（李守常即李大钊著，商务印书馆 1924 年 5 月）；《社会思想史》（施存统编，上海书店 1924 年）；《社会科学讲义》（社会科学会编辑第 1—5 辑，上海书店印行 1924 年）；《社会科学概论》（瞿秋白著，上海书店、长沙文化书社 1924 年）；《社会哲学概论》（瞿秋白著，上海书店 1924 年）；《评中西文化观》（杨明斋著，中华书局 1924 年 6 月）；《唯物史观》（中国青年社编，上海书店 1925 年 2 月）；《唯物的人生观》（董亦湘演讲，徐恒耀记述，新文化书社 1925 年 12 月）；《唯物史观与伦理之研究》（胡汉民著，民智书局 1925 年 12 月）；《伦理与唯物史观》（考茨基著，董亦湘译，上海教育研究社、新文化书社 1926 年 1 月）；《唯物史观研究》（河上肇等著，何松龄等译，商务印书馆 1926 年 2 月）；《现代社会学》（李达著，湖南现代丛书社 1926 年 6 月）；《无产阶级之哲学》（哥列夫著，瞿秋白译，新青年社 1927 年 3 月）；《唯物史观略解》（桥野升著，吕一鸣译，北新书局 1927 年 3 月）；等等。

第五，关于马克思主义妇女观和无产阶级文学方面。关于马克思主义妇女观，出版了《妇女之过去与将来》（山川菊荣著，李汉俊编译，商务印书馆 1921 年 7 月）；《社会主义底妇女观》（山川菊荣著，李达译，1921 年）；《妇女问题》（堺利彦著，康伯焜译，民智书局 1922 年 6 月）；《女性中心说》（瓦特著，堺利彦编述，夏丏尊译，民智书局 1922 年）；《妇人和社会主义》（山川菊荣著，祁森焕译，商务印书馆 1923 年 11 月）；《俄罗斯之妇女》（妣姮、哥伦泰等著，朱枕薪编译，民智书局 1923 年 11 月）；《妇女运动》上、下（东方杂志社编，商务印书馆 1923 年 12 月）；《将来之妇女》（M. S. Lilienthal 著，张秋人译，上海书店 1925 年 4 月）；《社会主义的妇女观》（山川菊荣著，吕一鸣译，北新书局 1927 年 3 月）；《妇女运动概论》（杨之华著，亚东图书馆 1927 年 1 月）；《三八国际妇女节纪念》（赤女杂志社编辑，长江书店印行 1927 年 3 月）。关于无产阶级文学，出版了《俄国近代文学家论》（沈雁冰、胡愈之、沈泽民合编，东方杂志社、商务印书馆 1923 年 11 月）；《俄国文学史略》（郑振铎编，商务印书馆 1924 年 3 月）；《新俄罗斯的无产阶级文学》（升曙梦著，画室译，北新书局 1927 年 3 月）；等等。

第六，关于中国国情和中国革命方面。综合性的有《社会主义讨论集》（陈独秀编，新青年社 1922 年 9 月）；《中国共产党五年来之政治主张》（向导周报社编印，1926 年 5 月）；《中国革命问题论文集》上下册（新青年社编印，1926 年 9 月）；中国共产党第二次、第三次、第四次、第五次全国代表大会闭幕后分别印行的关于代表大会决议案和宣言的单行本。其他单一主题的有《太平洋会议及我们应取的态度》（汗即李汉俊著，出版者不详，1922 年）；《京汉工人流血记》（罗章龙编，工人周刊社 1923 年 3 月）；《陈独秀先生演讲录》（陈独秀著，新青年社 1924 年 5 月）；《帝国主义与中国》（高尔松、高尔柏著，上海青年政治宣传会、中国经济研究会 1925 年 7 月）；《不平等条约》（向导周报社编印，1925 年 9 月）；《中国关税问题》（向导周报社编印，1925 年 9 月）；《反戴季陶的国民革命观（一）》（向导周报社编印，1925 年 9 月）；《显微镜下之醒狮派》（萧楚女著，中国青年社 1925 年 10 月）；《关税问题与关税特别会议》（中国青年社编，上海书店 1925 年 10 月）；《国民革命与中国国民党》（萧楚女著，出版者不详，1925 年）；《反帝国主义》（反帝国主义大同盟编，武汉时中书社 1926 年 1 月）；《帝国主义讲授大纲》（萧楚女著，广东农民运动讲习所 1926 年 6 月）；《中国民族运动与劳动阶级》（赫莱尔著，东篱译，国光书店 1926 年 6 月）；《社会主义讲授大纲》（萧楚女著，国光书店 1926 年 7 月）；《海丰农民运动》（彭湃著，广东省农民协会编，国光书店 1926 年 8 月）；《国民革命》（恽代英著，中央军事政治学校政治部 1926 年 9 月）；《论北伐》（陈独秀等著，向导周报社 1926 年 9 月）；《帝国主义侵略中国史》（于树德著，国光书店 1926 年 12 月）；《中国革命中之争论问题》（瞿秋白著，内部本，1927 年 2 月）；《中国民族革命运动史》（恽代英著，国光书店 1927 年 3 月）；《中国民族革命运动史讲授大纲》（萧楚女著，时中书社 1927 年 3 月）；《湖南农民运动问题论文集》（战士周报社编，长沙真理图书社 1927 年 3 月）；《湖南农民革命（一）》（即《湖南农民运动考察报告》，毛泽东著，瞿秋白作序，汉口长江书店 1927 年 4 月）；《中国社会各阶级的分析》（毛泽东著，汕头书店 1927 年 4 月再版）；等等。

前五个方面的内容，体现了马克思主义的传播得到进一步扩大；第六个方面的内容，则具体反映了马克思主义早期中国化的状况。

（二）马克思主义早期中国化的宝贵成果

历史地看，马克思主义中国化是一个由浅入深、由表及里、与时俱进的过程。在党的幼年时期，虽然已经具备运用马克思主义基本原理于中国革命实际的主观意识，但毕竟对中国革命的性质和特点认识不深，经验不足，而且共产国际从理论上、政策上、组织上多方介入，中国共产党无论在理论认识上还是在组织关系上都不能不受其影响。因此，这个阶段的马克思主义中国化只能处在早期阶段。

马克思主义早期中国化的成果，著作的出版和论文的发表是外部形态，丰富的内容则主要集中体现在中国共产党新民主主义革命理论和政策的初步形成。从时间的维度看，1922 年中共二大确定了党的最低纲领即民主革命纲领，马克思主义早期中国化首开其端；1923 年中共三大规定了与国民党合作的统一战线方针，确立了开展民主革命的路径；1925 年中共四大提出了无产阶级领导权的原则，明确了在各革命阶级合作的国民革命中无产阶级及其政党的地位和作为；1927 年中共五大接受了共产国际关于中国革命“非资本主义前途”的决议，于革命紧急时期，在土地、军事等问题上提出了新主张。这个时间轴所展示的是马克思主义中国化逐步深入的过程。从内涵的维度看，党的历次代表大会所作出的决议，党中央就时局发表的宣言，党的重要领导人就中国革命基本问题发表的一系列文章，体现了中国共产党人在革命实践中努力把马克思主义基本原理与国情结合起来，实行马克思主义的中国化、具体化。

第一，明确提出当前中国革命的性质是民族革命，即资产阶级民主革命，革命的对象是外国帝国主义、本国封建主义及其政治代表北洋军阀。这就把关于避免资本主义、超越资本主义、实行社会主义的远观式讨论变成务实性安排。

"民族革命"是列宁主义的概念，是共产国际二大的用语。它专指殖民地和落后国家的民主革命，因殖民地和落后国家民主革命的头号任务是推翻帝国主义统治，实现民族独立，故具有民族特性。在中国，"民族革命"即国民革命。中共二大宣言揭示了帝国主义侵略中国的本质，指出"帝国主义的列强历来侵略中国的进程，最足表现世界资本帝国主义的本相"。在近代中国历史上，帝国主义列强的侵略造成了中国在国际上的"特殊地位"，即帝国主义列强"共管"的地位，太平洋会议进一步使"历来各帝国主义者的互竞侵略，变为协同的侵略"。宣言指出：在帝国主义和无产阶级革命的时代，世界上出现了两个相反的趋势，一个是世界帝国主义列强企图协同宰割全世界的无产阶级和被压迫民族；另一个是推翻国际资本帝国主义的革命运动。这第二个趋势是由资本主义国家的无产阶级革命运动和各被压迫民族的民族革命运动汇合而成的。中国的反帝国主义运动一定要汇入全世界被压迫民族的革命潮流，并与世界无产阶级革命运动联合起来，才能打倒共同的压迫者——国际资本帝国主义，宣言强调这是中国劳苦群众解放自己的"唯一的道路"。① 基于国际国内形势的分析，中共二大确定了当前中国革命的性质即资产阶级的民主革命，通称"国民革命"或"民族革命"，为此制定了党在目前的革命纲领，主要是消除内乱，打倒军阀，建设国内和平；推翻国际帝国主义的压迫，达到中华民族的完全独立等 7 个方面，高呼了"打倒军阀""打倒国际帝国主义"的战斗口号。

中共二大以后，陈独秀发表《列宁主义与中国民族运动》，指出列宁主义作为马克思主义的发展，主要是无产阶级专政和反帝国主义的国际民族运动这两大理论，后者尤其与中国目前的革命运动有关。他介绍了列宁民族革命理论的主要内容，阐明了这个理论与第二国际民族理论的根本区别，强调"世界上一切被压迫的殖民地和被压迫的国家（即半殖民地），他们的民族运动，只有依照列宁这样伟大的周到的意见而行，才能够彻底的解决，才能够得着真正自由"②。向导周报编辑部编写出版了《不平等条约》，提出开展反帝国主义运动，废除一切不平等条约的四点主张：一是必须要用革命的手段打倒

① 参见《第二次全国大会宣言》，《中国共产党五年来之政治主张》，向导周报社 1926 年版，第 4、11、14 页。

② 陈独秀：《列宁主义与中国民族运动》，《中国革命问题论文集》，新青年社 1926 年版，第 92 页。

帝国主义，决不可对帝国主义寄予任何幻想；二是必须努力宣传群众，以取得持久不懈的战斗力量，决不可只靠个人或少数人的恐怖行为；三是应当联合各阶级，特别要注意宣传组织农民与产业工人，只有工农大众才是反帝国主义的主力军；四是应当联合全世界反帝国主义的势力，联合各殖民地的革命民众、苏俄及各帝国主义国家的无产阶级，共同奋斗。① 鉴于帝国主义列强以召开关税会议为名笼络中国当局并欺骗社会舆论，同时期编写出版的《中国关税问题》，介绍了近代中国自鸦片战争以来，关税权被帝国主义所掌控的事实；指明关税对于任何一国都具有非常重要的意义，中国深受协约关税制度之害，丧失了关税自主权；以详尽的数据历数帝国主义通过控制中国关税压迫剥削中国的事实，以及在经济和政治上对中国产生的不利影响，得出中国应尽快收回关税主权并进行关税改革的结论；帮助人们增强关税自主是民族独立的重要组成部分的认识，以废除不平等条约而不是关税会议去获得关税自主，达到民族独立的实现。② 共产党人撰写著作、发表文章，如陈独秀《帝国主义者及其工具对付中国国民运动之总策略》，蔡和森《中国革命运动与国际之关系》，瞿秋白《帝国主义侵略中国之各种方式》《五四纪念与民族革命运动》，张国焘《中国已脱离了国际侵略的危险么?》，彭述之《帝国主义与义和团运动》《广东商团事变之根本原因及其对中国国民革命之教训》，等等，揭露了帝国主义侵略中国的丑恶历史，歌颂了中国人民的反帝斗争，既理清了中国革命的思路，又帮助广大群众认清反对帝国主义是中国革命的根本问题之一。

北洋军阀是中国封建势力的政治代表，是帝国主义列强侵略中国的帮凶。中共二大宣言揭露了日本帝国主义与皖系军阀、奉系军阀的关系，指出皖、奉军阀都是日本实现其侵略中国计划的工具；指出直系军阀以英国作背景，英帝国主义扶持直系以便巩固其在长江一带的权利和势力范围的扩大。陈独秀《怎样打倒军阀》《联省自治与中国民众》，蔡和森《武力统一与联省自治——军阀专政与军阀割据》，瞿秋白《现代中国的国会制与军阀》，批判军阀制度，揭露了军阀专政的危害，批判改良主义的联省自治主张，宣传了国民革命必须对外反对帝国主义、对内推翻军阀统治的主张。

第二，明确提出实行民族革命，必须建立广泛的革命统一战线，无产阶级及其政党在革命统一战线中应当掌握领导权。这就切实找到了开展革命斗争的抓手，有助于汇集广泛的革命力量，引领了国民革命的前进方向。

中共二大提出了建立“民主的联合战线”的主张，大会结束后，召开西湖会议，陈独秀、李大钊以个人身份加入国民党，陈独秀应孙中山之邀参加国民党改组的筹备。其时，党领导工人运动正在高潮时期。工人运动的主要诉求虽然是争取结社集会自由、增加工资、缩短工时、改善劳动条件，但在指导思想上带有社会革命的性质。中共二大以

① 参见向导周报社《不平等条约》，1925 年 9 月，第 46—48 页。

② 参见向导周报社《中国关税问题》，1925 年 9 月，第 1—72 页。

后，党的工作主题并未及时相应转变，而且党内对革命前景普遍抱乐观态度，“以为可以不经过国民革命而无产阶级的革命可以马上成功”①。

1923 年“二七”惨案使共产党人提高了建立革命统一战线的认识，但在以何种方式建立革命统一战线的问题上党内仍有分歧。共产国际采纳马林的建议，指示中国共产党以党员个人身份加入国民党的方式实行国共合作。中共三大期间进行了热烈讨论，争论的要点集中在是直接行动建设群众性的共产党，还是加入国民党为建设群众性的共产党准备基础；是发展独立的工人运动，还是产业工人全部加入国民党。以张国焘为代表，强调“发展共产党的唯一途径是独立行动，而不是在国民党内活动”，“至少应在北方打出共产主义或劳动组合书记部的旗帜去独立开展工会工作”。他表示，“也许我们是错误的，但我们宁可保持左，左的错误比右的错误容易改正”。他们质疑参加国民党的必要性，强调共产党活动的独立性，并对工运形势继续保持乐观态度。与上述意见不同，李大钊指出“过去和将来国民运动的领导因素都是无产阶级”，因此，不要害怕参加国民运动，“应站在运动的前列”。瞿秋白指出“只有国民党能把不同的利益统一起来”，共产党人的职责是推动国民党，使其摆脱资产阶级的妥协政策；“国民党的发展，并不意味着牺牲共产党。相反，共产党也得到了自身发展的机会”。毛泽东指出，“小资产阶级控制了国民党”，农民和小商人是国民党的好成分，“我们不应该害怕加入国民党”。邓培支持陈独秀关于与国民党合作的主张。广东代表提出应在全国范围内发展国民党。② 他们都强调了共产党人加入国民党以便改组国民党以及实行国共合作的必要性。

经过讨论，中共三大决定以共产党员个人参加国民党的方式，同国民党合作，建立以国共合作为基础的广泛的革命统一战线。大会的决议融合了共产国际二大决议和共产国际执委会 1923 年 1 月决议的精神，也吸收了与会代表提出的一些意见，确认半殖民地半封建的中国需要国民革命，开展国民革命需要集中革命势力以形成国民革命运动大本营，依目前现状“中国现有的党，只有国民党比较是一个国民革命的党”。由于产业落后，中国工人运动“尚未能强大起来成功一个独立的社会势力”，这就“自然不能发生一个强大的共产党——一个大群众的党”。决定“加入国民党，但仍旧保存我们的组织，并须努力从各工人团体中从国民党左派中，吸收真有阶级觉悟的革命分子，渐渐扩大我们的组织，谨严我们的纪律，以立强大的群众共产党之基础”。③ 这个决议以党内最高规格

---

① 蔡和森：《中国共产党史的发展（提纲）》（1926 年），中央档案馆编《中共党史报告选编》，中共中央党校出版社 1982 年版，第 46 页。

② 参见《斯内夫利特笔记（中国共产党第三次代表大会关于国共合作问题的讨论）》（1923 年 6 月 12 日—20 日），中共中央党史研究室第一研究部编《共产国际、联共（布）与中国革命文献资料选辑（1917—1925）》，北京图书馆出版社 1998 年版，第 471—476 页。

③ 《关于国民运动及国民党问题的议决案》（1923 年 6 月），《中国共产党第三次全国大会决议案及宣言》，中国共产党中央执行委员会印行，1923 年 7 月，第 15—17 页。

作出了共产党员加入国民党以实行国共合作的决定，协调安排了实行国共合作与发展工人组织、增强党的力量两个方面的重要工作，是很有价值的政治设计和比较全面的工作部署。决议中所谓只有国民党是国民革命的党，工人阶级尚未强大起来不能发生群众党的认识，有绝对化和模式化的缺点，也是共产国际精神的再现。

1924 年 1 月，中国国民党第一次全国代表大会召开，孙中山力排保守派的阻扰，发表大会宣言，重新解释三民主义，制定党章，选举产生了中央领导机构，完成了国民党具有历史意义的改组。共产党人为国民党一大的成功召开作出了重要贡献，李大钊发挥不可替代的作用，代表共产党人在大会上发言，严正阐明了共产党人加入国民党，是为了国民革命事业而来的光明正大的行动。国民党一大的召开，标志着国共合作的实现和革命统一战线的建立。其时，孙中山领导的中国国民党是国内有革命历史、有基本组织的民主派，如果不和国民党合作，中共二大关于建立民主的联合战线的决定就只能是停留在纸面上的一句空话。从中共一大“彻底断绝同黄色知识分子阶层及其他类似党派的一切联系”①，到中共三大决定共产党人以个人身份加入国民党，同国民党建立革命统一战线，这是一个重大的转变，是列宁主义关于民族和殖民地问题理论在中国实践的重大成果。

随着国民革命运动的发展，国民党内左右派的分化加速，反“共产”的声浪和影响不断放大。同时，工人运动日渐复兴，革命形势开始高涨，并且共产国际第五次代表大会关于共产党在民族革命中必须保持独立性、掌握领导权的精神传来，这就促使共产党人从理论和实践上进一步加深对于中国革命基本问题的认识，特别是对无产阶级政党在民主革命中的领导权的认识，从而提出无产阶级在中国民主革命中的领导权问题，并作出相应部署。

中共四大明确了民族革命与世界革命的区别和联系，强调无产阶级政党以其阶级独立的地位与目的参加民族革命，只有无产阶级的有力参加，方能防止资产阶级的妥协。大会总结国共合作以来的经验教训，指出过去发生的“左”的和右的倾向，需要通过“确定无产阶级在民族运动中的地位与目的”来加以有效的纠正。通过分析中国社会各阶级得出结论：“最受压迫而最有集合力的无产阶级是最有革命性的阶级”，“中国的民族革命运动，必须最革命的无产阶级有力的参加，并且取得领导的地位，才能够得到胜利”。② 基于此，大会调整在国民党中工作的政策：第一，须努力保持阶级斗争的成分；第二，认国民党是民族运动的重要工具，但不是民族运动的全部。中共四大形成了农民

---

① 《中国共产党第一个纲领》（1921 年 7 月），中共中央文献研究室、中央档案馆编《建党以来重要文献选编（一九二一—一九四九）》第 1 册，中央文献出版社 2011 年版，第 1 页。

② 《对于民族革命运动之议决案》（1925 年 1 月），《中国共产党第四次全国大会议决案及宣言》，中国共产党中央执行委员会印行，1925 年 2 月，第 20、25 页。

天然是工人阶级同盟军的认识，指出中国共产党与工人阶级要领导中国革命至于成功，必须尽可能地系统地鼓动并组织各地农民逐渐从事经济的政治的斗争。没有这种努力，希望中国革命成功以及在民族革命中取得领导地位，都是不可能的。

在中共四大无产阶级领导权思想的引领下，1925年发生了全国规模的五卅反帝爱国运动，其间，省港大罢工接续爆发，并坚持到1926年9月。在风起云涌的大革命斗争中，共产党人深化了对中国革命领导力量和党的历史担当的认识。在倡导建立联合战线的初期，以国民党为国民革命的中心势力，随着国民党内左右派的分化和民族资产阶级两面性在五卅运动中的深刻暴露，提出中国共产党将使中国解放运动由自然的历程生长进于觉悟的状况，号召全国被压迫阶级在中国共产党的旗帜下联合起来。1926年5月，第三次全国劳动大会召开，大会决议指出："中国工人阶级是中国国民革命的领导阶级"，"应切实联合小资产阶级，督促大资产阶级与帝国主义冲突，进行革命"，"切实提携农民，联合小商人、学生及社会上一切革命民众，建立联合战线，进行中国的革命"。① 这就使无产阶级领导权问题的认识得以进一步丰富和系统化，初步形塑了工人运动中的新民主主义革命政治路线。

第三，重视正确分析中国社会各阶级的状况及其对于革命的态度，正确解决革命的阶级阵线问题。通过马克思主义的阶级分析，进一步明确中国革命的具体对象，从而建构发展革命的动力机制，真正解决反对谁、依靠谁、团结谁的问题。

阶级和阶级斗争理论是马克思主义基本理论之一，阶级分析方法是马克思主义的基本方法之一。人们的社会关系有血缘、亲缘、业缘、地缘等各种，从政治经济上划分，最根本的还是阶级关系。毛泽东指出："谁是我们的敌人？谁是我们的朋友？分不清敌人与朋友，必不是个革命分子。要分清敌人与朋友呢，却并不容易。中国革命亘三十年而成效甚少，并不是目的错，完全是策略错。所谓策略错，就是不能团结真正的朋友，以攻击真正的敌人。"他认为："革命党是群众的向导。在军队中，未有他的向导领错了路而可以打胜仗；在革命运动中，未有革命党领错了路而这个革命可以不失败。"革命党要"不领错路"和"一定成功"，"就要首先分清楚谁是敌人谁是朋友"。②

阶级斗争理论培育了中国共产党人，共产党人努力运用阶级分析方法，观察和研究中国社会的政治经济，从而作出开展革命的决策。在建立革命统一战线过程中，为了统一党内思想，增进共识，消除分歧，陈独秀先后写了《资产阶级革命与革命的资产阶级》《中国国民革命与社会各阶级》等文，阐述国共合作和国民革命的必要性，对于克服党内

---

① 《关于中国职工运动的发展及其在国民革命中之地位报告的决议》，中华全国总工会中国工人运动史研究室编《中国工会历次代表大会文献》第1卷，工人出版社1984年版，第128、129页。

② 毛泽东：《中国社会各阶级的分析》（1925年12月1日），原载《革命》半月刊第4期，汕头书店1927年版，第1、2页。

存在的关门主义倾向发挥了积极作用。但是，他对民主革命中无产阶级地位和作用的认识发生摇摆，从重视无产阶级转为重视资产阶级，认为“工人阶级在国民革命中固然是重要分子，然亦只是重要分子而不是独立的革命势力”，“工人阶级不但在数量上是很幼稚，而且在质量上也很幼稚”；资产阶级的力量“究竟比农民集中，比工人雄厚”，得出中国民主革命只能以资产阶级为主体的结论。① 与之不同，邓中夏先后发表《论工人运动》《论劳动运动》《中国工人状况及我们运动之方针》《我们的力量》等文，分析中国社会各阶级的状况及其对于革命的态度，多侧面、系统地论证和阐述无产阶级领导权思想，指出：“工人的群众不论在民主革命或社会革命中都占在主力的地位”，“中国欲图革命之成功，在目前固应联合各阶级一致的起来作国民革命，然最重要的主力军，不论现在或将来，总当推工人的群众居首位”。②

这期间，党的领导人先后撰文，如瞿秋白发表《自民权主义至社会主义》《五卅运动中之国民革命与阶级斗争》《国民革命与阶级斗争》，恽代英发表《中国革命的基本势力》《国民党与阶级争斗》《五卅运动与阶级争斗》《为什么产业无产阶级最富于革命性?》，陈潭秋发表《国民党底分析》，彭述之发表《谁是中国国民革命之领导者?》，等等，都通过阶级分析，从不同角度阐述了无产阶级领导权问题。

经过国共合作和国民革命一年来的发展，在中共四大前夕，陈独秀对中国社会各阶级的认识发生转变，他从清末戊戌变法以来中国革命运动的演变中得出结论：“社会各阶级中，只有人类最后一阶级——无产阶级，是最不妥协的革命阶级，而且是国际资本帝国主义之天然对敌者；不但在资本帝国主义国家的社会革命他是主力军，即在被资本帝国主义压迫的国家之国民革命，也须他做一个督战者，督促一切带有妥协性的友军——农民、手工业者、革命的知识阶级、游民无产者（兵与会匪）及小商人，不妥协的向外国帝国主义者及其走狗——国内的军阀、官僚、富商、劣绅、大地主、反革命的知识阶级进攻，才能够达到国民革命之真正目的——民族解放。”③

如果说中共四大对无产阶级在中国革命中的领导作用从理论上做了概括和说明，那么，全国范围的五卅运动的实践，使共产党人真正认识到“工人阶级在民族解放的革命运动中的领袖地位才真正明显的表现出来”，“证明中国无产阶级是解放全民族的先锋队和主力军”。五卅运动对中国社会各阶级做了一次严正的检验，充分证明中国军阀作为帝国主义的帮凶和附庸，是中国人民的共同敌人，打倒军阀才能使反帝斗争得到最后的胜

---

① 独秀（陈独秀）：《中国国民革命与社会各阶级》（1923年12月1日），《陈独秀著作选》第2卷，上海人民出版社1993年版，第561、564页。

② 中夏（邓中夏）：《论工人运动》（1923年12月15日），《中国青年》1923年12月15日第9期，第6页。

③ 陈独秀：《二十七年以来国民运动中所得教训》（1924年12月20日），《陈独秀著作选》第2卷，上海人民出版社1993年版，第820页。

利；民族资产阶级为了本阶级的利益，有参加国民革命的可能，但不可能彻底；小资产阶级能革命，但也有游移保守的妥协动摇性，工人阶级应与之联合，使其不为大资产阶级所利用，并力促其克服妥协动摇性。1925年10月，中共中央举行扩大会议，明确指出：中国资产阶级同外国资产阶级一样，即使在争夺政权的时期，为了自己的阶级利益，也会发生分化和妥协，只有中国无产阶级是解放全民族的先锋队和主力军；无产阶级为了反帝反军阀，要“与城市里的民主派的一般民众结成联合战线，引起农民群众来参加革命运动”。共产党作为“无产阶级的指导者”和“民族解放运动的领袖的指导者”，应当提出政纲，“使工人阶级及其同盟者——农民、城市小资产阶级、革命的智识阶级——能够有所根据而向前奋斗”。①

中国共产党人科学分析中国社会各阶级的状况及其对于革命的态度，确立正确的阶级路线，毛泽东是集大成者。1925年12月1日，他在国民革命军第二军司令部主办的《革命》半月刊上发表《中国社会各阶级的分析》，其修改本先后由中国国民党中央农民部主办的《中国农民》、中国共青团机关刊物《中国青年》发表，汕头书店出版单行本并再版。毛泽东全面、系统地分析了中国社会各阶级的经济地位、阶级性、规模及其对于革命的态度，指出中国社会存在大资产阶级、中产阶级、小资产阶级、半无产阶级和无产阶级这五种阶级成分。买办阶级、大地主、官僚、军阀、反动派知识分子是大资产阶级，“大资产阶级完全是国际资产阶级的附庸，其生存和发展的要件，即附属于帝国主义”，他们“始终站在帝国主义一边，乃极端反革命派”。华资银行工商阶级、小地主、高等知识分子属于中产阶级，“这个阶级对于民族革命乃取了矛盾的态度。即其受外资打击军阀压迫感觉痛苦时，需要革命，赞成反帝国主义反军阀的革命运动。但因现在的革命运动，在国内有本国无产阶级的勇猛参加，在国外有国际无产阶级的积极援助，对于其欲达到大资产阶级地位的阶级的发展及存在，感觉着威胁，又怀疑革命”。自耕农、小商人、手工业主、小知识阶级属于小资产阶级，他们内部存在三个不同的层次，对于革命有不同的态度。半自耕农、半益农、贫农、手工业工人、店员、小贩属于半无产阶级，其经济状态也有三个不同层次，对于革命的态度亦有区别，“所谓农民问题，一大半就是他们的问题”；贫农生活极艰苦，革命性最强，“极易接受革命的宣传”。工业无产阶级、都市苦力、农业无产阶级、游民无产阶级属于无产阶级，其中，工业无产阶级约200万人，虽然人数不多，但他们因产业布局而“有组织的集中”，因经济地位低下，受帝国主义、军阀和买办阶级极惨酷的待遇而“特别能战斗”，“做了民族革命运动的主力”；游民无产阶级“很能勇敢奋斗，引导得法可以变成一种革命力量”。通过这个分析，毛泽东得出明确的结论：“一切勾结帝国主义的军阀官僚买办阶级大地主反动派知识阶级即所谓中

① 《中国现时的政局与共产党的职任议决案》(1925年10月)，中共中央文献研究室、中央档案馆编《建党以来重要文献选编（一九二一——一九四九）》第2册，中央文献出版社2011年版，第512—518页。

国大资产阶级，乃是我们的敌人，乃是我们真正的敌人；一切小资产阶级半无产阶级无产阶级乃是我们的朋友，乃是我们真正的朋友。那些摇动不定的中产阶级，其右翼应该把他当做我们的敌人——即现时非敌人也去敌人不远；其左翼可以把他当做我们的朋友——但不是真正的朋友，我们要时常提防他，不要让他乱了我们的阵线!"① 毛泽东预见到民族资产阶级是一个动摇的阶级，他们在革命高涨时将要分化，其右翼将要跑到帝国主义方面去。1927 年国共合作的破裂和国民革命的失败，证明了这一点。《中国社会各阶级的分析》收入《毛泽东选集》时稍有修改，如把大资产阶级修改为"地主阶级和买办阶级"；在关于无产阶级部分，突出论述了现代工业无产阶级，强调他们"是中国新的生产力的代表者，是近代中国最进步的阶级，做了革命运动的领导力量"。② 全文更加准确、精练，其基本分析和结论得到了历史的检验。

第四，从中国是落后的农业国的基本国情出发，系统论述了农民和土地问题，积极锻造和壮大中国民主革命的力量，湘、鄂、赣、粤等省农村革命的大发展成为后来苏维埃革命兴起的重要条件。

中国共产党在其创建时期，就曾在浙江萧山的衙前开展农民运动。中共二大提出应该号召全国农民团结在本党旗帜之下开展反帝反封建的国民革命。中共三大第一次通过《农民问题决议案》，提出共产党有结合小农、佃户及雇工以反抗宰制中国的帝国主义者，打倒军阀及贪官污吏，反抗地痞劣绅，以保护农民之利益而促进国民革命运动之必要。③ 这次大会宣言提出要加强对于农民的组织和宣传，并把引导农民参加国民革命作为党的中心工作。

中共三大以后，陈独秀发表《中国农民问题》，强调广大的农民群众"在目前已是国民革命之一种伟大的潜势力，所以在中国目前需要的而且是可能的国民运动（即排斥外力打倒军阀官僚）中，不可漠视农民问题"④。陈独秀分析了中国农村的阶级状况，提出了开展农民运动的基本方法。恽代英在《农村运动》中回答了开展农民运动的具体问题，指出假期回乡的学生和乡村小学教师最便于做农村运动；开展农村运动的目的是启发大多数被压迫民众的觉悟，造成革命的势力；中国革命不成功的主要原因，在于农民不知革命甚至厌恶革命；造成这种状况的原因，是宣传材料和方法不适当，因此，要从联络农民感情入手，采取适当方法，采用合适材料，"去结交农民！去团结农民！去教育农

---

① 毛泽东：《中国社会各阶级的分析》，汕头书店 1927 年版，第 4—26 页。

② 毛泽东：《中国社会各阶级的分析》（1925 年 12 月 1 日），《毛泽东选集》第 1 卷，人民出版社 1991 年版，第 3、8 页。

③ 参见《农民问题决议案》（1923 年 6 月），《中国共产党第三次全国大会决议案及宣言》，中国共产党中央执行委员会印行，1923 年 7 月，第 23 页。

④ 陈独秀：《中国农民问题》（1923 年 7 月 1 日），《陈独秀著作选》第 2 卷，上海人民出版社 1993 年版，第 508 页。

民！而且最重要的去研究农民！”①

中共四大提出农民是无产阶级的同盟军问题，通过了《对于农民运动之议决案》，这个决议深化了关于农民问题的认识，指出列宁主义的最大功绩之一就是在农民中找到了无产阶级的同盟军，农民占中国社会人口的百分之八十，在国民革命时代尤其重要，“中国共产党与工人阶级要领导中国革命至于成功，必须尽可能地系统地鼓动并组织各地农民逐渐从事经济的和政治的争斗。没有这种努力，我们希望中国革命成功以及在民族运动中取得领导地位，都是不可能的”②。该决议规定了从事农民运动的各种方法，强调在国共合作条件下，共产党开展农民运动要对国民党积极的农民政策负责，同时，要在国民党之外，独立进行本党的宣传和组织工作，在农民中不断扩大共产党的影响。1925年10月，中共中央扩大会议发表《告农民书》，提出从根本上解决农民苦难的“耕地农有”的主张和政府须承认由农民组织的农民协会代表农民；农民协会同乡村自治机关议定最高租额、最低谷价；反抗各种苛捐杂税及预征钱粮等8个方面的最低限度要求，推广了广东农民运动的经验，规定了组织农民协会的基本办法。③

早在1922年，党的农民运动先驱彭湃就在其家乡广东海丰县开展农民运动，成立海丰总农会，逐步扩大到整个惠州地区后，将海丰总农会改组为广东省总农会。国共合作实现后，国民党确立扶助农工的革命政策，成立农民部，共产党人林伯渠为部长，彭湃为秘书，共产党利用国共合作的渠道开展农民运动。1924年7月至1926年9月，在广州连续6届开办农民运动讲习所，培训农运干部。1925年春，毛泽东在回湖南养病期间，开展社会调查，建立党组织，发展农民运动。1926年1月，他发表《中国农民中各阶级的分析及其对于革命的态度》。同年5月，第六届农讲所开学，毛泽东任所长。他主讲《中国农民问题》，指出辛亥革命以来的失败，就在于革命党人没有注意研究农民问题，革命完全没有得到三万万二千万农民的帮助和拥护；国民革命的目标，是要解决工农商学兵各阶级的问题；假如不能解决农民问题，则各阶级问题也无由解决；可以说中国国民革命是农民革命，解决农民的土地问题是革命党的一个中心问题。他主持编辑《农民问题丛刊》，计划出版52种，实际出版17种，包含《列宁与农民》《农民国际》《俄国农民与革命》《苏俄之农业政策》《土地与农民》《社会革命与农民运动》《广东农民运动概述》《海丰农民运动报告》等。毛泽东为该丛刊作序，强调：“农民问题乃国民革命的中心问题，农民不起来参加并拥护国民革命，国民革命不会成功；农民运动不赶快地做起

---

① 恽代英：《农村运动》（1924年6月28日），《中国青年》1924年6月28日第37期，第11页。

② 《对于农民运动之议决案》（1925年1月），《中国共产党第四次大会议决案及宣言》，中国共产党中央执行委员会印行，1925年2月，第60、61页。

③ 参见《中共中央执行委员会扩大会议告农民书》（1925年10月10日），中共中央文献研究室、中央档案馆编《建党以来重要文献选编（一九二一—一九四九）》第2册，中央文献出版社2011年版，第501—508页。

来，农民问题不会解决；农民问题不在现在的革命运动中得到相当的解决，农民不会拥护这个革命。”① 在1926年北伐战争胜利进军中，湖南农民运动暴风骤雨般迅猛发展起来。12月，中共中央召开特别会议，研究目前政治形势尤其是统一战线问题，陈独秀批评了党内的“左”稚病，认为包办了民众运动；会议通过了《关于湘鄂赣三省农运议决案》，提出重在实际上推翻土豪劣绅的政权而不必叫出农民政权的口号，以免除别的小资产阶级恐慌；以农民协会组织乡村联合战线，使农会成为统一乡村运动的唯一中心；破除乡村宗法社会思想非常必要，可利用国民党党部去宣传，不必由农会去做，以免农会内部发生冲突；应当注意乡村武装必须统一在农民手中，其办法应根据实际情况决定；处理好农会与国民党的关系问题、乡村粮食问题；等等。

担任中央农委书记的毛泽东回到湖南长沙，参加湖南全省第一次农民代表大会，他在讲话中强调了农民问题和农民运动的重要性，同时指出：“我们现在还不是打倒地主的时候，我们要让他一步，在国民革命中是打倒帝国主义、军阀、土豪劣绅，减少租额，减少利息，增加雇农工资的时候。”② 通过对湘潭、湘乡、衡山、醴陵、长沙5县为期32天的实地考察，他感到“在各县乡下所见所闻与在汉口长沙所见所闻几乎全不同，始发现我们从前对农运政策上处置上几个颇大的错误”。他在中共湖南区委、党校、团校作了几次报告，指导区委予以纠正。回到武汉以后，他给中共中央写了报告，列举了13个方面的内容，主要有：以“农运好得很”的事实，纠正政府、国民党、社会各界所谓农运“糟得很”的议论；以“贫农乃革命先锋”的事实，纠正各县所谓“痞子运动”“惰农运动”的议论；以从来并没有什么联合战线存在的事实，纠正农协破坏联合战线的议论；指出农民运动经过了组织时期、革命时期、建立联合战线时期，革命时期是必须经过的猛烈打倒封建地主威风的时期；农民在革命时期的一切向封建地主阶级的行动都是对的，过分一点也是对的，不过分、不用大力决不能推翻封建阶级几千年积累的权力，决不能迅速完成民主革命，下级农协的“少数不良分子”可以通过“农协整顿纪律”自己去整顿；农民问题是一个贫农问题，主要是资本问题和土地问题，这两个问题已经不是宣传的问题而是立即实行的问题；现在群众向左，我们党在许多地方都是表示不与群众的革命情绪相称，K. M. T（即国民党）更不消说。这是一件非常可注意的事。③ 3月5日至4月3日，毛泽东撰写的《湖南农民运动考察报告》全文在湖南区委机关刊物《战士》周报上连载。报告明确指出革命党人要极端重视农民斗争，要支持农民的革命举动，特别

---

① 毛泽东：《国民革命与农民运动》（1926年9月1日），《毛泽东文集》第1卷，人民出版社1993年版，第37页。

② 毛泽东：《在湖南省第一次农工代表大会上的讲话》（1926年12月20日），中国人民解放军政治学院党史教研室编《中共党史参考资料》第4册，第148页。

③ 参见《毛润之同志视察湖南农运给中央报告》（1927年2月16日），中国人民解放军政治学院党史教研室编《中共党史参考资料》第4册，第207、208页。

提出贫农大群众是革命的先锋、中坚和元勋，肯定湖南农民所做的14件大事都是革命的行动和完成民主革命的措施。《向导》周报、《中央副刊》发表了前两章，《湖南民报》亦予以连载。汉口长江书店以《湖南农民革命（一）》为书名，瞿秋白作序，出版了单行本，共产国际的《共产国际》杂志俄文版、英文版先后译载了《向导》所刊印的报告。4月，国民党召开土地委员会会议，毛泽东出席并多次发言，强调土地问题必须解决，现在一般而论是政治没收，但在农民运动深入发展的地方如湖南，就要进一步实行经济没收，自耕农、中农的土地不没收，富农的土地要没收；在土地制度方面，现在只可用“土地公有”的口号，不能用“国有”的口号。

共产国际提出落后国家的农民是最大的民主派，共产党应当把农民组织起来，开展反对地主、反对大地主占有制、反对各种形式封建主义的斗争。中国共产党人自建党以来在理论上实践上不断探索，到毛泽东《湖南农民运动考察报告》发表，整体性地深化了中国资产阶级民主革命中关于农民问题和土地问题的认识。

中共五大作出了第一个《土地问题议决案》，强调了解决土地问题对于解决农民问题的重大意义，提出在实行土地国有的原则下，采用平均享用地权的原则彻底分配土地，取消土地私有制度；强调现时农民运动的趋势是铲除宗法封建的政权，建立农民的政权，进而实际开始解决土地问题。农村中的大革命和农民政权，不能不以贫农为领导者；提出了国民革命中的农民政纲7条，没收土地的办法主要是政治没收。瞿秋白发表《农民政权与土地革命》，宣传中共五大制定的农民政纲，指出：“中国革命的新时期，在农民政权及土地革命的旗帜之下，将要战胜一切反动势力，将要根本推翻帝国主义在中国统治，将要与世界无产阶级革命合流而直达社会主义！”①

1927年4月，蒋介石发动反革命政变后，中共中央将维护国共合作和巩固统一战线置于首位，便把开展土地革命与武汉国民党和国民政府的态度捆绑起来，指望通过国民政府开展土地革命，结果一事无成。

第五，武装斗争是中国共产党领导中国革命取得胜利的法宝之一。在马克思主义早期中国化过程中，军事和军事斗争问题经历了一个由不重视到逐步重视的过程。这一时期的正反两方面的经验，后来转化成毛泽东“枪杆子里面出政权”的思想。

建党伊始，党提出了革命军队必须与无产阶级一起推翻资产阶级政权的主张，那时，党的即期工作一是传播马克思主义，二是从事工人运动，军事运动并没有提上日程，这种主张只是一种理论表达。党的个别领导人的文章提到了军队和武装问题的重要性，如陈独秀提出应组织真正的国民军去创造真正的中华民国，有了武装的平民才可以打倒武装的军阀；蔡和森提出假使能够鼓起人民群众武装的自卫和抵抗，使各大城市的市民全

---

① 瞿秋白：《农民政权与土地革命》（1927年5月4日），《向导》1927年第195期，合订本第5集，第2124页。

副武装或工人全副武装，那么，民主革命是没有不成功，封建的武人政治没有不崩坏的；周恩来也指出真正的革命必须要有坚强的革命军，没有革命军，军阀是打不倒的。一般说来，初期的这些认识，停留在理性认识层面，还没有与中国共产党现时的任务联系起来。

国共合作建立以后，随着工农运动的开展和统一战线内部斗争的激化，党的领导人逐步从理论上深化了对武装斗争重要性的认识，开始强调将军事运动与民众运动结合起来。如邓中夏指出："在国民群众革命思潮和革命行动已到极剧烈汹涌的时候，军事活动不特不可废，而且是重要工作之一。"① 陈独秀进一步指出："只有全国工人农民兵士之联合的大暴动，才可以破坏全军阀阶级的军事势力；才可以惊醒帝国主义者条约神圣的迷梦，使他们不得不放弃在华不法的权利；才可以击碎商人绅士勾结帝国主义者及军阀的奸谋；才可以实现革命的军事行动；才可以轰起全国革命的高潮及热忱，扫荡旧污，建设新国。"② 李大钊在苏联东方大学中共旅莫支部大会的报告中也指出：党的工作重心应注意工人和农民，尤要注意的是军队中，所以我们注意军官学校中活动。这期间，中共参与了黄埔军校的建设，参加了东征和平定杨希闵、刘震寰叛乱，开始重视在北方国民军中工作，但在总体上仍然以民众运动为着重点，党中央第一次扩大会议通过的《农民兵士间的工作问题议决案》7 项内容只有一处谈到军事。

五卅运动是一个转折点。陈独秀在中共五大的报告中指出："五卅运动中有许多独特现象。全国性的五卅运动影响了军事工作。当时党已注意到对军队的领导，并决定对军队的先进部分进行工作。决不能把军队看作是一个反革命的整体，应把整个军队分为两类，即革命的和反革命的，军队的革命部分应包括在革命队伍之内。……这条道路是革命的道路，这种策略是正确的必要的策略。过去，由于实行这种策略，我们已获得很多有益的成果。"③

中共中央开始把很大的注意力放在军事工作上。1925 年 10 月，中央扩大会议提出应有组织地去预备去武装工人阶级中最勇敢忠实分子，继续扩大工人自卫军的组织，不但在铁路上矿山上，而且在稍大些的工厂里也要进行这种工作，要组织青年工人的武装十人队、百人队等，决定在中央委员会之下设立军事委员会。1926 年 2 月，中央特别会议把帮助国民军作为党在北方军事工作的重中之重，再次提出中央应建立强有力的军委。7 月，中共中央第三次扩大会议首次作出《军事运动议决案》，强调军事运动的重要性，指

---

① 邓中夏：《论兵士运动》（1924 年 1 月 19 日），《中国青年》1924 年第 14 期，第 4 页。

② 陈独秀：《国民党的一个根本问题》（1924 年 10 月 1 日），《向导》1924 年第 85 期，合订本第 2 集，第 688 页。

③ 《陈独秀在中国共产党第五次全国代表大会上的报告》（1927 年 4 月 29 日），中共武汉市委党史研究室、中共五大会址纪念馆编著《中国共产党第五次全国代表大会》，中共党史出版社 2007 年版，第 41 页。

出："本党是无产阶级革命的党，随时都须准备武装暴动的党，在民族革命的进程中，应该参加武装斗争的工作，助长进步的军事势力，摧毁反动的军阀势力，并渐次发展工农群众的武装势力。"① 该决议分析了过去在军事工作上的不足，指出以后应设法在反动军阀军队中，组织能受我们指挥的兵士支部，并与士兵群众发生关系；应加强对农民团体下级领袖的训练；应选派精干人员到国民革命军和国民军中去做政治工作。会议指出直、鲁、豫民间武装红枪会"不仅是民族革命运动中的一个重要力量，并且是发展农民协会必须注意的工作"，提出应使红枪会成为农民武装组织，不为当地土豪所利用。② 在《农民运动议决案》中，提出农民现时要求武装自卫是必要的，但不要超出自卫的范围，也不要有常备的组织。

与此同时，党的领导人对于武装斗争问题有了更深的认识。如瞿秋白指出：五卅运动之所以未能取得彻底胜利，一个重要的原因就是没有真正的人民武力，必须武装平民，成立全国统一的国民革命军。陈独秀进一步指出："任何国家任何性质的革命，都非有武力不成；因为被革命的统治阶级都有强大的武力，革命的被统治阶级如果没有武力，当然不会成功"，"革命是不能没有武力的；可是革命的武力至少必须与民众合作"。③ 黄埔军校的实践，使共产党人在军队政治教育和政治工作理论上卓有建树。周恩来提出军队的性质是阶级压迫阶级反抗的工具，是"实现我们的理论的先锋"；政治工作的目的"是使军阀军队渐渐觉悟，革命军队确实具有革命观念"；政治工作者的信条是"以身作则，严守纪律"。④ 恽代英进一步作了系统化的论述，指出在军队中，"党高于一切"。所谓"党高于一切"是指军队"不能违背党的主义"，"完全为党的主义工作"，否则就"有负于党，有负于全国瞩望我们的被压迫的劳苦工农"；军队必须有严整的军纪，"只有严整的军纪可以集中革命的力量，有充分的力量可以打倒一切反革命的敌人"；革命军队必须与工农大众亲密合作；军队要反对矜夸骄傲，反对骄气和暮气；要使军队与人民结合，并成为人民的军队；开展政治工作必须有正确的方法。⑤ 他强调军队政治工作的重点在士兵，政治工作者最重要的责任是使士兵明白的认识主义，打破一切旧的反革命的观念，

---

① 参见《军事运动议决案》（1926年7月），《中国共产党第三次中央扩大执行委员会议决案》，中国共产党中央执行委员会1926年9月印行，中共中央文献研究室、中央档案馆编《建党以来重要文献选编（一九二一——一九四九）》第3册，中央文献出版社2011年版，第317页。

② 参见《对于红枪会运动议决案》（1926年7月），《中国共产党第三次中央扩大执行委员会议决案》，中国共产党中央执行委员会1926年9月印行，中共中央文献研究室、中央档案馆编《建党以来重要文献选编（一九二一——一九四九）》第3册，中央文献出版社2011年版，第308页。

③ 陈独秀：《革命与武力》（1926年11月25日），《向导》1926年第179期，合订本第5集，第1867页。

④ 《周恩来年谱》，人民出版社、中央文献出版社1990年版，第77、85页。

⑤ 恽代英：《党纪与军纪》（1926年2月20日），《恽代英文集》（下），人民出版社1984年版，第797、800页。

这比当时偏重于做军官运动棋高一着。

通过参加北伐战争，中共直接掌握了部分正规军队，省港大罢工中建立了常备性的工人纠察队，党领导了上海工人三次武装暴动。在发动第三次暴动中，党中央成立特别委员会，由陈独秀亲自坐镇。特别委员会所属的特别军委由周恩来作书记，靠前指挥，终于取得了大城市武装暴动的胜利，是这个阶段党独立领导的规模最大的一次武装斗争实践。

蒋介石的反革命政变从反面再一次证实了共产党人掌握革命武装的极端重要性。在中共五大上，陈独秀专门谈到改组军队问题，提出要让大多数工农加入军队，改变军队的社会成分，实现军队的革命化，而不是像以前那样只限于做政治工作。大会未就军事工作通过决议，但在相关决议中有所安排，如决定组织农民自卫军、工人纠察队，派工人到军队中去当兵。随着形势的变化，党中央越来越把当前工作集中在与国民党汪精卫搞好关系，继续竭力维护统一战线，导致这些零散的安排也没有实行。共产国际“五月紧急指示”提出在国民政府框架下，动员两万共产党人、组织五万革命工农以组建几个新军，被束之高阁。

在这个时期，斯大林曾经指出：“在中国，是武装的革命反对武装的反革命，这是中国革命底特点之一，也是中国革命底优点之一。”① 作为一般理论原则，这是完全正确的。但在当时，联共（布）和共产国际都把革命武装的立足点放在国民党和国民政府身上。共产党人还没有能够从这个论述中引申出自身的责任，因此，总体来说，在这个时期，实际上党还不懂得建立自己军事的重要性，不重视独立领导革命武装。正如中共六大《军事运动报告（提纲）》所指出：党还“不明了军事运动的根本任务”，即“为争领导而夺取军队建立自己阶级的武装”；政治工作重联络高级军官而不发展兵士运动，“变成姨太太工作”；“没有创造自己军队的决心”；“没有武装准备的决心和准备”。②

第六，革命的中心问题是政权问题，它与对于革命前途的科学认识紧密相连。在马克思主义早期中国化阶段，共产党人做了艰苦的探索，从持“在野党”立场转变到开始争取政权，并从理论上确立了中国民主革命的社会主义前途。

中共二大确认当前的中国革命是资产阶级民主革命，规定了“两步走”的政略。民主革命与社会革命之间的关系如何处理，这是没有历史先例的。陈独秀认为，中国民主革命的前途问题，“在普通形势之下，自然是资产阶级握得政权”，若有特殊情况，“工人

---

① 《论中国革命的前途》，中共中央马克思、恩格斯、列宁、斯大林著作编译局编《斯大林选集》（上），人民出版社 1979 年版，第 487 页。

② 《军事运动报告（提纲）》（1928 年 7 月 3 日），中共中央党史研究室、中央档案馆编《中国共产党第六次全国代表大会档案文献选编》上卷，中共党史出版社 2015 年版，第 439 页。

阶级在彼时能获得若干政权，乃视工人阶级在革命中的努力至何程度及世界的形势而决定”。① 这个观点和立场实际上是“二次革命”论，一直到1926年底，在党的实际工作中占主导地位。即如中共四大提出了无产阶级在民主革命中的领导权问题，革命胜利后，“能否接着就是无产阶级的革命，是否必须经过资产阶级民主制度，必得无产阶级在民主革命中自己阶级的革命准备至何种程度及那时的社会的客观条件定之”②。这与陈独秀在中共三大后的表述基本相同。经过五卅运动，中共中央明确提出“中国共产党是中国无产阶级的代表”，“是无产阶级的指导者，是民族解放运动的领袖的指导者”③，但是，共产党领导资产阶级民主革命，如何争取革命统一战线的领导权，如何处理革命中的政权问题，仍然没有得到正确的解决，党在实际工作中仍持“在野党”立场，把国民革命主导权放在国民党和国民政府手上。

党的个别领导人的认识与陈独秀有所不同。瞿秋白的观点和立场是“一次革命”论，他提出在中国以劳工阶级的方法进行国民革命，劳工阶级取得国民革命的领导权，到国民革命的最高度，很可以与世界革命合流而直达社会主义。1927年初，贯彻共产国际执委会关于中国革命非资本主义前途的决议精神，瞿秋白的这个思想起了一定的链接和支撑作用。邓中夏的观点对于实际工作有所影响，五卅运动前，他提出无产阶级在民主革命中要争取政权，“政权不是从天外飞到我们工人手中的，是要我们从实际斗争去一点一滴的以至于全部的取得。政权，我们不取，资产阶级会去取的”④。他的这个思想对于省港罢工委员会在省港大罢工中实际上成为“工人政府”产生了指导作用。

如果说在国共合作之初国民革命的前途还具有假设的性质，那么，随着北伐战争的胜利进军，打倒军阀统一全国胜利在望，国民革命的前途问题就变得现实了。共产党是否应当参与成立革命政府，工农是否应当参与地方自治，以什么方式武装工农？谭平山代表中共向共产国际提出了这些有待理论解答的问题。1926年11月至12月，共产国际执委会第七次扩大会议通过决议，阐明了中国共产党应当争取中国国民革命的非资本主义前途。从根本上说，这个决议遵循了共产国际二大关于民族和殖民地问题决议精神，但把一个预期性质的问题变成国共合作和国民革命的现实选择，对中国革命的非资本主

---

① 独秀（陈独秀）：《中国国民革命与社会各阶级》（1923年12月1日），《陈独秀著作选》第2卷，上海人民出版社1993年版，第568页。

② 《对于民族革命运动之议决案》（1925年1月），《中国共产党第四次大会议决案及宣言》1925年2月，中共中央文献研究室、中央档案馆编《建党以来重要文献选编（一九二一——一九四九）》第2册，中央文献出版社2011年版，第222页。

③ 《中国现时的政局与共产党的职任议决案》（1925年10月），中共中央文献研究室、中央档案馆编《建党以来重要文献选编（一九二一——一九四九）》第2册，中央文献出版社2011年版，第518页。

④ 邓中夏：《劳动运动复兴期中几个重要问题》（1925年5月），《中国工人》1925年第5期，《邓中夏文集》，人民出版社1983年版，第129、130页。

义前途和向社会主义过渡规划了路线图和时间表。

共产国际第七次扩大会议决议精神传达到中国，1927 年初，中共中央政治局专门就此作了解释，指出："在今日以前，我们有一个根本错误，乃死守着数千年以来形式逻辑头脑的错误，即是我们自己头脑中，把国民革命和无产阶级革命之间划了很大的'天然的不可以人力逾越的'一道鸿沟，以为今天只能做国民革命，无产阶级革命至快也要到明天早晨，未到明天早晨六点钟以前，我们必须自己绑着自己的手脚，仿佛多做一点便违反了革命铁律。"中央政治局认为在整个中国革命的发展过程中，"必须抓住这两种革命的连锁，使之一气呵成，不能够机械的将他划为截然不相衔接的两个时期"，这个根本方针与战略决定了，加入国民政府问题、采用激进的农民政纲问题、注意军事工作问题便不需要再做原则的讨论。① 中央政治局决定不必等到第五次全国代表大会讨论，党的一切政策和工作计划即应依据这个新的方针和战略来进行。

这以后，共产党人参加政权的实践便出现了新气象。国民党二届三中全会坚持国共合作，决定在国民政府中新设劳工部和农政部，由共产党人出任部长职务。随后，苏兆征、谭平山分别担任了国民政府劳工部长、农政部长。湖北、湖南等省，共产党人参加了省政府。上海工人第三次武装暴动，在指导思想上发生了根本转变，一手抓武装，一手抓政权，以武装的斗争建立民众的政权，标志着"上海工人阶级的政治斗争，走入最正确的路线"②。在上海临时市政府委员会中，汪寿华为常务委员、林钧为秘书长；在市政府机关负责人中，汪寿华任劳动局长、丁晓先任教育局长、林钧任秘书长。经过上海工人武装暴动所产生的市民代表会议和特别市政府，是中国共产党在革命政权上的最初探索，它在阶级构成上体现了工人阶级、小资产阶级和民族资产阶级的联合，共产党人已经意识到并力图居于领导地位；政权形式上实行议行合一，废弃了资产阶级三权分立体制，党领导工人阶级为取得政权而斗争，这是一次重要的实践。

中共五大接受了共产国际执委会第七次扩大会议关于中国问题的决议，认为共产国际决议"对于中国革命前途的指示，及革命策略的规定，都适合于现在革命阶段中之客观的环境"。大会认为："现在革命阶段的特质是需要建立一个工农小资产阶级的民权独裁制。只有这个政权，以无产阶级作领导，才能解决现在革命中的重要问题，并引导革命向非资本主义之发展方面进行。"③ 大会通过的《政治形势与党的任务议决案》指出：

---

① 参见《中共中央政治局对于〈共产国际执行委员会第七次扩大全会关于中国问题决议案〉的解释》（1927 年初），中共中央文献研究室、中央档案馆编《建党以来重要文献选编（一九二一——一九四九）》第 4 册，中央文献出版社 2011 年版，第 19—22 页。

② 施英（赵世炎）：《上海工人三月暴动纪实》，《向导》1927 年第 193 期，合订本第 5 集，第 2089 页。

③ 《中国共产党第五次全国代表大会接受〈共产国际执行委员会第七次扩大全体会议关于中国问题决议案〉之决议》（1927 年 4 月 27 日—5 月 9 日），中共中央文献研究室、中央档案馆编《建党以来重要文献选编（一九二一——一九四九）》第 4 册，中央文献出版社 2011 年版，第 175 页。

工人阶级在国民革命运动中站在最主要的地位，已取得斗争的领导权，足以保证革命的前途，将来不会开出一个资本主义发展的时期，而是直接走到社会主义建设的斗争。中共五大宣言指出：中国的国民革命已经冲破了资产阶级式的民权主义之限制。实际情况是，以汪精卫为代表的武汉国民党并不是工、农、小资产阶级的代表，武汉政府也不是过渡到工、农、小资产阶级联合专政的途径，武汉国民党和国民政府正在快速脱离革命统一战线。这样，中共五大期间，尽管对非资本主义前途的谈论非常热烈，实际上却没有解决实际问题。

从理论上说，确定国民革命的非资本主义前途，否定国民革命后的资本主义发展，是有重大的历史意义和现实意义的。只是由于受到主客观条件的限制，在马克思主义早期中国化的阶段没有能够科学地解决民主革命与社会主义革命这两个不同性质的革命之间的转变问题。这个问题，直到1940年代毛泽东创立新民主主义理论才得到完全解决，即既不是右的“二次革命”论，也不是左的“一次革命”论，而是条件成熟时的“革命转变”论。

（三）马克思主义早期中国化的历史经验

第一，马克思主义中国化应以马克思主义的传播为基础，要加强马克思主义基本原理的学习、研究、宣传和普及，用马克思主义基本原理武装头脑，坚定对共产主义的信仰和对社会主义的信心。

第二，马克思主义是实践的理论，唯有把马克思主义基本原理与中国实际密切结合起来，指导改造客观世界和人的主观世界的实践活动，才能使马克思主义发挥科学理论的指导作用。坐而论道，清谈马克思主义，不是真正的马克思主义者。

第三，马克思主义是发展的理论，不能以教条、僵化的态度对待马克思主义，照抄照搬没有出路。以马克思主义基本原理为指导，观察中国、研究中国，把从实践中获得的感性认识上升为理性认识，进行理论创造，就实现了对马克思主义的理论创新和理论创造。

第四，马克思主义中国化是一个由表及里、由浅入深、全局性、系统性的工程，是一个与实践紧密结合的过程，也是一个实行理论自省的过程。对马克思主义基本理论理解的深度和广度，与中国实际结合的深度和广度，决定了马克思主义中国化的程度和成就。

第五，到1927年7月国共合作破裂、大革命失败，马克思主义中国化之所以被认为处在早期阶段，是因为中国共产党人对马克思主义基本原理的掌握总体来说还是初步的，对马克思主义基本原理的运用也是初步的。

第六，马克思主义早期中国化的成果意义非凡，为马克思主义与中国实际相结合的第一个伟大成果——毛泽东思想的创立，做了极其重要的准备。

结　语

以上，笔者对近代以来中国社会的民主启蒙、马克思主义启蒙和马克思主义早期中国化，从历史进程上做了梳理，探讨了三个思想向度之间的联系和区别，各自的历史逻辑、理论逻辑和实践逻辑，归纳了给予我们的启示。下面，就其中重要之处结论如下。

第一，笔者认为，资产阶级民主启蒙与马克思主义启蒙是不同的意识形态，有着本质的不同，但作为思想运动，有其连贯性。主要体现在三个方面：一是马克思主义理论来源于西方，产生于西方先进的资本主义社会，吸收了人类文明优秀成果，既传承西方现代文化，又超越西方现代文化。二是近代中国资产阶级民主主义的启蒙，宣传民主、科学、自由、公平、正义、法治，发扬怀疑和反抗封建专制权威的精神，敢于冲破禁锢人们思想的藩篱，使思想获得空前未有的大解放，客观上为马克思主义启蒙起到了思想动员的作用。三是第一代中国共产党人，如李大钊、陈独秀、毛泽东、瞿秋白、恽代英等，都是在对资产阶级民主思想进行扬弃的基础上，实现革命性变革，接受了马克思主义。

第二，笔者认为，马克思主义启蒙对于中国社会的发展进步，实现中华民族的伟大复兴，具有决定性意义。马克思主义启蒙是近代中国第二次思想启蒙，是近代中国思想的伟大革命，是中西文化交流最绚丽的成果。马克思主义基本理论的启蒙，为中国革命、建设与改革提供了科学的世界观和方法论，东方革命理论成为毛泽东思想的直接思想来源。选择马克思主义是为了解决中国问题、改变中国的命运，因此与国情相结合才是传播的归宿，体现传播的价值。在中共创建—大革命时期，中国共产党人将马克思列宁主义与国民革命相结合，产生了“中国化”最初理论成果：新民主主义理论体系的基本思想。这说明，中国共产党从一开始就坚持马克思主义实事求是的思想路线，新民主主义理论体系的基本思想是中国共产党人将马克思主义运用于半殖民地半封建社会的第一个理论创新与实践创新。从这个初心出发，中国共产党人创立了“中国化”的理论体系，极大地丰富发展了马克思主义宝库，是中国共产党人对马克思主义认识的一次飞跃。由民主启蒙到马克思主义启蒙是中国式启蒙运动的特点，马克思主义启蒙而导致的中国实践呼唤并决定了马克思主义必须中国化。

（续完）

抗日战争时期朱德的文艺思想与实践

——以太行山根据地为视角

李志宏①

摘　要：朱德在抗日战争时期从中国持久抗战和敌后根据地建设的具体实践出发，对文艺的作用进行了多个方面的深刻思考，形成了独具特色的文艺思想，同时亲身参与并积极推动了太行山根据地文艺运动。朱德的文艺思想与实践深刻反映了敌后抗日根据地发展的历史要求，并对1942年延安文艺座谈会讲话精神的形成产生了一定影响。

关键词：朱德；文艺思想；文艺实践；延安文艺座谈会；新英雄主义

长达十四年的抗日战争，给中国人民带来了巨大的灾难，也是中华民族走向伟大复兴的重要历史转折点。抗日战争时期，朱德总司令是中国共产党领导下的八路军、新四军全面对敌斗争的总指挥，是中国共产党领导下的敌后抗日民主根据地的奠基人之一。与此同时，朱德总司令在长期抗战过程中，始终高度重视文艺工作的重要作用，并率先垂范、坚持笔耕，创作了大批优秀的文艺作品，为抗战文艺运动的发展作出了自己的独特贡献。

一、“无产阶级的革命实用主义”——朱德文艺思想与实践相关研究综述

20世纪70年代末起，特别是新世纪以来，越来越多的学者开始从不同角度梳理和研究朱德在文化和艺术领域的思想与贡献。早在1978年，袁鸿绪、王同悦《注诗要有助于理解诗意——对〈朱德诗选集〉注释的一点意见》就开始着手对朱德诗词艺术进行研究；其后，1979年李希泌《喜读朱德同志早年诗十八首》、1994年江英《览之自怡悦 述与子同歌——朱德、董必武诗词酬唱录》、2006年左智勇《高风亮节，诗如其人——从诗词

---

① 作者简介：李志宏（1974—　），男，山西代县人，北京大学光华管理学院硕士，北京和平教育基金会副理事长，主要研究方向为抗战文艺史、中国美术史、文化旅游产业政策。

创作看朱德革命的一生》，以及 2010 年曾庆亮、王安平、李智《朱德诗词及相关问题研究述评》等重要文献相继问世，进一步推动诗词艺术成为朱德文艺研究领域的“显学”。

1992 年，随着《新文化史料》首次披露了朱德在延安文艺座谈会上的插话，学术界对朱德文艺思想展开了进一步的研究与探讨。2005 年，孙国林在《朱德与抗战文艺》[①] 一文中，从论述抗战文艺、参加文艺活动、关心帮助文艺家、诗歌创作等几个角度，对抗日战争时期朱德文艺思想与活动进行了总结，在此基础上指出“他的文艺思想是他作为马克思主义者思想中的有机构成部分”，“他把文艺作为革命的一翼，作为枪杆子的对应物看待；在朱德看来，‘文’与‘武’是革命战车的左右双轮、缺一不可；在中华民族生死存亡的历史关头，革命文艺当然要配合民族解放战争；文艺家自然应该与人民结合”。2010 年，刘海静在《朱德文化思想研究》[②] 一文中，对朱德关于社会主义文化建设的思想从四个方面进行了论述：一、文化建设必须置于社会经济发展的战略地位，必须以马克思主义为指导，确保文化事业的社会主义方向；二、文化建设必须与时俱进和不断创新，充分发挥文化事业的社会效益；三、文化建设必须注重人才培养和文化传承，保障文化事业的长足繁荣发展；四、文化建设必须重视对外交流，借鉴国外优秀文化，彰显文化事业的实力与魅力。2015 年，可晓锋、董赟在《论朱德的文艺思想》[③] 一文中，提出朱德文艺思想是“无产阶级”的“革命实用主义”的文艺思想，其内涵的系统构成包括：在文艺创作方向上，要符合中国革命的大方向；在内容方面，文艺要热情地歌颂社会主义事业前进中涌现出来的动人的真实事件；在形式方面，要求多采用大众化、通俗化的民族形式和民间形式。2022 年，方伟在《朱德与杜甫——兼论朱德的诗歌创作》[④] 一文中，对朱德文艺思想进行了梳理，并结合朱德对杜甫诗词的推崇与热爱，指出朱德诗歌创作具有“诗史”笔法和“史笔”风范，同时进一步强调：“有研究者指出‘朱德文艺思想是无产阶级的革命实用主义的文艺思想’，当为确论。”

可晓锋、董赟在《论朱德的文艺思想》一文中自述，“无产阶级的革命实用主义”这一概念引申自毛泽东《在延安文艺座谈会上的讲话》（以下简称《讲话》）中“我们都是无产阶级的革命的功利主义者，我们是以占全人口百分之九十以上的最广大群众的目前利益和将来利益的统一为出发点的”这一经典表述。对于这一概念，两位作者进一步概括为“文艺须‘为革命服务’”，即“文艺必须成为建立人民当家做主的新中国、新社会的革命战争的实际力量”，其具体阐释为：“充分和重视发挥文艺的宣传鼓舞、团结教育

---

① 参见孙国林《朱德与抗战文艺》，《河北师范大学学报》（哲学社会科学版）2005 年第 11 期，第 109—113 页。

② 参见刘海静《朱德文化思想研究》，《平顶山学院学报》2010 年第 12 期，第 4—8 页。

③ 参见可晓锋、董赟《论朱德的文艺思想》，《党史学苑》2015 年第 9 期，第 33—36+46 页。

④ 参见方伟《朱德与杜甫——兼论朱德的诗歌创作》，《杜甫研究学刊》2022 年第 1 期，第 77—86 页。

作用，在革命战争中宣传无产阶级革命真理，揭露敌人的阴谋陋行，鼓舞广大人民勇于革命的斗志，抒写乐观向上的革命精神，把文艺磨炼成真正锋利的战斗武器，把文艺工作者锻炼成能走上前线、深入战斗的战士；在新中国的建设中能够继承优良的革命传统，传承优秀传统文化，歌颂新中国的建设成果，反映新中国的新现实生活，使文艺成为新中国建设的有力的助推器；等等。”

学界历代专家从不同视角出发的优秀研究成果，不仅充分说明了朱德文艺思想和文艺实践的丰富性，同时也为朱德文艺研究的持续纵深发展奠定了基础、指明了方向。与此同时，囿于史料文献等的限制，上述学术研究成果并没有能够全面、系统地反映出朱德文艺思想的精神实质，也没有能够深刻、充分地揭示出朱德文艺实践的历史意义，更没有能够真实反映朱德文艺思想与毛泽东《讲话》精神及其文艺思想的内在联系。特别是在抗日战争时期，中华民族面对的不仅是一场史无前例的军事侵略，更是一场深入灵魂的精神危机。既有成果更多着眼于朱德个人的文艺活动，而没有关注到朱德与其身处的历史时代的血肉联系，由此也丧失了考察朱德文艺思想与实践的更加宏大和开放的视角。鉴此，本文拟从朱德亲手创建的太行山抗日根据地为切入点，重新审视和梳理朱德文艺思想和实践“为革命服务”的历史印记，进而从中获取关于朱德文艺研究的新的认知和洞察。

二、“愿为民主作长城”——抗日战争时期的朱德文艺思想

朱德的文艺思想或曰文艺观不是从天上掉下来的，而是从他的世界观和历史观中自然生发出来的。抗日战争时期，朱德对文艺工作的高度重视和积极参与，既是其自青少年时期开始基于深厚传统文化素养而形成的朴素认知的自然延续，也是其对新文化运动多方考察所形成的理性认知的生动体现，更是其在“投降了无产阶级”之后，从马克思主义思想理论高度，对中国历史、中国文化、中国社会深入思考所得成果在文艺问题上的理性表达。

朱德对中国历史特别是近代史的认识是非常深刻的。他指出，“我们的国家虽是弱的，但我们的民族是伟大的”，“中华民族有五千年的悠久历史，有最古的文明，它知道正义战与非正义战的区别，它不像懦夫那样害怕法西斯疯狗，它爱护自己的民族，爱护世界的和平。因此挺身而出，为正义而战，为独立自由而战，为世界和平而战”①；与此同时，因为近代以来遭受列强侵略，中国长期处于半殖民地半封建的发展状态，所以“国民党如果认为，只要他们动用了靠西方帝国主义帮助装备起来的强大的正规军就足够了，那他们就错了。在这方面，国民党不明白，一个半殖民地的国家是无法打败现代化

---

① 朱德：《我们一定要胜利》，《新华日报》（华北版）1939年7月10日第4版。

的日本军队的”①。

朱德对中国文化特别是中华民族的民族性格也有着自己独特的体认：“华北从来是中外民族斗争的主要战场，在人民中养成了一种伟大的民族风格，即‘燕赵自古多慷慨悲歌之士’，他们是有很深的民族意识”，而且“华北因为首当敌冲，民众历来感受日寇压迫最深，反日的五四运动和一二九运动，都是首先在北方发动的。这些运动在北方民众中影响很大，特别是一二九运动曾锻炼出了广大的青年民族英雄，在平、津失守后，他们便散布在广大的民间，发动抗战，而成为发展游击战争的有利条件”。② “有很深的民族意识”的广大人民，是中华民族坚持华北抗战并最终取得胜利的根基。

在此基础上，朱德对日本侵华战争期间中国社会的深层次问题有着清醒的洞察。一方面，他认为“对国民党来说，他们很难建立一个有广大民众支持的基础。他们无论什么事情都要听从上层社会的旨意，就是让地主豪绅们掌管着每个地区……所以，我们的机会就是从底层做起”③；另一方面，他高屋建瓴地指出，“抗日游击战争，本质上是抗日的群众运动，不过它是群众抗日斗争的一种最高方式罢了。离开了群众，就根本谈不上抗日游击战争，而抗日游击战争的全部秘密就在乎它是一种群众运动，一种群众抗日自卫的武装斗争方式”④。

正是基于以上对中国问题的深刻理解和洞察，朱德早在1937年7月15日就提出，“为了使抗战能够有把握，应刻不容缓地废除对于人民的束缚，予以广泛的民主自由，动员千百万的民众到前线上去”，为此要在全国范围内广泛“组织宣传队……歌咏队、戏剧队”等文艺组织，以便“团结一切力量，动员一切力量，武装一切力量，奔向全国一致对日抗战的总目标!”⑤ 由此可见，在朱德的视野中，“群众”从来不是一个仅限于“无产阶级”的抽象概念，而是一个由中国最广大民众组成、承载着中华民族伟大复兴历史责任的社会力量；“文艺”也从来不仅是一种“革命的实用主义”的宣传工具，而是一种旨在重新激发和凝聚中国最广大民众伟大民族性格、事关中国社会秩序重建和抗日斗争全局的战略资源。

（一）人民性：朱德文艺思想的精神实质

抗日战争时期，朱德在个人的文艺创作中始终坚持讴歌人民的伟大贡献，记录人民的历史功绩。朱德在诗词创作中真正践行了他在1940年7月于延安鲁艺所作的《三年来

① ［美］托马斯·亚瑟·毕森著，李彦译：《1937，延安对话》，人民文学出版社2021年版，第80页。

② 朱德：《朱德军事文选》，解放军出版社1997年版，第389页。

③ ［美］托马斯·亚瑟·毕森著，李彦译：《1937，延安对话》，人民文学出版社2021年版，第80页。

④ 朱德：《论抗日游击战争》，《朱德选集》，人民出版社1983年版，第50页。

⑤ 朱德：《实行对日抗战》，《朱德军事文选》，解放军出版社1997年版，第266页。

华北宣传战中的艺术工作》报告中所提出的“面向群众，面向士兵”① 的文艺方针，并留下许多名篇佳句：从“从来燕赵多豪杰”（《太行春感》）、“军民一致复华北”（《和李印泉先生五首》），到“神州尚有英雄在，堪笑法西意气浮”“愿与人民同患难，誓拼热血固神州”“迷漫烽火黄河岸，父老齐声话御仇”（《和董必武同志七绝五首》），再到“全为人民，解放自己，从不向人言功高”（《沁园春·受降》），无不洋溢着朱德作为一名文艺工作者对人民发自内心的热爱。其中 1945 年 12 月创作的《为柳亚子题诗》，开宗明义指出“莫将胜利归麟阁（即军事领导人——笔者注），咱就人民子弟兵。不爱金钱不惜命，愿为民主作长城”，用诗歌的独特方式，阐释了人民及人民子弟兵为抗日战争胜利所作的历史贡献。

朱德的政论文字更加集中体现出他对人民及人民力量的由衷赞颂。早在 1938 年 1 月，朱德在《论抗日游击战争》长文中即指出：“抗日游击战争是民众的抗日学校……那里是千千万万最勇敢、最坚决、充满民族意识和朝气的黄帝子孙，他们不是为了升官发财，不是为了个人的利欲，而是为了民族的生存，在最困难的条件下，几乎是赤手空拳地起来搏斗。任凭敌人怎样凶狠，也丝毫不能动摇他们的决心。他们的精神，真是动天地而泣鬼神。”② 1945 年抗战胜利前夕，朱德在《论解放区战场》一文中再次高度评价中国人民的崇高精神与伟大贡献：“这八年中，我伟大的中国人民组成了抗日的民族统一战线，在各个战线上，不分男女老幼，轰轰烈烈，与日寇作殊死的斗争；不管日寇如何凶暴残酷，也不管国民党政府的政策及其统帅部的指挥方针有如何错误，中国人民仍本一往无前的精神，前仆后继，坚持了这伟大的爱国战争。中国人民将赢得最后胜利，这已是无可怀疑的了。”③

与此同时，朱德也始终教导和鼓励广大文艺工作者牢固树立艺术为人民服务的立场和观念。1940 年 7 月，朱德在延安鲁艺所作的报告中指出，“艺术作品不是给少数人看的，而是给中国广大民众和军队看的。我们必须认清对象，面向群众，面向士兵”，因此艺术家“不应当站在群众之外，而应当站在群众之中；不应当是旁观者，而应当是参加实际斗争的战士”，“虚心向群众学习，倾听群众意见”，只有这样才能创作出“为广大群众喜爱”的“好的作品”。也就是说，在朱德看来，文化艺术的服务对象是广大人民，艺术作品的评价标准也是由广大人民的喜爱程度来最终确定的，因此文化艺术的创作源泉只能是从人民群众的伟大实践当中来，而不是也不可能是艺术家个人脱离群众、脱离集体的自我修炼和凭空创造。换言之，艺术家只有自觉地将自己从高高在上的“旁观者”变成实际参与群众斗争的人民一员，才能真正体会到“集体的力量”和人民所共同参与

---

① 朱德：《三年来华北宣传战中的艺术工作》，《朱德选集》，人民出版社 1983 年版，第 73 页。

② 朱德：《论抗日游击战争》，《朱德选集》，人民出版社 1983 年版，第 50 页。

③ 朱德：《论解放区战场》，《朱德军事文选》，解放军出版社 1997 年版，第 499 页。

的“共产主义的事业”的“伟大”，才能真正取得进步，成为“一个好的艺术家”①。

（二）斗争性：朱德文艺思想的时代特征

抗日战争不仅是一场两个国家军事力量的历史对决，而且也是一场事关中华民族和中华文明生死存亡的文化意识形态斗争——朱德是最早认识到这一点的军事战略家之一。早在 1937 年 7 月，朱德就一针见血地指出，“恐日病”是“一条反动的坝堤……客观上尽了日本内奸的作用”，并通过对日本社会政治、经济、阶级关系等深入浅出的分析，打破了“日本不可战胜”的谎言，指出“所谓的恐日病，只是自己脑子里的魔鬼造出来的，日本并不是那么可怕的怪物，每个中国人都应该牢牢地记着！”1939 年冬，中共北方局召开的晋东南文艺界座谈会上，朱德拿出敌人污蔑八路军的宣传品，并鼓励文艺工作者“把笔杆当作枪杆”给以回击，“宣传我们党和人民团结一致抗日的政策和八路军的战绩”②。同年 11 月 28 日，朱德在出席中华全国文艺界抗敌协会晋东南分会成立大会时发表讲话，号召文艺工作者拿起笔杆子作战，抨击投降妥协的言论，揭露日寇汉奸的阴谋，为保卫中国文化而战。③ 1940 年 2 月 8 日，朱德出席八路军野战政治部召开的文艺座谈会并讲话，继续勉励文艺工作者更好地利用文艺的武器进行对敌斗争。④

1940 年 5 月朱德返回延安之后，对华北敌后战场的文化意识形态斗争进行了更加深入的思考与总结。同年 6 月 9 日，朱德在出席延安鲁艺成立两周年纪念大会上介绍说，前方的文化宣传工作还做得不够，因为敌人“把没有理由的事说得天花乱坠，而我们呢，都不大会讲，所以有理由的事，也往往只好闷在肚子里”⑤。同年 6 月 20 日，朱德在延安所作《华北抗战的总结》中对三年来敌后文化意识形态斗争的形势进行了分析，指出“敌人的一切宣传都是集中在造成和平空气，拼命挑拨离间、破坏团结和宣传复古运动”，而“顽固分子的许多理论和敌相同，帮助敌人施放投降、妥协的烟幕”，而我们则“尽力提高民族自尊心与自信心，以坚持抗战到底……指出持久战的最后胜利必属于我，指出团结的重要、可能与必然……粉碎敌人一切愚民的复古运动”，并为此“实行了抗战文化教育政策，一般地掘破了敌寇、汉奸、汪派、托派的无耻宣传”。⑥ 同年 7 月，朱德在延安鲁艺所作报告中第一次旗帜鲜明地提出“华北宣传战”的概念，并对“宣传战”中敌我双方策略进行了全面分析，指出“敌人的特务机关通过新民会、宣抚班，统制了新闻杂志书籍，组织了各种欺骗宣传团体，出版了大批的报纸、杂志、小册子、传单，来宣

---

① 朱德：《三年来华北宣传战中的艺术工作》，《朱德军事文选》，解放军出版社 1997 年版，第 407 页。

② 白炎：《彦涵传》，吉林美术出版社 1993 年版，第 52 页。

③ 参见中共中央文献研究室编《朱德年谱》（中），中央文献出版社 2016 年版，第 919 页。

④ 参见中共中央文献研究室编《朱德年谱》（中），中央文献出版社 2016 年版，第 939 页。

⑤ 逢木：《鲁迅艺术文学院举行二周年纪念大会》，中国井冈山干部学院、中央档案馆编《〈新中华报〉综合版（整理本）》，江西人民出版社 2016 年版，第 2945 页。原载《新中华报》1940 年 6 月 21 日第 3 版。

⑥ 朱德：《华北抗战的总结》，《朱德军事文选》，解放军出版社 1997 年版，第 395 页。

传‘建设东亚新秩序’、‘日满支提携’和反共，以及进行各种挑拨离间的宣传”。朱德在报告中还详细介绍了日本侵略者在“宣传战”中的文艺政策，指出“敌人的文艺理论是：‘文艺的目的是建设，即建设东亚新秩序’”，强调“敌人的一切宣传是尽量利用艺术的”，而且列举了敌人运用漫画、音乐乃至“司马光砸缸”“年历表”这样的中国故事、中国形式进行宣传的实例。在此基础上，朱德号召前方和后方艺术工作者行动起来，在“宣传战中战胜日本”。

（三）史诗性：朱德文艺思想的美学追求

抗日战争时期，朱德自身的艺术创作并未着眼于个人“小我”的经历与情感，而是始终将视线聚焦于中华民族特别是华北根据地军民的共同命运，用艺术的手段最大限度地记述了“各党、各派、各阶级、各宗教的同胞，在爱国家、爱民族的大义下团结和组织起来，为祖国而战”① 的集体群像，展现了一位“好的艺术家”用笔墨记录时代、服务人民的“大我之境”。朱德创作的抗战诗歌总量有 30 多首，其中仅 2007 年出版的《朱德诗词集（新编本）》收录的作品就有 27 首之多。这些作品不仅基本贯穿了抗战的全部历程，记录了八路军从“父老授旗旌”（《和李印泉先生五首》）到“百战新师惊贼胆”（《太行春感》）再到“收城屡屡”（《沁园春·受降》）的发展壮大轨迹，而且涉及政治形势、军事斗争、民主改革、大生产运动等诸多领域，堪称一部规模宏大、波澜壮阔的抗战“诗史”。在 1944 年《回忆我的母亲》长文中，朱德深情记述了自己母亲一生诸多事迹，生动刻画了新文化运动以来最重要的农村劳动人民形象之一，同时结尾处也写道：“母亲是一个平凡的人，她只是中国千百万劳动人民中的一员，但是，正是这千百万人创造了和创造着中国的历史”，由此也将一篇悼亡追念的私人作品升华为对中国劳动人民伟大品格的深情礼赞，并在整个敌后抗日根据地和解放区产生了非常广泛的影响。

更加重要的是，朱德在自觉传承杜甫“诗笔”优秀传统的基础上，积极号召广大艺术工作者投身并记录伟大时代，掀起一场声势浩大的“文化运动”。他指出，“我们生长在伟大的武装斗争的时代”，所以“艺术工作者应当学习军事。不但因为要表现这个斗争必须具有军事知识，而且你们也应当、也可能参加实际的武装斗争的工作”。② 1940 年 6 月，他在出席延安鲁艺成立两周年纪念大会时表示：“打了三年仗，可歌可泣的故事太多了”，“但是好多战士们英勇牺牲于战场，还不知他们姓张姓李，这是我们的罪过，而且也是你们鲁艺的罪过”，希望“前后方的枪杆子和笔杆子能亲密地联合起来”③，共同创作更多全面反映敌后英雄抗战事迹的优秀作品。

---

① 朱德：《论抗日游击战争》，《朱德选集》，人民出版社 1983 年版，第 50 页。

② 朱德：《三年来华北宣传战中的艺术工作》，《朱德选集》，人民出版社 1983 年版，第 72 页。

③ 逢木：《鲁迅艺术文学院举行二周年纪念大会》，中国井冈山干部学院、中央档案馆编《〈新中华报〉综合版（整理本）》，江西人民出版社 2016 年版，第 2945 页。

（四）民族性：朱德文艺思想的发展定位

朱德高度重视对中华民族优秀文化艺术遗产的继承与创新。他个人在抗日战争时期的文艺创作特别是诗歌创作在这方面即有非常突出的表现，堪称“旧瓶装新酒”的典型代表。

一方面，他将五言七言律诗、五言七言绝句和词等传统诗歌形式予以改造，使之成为记录、歌颂、赞美八路军和根据地人民伟大事业的新的载体。其中 1942 年创作的《抗战五周年挽八路军阵亡将士》五言长诗共计 22 句 44 行，在形式上承继了古代祭祀悼亡诗整饬庄敬的艺术风格，在内容上则一扫旧日同类诗作沉郁痛切的情绪基调，开篇首句“吾华好男儿，正好抗日死”即豁然点出牺牲将士为国赴难、慨不畏死的豪迈之志，随即回顾了五年来八路军在华北战场浴血杀敌的丰功伟绩，揭露了汪伪政权朋比为奸、腼颜事敌的可耻行径，最后以“幸者赵燕地，豪侠能继起，忠勇建功勋，首推诸烈士”收束，将烈士的伟大牺牲置于“建国从此始……光明新世纪”的中国人民共同事业之中。全诗结构严整，气势宏大，堪称抗日战争时期古体诗创作的一座高峰，一经《解放日报》发表旋即引起巨大反响。1943 年八路军第一一五师教导二旅修筑抗日烈士纪念塔时，即将朱德该诗全文敬刻于塔身北面。

另一方面，朱德在诗歌当中大量使用历史典故，并赋予其全新的时代意义与内涵。例如，《姜母刘太夫人七旬寿诞志庆》中化用孟母断机劝学及汉昭帝派傅介子击杀经常攻打汉代使者的楼兰国王的典故（“孟母贤劳说断机”“楼兰未斩尚戎衣”），《太行春感》中化用《晋书・王导传》所载东晋名相王导怒斥其他过江人士意志消沉的典故（“忠肝不洒中原泪”），《赠友人》中化用汉武帝《大风歌》诗词意境（“猛士如云唱大风”），《为陈毅同志而作》中化用楚汉相争时“划鸿沟为界”的典故（“鸿沟再划古今同”），而《抗战五周年挽八路军阵亡将士》中既有对岳武穆“还我河山”绝响的引用（“还我河山是”），也有对《诗经・小雅・常棣》“兄弟阋于墙，外御其侮”的化用（“阋墙安可再”），更借用《论语・里仁》“里仁为美”的寓意来展示新中国的光明未来（“民主真共和，世界皆仁里”）。此外，很多时事新词也频频出现在朱德诗文之中，如“堪笑法西意气浮”（《和董必武同志七绝五首》）、“法军将帅枉称强，反共仇苏自取亡”（《和李印泉先生五首》），为这些作品平添了几分扑面而来的时代气息。在此基础上，朱德继承了古代文坛诗词唱和的传统，并将其改造成为建立文艺界统一战线的新的形式。朱德与郭沫若、李印泉、杨朔、黄炎培、柳亚子的诗词唱和之作，很多都为当时巩固和发展中国共产党与国统区大后方文化艺术界的统一战线关系发挥了积极作用。

同时，朱德始终积极呼吁和鼓励广大文艺工作者改造传统艺术形式，创造适应抗日战争特别是敌后文化意识形态斗争需要的新作品。在他的鼓励下，丁玲领导的西北战地服务团 1937 年冬运用“旧瓶装新酒”的方式，尝试创作了新编京剧《三打雁门关》，讲述了贺龙、萧克两位将军在朱德总司令指挥下智取雁门关的故事。“当你看见贺、萧二将穿着灰色现代军装，在急急风的密锣紧鼓声中起霸登场，自报家门：‘俺贺龙是也！’‘俺萧克是也！’谁也禁不住好笑。接着，两位将军分列两边，同声念白：‘今日朱总司令开帐，你我两厢伺候。’于是在一片吆喝声中，‘朱总司令’出场，但见一个脸上抹成锅底灰，腮上挂着一块权作辑口的黑布的张飞式怪模怪样角色升帐了。大家更笑得合不拢嘴，连朱德本人在台下也乐开了。”① 1940年7月在延安鲁艺所作的报告中，朱德结合华北敌后宣传战的形势进一步指出，“因为要创造中国新民主主义的艺术，必须接受民族文化传统中的优良的东西而加以发扬”，鼓励艺术家要勇于和善于利用“艺术的民族形式和民间形式”，“要知道敌人是利用它作工具的”，同时也介绍了敌后文化工作者在音乐、美术、戏剧等方面创造的一些成功案例。

三、“如火如花的老少年”② ——抗日战争时期的朱德文艺实践

（一）朱德是抗战时期太行山文学运动的主要参与者

如前所述，朱德在抗日战争时期创作了大量文学作品特别是诗歌作品，其中很多是与太行山直接相关的，例如著名的《太行春感》《寄语蜀中父老》《出太行》《赠友人》《悼左权同志》以及《和董必武同志五首（其二）》（“黄河东岸太行陬，封锁层层不自由。愿与人民同患难，誓拼热血固神州”）等。这些作品不仅描绘了太行山川的壮丽美景，而且从多个层面反映了在中国共产党和八路军领导下获得新生的太行山人民和太行山抗日根据地的火热生活，有力推动了20世纪中国文学版图之中“新太行山”集体意象的立体塑造。

除了《回忆我的母亲》之外，抗日战争时期朱德在太行山根据地还发表了大量的政论和演讲文字，并同样展现出对白话文运用的娴熟技巧和高超艺术。1938年8月，朱德在关于八路军抗战一年来成绩的演讲中，用诙谐幽默的笔调讲述日本占领太原后试图围歼中国军队于黄河北岸而不得的窘境：“结果他打到了黄河边，朝四处望望，一个人也看不见。这时候他才知道已经失败了。”1939年7月，朱德在《我们一定要胜利》的文章中描写日本进攻西北的计划破产时，形象地比喻：“敌人不敢渡过黄河，因为它知道，华北的游击战争像一块大石在它的背上，如果背了这一块大石而去渡过黄河，就要淹死在黄河里的。”同年8月，在国民党顽固派制造了骇人听闻的平江惨案后，朱德在纪念八一三暨平江惨案殉难烈士大会演讲中用一系列急如星火的排比句大声疾呼：“同胞们！同志们！死是应该有代价的。死在敌人的手里，死在敌人的炮火下，他打死我们的人，我们也会打死他。这样的死是值得的，光荣的，每一个勇敢有为的青年都应该这样的死。但

---

① 舒湮：《在舞台上的人生（上）——我的剧作和演戏生活》，《新文学史料》1996年第11期，第59页。

② 秋远：《如火如花的老少年——记朱德将军》，《新华日报》1940年9月6日第2版。

是像在平江惨案中这样的死是太没有价值了，太没有意义了。他们不是死在敌人的手里，不是死在前线上，而是死在抗战的后方，死在自己人手里！中国人杀中国人，自己人杀自己人，这是太痛心了，这是太可恨了！”此外，朱德还经常使用日常习见的各种生活现象来向根据地民众宣传共产党和八路军的政策。例如，他在武乡生活战斗期间，就曾用“八路军和人民好比灯芯，日本鬼子恰似灯油。别看日寇貌似强大，最后还是灯芯把灯油熬干！”之类比喻，向驻地群众宣传毛泽东持久战的战略思想。

（二）朱德是抗战时期太行山戏剧运动的重要推动者

如前所述，朱德不仅是一个忠实的戏剧爱好者，同时也时刻关心关注着戏剧运动的整体发展。1938 年 5 月，在朱德总司令的支持下，在时任八路军总部联络部主任兼中共北方局军事部长朱瑞的领导下，太行山剧团（全称为“中国国民革命军第十八集团军第八路军晋冀豫边区太行山剧团”）在山西晋城正式成立，并迅速成长为抗战时期太行山乃至山西戏剧运动的领军力量。据时任艺术指导阮章竞回忆：“我们自己的创作，多次承担八路军总部的迎宾文艺晚会演出任务。朱德总司令常在演出前，到后台看演员化妆，问节目内容。总司令平易近人、亲切慈祥，演员们很受鼓舞。”①

1939 年 1 月 4 日，朱德在山西沁县南沟村举行的晋东南各剧团代表座谈会上讲话，指出：“（一）晋东南戏剧运动已经获得极大成绩，此后应加紧工作，使晋东南戏剧运动获得新的进步；（二）戏剧是宣传民众最有力的武器，应针对敌人的欺骗宣传进行教育民众与动员民众的工作；（三）应善于运用旧形式，特别是为大众所爱好的地方的形式，动员民众参加抗战；（四）要把剧团当作学校，而不要把剧团当作戏班子；（五）每个艺术工作者应有政治的远见，学习政治；（六）应多多发扬抗战以来各地悲壮斗争的史迹，如我军打了一年多仗，每一仗都有可歌可泣的故事，但并未经戏剧界普遍发扬，此后望……”② 在朱德等各位代表精彩发言之后，大会当即决定成立“中国戏剧界抗敌协会太行山区分会筹备委员会”，并推举太行山剧团、朱光、陈毅、李伯钊等十一席为常务委员，至此，晋东南戏剧运动开启了新的纪元。1939 年初，八路军第一二九师三八六旅陈赓旅长在原旅宣传队基础上组建了“野火剧社”，根据东北抗日义勇军英雄事件创排了新编京剧《小白龙》。朱德看过演出之后予以高度评价，并在 1940 年 7 月延安鲁艺报告中将其作为“文艺大众化通俗化”的典型案例予以大力宣传。

（三）朱德是抗战时期太行山木刻运动的有力支持者

1939 年 7 月 1 日，《新华日报》（华北版）《敌后方木刻》专刊正式创刊，成为当时华北敌后抗日根据地唯一的木刻艺术专刊，为在太行山根据地广泛发动和开展木刻运动发

---

① 阮章竞：《风雨太行山——太行山剧团团史》，《新文学史料》1998 年第 5 期，第 22 页。

② 刘增杰、赵明、王文金等编：《抗日战争时期延安及各抗日民主根据地文学运动资料》（中），知识产权出版社 2010 年版，第 825 页。

挥了重要作用。该专刊先后创办5期，其中朱德先后为第三期（1939年9月1日）、第四期（1939年10月1日）分别题词“打破敌人围攻”“创造游击小组”，并为第五期（1939年10月19日）题写报头，显著提升了当时社会各界对木刻艺术的关注和重视程度。1939年冬，延安鲁艺木刻工作团按照朱总司令在中共北方局召开的晋东南文艺界座谈会上所提出的“把笔杆当作枪杆”的指示，借鉴山西民间年画绘图方法及印制技术，设计制作了一套具有鲜明抗战色彩、反映多彩根据地生活的“新年画”，受到了广大群众的热烈欢迎。在次年春节野战政治部召开的文艺座谈会上，木刻团应邀参加，朱德明确提及日本侵略者套用中国艺术题材与形式开展宣抚的作品及其所暴露的诱惑腐蚀我民心的歹毒用意，同时特别肯定鲁艺木刻工作团新年画宣传的战绩，并鼓励与会文化干部继续努力，争取“笔杆子要超过枪杆子”。此次会上，陆定一在所作《艺术工作的方向》长篇讲话中提出“民族形式和民间形式融合，创造出新的抗战文艺”的动员，并对木刻工作团“年画战”予以充分肯定——而据有研究说：“陆定一在团拜会上所作的大报告，事先请示过两位总司令。他们的意见是一致的：对抗战题材，运用好民族的形式是关键问题。”① 同样，朱德回到延安后，在1940年7月为鲁艺作报告时，也将木刻工作团的此次年画战作为抗敌宣传的成功典型予以介绍和宣传。

（四）朱德是抗战时期太行山音乐运动的积极发动者

由桂涛声作词、冼星海作曲的《在太行山上》是第一首明确以太行山为主题的抗战歌曲，也是在太行山根据地影响最大、传唱最广的抗战歌曲之一。而这首歌曲的创作、传播都与朱德大有渊源。1937年冬，时任国民党第十三军游击司令部政治代表的桂涛声受山西著名的回族抗日领袖马骏（又名马君图）委托，秘密接触驻山西陵川的中共地下党组织，报告了马骏想面见朱德同志的愿望；后经层层申报，朱德同志答复愿意在晋城后河村会见马骏一行。“这也是桂涛声第一次见到朱德，聆听了他对抗战形势的分析，以及军民一心、不分民族、共御外辱的真诚愿望。”② 次年6月，业已回到武汉的桂涛声带着写好的歌词找到冼星海，由后者谱曲并创作完成歌曲《在太行山上》。不久，这首歌曲传入太行山根据地，并由太行山剧团首次唱响。朱德总司令在听到这首歌曲后，“十分喜欢，大加赞赏。他不仅亲自抄录歌词随身携带学唱，而且还要求战士们也要会唱《在太行山上》”③ ——这是迄今为止关于太行山根据地有组织地开展大规模的音乐学习、演唱和传播活动的最早记录之一。在朱德的带领下，这首歌迅速传遍太行山乃至整个华北敌后抗日根据地，成为鼓舞士气的重要武器。

---

① 曹庆辉：《“跑到时代的前头当旗手”——从日记、手稿看胡一川在抗战中的艺术思考与木刻实践》，《中国国家博物馆馆刊》2022年第5期，第59页。

② 张建刚：《歌者涛声——桂涛声小传》，云南人民出版社2017年版，第114页。

③ 张建刚：《歌者涛声——桂涛声小传》，云南人民出版社2017年版，第105页。

与此同时，朱德也非常关心和支持艺术家通过民间采风、运用民族形式创作群众喜闻乐见、朗朗上口的新音乐内容。在 1940 年 7 月延安鲁艺的报告会上，他特别举出由延安鲁艺实验剧团青年作曲家安波根据晋东南民歌改编创作的歌曲《骂汪小调》，来说明艺术大众化和通俗化的重要意义。

（五）朱德是抗战时期太行山部队文艺工作的重要组织者

朱德高度重视部队文艺对于动员、组织和武装根据地群众的重要作用。八路军改编之初，朱德即着手在部队中开展军人誓词教育。1937 年 7 月 14 日，朱德手书《抗日誓师词》，表达八路军将士“与日寇决一死战，复我河山保我民族”的坚定意志。同年 9 月 6 日，朱德出席八路军总部在陕西泾阳县云阳镇大操场举行的誓师大会，率领全体指战员宣读《八路军出师抗日誓词》，并于随后在各部“围绕‘严守纪律，勇敢作战，不把日本强盗赶出中国，不把汉奸完全肃清，誓不回家’的誓言开展了自上而下的教育”①。1938 年 1 月 12 日，朱德向全军发出号召：“坚持华北抗战，与华北人民共存亡。”② 1939 年 3 月，根据抗日战争进入相持阶段的新形势，朱德再次下令于当年“三一八纪念日”广泛开展全军宣誓活动，并发布誓词：“我们是黄帝子孙，我们是民族革命战士，我们要坚持持久抗战，坚持统一战线，克服困难……提高政治文化水平，发扬我们优良传统，养成模范军人。”③ 上述一系列宣誓教育有力激发了八路军官兵斗志，保证了八路军在抗日战争各个阶段不断取得新的胜利。

1938 年 10 月，朱德组织制定并颁布了《八路军政治工作暂行条例》（草案），该条例明确要求集团军、师、旅、团都要设立政治部（处）负责组织开展干部战士的文化教育工作，营、连、排分别设置（营）政治教导员、（连）政治指导员、（排）政治战士具体落地执行，同时明确指出“必须发动全体指战员在居民中进行广泛深入的宣传鼓动工作”④。更重要的是，其中《俱乐部救亡室工作暂行条例》明确规定，在团、旅、师、集团军直属队等部队中设立俱乐部并下设文化娱乐委员会、墙报委员会，在连队及同等部队机关中设立救亡室并下设文化娱乐组、墙报委员会，广泛开展“领导消灭文盲的工作和领导战士努力学习唱歌、救亡小调、大鼓等，组织唱歌队，组织晚会演剧和领导群众游艺，猜谜、讲笑话、讲故事、打识字牌等”活动，同时负责“（反映战士日常生活的）墙报的编辑与出版”。⑤ 1940 年 3 月，朱德在上述条例基础上经过修订完善再次颁行《中

① 董志铭：《抗日战争时期朱德军事文化建设思想研究》，《抗战史料研究》2013 年第 7 期，第 145 页。

② 中共中央文献研究室：《朱德年谱》（中），中央文献出版社 2016 年版，第 731 页。

③ 中共中央文献研究室：《朱德年谱》（中），中央文献出版社 2016 年版，第 869 页。

④ 《八路军政治工作暂行条例（草案）》，中国人民解放军总政治部办公厅编《中国人民解放军政治工作历史资料选编》第 4 册，解放军出版社 2002 年版，第 337 页。

⑤ 《八路军政治工作暂行条例（草案）》，中国人民解放军总政治部办公厅编《中国人民解放军政治工作历史资料选编》第 4 册，解放军出版社 2002 年版，第 352 页。

国国民革命军第十八集团军（第八路军）政治工作条例（草案）》。上述条例的发布和实施，为部队文艺工作的持续广泛深入开展提供了组织、制度和人力资源上的根本保障，具有十分深远的历史意义。

这套制度的实施效果是非常明显且影响深远的。1940 年，曾随延安鲁艺文艺工作团在晋东南抗日根据地开展为期一年工作的梅行撰文指出：“（如今八路军各个）部队经常进行政治教育和文化教育，文艺与教育的结合，可以使文艺工作成为经常的工作来进行。差不多在八路军中，已经消灭了文盲，一般战士的政治认识和文化水准是足以接受文艺的，他们对于文化教育都有正确的认识，所以对于文艺，同样有高度的兴趣和热爱。”① 而早在 1939 年，第一二九师三八六旅在整军期间就提出干部“每月 15 日要写文章，几句也行，给部队的墙报和刊物发表”②；“某师政治部……已成立了文艺习作会，出版了《血花》；某旅有两个团成立了习作组，四旅已全部成立，并且开始了工作”；“在某旅某团，当文艺习作会成立一星期后，一个营的投稿者竟达数十篇以上，该团《火花报》稿件突然拥挤起来”③。到 1942 年，八路军青年战士已经可以自豪地说：“过去在某某军阀队伍里曾经流传过所谓‘两支枪’的‘佳话’：那便是一支步枪，一支鸦片烟枪……我们青年的八路军战斗却有三支枪；但每一支枪都足以致敌人的死命！这便是步枪、锄头和笔。”④ 正是在这样迅猛发展的部队文艺工作基础上，朱德 1940 年 7 月在延安鲁艺的华北宣传战报告中指出，面对日寇的宣传攻势，“我们则首先经过部队的宣传部门，并取得抗日政权和群众团体的配合，出版了大批的报纸、书籍和相当多的宣传品，在部队中还发动每一个战士进行宣传工作”，“结果，虽然我们因技术和各种条件的限制，在宣传手段上远不及日本帝国主义，但是……群众是拥护我们的”，同时在报告结尾处满怀豪情地预言：“我相信，将来在战士中会产生卓越的艺术家，同时在艺术家中也会产生英勇的、伟大的战士。在文化运动和宣传战中战胜日本，要靠你们。创造光辉灿烂的新民主主义的艺术，也要靠你们。”⑤

（六）朱德是敌后文艺教育工作的重要推动者

1938 年 8 月，朱德回延安参加中共六届六中全会。在延安各界民众举行的欢迎会上，朱德发表讲话并表示：“前方文化粮食非常缺乏，要求大家把书报刊物大批的输送到前方去；前线干部很少，希望后方干部与学生大批的踊到前线上去，领导战士和战区民众进

---

① 梅行：《论部队文艺工作》，《大众文艺》1940 年第 1 卷第 4 期，第 25 页。

② 卞之琳：《第七七二团在太行山一带》，生活·读书·新知三联书店 1983 年版，第 145 页。

③ 延安鲁艺文艺工作团集体写作，荒煤、梅行、黄钢执笔：《关于敌后文艺工作的意见》，中国人民解放军文艺史料编辑部编《中国人民解放军文艺史料选编·抗日战争时期》第 1 册，解放军出版社 1988 版，第 16 页。

④ 刘克：《青年在八路军中》，《新华日报》（华北版）1942 年 5 月 4 日《第四届中国青年节纪念特刊》第 1 版。

⑤ 朱德：《三年来华北宣传战中的艺术工作》，《朱德选集》，人民出版社 1983 年版，第 72 页。

行抗日斗争。"[①] 受朱德讲话精神鼓舞和影响，延安文艺界人士纷纷动员起来支援前线，其中就包括时任延安鲁艺编审委员会主任的李伯钊。李伯钊于 1938 年底第二次重返山西，被任命为中共中央北方局宣传科长和文教委员会委员，分管党在晋东南太行山地区的文艺工作。[②] 1939 年初，在原太行山剧团附设鲁艺学校（短训班性质）[③] 的基础上，李伯钊创办了"太行山艺术学校"。为了统战工作需要，该校于 1939 年 3 月 12 日更名为"民族革命艺术学校"[④]。阎锡山发动"十二月政变"之后，李伯钊于 1940 年初在民革艺校基础上"改办"[⑤] 了"第十八集团军鲁迅艺术学校"[⑥]（简称"晋东南鲁艺"或"前方鲁艺"）。前方鲁艺成立之后，朱德经常到校授课[⑦]，还亲自为该校校刊题写刊名[⑧]。前方鲁艺以及作为其前身的太行山剧团附设鲁艺学校、太行山艺术学校、民族革命艺术学校等，为太行山乃至整个华北抗日根据地培养了大量人才，为敌后文艺工作持续蓬勃发展作出了历史性贡献。

四、从"英雄"情结到"新英雄主义"
——抗日战争时期朱德文艺思想与实践的主线

作为戎马半生的军事家和战略家，在抗日战争时期，朱德是有着强烈的英雄情结的。早在 1937 年 5 月 10 日，中革军委主席毛泽东、红军总司令朱德就联名发出《军委关于征集红军历史资料的通知》，号召"中华民族的英雄——全体红军指战员"尽最大努力，写出个人见闻，并寻找各种文献、报纸、图书、剧本、歌曲、相片、纪念品等，来完成"这一部伟大的史著"；其中特别强调要广泛征集"牺牲的同志传记或红军的故事"[⑨]。

（一）"英雄赞歌"

这种英雄情结自然会反映到朱德的文艺思想和实践当中来。在抗战期间，朱德个人创作的诗歌及其他文艺作品绝大多数都是在礼赞英雄、歌颂英雄、悼念英雄的，而且随

---

① 《朱总司令在延安各界民众欢迎会中的讲话》，《新中华报》1938 年 8 月 30 日第 2 版。

② 参见卢弘《李伯钊传》，中国华侨出版公司 1989 年版，第 112 页。

③ 参见阮章竞《风雨太行山——太行山剧团团史》，《新文学史料》1998 年第 5 期，第 22 页。

④ 《民革艺校正式开学》，《新华日报》（华北版）1939 年 3 月 27 日第 4 版。

⑤ 李伯钊：《回顾往事》，《李伯钊文集》编辑委员会编《李伯钊文集》，解放军出版社 1989 年版，第 414 页。

⑥ 汪占非：《鲁迅艺术学校毕业证书》（木刻），李小山、邹跃进主编《明朗的天》，湖南美术出版社 1998 年版，第 63 页。

⑦ 参见王照骞、郝雪廷《武乡，敌后文化的中心》，山西人民出版社 2011 年版，第 8 页。

⑧ 参见王照骞、郝雪廷《武乡，敌后文化的中心》，山西人民出版社 2011 年版，第 81 页。

⑨ 《军委关于征集红军历史资料的通知》，《新中华报》1937 年 5 月 13 日第 2 版。

着抗日战争进程的不断发展，朱德笔下“英雄”的内涵从单纯的八路军和新四军战士延展到太行山根据地最广大的抗日军民。前者在一首题目及创作时间不详的诗歌中有着集中体现：“生经百战饮倭头，不净胡尘剑不收。鸭绿江边期啸傲，何须九世报斯仇”①；而后者则有“抗战连年秋复秋，今秋且喜稻如油。迷漫烽火黄河岸，父老齐声话御仇（《和董必武同志七绝五首》其四）”。1940年5月，朱德不仅在“太行头”济源为随行人员讲述愚公移山的故事，指出愚公来源于人民，是“有坚强的决心、恒心和毅力”的人民英雄，而且在陕西黄帝陵将广大坚持抗日的人民群众比作“点燃了民族解放的烽火”的“当代的黄帝”，并认为这些觉醒了的“当代的黄帝”一定能够取得战争最后胜利，实现中华民族伟大复兴。

（二）“有功有德”

与此同时，朱德对抗战文艺工作的很多观点甚至批评建议也是结合着文艺工作者对英雄的态度来展开的，例如上文所述1939年1月对晋东南戏剧团体的建议、1940年6月对延安鲁艺艺术家的批评等。而这种“英雄情结”在朱德文艺思想发展历程中最集中的体现则在1942年延安文艺座谈会期间。

1942年5月2日，延安文艺座谈会第一次会议正式拉开序幕。当天，萧军率先发言，并提出“我们革命，就要像鲁迅先生一样，将旧世界砸得粉碎，绝不写歌功颂德的文章……我非常欣赏罗曼·罗兰的新英雄主义。我要做中国第一作家，也要做世界第一作家……”5月12日第三次会议期间，朱德作了简短发言，集中针对萧军以及与其类似的观点提出了尖锐批评，并就此阐述了自己的文艺思想。他说：“大会第一天有人发言，他不但要做中国第一作家，而且要做世界第一作家……还说他自己不写歌功颂德的文章。以我看，我们每个作家都不要眼睛太高，要看得起工农兵。中国第一也好，世界第一也好，都不要自己封，都要有工农兵群众批准”，“有的人讲，‘生不用封万户侯，但愿一识韩荆州’。你要到哪里去找韩荆州？在我们这个时代，工农兵群众里就有韩荆州，只有到工农兵群众中去，你才能结识许许多多的韩荆州”。在这里，朱德第一次突出强调了艺术家与工农兵群众的关系问题，即明确地将艺术家是否“看得起”工农兵视为决定其文艺思想对错的首要问题——如果这个关系问题不解决，随后的问题即他对所有艺术家提出的灵魂之问——“共产党、八路军、新四军就是有功有德，为什么不该歌、不该颂呢?”——就将永远无法得到真正的解答。换言之，朱德认识到，一定的文艺观是一定的历史观的产物；如果不能让艺术家从思想上深刻认识到人民即工农兵群众是推动历史进步的根本动力，深刻认识到人民即工农兵群众的历史贡献（“功”）和文化贡献（“德”），深刻认识到人民而且只有人民才是真正的“韩荆州”、才是真正最有文化的人，艺术家在实践当中就无法真正做到全心全意热爱人民，进而也就无法真正做到全心全意

① 中共中央文献研究室、中央档案馆编：《朱德手迹选》，北京出版社1996年版，第231页。

地去歌颂人民的事业。朱德之所以介绍自己“投降”无产阶级、“投降”无产阶级所代表的真理的经历，本质上就是希望以现身说法的方式，告诉艺术家们：萧军等人所谓的罗兰罗曼式“新英雄主义”本质上依然是个人英雄主义——“中国第一”“世界第一”和“韩荆州”等抽象概念背后，隐藏着的依然是千百年来中国精英知识分子对于自身文化地位和文化权力的一种执念，而从这样的思想文化土壤上涌现出来的所谓“热爱”，对身处生活斗争第一线的工农兵群众而言，终究也不过是一把“虚火”。

（三）“新英雄主义”

如果说在延安文艺座谈会的发言中，朱德为了说服艺术家转变思想情感立场，集中讲述的是“工农兵群众是最可爱的人”即“有功有德”的问题，那么1944年朱德发表的《八路军新四军的新英雄主义》则聚焦并集中讲述了“工农兵群众是最有文化的人”即“有德”的问题。

1944年7月7日，朱德在《解放日报》发表文章《八路军新四军的新英雄主义》。文章指出，“我们之所以能够创造出如许的史无前例的伟大功业，不但是由于八路军、新四军有正确的政治路线和战略战术，而且是由于我全体将士的坚苦卓绝、奋不顾身的英雄主义气概”；而文艺界对于八路军、新四军这种“英雄主义”的表扬是“异常不够的”，原因在于“很多人没有把这种新英雄主义和旧式的个人英雄主义区别开来，错认为英雄、英雄主义都是旧的名词、旧的事物，是出风头、争名利、个人突出等个人主义的产物”。朱德强调，“八路军、新四军的英雄主义，不是为个人利益打算、为反动势力服务的旧的英雄主义，而是新英雄主义，革命的英雄主义，群众的英雄主义”，其中“革命的英雄主义，是视革命的利益高于一切……以革命之忧为忧，以革命之乐为乐”；“群众的英雄主义”表现在个人的利益“无条件地服从群众的利益”，表现在相信群众力量、集体力量才是创造世界和创造历史的伟大力量。

对新、旧两种英雄主义各自产生的社会基础与历史影响，朱德运用历史唯物主义的观点和激昂慷慨的语句，进行了深刻而生动的剖析：“只有具备共产主义的高尚品质和伟大气魄，才能具有彻底的革命观点和群众观点，才能开展新英雄主义运动。一切自私自利的旧的剥削阶级，都没有勇气面向革命、面向群众，不知埋没与葬送了几多的真正英雄，反而使许多害人的毒虫披上了‘英雄’的外衣。而在共产党的领导下，一切人们都可在为革命为群众的事业中，尽量发挥自己的天才和创造性，在革命事业的宝库中放进自己更多的力量和更大的成就；而所有杰出的群众英雄，也都会被赏识，被表扬，将和伟大的革命事业一起永垂不朽！”这段话将新英雄主义与共产主义理想和道德紧密结合起来，为作为新英雄主义之社会载体的从工农兵群众中走出来的人民英雄赋予了旗帜鲜明的历史主体地位和无可限量的历史创造潜力，从而将“英雄情结”进一步升华为一种文化品格和精神素养，并与中国传统的以及被萧三等人“舶来”的种种形态的“旧英雄主义”彻底划清了界限。在此基础上，这段话进一步指出：在包括文艺在内的一切人类事业中，之所以会出现“使许多害人的‘毒虫’披上了英雄的外衣”这样的“领导权”问题，本质上是因为统治者“没有勇气面向革命、面向群众”，即没有能力承认群众在创造世界和创造历史中的主体地位和伟大力量——也就是说，围绕文艺路线等展开的所谓“领导权”问题，其真正的社会和历史根源是“主体性”问题。毛泽东、朱德在延安文艺座谈会及其他场合反复强调的“投降”“服务”“打成一片”等话语，本质上是希望文艺工作者从主观意愿的社会“热情”转化为历史自觉的阶级“热爱”，从自己的“小天地”中走出来，融入创造历史、创造世界的无限可能的实践中去。

正如朱德在文中所指出的那样，“新英雄主义是新时代新社会的产物”。朱德文艺思想从“英雄情结”到“新英雄主义”的转化也是当时新时代和新社会的产物。具体而言，这种转化是与当时包括陕北在内的整个中国共产党领导下的抗日民主根据地基本完成新民主主义性质的政治经济社会文化教育等制度变革、开始向“解放区”过渡的特殊历史阶段紧密联系的，是与根据地民众基本摆脱政治经济社会文化等诸多“枷锁”、生活形态整体得到“解放”、创新创业创造潜力被空前释放的全新社会现状紧密联系的，更是抗日战争后期根据地群众经过广泛动员、充分组织之后最大限度武装起来，人民武装规模力量空前壮大、人民子弟兵与根据地群众关系全面纵深发展的敌后抗战形势紧密联系的。同时，这种转变也进一步说明了朱德文艺思想彻底的人民立场、坚定的斗争意识、自觉的史诗情怀和不竭的创新勇气，是对抗日战争全面爆发以来朱德文艺实践的一次深刻的理论总结与全新的思想升华。

也正是在这个意义上，我们应该注意到，朱德文艺思想及其实践的历史意义不仅仅在于朱德个人对文艺的认知和自觉，更在于它同时也在相当程度上是抗日战争时期中国共产党领导下、以真实而非想象的敌后斗争实践为基础、以抗日根据地为平台的绝大多数党政军民的集体意志的表达。在长期艰苦复杂的军事斗争和意识形态斗争的环境下，朱德以笔为武器，将自己的文艺才情深植在人民群众的深厚土壤之中，将自己的思想和创作自觉转化为对人民持久抗战、创建新中国伟大力量的真情礼赞，并在自己身边、八路军身边团结和组织起一支事实上的“鲁总司令”的文艺队伍，最终率领这支文艺队伍讴歌、建设和见证了一个“遍地英雄”的新时代，一个工农兵群众满怀文化自信、昂首登上历史舞台的“人民民主”的新社会。这是朱德文艺思想与实践在抗日战争时期最重要的历史贡献。

融入大时代、践行大众化与呼唤战斗力

——黄药眠抗战时期文艺观考察*

程志军①

摘　要：将抗战前后黄药眠的文艺活动看作一个整体，是探讨其文艺观形成的可行尝试。紧跟创作社左转后，黄药眠实则开启了个人革命文学的创作进程，接受马克思主义和接触共产国际为其拓宽人文视域与理论建树提供了有力保障。战争期间，黄药眠辗转于延安、桂林和香港等地，以忠实于救亡图存的忧患意识，呼唤文艺抗战承担起肩负时代的应有使命，坚守文艺服务于人民大众的现实关怀，倡导文艺大众化和中国化的同时也主张文艺走向现代化，其文艺创作和文艺批评统一于融入大时代和呼唤战斗力的具体实践中。

关键词：黄药眠；文艺抗战；大时代；大众化；战斗力

考察黄药眠的文艺道路和文艺思想，离不开对抗战时期其文艺观念变化形成的判断与定位。抗日战争全面爆发后，黄药眠在八路军南京办事处的保释下得以出狱，并随即北上奔赴革命圣地延安。暂留延安后于 1938 年 5 月到达武汉，之后赶往桂林，皖南事变后逃亡至香港，随着太平洋战争的爆发又从香港回到梅县，并于 1943 年重返桂林，此后随着战局的变化辗转于贵阳、重庆、成都和昆明等多个城市之间，直至日本侵略者宣布投降后才开启个人的广州和香港之行。在此期间，黄药眠热心关切时局，为国家和民族命运奔走，并以文艺之笔响应时代号召，写就并发表了大量的诗歌、小说、文艺批评以及政论方面的文章。从提及的这些生活轨迹和创作业绩看，黄药眠的抗战文艺观与战时中国的命运走向形成了紧密关联。特别是亲历过延安、桂林和香港各自不同的社会语境后，黄药眠均有幸见证了文化界发起的抗战活动，这些经历促使他认识到抗战的到来标

---

* 项目基金：国家社会科学基金项目“桂林抗战文艺运动与延安经验的关联研究”（批准号：22XZW015）。

① 作者简介：程志军（1980—　），男，河北抚宁人，南宁师范大学文学院副教授，硕士研究生导师，主要研究方向为抗战文学与文化。

志着现实中国进入了一个“大时代”。在其看来，文艺抗战本身就构成了一种新的关于政治意识形态的言说方式，文艺不能脱离于政治诉求而存在，抗战文艺走向大众化的同时还应践行文艺现代化的应有指向，持有中国化和大众化立场的文艺抗战也应讲求开放性的品格取向。总体而言，黄药眠的抗战文艺观集结了战争视域下民族国家立场、阶级立场和大众立场的宏观统一，也融汇了抗战文艺应自觉崇尚战斗力、传达救亡呼声和热烈服务于大众群体的功能属性，同时也适时表达了个人对文艺和政治之间存有关系的看法。黄药眠从追随创造社的左转中汲取关注底层人民的话语资源，从接触共产国际的日常交往中获得宏阔的政治眼光，从奔向解放区的革命举动中领悟了延安道路引领民族国家前行的重要性，而这三点都融进了其战时文艺观的孕育和形成。鉴于此，本文将抗战前后黄药眠的文艺活动看作一个整体，进而以此来探究其在战争语境下是如何以个体之思融入文艺抗战的具体实践中去的。

一、从 1928 年的思想左转到奔赴延安

创造社成员思想和文风的转变是一个复杂而深刻的话题。“当 1925 年社会、政治情势丕变，马克思理论透过创造社掀起的革命文学论争找到了立足之地”①，文学走向革命，这无疑是要告别“为艺术而艺术”的创作宗旨。青年黄药眠此时是一个追随者，1927 年在《洪水半月刊》发表的诗歌《黄浦滩上的中秋》和《我死之夜》还充溢着敏感而多情的浪漫情怀，但到了 1928 年，诗风就转向了“革命的呐喊”，这一点从《黄药眠诗全编》的编选体系中就可见一斑。选择向左转是基于对中国社会发生的现实情境的考量，黄药眠认为，当时在上海已经让人看到了亡国的预兆，帝国主义在中国横行霸道，军阀和官僚一方面对外国势力极力谄媚，一方面则凶残地压榨本国人民。② 黄药眠的成长逻辑由此也随之发生改变，关心国家和民族的前途，关注底层民众的生活，接受马克思主义的理论指导，向着无产阶级革命的方向前行，这些决定自身成长的价值取向渐趋深植于他的内心。此前“个人的颓唐、苦闷情绪也已抒发到了尽头”③，在小我与大我的纠缠与取舍中自然让位于蔓延生长的革命理想。由此可以看出，黄药眠做到了理论学习、认知转变和革命实践的具体统一。我们可以从这一阶段他的阅读书目中找到有针对性的解释，他提到正是由于思想观念的左转，而像《共产党宣言》《社会主义从空想到科学之

① 崔舜华：《革命与情欲，疯狂与痴狂——浅谈创造社后期小说中的断裂、承继与矛盾》，《现代中国文化与文学》2012 年第 1 期，第 68 页。

② 参见黄药眠《动荡：我所经历的半个世纪》，上海文艺出版社 1987 年版，第 84 页。

③ 黄大地：《黄药眠创造社时期的诗歌创作——纪念黄药眠诞辰 100 周年》，《北京师范大学学报》（社会科学版）2004 年第 5 期，第 56 页。

发展》这类的经典著作已经进入自身的阅读范畴中，同时还翻译了《辩证唯物主义与历史唯物主义》等进步书刊。接受马克思主义理论学习是促成黄药眠迈向革命道路的关键一环，在面对列强辱华、国运衰退的情况下，他借助创造社成员的集体观念之变以及深刻的自我反思，开启了马克思主义理论与个人生活实践相结合的新路。

此时黄药眠在诗歌创作上尽显一个青年革命家对进步思想的追求，我们从具体的诗歌文本中能够找到其思想变迁的踪迹。1928 年黄药眠发表了一些诗歌作品，如《拉车曲》一诗的主题，就直言作为未来的主人，“我们”身肩重负，但精神刚毅并有稳固向前和期待光明的意志；《握手》再现了“我”与战地归来的朋友相见的热烈场面，我们无言只是因为我们明了战斗壮举的忠勇和惨烈；《你听》则呼唤贪睡的朋友勇敢地站起来，要为仁人志士的牺牲精神肃然起敬；《我在沙基路畔低徊》中的“我”是一个浪荡无知的病人，以此自况，表达如此身份的“我”也在为民族分忧，可见“我”并非病夫，也不是尽享奢靡、冷漠无知的闲散人士，“我”在目睹被压迫民族的不幸遭遇时满怀悲苦，并以声嘶力竭的呐喊为守护民族精神尽职尽忠；《五月歌》是一首长诗，五月与青年的激情融为一体，中国的青年以及“开拓新时代的工人”正在为推翻不合理的世界而努力，资本家的压榨、帝国主义的残暴让青年民众的鲜血流淌，诗歌在慷慨愤然的叙述笔调中强化了奋争者的无畏和坚强；《冬天的早晨》写出了无产者的劳作唤醒了一座城市的昏睡，他们的劳作不仅显现出这个劳动群体吃苦耐劳的生产图景，而且象征着劳作过程中的动力和勇气是推翻资本家和买办者的力量源泉。上面言及的诗作有其共同点，即黄药眠的叙述视点向下平移，以客观而冷静的观察视角呈现了备受欺侮的底层国人的真实情境，在这些作品中，劳动工人、青年战士和无产者构成了其叙述主体，借此审视现实中国，并“以主动融入革命的方式完成知识分子的主体性建构”①。黄药眠的诗歌创作内蕴着强力反抗和忧国忧民的赤子情怀，他已经深刻领悟到了普罗大众在列强和资本主义冲击下的悲惨境地，应该说黄药眠在以革命理性和革命姿态解剖孱弱中国的尝试中找准了命脉，个人所运用的理论资源则很大程度上来自对马克思主义阶级理论的认同和理解。2022 年 2 月 15 日中国社会科学网发表了李圣传的《黄药眠：从遁世牧歌到战斗者的诗人》，文中也看到了这一时期黄药眠诗风的转变。诗人黄药眠以自我期许的革命文学的叙述表征主动融入了对国家、民族和国民命运的思索，这表明其已成为具有初心使命的革命理想主义的信仰者和实践者。这一年黄药眠入党后更是身体力行，受组织委派到团中央任职、在苏联学习工作，以及回国后被捕，特别是在狱中不屈服不背叛革命的言行举止，这些都足以表明其革命意志和革命立场的坚定。

同样是在 1928 年，黄药眠在文艺批评领域也是才华横溢，并且与自己作为诗人的革命理想有着深度默契。在《非个人主义的文学》中，黄药眠就强调文艺家要表现“民众

---

① 张剑：《创造社“转向”再释》，《郭沫若学刊》2014 年第 4 期，第 56 页。

心里的热情，民众的勇敢的力量，民众的伟大的牺牲的精神”，并且要创作出“刚强的，悲壮的，朴素的”以及“充满着人的精神”的文学来，可见他的批评角度已适时把“为民众的文学”提上了日程。同时黄药眠还指出，“伟大的时代已摆在我们的面前，而且都会愿意同被压迫的民众紧抱在一起，体验出他那种集体的精神来发抒出灿烂的文学”①，这明确表明，文学与时代、文学与大众、文学与意识形态之间的关联在其批评架构中已初露端倪。在《文艺家应该为谁而战?》一文中，黄药眠以批判性视角对旧文人的思想痕迹、写作立场和认知局限做出了清理，也就是说旧文艺家以所谓“生之战士”的依附关系为雇主、有产者或资本家服务，这种作法是在以媚上的丑态来接受喂投，即他们并没有建立起独立自主的批评风格。所以在黄药眠看来，新的文艺家要和旧文人陈腐附庸的观念相告别，应该关注广大的工农阶层。“站在无产阶级的地位上来表现出无产者的疾苦，提醒他们阶级的意识，站在无产阶级的观点来批评的人生，来促进社会的变革更要真的参加实际行动来”②，在这里，黄药眠作为批评家则一针见血地指出了文艺家本身要具备为无产阶级服务的革命意识，文艺创作本身应具有阶级立场和阶级观念。笔者认为上面两篇批评文章大体上反映了1928年批评家黄药眠的理论成就，即在向革命文学靠近的过程中，其明晰了个人所理解的马克思主义文艺理论的基本导向——文学要为大众群体和无产阶级发声，文学承担了改造现实社会的使命。

从黄大地所编写的黄药眠著译年表来看，除了提到1929年黄药眠翻译了《工人杰麦》《烟》《月之初升》等作品之外，直至1938年他才再有创作和理论文章问世③，这期间黄药眠的文艺实践是相对沉寂的。归结起来讲，这主要源于黄药眠在此阶段奔波于革命事业，最为突出的是他经法国到德国、苏联参加和开展进步活动，这“不仅让黄药眠有国际共产主义的视野和色彩，更使得他对俄苏文艺理论的理解与认识更为深刻和本色、系统”④。在苏联积累的国际体验对于强化黄药眠的政治情怀和理论认知显然是个巨大的帮助。

和众多有为青年一样，当时的延安也是黄药眠所向往的天堂。从前面的分析中我们能够梳理出这样一个符合黄药眠革命成长的基本逻辑：中国共产党领导的陕甘宁边区是战时中国的灯塔，对于早已饱尝了革命体验的黄药眠来说，奔赴延安则是在皈依信仰。

---

① 黄药眠：《非个人主义的文学》，《流沙》（半月刊）1928年第1期，第26页。

② 黄药眠：《文艺家应该为谁而战?》，《流沙》（半月刊）1928年第5期，第25页。

③ 参见黄大地《黄药眠著译年表》，陈雪虎、黄大地编《黄药眠美学文艺学论集》，北京师范大学出版社2002年版，第674—675页。

④ 刘红娟：《长空浩歌：文论家黄药眠的“石”与“火”》，刘红娟编《黄药眠集》，广东人民出版社2018年版，第3页。

二、黄药眠抗战时期文艺观形成的理论支点

黄药眠的延安之行令其沮丧，原因在于其在狱中的表现要通过组织的甄别。自证清白与组织判定存在裂隙，除非有他者力量的有效介入。延安固然欢迎来自五湖四海的志同道合之人，但很大程度上组织纪律和审查制度也必须保证边区政治质地的纯洁。《延安之夜》写于 1938 年 1 月，这是延安解放区留给黄药眠的最初印象。诗歌以己所见展现了初见延安之时的真切情景和心理感受，其以亲身经历者的视角写出了边区正在发生的变化，来自四面八方的外来人员纷纷涌入延安，虽然延安身处西北角，但却是“革命的故乡”①。黄药眠的下笔聚集了视觉和听觉的双重角度，延安充满歌声、欢笑、军号声，有着战斗的豪情。比较而言，诗歌在字里行间展现而出的一些细节与远赴延安而来的其他文艺创作者的感受是吻合的。丁玲在《七月的延安》中就写到了个人踏上边区后流露出的欢快欣喜的青年心态，并细致入微地描绘出了“青春的心”被点燃后映现出来的热烈情景，其所见之处充满着朝气蓬勃的集体奋发的生活气息和革命激情。何其芳在《我歌唱延安》中以纪实笔法发现了延安充溢着宽大和快活的空气，大街上闪现着新面孔新秩序。不难理解，黄药眠的诗歌叙事和丁玲的诗歌、何其芳的散文可做互文性的解读。究其共同点，这是从国统区而来的新人对延安新生活新制度的积极认同，是多声道的一种表达。

黄药眠离开延安并不意味着他与延安道路就此失去了交往和回应。因战局变化，黄药眠在抗战期间到过武汉、桂林、香港等地，就其文艺创作和理论建树来说，两度寓桂和留居香港期间是最为重要的发生期。战时黄药眠以忠实于救亡图存的忧患意识，呼吁文艺抗战要承担起应有的时代使命，他坚持马克思主义的理论立场，坚守文艺服务于人民大众的现实关怀，践行崇尚伟力与呼唤崇高美学的艺术品格，并敢于以斗争精神鼓舞文艺工作者介入战时文艺运动。

黄药眠以历史唯物论为认知起点，以辩证思维予以正视文艺与时代之间产生的话语关系。抗战的爆发预示着一个新的时代的出现，在黄药眠的观点里，这意味着“大时代”的到来，正因如此，抗战进程才改变了民众与现实生活构成的关联，“文艺和民众生活的直接的接触和交流，这正是伟大文学诞生的征兆”②，所以文艺创作也必须跟进这一进程。黄药眠强调，战时情境决定了文艺工作者审视生活、发现生活、表达生活的深度及广度，文艺家要以符合时代进程的诉求去定位自身创作的目的，以此彰显其与时俱进的个体意识。黄药眠把因战争激发而起的观念认知定义为对“伟大的觉醒时代”的一种审

---

① 黄药眠：《延安之夜》，《新语周刊》1938 年第 1 卷第 7 期，第 130 页。

② 黄药眠：《目前文艺运动的主流》（上），《救亡日报》1939 年 8 月 16 日第 4 版。

度，战争战事强化了文艺创作者的集体无意识，并认为应以新的逻辑判断去审视战争生活，即对于艺术创作来说，它“无限度的发扬了我们的民族意识”，“扩展了我们的视野”，“供给了我们最广泛的题材”。① 外敌入侵给中华民族带来了灾难，黄药眠对于文艺界的期待恰是从这一事实逻辑出发，他一再声称战时中国是“伟大的时代”，这不是说战争生活不残酷，而是在言说文艺界人士的使命担当，进而去唤起对创作个体乃至创作群体艺术风格的转变。从创作规律和创作机制上来讲，黄药眠的理论见解同时也是在力争回应时代所需，求得抗战文艺在变化的历史条件下发挥出应有的效力。可见战时有战时的文学叙述，战时有战时的文学表征，黄药眠试图以动员文艺工作者深入战时生活的有效方式去回应抗战文艺的时代吁求。

对于如何书写战时中国的“大时代”图景，黄药眠认为文艺家有必要处理好文艺与政治、文艺与人民性、文艺与作家主体性之间的关系。黄药眠指出，很大程度上“文艺不过是政治斗争的一部分，它为整个政治环境所决定”②，抗战文艺的出现和发展就是受制于“大时代”政治环境的变化，也就是说反抗日本侵略者是整个国家整个民族的政治斗争，文艺抗战就是在响应这一政治活动。在《文艺与政治》这篇文章中，黄药眠言简意赅地陈述了作家的写作除了具备符合政治意识形态的特征之外，还应该树立起正确的世界观和人生观，写出好的作品仅仅依靠个人的政治认知是不够的，还有必要将这种导向用来指导创作实践。对于抗战文艺创作而言，它所承担的社会功用既是有形的，也是无形的，即一方面，战时文艺创造性地解决了人民大众的审美需求，街头诗、朗诵诗之类短平快的艺术作品应时而起；另一方面，靠近大众审美趣味的抗战文艺具有传导政治话语的作用，这种潜移默化的过程所承载的正是意识形态功能的表意所在。所以文艺与政治的关系，在黄药眠的判断里，它是文艺工作者借助于艺术创作的应有规律完成了对抗战救国这个现实政治的一种践行。除此之外，黄药眠对作家创作还提出了保有“政治斗争性”的看法，他强调一个关心时局、关心人民生活的进步作家，首先要具有“强烈的战斗性”③，这本身也是一种必要的政治态度。这里所说的“战斗性”指向了抗战文艺具有的社会属性，也是对负责任的作家们的基本要求，即写出“战斗性”的作品依靠的正是创作者对大众生活的驾驭。可见黄药眠的批评指向可以从两个层面来解读，一是作家们在战时语境下并非任性而作，而是要有针对性地去为人民大众服务，也就是在强化抗战文艺的主题呈现与人民性话语的表达要相互统一；二是如果作家本身不熟悉这种鼓动大众投入抗战的时代生活，那么就要进行个人的学习和改造，即文艺是战斗的武器，

---

① 黄药眠：《论屈原的诗》，《诗创作》1942 年第 12 期，第 13 页。

② 黄药眠：《文艺与政治》，黄大地编选、张健总主编《中国现代学术经典・黄药眠卷》，北京师范大学出版社 2012 年版，第 48 页。

③ 黄药眠：《文艺之政治性、艺术性及其他》，《文艺世纪》1946 年第 1 卷第 2 期，第 3 页。

在战争年代里文艺要真正成为战斗的武器，最根本的途径就是要求创作主体的思想改变甚至是改造。以上述为例，我们大致就能够理顺黄药眠对文艺与政治、文艺与人民性、文艺与作家主体性三层话语关系的理解，实际上这些理论要点构成了一个整体认知框架，三者统一于黄药眠对抗战文艺功能属性的定位上。《文艺与政治》写于1939—1940年间，要早于经典文献《在延安文艺座谈会上的讲话》（以下简称《讲话》）的问世，毛泽东在文艺/政治的把握上是以政治家的眼光切入，将文艺从属于政治来看待，并明晰了文艺为工农兵群体服务的根本宗旨。毛泽东的文艺观强调的是抗战语境下的阶级政治，“站在无产阶级的和人民大众的立场”① 就已经先行明确了文艺工作者要进行一番自我改造，也明确了延安解放区的文艺功能和文艺属性在当时要自成风格。

黄药眠有过延安经历，也熟稔马克思主义理论，但对文艺/政治的理解保持的依然是文艺家的立场。在文协桂林分会工作期间，黄药眠对文艺团体集结起来的抗战力量充满信心，当时他的发声与解放区毛泽东的文艺思想显然有其关联点。在理解文艺与政治的关系上，黄药眠立足于“抗战政治”的认知起点，认为抗战改变了国人的生活方式和生活状态，这就是文艺工作者所面临的最大的现实政治，所以文艺才要改变已有的生存机制，即文艺不应回避而应激发这种政治。对于创作者来说，激活这种效应就构成了文艺服从于政治、服务于政治的价值体现。此处所分析的，即可看出黄药眠所持有的批评效力洞察了时代变迁，并引发了对抗战文艺功能已经发生转变的思考。作为批评家，黄药眠“从文艺政治的辩证理解出发坚持艺术的内在规律性和独立性”②，并非以政治家的视野去处理战时文艺与政治意识形态之间的关系，即指出政治不能过多去干预文艺创作，但同时也认识到文艺无法脱离于政治，抗战文艺是在为新的民主与自由而书写。

对此，黄药眠在《论诗歌工作者的自我改造》中还专门讨论了诗歌创作者的个人改造问题。就实现诗歌大众化的现实导向话题，黄药眠阐述了一个诗人应该如何以时代要求和思想转变来完成自身的情感流露和艺术风格的变化。文中的核心观点在于，诗歌的大众化离不开诗人对人民大众生活的深入和理会，诗人要做到“艰苦而缓慢的精神上的改造”，和大众一起生活要学会反省，要洗刷掉“非大众的情操”。③ 在《文艺家的团结》中，黄药眠期待文协桂林分会人士团结起来，广泛深入生活、走进群众，并以此“教育着群众”，“同时也就让群众教育着自己，慢慢的把自己熔化在群众中”④，这本质上是创作者自我改造的终点。前文晚于《讲话》，后文早于《讲话》，共同点是都与延安文艺整

---

① 毛泽东：《在延安文艺座谈会上的讲话》，《毛泽东选集》第3卷，人民出版社1991年版，第848页。

② 李圣传：《革命时代的“抒情”——重识抗战时期黄药眠的诗歌理论批评》，《北京师范大学学报》（社会科学版）2021年第4期，第121页。

③ 黄药眠：《论诗歌工作者的自我改造》，《中国诗坛》1946年光复版新第1期，第2页。

④ 黄药眠：《文艺家的团结》，《救亡日报》1939年10月2日第4版。

风精神有相通之处。

除了文艺批评外，黄药眠还创作了一些长短不一的诗歌力作。在《黄药眠诗全编》中以“抗战的抒情”为标题，收录了战时黄药眠充满悲愤和感召力的诗歌作品，一些作品发表在当时的《救亡日报》《抗战文艺》《广西日报》等报刊上。试举几例，《忆南方》以被蹂躏的河山为叙述对象，《我要归队》写到了为死去的伙伴去报仇，《欢迎呦，新来的五月》以中华大地上的热血奔流为抒发对象，《吴淞口的春天》写出了战争留下的惨景，《中国人之歌》则以血肉之躯坚守的抗战意志为讴歌对象。整体而言，黄药眠在创作上发出了以文艺为利器的抗战心声，以工农士兵为写作对象，融汇了个人深切的忧患意识，诗歌美学走向悲壮而伟力。

结合上面的分析，我们可以作出总结，即黄药眠的战时文艺观凝结了强烈的政治话语，以服务于人民大众为导向，主张文艺工作者进行自我改造，面向战争，面向大众。也就是说，抗战文艺运动是“政治运动的一个支队”，是要“代表大多数的人民”，要“替大众说话”，是“争取民主的利器”。① 毛泽东在《新民主主义论》中就曾指出，“新民主主义的文化是大众的，因而即是民主的”②，为大众就是在发扬民主，黄药眠的文艺观以自己的方式表达了相近的看法。

三、对黄药眠抗战时期文艺观的整体评价

在黄药眠看来，文艺抗战是文化运动，它关涉中华民族的生死存亡，所以其号召社会各界团结一心，要避免“文化和今天的抗战隔离”，不应忽视“文化运动的意义”和“文化运动的特点”。③ 归纳为一点，即黄药眠强调发起的战时文化运动是全民抗战的力量体现，建立起文化阵营上的抗日统一战线，承担起抗战宣传的任务，并以此来抵御外族文化入侵，是文化界必不可少的实践行为。

战时黄药眠的文艺观有两条逻辑主线，一是以个人左转之后逐步建立起来的马克思主义理论认知为积淀，加之在莫斯科确立起来的国际共产主义视野，这些因素助力了自身对无产阶级、劳工阶层和人民大众的关怀，同时随着抗战运动的深入，其自觉树立起文艺为人民大众服务的阶级意识和人民性意识。二是以唯物主义和历史主义为判断起点，坚持发展的变化的思维方式，反对机械论和教条主义，在此前提下将马克思主义所包含的阶级意识加以延展，在不断发生变化的社会存在中强化个人主观意识的自觉改造，即向先进的进步阶级靠近，并将个人的主观创作行为置放在“历史社会所赋予的具体的生

---

① 黄药眠：《抗战期中的中国新文艺》，《天风》1945年第19期，第10、11页。

② 毛泽东：《新民主主义论》，《毛泽东选集》第2卷，人民出版社1991年版，第708页。

③ 黄药眠：《论敌人的文化进攻与我们的对策》，《救亡日报》1939年2月2日第1版。

活条件”① 所规定的现实环境中。就此我们有必要将战时黄药眠的理论观点与延安经验做些比较。

在看待文学的内容与形式这个问题上，黄药眠分析的起点是从战时文艺运动的任务和方向入手。抗战文艺不同于以往的文艺活动，它具有特殊性和时代性，这个阶段的文艺创作和文艺进程应及时跟进并反映抗战主题，文本内容和文本形式必须服从和服务于这一宗旨。在《目前文艺运动的主流》一文中，黄药眠确立了个人较为成熟的批评观点，即他已经认识到战时文艺的发展具有不平衡性，对于文化水平相对落后的人民大众，战时文艺在大众化道路上不能离开对旧形式的利用，但不能一味地重复旧形式，更不能忽略五四以来已经确定起来的新文艺传统和它的主导地位。在《讲话》中毛泽东提到的“普及”与“提高”的问题，也是抓住了工农兵认知群体文化水平不高的实际情况，换言之，就是看到了受众群体的不平衡性。与此同时，黄药眠认为抗战文艺在服务大众群体上要做到形式上的破立结合，“新的内容和旧的形式应该是从实践的意义去求得他的统一的”②。进一步去分析，这里要表达的观点是，不是所有的旧形式都可以拿过来运用，而是要对应着抗战生活中的新内容，所以那种照搬过来的旧形式实际上是不符合抗战文艺的新要求的。只有将新的因素融合进抗战文艺的创作中，才是一种符合文艺创作规律和时代进程的新文艺。总结起来说，黄药眠并不赞同孤立地静止地去翻旧文案，而是主张有扬有弃，打破旧形式既是在合理利用旧形式，也是在创造新形式创造新文艺。在《文艺上之中国化和大众化的问题》中，黄药眠为打破旧形式开出了一纸良方，即要做到“弃其糟粕，取其精华，重新配备重新排列”，进而使得“旧形式变质”，能够成为“完全新的艺术”。③ 这里的观点更进一层，可以看作一种创作技术上的指导。林分份对黄药眠战时小说创作包括 40 年代初在桂林时完成的一些创作进行过总体性讨论，他认为《李宝三》《章红嫂》《小城夜话》等作品运用了地方性的语言习惯，写出了“真正的中国人物”以及“气氛和情调”，是对“大众化和中国化”的有力实践。④ 可见黄药眠能够做到理论与实践的统一。

毛泽东提出建设富有“中国作风和中国气派”⑤ 的民族形式，其目的是活学活用马克思主义，即建立起正视民族遗产和看待国际主义的一种态度，进而形成中国化的话语表达。文艺界对利用民族形式以及实现文艺大众化和中国化展开了广泛讨论，在延安解放区和以桂林、重庆为代表的国统区都曾加以关注，并产生了众多有意义的成果。这里

---

① 黄药眠：《论约瑟夫的外套——读了希望第一期“论主观”以后》，《文艺生活》1946 年光复版新第 3 期，第 3 页。

② 黄药眠：《目前文艺运动的主流》（中），《救亡日报》1939 年 8 月 17 日第 4 版。

③ 黄药眠：《文艺上之中国化和大众化的问题》，《救亡日报》1939 年 11 月 26 日第 4 版。

④ 林分份：《黄药眠后期小说的“中国化和大众化”实践》，《文艺争鸣》2018 年第 8 期，第 75 页。

⑤ 毛泽东：《中国共产党在民族战争中的地位》，《毛泽东选集》第 2 卷，人民出版社 1991 年版，第 534 页。

仅以黄药眠的相关观点为主要分析对象，并将此问题适度展开。抗战文艺的民族化诉求从根本上是为了响应战时文艺大众化的总体要求，黄药眠指出民族形式的提出和实践，应该是“新的与旧的搅在一起重新结合，而又在时代的需要的试炼中产生”①。这一原则坚持了他个人一贯的认知立场，即文艺生产与所处时代是共生共存的，文艺产出不能脱离具体的时代生活，所以民族形式的生成不只是形式本身或者创作技巧层面的问题，它还是创作主体观念与时代境遇发生磨合的过程。黄药眠强调的是中国文化的再创造，民族形式确乎可以从固有的文化资源中汲取营养，但不能无原则地照搬照抄，所谓旧瓶装新酒的作法并不可取，文艺大众化不是简单地将新内容填放至旧瓶子里，而是要在跟进时代生活的节奏下创造性地解决创作内容与创作形式的紧密结合。在黄药眠的看法中，文艺民族化的实现应力求做到战时文艺创作机制与创作主体意识的有机融合。

同时黄药眠指出，“中国化的问题也就是大众化的问题”，并且将此“看成为新中国文艺的生长向更高的阶段的发展”。② 这里要明确的一层含义在于，黄药眠并没有将文艺上的中国化和大众化看作割裂开来的两个不同方面的问题，而是认为如果创作者写出了真正反映人民生活主题的作品，那就意味着将二者做到了统一。作为一种认知论，黄药眠的这种判断显然富有一定的弹性，其要点包括：一是创作者要具有摒弃与攫取的个人立场，就是说盲目认同旧形式是错误的，而应把抗战文艺作为反映中国现代生活和中国人现代精神的强力载体，即认同抗战文艺是五四以来中国文艺向前发展的新阶段，它要以文艺现代化的姿态衔接这个新的文化传统；二是抗战文艺应明确反映抗战的时代主题，要呈现具有中国人骨气的民族主义精神，也即表明文艺大众化与中国化的前提是要有明晰的民族主义立场。③ 而在《诗歌的民族形式问题之我见》中，黄药眠的考察视点既关注五四以来的文艺传统，也关注外来文化带来的影响，民族形式问题在这里转化为一种开放的认知立场。这在战时是难得的。

在同时代关于文艺大众化和中国化的讨论中，黄药眠的理论表述显然呈现出开放性的思维表征，他将战时文艺的大众化和中国化诉求置于五四以来中国文艺现代化的纵向发展进程中来审视。抗战文艺要解决过去与当下、国内与国外、传统与创新这些层面产生的张力问题，这昭示着文艺大众化和民族化的适时选择应在符合历史语境和文艺创作规律的共有前提下来推进，尽管抗战文艺要落实到为工农大众服务的基本方向上来，但并不能因此就失去创作本身应坚守的创造性，即应汲取古今中外优秀的文化资源并加以创造性转化。

---

① 黄药眠：《戏剧的民族形式问题座谈会》，《戏剧春秋》1940年第1卷第2期，第8页。

② 黄药眠：《文艺上之中国化和大众化的问题》，《救亡日报》1939年11月26日第4版。

③ 童庆炳认为黄药眠在抗战时期的理论贡献持有“鲜明的民族立场”，并在倡导大众化时坚持了“五四”民主精神。参见黄大地编选《中国现代学术经典·黄药眠卷》，北京师范大学出版社2012年版，导语第2—3页。

四、长诗《桂林底撤退》以及呼唤战斗力

长诗《桂林底撤退》脱稿于1946年3月，这是黄药眠以回望湘桂大撤退溃败史为视角而进行的创作，诗人将叙述重心置于战火中受难的桂林城和遭遇不幸的民众群体上。“作为一个战斗者和时代的代言人”①，黄药眠以冷静而客观的叙述笔法展现了难民涌入、桂林沦陷与战火间人们落难而逃的悲惨景象，抨击了国民党军队弃城逃跑的可耻行径，表达了诗人内心深处积郁的忧伤、悲哀与愤恨之情。诗作采用纪实性笔调，再现了抗战史上发生的真切一幕，诗人在哀缓而沉重的叹息中言己心声，剖析了桂林承受如此灾难的多重原因，即临战脱逃的官兵、内部反戈的懦夫、敲诈人民囤积货物的酷吏富豪，他们在入侵者已经制造了罪恶的事实面前却选择投机，无心奋起反抗，无力以国家民族利益为重。毫无疑问，黄药眠的诗歌写作潜隐着巨大的时代哀痛。全诗抓住了长沙、衡阳、桂林的战事变化，以线性的时间推移和西线撤退为叙事线索，检视了抗战面前国民党将士与国家命途、国人与民族文化心理、难民与日常心理情感等多个层面发生的交汇勾连。如前所言，桂林的溃败隐喻了一种民族国家立场上的文化认知，即诗人的情感宣泄恰是对当局软弱无力、贪生怕死、毫无血性的精神品格的极度失望。至于诗中所写桂林疏散中发生的生离死别、妻离子散以及背离患难与共的生活场景，这些无疑也都是引发人性之思和战争之思的真实触发点。

《桂林底撤退》以透视风起云涌的“大时代”为写作出发点，其贯彻了黄药眠在抗战文艺观上所一直持有的见地，也就是他作为文艺批评家所强调的，抗战的出现预示着一个真正的“大时代”的降临。黄药眠敏锐的个人感受力同样落实到文本细节的创设中，诗歌担负起了言说历史经验的角色，勇于为时代而存照，为时代而叙述。诗人黄药眠携带着饱满的历史责任感并还原了这一事实，可见《桂林底撤退》所产生的文献价值重于文本的审美意义。客观而言，这首长诗在诗歌美学上的创见确有缺憾所在，诸如抒情方式的单一、情感表达的一度宣泄以及叙事手法的单调，但我们依然可以肯定黄药眠作为诗人的努力是名副其实的。纵观黄药眠的革命活动、文艺创作和批评文字，其间有着这样一条清晰的线索，即从青年黄药眠走向为文艺抗战奔走呼号的黄药眠，他做到了作为革命家和文艺家思想认同的相向统一。笔者认为，抗战胜利后发表的《桂林底撤退》坚持了黄药眠一以贯之的人民性书写的方向，这同时彰显出其对个人积淀的抗战文艺观的进一步延展，最突出的一点就是把毛泽东文艺思想加以自身实践上的转化，深化了为人民大众写作的伦理要求。《桂林底撤退》是富有战斗力的檄文，悲愤、感伤、动员、唤醒等多声部熔铸在一起，凝聚起刚烈与伟力的诗性品格。在《论文艺创作上的主观和客观》

---

① 黎风：《读黄药眠的长诗〈桂林底撤退〉》，《人文杂志》1987年第4期，第108页。

这篇评论中，黄药眠就指出“文艺的创作正是人民的战斗的武器”①，作为正视客观世界并将其转变为艺术作品的一种风格，战斗力既是外在客观的，也是内在主观的，写出反映人民性内涵和无产阶级立场的作品就是要求进步作家保有富于战斗力的品性。

以战斗力为关键词，黄药眠对一些战时诗歌作品也做出过评价。何其芳的《夜歌》描绘了一个小资产阶级知识青年从旧我向新我发生蜕变的心理图景，无疑延安给了何其芳认识自我、改造自我的可能。黄药眠把诗中抒情主人公身上出现的纠缠、徘徊和矛盾看得很透彻，他认为在“大时代”中走向成长的诗人要“使自己溶化在革命里面”，要有“集体的力量和意志”以及“战斗的热情”②，以此来对照，《夜歌》在何其芳软弱、犹疑和温热的情感抒发中距离黄药眠所渴望的战斗力着实相差较远。写作《夜歌》时的何其芳已经从狂热的歌唱延安中冷却下来，他在回答中国青年社的提问之时，表明自己这个“小齿轮”已经快活地融进了“巨大的机械里”③，也就是说个体已融于革命集体。黄药眠期望何其芳的诗歌流露出富有战斗性的革命气质，并指出何其芳尚未融入集体之中，批评家所言与诗人所言出现了明显的分歧。实际上黄药眠对《夜歌》的批评存在自身认识上的矛盾，一方面他认为何其芳告别了犹疑和彷徨，已经面向了新的世界，但另一方面却号召诗人走向集体洪流中。若以“战斗的热情”来评析《夜歌》，我们同样难以给出明确的回答，何其芳走进了革命集体是事实，但个人尚未改造掉的小资产阶级意识依旧存在，这也是事实。正是如此，《夜歌》难以抛却小我，正所谓战斗激情出现了匮乏。同样，黄药眠对艾青、柯仲平和田间创作的诗歌也都予以评说，其参照的标准依旧是保有战斗力的大众化品格。可显然这三位诗人的创造道路和风格体现是不同的：艾青受象征派影响是事实，但其在延安接受的改造有目共睹，《吴满有》是代表作；柯仲平对诗朗诵、诗歌大众化运动积极践行，也是推进文艺大众化的重要代表；而田间的鼓点诗有着强烈的感召力，普通大众也能够看懂。黄药眠则认为艾青所写“不是战斗的，爽快而明朗的大众化的诗歌”，柯仲平“并没有和大众的血肉相连”，田间的那些短句是“智识份子的语言”④，这显然是站在自身批评角度得出的结论。黄药眠对诗作战斗力的呼唤，本质上是为了响应大众化。

黄药眠曾提及《讲话》传播到桂林时的情形，并认为个人适时接受并宣传了毛泽东提出的文艺为政治服务、作家要与工农大众结合并接受改造的观点⑤，但从战时他的批评文章和创作举措上来观察，其贯彻《讲话》的方向和力度都有别于延安文人，他保留

---

① 黄药眠：《论文艺创作上的主观和客观》，《黄药眠文艺论文选集》，北京师范大学出版社1985年版，第29页。

② 黄药眠：《读“夜歌”》，《中国诗坛》1946年光复版新第3期，第28页。

③ 何其芳：《一个平常的故事》，《何其芳全集》第2卷，河北人民出版社2000年版，第83页。

④ 黄药眠：《论诗歌工作者的自我改造》，《中国诗坛》1946年光复版新第1期，第4页。

⑤ 参见黄药眠《动荡：我所经历的半个世纪》，上海文艺出版社1987年版，第480页。

了清晰的个体的主观性判断。抗战结束后，黄药眠对《讲话》的领会还在不断深入，和毛泽东的文艺思想有了更多的交集，显然这是对延安经验的活学活用。比如《论诗歌工作上的几个问题》强调了工人政党领导对文艺民族品格的形成会带来根本影响，而《从五四到今天》则指出战时国统区创作缺少对毛泽东文艺思想的领会，黄药眠的这些判断更加凸显了意识形态色彩。

本文整体考察了抗战前后黄药眠文艺观的形成，密切跟踪了这一时期其文艺创作、文艺批评和文艺活动的具体细节。“黄药眠坚持马克思主义的反映论来界说文学，揭示文学的本质”①，这一评价可看作对黄药眠思想左转后进入文艺界的总体性判断。作为文艺家，战时黄药眠在文艺与政治关系的探讨上深有创见，他不主张政治决定文艺，但认同文艺服从于服务于政治，认同文艺为人民大众和无产阶级服务，但也坚守文艺本身的创作规律。黄药眠坚持马克思主义文艺观和由此确定的人民性立场，在推进抗战文艺大众化和中国化的实践中持有鲜明的开放性思维，并认识到这种作法本质上是五四以来文艺现代化前行的一个阶段。黄药眠的战时文艺观紧扣时代所需，为民族命运与大众阶级呐喊，呼唤富有战斗力品格的应时之作，同时对延安经验有所推动，也适时和毛泽东文艺思想展开了对话，并在战后对此进一步予以推动和实践。

① 黄大地：《文艺理论家黄药眠》，《励耘学刊》（文学卷）2008 年第 1 期，第 271 页。

“十七年”陕西批评家的红色文学批评及其理论构建*

魏欣怡①

摘　要：新中国成立后，红色文学经典化的风潮逐步延伸至文学批评领域。其中，陕西批评家的红色文学批评继承《在延安文艺座谈会上的讲话》的精神，在全国范围内呈现出独特的风貌。他们以党的文艺“代言人”身份努力推进红色文学经典化，其批评往往携带着自身的经验，且与同时期的文学创作相互促进。同时，作为特定语境下的产物，陕西批评家间的个体交往及集体创作模式也加强了陕西地区乃至全国文学的合力。总体而言，陕西批评家对红色文学经典化的批评与思考，是党领导的革命文艺事业发展的结果，对当下文艺的经典化发展仍有其意义。

关键词：“十七年”时期；陕西批评家；红色文学批评；经典化

新中国成立后，红色文学作为一种创作潮流开始得到全社会范围内的确认与形塑。以各类公开出版物的涌现为号角，由中国青年出版社有计划发行的英雄人物传记及小说系列②——“三红一创，青山保林”③ 等作品陆续面世。尔后，这些作品又在中国文学艺术工作者第三次代表大会上获得了陆定一、周扬、茅盾等作家及评论家的点名表彰。与此同时，反映鸦片战争的《林则徐》、反映辛亥革命的《六十年的变迁》、反映国民革命斗争的《三家巷》，以及《上甘岭》《降龙伏虎》《动荡的年代》《董存瑞》等相关电影、戏剧以及各类文学作品一时间层出不穷，也获得了全社会的极大关注。这些作品基本覆

* 项目基金：2025 年度陕西省哲学社会科学研究专项项目“延安时期戏曲改革的话语建构与经验启示研究”（批准号：2025QN0483）。

① 作者简介：魏欣怡（1994—　），女，甘肃白银人，博士，陕西师范大学文学院讲师。

② 参见中国青年出版社编《中国青年出版社五十年：1950—1999》，中国青年出版社 1999 年版。

③ 即《红岩》《红日》《红旗谱》《创业史》《青春之歌》《山乡巨变》《保卫延安》《林海雪原》。

盖了“我国从鸦片战争一直到社会主义革命各个阶段惊天动地的人民革命斗争的历史”①，凸显了 20 世纪上半叶中国革命的典型成就，因此将其经典化的努力也进一步延伸至文学批评领域之中。

再审视有关红色文学经典化的相关批评。作为文学活动中不可缺少的组成环节，文学批评在“十七年”文学发展史中起到了十分重要的作用。《文心雕龙》在“知音”一章中就曾指出：“夫缀文者情动而辞发，观文者披文以入情；沿波讨源，虽幽必显。世远莫见其面，觇文辄见其心。”② 由此可见，文学批评与创作的不同之处，首先便体现为实际文本与感性体验发生的顺序的先后差异。很多时候，文本的感性体验又会在批评家笔下得到总结与提升，进而生成了系统性的文艺理论。文论家以群进一步明确了文学批评与文艺理论的关系：“文学批评着重于评价具体作家的作品，同时也包括对于一定历史时期的文学运动、文学思潮以及各种文学流派的研究分析，而文学理论则着重于探讨和总结文学现象中带有规律性的问题。这两者之间的关系是十分密切而不能截然分割的。”③ 具体至“十七年”时期在陕批评家对于红色文学的相关批评，鉴于新中国成立后西北社会气氛的整体趋向以及党领导下的人民文艺自身的发展进程，有关文学批评的具体入思进路与操作方法也呈现出特色较为鲜明的风貌。本文即从在陕批评家红色文学批评的四个主要特征出发，通过发掘与细读其时涌现出的一批文学批评的具体文本，梳理并总结出这一时期陕西红色文学批评及理论建构的整体进路。

一

在个体成长经历与集体教育经验的影响下，在陕批评家的红色文学批评往往携带着批评家自身的经验。不同的批评体现为不同的思想进路、写作形式、传播渠道及表现方式等，也自然形成了具有一定差异且蕴含张力的面貌。更进一步而言，当代文学于数十年间发生、发展及创造性继承的进程，本就与各代际作家同中有异的面貌有着密切的关系。“文学者，随时代而变迁者也。一时代有一时代之文学。”④ 正是因为不同代际的作家携带着独具时代气息的文化质素，才进一步拓展并丰富了现代文学的传统。在陕批评家如胡采，无论是其延安时期主编《大众习作》《群众文艺》等刊物，还是新中国成立后主编《西北文艺》等新刊，文艺“大众化”的思想都深刻地影响着他的批评进路，并在

① 周扬：《我国社会主义文学艺术的道路——1960 年 7 月 22 日在中国文学艺术工作者第三次代表大会上的报告》，《人民日报》1960 年 9 月 4 日第 5 版。

② 庄适、司马朝军选注：《文心雕龙》，崇文书局 2014 年版，第 125 页。

③ 以群：《文学的基本原理》，上海文艺出版社 1980 年版，第 497 页。

④ 胡适：《文学改良刍议》，《新青年》1917 年第 2 卷第 5 号，第 27 页。

《我对于抗美援朝诗歌创作的看法》《战士诗的新发展》等文章中具体地体现为批评语言的通俗化、批评结构的集约化、主体立场的淡化等方面。相似的是，在《论〈保卫延安〉的艺术特色》一文中，作者在论证《保卫延安》一书饱含“感动作者自己的力量”① 时这样说到：

> 然而，它的的确确也是作者自己无法抑制的心声。有人把这种写作的特点，叫做作家和书中的人物、生活、思想“不隔”。“不隔”的意思，就是说作家和他的主人公们心连心，就是说作家置身于书中所展示的斗争之中。②

可以看到，作者以“不隔”一词代替晦涩的理论术语，使得普通读者能够轻松地领会其所表达的含义，也符合彼时文艺“大众化”对批评语言的通俗化要求。与此同时，这段论述以相对客观的第三人称口吻引述一种普遍的认知，将更多的空间留给作家与读者而非自身，再由此引出自己的观点与态度，同时避免冗长复杂的论述过程，以此更贴近了与普通读者的距离，也成为其个人风格在文学批评中的具体体现。

相似的情况，还可以陕西批评家王愚为例。新中国成立前后，王愚曾在西北军政大学的军政学院与艺术学院学习进修。作为党的文艺骨干被加以培养的王愚，在学校系统性地受到了马克思列宁主义、辩证唯物主义与历史唯物主义、苏联文艺以及专门性的文艺理论与实践的训练。这些有关党的政治与文艺建设的理念与知识，便构成了他日后从事文学批评时的潜意识。刊载于《延河》1957 年第六期的《读〈红日〉》一文中，王愚从“我军指战员在艰苦斗争中逐渐形成的强烈的阶级爱憎感、责任心、和以整体观念为基础的革命英雄精神”③ 的角度出发，对小说《红日》中沈振新、秦守本、王茂生等英雄人物的群像式塑造给予了高度的肯定与赞扬，并由此直截对部分批评家的不同意见提出了反驳。可见过往党的理论学习的相关经历对其文学批评风格的形成与影响。

及至新中国成立后，王愚于 1950 年在西安市文联从事戏曲改革与写作等工作。尔后，他又被调至《延河》任理论编辑。而这段写作与编辑的经历，又为其增添了一份同作家般敏锐的艺术感知力，同时便体现在他的《谈〈三里湾〉中的人物描写》《写失败了的人物形象》等评论文章之中。在《谈〈三里湾〉中的人物描写》一文中，相较于一般评论者对于人物形象的关注，他敏锐地捕捉到了“赵树理在艺术表现上除掉继承他过去的优点，坚持现实主义的传统，我们还可看出他能够更纯熟地从事件发展和人物行动中

---

① 胡采：《胡采文学评论选》，湖南人民出版社 1983 年版，第 1 页。

② 胡采：《胡采文学评论选》，湖南人民出版社 1983 年版，第 2 页。

③ 王愚：《读〈红日〉》，《王愚文学评论选》，湖南人民出版社 1985 年版，第 29 页。

表现人物的性格”① 的新的艺术特质。并且在赞誉之外，他还不忘中肯地提出了《三里湾》中的“有些形象还不能成为特点突出的、令人永志不忘的典型形象”② 的观点，这一结论也在日后得到了学术界的普遍认同。

二

从批评家自身的身份及经验视角而言，陕西批评家们对于红色文学的经典化批评，往往是以党的文艺代言人的方式完成的。因此，他们倾向于从新民主主义文艺事业的建设角度出发发掘与推荐文艺作品，同时也十分注重党的人民文艺传统的延续与强化。这从“狂飙”诗人、党的文艺工作领导者柯仲平的人生经历之中便可以看出。青年时期，从西南边陲出发的柯仲平，追随文学革命的理想，一路北上至新文化运动的中心地北京。在与鲁迅、郁达夫等前辈作家的频繁往来之中，他受到了平民文学精神的深刻影响。随后，柯仲平又南下上海加入创造社作家群，随之成为一名先锋诗人，而他对于文艺“大众化”的主动求索，也自民歌体诗剧《风火山》后开始逐步走向成熟。大革命时期，他在加入中国共产党后，于上海工人武装斗争中与左联五烈士一同受难。随后，柯仲平被鲁迅及同人营救出狱并远赴日本留学，于全面抗战爆发后回国，经多方辗转最终进入革命中心延安。至此，柯仲平开启了一条追随共产党领导的文艺事业发展道路。

延安时期，柯仲平在毛泽东的亲自鼓励下，于 1937 年至 1938 年分别组织筹办了“战歌社”与民众剧团，以街头诗运动、旧剧改革运动等活动为契机，以《边区自卫军》《平汉路工人破坏大队》和《查路条》（马健翎）等为主要成果，引领并开启了延安文艺走向民间、深入群众的创作实验阶段。1942 年 5 月，时任陕甘宁边区文化协会主任兼民众剧团团长的柯仲平，在亲聆毛泽东《在延安文艺座谈会上的讲话》（以下简称《讲话》）后，正式迈入了对于工农兵文艺理论的系统学习阶段，并体现在日后其作为《解放日报》的特邀撰稿人以及其奔赴西柏坡主持编辑《中国人民文艺丛书》的编纂理念之中。新中国成立后，柯仲平担任西北文联主席一职，继续沿着文艺的工农兵方向进行文艺宣传工作，在各类文艺工作会议上陆续发表了《学习鲁迅的战斗精神》《为坚持毛主席文艺方针而奋斗》《在西北文联创作专业会议上的讲话》等讲演文章，同时更加致力于社会主义文化体系的完善与成熟，并为陕西乃至西北地区的文化建设事业作出了较为重要的贡献。

其中具有代表性的事件是 1950 年 9 月 21 日，西北文学艺术工作者代表大会在西安的正式开幕。在这场组建西北文学艺术界联合会的重要场合中，柯仲平作了《团结起来，

① 王愚：《谈〈三里湾〉中的人物描写》，《王愚文学评论选》，湖南人民出版社 1985 年版，第 15 页。

② 王愚：《谈〈三里湾〉中的人物描写》，《王愚文学评论选》，湖南人民出版社 1985 年版，第 7 页。

为建设西北，开展各族人民文艺运动而奋斗》的主题报告。在讲话中，他首先便郑重地宣告，“在全国解放以前，只有陕甘宁边区及其他解放区，在毛主席与中国共产党领导下，文艺才被提到从未有过的光荣地位，文艺真正成为为人民服务，成为人民争取解放的战斗武器”①，从而确立了延安文艺在人民文艺脉络中的开创地位。以《讲话》为标志，《血泪仇》（马健翎）、《白毛女》（集体创作）、《松花江上》（张寒晖）、《种谷记》（柳青）等一批具有大众化典型风格的红色文艺作品，才能顺应时代精神孕育而生。基于这一包含着人民文艺的生产、传播与接受的重要经验，柯仲平将新中国成立初期西北文艺的任务与方针设定为“团结起来，坚持毛主席的文艺方向，开展西北文艺运动，为建设人民西北而奋斗”②。其中，就包括了文艺批评队伍的组织化建设。通过主办文艺刊物、指导文艺运动、团结文艺工作者，进而实现“积极学习、积极帮助作者发挥人民文艺的优良传统”③的最终目标，而这也奠定了“十七年”时期陕西文学批评的整体发展趋向。纵观而言，作为在陕文艺批评家的重要领导者，柯仲平坚定不移地遵循与实践党领导下的文艺方向的经历，正应和了其在代表作《赠爱人》一诗中所高唱的——“走，走，走，/机警地走！/壮勇地走！/按着一定路线走！”④作为近半个世纪以来党的文艺发展道路的缩影，党的文艺工作者柯仲平的创作与批评道路，表征了由中国共产党人所开创的大众化文艺的整体精神和审美范型，而这也恰是“十七年”时期乃至日后陕西文学批评最具特色之所在。

三

从地域性的视角可以看出，“十七年”时期的陕西文学创作与文学批评活动相互推进与影响，作家和批评家们以组合的形式加速了陕西红色文学作品的经典化进程。文学创作与批评之间密切地接触、互动与反馈，无疑大大增强了作品社会间传播范围的深度与广度，进而巩固、扩展以及形塑了广大读者群以提高其现实参与度，这正如萨特对于创作者的要求——“他必须创造他的观众，把所有这些庞杂的成分组成一个单一的整体，

① 柯仲平：《团结起来，为建设西北，开展各族人民文艺运动而奋斗》，王琳编《柯仲平诗文集》，文化艺术出版社1984年版，第174页。

② 柯仲平：《团结起来，为建设西北，开展各族人民文艺运动而奋斗》，王琳编《柯仲平诗文集》，文化艺术出版社1984年版，第177页。

③ 柯仲平：《团结起来，为建设西北，开展各族人民文艺运动而奋斗》，王琳编《柯仲平诗文集》，文化艺术出版社1984年版，第179页。

④ 柯仲平：《赠爱人》，王琳编《柯仲平诗文集》，文化艺术出版社1984年版，第61页。

在他们思想深处唤醒一个特定的时代、一个特定的群体的所有成员去关心大家的事情。"① 这样紧密结合的文、评互动现象，往往会促动较大规模的文学热潮或文学运动的兴起，这在"十七年"文学的发展历程中十分具有代表性。比如在陕批评家胡采对于《保卫延安》的经典化之路的支持与推进。

1954年6月，由杜鹏程以其作为西北野战军一员的西北战场经历为蓝本创作的长篇小说《保卫延安》由人民文学出版社正式出版，小说面世后轰动一时，发行近百万册。接下来的数年间，胡采于《延河》《红旗》等刊物上陆续发表了《论〈保卫延安〉的艺术特色》《深入生活 刻苦创作——杜鹏程是怎样写作〈保卫延安〉的》等评论文章，或对小说的创作场景进行回顾与追忆，或从文学及美学角度给予肯定，还从中国共产党领导中国革命的历史与现实角度，为《保卫延安》的创作成就大声喝彩。比如在长文《论〈保卫延安〉的艺术特色》中，评论家在文首即提出小说"总是用它真正的生活激情和真正的思想力量，来打动人心"②，从而提纲挈领地抓住了文本的主要特色。具体而言，这两处又分别体现为小说所饱含的高度的政治思想性，以及作家在战斗生活中所汲取的理想主义的力量。此外，主线情节的突出、人物塑造的完整、真正场景的还原以及富有激情的语言，都进一步凸显了小说创作的成功。由此，胡采以全面的视角对这部小说给予了高度的评价。而上述种种以批评促文本的努力，也为日后将《保卫延安》归入红色文学经典这一概念的指称范畴提供了有益的思路。

与此同时，还不应忽视陕西文学批评团体内部成员间的个体交往。对于党的文学事业的热情，将志趣相似的知识分子聚拢在共同的旗帜下，而个体间的思想交汇形成了一股文学合力，从而引领了一时代的陕西文学思潮。除了其时政治意味浓厚的官方组织，陕西文学的组织及运转更多地仰赖于成员个体间的密切交谊，其中又以批评家胡采为其中的核心人物。批评家之间的联系较为紧密，使得他们的观点容易互相受到影响。批评家对文学作品的感知过程，会受到预期渴望、特定情绪、惯用语言、个体立场以及客观环境等多种因素的影响。正如有学者所述，"每一相互作用依次产生将影响其它要素的新东西"③，因此这一时期在陕批评家间的交往，共同塑造了陕西批评家们的群体性特征。其时较为典型的事件是，胡采与其他在陕作家与批评家王愚、王汶石等的频繁通信。比如王汶石《给胡采同志的信》一文，就提出了其对于闻捷诗作的评价"有见解，有激情"④，同时也就其中部分的文字表述、形象抓取、风格总结等提出了修改的意见，并在

---

① ［法］让·保罗·萨特：《铸造神话》，沈志明、艾珉编《萨特文集·文论卷》第7卷，人民文学出版社2000年版，第461页。

② 胡采：《论〈保卫延安〉的艺术特色》，《胡采文学评论选》，湖南人民出版社1983年版，第4页。

③ ［美］泰勒、罗斯格兰特、迈耶等著，朱进东等译：《人际传播新论》，南京大学出版社1992年版，第4页。

④ 王汶石：《给胡采同志的信》，金汉编《王汶石研究专集》，陕西人民出版社1984年版，第51页。

信末延伸至对于文学创作的审美性的讨论。由此可见，“十七年”时期在陕批评家们频繁的文艺通信，提升了陕西文学批评的整体水准，一个内在充满活力的文学艺术圈由此得以形成。在此基础上，在陕批评家们还以共同创作的形式作出评论，从而进一步强化了所输出观点的权威性与指导价值。譬如，《人民日报》与《延河》曾刊载的杜鹏程与王汶石合作完成的评论文章《新英雄人物鼓舞着我们》。在文中，二人从几年间现实生活中不断涌现的陕西模范人物出发，共同呼吁作家们“把篇幅献给新英雄人物”①，以迎接革命英雄主义的时代。而这一有组织的、小规模的文学批评模式，在当时的文坛也确实起到了明显的收效，陕西文学创作的整体氛围曾一度为之一振。由此可见其时的陕西批评家们借助座谈会议、报纸刊物等媒介对于文学潮流的主动影响及集体表达。

四

正如有学者所言：“实际上经典化产生在一个累积形成的模式里，包括了文本、它的阅读、读者、文学史、批评、出版手段（例如，书籍销量，图书馆使用等等）、政治等等。”② 当结合整体的时代背景与社会环境时，还应当看到红色文艺的经典化进程，实则是特殊语境下的阶段性产物。譬如，“红色经典”③ 本身即是一个典型的后设性概念命名。追溯“红色经典”一词，其首次正式出现于《人民日报》1967 年 2 月 19 日第 4 版的一则短讯之中。它出自一位东非肯尼亚青年之口，用以借代一本“‘闹革命的人民的经典’”④，即彼时颂声遍野的《毛主席语录》，但这也只是一个他者个体的命名行为，其本身的性质决定了它并不能与“三红一创，青山宝林”等文艺创作在同一语境中并列提及。

又如，20 世纪 80 年代末至 90 年代之交，流行歌曲界以革命老歌新唱的方式招徕公共舆论的关注，“红色经典”重返大众视野。1996 年 8 月，全国文艺界集中发生了以北京为起点的全国巡回展《红岩魂——白公馆渣滓洞革命烈士事迹展》，于北京展览馆剧场重新登台演绎的革命样板戏《白毛女》与《长征组歌 · 红军不怕远征难》等标志性文化事件。继而，各大报刊集中刊发了《北京人重温“红色经典”剧目》《“红色经典”何以轰动京城：〈白毛女〉》《革命歌舞再热京城》等相关系列文章，其中一些时评已经开始触及了“红色经典”的定义、内涵、评价等问题。整体而言，这些报道大都倾向于从彼时失落的文化市场出发对这一新生现象加以肯定——“这股红色经典热用过去之有余弥补

---

① 杜鹏程、王汶石：《新英雄人物鼓舞着我们》，《人民日报》1960 年 8 月 3 日第 7 版。

② ［加］斯蒂文 · 托托西讲演，马瑞琦译：《文学研究的合法化》，北京大学出版社 1997 年版，第 44 页。

③ 这一概念由李溢成首先提出。参见赵勇《“红色经典”词语考》，《法治周末》2014 年 3 月 25 日第 1 版。

④ 《革命人民的经典》，《人民日报》1967 年 2 月 19 日第 4 版。

了今日的不足，对丰富今天的文艺舞台功莫大焉”①；更有评论者从“红色经典”的社会功能出发，希望它能够成为“新一代理解革命、理解爱情、理解人生的一种新的文本”②。但是值得注意的是，这一时期对于红色文艺的定位与当下学界一般所认为的1950年代至1970年代革命历史题材长篇小说这一意涵仍然存在一定的区别。

具体的看，“红色经典”这一流行的社会文化现象正式进入学理层面应追溯至1997年。这一时期，人民文学出版社有计划地集中出版了《林海雪原》《野火春风斗古城》《平原枪声》《暴风骤雨》《林海雪原》等十部反映重大革命历史阶段的长篇小说，成为学界“后来‘红色经典’说法的滥觞”③。而直至21世纪初，在由电视剧《钢铁是怎样炼成的》《激情燃烧的岁月》等高收视率影视作品的带动下，“红色经典”热持续发酵，其间龃龉却也渐渐浮出水面。2004年，电视剧《林海雪原》由于“剧中阐述的情节和英雄的真实经历不符”④，引起舆论的一片哗然，也进一步促使主流话语为之表态。2004年5月23日，中国文联、中国影协、中国剧协等共同在京举办了“评说改编‘红色经典’座谈会”，对部分“背离了原著的英雄主义和革命的人道主义”⑤ 的改编行为提出了批评。这一争论最终波及官方，2004年4月至5月间，国家新闻出版广电总局接连下发两则管理审查通知，首次以官方话语对“红色经典”概念进行阐释，即“曾在全国引起较大反响的革命历史题材文学名著”⑥，同时亦列举了已批准立项投拍的41部“红色经典”影视剧目。值得注意的是，在这则细目之中，既有新文学时期的作品《子夜》《家春秋》，有苏联战争小说改编的同名剧《这里的黎明静悄悄》《牛氓》等，亦涵盖了红色歌曲、戏剧、纪实如《没有共产党就没有新中国》《花儿为什么这样红》《沙家浜》等多种类型的作品，“红色经典”的指称范畴由此进一步扩大。

综上，对红色文艺经典在半个世纪以来的演变历程进行梳理后可知，这些反映了新中国成立前后革命成就的代表性文艺作品，在不同的历史时期受到不同的政治趋势乃至社会氛围的影响，在具体的作品选择及艺术评价等方面呈现出不尽相同的面貌。譬如，“十七年”时期柳青的长篇小说《创业史》以新中国成立后新兴的农业合作化为题材，在主题选择、现实意义、思想教育等方面彰显出其先锋性，加之结构、语言、审美等文学性特质的兼顾，令其一举成为其时陕西批评家们集体选择的代表作品，并进一步对全国

---

① 陈咏莹：《革命歌舞再热京城》，《团结》1996年第5期，第15—16页。

② 曾亚波：《“红色经典”热起来》，《电影评介》1997年第6期，第22页。

③ 金涛：《横看成岭侧成峰——人民文学出版社六十年丛书一瞥》，《中国艺术报》2011年4月1日第3版。

④ 朱莉：《红色经典剧究竟该如何“变脸”——由林海雪原引发的论争所想到的……》，《声屏世界》2004年第6期，第29页。

⑤ 新华社：《文艺界召开评说改编“红色经典”座谈会》，《人民日报》2004年5月24日第4版。

⑥《国家广播电影电视总局关于“红色经典”改编电视剧审查管理的通知》，法律出版社法规中心编《中华人民共和国文化和旅游法律法规全书》，法律出版社2024年版，第273页。

范围内农业合作化运动的普及与深化起到了借鉴性的作用，这就是杨匡汉对于“红色经典”社会功能的实现的论述，即“（它）既是社会行进的生动记录，又为文学的变异提供了见证”①。

总之，当从追求文学批评史形态完整性的角度出发，重点考察“十七年”时期在陕学者对于红色文学及文艺经典化塑造的努力，就能重新认识“确立了一整套的话语体系和文化生产方式，深刻影响了中国人的情感结构”的红色文学“究竟是怎么走过来的”②，而其中那些继承了“新鲜活泼的、为中国老百姓所喜闻乐见的中国作风和中国气派”③ 的作品，又是如何一步步地走向了经典化的道路，并以特定的坐标被纳入文学史整体谱系之中的。因此可以说，在陕批评家对于红色文学经典化的思考与批评，本质上是中国共产党领导下的革命文艺事业发展至“十七年”时期的综合结果，而非偶然现象。

---

① 杨匡汉：《惊鸿一瞥：文学中国：1949—1999》，陕西人民教育出版社1999年版，第12页。

② 赵学勇：《重话20世纪“红色经典”》，《小说评论》2003年第5期，第50页。

③ 毛泽东：《中国共产党在民族战争中的地位》，《毛泽东选集》第2卷，人民出版社1991年版，第534页。

20世纪50年代陕西文艺界的“现实主义”探索

童一菲①

摘　要：在新民主主义时期向社会主义革命和社会主义建设时期过渡阶段，中国化马克思主义文论的发展理路在很大程度上是对“延安经验”的全国性推广。在这一过程中，陕西文艺界扮演了先锋角色。一方面，陕西文艺批评家们依托陕甘宁时期的革命文艺传统和本土文化资源，积极阐释主流文艺思想，柯仲平、胡采等人的批评实践既是对延安《讲话》精神的延续，又是对革命现实主义的进一步发展；另一方面，王愚等批评家对典型化、人性论的大胆探讨，短暂激活了理论争鸣。这一系列的文艺批评实践足以表明，中国当代文论的生成既是自上而下的规范过程，也是地域经验与历史传统协商互动的结果。

关键词：中国化马克思主义文论；当代陕西文学批评；社会主义现实主义；“两结合”

“现实主义”是当代中国文艺思想、文论建设和实践的关键词，围绕其中的“社会主义现实主义”这一核心命题所展开的探讨成为中国当代文论的中心话题，“牵出其他一系列的理论问题，以及政治化的文艺斗争等”②。20世纪50年代中后期，随着中苏关系的恶化，中国开始探索一条真正符合自身实际情况的社会主义前进道路。在文艺界，“革命现实主义与革命浪漫主义相结合”（即“两结合”）的创作方法及理论应运而生。1958年，“两结合”一经提出，便被视为立足于时代特点与需要的指导方针，很快替代了此前的“社会主义现实主义”方法，成为全国文学艺术工作的实践导向。在从“社会主义现实主义”到“两结合”的提出、研讨、论争中，陕西文艺界通过具体的批评实践对主流文艺观念作出阐释，论证了“社会主义现实主义”与“两结合”文艺思想的合理性。

---

① 作者简介：童一菲（1994—　），女，文学博士，助理研究员，陕西师范大学文学院博士后。

② 参见陈顺馨《社会主义现实主义理论在中国的接受与转化》，安徽教育出版社2002年版，第3页脚注，钱中文撰陈顺馨博士论文“评阅意见书”。

一、50年代初期的“社会主义现实主义”阐释

1934年9月1日，在第一次全苏作家代表大会上，“社会主义现实主义”的创作方法受到大会一致认可，载入《苏联作家协会章程》① 这一历史性章程，也正式确立了“社会主义现实主义”在苏联文艺创作实践与理论批评体系中的基础性地位，成为其文艺发展纲领的核心部分。《苏联作家协会章程》规定了“社会主义现实主义”的本质特征和政治任务：“在无产阶级专政的年份中，苏联文学和苏联文学批评，与工人阶级一同前进，由共产党所领导，已经创造出了自己新的创作原则。这些创作原则，其形成一方面是由于对过去文学遗产的批判地舍去，另一方面是根据对社会主义胜利建设经验与社会主义文化成长的研究，已经在社会主义现实主义原则中找到了自己主要的表现”，“社会主义现实主义，作为苏联文学和苏联文学批评的基本方法，要求艺术家从现实的革命发展中真实地、历史具体地去描写现实。同时艺术描写的真实性和历史具体性必须与用社会主义精神从思想上改造和教育劳动人民的任务结合起来”。② 在这一理论体系规范下，“社会主义现实主义”被确立为激发艺术生产创新潜能的核心机制，其制度设计有效保障了文艺实践的发展路径。

在全苏联作家同盟组织委员会第一次大会召开的次年，周扬撰写了文章《关于“社会主义的现实主义与革命的浪漫主义”——“唯物辩证法的创作方法”之否定》，向国内知识界介绍苏联对于“拉普”的“唯物辩证法的创作方法”的清算，以及新近提倡的“社会主义的现实主义”口号。在这篇文章中，周扬将“社会主义现实主义”的特征概括为四点：第一，真实性；第二，在发展、运动中认识和反映现实；第三，艺术创作需典型化呈现历史进程的辩证转化，揭示社会主义建设规律，通过审美实践完成意识形态的价值引导；第四，大众性和单纯性。周扬认为，尽管创作方法这一问题尚未彻底解决，但伴随新口号而来的创作方法的划时代发展“已经在全苏联的，不，全世界的进步的艺术家批评家之间卷起了一大 Sensation（轰动——笔者注）”③。

自“社会主义现实主义”创作方法传入中国以来，其在20世纪30年代前后左翼文学运动中便频繁被作家和批评家所运用。尽管这些运用尚未完全统一在“社会主义现实主义”这一口号之下，而是以“新现实主义”“革命现实主义”“无产阶级现实主义”等

---

① 参见［美］盖尔曼·叶尔莫拉耶夫《1917—1934年间的苏联文学理论：社会主义现实主义的起源》，薛君智主编《欧美学者论苏俄文学》，社会科学文献出版社1996年版，第187—195页。

② 人民文学出版社编辑部编选，曹葆华等译：《苏联文学艺术问题》，人民文学出版社1953年版，第13页。

③ 周起应（周扬）：《关于“社会主义的现实主义与革命的浪漫主义”——“唯物辩证法的创作方法”之否定》，上海文艺出版社编《中国新文学大系（1927—1937）》第1集《文学理论集一》，上海文艺出版社1987年版，第72页。

不同名称出现，但这些提法在本质上与“社会主义现实主义”有着相近的内涵和目标。1942年，毛泽东在《在延安文艺座谈会上的讲话》（以下简称《讲话》）中明确提出“我们是主张社会主义现实主义的”，但这一口号在当时并未得到广泛传播与使用。直到1949年中华人民共和国成立初期至20世纪50年代中期，无论是从苏联翻译引进的社会主义现实主义相关著作的数量，还是文艺界、知识界对社会主义现实主义问题的讨论热度，都呈现出明显的增长趋势。1952年，冯雪峰发表《中国文学中从古典现实主义到无产阶级现实主义发展的一个轮廓》，是中华人民共和国成立以来第一篇全面系统地论述现实主义发展史的论文。冯雪峰通过学理考辨，系统论证了“无产阶级现实主义”与“社会主义现实主义”的理论同构性，确证二者实质指向同一艺术方法论体系，认为“无产阶级的思想就正是社会主义和共产主义。这两个名词在意义上是一样的”①。冯雪峰将“无产阶级现实主义”亦即“社会主义现实主义”的基本特征概括为：“社会主义现实主义的特质，就在于它是以无产阶级的哲学为自己行动（创作）的指南，在于它以对世界的正确认识来从事改造世界，即从对现实的正确反映以推进现实的前进。社会主义现实主义的党性原则，也就不仅是在宇宙学的基础上，而且就正是宇宙观的最高表现，就正是无产阶级的革命性的集中表现。社会主义现实主义的基本的和显著的特征，也都是从这个根本的特质上产生的。”② 1953年初，《人民日报》完整刊发了周扬为苏联《旗帜》期刊撰写的《社会主义现实主义——中国文学前进的道路》专论。在该文中，周扬肯定了俄苏独立探索的实践道路及意义：“‘走俄国人的路’，政治上如此，文学艺术上也是如此。”他郑重宣告中国将在文艺道路上汲取俄苏的资源：“社会主义现实主义，现在已经成为全世界一切进步作家的旗帜，中国人民的文学正在这个旗帜之下前进。”③ 之后，全国文协于1953年4月组织首都文艺界人士系统学习了“社会主义现实主义”相关文献。同年9月，在第二次全国文艺工作者代表大会上，该理论体系经大会决议，正式确立为文艺领域的根本指导原则。

陕西文艺界在探讨现实主义问题上具有得天独厚的优势。一方面，活跃于陕甘宁时期的文艺批评家们以“老解放区”文艺工作者的身份，成为当时陕西文艺批评界的中坚力量。他们在推广、阐释和实践陕甘宁时期的文艺思想方面，拥有坚实的基础，因此“社会主义现实主义”在文艺创作与文艺批评中得以同步推进。另一方面，陕西有着深厚的历史文化资源，作为周秦汉唐文化的发源地，司马迁《史记》影响下的史传传统和杜

① 冯雪峰：《中国文学中从古典现实主义到无产阶级现实主义的发展的一个轮廓（下）》，《文艺报》1952年第17号，第29页。

② 冯雪峰：《中国文学中从古典现实主义到无产阶级现实主义的发展的一个轮廓（下）》，《文艺报》1952年第20号，第35页。

③ 周扬：《社会主义现实主义——中国文学前进的道路》，《人民日报》1953年1月11日第3版。

甫现实主义诗歌影响下的“诗史”传统对当代陕西社会主义现实主义的阐释产生了一定影响。因此，从文艺批评形态方面来看，50 年代初期陕西文艺批评家在对社会主义现实主义的阐释中呈现出较为鲜明的特征。

首先，陕西文艺批评界延续了陕甘宁时期的革命传统，在讨论现实主义问题的同时融入了陕甘宁文艺时期的昂扬、乐观、积极、正大的一面，具有鲜明的理想主义色彩和乐观主义情绪。其次，陕西文艺界的批评家和作家大多具备丰富的革命文艺实践经验，因此他们往往是主流文艺思想的积极倡导者和有力传播者，可以与以北京为中心的文艺批评界形成有力呼应。最后，陕西文艺批评家注重新的社会现实与代表中华优秀传统文化的陕西地方文化相结合，展现出较为突出的民族性追求。50 年代初期陕西文艺界社会主义现实主义探索的代表是柯仲平，上述陕西文艺批评界的特点在柯仲平文艺批评中有着较为典型的体现。

1950 年 9 月 21 日，西北地区首届文学艺术工作者代表大会在西安召开。柯仲平担任大会总主席，作出题为《团结起来，为建设西北、开展各族人民文艺运动而奋斗》的报告。在报告中，柯仲平指出：“革命作家应以革命发展的观点来描写新的现实。我们必须反对公式主义（教条主义）和自然主义（经验主义）的创作方法。”同时他特别指出：“我们又必须加强文艺批评工作。对人民负责，严肃地批评缺点与错误，这是完全必要的，但应从关心与鼓励出发，以促进创作为目的。政治性与艺术性结合，内容与形式统一，这是我们批评的标准。已结合到什么程度，已统一到什么程度，对作品需作正确的分析和估计。政治第一，艺术必须服从政治，这又是我们的基本观点。这些，毛主席都有过明确的指示，我们应进一步深入学习，并具体地运用起来。”① 此时的柯仲平作为一个“老解放区”的文艺工作者，他有意识地推广着延安《讲话》的文学观念，在对现实主义问题的讨论中主张放逐“自然主义”创作方法，显现出对陕甘宁时期现实主义讨论的延续性。到了 1952 年，适值延安文艺座谈会召开十周年，柯仲平在进一步阐释、宣扬延安《讲话》精神的同时，也对“新的现实”之下“无产阶级现实主义”有了新的阐释：“我们是无产阶级现实主义者，在无产阶级领导的革命现实中，我们应该用无产阶级的立场、观点和方法来对待发展着的现实。今天的现实还是很复杂的，国内的阶级斗争、生产斗争及反对美帝国主义及其走狗的斗争，都是我们的现实内容。应帮助作家把眼光放远、放大，同时又看得清当前的很具体的现实运动。”② 柯仲平强调彼时“发展着的现实”已然与延安《讲话》时的“事实”不同，但对现实热切的关注却是一如既往的。到

① 柯仲平：《团结起来，为建设西北、开展各族人民文艺运动而奋斗》，刘锦满、王琳编《柯仲平诗文集》第 4 卷《文论》，文化艺术出版社 1984 年版，第 179 页。

② 柯仲平：《为坚持毛主席文艺方针而奋斗——在西安文艺界整风学习动员大会上的讲话》，《文艺报》1952 年第 11—12 号合刊，第 14 页。

了1953年，在“两结合”尚未正式确立之前，柯仲平已经注意到“革命浪漫主义”问题：“和其他文学部门比较起来，中国新诗歌中有较多的革命浪漫主义的因素。”此外，他在诗歌创作方面的社会主义现实主义实践中指出：“要创造品质好的社会主义现实主义的诗歌，诗人就必须取得社会主义的立场、观点和方法；必须深入现实生活，站在社会主义的立场上，和工农兵一起生活，观察、体验和分析生活，概括生活的本质和形象。只有在生活中产生出前进的思想，激动起诗歌的感情，然后才可能进行诗歌的创作。在创作时，又必须使诗歌的社会主义内容和诗歌的民族形式创造地、灵活而高度地统一起来。”① 在社会主义现实主义的引入、阐释、研讨过程中，浪漫主义并没有被视为对立一方，服务人民、教育人民需要塑造出一批理想化的有感染力的新英雄人物形象，这就要求作家和艺术家要将英雄人物塑造得更具有典型性、理想性，由此，浪漫主义的因素是必不可少的。柯仲平此处对新诗歌浪漫主义因素的关注，与周扬“革命的现实主义容许浪漫主义，而且必须包含浪漫主义作为它的构成部分”② 的观点相契合。

整体来看，陕西文艺界在50年代初期对社会主义现实主义的讨论，一方面是对陕甘宁时期现实主义讨论的延续，另一方面是对“新的现实”环境下主流文艺思潮的应和，且在社会主义现实主义的阐释上呈现出较为单一的声音。虽然有部分讨论立足于文艺，就现实主义理论本身的诗学原理的探讨取得了一定成果，但在政治标准第一的原则下，文艺问题更多被视为政治问题。

二、“双百”方针与“保卫社会主义现实主义”

1956年，苏共二十大批判了斯大林的个人崇拜，匈牙利发生了震惊世界的“十月事件”，国际上掀起反苏、反共浪潮，这些外部因素的出现，凸显了国内统一思想、坚守原则的重要性与必要性。1956年11月，中共八届二中全会决定从1957年起正式开展党内整风运动。这次整风运动着意加强意识形态整肃，在文艺领域则突出强调以“保卫社会主义现实主义”为文艺斗争纲领。同年，在“双百”方针的提出和倡导之下，社会主义现实主义的理论问题上也开始出现反思和争鸣的声音。1956年8月，周扬在《关于当前文艺创作上的几个问题》一文中，反思了中国在接受苏联的社会主义现实主义理论的过程中出现过的“教条主义”倾向，周扬尖锐地指出，“在中国，艺术理论上的教条主义方法，完全是搬的苏联那一套”，他的结论是：“对于社会主义现实主义的学习，决不能陷入教条主义的泥潭。”③ 他主动承认了自己发表于1952年的《社会主义现实主义——中

---

① 柯仲平：《创造社会主义内容民族形式的诗歌》，《人民文学》1953年第11期，第32页。

② 周扬：《文艺思想问题》，《周扬文集》第2卷，人民文学出版社1985年版，第270页。

③ 周扬：《关于当前文艺创作上的几个问题》，《周扬文集》第2卷，人民文学出版社1985年版，第408页。

国文学前进的道路》一文“可能有些错误”。

在1956年至1957年间的现实主义文论探索中，出现了一批具有反思性的文章。这些文章针对此前创作中出现的公式化、概念化问题，以及理论批评中的简单化、庸俗化倾向进行了深入剖析。同时，它们还揭露了文艺领导中存在的行政命令化现象，强调必须尊重文艺创作和文艺鉴赏的内在客观规律。例如，何直（秦兆阳）在《人民文学》发表了《艺术真实论——创作方法论新探》，周勃在《长江文艺》发表了《论现实主义及其在社会主义时代的发展》，钟惦棐在《文艺报》发表了《电影的锣鼓》，陈涌发表了《关于社会主义的现实主义》。此外，《北京文艺》还刊登了刘绍棠的《现实主义在社会主义时代的发展》和从维熙的《对“社会主义现实主义”的几点质疑》等文章。在以周扬为代表的文艺界领导人看来，这些文章所倡导的现实主义理论中确实潜藏着一些危险的元素，这也正是这些文章的作者后来屡遭批判，甚至被扣上“修正主义”帽子的重要原因。

这场关于社会主义现实主义的讨论比之50年代初明显更为激烈，尤其是“双百”方针之后，陕西文艺评论界由这一问题延伸出多个向度的讨论。在对“典型化”的讨论中，有寇效信的《艺术概括和个性化》①，傅庚生的《“对生活作艺术的认识”——学习“关于文学艺术中的典型问题”后的一点体会》②，王愚的《党性和典型》③《试谈鲁迅作品中多样性的典型化手法》④；对浪漫主义问题探讨的有王愚的《浪漫主义——文学园地里一朵奇葩》⑤；对干预现实作品评述的有金葳、左正的《大胆地揭示生活中的矛盾和冲突——试谈剧本〈粮食〉》⑥；对文艺批评反思的有燎原、杨未嵚的《反对文艺批评中的庸俗化、简单化的倾向》⑦；等等。在“双百”方针之下，王愚对社会主义现实主义的探讨颇有创见，他指出，“正确理解党性和文艺典型的关系，是我们社会主义现实主义作家和理论家的重要任务”，但同时他反对“把党性和典型同等起来，要求作家仅仅去表现人物的阶级特征和阶级性格，忽视人类的丰富复杂的感情生活”。因此，他呼吁“庸俗理解党性和典型的关系，使我们的艺术作品受到了怎样的损害。这应该引起我们作家和理论家的极大重视”⑧。在对浪漫主义的探讨中，王愚更是直接提出将浪漫主义“归到现实主

---

① 寇效信：《艺术概括和个性化》，《延河》1956年第7期，第40—44页。

② 傅庚生：《“对生活作艺术的认识”——学习“关于文学艺术中的典型问题”后的一点体会》，《延河》1956年第7期，第49—52页。

③ 王愚：《党性和典型》，《延河》1956年第8期，第62—68页。

④ 王愚：《试谈鲁迅作品中多样性的典型化手法》，《延河》1956年第10期，第35—41页。

⑤ 王愚：《浪漫主义——文学园地里一朵奇葩》，《延河》1956年第12期，第49—54页。

⑥ 金葳、左正：《大胆地揭示生活中的矛盾和冲突——试谈〈剧本〉粮食》，《延河》1956年第7期，第74—78页。

⑦ 燎原、杨未嵚：《反对文艺批评中的庸俗化、简单化的倾向》，《延河》1956年第7期，第78—80页。

⑧ 王愚：《党性和典型》，《延河》1956年第8期，第68页。

义里去”，“它的基本特色仍是属于现实主义的”，“我们悠久的文学艺术传统中，不单有现实主义，也有浪漫主义，他们互不相同，但都可以反映出生活真实，都有值得汲取的某些优秀特色。这样的前提，似乎应该是不容置疑的。只有这样才能使得文学艺术创作空前的繁荣起来，无愧于我们这丰富多彩的社会主义建设时代”。① 王愚的这篇文章中对浪漫主义的认知虽然与之后“两结合”中“革命浪漫主义”的被重视有很大契合处，无论是对“典型”的探讨还是对“浪漫主义”的讨论，王愚的论述中确实流露出较为明显的“人性论”特征，但这也成为他“反动的人性观点”② 的口实。

王愚的命运与秦兆阳、周勃等人相似，他们的观点被扣上“取消社会主义现实主义”的帽子。随着“反右”运动的展开，对他们的批判迅速演变为一场政治批判。秦兆阳等对社会主义现实主义概念的商榷行为，无可避免地被赋予了反对党的文艺政策、阻碍社会主义文艺发展的反动意味。王愚的“创见”在陕西文艺界也受到了广泛批判：“王愚就公开反对了在分析人的思想感情时运用阶级的分析方法，他提出了人类思想感情的共同性。王愚是企图从否定阶级论而发挥‘新见解’的。这是什么样的‘新见解’呢？这是资产阶级唯心主义的老一套，是一种典型的‘人性论’。但是王愚这种见解，马上受到了余念的赞赏，余念说王愚这是提出了‘新问题’。右派分子平平反对了阶级论，提倡了人性论，余念也说是提出了新问题。可以看出，他们所说的新问题新见解，实际上是专指反马克思列宁主义的理论和见解，是专指修正主义的理论和见解。他们既然把反马克思列宁主义的理论和见解、把修正主义的理论和见解，当作是‘新’的，那末，真正的马克思列宁主义的理论和见解，在他们看来，当然就是旧的了。污蔑马克思列宁主义，反对马克思列宁主义，这就是他们所说的提‘新问题’和发挥‘新见解’的实质。”③ 在这样的文学批评生态之下，王愚所提出的关于浪漫主义的观点也未能得到认同。在“两结合”提出之后，王愚对浪漫主义的探讨被视为“修正主义”，是“既不同于革命的浪漫主义，又是在和现实主义相对立的前提下提出来的，用王愚的说法，就是‘打破在创作方法上惟现实主义是从的束缚’的前提下，提出来的”④。

尽管“双百”方针在短期内推动了文艺创作与文艺批评的繁荣，但在政治意识形态高度敏感的时代，文艺界始终处于高度紧张的状态，对任何不同于主流文艺观点的“创见”都表现出过度警惕，这也导致文艺界出现了“保卫社会主义现实主义”的呼声。在文艺批评一体化的现实背景下，各地文艺批评的个性特征普遍不明显，陕西文艺批评界也不例外。

---

① 王愚：《浪漫主义——文学园地里一朵奇葩》，《延河》1956 年第 12 期，第 49、54 页。

② 红群：《王愚贩卖的什么货色》，《延河》1957 年第 10 期，第 15 页。

③ 胡采：《根本的分歧》，《延河》1958 年第 2 期，第 80 页。

④ 胡采：《批判修正主义的文艺观》，《延河》1958 年第 6 期，第 79 页。

三、“大跃进”下的“两结合”讨论

1958年1月，毛泽东在南宁会议上提出：“光搞现实主义一面不好，杜甫、白居易的诗，哭哭啼啼，我不愿看；李白、李贺、李商隐，搞点幻想。我们建党以来，几十年没正式研究过这个问题。”① 3月，中共中央政治局扩大会议在成都召开，该次会议的主题是为“大跃进”的开展做酝酿与准备。毛泽东在会议讲话中号召大家积极地搜集民歌、创作新民歌，他认为“中国诗的出路，第一是民歌，第二是古典”，“将来我看是古典同民歌这两个东西结婚，产生第三个东西。形式是民族的形式，内容应该是现实主义与浪漫主义的对立统一”。② 至此，倡导“两结合”的观点已呼之欲出。4月，郭沫若在《文艺报》发表了答该刊编者问的信件，信中称毛泽东的《蝶恋花·答李淑一》这首词实现了“革命的浪漫主义与革命的现实主义的典型的结合”③，自此“革命的现实主义和革命的浪漫主义相结合”这一完整表述首次公开出现。5月，党的第八次全国代表大会第二次会议召开，毛泽东在会议发言中明确表达“在文学上，就是革命的浪漫主义和革命的现实主义的统一”④ 这一提法。

“两结合”的提出引发了全国性大讨论，《延河》专门设立“笔谈革命的现实主义和革命的浪漫主义相结合”的专栏，展现出陕西文艺界对“两结合”的深入理解和阐释。霍松林在《创造性的继承传统，大力发展革命的现实主义和革命的浪漫主义相结合的文艺创作》一文中指出：“革命的现实主义和革命的浪漫主义相结合，也就是社会主义现实主义。在共产主义理想的照耀下用革命的、发展的观点观察社会主义的生活真实，不但表现今天，而且展望未来，象探照灯一样照亮人民前进的道路，这样的作品既是革命的现实主义的，又是革命的浪漫主义的。文艺界的右派分子和修正主义者说什么浪漫主义是一种独立的创作方法，不可能包括在社会主义现实主义之内，其目的无非是取消社会主义现实主义，为他们的所谓‘暴露黑暗’、歪曲现实的反党反社会主义的文艺创作制造理论根据而已。我们的许多在毛主席的文艺方针指导下创作出来的社会主义现实主义作品，本来具有不同程度的革命的浪漫主义精神；但严格地说，这种精神还不够昂扬。在这种情况下，把革命的浪漫主义作为社会主义现实主义的必不可少的方面突出地提出来，对于粉碎右派分子和修正主义者的阴谋，对于促进社会主义文艺创作的大跃进，都具有

---

① 陈晋：《文人毛泽东》，上海人民出版社2005年版，第456页。

② 《建国以来毛泽东文稿》第7卷，中央文献出版社1993年版，第124页。

③ 郭沫若：《郭沫若同志答〈文艺报〉问》，《文艺报》1958年第7期，第2页。

④ 陈晋：《文人毛泽东》，上海人民出版社2005年版，第464页。

深刻的战斗意义。”① 作为一名在古典文学领域深耕的文艺研究者，霍松林特别指出“两结合”有必要从中国文学艺术传统中创造性地吸取经验，“古典作家由于受历史和阶级的局限，在大多数的作品里没有能够把现实主义和浪漫主义结合起来”②。就“两结合”的作品范本而言，陕西文艺界一致认为毛泽东诗词是“两结合”的典范，霍松林提出：“毛主席在社会主义新现实和共产主义新思想的基础上科学地总结了全部文学史的经验，指出我们的文学应该是革命的现实主义和革命的浪漫主义的有机结合，并且用他自己的创作为我们提供了革命的现实主义和革命的浪漫主义相结合的辉煌范例。”③ 此外，姚虹在《向新民歌学习革命的浪漫主义和革命的现实主义相结合的创作方法》一文中也指出：“革命的浪漫主义和革命的现实主义相结合的典范作品，是毛主席的诗词创作，这是举世公认的。”该文同时也指出：“而近来大量涌现的，出自工农劳动群众之手的民歌、民谣、墙头诗等形式的作品，也越来越被更多的人认识到是很好的学习范本。”④ 到了1960年，柯仲平同样指出：“毛主席诗词是革命浪漫主义和革命现实主义高度结合的典范，是当代革命诗歌的一个高峰。”⑤

陕西文艺批评界在对“两结合”文艺观念的批评实践中最具代表性的文章当属胡采的《论〈保卫延安〉的艺术特色》一文。在这篇评论中，胡采对《保卫延安》中所展现的革命浪漫主义予以高度评价：“人们要生活，要生活得好，对生活充满了信心，对未来充满了美好的希望。就是这种信心和希望，给他们力量，使他们从困难境地中走出来，从死亡上挣扎出来，已经死了又苏醒过来；因为他们不甘心死，不甘心被困难压服，他们随时随地和死亡与困难作斗争，毕竟是他们胜利了。王老虎、卫刚已经死去了，大家都相信他们死去了，但是他们又活过来了；马全有、李振德老汉，已经跳崖牺牲了，人们都传说他们牺牲了。但是他们没有牺牲，他们还很好地活着”，“死了又活了，跳崖了又没有牺牲，这在生活当中，也许是偶然的，但并非不可能的。艺术作品表现了生活中的这种可能性，这就不仅是现实主义的，而且是浪漫主义的，是革命现实主义和革命浪漫主义相结合的”。⑥ 胡采对《保卫延安》的深入细读见出其文学批评的深厚功底，对

① 霍松林：《创造性的继承传统，大力发展革命的现实主义和革命的浪漫主义相结合的文艺创作》，《延河》1958年第8期，第75—76页。

② 霍松林：《创造性的继承传统，大力发展革命的现实主义和革命的浪漫主义相结合的文艺创作》，《延河》1958年第8期，第76页。

③ 霍松林：《创造性的继承传统，大力发展革命的现实主义和革命的浪漫主义相结合的文艺创作》，《延河》1958年第8期，第75页。

④ 姚虹：《向新民歌学习革命的浪漫主义和革命的现实主义相结合的创作方法》，《延河》1958年第8期，第77页。

⑤ 柯仲平：《祝贺〈红旗歌谣〉的出版》，《诗刊》1960年第1期，第5页。

⑥ 胡采：《论〈保卫延安〉的艺术特色》，《延河》1959年第8期，第48—49页。

《保卫延安》抽丝剥茧的、多角度、多层面的解读阐释出《保卫延安》在“两结合”创作实践中的艺术成就，胡采的批评直接奠定了《保卫延安》在之后文学史上的地位，《保卫延安》也因此成为实践“两结合”文艺观念的经典。胡采在“两结合”的阐释中可谓不遗余力，他在《把毛泽东思想红旗举得更高》中指出：“革命的现实主义，就是有理想有远见的现实主义，这样的现实主义，本身就包含革命的浪漫主义因素。革命的浪漫主义，就是建立在可靠的现实基础之上、并对变革现实起积极作用和影响的浪漫主义。这样的浪漫主义，按其根本性质来说，就是和革命的现实主义密切相联的。革命的现实主义和革命的浪漫主义相结合的方针的提出，是合情合理的，是天经地义的。”在这篇文章中，胡采以极为朴素和诚挚的情感指出“两结合”的合理性与必要性：“什么是我们的现实？我们的现实是飞跃前进的社会主义生活。什么是我们的远景？我们的远景是光辉的共产主义。从社会主义到共产主义，是一整个不断革命的过程。而在我们当前的社会主义生活中，已经产生了共产主义的新因素，产生了具有共产主义精神质量的人。因此，为社会主义和共产主义事业服务得最好的作品，也必须是充满了不断革命思想的作品，必须是体现了共产主义的新因素，体现了革命现实主义和革命浪漫主义相结合精神的作品。只有革命的现实主义和革命的浪漫主义相结合的方针，才能指导我们的文学艺术创作，更好地反映我们飞跃前进的社会主义生活，更充分地表现出我们人民的斗志昂扬、意气风发的英雄气概，和他们所具有的远大共产主义理想的精神面貌。革命的现实主义和革命的浪漫主义相结合的方针，是伟大的社会主义现实生活的产物，具有鲜明的新时代的特点。我们要很好地学习、研究和掌握这个方针的精神，并把它具体地运用到文学艺术的创作实践中去。”① 此外，他在《论艺术的真实性和倾向性的统一》一文中对“两结合”也做了深入阐释，指出：“只有革命的现实主义和革命的浪漫主义相结合的创作原则，才能指导我们的文艺创作，更好地反映我们波澜壮阔的大跃进生活，更充分地表现人民的斗志昂扬、意气风发的精神面貌，才能使我们的文艺创作，既反映出生活的真实，又表现出伟大的生活理想。”② 虽然胡采的这类文章不可避免地带有时代色彩，呈现出较为鲜明的“左”的倾向，但在“两结合”铺天盖地的阐释批评中，胡采的阐释文章层层递进，娓娓道来，情感真诚，具有较为严密的逻辑性和学理性，在众多批评文章中堪称佳作，在某种程度上可被视为探究当时文艺工作者思想状态的重要文献。

在陕西文艺界对“两结合”的讨论中，安旗侧重分析了革命浪漫主义相较过去的积极浪漫主义的独特性。在安旗看来，过去的积极浪漫主义中的思想往往是与当时丑恶的现实相对立的，在那种情形下，先进人物不能和广大的人民群众相结合，致使其反抗往往带有遗世独立、孤傲不群、狂放不羁的性格特点，而与之相异，彼时的革命浪漫主义

① 胡采：《把毛泽东思想红旗举得更高》，《延河》1960年第2期，第6页。

② 胡采：《论艺术的真实性和倾向性的统一》，《延河》1960年第3期，第55页。

“是在无产阶级革命的现实生活中产生的，是在共产主义思想的鼓舞下产生的，正是和过去任何时代的浪漫主义根本不同之点。由于这根本不同之点，就决定了今天的革命浪漫主义中的理想是共产主义的；就决定了今天的革命浪漫主义中的英雄气概是集体主义的；既有共产主义的伟大、明确的理想，又有集体英雄主义的无坚不摧的力量，从而也就决定了今天的革命浪漫主义之中再没有过去时代那种悲哀和失望的调子，而是洋溢着革命的乐观主义的精神”①。安旗对革命浪漫主义内涵所作出的“共产主义的”“集体主义的”“乐观主义的”等定性，是当时的一种普遍共识。

从围绕“两结合”的报告、发言和讨论来看，其论证模式与之前论证“社会主义现实主义”的模式基本一致，理论内涵也并未提出超出“社会主义现实主义”论的新观点。② 苏联的文艺理论资源仍然构成了“两结合”内涵形成的重要来源。值得注意的是，中国古典文学、文论的资源被充分引入讨论，而在对革命浪漫主义内容的说明上，政治性、革命性被赋予了突出意义。在此意义上，对“两结合”方法的过度使用也与当时文艺创作领域内的浮夸风、“大跃进”的气氛不无关联，一些作家、艺术家在其创作中出现了回避矛盾、粉饰生活、拔高人物、神化英雄等倾向，在一定程度上也可视为泛化地理解、使用“两结合”精神的结果。“两结合”对于浪漫主义因素的兼顾显示出了文艺精神受到的政治气氛的感染。周扬、郭沫若都指出了一点，即“两结合”固然是指革命的现实主义和革命的浪漫主义相结合，但绝不意味着仅仅是革命的现实主义和革命的浪漫主义因素各分一半，也不是将革命的浪漫主义叠加到革命的现实主义中，而是通过革命的现实主义的描写，传达出一种对于革命的浪漫主义理想的向往。在全国第三次文代会后，“革命的现实主义和革命的浪漫主义相结合”作为一种创作方法，同时作为一种批评标准、审美原则，其指导性地位得到确立，在此后十年间被广泛推行和应用。直到 1968 年，“两结合”才被“三突出”方法所取代。陕西文艺界对“两结合”的广泛阐释，在“一体化”趋向的批评生态下，呈现出对主流文艺思想热烈支持与一致拥护的态势。

从“社会主义现实主义”的制度化推广到“两结合”的政治化阐释，陕西的批评家们始终在主流意识形态的框架内探索理论创新的可能性：柯仲平将《讲话》精神与“诗史”传统相融合，胡采通过文本细读为“两结合”增添了学理性色彩，而王愚对“典型化”与“人性论”的探讨则隐含了突破公式化现实主义的诉求。陕西文艺界的理论探索表明，中国当代文论的“本土化”并非单纯源于理论自觉，而是现实需求、地域经验与文化传统等多重力量共同作用的结果。这一过程既彰显了社会主义文艺整合地方性资源的策略智慧，也暴露了理论自主性在高度政治化语境中的脆弱性。

---

① 安旗：《从现实出发而又高于现实——谈革命的现实主义与革命的浪漫主义相结合》，《文艺报》1958 年第 13 期，第 23 页。

② 参见朱寨主编《中国当代文学思潮史》，人民文学出版社 1987 年版，第 358 页。

媒介生态学视角下红色文化网络传播的对策研究*

赵　然①

摘　要：随着人工智能技术的发展，网络传播日趋多元化，红色文化在热点频出的网络空间中略显沉寂。红色文化的网络传播是一个复杂的媒介生态现象，诸多要素构成相互联系的一个整体。本项研究基于媒介生态学的理论探讨红色文化网络传播现状：红色文化媒介生态环境出现“瓦釜效应”；生态信息密度低下；红色符号生态出现“定势效应”；受众生态失衡。本项研究提出相应对策：拓展红色文化生态位宽度，建立竞争优势；提升红色文化的信息生态密度，传递中国话语，表达中国声音；建构红色文化多样化的生态符号，创新红色文化的符号景观；构建红色文化生产性受众生态。

关键词：红色文化；媒介生态；“瓦釜效应”；生态位宽度；生态符号

伴随着新媒体的蓬勃发展，网络信息传播呈现多元化、海量化和互动化等特点，同时传播范围也实现了全球化。在网络空间，热点事件层出不穷，不断刷新头条榜单。然而，在风起云涌的传播浪潮中，红色文化传播偶有亮点却难以形成持续关注。如何让红色文化在网络传播中站稳脚跟，提升其传播效果，成为一个值得关注的问题。

引　言

红色文化包括红色物质资源和红色精神资源，是中国共产党带领中国人民进行百年奋斗伟大历程的历史见证，它担负着传播社会主义核心价值观的重任。红色文化与大数

---

* 项目基金：河北省2021年社科基金项目“河北红色文化资源网络传播研究”（批准号：HB21XW005）。

① 作者简介：赵然（1974—　），女，河北保定人，河北大学艺术学院教授，主要研究方向为红色文化艺术。

据、人工智能及虚拟现实等新兴概念和技术的结合，既为其传播提供了契机，亦带来了诸多挑战。

学界关于红色文化的研究始于2004年前后，《苏区“红色文化”对中华民族精神的丰富和发展研究》是一篇较早研究红色文化的文章，文中以苏区为中心阐述了“红色文化”的内涵。关于红色文化传播的研究则出现得稍晚，在2006年前后，《红色文化与心灵洗礼——论“红色文化”的育人功能与实现机制》是较早的一篇研究红色文化传播的文章。2009年以后红色文化传播的研究开始迅速增长，研究内容涉及传播策略、传播价值、传播路径、传播载体以及新媒体环境下红色文化大众传播研究等。另外还有一些红色文化传播的研究综述，如《红色文化资源研究的动态演进——基于CiteSpace的文献计量分析》《红色文化传播研究的学科知识可视化分析》等，学者基于大数据和可视化软件对红色文化进行综合研究，采用量化分析方法，使红色文化的传播研究有准确的数据，能精确地描述研究现状。本项研究基于媒介生态学的视角对红色文化的网络传播进行考察，对红色文化的环境生态、信息生态、符号生态、受众生态等基本问题进行探讨，力求寻找一个全新的视角。

一、媒介生态学视角下红色文化网络传播的考察

麦克卢汉、波兹曼等学者都提出过“媒介生态”的概念，以环境作为特定的比喻来阐释媒介对文化生态的影响，而拉斯韦尔曾把传播比喻成生物现象。媒介生态学的一个基本观点是媒介是一个具有“生命”特征的开放系统，它与人、社会、自然在信息和物质交流的过程中保持一种动态平衡，从而实现和谐发展。“媒介生态的中心关注点在于媒介系统与社会系统之间的互动，这些互动不仅仅有媒介系统的内部要素互动，还有人与媒介、媒介与媒介、媒介与社会、国家与国家之间的互动，这些纷繁复杂的整体互动关系会导致信息、能量、资源的交换、交流与共享，还有相互影响和相互建构。”① 由此看出，媒介生态学所强调的是以一种整体化、系统化的视域去关注事物之间的联系，这为研究红色文化网络传播提供了一种科学的导向，从而规避以偏概全的割裂观察。

新媒体技术正在深刻地改变着红色文化的传播环境，使其呈现出更加复杂多元的态势。在这个过程中，红色文化的媒介生态系统也在不断地演变和调整，以适应新的传播环境和媒介格局。红色文化的媒介生态系统包括环境因素和生态因子。环境因素指影响红色文化网络传播的政治、经济等外部环境因素与网络关联互动而达到的一种相对平衡的结构状态；生态因子指红色文化的传播媒介各构成要素之间、媒介之间的相对平衡的结构状态。社会需要一种更加健康、平衡的红色文化的媒介生态。这种媒介生态，应当

① 邵培仁：《媒介生态学》，中国传媒大学出版社2008年版，第4页。

在保持各媒介要素之间、媒介与外部环境之间的相对平衡和和谐的基础上，充分发挥各媒介的优势，推动红色文化的传播和弘扬。然而，在多重因素的影响下，红色文化的媒介生态环境日益失衡。一方面，新媒体技术的快速发展带来了信息过载的问题，使得内容生产者和信息消费者之间的交流与互动减少，影响了红色文化的有效传播。另一方面，市场竞争的加剧，也使得一些传播媒介在追求商业利益的同时，忽视了红色文化的传播和弘扬，进一步加剧了媒介生态失衡。

传播活动中的“瓦釜效应”直接导致红色文化媒介生态环境的恶化，并引起一系列的连锁反应，如红色文化信息生态密度低下、红色文化符号生态呈现“定势效应”、受众生态失衡。

（一）媒介生态环境的“瓦釜效应”

从媒介生态学的角度看，环境是指媒介生态系统中某些影响媒介种群生存发展的因素。新媒体飞速发展，媒介生态环境也在发生变化，媒体、市场、资本、技术、政策等共同构成了融合共生的媒介生态环境，红色文化网络传播呈现明显的“瓦釜效应”。

“瓦釜效应”即“在我们今天的大众传媒上，更有意义的新闻角色大多默默无闻，更无意义或更有负面意义的新闻角色则易于烜赫一时”①。传播活动受到环境的影响，环境中的各个要素直接或间接影响人类的传播活动。在新媒体环境下，网络平台为迎合市场和利益的需求，流量至上成为发展准则，导致网络传播存在内容雷同、质量低俗、泛娱乐化、歪曲真相等现象。在内容生产与传播过程中，生产者对重要信息视而不见，追捧无意义内容，凸显“瓦釜效应”。在这种媒介生态环境下，红色文化的网络传播必然受到影响，呈现“黄钟毁弃，瓦釜雷鸣”的现象。

媒介生态环境是媒介生存和影响因子的总和，一方面红色文化的传播依赖特定的传播环境，另一方面红色文化资源担负着传播社会主义核心价值观的重任，而在媒介生态失衡的环境下，高价值的“红色文化”在网络传播中只能得到媒介资源与注意力资源较低的配置，而低价值的“娱乐信息”却可以获得媒介资源与注意力资源较高的配置。如此循环往复，逐渐产生价值倒置，出现“劣币驱逐良币”的现象。尽管学界对“红色文化”的价值维度做了深刻的研究，但在网络传播实践方面，对其效果的关注却相对不足。本项研究以“红色文化”“娱乐新闻”为关键词考察百度的资讯指数。（之所以选择百度的搜索指数，是因为百度为全球最大的中文搜索引擎，是用户获取中文信息的最主要入口，其关注资讯指数具有代表性，能够充分反映用户获取中文信息的趋势和关注点。）本项研究对比了2023年11月12日至12月11日近30天的百度资讯关注指数平均值，娱乐

---

① 杜骏飞：《“瓦釜效应”：一个关于媒介生态的假说》，《现代传播》2018年第10期，第32页。

新闻为 794 927，而红色文化为 18 722。① 从受众关注度而言，“红色文化”的网络传播情况比较尴尬。红色文化的网络传播环境中“瓦釜效应”凸显，“娱乐新闻”传播的广度和关注度明显高于“红色文化”。

（二）红色文化信息生态密度低下

从媒介生态学角度看，信息爆炸与信息匮乏并存，决定二者的是生态密度。“信息生态密度则是指在信息传播的单位时间和空间中所包含的可供存储、加工、交流、使用、传承的信息数量。”② 在网络传播的过程中，红色文化的信息密度低下，这对用好红色文化资源、赓续红色血脉产生了负面影响。

新媒体的发展引领人类社会步入一场前所未有的“革命”。信息作为这场“革命”的核心驱动力，依托新型媒介与科技手段，促使当今社会实现高度信息化。科学的媒介生态观以生态智慧为基础，追求媒介生态的平衡发展、良性循环，旨在实现人、媒介、社会与自然的和谐共处。然而，大众传播过程中传、受双方的不平衡状态导致信息爆炸与信息匮乏，进而引发信息生态失衡。在新媒体生态中，红色文化信息密度的低下成为制约红色文化传播及红色文化血脉延续的关键因素。红色文化资源在这场信息革命中的生态密度应达到适当比例，方可为红色文化的传承奠定基础。

“新媒体时代大众传播的新图景，是由传播主体、传播模式、传播手段、传播平台与时空、媒体文化等多种变量共同作用的，各种与传播相关的变量都在发生深刻变化，它们共同改写了大众传播的外在图景，也在深层形成了新的运行机理。”③ 以移动互联网为核心的新媒体不仅带来了网络的升级，而且带来了大众传播的升级。新媒体信息传播渠道从“管道”向“平台”转变，信息到达受众的路径呈现多元、复合的信息生态特征。

作为一种数字媒体形式，短视频以其内容传播速度快、用户基数庞大、题材内容丰富等优势，已成为全龄化的新媒体传播平台。在短视频平台上，红色文化信息密度严重失衡，泛娱乐化的信息密度远远大于文化教育、价值引导等方面的信息密度。截至 2023 年 12 月，抖音平台日活跃用户超过 10 亿，这意味着每天有超过一半的中国网民都在使用抖音，因此抖音用户的“红色文化”数据可以充分说明红色文化的信息生态密度。本项研究收集了 2023 年 11 月 12 日至 12 月 11 日抖音“红色文化”“娱乐”排名前五的话题数据④，其中，“红色文化”的话题指数仅为 47 687，“娱乐评论大赏”的话题指数为

---

① 参见《百度指数：红色文化＋娱乐新闻》，https://index.baidu.com/v2/main/index.html#/trend/娱乐新闻? words＝娱乐新闻，红色文化，(2023-12-11) [2025-03-21]。

② 邵培仁：《媒介生态学》，中国传媒大学出版社 2008 年版，第 168 页。

③ 彭兰：《新媒体传播：新图景与新机理》，《新闻与写作》2018 年第 7 期，第 5 页。

④ 参见《巨算算数：红色文化话题指数》，https://trendinsight.oceanengine.com/arithmetic－index/topic-search?topic＝红色文化，(2023-12-11) [2025-03-21]。

264 251 202；“红色文化”的投稿量为1114，“娱乐评论大赏”的投稿量为19.6万。通过数据可以看出，在抖音短视频平台娱乐信息的生态密度远远大于红色文化信息的生态密度，这表明在短视频平台红色文化信息密度有较大的提升空间。

（三）红色文化符号生态的“定势效应”

红色文化网络传播的定势以“套路”的形式表现出来，用一种“套路”介绍一类现象。目前红色文化传播的过程中主要存在两种定势，即内容定势和形式定势，这完全与新媒体进行的“语态革命”相背离。

内容定势指网络平台上传播的红色文化内容的切入点形成了一个固定的模式，对于受众来说容易形成“社会懈怠”现象。定势对于红色文化的内容生产者而言是一种快捷的生产方式，但是对于受众的吸引力相对较小，甚至会产生抵触心理。以河北省西柏坡纪念馆为例，官网上为了适应网络传播的需要设置了虚拟游览一栏，受众可以点击浏览，进行VR参观。在中共中央旧址景点介绍中点击“周恩来同志故居”会出现一段介绍性的文字，虽然文字简洁明了地介绍了周恩来同志在西柏坡的工作情况，但是这样的内容定势已经远远不能满足当今受众的需求。受众想获知的不仅仅是简单的信息，更想深入了解红色文化遗址背后的故事。

形式定势是指通过特定的传播媒介和策略，形成一种固定的表达和交流模式。在红色文化传播中，这种形式定势体现为通过在线问答、互动评论、网络投票等特定方式，或通过电影、文学作品、艺术作品等特定的媒介，对革命历史、英雄人物和革命理念进行叙述。使用这些固定的传播策略和互动模式旨在增强受众的参与感和引发共鸣，激发受众对红色文化主题的参与和讨论，但也可能因过于固化而失去新鲜感和吸引力，这种重复的形式在提高识别度的同时，也可能导致内容的同质化。因此，红色文化网络传播中的形式定势虽然有助于强化文化符号和提高传播效率，但也需要警惕过度定型化可能带来的创新不足和受众审美疲劳的问题。有效的网络传播应当在保持文化核心价值的同时，不断探索创新的表达形式和互动方式，以适应网络环境的多变性和受众的多样需求。

丰富多样的红色文化符号有助于展示和传播红色文化的价值，能赢得更多人的认同。新媒体时代大众对传播内容的选择性接触行为不断更迭，尽管目前网络上已经出现了红色文化传播的新动向，如在哔哩哔哩网站（以下简称“B站”）知识区的红色文化，无论是内容还是形式方面都出现了创新，“乌鸦校尉”“小约翰可汗”“TomCat团座”等账号传播的内容丰富，已经跳出了传统红色文化内容与形式的定势，深度分析“中国共产党为什么能”等问题，受到网民青睐，但是像这样令人耳目一新的红色文化内容在网络平台上是少数。网络上传播的红色文化在表现手法及传播方式上缺乏创新性、艺术性和感染力，红色文化网络传播过程中符号生态呈现“定势效应”，导致受众对红色文化信息的接受产生倦怠心理。

（四）红色文化受众生态的失衡

从媒介生态系统来看，媒介系统、社会系统和受众群体三者相互作用，形成了传播生态系统的动态空间。在新媒体环境下，传播生态链中信息流动更加复杂，受众不仅仅是信息的接受者，更是信息的反馈者、传播者。在网络传播过程中，红色文化遭遇冷场的一个重要原因就是受众生态的失衡。

算法推送导致受众的异化。算法就像一把双刃剑，一方面，信息传播以受众为中心，受众能获得精准的个性化信息；另一方面也使受众获取的信息固化。人工智能的算法可以针对受众的喜好精准推送，受众就会逐渐偏离信息多元化道路。在此过程中，受众被“信息茧房”所束缚，陷入一个同质化的空间，从而导致信息获取的单一性和信息传播的片面性，受众被局限于只是接触符合自己预设观点和兴趣的信息。在红色文化的网络传播中，这意味着受众可能只会接收到一种视角的红色文化内容，而忽视或无法接触到其他多元的视角和讨论，这限制了受众对红色文化进行多维度理解和批判性思考。信息茧房还加剧了受众群体之间的隔阂。不同的受众群体在各自的信息茧房中形成了不同的认知和态度，这在一定程度上削弱了红色文化网络传播过程中的整体影响力和凝聚力。例如，受信息茧房的影响，年轻一代接触到的红色文化内容与老一代完全不同，造成不同世代之间在对红色文化的理解和评价上存在显著差异，这可能导致不同群体之间产生不同甚至相悖的观点，进一步加剧了受众生态的失衡。

受众面对媒介信息本应发挥自身的主观能动性，积极地对不同信息刺激做出反应和解读。事实上，传播者预期的传播效果也因受众个体数字素养的差异而不同。受众的数字素养、信息需求、审美趣味、价值判断等都与整个媒介系统密切相关，同时也受到种种外部因素的制约和影响。中国网民数字素养参差不齐，年龄、地区、受教育程度、知识结构等都会对受众获取信息和判断信息的能力产生影响。因此媒介生态系统中受众数字素养的失衡会导致受众在整个网络传播生态中处于被动地位，加上红色文化网络传播过程中“定势”性的特点，会降低受众对红色文化的接受效果。网络媒介的泛娱乐化也在不断改写受众的信息消费习惯和偏好，各种媒介应在新的传播生态中重新寻找自身新的功能定位与核心竞争力。

二、媒介生态学框架下红色文化网络传播的对策

针对红色文化网络传播中的困境，本项研究提出拓展红色文化生态位竞争优势、提升红色文化信息生态密度、建构红色文化多样化生态符号、改善受众生态的对策。

（一）拓展红色文化生态位竞争优势

红色文化在网络传播中呈现“瓦釜效应”，从媒介生态学的角度看，一个重要的原因是红色文化生态位处于竞争劣势。为了优化红色文化在网络传播中媒介资源与注意力资源的配置，需要拓展红色文化生态位的宽度与竞争优势。

生态位理论即“定位适当准确者得以生存”①。从生物学角度而言，生态位是物种在生物群落中占的位置，包括生存环境、食物供应、生活方式等。自然界竞争的法则是“物竞天择，适者生存”，强者可以在生态位上找到自己的准确定位，求得生存和发展。生态位宽度即“被一个有机体单位所利用的各种各样不同资源的总和”②。红色文化的生态位是红色文化在网络资源维度上所占有的空间。在当前的媒体生态系统中，红色文化生态位受到“无意义信息”的挤压，使其网络传播的生态位宽度较窄，相较之下，泛娱乐化网络传播的生态位则较宽。尽管国家高度重视红色文化的传承，但在网络传播环节，受市场、资本和技术等因素影响，红色文化生态位明显处于竞争劣势。

1. 强化用户作为新型生产力的特性

网络媒介传播模式发生了深刻变化，呈现社交化的趋势，人际关系网络成为大众传播的重要基础。红色文化的传播不应停留在内容的社交化的传播上，而应把受众作为一种新的生产力嵌入生产系统中，从而拓展红色文化的生态位。

受众的行为、情绪、态度等数据都可以作为红色文化传播过程中的重要资源，也可以帮助红色文化形成社交化传播的动力。受众对红色文化内容进行评论、分享和二次创作等互动，可以形成良性的互动循环，提高红色文化的网络传播动力。同时，通过受众反馈也可以优化内容和传播策略，确保红色文化在网络环境中持续活跃并不断进化。因此，在网络空间，红色文化生态位宽度应得到积极拓展，从而增强红色文化的竞争优势。

2. 娱乐元素拓展红色文化生态位

既然泛娱乐化已经成为互联网时代的一个重要现象，就应考虑如何充分利用娱乐元素扩展红色文化生态位竞争优势。

趣味元素是吸引用户的亮点，让红色文化蕴含的价值潜移默化地影响用户。例如，借鉴“学习强国”中每日答题和趣味答题的形式，并将这种互动形式应用于各大应用程序和游戏中，通过采用奖励机制和关卡挑战等趣味元素，将红色文化传播至网络平台上。这种方式的优势在于融合了教育传播与娱乐，以创造一种具有吸引力和教育性的互动体验，在娱乐过程中激励用户逐步了解和接受红色文化。用户在答题和闯关的过程中，不仅能够获得娱乐乐趣，还能够潜移默化地了解红色文化的历史和价值。此外，奖励机制可以激发用户的积极性，提高他们参与的动力，从而促进红色文化的传播和接受，逐步扩展红色文化在网络传播中的生态位宽度。在网络传播的过程中，媒体或平台可以利用大数据对红色文化、泛娱乐化内容等种群之间的竞争强度进行测量和评估，采用生态位理论对网络媒介中红色文化的内容和受众的时间支出等维度进行分析，对“瓦”“釜”进行排他性置换。

---

① 刘建国、马世骏：《扩展的生态位理论：现代生态学透视》，科学出版社 1990 年版，第 72 页。

② ［美］R. M. 梅等著，孙儒泳等译：《理论生态学》，科学出版社 1980 年版，第 119 页。

（二）提升红色文化信息生态密度

这是一个“信息爆炸”的时代，网络上的信息海量生产、高速传播；这也是一个“信息匮乏”的时代，红色文化在网络上的生态信息密度低下。“爆炸”是指网络上数据资料、新闻信息、娱乐信息、广告信息、科技信息等成倍增长；“匮乏”是指网络上赓续红色血脉有价值的文化信息较少。信息的“爆炸”与红色文化内容的“匮乏”是信息生态密度不均衡在媒介空间产生的剧烈反应，一方面直接影响青少年对红色文化的认同感，另一方面直接导致红色文化和中国声音在世界范围内网络空间的弱化和缺失，从而导致信息生态的“不均衡”。因此网络空间需要大力提升红色文化信息生态密度，建立网络空间的信息公平，传递中国话语，表达中国声音。

提升红色文化信息生态密度是指在网络传播环境中增加红色文化信息的可见度和互动性，从而加强其在网络空间中的影响力。通过数据分析和反馈机制，信息的生产者对用户的行为、偏好进行深度分析，不断调整内容策略和传播方式，从而提升红色文化信息的有效性和针对性。例如，借助主流媒体积极设置议程，搭建红色文化媒体矩阵，运用智能技术赋能红色文化，等等。

1. 主流媒体积极设置议程

主流媒体积极设置议程，提升红色文化信息生态密度。基于议程设置理论，媒体对某一问题强调得越多，公众对该问题的重视度也就越高。针对红色文化信息生态密度低这一问题，主流媒体应加大关于红色文化的议程设置力度。网络空间的“议程设置”和受众的“议程认知”之间具有高度的相关性，媒介议程与受众议程之间具有因果关系。主流媒体的广泛覆盖能力能够有效提升红色文化内容的可见度，且主流媒体的权威性增强了红色文化内容的可信度。在众多信息源中，主流媒体通常被视为更可靠和更专业的信息提供者。当这些媒体报道或呈现红色文化相关内容时，受众更倾向于接受和信任这些信息。主流媒体还可以通过与有影响力的个人或社会组织合作，共同推广红色文化，形成更为广泛和深入的文化传播网络。通过这些合作，可以进一步提升红色文化在社会各界中的认知度和影响力。例如，与电影导演、历史专家及亲历者协作，共同策划并制作一系列高品质的红色文化主题纪录片。该系列每一集均集中探讨特定的主题、历史时期、人物或事件，以内容的精准扼要为原则，同时确保每集在红色文化系列中的整体连贯性。此系列纪录片应全面覆盖中国革命历史、红色经典事件及伟大领袖的人生轨迹等诸多领域。采纳多元视角，基于深入的学术研究，展开历史、文化与艺术等多方面的深入探讨，力图提供准确无误且全面的红色文化信息。这种方式旨在吸引各种背景和专业领域的观众群体。纪录片可在主流电视台、流媒体平台及电影院等主要传媒平台上播放、宣传及推广。通过此策略，主流媒体能够积极设置议程，提升红色文化信息的生态密度，进而提高公众对红色文化的关注度和认知度，促使公众形成深层的议程认知。主流媒体应积极担负起这一重任，创新议程设置内容和设置方式，不仅让中国受众积极关注红色文化的相关内容，更重要的是让世界关注中国的红色文化、了解中国人民的艰苦斗争史，进而打破西方媒体在世界范围内的议程设置“霸权”和中国与西方信息生态不平衡的状态。

2. 搭建红色文化媒体矩阵

搭建红色文化媒体矩阵，实现融合传播。媒体矩阵指的是多种媒体形式和平台的有机组合和协同工作，包括传统媒体如电视、广播、报纸，以及新媒体如社交媒体、视频平台等。同时，通过数据分析和用户反馈，信息的生产者可以针对用户兴趣对内容进行个性化定制，以此提高信息的吸引力和接受度。通过这种全方位的媒体策略，红色文化的网络传播能够更加广泛和深入，有效地提升其在信息生态中的密度和影响力。而目前红色文化网络传播平台建设滞后、专业性不强，导致平台点击率和传播效率不高。以西柏坡纪念馆的官网为例，西柏坡中共中央部委旧址的浏览量仅为 7500 次，《从延安到西柏坡》的 VR 浏览量仅为 5400 次。红色文化网站多处于分散、壁垒的状态，只能点对点逐个了解，缺乏整合与共享，这就限制了红色文化传播的深度和广度。在新媒体环境下，针对社交媒体时代文化传播的移动化、社交化、视频化的趋势，政府应加强红色文化整合和共享，搭建红色文化媒体矩阵。在顶层设计层面，政府应协调平台，构建以微博、微信等社交软件为平台的“信息＋社交＋问答＋视频”的 APP 平台矩阵，以及以抖音、B 站等视频软件为平台的“长视频＋中视频＋短视频＋直播”的视频传播矩阵，并与电视、广播、报纸等传统媒体形成互补，共同传播红色文化内容，实现融合传播。这样才能创新红色文化的传播体系，为红色文化传播创造立体的新媒体社交语境，拉近网民与红色文化的距离，进而拓展和创新红色文化网络传播的新渠道，提升红色文化信息生态密度，建立网络空间的信息公平。

3. 智能技术赋能红色文化

智能技术赋能红色文化，实现红色文化的多元精准传播。人工智能技术的发展为增加红色文化的信息生态密度提供了绝好的条件，大数据平台可以实时对红色文化的网络传播情况进行数据追踪。各个网络平台可以根据用户信息需求与用户画像的密切关系，使用算法对红色文化进行精准推送，这样既满足了不同网民群体的差异化需求，又增加了红色文化的信息生态密度。

施拉姆曾经对传播学中的“魔弹论”作过这样的描述：“传播被视为魔弹，它可以毫无阻拦地传递观念、情感、知识和欲望。……传播似乎可以把某些东西注入人的头脑，就像电流使电灯发出光亮一样直截了当。”① 如果利用人工智能技术定期对数据资源进行汇总和动态分析，了解网民的多样性、差异化需求，以“按需定制”的方式，实现红色文化的多元精准传播，就可以使红色文化信息生态密度增加，犹如“魔弹”一样渗透到

① 张隆栋：《大众传播学总论》，中国人民大学出版社 1993 年版，第 156 页。

受众的内心深处。还可以利用智能技术精准定位，按不同受众的需求提供不同的传播形式及重点。例如，针对一些红色旅游项目，在红色文化景点使用语音识别技术提供智能导览，并利用自然语言处理技术，自动产生红色文化相关的新闻、文章等内容，进行自动化、生动化的讲解服务；利用智能AI技术创建红色文化的数字藏品，并在社交平台和短视频平台上进行发布，吸引数字时代的用户线上参观、互动。

（三）建构中国特色的红色文化生态符号

在媒介生态学中，符号与社会、人类一起组成了生态圈，生态符号出现危机也会影响生态系统的功能。在网络传播的过程中，红色文化的生态符号湮没于泛娱乐化、消费化等真空符号无节制的生产中。在网络环境中，图像、语言、仪式等文化符号是传递和理解文化信息的关键工具。这些符号不仅传递信息，还激发情感共鸣和认同感。如何创造和运用具有强烈视觉冲击力和识别度的图像符号，是解决红色文化网络传播的一个关键问题，革命历史的标志性图像、红色文化的经典场景应成为迅速吸引受众注意力的亮点。红色文化多样化生态符号的建构和传播，不仅能满足受众多元化的需求，还可以打破西方垄断的“符号霸权”。

1. 打破西方媒介的“符号霸权”

长期以来，在世界传播格局中形成了西方媒介的“符号操纵”和“符号霸权”，红色文化符号景观在世界范围内的传播被强力挤压，只有媒体创新红色文化的符号景观，才能让红色文化在网络平台上形成一道亮丽的风景。

新媒体时代是一个由模式、信码和终端共同控制信息和符号的时代，各种文化符号的极度增殖、繁衍与扩散，形成了特殊的符号景观。西方媒体极力使用有利于自己的语义建构的文化符号，对中国进行攻击和抹黑，使符号成为心理或意识入侵的工具。红色文化符号具有象征性意义，它承载着中华民族的苦难，书写了战争年代的记忆，寄托着对未来的希望。但是长期以来红色文化符号形成了固定性和刻板化的特点，使红色文化符号各个部分之间仅仅是抽象性的关系，削弱了红色文化符号与“指涉”之间的重要联系，即列菲伏尔所称“指涉的衰弱”①。如果红色文化符号生动形象，不仅受众喜欢，而且容易接受其中的“指涉”。在传播红色文化时，可以适当运用一些生动、轻松，能够与年轻一代产生共鸣的网络流行语、幽默元素、流行热点等，使传统的红色文化能够更加贴近现代受众的语言习惯和文化认同。例如，B站UP主“小约翰可汗”的红色文化视频使用了轻松诙谐的语言，赢得了00后的喜爱和认同。军迷漫画创作者林超创作的漫画作品《那年那兔那些事儿》中可爱的兔子成为中国和中国人的一个符号，以其他动物的形象代表其他国家，用诙谐的方式诠释了中国共产党带领中国人民的艰苦奋斗史，吸引

① ［美］马克·波斯特著，范静哗译：《信息方式：后结构主义与社会语境》，商务印书馆2000年版，第87页。

了众多网友关注。由此可见，网络平台上多样化的红色文化生态符号，容易被网民接受，特别是青少年网民，红色文化符号的内涵和价值潜移默化中浸入受众的心田。

2. 加快红色文化创意产品开发

中国文化创意领域应加快红色文化创意产品开发，运用数字化传播工具将红色文化的内涵和价值转化为普通百姓易于接受的符号，从而提高红色文化传播的针对性和实效性。

小程序、H5和智能语音互动等新媒体技术已经广泛应用到文化传播的各个环节之中，网络平台应利用新媒体技术开发H5作品、图解、动漫等红色文化的新型融媒体产品，创新红色文化符号，增强用户互动体验，促进红色文化符号的广泛传播，打破西方媒体控制的文化“符号霸权”，建构红色文化符号多样化生态系统，达到红色文化符号的生态平衡。例如，2021年人民日报新媒体联合B站推出了建党百年主题互动微电影《抉择》，包括《红色起点》《祖国巨轮》《圆梦茶乡》三条故事线、三个不同年代青年的抉择，视频中用户的每一次选择都可能改变剧情走向。互动体验结束后，用户还可以查看剧情的探索度，并通过读取档案的方式快速定位关键剧情，进而继续探索未体验的部分。《抉择》一上线，便赢得了年轻受众的喜爱。

（四）构建红色文化生产性受众生态

在网络平台上，传播生态链中信息流动的单向性已经被彻底打破，受众生态也随之发生变化。受众不仅承担着信息接收的任务，而且承担着信息的反馈和发送任务，因此受众也是生产者。红色文化的传播只有构建生产性的受众生态，才能真正提升红色文化的传播效果。

1. 受众的数字素养推动二次传播

从红色文化的传播现状来看，对受众作为生产者这一身份往往被研究者所忽视。构建红色文化的生产性受众生态，是指激励和培养受众不仅作为信息的接收者，而且成为内容的贡献者和创造者，以此促进红色文化的网络传播效果。在网络传播过程中，红色文化受众的生产性是指对红色文化文本的再阐释。约翰·费斯克在《理解大众文化》中解释了“大众文本应该是‘生产者式的’（producerly）”①。在新媒体生态环境中，传播链条上的受众具有强大的再生产能力，红色文化网络传播过程也是受众参与、获取、评价、批判的过程。例如，在“重走长征路”红色主题活动中，受众在网络上进行互动，纷纷畅谈自己对重走长征路的认识，有的则直接参与到实际的长征路体验活动中来，他们制作视频传播到网络平台，实现了红色文化再生产性的传播。毫无疑问，受众的体验是红色文化文本的最好阐释，在二次传播过程中，信息带给受众一种参与感、介入感，使大家对红色文化的精神有更深切的体验，传播影响也更深远。B站视频《十分钟特效

---

① ［美］约翰·费斯克著，王晓珏、宋伟杰译：《理解大众文化》，中央编译出版社2001年版，第127页。

还原长征》备受好评，播放量93.2万，弹幕互动7146条，收藏3.2万，转发1.3万次。受众在评论区留言："向伟大英勇的先烈致以最崇高的敬意!"

受众较高的数字素养是构建红色文化生产性受众生态的必要条件。虽然受众占有的信息资源与传播者相比远远要少，但是他们可以通过对红色文化文本的阐释生产出更多的意义。数字素养不仅限于对信息资源的文字性的解读，还包括对数字工具和平台的创新使用，如通过数据可视化展示历史事件，或者制作互动式网络纪念馆，这些都是数字素养较高的受众所能完成的。这种多元化的创造不仅能生产出不同的意义，还能融入原文本，增强红色文化的感染力和传播力。

2. 受众红色视觉素养强化"再生产性"

受众红色视觉素养的培育也是建构平衡性红色文化受众生态的重要方面。视觉素养是指"人们通过观看以及综合其他视觉经历所培养起来的一种视觉能力，具有视觉素养的人能够鉴别、解释周围的自然形成或人造的视觉行为、物体或者符号"①。在红色文化媒介生态中，受众不仅需要具备对视觉符号准确感知、认知的能力，而且需要正确理解、阐释视觉符号与社会现实的关系。在这个过程中，受众从被动、直观的解读方式转变为主动参与，实现了红色文化的"再生产性"。

美国社会学家丹尼尔·贝尔指出："声音和景象，尤其是后者，组织了美学，统率了观众。"② 在当前的媒介环境下，视觉图景构成了人们认知的重要内容，人们需要更多地依靠媒介来获取外部经验。红色文化视觉素养的培养是一个长期的过程，应当从青少年开始。自幼儿园教育阶段起，学校应充分利用红色文化课堂与红色教育基地相结合的"滴灌式"方法，培养学生对红色文化视觉符号的理解和感知，教师深入解读红色文化的象征意义，同时培养学生的视觉审美能力和鉴赏能力。这些视觉符号包括但不限于参与过中国革命和建设的人物肖像，红色经典影视作品中的关键场景、服饰元素，等等。通过"滴灌式"渗透教育，学生能够对红色文化的深层价值形成更为丰富的认识。红色文化图像意义的生成，需要人们不断地学习，提升审美趣味和视觉素养。媒介以及传播者、教育机构等也应当承担起这个责任，才有利于整个受众生态的健康发展。

结　语

红色文化是中国人民重要的文化遗产和宝贵的精神财富，赓续红色文化血脉是当今中国媒介义不容辞的责任。媒介生态环境是媒介生存和影响因子的总和，红色文化的传

① 邵培仁：《媒介生态学》，中国传媒大学出版社2008年版，第240页。

② [法] 丹尼尔·贝尔著，赵一凡等译：《资本主义文化矛盾》，生活·读书·新知三联书店1989年版，第154页。

播对生态环境具有很大的依赖性，因此建构良好的有利于红色文化传承、提高文本质量和传播效果的生态环境，不仅可以使红色血脉不断赓续，而且能从思想文化领域提高受众对信息的辨别力和免疫力，构筑媒介生态系统的“万里长城”。

国统区中共党报宣传正面抗战策略的双向选择
——以《新华日报》宣传宜昌抗战为例*

杜　强①

摘　要：《新华日报》报道宜昌抗战的双向选择策略，为展现在国统区办报的中共党报宣传正面抗战的策略提供了具体范例。报道宜昌抗战的过程中，《新华日报》选择突显国民党的功绩的策略，帮助报纸化解了由新闻检查衍生的生存危机，巧妙地在国统区宣传了中共的统战政策；选择严守新闻道德和走群众路线，积极关注与宣传战争生态下民众对宜昌抗战的奉献和生存百态，通过群众性阐释展现中共党报应有的党性和战斗性。双向选择的宣传策略，对稀释《中央日报》等国民党媒体在国统区内的话语权，展现《新华日报》的强大媒介影响力与彰显中共的大格局均起了重要促进作用。

关键词：新华日报；国统区；中共党报；宜昌抗战；双向选择

“舆论战”作为现代战争中与军事交锋同在的第二战场，交战方一般会充分发挥主流的大众媒体报纸在舆论战中争取人心、提升己方士气、瓦解对方斗志的重要作用。全面抗战时期，中共善于利用展示力和操纵力皆强的报纸对抗侵略舆论和消解“反共”舆论。其中，《新华日报》对持续时间长、涉及地域广、重要战役多、交战双方投入兵力大、国际影响力深远的宜昌抗战展开了重点宣传。囿于同根据地党报不一样的发行环境和阶级背景差异明显的情况，《新华日报》宣传宜昌抗战时，在选择消息源、排版和凸显国民党政要作用时与《中央日报》相似度较高，但作为中共党报却又努力报道后方民生百态，坚持民众也是抗战主角的人民战争思想，并将中共党报特有的党性、群众性、战斗性融

* 项目基金：2021 年安徽省哲学社会科学规划青年项目“安徽抗日根据地领导体制变迁研究”（批准号：AHSKQ2021D214）。

① 作者简介：杜强，男，河南信阳人，淮北师范大学历史文化旅游学院讲师，主要研究方向为抗日战争。

于一体，体现于具体宣传实践中。①

《新华日报》作为学术热点，近十年仅中国知网收录的相关博硕学位论文、学术论文已超千篇，研究视角涉及新闻传播史、媒介分析、出版发行与管理、党史党建等多元化领域。研究成果数量多、研究视角多元化，推动了《新华日报》研究走向成熟，但在国统区办报的中共党报关于正面抗战宣传策略视野下的成果尚属少见。近几年虽有少量与本研究直接相关的成果②，可又存在内容空泛，重视《新华日报》的史料性而忽略其传媒性，注重报道战事本身而忽视战争背后的民众等诸多不足。因此，本文拟以相关资料为基础，在原有成果基础上深化《新华日报》与抗日战争关系研究。

一、一举两得的发声：选择突出宣传国民党宜昌抗战的功绩

宣传正面抗战功绩，是全面抗战时期国统区内各派抗日媒体的常规任务，作为中共党报的《新华日报》也不能例外。除完成常规任务外，《新华日报》还需要在国民党严密监视和打压的情况下，通过统战工作完成国共合作等艰巨任务。在脱离根据地的情况下完成这些艰巨任务实属不易，若要完成，需要《新华日报》在消息源选择、排版、报道对象和营销模式等有关报纸发行的各项核心工作方面下足功夫，进而达到一举两得的效果。

（一）高频转载国民党中央通讯社的通讯消息

基于消息来源渠道相对单一和政治环境严峻等客观因素的限制，高频转载国民党中央通讯社（以下简称“中央社”）的通讯消息是《新华日报》报道宜昌抗战选择消息源时呈现出的一大特色。据现有资料统计，1939—1945 年，《新华日报》报道宜昌抗战的新闻消息至少有 403 条，这些消息按来源渠道可划分为：中央社通讯消息 370 条，本报社论 13 条、通讯 8 条、记者采编 3 条、短评 2 条，读者信箱 1 条，其他渠道 8 条，占比最

---

① 宜昌抗战从 1939 年初正式开始直至 1945 年 8 月 15 日日军宣布无条件投降方告结束，其间中国几乎动用第五、第六两战区兵力全部和第九战区兵力一部共数十万大军，与侵华日军第 11 军等部 10 余万人，在豫南、湘北、鄂中、鄂西 20 万平方公里广大区域内展开了包括随枣会战、枣宜会战、宜昌反攻战、鄂西会战等重大战役在内的一系攻防战，这些战役“不仅仅巩固了陪都重庆，更削弱了当时世界法西斯嚣张气焰”，如“美国参院军事委员会主席雷诺尔斯称：‘中国军队在鄂西之大捷，足以表现中国军事力量，乃联合国家制胜战略中不可或缺之部分’”，“中央社伦敦路透社远东观察员谓：‘日军最近在华遭受显著而可耻之失败，乃中国于第六年对日作战期间一有意义之新页之开始’”。参见张海鹏为宜昌市政协、中共宜昌市委党校编《宜昌抗战史料汇编》所作序一，中央文献出版社 2015 年版。

② 与本课题直接相关的研究成果有秦良芳《〈新华日报〉视野下的宜昌抗战》，《湖北行政学院学报》2015 年第 4 期，第 51—56 页；刘延涛、秦良芳《〈新华日报〉视野下的鄂西空战》，《荆楚学刊》2015 年第 4 期，第 60—63 页。

高的为中央社的通讯消息，超过了90%。需要说明的是，中央社通讯消息一般为一条大消息内包含数条单项消息的复合消息。例如，1943年6月，一条题名为《我军围攻藕池口，盟机出动轰炸助战》的复合消息内包含着中央社总社、常德分社与汨罗分社分别发布的一条单项通讯消息。[①] 据此计算，《新华日报》报道宜昌抗战时转载的370条复合消息中共包括809条单项消息。[②] 相反，其他渠道消息基本为单项消息。若按单项消息计算占比率，转载中央社消息的频率更高。这种局面一直持续到抗战胜利，即便在被中共中央要求以整风带动整顿和被部分读者批评为中央社“传声筒”的1942年，《新华日报》仍坚持通过高频转载中央社消息宣传宜昌抗战。有所变化的是，语言从此前的半文言原文转载转变为经梳理后通俗易懂的白话文陈述，内容也由未经处理的“原始事件”改变为经客观分析后的转述。显然，这些改变是对中央整风和读者批评的积极回应。

从国民党限制消息源的角度分析，高频转载中央社通讯消息是《新华日报》的无奈选择。利用执政党控制资源的便利，中央社在很大程度上垄断了除塔斯社消息外的其他通讯消息的发布权，国统区各报获取通讯消息时不得不依赖中央社，《新华日报》自然不能例外。从政治博弈的角度分析，高频转载中央社通讯消息也是《新华日报》的主动选择，利用国民党的消息与其展开斗争，不失为应对国民党新闻检查的一种有效斗争艺术。国民党中宣部规定：“各报除中央社交发的新闻消息外，余均送由新闻检查所检查。”[③] 针对此规定，《新华日报》将被国民党要求禁登或缓登的重要新闻消息修改标题、精简提炼内容后隐藏于海量的中央社消息中，大大提高了新闻检查通过率。另外，高频转载中央社通讯消息，还巧妙地使《新华日报》在国统区塑造出拥护政府、拥护抗战的形象，符合中共对国民党开展统战工作和加强两党合作的需求。

（二）重要版位刊载宜昌抗战新闻消息

排版是判断报纸对刊载内容重视程度的重要依据。报道宜昌抗战的新闻消息，时常占据着《新华日报》的重要版位。办刊前七年，《新华日报》第1版除1940年和1941年的一段时间辟出半版发社论讨论国内大事、西方要闻、法西斯暴行与危机外，其余时间基本全登商业广告；第2版主刊正面抗战电讯消息，在第1版主登商业广告的情况下，第2版成了事实上的头版；第3版主要转载国际新闻。由此可见，前3版基本被各类转载消息占据。作为事实头版的第2版，在头条位置大量转载了中央社发布的宜昌抗战通

① 参见《我军围攻藕池口，盟机出动轰炸助战》，《新华日报》1943年6月18日第2版。

② 以上数据由笔者根据谭玉龙主编《宜昌抗战史料选编・报刊资料》（南京大学出版社2018年版）第1—271页《新华日报》部分计算得来。

③ 《军委会政治部为施行〈新闻检查规程及违检惩罚暂行办法〉致国民党中央宣传部公函》（1938年9月8日），中国第二历史档案馆编《中华民国史档案资料汇编》第5辑第2编《文化》第2册，江苏古籍出版社1998年版，第382页。

讯消息。例如，在鄂西会战期间"'1943年5月16日到6月16日的一个月内，共发表有关此次会战的报道25篇，社论2篇以及短评2篇，其中有19篇报道占据该版头条'"①。

第2版头条登载鄂西会战消息至少包含了两重含义。单纯从军事和民众动员的角度看，这是抗日报刊在履行本职工作。从中共在国统区开展的工作分析，此举仍是《新华日报》应对新闻检查和开展统战工作采取的必要手段。在国统区，"有时候国民党和政府只对中央社而不对报纸发布新闻（命令——笔者注）"②，中央社非常希望各报转载其发布的消息，并会对转载者怀有感激之情。《新华日报》抓住这一特殊机遇，在重要版位刊载中央社消息报道宜昌抗战，从事实上帮助了中央社及其主管部门——国民党中宣部完成转载任务，为一些新闻检查官在国共关系相对缓和期放松检查尺度创造了条件，有的新闻检查官只将一些影响不大的"违检"消息带回去交差。由此可见，精心排版，不仅收获了协助国民党中宣部、中央社开展抗日宣传工作的好处，而且对中共通过《新华日报》在国统区顺利开展各项工作起了重要促进作用。

（三）肯定国民党战绩

宣传对象选择得当与否，直接制约着报纸的宣传效果和生存空间。在国统区内，配合国民党宣传其领袖、政要与军队的抗日功绩，有利于非国民党宣传媒介的生存与发展。在此情境下，《新华日报》积极宣传国民党宜昌抗战的贡献与功绩。首先，颂扬蒋介石的支持。例如，报道蒋介石1943年6月15日在鄂西空战刚结束时的劳军行动："蒋委员长以周（志开）、臧（锡兰）两同志英勇善战，功绩卓越，足为空军之模范，以为中国空军树立无上之荣光，特于十三日召集参加此次鄂西作战空军部队训话，予以恳切之奖勉，表示无限之欣慰。"③《新华日报》还在为数不多的社论中发表蒋介石支持宜昌抗战的言行，如枣宜会战后一篇社论的开篇语："蒋委员长在七七三周年的几个重要文告中，着重的表露我国抗战到底的决心。无论敌寇汪逆如何诱降，我们全国人民'必须准备到任何状况之下，保持坚强的勇气壮大的力量，与敌人决战到底，目的一日不达，奋斗一日不停，我们要继续警惕，继续努力！'"④ 其次，称赞国民党高层的贡献。例如，1943年6月至7月，通过转载中央社消息，全程报道了国民党元老张继、孔庚一行数十人携带200万元慰劳金、50万粒奎宁丸及影片放映带《沙漠大捷》《神鹰万里》慰劳鄂西会战前线有功将士的事迹。⑤ 最后，引用多渠道消息盛赞国民党军队战绩。1940年5月12日转载

---

① 谭玉龙主编：《宜昌抗战史料选编·报刊资料》，南京大学出版社2018年版，前言第10页。

② 谭玉龙主编：《宜昌抗战史料选编·报刊资料》，南京大学出版社2018年版，第189页。

③ 《鄂西大捷空军建功，蒋委员长加冕授勋》（1943年6月15日），《新华日报》影印版第11册，北京图书馆1963年版，第677页。

④ 社论：《现局势中的艰巨任务》，《新华日报》1940年7月8日第1版。

⑤ 参见《鄂西慰劳团明日出发前线》，《新华日报》1943年6月17日第2版。

中央社樊城社发布的鄂豫边大捷通讯："据战地报来之概计，九日夜至今日午后止，各地陆续歼敌达一万五千人以上，我军夺获敌军汽车一百三十一辆，乘马及驮马共计一千五百头，各种兵器弹（药）与文件军用品无数。"① 1943 年 6 月 5 日发社论大赞国民党空军、盟军飞虎队在鄂西会战中的英勇表现："是你们的热血头颅，粉碎了敌寇'摧毁四川门户的企图'，把敌寇数万之众'打得落花流水，狼狈回窜'。"② 同月 22 日发短评再赞中美空军"发挥了亲密合作，勇敢善战，不怕牺牲的精神，这些使我们非常欣慰，无限景仰"③。

肯定国民党的宜昌抗战功绩，既协助《新华日报》践行了"发表正确救亡言论"的办报宗旨，又稳固了报纸的生存空间，如宣传蒋介石抗日是"从团结的愿望出发对蒋加以推崇，也是'积极帮助蒋与督促蒋向好的一边走'"，这种宣传方式"成为《新华日报》用作对付国民党新闻检查的一种斗争艺术——以子之矛攻子之盾"，遏制了国民党对《新华日报》的迫害，并形成应对国民党反共及对日妥协的斗争方式。④

（四）商业化经营模式

商业化经营模式有利于报纸增加销量和拓宽流通广度。由于《新华日报》无法通过中共指令国民党的政府机构、学校、社会团体订报来保障销量，而报纸宣传效用的发挥又"以阅读为前提，阅读过程的实现以报刊的发行流通为基础"。鉴于此，《新华日报》建构以社长、总经理为核心的商业化经营的组织与管理模式，利用该模式可以灵活定价和销售的便利，成功吸引到更多人订报和参与办报、销报。例如，对订量大、订期长的读者和协助销报的工人、学生、公务员、商人实行打折优惠；报社付给不通过国民党邮局邮寄而直接为订户送报和帮助推销报纸的可靠送报人比其他报纸送报人高的酬劳，鼓励其长期为《新华日报》服务；自办纸厂，降低办报成本。在这种模式下，《新华日报》销量可观，如国共关系最紧张、国民党对中共报纸查扣最严的 1941 年 2 月，该报单期销量仍超过了 15 000 份。⑤ 销量证明了商业化经营模式的成功。

商业化经营模式不仅解决了资金与销路等基本运营问题，而且从表面上淡化了《新华日报》的党报色彩，在一定程度上转移了国民党视线，帮助了报纸的发行与流通。商业化经营模式带来的巨大销量，意味着更多人通过《新华日报》了解了中共对国民党的统战政策和对抗战的真实态度。而国民党媒体一直宣传的《新华日报》为了"赤化中国"

---

① 《鄂豫边境敌势大挫》，《新华日报》1940 年 5 月 12 日第 2 版。

② 社论：《辛苦了，鄂西的英勇将士们》，《新华日报》1943 年 6 月 5 日第 2 版。

③ 短评：《向中美空军致敬》，《新华日报》1942 年 6 月 22 日第 3 版。

④ 参见韩辛茹《新华日报史（1938—1947）》，重庆出版社 1990 年版，第 8—9 页。

⑤ 参见董昊、王建华《发行、阅读与编读互动：重庆〈新华日报〉的阅读史》，《新闻与传播研究》2021 年第 12 期，第 22—26 页。

在国统区“铺张渲染，极尽宣传之能事”① 的谎言，在事实面前不攻自破了。由此可见，商业化经营模式在帮助报纸流通和帮助中共开展政策宣传两项工作中起了重要作用。

二、不露声色的党性：选择严守新闻道德与深入报道大后方民生百态

党性是中共党报的生命线。在国民党大到政审、小至配纸无处不在的压迫下，《新华日报》无法锋芒毕露地展现党性，“报纸从头到尾均需遵检遵改，否则就会招来宪兵‘坐镇’”②，仅 1940 年 12 月至 1941 年 5 月，《新华日报》的稿件被禁登 94 篇、删改 156 处、认定违检 154 次③。因此，开辟不露声色体现党性的路径尤为必要，《新华日报》坚守职业道德和走群众路线的两大策略实现了破局。

（一）严守新闻道德

《新华日报》严守新闻道德，不过度夸饰宜昌抗战战绩。适度夸张战绩，对提升军心民气有积极的现实意义，但过度夸张就会引发读者不信任报纸等问题。比较同题新闻发现，虽同为党报，可《新华日报》对战绩宣传的态度往往比《中央日报》更务实、更审慎。对比两报对鄂豫边战役④战果的报道可窥其一斑。1940 年 5 月 15 日，《中央日报》刊载的战报称：“我军在豫鄂边境实行壮烈果敢之追击以来，已达成最伟大之歼敌目的。在广大区域内，我军处处展出、溢出追敌之方式，超越敌前，兜击溃敌。使十万漏网之鱼，全无逃脱之路，残存之敌，遂被我驱入枣阳附近地区，整复从容予以聚歼。”⑤《新华日报》的战报为“十二日晨，敌步骑千余，战车六七辆，装甲车十余辆，炮十余门，猛烈反攻，经我军奋勇击退，毙敌五百余，毁战车、装甲车多辆，十三日敌增援二千余，战车二十余辆，复向双沟猛扑，我军奋起雄威，猛烈搏战，冲杀至晚，毙敌千余，迄十四日晨，仍在血战中”，十五日“来援之敌两千余，遭我分兵迎头痛击，不支向东溃退”。⑥ 需要说明的是，双方的消息均来源于中央社 1940 年 5 月 12 日至 13 日发布的同一条通讯消息。

---

① 《战时新闻检查局李中襄关于〈新华日报〉言论动态及查处措施等问题致蒋介石呈》（1941 年 6 月 9 日），中国第二历史档案馆编《中华民国史档案资料汇编》第 5 辑第 2 编《文化》第 2 册，江苏古籍出版社 1998 年版，第 532 页。

② 陈龙：《探索‘党性与人民性相统一’的办报路线——重庆〈新华日报〉对〈解放日报〉改版的响应及其影响》，《新闻与传播评论》2020 年第 7 期，第 13 页。

③ 参见廖永祥《新华日报史新编》，重庆出版社 1998 年版，第 98 页。

④ 枣宜会战期间的重要战役。

⑤ 《豫南克复长台关，乘胜围攻信阳，枣阳北郊收复要点》（1940 年 5 月 16 日），《中央日报》影印版第 43 册，上海书店出版社 1994 年版，第 474 页。

⑥ 《豫鄂边境战事持续向南移，襄花路西段激战中》，《新华日报》1940 年 5 月 16 日第 2 版。

显然，《中央日报》的宣传很难令人信服。按国民党战报的逻辑，中国军队可以轻而易举地歼灭日军驻华中唯一野战部队第 11 军的 10 余万官兵，这可能误导民众产生战争胜利在即的错觉，事实却为 1 天后的 5 月 16 日第 33 集团军被日军重创、集团军总司令张自忠殉国。宣传与现实间的巨大反差，打击了军心民气，降低了报纸信誉，削弱了政府威信。相反，《新华日报》端的鄂豫边大捷是由多次歼敌数十、数百的无数小胜积累而成，非一役歼敌数万、十万的大胜，所报新闻的真实性跃然于报端。全面抗战以来，中国的历次抗日大捷基本为“杀敌一千自损八百”的惨胜情况，也反映出《新华日报》的报道比《中央日报》更贴近现实。《新华日报》比《中央日报》更遵守新闻道德还体现在后者要么将对宜昌抗战贡献颇大的新四军第 5 师的番号虚化为“某军”“某军某部”，要么指责该师只发展、不抗日，与前者积极宣传国民党抗日形成鲜明对比。严守新闻道德、实事求是，使《新华日报》在务实求真中体现了党性。

不过，仅凭严守新闻道德不足以完全展现《新华日报》的党性。“眼睛向下看”群众，走群众路线，坚持党性与群众性相统一，是《新华日报》作为党报必备的显著标志，也是其彰显党性的必由之路。但囿于国统区特殊办报环境的限制，《新华日报》选择主动关注支持宜昌抗战后方民众的生存百态，通过群众性阐释党性。

（二）力所能及地报道民众的贡献

《新华日报》记录了民众积极投身宜昌抗战的事迹。缺乏城市办报经验和国民党持续压制导致《新华日报》无法大张旗鼓地凸显党性，而是通过关注民众从而在潜移默化中映现党性。正如有学者所说：透过普通民众这类小人物的故事，“读者能够潜移默化地体悟中国共产党关于团结抗战、和平民主的观点与主张，这正是‘生活一角’寓党性于群众性的宣传艺术的巧妙所在”①。早在 1938 年武汉会战期间，宜昌中小学师生、职业青年、妇女、艺术团体和其他社会群体通过演讲、献歌舞、演话剧为前线募捐的长篇新闻稿已见于创刊不久的《新华日报》②，为日后转移至重庆的新华日报人深入民间关注民众、报道民众抗战与生活奠定了基础。

抗战时期的国民党坚持战争由领袖、政府和军队主导的片面抗战主张，反对中共倡导的全民参战方针，认为民众对战争的作用有限。因此，在国民党主办的报纸端，民众并非战争的主角之一，报道民众参加抗战的新闻十分有限。《新华日报》改变了国统区内鲜有媒体报道民众抗战新闻的局面，报道的民众是以下群体。

袭敌队。1939 年初某日深夜，日军进攻鄂中、湘北时，新墙河畔汨罗镇的小商贩持

---

① 操慧、林丽：《党性和群众性的统一：〈新华日报〉社会新闻专栏‘生活一角’的历史意义和实践启示》，《传媒观察》2022 年第 3 期，第 100 页。

② 参见《最近的宜昌救亡运动》，《新华日报》1938 年 8 月 7 日第 2 版。

大刀“将驻该镇敌十名全部击毙”①。枣宜会战期间，豫南、鄂北民众炸毁、拆除日占平汉铁路的多段铁轨。② 1944年11月，宜昌百姓焚毁日军仓库内50余吨白米和几十桶汽油。③

救援队。1940年5月，日军进攻随枣地区，鄂北民众头顶敌机轰炸“救护伤兵”“输送弹药”，“一般农民，自动出枪，投入战斗”④。1940年7月，重庆清华中学学生救起战伤迫降的中国空军飞行员。⑤ 1943年5月，湖北松滋三青年团4名团员安全送回在鄂西会战中与大部队失联的一些伤兵。⑥

生产队。内迁工厂主与工人表示，“大后方工界同胞，虽然不是直接在前线和敌人做肉搏的决死战，但是他们的血汗，都是点点滴滴为抗战的利益而抉择的。为了开辟交通运输动脉，他们奋不顾身地在危崖开凿的［……］”“为了发掘地下的资藏以供应抗战的需要，工人们埋头苦干深入地底［……］”“为了供应军事上的需要，为了供给后方市场的需求，各场的工人是孜孜不倦地在从事生产”⑦。

慰劳队。1939年2月，中日酣战于鄂中时，重庆的小学生、孩子剧团、三青团、妇女慰劳队组成慰劳团，赴壮丁营、荣誉队、伤兵医院演节目以及发猪肉、鸡蛋、棉被、橘子。⑧ 1940年5月初枣宜会战爆发时，重庆千余市民带“还我河山”锦旗一面、生猪二头、花生300斤、香烟30条、榨菜20罐为即将开赴前线的志愿兵壮行。⑨ 1940年6月初，“渝市某店练习生廖碧辉，因目击敌机之暴行及空军将士之英勇战绩，深为激动，竟将节省所得之生活费一元二角五分，慨然捐献”⑩。

除此之外，宜昌抗战期间《新华日报》端的民众还有宣传队、义卖员、募捐员、传邮工。《新华日报》以民众抗日的小事件展现为国奉献的大情怀，巧妙阐释了中共“动员一切可以动员的力量”的人民战争思想。

（三）忠实倾听大后方民众心声

《新华日报》在国统区开辟了倾听战争生态下民众心声的通道。军民本同为抗日长城，但在国民党媒体端的军民地位差距明显。中国军人因以血肉之躯和低劣武器对抗装备先进的残暴日军而深受国家重视和民众爱戴，生前被国家优先供养，家属亦受优待，

---

① 《新墙河北民众壮举》，《新华日报》1939年1月23日第2版。

② 参见黄业建《平汉铁路南段的破坏》，《新华日报》1940年5月29日第2版。

③ 参见《宜昌老百姓烧掉敌人仓库》，《新华日报》1944年11月4日第2版。

④ 《民众助军杀敌》，《新华日报》1940年5月24日第2版。

⑤ 参见《清华中学学生救受伤飞行员》，《新华日报》1940年7月31日第2版。

⑥ 参见《李维湘抢运湖滨粮食殉职，松滋青年团救助负伤战士》，《新华日报》1943年5月26日第2版。

⑦ 《大后方工人对于抗战的贡献及其生活》，《新华日报》1940年5月1日第4版。

⑧ 参见《慰劳的热潮泛滥了重庆》，《新华日报》1939年2月27日第2版。

⑨ 参见《渝市民众欢送志愿兵》，《新华日报》1940年5月19日第2版。

⑩ 《学徒捐款慰劳空军》，《新华日报》1940年6月10日第2版。

为国捐躯后享受应有的抚恤和哀荣。民众为宜昌抗战奉献了难以计数的财物甚至生命，但国民党媒体很少关注民众的付出。值此情势下，《新华日报》在宜昌抗战的6年多内，按“希望每一个读者都是本报作者”的办报思路，开设编读互动专栏，忠实倾听民众心声，改变了民众被漠视的局面。较典型的专栏有以下几种。

“读者信箱”为民发声、针砭时弊。“读者信箱”开辟于《新华日报》迁址重庆初期，主要登载以下内容：其一，市民愤怒政府平抑物价不力。1940年5月31日，署名曼人发文批评政府虽已颁布限价法令，但重庆物价依旧飞涨：“长生堂”理发店漫天要价，电影院无视门口张贴的限价法令随意涨价，日用品下午比上午涨价50%，限价法令“等于具文”①。其二，底层普通公务员不满政府失信。1940年6月22日，重庆底层公务员张润孚在物价高涨、生活困苦之际，在栏目发文呼吁政府兑现5个月前承诺的“非常时期公务员补助费二十元”②。其三，工业者担忧手工业发展阻碍国家现代化。1940年7月15日，署名群平带着疑惑给栏目投稿称：“手工的各种营业都很发达，这固然目下可以解决了部分人的事业问题，可是这样下去不是回到手工业的时代了吗？按照社会进化的常规来说这岂不成了退化吗？”栏目在当期回应作者：“现在发展手工业，并不是倒退的现象，反而是增强物力以支持抗战所必需的。”③ 其四，战火摧残后的无奈与控诉。1941年6月5日，署名大辛在栏目发文讲述他劫后余生的惨痛经历，控诉政府不能公平对待生命：重庆市保安路防空隧道被分割为普通段和××总局专段，当其妻在缺氧的普通段隧道内快被闷死时，“请求总局这一段隧道的官员，稍为（微）通融一下，让我的将死的女人，进去换一口空气，我要求到快要流泪而下跪了，而里面的人们全不理我，而他们的隧道是那样宽敞，可以往来踱步”④。“读者信箱”为民发声的举动遭到国民党不满与打压后，报社将栏目转设为“新华信箱”等类似专栏，为民众保留发声窗口。

“青年生活”担当青年心灵之友的角色，呼吁社会关注青年的工作与生活。选文涉及青年以下方面：其一，求职。1940年5月11日，署名涵础讲述应考川康×局文牍职位时遭遇的荒唐体检方式和考核内容，愤怒批评“机关在报纸上登载招聘职员、人员都是预先内定”⑤。其二，疾病。1940年6月8日，青年刘敏德指出长期超负荷工作导致其“眼睛深陷”“面无血色”，20来岁被折磨得像30多岁，希望当局改善工作环境。⑥ 同年7月10日，周晓初从健康观、健康常识、生活作风、日常锻炼、健康储备五方面回应刘敏

---

① 《要实际平定物价》，《新华日报》1940年5月31日第4版。

② 《要求改善公务员生活》，《新华日报》1940年6月21日第4版。

③ 《发展手工业是否开倒车》，《新华日报》1940年7月15日第4版。

④ 《劫后余生的呼声》，《新华日报》1941年6月10日第2版。

⑤ 《青年职业问题——一个青年投考文牍的自述》，《新华日报》1940年5月11日第4版。

⑥ 参见《目前青年的疾病问题》，《新华日报》1940年6月8日第2版。

德，鼓励其克服困难。[①] 其三，道德修养。针对国民党以封建道德标准衡量青年道德水平的情况，1940年6月8日，韦君绳表示，青年要遵守新道德、为国舍生取义，不必拘泥于旧三纲五常。[②] 其四，人生志向。报社发现部分青年产生了对人生目标充满苦闷与彷徨的情绪，1940年8月5日，刊发专文劝勉青年坚持奋斗、为民服务、努力工作、克服坎坷。[③] 其五，工作。鉴于有些青年搞不清工作的意义，王仍敬告青年要在血与火中工作，为国家出力，克服"重空谈，少做事""感情第一，工作第二"等不良倾向。[④]

"妇女之路"聆听知识与职业妇女反压迫的心声，引导她们为自由与解放而努力奋斗。"妇女之路"为国统区内所受压迫远甚于男职员的职业妇女搭建起精神沟通的桥梁，倾听她们以下心声：其一，对命运不公的诉说。1940年5月，栏目全文刊载署名阿寰14岁少女2000多字的来信，详细记录她经丧父、被迫做童养媳、逃婚、被工厂逼迫免费劳作、遭经理无理索要伙食费等不幸遭遇后几乎绝望，但又不甘被压迫、渴望为社会作贡献的复杂心理："我要努力工作，帮助战时生产，但我没有饭吃，将要被抛在工厂之外了，亲爱的同胞救救我吧！（稿费请捐作援助东北抗日联军。）"[⑤] 其二，对领导社会活动的渴望。1940年6月27日，报社获悉重庆在校女生有领导抗日宣传活动的意愿，栏目刊专文指导女生如何在假期通过组织协军、工农妇女教育、妇女生产等锻炼领导能力，为未来实践理想做好准备。[⑥] 其三，对性别偏见的反抗。1940年6月6日，栏目转载重庆某大学女生的长篇来稿，其怒斥校内有人讽刺女性天生是生育机器、奴隶、花瓶，毕业工作也不过是为得到"长期饭票"等对女性充满歧视的言论，同时呼吁女性敢于为妇女解放而奋斗。[⑦] 其四，对提高职业修养的后知后觉。依据大后方职业妇女希望改变在长期被压迫的工作环境中形成的脆弱、狭隘、嫉妒、虚荣等不良心理的情况，栏目登文引导她们以务实、担当、公心的态度为基础提升职业修养。[⑧] 类似的专栏还有"工人园地""文艺之友"等。

由上可知，通过上述专栏，《新华日报》与读者建立了良好的编读互动关系，反映出其深得国统区民众认可。将民众作为重点关注对象之一，也表明《新华日报》在国统区坚持贯彻中共主张的人民同为战争主角的人民战争观念。

---

① 参见《青年疾病问题的我见——读〈目前青年的疾病问题〉的感想》，《新华日报》1940年7月10日第4版。

② 参见《论青年的道德修养》，《新华日报》1940年8月19日第4版。

③ 参见《青年人的方向》，《新华日报》1940年8月5日第4版。

④ 参见《青年在工作中的弱点》，《新华日报》1940年8月19日第4版。

⑤ 《人场的前后》，《新华日报》1940年5月30日第4版。

⑥ 参见周俊《女同学的暑假工作》，《新华日报》1940年6月27日第4版。

⑦ 参见《从讽刺女子说起》，《新华日报》1940年6月6日第4版。

⑧ 参见达捷《略谈职业妇女的修养》，《新华日报》1943年6月6日第4版。

（四）深入社会调研后报道民众生活实态

《新华日报》主动深入街头、工厂、码头、银行、校园，获取底层大众工作与生活的“眼见”第一手资料。前述“读者信箱”等专栏所刊内容虽来源于报社主动联系投稿人获得的珍贵素材，但这些毕竟属于二手“耳听”资料，且仅能反映部分人的生活状况，并不能反映国统区民众生活的整体情况。为全面反映被战争摧残到挣扎于死亡线上，但为抗战胜利又甘于默默忍受与坚守的民众生活实态，《新华日报》深入调研社会后报道以下对象：其一，苦闷的银行女职员。重庆某银行职员受访时反映她正在被银行主任禁止读书看报，被质疑“工作能力不够”和“服务精神也差”，被强迫参加周末应酬，被压薪至同职位男职员工资的六七成，但又选择接受现实，在“忍无可忍的轻蔑和侮辱”中坚守岗位。① 其二，照亮别人燃烧自己的火柴工。记者得知火柴工明知入厂“寿命往往不能超过十年”，仍在充斥着硫黄、红磷刺鼻气味的车间里，在没有防护设备的情况下干着这份低薪工作，努力供应社会需求。② 其三，衣食不足的船夫。记者发现，无论寒冬酷暑，长江、嘉陵江畔的船工们通身仅用短布裹着生殖器，冒着极易患病致死的风险，挣着仅够维持最低生存的工资，在日晒水浸中拉着“笨如铁牛般的木船”，运转着陪都水路运输线。③ 其四，肩负不合理捐税负担的守法商人。1943 年以后，国民党各级政府财政日益艰难，报社发现重庆的投机商却利用关系轻易逃脱政府税收，迫使正当商人只得以不计盈亏的一年营业额 14％的高税率为政府缴税。④

《新华日报》报道宜昌抗战后方民众生存实态，本质上是通过群众性传递党性。全面抗战时期的重庆，除《新华日报》外，其他报纸均做不到长时期、不间断地宣传民众抗战、反映民众心理、主动调研民众生活和替民众发声。表面上看这是报纸关注对象的差异，实际是作为报纸背后的主导者——政党施政理念的区别或者是其他办报力量政治倾向的差异，而《新华日报》报道抗战生态下民众作战与生活的出发点，实际是在国统区宣传中共为民族解放和实现人民民主而奋斗的政策。而且，《新华日报》并非单方表达中共对民众的关心程度，而是在让读者、作者参与办报的过程中赋予其主人翁地位，让报纸体现出兼备中共党报和人民报纸的双重属性。上述情况充分表明，讲究新闻真实，走群众办报路线，使《新华日报》在国统区通过群众性不露声色地展现了党性。

---

① 参见季衡《一个女职员的苦闷》，《新华日报》1943 年 5 月 10 日第 3 版。

② 参见黎彤《他们毁损了自己，点燃着人们的生命火焰！——火柴工人》，《新华日报》1943 年 5 月 27 日第 3 版。

③ 参见徐克明《对着江水，面对青山船夫们的忧郁》，《新华日报》1943 年 6 月 4 日第 3 版。

④ 参见《渝市正当商人捐税太重，投机商人相反》，《新华日报》1944 年 6 月 2 日第 3 版。

三、媒介影响力与政策宣传的双赢：双向选择下的卓越宣传效果

报纸宣传效果的好与坏很大程度上取决于其媒介影响力的大小。媒介影响力决定报纸是否有存在价值和意义，在国统区办报的中共党报的媒体影响力主要通过受众规模大小和受众阶层分布丰富程度来体现。双向策略宣传宜昌抗战，帮助《新华日报》在与《中央日报》等非中共党报的竞争中争取到人数多、来源广的受众群体，显现出强大的媒介影响力。从更深层次看，强大的媒介影响力源于广大受众对《新华日报》报道宜昌抗战时所传递的抗日至上、团结合作与军民并重的人民战争观念的深度认同。由此判断，《新华日报》通过报道宜昌抗战，收获了双赢的宣传效果。

（一）展现出强大的媒介影响力

《新华日报》报道宜昌抗战所展现的强大媒介影响力可与同城办报的《中央日报》作比。《中央日报》作为战时执政党的中央机关报，拥有比《新华日报》宽松的政治环境和相对充裕的人才与资金支撑，本应展现出其他政党党报无法比拟的舆论控制力。1939—1945年，对影响国际反法西斯大局和中国抗日战争全局的宜昌抗战，“几乎所有大小战役，举凡1940年枣宜会战、1941年反攻战、1943年鄂西会战等，《中央日报》均予以跟踪报道，无一缺漏”①，足见《中央日报》对宜昌抗战投入了巨大精力。但与《新华日报》相比，这些投入并未产生与执政党中央党报地位相匹配的媒介影响力。通过分析宜昌抗战期间影响两报媒介影响力的主要因素可知：《中央日报》发行量较少，“重庆《中央日报》的日发行量一直表现平平，最初几年始终在1万份左右，直到1944年才有1.6万份”；受众面较单一，主要为国民党地方党部和党员；对待读者和民众的态度比较严肃，基本不提供编读互动渠道；内容与语言呆板，缺乏吸引力，基本为“没有公论”的“官话”，不敢匡正政府失误，“替政府宣传，为官吏辩护”；售报方式行政化，主要依靠中央党部指令地方党部和党员购报。② 相比而言，同期的《新华日报》受众规模较大，单期发行量保持在11 000至22 000份之间，其中1939年1月和1945年1月的单期发行量一度超过2万份。③ 受众群体涉及面广、基数大，据报社1941年的调查，订报读者所属阶层共同构成了重庆市民阶层的主体，其中70%是工人，剩余30%是教师、学生和公务员。④ 此外，报社调查发现工人读者有借报给工友、家属或为他们读报、讲报的习惯，

---

① 谭玉龙主编：《宜昌抗战史料选编·报刊资料》，南京大学出版社2018年版，第272页。

② 参见蔡斐、惠风萍《抗战时期重庆报业发行工作研究》，《青年记者》2017年第28期，第90页。

③ 参见董昊、王建华《发行、阅读与编读互动：重庆〈新华日报〉的阅读史》，《新闻与传播研究》2021年第12期，第26页。

④ 参见韩辛茹《新华日报史（1938—1947）》，重庆出版社1990年版，第166—167页。

这个有意或无意间的举动，有可能使战时重庆的10.6万工人和数十万家属中的一部分转化为《新华日报》的新受众。① 除普通读者外，宋庆龄、冯玉祥、邓锡侯等国民党高层人士也主动订报、索报，甚至“蒋介石看《新华日报》是一天也不漏地”②。这些情况表明《新华日报》受众多，涉及面广。内容充实、接地气，关注对象上至国家元首下至贩夫走卒，语言泼辣生动、通俗易懂，敢于揭露社会阴暗面，能满足不同读者的阅读需求。订报与报销方式灵活多元，商业化经营模式带动形成了报社推销、读者助销和读者主动订报的多样化售报渠道。平等对待读者和民众，热衷编读互动，报纸视读者和民众为友为主人翁，通过“读者信箱”等专栏关注读者与民众，主动邀请他们参与办报，拒绝一党包办党报。由上述情况可推断，《新华日报》在民众中的媒介影响力大于《中央日报》，这无疑是中共新闻史上的奇迹。

《新华日报》在国统区展现的强大媒介影响力稀释了《中央日报》等国民党媒介的话语权，使中共在两党舆论交锋中占据上风，有利于中共贯彻政策和揭露国民党的虚弱姿态。《新华日报》的媒介影响力比《中央日报》强大还可以从全面内战爆发前夕国民党人评价两报在舆论交锋中的表现得到印证：“有道是天子脚下多顺民，可是这陪都重庆确乎反常得很，控制舆论的不是《中央日报》，也不是《大公报》，而偏偏是《新华日报》。”③ 此刻的强大媒介影响力显然不是瞬间形成的，而是由抗战时期通过客观、务实地报道宜昌抗战和其他提升报纸影响力的一系列措施逐步积累而成的。强大的媒介影响力对在国统区贯彻统战政策起了重要促进作用，因为《新华日报》的办报过程本身即统战政策的传播过程，受众在读报过程中不可避免地受到相应影响。在国民党心脏区办报的《新华日报》展现出强大媒体影响力还反衬出国民党的媒体及自身的虚弱，蒋介石曾怒批《中央日报》：“我们中央及地方各级党部对于新闻事业莫不尽量协助，量力津贴，但是我们对于发行的刊物不能尽量推销——对于发行运销没有切实的办法！所以虽然增加很多经费，而不能收到相当的效果！”中央日报社长陶百川无奈地称“报馆像衙门，办事像做官”④，导致报纸社会影响力有限。《中央日报》乏善可陈的影响力实际反映出其幕后的国民党在民间威信有限，虚弱姿态显露无遗。

将《新华日报》在国统区产生强大媒介影响力完全归功于报道宜昌抗战显然是不科学的，但不能否定此举对强大媒体影响力的形成起到的重要推动作用。必须通过武力打败侵略者以实现中华民族彻底解放，这注定了战争成为1937—1945年中国社会的主旋律。基于宜昌抗战不仅包括随枣会战、枣宜会战等抗战相持阶段正面战场主要战事中相

---

① 参见齐武《抗日战争时期工人运动史稿》，人民出版社1986年版，第198页。

② 韩辛茹：《新华日报史（1938—1947）》，重庆出版社1990年版，第223页。

③ 中共中央统战部、重庆市统战部编：《重庆与中国统一战线》，华文出版社2010年版，第153页。

④ 陶百川：《办中央日报的信念》，《中央周刊》1942年第19期，第11页。

当大的一部分，而且与四次长沙会战、中国远征军反攻云南等其他正面抗战行动联系紧密，又直接关系陪都安危的情况，所以备受国际国内媒体关注。作为大众媒体的报纸无疑是当时了解战况的便捷途径。《中央日报》《新华日报》这两张国共两党的权威报纸本应成为陪都人了解宜昌抗战的首选。实际上，由批评中央社宣传不实几乎成了民众口头禅的情况可知①，民众很难对不加分析便直接转载中央社消息，满纸官话、内容呆板、过度夸饰战绩的《中央日报》产生多少好感。此评虽显偏激，但由此可推知民众通过订阅《中央日报》了解战争动态的可能性不大。相反，追求新闻真实、内容亲民、语言泼辣朴实的《新华日报》成了民众了解战况的重要渠道。如1941年初，驻宜昌日军的西犯使重庆陷入危境之中，一些重庆市民急于通过《新华日报》了解战况，但恰逢皖南事变爆发，该报因揭露事变真相遭国民党扣押或延期投递，无法按时收报的市民只好直接到报社索报，甚至有读者因此幽怨地说道："饭可以少吃一顿，《新华日报》可不能少看一次。"② 由上可知，读者通过读《新华日报》了解到较真实的战况，并在阅读过程中对报纸产生信任感，而报纸则通过民众的信任提升了影响力。因此，《新华日报》全程不间断报道宜昌抗战的过程，也是其影响力持续提升的过程。

（二）彰显了中共的大格局

《新华日报》报道宜昌抗战产生的价值，不只是反映其认真对待战争的态度，更在于通过宣传由国民党主导的宜昌抗战彰显了中共对待民族战争的大格局。作为战时中共在国统区唯一公开发行的党报，《新华日报》很大程度上代表着中共的态度。《新华日报》报端的宜昌抗战的定位，其一是国家的战争、民族的战争。《新华日报》以"团结全国抗战力量，巩固民族统一战线，发表正确救亡言论，讨论救亡实际问题"③ 为办报宗旨，始终致力于由各党派、各民族构成的全国阵营的稳固，努力淡化党派间的意气之争，在重要版位刊载宜昌抗战消息和肯定国民党战绩证明了这一点。正如有学者所说："《新华日报》在国统区广泛深入地宣传、贯彻党的抗日民族统一战线主张，团结一切可以团结的力量，成为'抗日民族统一战线的号角'。"④ 从更深层次看，坚持积极宣传宜昌抗战中国民党的功绩，说明《新华日报》一直践行着中共中央于1937年7月8日公布的"全国同胞，政府与军队，团结起来，筑成民族统一战争的坚固长城，抵抗日寇的侵略！国

① 参见《军统局渝特区江北组关于蜀都中学订阅该报的情报》(1946年4月)，重庆市档案馆、中国第二历史档案馆编《白色恐怖下的〈新华日报〉——国民党当局控制新华日报的档案资料汇编》，重庆出版社1987年版，第625—626页。

② 韩辛茹：《新华日报史（1938—1947）》，重庆出版社1990年版，第164页。

③ 韩辛茹：《新华日报史（1938—1947）》，重庆出版社1990年版，第5页。

④ 双传学：《从'一个方面军'看党的新闻舆论工作的战略高度——〈新华日报〉在国统区的舆论斗争和现实启示》，《传媒观察》2022年第6期，第7页。

共两党亲密合作抵抗日寇的新进攻"① 的全面抗战政策，始终将这场战争与全体中国人民的命运紧密联系在一起。其二是为民而战，不是为某一政治集团谋求资本的利益之战。《新华日报》既肯定国民党领袖、政要和军队对宜昌抗战的贡献，又不忘民众对宜昌抗战的奉献，用实际行动守护民心，与国民党媒体宣传时主要关心军政要员功绩、漠视民众的行径截然相反。其三是看实际抗日行动，不以党派论断是否抗战的标准。《新华日报》不以党派隶属作为判断抗战与否的依据，宣传过程中实化建功的国民党政要职位和军队番号，同国民党媒体几乎不报新四军第五师对宜昌抗战作出的重要贡献形成强烈反差。上述情况充分证明，《新华日报》报道宜昌抗战时，处处彰显着中共为国家、民族与民众的解放而奋斗的大格局。

结　语

本文通过梳理《新华日报》宣传宜昌抗战策略的双向选择，我们可以得到以下几点认识：党报是中共以文本形式宣传政策的主要载体与发起舆论的主要阵地。由于《新华日报》面对着与抗日根据地不一样的办报环境，宣传正面抗战时选择了与根据地的中共党报不一样的宣传策略，独有特色，体现了中共领导下新华日报人的卓越智慧，具体有以下三点。

第一，以对手党报宣传正面抗战的方式宣传与限制对手。全面抗战时期的国共两党在合作中充满竞争。国民党反对《新华日报》在国统区传播中共的各项主张，力图通过新闻检查等手段将其改造为类似于《中央日报》《扫荡报》等完全为其服务的报纸。为应对新闻检查，《新华日报》不得不"迎合"国民党，选择类似于《中央日报》的宣传方式，积极宣传国民党主导的宜昌抗战，这使国民党无法随意给该报扣上"反动报刊"的帽子，以此限制了国民党的迫害力度。

第二，以党报为阵地在国统区培育党群的血肉关系，促进抗日战争向胜利方向转变，推进新民主主义革命向前发展。《新华日报》严守新闻道德，走群众路线，主动倾听民众心声和关注民众生存实态，建立了良好的编读互动关系，让民众通过《新华日报》认知了中共的务实与亲民，为在国统区宣传中共的抗日统战政策提供了便利。而抗战时期形成良好的党群关系，为解放战争时期中共在国统区内组成第二条战线打击国民党起了奠定性作用，在抗战中促进着新民主主义革命向前发展。

第三，以维护国家和民族利益为出发点宣传宜昌抗战，使本处于绝对劣势地位的《新华日报》爆发出强于执政党中央党报的媒介影响力，彰显了中共在被日伪围困、被国民党压制的困境中坚持国家、民族和人民利益至上的大格局。

---

① 《中共中央为日军进攻卢沟桥通电》（1937 年 7 月 8 日），中共中央文献研究室、中央档案馆编《建党以来重要文献选编（一九二一——一九四九）》第 14 册，中央文献出版社 2011 年版，第 357 页。

长城图像与中国共产党抗战话语的视觉表达*

侯业智①

摘　要：长城的象征意义是在现代民族国家构建过程中逐渐形成的，尤其是抗战以后，长城的象征意义有了新的转变，开始由实体的“旧长城”转变为血肉筑成的“新长城”，这种新长城观念经过抗战文艺的广泛传播后被中国民众广泛接受。中国共产党征用了抗战中形成的“新长城”象征意义，将其纳入中国共产党话语体系，以不同的长城图像来表达中国共产党的抗战话语：以长城的“坚固”来言说抗日民族统一战线政策，以长城的“绵延”来叙述八路军的抗战实践，以长城的“关隘”来获得抗战话语权。长城由此成为表征中国共产党抗战实践及抗战精神的一个象征性符码，成为政治和文化权力在现代民族国家构建中对长城“传统”的一种“再发明”。

关键词：长城图像；中国共产党；抗战话语；视觉表达

长城作为中国最古老、最宏伟的建筑之一，在中国历史发展中具有重要作用。正是长城对于中国历史发展的意义，长城也被纳入了现代民族国家构建之中，成为言说中华民族历史与文明的象征性景观意象。孙中山于1920年完成的《建国方略》中认为，“倘无长城之捍卫，则中国亡于北狄，不待宋明而在楚汉之时代矣。如是则中国民族必无汉唐之发展昌大而同化南方之种族也……其初能保存孳大此同化之力，不为北狄之侵凌夭折者，长城之功为不少也”②。沃尔德隆就此认为，“孙逸仙率真地开始将长城变成一种民族的进步象征”③。对此，吴雪杉提出了不同观点：一是认为孙中山表述的长城作用与

---

* 项目基金：陕西省社会科学基金专项项目“延安精神与陕西文学强省建设研究”（批准号：2022YA13）；陕西省艺术科学规划项目“延安文艺的‘图—文’跨媒介叙事研究”（批准号：2022HZ1679）。

① 作者简介：侯业智（1983—　），男，陕西横山人，文学博士，延安大学文学院副教授，主要研究方向为延安文艺、陕西文学。

② 孙中山：《建国方略》，《孙中山全集》第6卷，中华书局1985年版，第188页。

③ ［美］阿瑟·沃尔德隆著，石云龙、金鑫荣译：《长城：从历史到神话》，江苏教育出版社2008年版，第281页。

之前“《真理画报》说长城‘历代以之限西北戎马之足’并无不同，是对长城古代作用的一个传统表述”；二是孙中山的“中国民族”概念限定在汉族的狭隘范畴，其援引长城只是“作为过去‘中国民族’历史上取得的重大成就之一来提及，长城之于现代民族国家的象征意义并没有得到表述”。[①] 吴雪杉的论述确实指出了长城作为中华民族象征意象的一种尴尬处境，一方面，因其伟大而古老，能够传达出中国辉煌而久远的民族历史和民族传统，是表征民族主义的一个绝佳符号；但另一方面，“伟大”的长城作为象征物既不能包容现代意义上的“民族”内涵，其“古老”“封闭”“荒凉”的特征更与现代民族国家构建格格不入。就连鲁迅对长城的认识也呈现一种矛盾心理，既称其为“伟大的长城”，但长城又“将人们包围”，因此长城成为一个“伟大而可咀咒”的“古迹”。[②] 虽然长城这个象征意象“并不全是美好”，但在民族意识高涨的民国时期，长城仍然“因其伟大与古老”“已经近乎成为中国的象征了”。[③] 随着抗日战争爆发，日本侵略者占领东三省，并将战火燃烧到了长城沿线。虽然长城抗战中国军队顽强抵抗，但长城天险却未能抵挡住日本侵略。在长城抗战中，长城的象征意义有了新的转变，开始由物化的长城转变为一种“血肉长城”，为后来《义勇军进行曲》中“新长城”象征意义的生成与传播奠定了基础。由田汉作词、聂耳作曲的《义勇军进行曲》中“把我们的血肉，筑成我们新的长城”的“新长城”，虽沿用了“长城”的象征意义，但显然更强调“人”在民族抗战中的重要性，从而将“人的血肉”比附为“长城”，通过全新的、现代的意义来改写长城本身的意义。正如安德森所言：“然而这些名称当中的‘新’总是带着某个已消逝的事物的‘后继者’或‘继承人’的意思。‘新’与‘旧’以历时性的方式（diachronically）结合在一起，而且前者看起来总像是在向死者召唤一种暧昧的祝福。”[④] 卢沟桥事变后，中共中央抗战宣言中就号召“全中国同胞，政府，与军队，团结起来，筑成民族统一战线的坚固长城，抵抗日寇的侵掠”[⑤]。中国共产党在抗战中有效地沿用了被民众普遍接纳的“新长城”象征意义，将其纳入中国共产党的抗战话语体系，成为中国共产党表达抗战理念和言说八路军抗战实践的一个重要意象。

---

① 吴雪杉：《长城：一部抗战时期的视觉文化史》，生活·读书·新知三联书店 2018 年版，第 37—38 页。

② 鲁迅：《长城》，《鲁迅全集》第 3 卷，人民文学出版社 1981 年版，第 58 页。

③ 吴雪杉：《长城：一部抗战时期的视觉文化史》，生活·读书·新知三联书店 2018 年版，第 40 页。

④ ［美］本尼迪克特·安德森著，吴叡人译：《想象的共同体：民族主义的起源与散布》，上海人民出版社 2016 年版，第 183 页。

⑤ 《中国共产党为日军进攻卢沟桥通电》，《中共中央文件选集》第 11 册，中共中央党校出版社 1991 年版，第 275 页。

一、“坚固的长城”：统一战线政策的象征图景

抗战期间，中国共产党面对民族国家危亡，及时调整战略方针，逐渐建立起抗日民族统一战线。“九一八”事变后，中国共产党就发表宣言，主张动员一切力量，“打倒一切帝国主义”“打倒各派国民党”①。日军占领山海关后，中国共产党发表了告全国民众书，再次提出“建立群众的统一战线反对帝国主义及其走狗——国民党”②。1935 年 8 月 1 日，中国共产党发表《为抗日救国告全体同胞书》，提出“只要国民党军队停止进攻苏区行动，只要任何部队实行对日抗战，不管过去和现在他们与红军之间有任何旧仇宿怨，不管他们与红军之间在对内问题上有任何分歧，红军不仅立刻对之停止敌对行为，而且愿意与之亲密携手共同救国”③。之后在瓦窑堡会议上确定了“发动，团结与组织全中国全民族一切革命力量去反对当前主要的敌人：日本帝国主义与卖国贼头子蒋介石”的“最广泛的反日民族统一战线”的政策路线。1936 年 5 月 5 日发出《停战议和一致抗日通电》，表示“愿意在一个月内与所有一切进攻抗日红军的武装队伍实行停战议和，以达到一致抗日的目的”④，之后中国共产党的政策方针也由“抗日反蒋”转变为“逼蒋抗日”⑤。“西安事变”和平解决后，中国共产党进一步调整政策路线，“坚持联蒋抗日的方针”，认为“只有同蒋介石南京政府共同抗日才是中华民族的出路”⑥，并与国民党多次进行合作抗日谈判后，共同建立起了抗日民族统一战线。

中国共产党抗日民族统一战线的政策演变在延安图像中得到生动呈现。1936 年 11 月 30 日的《红色中华》刊载了《把日本帝国主义从中国赶出去》的美术图像（图 1）。图像采取横向构图的方式，将“日本强盗”的文字和图像置于画面右侧，而“全国人民抗日统一战线”的文字和中国军队的图像置于画面左侧，中间硝烟弥漫的画面和“神圣的民族抗战”的文字将二者隔开，甚至于图像总标题也采用对峙方式分置画面左右：右边为

---

① 《中国共产党为日本帝国主义强暴占领东三省事件宣言》，《中共中央文件选集》第 7 册，中共中央党校出版社 1991 年版，第 399 页。

② 《中共中央、共青团中央为日本帝国主义占领山海关和进攻华北告全国民众书》，《中共中央文件选集》第 9 册，中共中央党校出版社 1991 年版，第 10 页。

③ 《中国苏维埃政府、中国共产党中央为抗日救国告全体同胞书》，《中共中央文件选集》第 10 册，中共中央党校出版社 1991 年版，第 522 页。

④ 《停战议和一致抗日通电》，《中共中央文件选集》第 11 册，中共中央党校出版社 1991 年版，第 21 页。

⑤ 《中央关于逼蒋抗日问题的指示》，《中共中央文件选集》第 11 册，中共中央党校出版社 1991 年版，第 89 页。

⑥ 《中央关于坚持联蒋方针推动全国对日抗战问题给刘少奇的指示》，《中共中央文件选集》第 11 册，中共中央党校出版社 1991 年版，第 176 页。

图 1 《把日本帝国主义从中国赶出去》，漫画，1936 年

“把日本帝国主义”，左边为“从中国赶出去”。画面更通过幅面占比、画面人数、人物形象来呈现图像的主题意义：日本强盗仅占画面的大约四分之一的幅面，而中国军队则占到了画面一半以上幅面；与势单力薄的日本强盗相比，中国军队则人头攒动、绵延不绝；日本强盗仓皇失措、四顾逃窜的形象，也与中国军队勇往直前、义无反顾的形象形成了鲜明对比。正是通过画幅、人数、人物等图像语言的应用，这幅美术作品呈现了全国人民团结抗战的坚定信心和必胜信念。但值得关注的是，这幅图像对统一战线的表达仍然停留在中国共产党早期的方针政策上，画面中的两面旗帜分别为“抗日红军”和“义勇军”，而国民党军队则未出现在画面中。这一时期延安图像中的长城意象更多用来表征日军对中国国土的占领，并未与抗日民族统一战线联系起来，这种联系直到卢沟桥事变以后才正式出现。1937 年 3 月 9 日《新中华报》刊发了《日本目中的中国心》漫画（图 2），讽刺日本亲善“提携”的伪善行为。画面中的长城城门上标有“华北”的文字横匾，而日本人则高高站立在中国领土——长城之上，拿着喇叭对中国人喊着“并无领土野心”，如此荒谬言论难怪会使听者帽子都飞了起来。正如同版社论所言，日本此举不过是缓和阻碍“中国抗日运动，来破坏各党各派的团结抗日来阻碍抗日民族统一战线的成功”①。尽管通过文字和图像的关联，长城与抗日民族统一战线奇妙地联系了起来，但其象征意义却与之后的长城意象有着天壤之别。

图 2 《日本目中的中国心》，漫画，1937 年

随着抗日民族统一战线的建立，不但中国共产党在通电中将抗日民族统一战线比作“坚固的长城”，毛泽东也在抗战系列讲话中

① 《打破日本强盗的新阴谋》，《新中华报》1937 年 3 月 9 日第 1 版。

延续了这一观念，从而使长城与抗日民族统一战线建立起一种彼此比附的关系。毛泽东在《反对日本进攻的方针、办法和前途》中强调，“全中国人民、政府和军队团结起来，筑成民族统一战线的坚固的长城”①。此后，毛泽东在《为动员一切力量争取抗战胜利而斗争》中再次以长城来象征抗日民族统一战线：“中国共产党在自己一贯的方针下愿意和中国国民党及全国其他党派，站在一条战线上，手携手地团结起来，组成民族统一战线的坚固长城，战胜万恶的日寇，为独立自由幸福的新中国而斗争。”② 从此，将抗日民族统一战线比作“坚固的长城”逐渐成为中国共产党军政领导和艺术家言说抗日民族统一战线的思想共识。漫画《巩固统一战线，打倒日本侵略强盗》（图 3）以艺术化方式呈现这一思想。图像采用半包围结构进行构图，日本侵略者被三面环绕的长城围困在中心，两名中国战士在城墙上用步枪和手枪向日本侵略者射击，画面中前倾俯冲、高大英勇的中国战士和后仰倒地、渺小孱弱的日本侵略者形成了鲜明的形象对比，呈现出中国军队英勇抗战的光辉形象和抗战必胜的坚定信念。同时，图像在长城墙体上嵌入了“统一战线”四个大字，将长城与统一战线融为一体，以图像方式诠释了抗日民族统一战线就是民族抗战“坚固的长城”的理念。这幅图像中的统一战线显然与图 1 有很大不同，图像背景中的镰刀斧头旗和青天白日旗将“统一战线”定格在了国共合作的抗日民族统一战线。而 1939 年 7 月 7 日《新华日报》刊发的张谔的《为巩固团结而努力》（图 4）则直接

图 3 《巩固统一战线，打倒日本侵略强盗》，漫画，1939 年

图 4 张谔《为巩固团结而努力》，漫画，1939 年

① 毛泽东：《反对日本进攻的方针、办法和前途》，《毛泽东选集》第 2 卷，人民出版社 1991 年版，第 348 页。

② 毛泽东：《为动员一切力量争取抗战胜利而斗争》，《毛泽东选集》第 2 卷，人民出版社 1991 年版，第 357 页。

以国共合作构筑长城来呈现抗日民族统一战线。图像直接在城墙上用“国共合作”标明抗日民族统一战线主题，城墙上的两个人分别代表共产党和国民党，他们精诚合作地垒砌长城，构筑着抗日民族统一战线的坚固长城。在他们身后绵延的长城上站着中国民众，他们举手的动作呈现出一种昂扬的抗战斗志；而城墙下压着的日本侵略者则丢盔弃甲、苟延残喘，呈现出一种狼狈的惨败景象。这种以长城意象来呈现抗日民族统一战线的图像，在1938年7月25日《新中华报》的插图《巩固统一战线》（图5）中也得到了生动呈现，画面中共产党和国民党已经建立起了统一战线的长城，并全身心地合作来巩固这个“长城”，这座长城也将装备精良的日本侵略者挡在了长城之外。这类图像有效借用长城的象征意义，将抗日民族统一战线的“坚固”以图像语言生动地呈现出来。

图5 《巩固统一战线》，漫画，1938年

当然，建立抗日民族统一战线隐喻着构筑中国民族抗战的“坚固的长城”，那么，破坏抗日民族统一战线无疑是一种“自毁长城”的行为，毛泽东称之为“拆毁这个长城”①。随着国民党从“联共”积极抗战转变为“溶共、防共、限共、反共”消极抗战政策调整，抗日民族统一战线的坚固性变得岌岌可危。这时，中国共产党军政将领以“自毁长城”来抨击国民党破坏抗日民族统一战线的种种政策和行为：针对庆阳事件和土桥事件，萧劲光致兰州朱司令长官电中称“钟专员究何居心，必欲多方设计，加以摧残，而自坏长城如此耶”②；针对国民党军进攻边区，朱德全国通电称“敌攻于外，而自坏其

① 毛泽东：《反对日本进攻的方针、办法和前途》，《毛泽东选集》第2卷，人民出版社1991年版，第349页。

② 《关于庆阳事件和土桥事件 蒋委员长复电制止》，《新中华报》1939年4月7日第3版。

长城，国脉虚危，而自伐其腑脏，我四亿黄帝子孙，真不知其死所矣”①；针对汪精卫投敌，朱德等将领全国通电称“以我中华土地之大，人口之众，乘敌寇衰竭之时，遇欧战方酣之会，如能加紧团结而不自坏其长城，再接再厉而不自丧其勇气，则抗战未有不胜，建国未有不成者”②。而随着国民党军队对陕甘宁边区的封锁，长城的象征意义再次发生转变，从表征抗日民族统一战线转变为国民党的军事封锁线。萧劲光致蒋介石电称“边区周围驻军已达二十余万之众，近更动员民夫配备部队，耗巨额之经费，筑万里之长城，名之曰封锁线，西起宁夏，南沿泾水，东迄河滨，绵亘数省，规模宏大，呜呼此何因也”③。《新中华报》报道称，“凭藉了这些战沟，把从东到西从南到北的斑斑点点的碉堡联贯起来，好似一座新的‘长城’”④。面对国民党“自毁长城”和“新建长城”的行为，知识分子纷纷用文学形式表达了愤怒之情：徐特立《送董老赴京》言“秩序分新旧，双双事战争。全球成斧质，弱国尽牺牲。勿妄实机遇，图存在更生。回思百年史，殷鉴即长城”⑤，提出抗战应以长城为鉴，以史为鉴；邓洁《读“苏北事件真相”书后》言“同心协力御外侮，祸国殃民起内争；黄帝子孙四万万，岂容奸宄坏长城”⑥，以愤怒之情暗喻破坏统一战线无疑会成为炎黄子孙中的“奸宄”；焕南《读史记有感》以杂文笔法讽刺国民党军构筑的军事封锁线，“现在的长城不是保卫自己而是包围人家；而且不是去包围现在的匈奴，恰恰是和现在的匈奴一样，包围另外一个目标。如果你坐飞机升到高空一看：东边呢，梅花桩形的碉堡筑向西；西边呢？烽火台式的碉堡筑向东，这不是很明显的么？这是‘筑长城’的进步”⑦！延安图像也注重用“长城”中“墙”的图像符号来暗喻或讽刺国民党破坏抗日民族统一战线的行为。1939 年 4 月 19 日《新中华报》刊发的王良的《破坏团结是间接帮助敌人》（图 6）采用了与长城具有类似性质的河堤作为统一战线的象征性符号，这个河堤本来非常坚固，完全可以抵抗住日本侵略者的侵略洪流，但却被顽固分子所破坏，这种行为无疑就是一种“自毁长城”的行为。当然，图像不单单是暴露国民党“自毁长城”的行为，更注重展现中国共产党和抗日军民对这种“自毁长城”行为的坚决反抗和沉痛打击。1940 年 1 月 24 日《新中华报》刊发的钟灵的《把妥协投降派逐出抗战阵营》（图 7）中仍然将“抗日营垒”图像化为一面坚实的城墙，而城

---

① 《朱彭总副司令等通电全国反对枪口对内进攻边区》，《新中华报》1939 年 12 月 30 日第 1 版。

② 《八路军新四军讨汪救国通电》，《新中华报》1940 年 4 月 23 日第 1 版。

③ 《劳民伤财妨碍团结抗战 边区周围囤驻大军廿余万 构筑万里长城式的封锁线 萧主任电请蒋委员长等调查制止》，《新中华报》1940 年 10 月 20 日第 3 版。

④ 《关中附近碉堡林立战沟纵横 友区士绅居民亦惶惶不安怨声载道》，《新中华报》1940 年 11 月 20 日第 3 版。

⑤ 徐特立：《送董老赴京》，《新中华报》1940 年 11 月 7 日第 4 版。

⑥ 邓洁：《读“苏北事件真相”书后》，《新中华报》1940 年 12 月 12 日第 4 版。

⑦ 焕南：《读史记有感》，《新中华报》1940 年 12 月 22 日第 4 版。

墙上站立着一个巨人，将妥协分子一个个地从坚固的城墙上铲除出去，这样统一战线阵营仍然像长城一样坚不可摧。

图 6　王良《破坏团结是间接帮助敌人》，漫画，1939 年

图 7　钟灵《把妥协投降派逐出抗战阵营》，漫画，1940 年

尽管中国共产党痛心疾首地将这种行为称为“自毁长城”，但未能彻底消弭国共两党抗战政策的分歧，使抗日民族统一战线的长城“坚固”如初，反而随着国民党对于陕甘宁边区的军事封锁，无形中更建立起了一个阻隔统一战线的“长城”。这样以长城来表征统一战线已然不合时宜，但长城作为象征性景观意象并未退出中国共产党言说抗战的话语体系，而是转化为表征中国共产党领导下的抗日军民“转战长城内外”的一个重要空间意象。

二、“绵延的长城”：“转战长城内外”的空间表征

抗战初期构建起来的“血肉长城”意象，随着《义勇军进行曲》广泛传播已成为表征抗战精神的重要象征性符号。长城的这一象征意义也被中国共产党所接纳并进行了意义转化，更多用来表征中国共产党领导下八路军的抗战实践和抗战精神。1939 年 7 月，朱德在抗战两周年纪念文章中直接将“血肉长城”聚焦到八路军的华北抗战，认为“有一座新的长城出现了。这是一座用广大的游击战争建筑起来的新的长城，其不可逾越的程度，比之老的长城，更为厉害。这是一座新的长城，这就是华北的游击战争”①。贺龙也认为“我们建立了冀察晋军区、军区是新长城。我们打破了日本的旧长城。新长城是活的，是光荣的，是伟大的”②。这里，长城已经不再指称实体的“古长城”，而更多指称中国共产党领导下由抗日军民组成的“新长城”。

延安文艺对“古长城”的关注，并不在于长城本身坚固意义的阐发，而在于借用符号化特征鲜明的长城作为构建抗战前线景观的一个地理标识，通过长城符号来彰显中国共产党领导下抗日军民“新的长城”的“坚固”，进而通过长城符号来言说中国共产党领导下的抗日战争。延安文艺中实体的“古长城”往往呈现出荒凉而残破的形象，成为一个需要拯救与改造的景观符号，实体“古长城”召唤拯救者——“新长城”的出现。恒力的《出塞第一天》中，长城“城墙已经倒塌了，变成了一条蜿蜒长蛇似的土岭。而一座一座的炮垒却安然无恙地雄踞在山头巍然地沉默着”，这个残破荒凉的长城已然失去了“抵御外患”的现实功能，“而今天，我们抵抗更凶暴的敌人——日寇，已用万众如一的心筑起了新的长城”。③ 王向立的小说《孩子们》中，“古长城”也是“破旧”的，但这里却有站岗查哨和帮助八路军的孩子，孩子成为表征抗日群众这个“新长城”的典型代表。④ 吕振羽的古体诗《八月进入太行山区怀古》写道：“太行山势天削成，联宋抗金八字兵。抗日义旗满敌后，山原人海胜长城。”⑤ 这里中国共产党领导的抗日军民所组成的“新长城”在抗战中的作用远远超过“古长城”，成为抵抗日寇和保卫边区的坚强力量。骆文的《夜话》写道：“人家说：/黄河是天险/挡住了鬼子兵。/而我倒是想：/挡得住鬼

---

① 朱德：《我们一定要胜利——为抗战二周年应苏联各报征文而作》，《新中华报》1939 年 7 月 14 日第 4 版。

② 鲁藜：《冀察晋军区二周年纪念大会记》，《新中华报》1940 年 2 月 24 日第 4 版。

③ 恒力：《出塞第一天》，《新中华报》1940 年 5 月 21 日第 4 版。

④ 参见王向立《孩子们》，《新中华报》1939 年 7 月 18 日第 4 版。

⑤ 吕振羽：《八月进入太行山区怀古》，《延安文艺丛书》第 5 卷《诗歌卷》，湖南人民出版社 1984 年版，第 588 页。

子的是八路军。/他们就好比/万里长城镇乱山!”① 将长城和黄河意象并列，而由人组成的“新长城”显然超过了黄河天险，成为抗战真正的“天险”。这种“新长城”优于黄河天险的叙事逻辑在延安图像中也有生动呈现。1939年6月16日《新中华报》刊发的马达的漫画《精诚团结，保卫西北!》(图8)，刻画了由一排持枪站立战士组成的“新长城”图景，而他们面前是一条长长的河流，根据标题“保卫西北”的文字聚焦，再加上河对岸的“狗”头戴日本军帽、佩戴日本军刀，可以推测这条河正是黄河。图像以漫画笔法将黄河塑造成一条窄窄的河流，而中国共产党军队则高大地站立在黄河岸边，手挽手地组成一道抵抗日本进攻、保卫边区安定的“新长城”。

图8 马达《精诚团结，保卫西北!》，漫画，1939年

长城因鲜明的视觉特征受到了延安艺术家们的广泛关注，也成为他们展开抗战叙事的一个重要图像符号。在延安图像中，长城是一个鲜明的地理标识，以此来隐喻八路军在最前线的抗战实践。图像叙事的重心不是为了塑造巍峨挺拔的长城，而是将长城作为抗战的一个背景性景观来呈现八路军在抗战一线的抗战实践和抗战精神。这在艾炎、马达、李少言等的“转战古长城内外”系列木刻作品和沙飞的“战斗在古长城”系列摄影作品中有着集中体现。

延安文艺中并非没有单纯呈现长城雄伟壮阔景观的图像，在《八路军军政杂志》第3卷第6期刊登的一组摄影图片中就有一幅是呈现“蜿蜒壮观之长城”的图片(图9)。该摄影作品以长城门洞作为透视长城的一个独特视角，呈现出长城绵延壮观的景象。但报刊征用这幅图片不仅仅是为了呈现长城景观，更是要通过长城这个“关山险隘”来指向“八路军在国防最前线”这个主题。而同一版面的其他长城图像通过八路军战士融入长城景观将长城进一步定格在了这一主题上，从而使“古长城”成为塑造“新长城”的一个背景性景观符号。这幅摄影图片以门洞透视长城的构图模式也被引入木刻版画创作，李少言的《转战古长城内外》(图10)就采用这一构图方式来呈现长城。和摄影作品不同，李少言虽然也呈现长城的蜿蜒曲折，但长城的蜿蜒曲折在图像中呈现得并不鲜明，而更多是通过蜿蜒曲折中行进的八路军战士呈现出来。八路军行军队伍从画面前景的烽火台走向了画面

图9 《关山险隘 八路军在国防最前线》组图，摄影，1941年

① 骆文:《夜话》,《延安文艺丛书》第5卷《诗歌卷》,湖南人民出版社1984年版，第375页。

远景的烽火台，队伍连绵不断，而这支队伍与画面中的长城融为一体，本身构成了一个富有象征意义的“新长城”意象。这种连绵不绝的行军队伍与蜿蜒曲折的长城融为一体的画面构图方式在李少言的木刻《行军》（图 11）中得到了延续。《行军》没有受到长城门洞的视角限制，而是以一种全景的方式来呈现长城，通过烽火台的连绵起伏将长城蜿蜒曲折的形态生动刻画出来，而画面前景是一支行进的八路军辗转于长城之间，与连绵的长城融为一体。

图 10　李少言《转战古长城内外》，木刻，1941 年

图 11　李少言《行军》，木刻，1941 年

当然，这种“绵延不绝”的“新长城”构图方式在此前西方和国统区的中国抗战漫画中已非常成熟，吴雪杉将其总结为两种图式：“一种用静止的人墙来组成一座‘新长城’，可以称为‘站立模式’；另一种是由前进中的队伍来构成一道‘新长城’，不妨称作‘行进模式’。这两种图像都以战士为主体，利用透视营造出无穷无尽的视觉效果。无论站立还是行进，都呈现为一个无尽的行列，在山峦上曲折盘旋，仿佛没有尽头，而这恰恰就是中国古代/实体长城的一个视觉特征。”① 这两种构图方式无疑对延安时期长城图像的生产产生了深远影响，也成为延安文艺构建长城象征意义的重要构图方式。延安文艺直接将第一种“站立模式”引入漫画创作。中国共产党在国统区创办的《新华日报》在 1938 年 8 月 7 日将美国《工人日报》的《我们的新的长城》漫画（图 12）直接引入，并在同一版面中刊发了社论《共产党员在保卫武汉中的责任》，通过文字聚焦将战士并排站立的“新长城”图像范式纳入中国共产党的抗战话语体系。不仅如此，延安漫画还充分吸纳这种图像范式进行图像创作，《新华日报》在此后还刊发了张谔仿照这一图像范式而创作的漫画《向我们铁的长城致敬》（图 13）。画面构建起了一座由高大威武、并排站

① 吴雪杉：《长城：一部抗战时期的视觉文化史》，生活·读书·新知三联书店 2018 年版，第 298 页。

立的战士组成的“铁的长城”，他们的使命通过图像上的文字“为国家尽忠，为民族尽孝”体现出来，而在“铁的长城”之下一名百姓拿着礼品慰问战士，以此来配合社论《响应春节劳军运动》所提及的“劳军运动”，文字和图像的互文性使图像承载起了一定的意识形态功用。由此观之，抗日战争作为一场民族抗战，征用长城象征意义言说抗战是不同政权的共同选择，长城意象由此进入不同的政治话语体系，成为中国不同政治势力表征抗战的一个重要景观意象。但这个景观意象在被不同政治话语征用时，往往会根据其自身政治话语体系进行一定程度的转化和改造，从而使“长城”成为表征自我抗战话语的有力符码。

图 12 《我们的新的长城》，漫画，1938 年

图 13 张谔《向我们铁的长城致敬》，漫画，1938 年

与延安漫画直接引用和模仿创造不同，延安木刻虽然也借鉴了西方和国统区漫画中的“行进模式”，但与漫画用夸张、抽象的构图表达抗战理念不同，延安木刻注重画面的写实性，特别注重以长城作为背景来表现八路军行军队伍的现实场景和动作情态，以图像语言来表达中国共产党领导下的八路军“转战长城内外”“抗战在最前线”的抗战实践，从而彰显出中国共产党“欲成功必成仁，以身殉国。若有敌则无我，与日偕亡。血肉筑成长城，精魄蔚为正气”① 的抗战精神。出于这一理念，李少言的《转战古长城内外》和《行军》虽然沿用了“绵延不绝”的图像范式，但图像中的八路军并非一种抽象化、雷同化、符号化的形象，而是注重刻画不同战士动作、神态的差异，所以两幅图片均在图像近景中刻画了行军中挑担的战士，《行军》的图像近景中更增加了一名战士赶着托运粮草的战马的场景，从而使画面更具现实性。马达的木刻《人民的骑兵》（图 14）在这一点上表现得更为鲜明。《人民的骑兵》中巍峨挺拔、绵延不绝的长城被置于图像后景，而在长城绵延处一队八路军骑兵向前行军，走向画面的前景。而前景中的八路军队

---

① 《本市各界举行纪念大会并公祭抗战阵亡将士》，《新中华报》1939 年 7 月 11 日第 4 版。

伍也由骑马行进的战士、牵马步行的战士和抬担架的战士三组人物组成，从整体上呈现出八路军行军的现实图景。

图 14 马达《人民的骑兵》，木刻，1939 年

图 15 沙飞《山西灵丘，八路军骑兵挺进敌后》，摄影，年代不详

这种连绵不绝的行军队伍与蜿蜒曲折的长城融为一体的画面构图方式不单单是抗战时期流行的长城构图范式影响下的艺术想象，其本身就是八路军转战长城内外的艺术缩影，同时期沙飞的“战斗在古长城”系列摄影作品提供了这一现实性的影像图景。沙飞的摄影作品特别注重八路军行军场景的影像呈现，而且经常将镜头聚焦于八路军行军队伍与长城景观的融合，如《山西灵丘，八路军骑兵挺进敌后》《塞上风云，向长城内外进军的杨成武支队》《八路军在长城上行进》《不到长城非好汉》等。① 但正如西格佛里德·克拉考尔所言，“所有伟大的摄影家都根据自己的感受自由地选择主题、结构、镜头、滤色镜、感光剂和色彩”②，沙飞也不例外。沙飞之所以选择将八路军行进的队伍与长城联系起来，一方面行军本来就是“转战古长城”现实场景的一种客观化影像呈现，但另一方面沙飞在构图时显然是有意识地将二者联系起来表达一种特殊意义。沙飞的《山西灵丘，八路军骑兵挺进敌后》（图 15）将这种意图鲜明地呈现出来。画面采取俯视视角拍摄行进中的八路军军队，军队辗转蜿蜒于崇山峻岭之间，而长城烽火台的鲜明视觉特征为这支行军队伍提供了一个现实的地理标识。但特殊的地理环境无法呈现长城的绵延之态，沙飞则通过摄影位置的选取将近景的长城城墙纳入图像左下角，通过与图像右上角的烽火台勾连来唤起观者的视觉联想，在视觉联想中构建起长城的连绵之势，而

① 沙飞摄影作品在不同报刊和书籍中刊登时，有些摄影图片并未标注名称，而有些摄影图片在不同时期、不同刊物会命不同名称，本文照片名称来源于王雁主编《沙飞摄影全集》（长城出版社 2005 年版）。

② 转引自［英］彼得·伯克著、杨豫译《图像证史》，北京大学出版社 2018 年版，第 24—25 页。

连绵的行军队伍与蜿蜒的长城以奇妙的图像组合方式融为一体，展现出八路军组成的“新的长城”挺进“古长城”敌后抗战的历史图景。

正是通过这种“绵延不绝”的长城构图方式，延安图像将八路军战士有机地融入长城的地理空间，一方面，长城的鲜明视觉特征为八路军“转战长城内外”提供了一个地理标识，以现实性景观展现出八路军战斗在抗战最前线的视觉图景；另一方面，“绵延不绝”的八路军行军队伍与“蜿蜒曲折”的长城融汇在一起，使八路军战士本身具有了长城的某些特质，从而具备了“新长城”的象征性意义。正如谢依阳所言：“在图像的观看上，无意间将队伍的意义内涵转化了，以风景的形态出现，成为象征的喻体。”①

三、“关山险隘”：抗战话语争夺的视觉焦点

抗战以来，“对长城这一中华民族符号表征的争夺就成为了一场意义领域的战争。日军在长城上拍摄的耀武扬威的照片，其用意正是宣示对中国的征服。沙飞同样是在这个意义上创作了这类具有革命浪漫主义色彩的作品。保卫长城即保卫中国，这是关于象征符号的争夺与战斗”②。抗战时期长城符号的中日争夺最集中地体现在对长城关隘的争夺上，如东北陷落后关于“天下第一关”山海关的话语争夺。中国的山海关图像以“对古老文明标志性建筑的破坏与摧残，既是对侵略者原始与野蛮的揭示，也是向国人发出奋起抗争的号召”，而日本的山海关图像中同一景致却成为“展示‘皇军’功绩”的“一道‘风雅’的景致”。③ 从早期的长城抗战到后来的全面抗战，无论是喜峰口战役，还是平型关大捷、娘子关战役、雁门关伏击战，或者之后的奇袭紫荆关，长城沿线的重大战役大多与争夺长城关隘紧密联系，长城关隘的得与失也成为反映长城沿线抗战形势的“晴雨表”。如果说“转战长城内外”系列图像通过八路军挺进敌后、抗战在最前线的视觉图景更多表征的是一种坚决抗战的理念，那么长城关山险隘的图像则通过八路军争夺和占领长城关隘的视觉图景来表征抗战必胜的信念。

沙飞特别注重对长城重要关隘的影像呈现，并充分利用长城关隘的视觉符号来呈现八路军在长城沿线战斗的胜利场景。沙飞最早关注的长城关隘是平型关，先后拍摄了一组八路军进入平型关的照片（图 16），这与八路军的平型关大捷有着密切关系。平型关大捷是八路军开赴抗战前线首次集中兵力进行的一次伏击战，该战役的胜利既有力地配合了国民党军的平型关战役，也打破了日本军不可战胜的神话。平型关大捷后，沙飞以全

① 谢依阳：《抗战时期延安木刻中的风景及权力关系》，中国艺术研究院 2015 年博士学位论文，第 69 页。

② 杨健：《革命的凝视：政治·宣传·摄影维度下的〈晋察冀画报〉研究》，同济大学出版社 2020 年版，第 172 页。

③ 吴雪杉：《长城：一部抗战时期的视觉文化史》，生活·读书·新知三联书店 2018 年版，第 59—60 页。

图 16 沙飞《八路军攻克平型关》之一，摄影，1937 年

民通讯社记者身份前往 115 师采访，这组照片也是来自这一时期。根据吴雪杉考证，“虽然沙飞很想去平型关，但他最终没能去成。在大概半个月的时间里，沙飞都在五台县河东村一带。所以三张照片拍摄的对象不是平型关，而应该是五台县”①。谢依阳却认为这组照片应该是之后徐海东率领的 115 师第 344 旅再次攻克平型关后所完成的。② 而且从照片中的城门、门楼、旗杆石、牌坊等造型来看，该处也不是平型关的关口，更像是平型关村的门楼，而这个地方离平型关关口和乔沟伏击战战场均有一段距离。但是这张照片无疑与八路军平型关大捷这个重大历史事件有着密切关联，其通过八路军军队进入平型关来宣传八路军这场战役的重大胜利。虽然这场战役并不是一场长城关隘的争夺战，但作为长城沿线的抗战，其本身就与长城有密切关联。沙飞的摄影图片则间接将这场战役与长城关隘——平型关关联起来，通过八路军骑兵整齐有序地进入平型关关口和八路军两名战士在平型关城楼上站岗放哨来表达八路军在平型关取得重大胜利，进而占领长城重要关隘——平型关的历史图景。这对此后沙飞的长城摄影主题选择和画面构图产生了较大影响，“八路军进入/收复/攻克长城关隘”的摄影主题“奠定了沙飞此后拍摄长城的基调”③。

沙飞的摄影作品为了更好地呈现这一主题，摄影镜头往往会捕捉最有意义的“站岗”和“进关”这两个历史图景，通过长城这个象征性符号的获得来呈现八路军战争胜利的视觉图景。《塞上风云》（图 17）和《八路军占领长城烽火台》（图 18）虽然命名不同，但对比照片的景观元素，烽火台形状、建筑布局、残破位置都呈现出景观的同一性，应

图 17 沙飞《塞上风云》，摄影，年代不详

图 18 沙飞《八路军占领长城烽火台》，摄影，年代不详

① 吴雪杉：《长城：一部抗战时期的视觉文化史》，生活·读书·新知三联书店 2018 年版，第 306 页。

② 参见谢依阳《抗战时期延安木刻中的风景及权力关系》，中国艺术研究院 2015 年博士学位论文，第 68 页。

③ 吴雪杉：《长城：一部抗战时期的视觉文化史》，生活·读书·新知三联书店 2018 年版，第 306 页。

该是在同一地点而采取不同视角拍摄的两张照片。第一张照片以远景、仰视视角拍摄长城烽火台，烽火台高高耸立在照片顶端，在烽火台顶端残破处有两个士兵在站岗放哨，照片近景处一队整齐有序的八路军士兵鱼贯走向烽火台；第二张照片以近景、俯视视角拍摄烽火台，镜头只取烽火台的一个侧面，画面另一侧则呈现远处绵延的长城，在这样一个场景中，八路军军队正在进入烽火台门洞，而烽火台缺口处站立着一个站岗的士兵。如果将这两幅照片关联起来看，可以清晰地看到沙飞拍摄长城的总体基调，即一方面通过行进队伍与绵延长城的图像融合来呈现一种“新长城”的象征意义，另一方面通过八路军“站岗”和“进入”的画面呈现八路军对长城关隘的占领。这种基调在沙飞的“浮图峪”长城照片中仍然清晰可见。这三张照片分别从远、中、近三个视角来拍摄长城。《守卫长城》（图 19）呈现的是一幅长城全景图，照片采取俯视视角将长城绵延于崇山峻岭的景象纳入镜头，镜头中两名八路军战士站立在山顶，守卫着他们身后的长城，传达着守卫祖国的象征意义。而与长城同时出现在八路军身后的还有一个村落，这在一定意义上隐喻着八路军不但“卫国”，而且“保家”，由此具有了“保家卫国”的双重象征意义。《八路军在古长城欢呼胜利》（图 20）是一幅长城的中景图，照片采取仰视视角呈现

图 19　沙飞《守卫长城》，摄影，年代不详

图 20　沙飞《八路军在古长城欢呼胜利》，摄影，年代不详

长城烽火台古老却不失伟岸的身姿，古老残破的古长城既可能是古长城的本来面目，也可能是日寇炮火的损坏，一定意义上暗含着日本侵略者侵害祖国大好河山的象征意义。伟岸长城则衬托出八路军的雄伟身姿，八路军战士站立在烽火台之上，将八路军旗帜高高地插上烽火台来表征长城主权的易主，而通过举枪欢呼庆祝胜利来彰显八路军坚决抗战的信念。《战后总结会》（图 21）则是一张

图 21　沙飞《战后总结会》，摄影，年代不详

图 22　沙飞《八路军收复紫荆关》，摄影，年代不详

近景图，与《八路军占领长城烽火台》构图方式类似，也是采用一半镜头来呈现近景的烽火台，而另一半镜头呈现远景的蜿蜒长城。照片呈现的是八路军战士于一场战役结束后在烽火台前召开战后总结会的现实场面，这在背景中烽火台上的“收复”二字中鲜明地呈现出来。而画面近景“总结会”的意义就在于不仅仅是要收复眼前的这个烽火台，更是要通过“总结”将胜利目标延伸到远处连绵起伏的具有更广泛意义的长城，通过坚决的战斗将整个长城收复。另外，沙飞的“收复紫荆关”系列照片也延续了同一基调来呈现八路军战士进入紫荆关和紫荆关站岗两个场景，虽然其中的《八路军收复紫荆关》（图 22）没有长城出现，但沙飞敏锐捕捉到紫荆关桥桥头界石上的“紫荆关桥”文字符号，将其意义定格在收复紫荆关主题上。值得关注的是，组图中的《八路军再次光复紫荆关》（图 23）呈现了在八路军入关时夹道欢迎的百姓和“庆祝我军光复紫荆关”的标语。如果说之前《守卫长城》中八路军守卫长城具有了“保家卫国”的意义，那么群众和标语的出现使这幅照片中的光复紫荆关具有了“救国救民”的意义。

图 23　沙飞《八路军再次光复紫荆关》，摄影，年代不详

沙飞对长城关隘高度重视，不但用自己的相机大量拍摄八路军战士进入长城关隘和守卫长城关隘的照片，而且还叮嘱自己的学生张进学一定要“把部队开进天下第一关山海关时的雄伟场面拍摄下来”①。显然，沙飞意识到长城关隘既是抗日战争的交锋点，又是抗战话语争夺的标志性符号，谁占领了这个符号，谁就具备了言说抗战的话语权。在此之义上，沙飞的摄影作品恰恰是通过长城象征符号的争夺和获取确立起了中国共产党的抗战话语权，用“以图证史”的方式展现出中国共产党在民族抗战中的重要作用，回击着国民党右派人士抨击八路军“游而不击”的荒谬言论。而且沙飞的“战斗在古长城”系列摄影照片通过拍摄角度、景物选取、照片构图等摄影手法，以生动而有意义的镜头语言塑造了八路军“保家卫国”和“救国救民”的抗战形象，这些摄影照片大范围流播对八路军形象的塑造和传播起到了重要影响。

正如约翰·伯格所言，“每一种影像都体现一种观看方式”，并进而认为“每次我们观看一张照片，多少觉察到摄影师是从无数可供选择的景观中，挑选了眼前这个角度”。② 摄影的这种媒介特质使其在战争图像呈现上具有自身的媒介优势，可以客观真实地呈现战争实况，但战时环境中摄影艺术家很多时候无法亲临战场去记录真实的战争，有时为了战时宣传不得不采用补拍的方式来弥补这一缺憾，甚至沙飞本人虽然提倡“不得摆拍”的摄影理念，但其知名摄影作品《八路军战斗在古长城》经考证也系摆拍之作。③ 所以，沙飞的“战斗在古长城”系列摄影作品更多关注的是八路军战前“行军”或战后“占领”，而八路军真实战斗场面的影像呈现较少。绘画却可以打破摄影的这种媒介束缚，“画家的观看方式，可由他在画布或画纸上所涂抹的痕迹重新构成”④，通过战争遥想和画面重构来实现摄影艺术家所不能实现的战争场面图像构建。作为抗日战争争夺与交锋的焦点，平型关大捷、娘子关战役、雁门关伏击战等长城重要关隘的争夺战自然也被艾炎、李少言、范云等延安木刻艺术家所关注，成为他们刻画八路军长城沿线抗战场景的重要题材。

艾炎是关注长城关隘战斗较多的一名艺术家，他在抗战期间先后创作了《平型关大捷》《大战娘子关》《平型关》三幅木刻版画。艾炎创作长城关隘并不仅是为了客观化呈现战争，更是要通过想象化的战争场面来重构抗日战争的理想图景，以此彰显抗战必胜的信念。所以，长城关隘现场景观是否精准、战争场景是否符合实际、事件是否符合历史真实等并不是艾炎绘画时考虑的重心，他需要考虑的是如何将相关图像元素组织起来

---

① 王雁：《我的父亲沙飞》，社会科学文献出版社 2015 年版，第 211 页。

② ［英］约翰·伯格著，戴行钺译：《观看之道》，广西师范大学出版社 2015 年版，第 7 页。

③ 经过沙飞之女王雁和顾棣等人的实地考察，断定这张照片为摆拍而非实战，并且该段长城从未发生过战斗。参见杨健《革命的凝视：政治·宣传·摄影维度下的〈晋察冀画报〉研究》，同济大学出版社 2020 年版，第 172 页。

④ ［英］约翰·伯格著，戴行钺译：《观看之道》，广西师范大学出版社 2015 年版，第 7 页。

图 24 艾炎《大战娘子关》，木刻，1941 年

实现图像意义的最大化。《大战娘子关》（图 24）是以抗战初期娘子关战役为基本素材而创作的一幅木刻版画。从战争整体来看，这场战役中尽管中国军队表现出异常英勇的战斗精神，但最终仍然以失败告终，这次战役失败也造成了太原失守。但是，艾炎的这幅木刻是在 1941 年才刻制出来，这时这场战役早已尘埃落定，而艾炎却紧紧抓住中国军队在娘子关前奋勇杀敌的一个战斗片段来展现中国军队英勇作战的战斗精神。画面中，中国军队与日本军队形成了鲜明的形象对比：前景中一名中国将领骑着战马冲向敌人，挥舞军刀的将领和飞奔的战马占据了画面中心，将中国军队高大伟岸的身姿和英勇作战的精神鲜活地呈现出来，在其身后中国军队从娘子关绵延不绝地走出来，其绵延的队形和英勇的气势宛如一道“新的长城”。艾炎特地在队伍中塑造了一名手持大刀的战士，大刀的意象使观众自然而然联想到之前长城抗战之喜峰口战役中二十九军大刀队的抗战传奇，由此将中国军队英勇抗战的历史通过大刀这个意象与大战娘子关勾连起来。反观日本兵在中国军队打击下死伤无数，而生者也呈现出仰视的姿态、绝望的眼神、投降的动作，画面生动地将日本军队的惨败场景刻画出来。画面更通过另一个象征性符号——旗帜的应用将两支队伍的形象进行了对比，中国军队的旗帜高高飘扬在娘子关之上和军队之中，而日本军队旗帜却散落在地上，以此隐喻战役的最终成败。

图 25 艾炎《平型关大捷》，木刻，1941 年

艾炎先后用《平型关大捷》（图 25）和《平型关》（图 26）两幅木刻来表现八路军的平型关大捷。木刻对战争的呈现并不完全符合历史原貌，而是通过相关象征符号的引入来传达一种战争精神。平型关大捷本身并不发生在平型关关口，其核心战役“乔沟伏击战”发生在平型关东北方向的山沟。据《新中华报》刊发的《平型关战斗纪实》记载，八路军经过雨夜行军后于天亮抵达作战地点，“正遇着从小寨至老爷庙约五里路之间

的马路上，开来了敌军用载重汽车八十余辆，马车百余辆，联接成一线，汽车上有约千名的敌军，后面跟着少数的骑兵，押送着车辆，正由东向西，往东泡池输送。我军已经将马路以南一带的山地占领了，居险抵抗"①。艾炎对平型关大捷做了以下几点图像改编：一是将战争地点转移到了平型关城楼之前；二是将原本没有的坦克增加到画面中；三是将原本的山地伏击战转变成一次攻击战。艾炎将战役与平型关同置于一个画面，正是用具有象征意义的平型关为这场战役提供一个鲜明的视觉符号，将战役与平型关联系起来，从而具有特定意义指向。这种构图方法在同题材绘画作品中屡见不鲜，例如，同时期范云的《大战平型关》，新中国成立后张碧悟的《八路军平型关大捷》和任梦彰、杨为铭的《平型关大捷》等均采用这一模式。木刻为了凸显八路军英勇作战的形象，不惜将原来的伏击战转变为一场面对面的攻击战，从而呈现为两军硬碰硬的对垒。为了强化这种对垒，画面特意通过坦克这个象征性符号的增加将日本军队塑造成为一支主力部队。而八路军直面装备精良的日本军队，仍然凭借着英勇作战将日本军队打得抱头鼠窜。和《大战娘子关》一样，八路军战士连绵地从平型关涌出，征用长城的象征意义来构建起抗战的"新长城"形象。沙飞的摄影图像通过收复和占领长城的关山险隘来表征抗战话语权，艾炎的木刻图像则通过将日本侵略者挡在关外来获得抗战话语权。在画面中，中国军队的旗帜不但高高飘扬在娘子关和平型关的关隘之上，象征中国军队对长城这一象征性符号的占领，而且抵抗日本的不再是险要的"古长城"，而是主动出击的中国军队，尤其是八路军，以长城重要关隘的据守获得表征抗战的话语权。

图 26　艾炎《平型关》，木刻，1944 年

总之，长城形象在延安图像中并非单一的、片面的，而是复杂的、多维的，但无论是哪种长城形象都不再是单纯的自然景观和地理标识，而是表达抗战革命实践及精神的象征性符码，是政治和文化权力在现代民族国家构建中对长城"传统"的激活。正如谢依阳所言："抗战时期由长城这样的地理标识，在图像政治中被人们不断驯化，体现政

① 《平型关战斗纪实——战场日记片断》，《新中华报》1937 年 11 月 24 日第 1 版。

治、文化权力的具体运作与实现。”① 当然，回到抗战历史语境我们也不能忽略国统区的长城叙事，因为长城既是中国不同政治势力表征各自政治话语的符号选择，也是中国不同政治势力表达共同民族话语的符号选择。而且在叙事理念、叙事方式、内容呈现等多个方面，国统区和解放区的长城叙事也并不是泾渭分明的，而是彼此交融，由此构成了抗战时期斑驳复杂的长城叙事。在此之义上，长城的象征意象是抗战时期各方面势力共同建构起来的象征符号，以此激发全民抗战的热情和坚定抗战必胜的信心。而经过抗战时期长城传统的激活，长城作为现代民族国家的象征性符号已经成为国人对长城的一种基本文化共识，已经真正凝铸成中华民族的一种精神和文化的象征性符号。

① 谢依阳：《抗战时期延安木刻中的风景及权力关系》，中国艺术研究院 2015 年博士学位论文，第 69 页。

·红色历史与文化传承研究·

长征回忆录《二万五千里》的传送与“曙霞”的身份考证研究*

原　帅　贺紫钰①

摘　要： 从1936年8月到1937年2月，第一部长征回忆录《二万五千里》编写完成。1936年4月，董健吾与冯雪峰一起返回上海。1937年3月，冯雪峰前往延安汇报工作，带回了一部《二万五千里》的誊清手稿本。之后董健吾从潘汉年手中获得部分文稿，以“幽谷”为笔名发表了《二万五千里西引记》，成为最初的传播。冯雪峰以“曙霞”为笔名，写了《小茅屋》《渡金沙江》《通过草地》等诗文以及编订了《红军第一军团长征中经过地点及里程一览表》等4张附表。

关键词： 长征回忆录；《二万五千里》；曙霞；冯雪峰

引　言

1935年10月，红一方面军到达陕北，面对国民党持续的军事“围剿”和经济封锁，生存极为困难。1936年8月，美国记者埃德加·斯诺在宋庆龄与中共地下党的安排下，秘密进入陕北红区采访。于是，8月5日，毛泽东与杨尚昆联名发出征稿信：“现因进行国际宣传，及在国内国外进行大规模的募捐运动，需要出版《长征记》，所以特发起集体创作，各人就自己所经历的战斗、行军、地方及部队工作，择其精彩有趣的写上若干片

---

* 项目基金：2021—2022年度河北省社会科学基金项目“革命回忆录与当代革命历史小说叙述机制生成关系研究”（批准号：HB21ZW012）。

① 作者简介：原帅（1987—　），男，山西大同人，河北师范大学文学院副教授，主要研究方向为革命回忆录与当代革命历史小说、丁玲研究、韩少功研究。贺紫钰（1986—　），女，黑龙江阿城人，河北师范大学汇华学院讲师，主要研究方向为中国当代文学。

断。文字只求清通达意，不求钻研深奥，写上一段即是为红军作了募捐宣传，为红军扩大了国际影响。”同时，又致电红一方面军各部：“望各首长并动员与组织师团干部，就自己在长征中所经历的战斗、民情风俗、奇闻轶事，写成许多片断，于九月五日以前汇交总政治部。事关重要，切莫忽视。”① 总政治部成立了“编辑委员会”，由宣传部部长徐梦秋任主编，总政治部的工作人员彭加伦、童小鹏、舒同以及徐特立、成仿吾等参加了编辑工作，1937年2月丁玲到达延安后也立即投入了编辑工作。徐梦秋在“关于编写的经过”中作了说明，从9月中旬开始收到征文，到10月底已有200多篇，共计50万字，最后编选出“约三十万言”。丁玲以小说家的笔法描写了从“担心”到“有望”再到“兴奋”“骄傲”的心理过程：“新的奇迹又发生了，这便是二万五千里长征的征文。开始的时候，征稿通知发出后，还不能有一点把握。但在那悄悄忧心之中，却从东南西北，几百里，一千里路以外，甚至远到沙漠的三边，一些用蜡光油纸写的，用粗纸写的，红红绿绿的稿子，坐在驴背上，游览塞北风光，饱尝尘土，翻过无数大沟，皱了的纸，模糊了的字，都伸开四肢，躺到了编辑者的桌上。在这上面，一个两个嘻开着嘴的脸凑拢了，颤动的指头一页一页地翻阅着，稿子堆到一尺高，两尺高。这全是几百双手在一些没有桌子的地方，在小油灯下写满了送来的。于是编辑们，失去了睡眠，日夜整理着，誊清这些出乎意外，写得美好的文章。”② 1937年2月22日，书稿基本编订完成，取名为《二万五千里》，之后由徐梦秋组织修订、誊写。4月初，燕京大学一行10人到访延安，赵荣声当晚即拜访丁玲，后以“任天马”为笔名发表了《集体创作和丁玲》。文中谈及编写的经过：“这集体创作之开始已经有一年多的历史了。起初由参加长征的人自由用片段的文字叙述长征中的史实，在几千篇短文中，选出几百篇较佳的作品。由这几百篇作品，加以淘汰，只剩下了百余篇。将这百余篇佳作再按历史的次序排列起来，乃集合成了一部长篇巨著。这长篇巨著，经过丁玲、成仿吾等人加以剪裁后，始成为现在正式的初稿。这初稿现在已经抄成二十四份，正在让许多身经长征的人补充，并给富有文学修养的人修改（其中的一份已被带到上海去了）。”他还描写了丁玲的编辑状态：“在丁玲的桌上，也放着那样宽约一尺，长约一尺半，厚约二寸的一份”，“这稿子外面包着绿纸的封面，里面是用毛笔横行抄写的。在每行文字之间，和上下空余的白纸上，已让丁玲细细地写上无数极小极小的字”。作者问丁玲：“什么时候可以完成呢?”丁玲答：“今年秋天可以完成，现在大家都在加速率的努力。”又问：“将来怎样发行呢?”丁玲答：“能

---

① 中共中央文献研究室编：《毛泽东年谱（1893—1949）》（修订本上卷），中央文献出版社2013年版，第566页。

② 丁玲：《文艺在苏区》，《丁玲全集》第7卷，河北人民出版社2001年版，第20页。

在外面发行更好，有困难呢，我们自己来印。”① 9月，丁玲率领西北战地服务团开赴抗日前线。10月，《大公报》记者徐盈在太原采访了她，后以《丁玲在前线》为题发表了有关报道，其中特别询问《二万五千里》的编辑情况，丁玲回答说：“早已经整理好了，不过，为了避免现在有不必要的磨擦，所以暂缓发表，只抄写了几部，有一部现在在上海。”②

根据上述史料，我们能够确定：一是《二万五千里》编写的目的是宣传和募捐，契机是斯诺到访陕北；二是编定时间是1937年2月22日，计划先在国统区出版，于是其中一部誊清稿本被送去上海。然而，《二万五千里》到底是“抄成二十四份”还是“只抄写了几部”？是被谁送到上海？其传播过程又如何？这些问题一直被研究者关注。本文在前人研究的基础上，再次对这些问题以及与之相关的“曙霞”的身份进行考证研究。

一、董健吾的改编

1937年7月，上海的《逸经》杂志第33、34期发表了署名“幽谷”的《红军二万五千里西引记》③（以下简称《西引记》），随即在上海引发轰动。半个月后，叶圣陶主编的《月报》转载了这篇文章；11月，上海光明书局出版了黄峰编《第八路军行军记》；12月，上海大众出版社出版了赵文华编《第八路军红军时代的史实，从江西到陕北——二万五千里长征记》，复兴出版社出版了大华（即简又文）著《二万五千里长征记》，这些书都是在《西引记》的基础上改编而来。《西引记》叙述了红一方面军从1934年10月16日由赣南铜锣湾出发到1935年10月22日抵达陕北吴起镇的长征全过程，不仅行军的路线、时间、部署异常具体、准确，而且许多生动的情节和《二万五千里》的记述完全相

① 任天马：《集体创作和丁玲》，《文摘》1937年第2卷第2期，第378—379页。文章初刊于《联合文学》1937年第1卷第3期（7月1日）。这一期《文摘》出版于1937年8月，在卢沟桥事变爆发后一个月，上海复旦大学文摘社编辑、上海黎明书局出版了《文摘·卢沟桥浴血抗战特辑》。任天马的文章还被收入天行编《丁玲在西北》（华中图书公司1938年版）、俞士连编《最近的丁玲》（长虹书局1938年版）等书。赵荣声，又名赵荣生，1915年生于安徽太湖的一个“四代翰林”之家。1935年考入燕京大学法学院。1936年加入中国共产党。1937年冬，参加了丁玲所领导的西北战地服务团，在通讯部当记者，后任通讯股股长。之后成为卫立煌的秘书，从事秘密统战工作。

② 俞士连：《最近的丁玲》，长虹书局1938年版，第24页。

③ 《逸经》是文史半月刊，由人间书屋发行，社长兼发行人是简又文，编辑主任是陆丹林。《红军二万五千里西引记》被置于“今代史料”栏目，第33期是夏季特大号，7月5日出版，第62—71页为全文内容，并附有“二万五千里西引经过路线图”（由江西瑞金始至陕西吴起镇终）；第34期，7月20日出版，第40—44页为“红军第一军团西引中经过地点及里程一览表”。

同，如长征开始时“当时除中枢少数人之外，预先都不知开往何处”① 的历史事实，强渡乌江战斗的描写与刘亚楼的《渡乌江》，在茅台镇喝光反动商人的茅台酒与熊伯涛的《茅台酒》，群众在“火焰山”上卖水、会理城外的民房被焚毁、冕宁城内的“猓猓”等情节与李一氓的《从金沙江到大渡河》，“后来有三个猓猓加入红军当兵”② 的细节与廖智高的《一个忠实的革命猓猓》，“猓猓”的风俗以及“白骨头”“黑骨头”的区别、强渡大渡河和飞夺泸定桥的战斗、中央红军与第四方面军在懋功会师等与莫休的《由金沙江到大渡河》，对卓克基土司宫的细致描写与谢觉哉的《卓克基土司宫》，红六团被藏民骑兵袭击、断粮受困、等待救援等情节与舒同的《芦花断粮》，攻占腊子口的战斗与杨诚武的《突破天险拉子口》，等等，都具有互文性。《红军第一军团西引中经过地点及里程一览表》和《二万五千里》的附表《红军第一军团长征中经过地点及里程一览表》完全一致。由于内容的高度重合，可以断定“幽谷”通过某种渠道看过《二万五千里》，更重要的是，尚未出版的《二万五千里》实际上以这种方式已经开始传播了。

直到 1990 年代，“幽谷”才被考证、确认为中共地下党员董健吾。冯雪峰回忆：“36 年 4 月初他到过陕北瓦窑堡，4 月底我从陕北到上海时他在西安等我，并带我到上海；后在上海他同我有联系，我曾要他做过一些事”③，“36 年 6 月外国人史诺请求到陕北去访问，经中央批准后，我派董健吾到西安去为史诺同西安联络处接上联系。董健吾就只做过这一次交通”④。也就是说，董健吾不是《二万五千里》的传递者。董健吾之子董云飞回忆：董健吾受宋庆龄委托，要将一封密信送往陕北红区。到达西安后，大雪纷飞，道路不通，情急之下他找到了时任禁烟委员的同学钟可托，后又见到张学良，经王以哲安排，到达瓦窑堡，受到博古、林伯渠、王稼祥、张云逸、邓发等人的接见。当时毛泽东、周恩来、彭德怀、张闻天等已率军东征，驻扎在山西石楼，于是将宋庆龄的密信通过电报转达。董健吾在瓦窑堡住了约半个月，等待复信，这期间了解到很多关于红军长征的事迹。得到复电后，准备离开陕北，临行前林伯渠赠予他一批珍贵资料，包括江西苏区的建设债券、银币以及十几张照片，其中“那张毛泽东的全身照片以及苏区建设债券，后来就成为《西行记》的插图”⑤。后来，董健吾一直把这些照片藏在上海泰兴路通安里 65 号屋顶的红瓦下面，直到 1961 年被陈赓接见后，才取出来交给上海市委。《西引记》的主要材料来自潘汉年：“1937 年初，家父在上海泰兴路通安里 65 号亭子间与潘汉年

---

① 幽谷：《红军二万五千里西引记》，《逸经》1937 年第 33 期，第 63 页。

② 幽谷：《红军二万五千里西引记》，《逸经》1937 年第 33 期，第 67 页。

③ 冯雪峰：《关于 37 年上海办事处情况》，《冯雪峰全集》第 9 卷，人民文学出版社 2016 年版，第 133—134 页。

④ 冯雪峰：《关于 37 年上海办事处情况》，《冯雪峰全集》第 9 卷，人民文学出版社 2016 年版，第 132 页。

⑤ 两幅图片都刊发在《逸经》第 33 期，毛泽东的照片在第 66 页，“红军在江西所发公债券之一”在第 70 页。

（化名彭一青）相见，家父提出要撰写一篇有关长征纪实文章，向国统区人民宣传革命、宣传苏区、宣传红军真实情况。潘认为很有必要。之后，潘搞到一些有关长征的重要资料，交给通安里的房东——潘的女友陈文珍（陈的弟弟生有一女，作为潘的养女，取名许惹英）再转给家父，从而充实了《西行记》素材。”① 潘汉年交给董健吾的“一些有关长征的重要资料”应该就是《二万五千里》的部分文稿。《逸经》社长简又文（别号“大华烈士”）多次向董健吾约稿，于是他趁机提出可以再写一篇有关红军长征的文章。

冯雪峰的回忆佐证了董云飞的叙述。1972 年 10 月底至 11 月初，上海鲁迅纪念馆的工作人员前往北京，就鲁迅的相关问题三次访谈了冯雪峰，谈话记录的第一部分即是“关于谢旦如家属（谢原是我馆副馆长）交给馆内的一包有关长征时期的小说素材的情况”：

> 这包材料是冯雪峰于 1937 年从延安带来上海准备出版的。当时因为感到有些文章写得很乱，出版不一定妥当，书店又怕印，就放了下来。后来也认为单独出一本书不好。这份材料大概在内部印过一次（不出卖）。解放以后在内部印的党史资料中也刊印过。
>
> 参加编辑的人记得有一个叫许孟秋（?）的（他是个大学生，长征时冻坏了腿，在延安时两腿已没有，后到新疆叛变了），材料是张闻天交给冯的。
>
> 这份材料当时复写了好几份，延安也有一份。因为可以不要，冯就把上海的一份放在谢旦如家了。除了当时内部印过一次外，还有个叫董健吾的拿去看过，并且抄了一些卖稿子，大概在《逸经》上发表过。董是个牧师，到过瓦窑堡，此人与青、红帮都有关系，在上海帮助我们做了一些事，抗日战争期间当了汉奸。史诺去延安也是由冯请示中央同意后，由董带去的。史诺文章中提到的 M、王（?），即为董健吾。
>
> 冯雪峰肯定说：“这包材料与鲁迅无关。”②

冯雪峰的回忆基本准确。由于抗日民族统一战线的建立，《二万五千里》最终并没有在上海出版。“内部印过一次”和“内部印的党史资料中也刊印过”透露了重要的版本信息，即 1942 年 11 月在延安排印的《红军长征记》和 1954 年在《党史资料》第 1—3 期重新发表的《中国工农红军第一方面军长征记》，这两个版本由于是内部材料且印数很少，在 1950 年代后期已经很难见到。“许孟秋”即徐梦秋，他就是丁玲小说《在医院中》“一个

---

① 董云飞：《“幽谷”原是董健吾——〈二万五千里长征西行记〉的由来》，《上海党史研究》1994 年第 4 期，第 46 页。（董云飞回忆文章的题目和正文都是“西行记”，而非“西引记”。——笔者注）

② 《与冯雪峰的三次谈话记录》，《冯雪峰全集》第 9 卷，人民文学出版社 2016 年版，第 371 页。

没有脚的害疟疾病的人”的原型；董健吾在抗战时期依然为党做秘密工作，后失去联系，由于历史原因，两人都因“叛徒”身份而在历史叙述中消失。1937 年底，冯雪峰因个人原因，未经组织同意离开上海。临行前，他将这部誊清手稿本以及方志敏、瞿秋白的手稿交给谢澹如保管。1951 年，受华东文化部委派，谢澹如担任上海鲁迅纪念馆第一任副馆长。1962 年，谢澹如去世，家人将誊清手稿本捐赠给上海鲁迅纪念馆。这部誊清手稿本装订为上中下三册，绿色马兰纸作护封，横排繁体字，全稿系复写而成，上文赵荣声的描写是准确的。直到 2006 年，上海鲁迅纪念馆的工作人员王锡荣告知上海人民出版社总编辑李伟国，于是才由上海人民出版社于 9 月影印出版。时隔近 70 年，《二万五千里》终于正式出版，其过程极具历史的偶然和传奇的色彩，因此被公认为“中国革命史上最早、最直接、最真实记录中央红军长征的回忆录，是传世的最原始的长征记录之一”①。这个版本（以下简称“上海本”）更珍贵的是，保留了徐梦秋、冯雪峰、彭加伦、舒同等人大量的修改笔迹，是完成编辑后的第一部誊抄本。

1937 年 10 月，徐梦秋离开延安前，将其保管的“长征记”手稿及另一部誊清手稿本留在八路军总政治部保存。这部誊清手稿本过录了所有抄件上的修改，总政治部宣传部以其为底本，于 1942 年 11 月 20 日印刷出版了《红军长征记》（以下简称“延安本”）。2002 年，研究者沈津撰文介绍他在美国哈佛大学燕京图书馆所发现的数十种稀见党的文献，其中就包括《红军长征记》。这部书分上、下两册，三十二开，马兰纸印刷，竖排繁体字，封面印有“党内参考资料”和“总政治部宣传部印一九四二年十一月”，更为珍贵的是右下角还有红军总司令朱德的签名。这部书是朱德赠送给斯诺，斯诺又赠送给费正清，最后由哈佛燕京图书馆收藏。2006 年广西师范大学出版社影印出版，时隔 64 年。除了“上海本”和“延安本”外，再没有见到其他的誊清手稿本，因此研究者们倾向认为，《二万五千里》的誊抄数量不超过 5 部，沈津文中所引述的赵荣声“抄成二十四份”的说法是不正确的。新中国成立后，中共中央宣传部成立了“党史资料室”，由副部长徐特立兼任，编辑、出版了内部刊物《党史资料》。1954 年，《党史资料》以“延安本”为底本，经过修改、注释，以《中国工农红军第一方面军长征记》为题，分上、中、下在第 1—3 期上重新发表（这个版本以下简称“党史资料本”）。1955 年，人民出版社以“党史资料本”为底本，编选出版了《中国工农红军第一方面军长征记》（以下简称“选本”）。该书虽然是“内部出版”，但是从第四版改为公开发行，流传较广，后来出版的大量红军长征回忆录、书籍，基本是以它为底本。从 1930 年代到 1950 年代，这 4 个版本的篇目增删、文字修改、注释说明，生动地折射出当代的历史观念、文学生产、叙事规范的发展过程，笔者将会另外撰文做详细考察。

---

① 本书编委会：《关于〈二万五千里〉誊清稿本形成和流传情况的几点说明》，《二万五千里（珍藏本）》（下），上海人民出版社 2018 年版，第 759 页。

二、冯雪峰的传递

冯雪峰自述《二万五千里》是张闻天交给他并由他带到上海的，这是“冯雪峰说”的最早来源。然而，由于他到上海的时间早于《二万五千里》的编定时间，于是“冯雪峰说”一直有争议。此外，还有“王尧山说”。

1936 年 4 月，冯雪峰受中共中央委派前往上海工作，“行前，张闻天、周恩来、毛泽东分别向冯雪峰交代任务”，张闻天叮嘱他先找鲁迅、茅盾；周恩来交给他活动经费和密码，“约定其使用化名‘李允生’”；毛泽东、彭德怀发电报给东北军六十七军军长王以哲，请他保护冯雪峰安全通过防区，前往西安。21 日，冯雪峰抵达西安，在一个禁烟委员的家中与董健吾会面。25 日，与董健吾一同乘火车抵达上海。26 日，到大陆新村鲁迅家，与鲁迅长谈。27 日，在鲁迅家与胡风见面；同日，与原上海特科成员徐强接上关系。28 日，与周文、郑育之见面。[①] 8 月初，成立中共上海办事处，潘汉年任主任，主要负责统战工作和情报工作；冯雪峰任副主任，除了统战工作和情报工作外，还负责联络地下党员以及领导“临委”“文委”[②] 的工作。上海办事处“工作人员有徐强（老金）和李云（徐强的妻子），管一般的情报关系和整理情报等事。周文，主要做上海到西安的送密件的交通。王学文，负责同‘文委’、‘临委’的经常联系。王尧山，负责同‘文委’、‘临委’系统以外的党员联系。郑育之（周文的妻子），内交”[③]。10 月，王尧山去西安执行任务。1937 年 2、3 月间，冯雪峰任命王尧山为“临委”书记，他与沙文汉（张登）、林枫组成“三人小组”，负责联络在上海的地下党员。6 月，中央派刘晓来到上海，成立江苏省委，王尧山等“三人小组”随之调去。有研究者根据冯雪峰的回忆，考证上海办事处秘密交通的史料后认为：“如果是王尧山将誊清稿传递到上海的话，那么时间只有 1936 年 10 月这趟西安之行，但事实上，此誊清稿的编辑工作要到 1937 年 2 月下旬才完成，因此王尧山与这份誊清稿的流传到上海没有关系。”[④] 1937 年 2 月，王稼祥由贺诚陪同，通过秘密交通线，途经临汾、榆次、石家庄到天津，接着乘船于 3 月 3 日抵达上海，准备前往苏联治伤。冯雪峰在法租界毕勋路单独租了一幢房子，安排王稼祥、贺诚居住，并派周文、郑育之负责掩护和照顾他们的生活。6 月 20 日，王稼祥离开上海。这期间，周文“利用掩护王稼祥的安全，终日闭门不出的时机，抓紧时间写作，完成了中

---

① 参见冯烈、方馨未《冯雪峰年谱》，《冯雪峰全集》第 12 卷，人民文学出版社 2016 年版，第 396 页。

② “临委”即中共上海临时工作委员会，“文委”即中共中央宣传部文化工作委员会。

③ 冯雪峰：《关于 37 年上海办事处情况》，《冯雪峰全集》第 9 卷，人民文学出版社 2016 年版，第 131 页。

④ 高方英：《关于上海鲁迅纪念馆藏〈二万五千里〉誊清稿流传情况的考证》，《上海鲁迅研究》2023 年第 1 期，第 184 页。

篇小说《在白森镇》和长篇小说《烟苗记》的创作任务。1937 年‘八一三’淞沪抗战爆发后，上海地下党派出了大批党员骨干到全国各地，大力开展抗日宣传和统一战线工作。为开展四川省的文化运动和统战工作，周文同志被派到四川成都，先后兼任了四个报纸文艺副刊的主编工作”①。从行程时间上看，王稼祥、周文亦不可能是誊清手稿本的传递者。

1937 年 1 月下旬，冯雪峰“到西安向周恩来汇报工作。再转赴陕北延安向毛泽东汇报工作”②。此时《二万五千里》尚未编定。2、3 月间，冯雪峰再次前往西安、延安。2 月 27 日，潘汉年电告中共中央：

> 允生、伟良星期日晚车动身，下星期可抵西安，盼派人到车站出接。
>
> 小开 一九三七年二月廿七日③

“小开”是潘汉年的化名。3 月 2 日，冯雪峰电告中共中央：

> 我今晚 12 时动身送款到西安。
>
> 允生 2/3④

3 月 8 日，周恩来、叶剑英与顾祝同、贺衷寒、张冲商定了准备送呈蒋介石的提案，然而贺衷寒却突然提出了重大改动，严重损害了党和红军的利益。3 月 11 日，张闻天、毛泽东电告周恩来，指示他设法去南京或牯岭与蒋介石进行直接谈判，并且还说：“对外宣言，已有毛的谈话（允生带上），党的宣言以暂缓为宜。”⑤“毛的谈话”是指 3 月 1 日毛泽东与美国记者史沫特莱的谈话。由此可知，冯雪峰曾在 1937 年 3 月往返于上海和延安之间，并且“随身带回红军长征亲历者所写的回忆文章手抄稿，考虑在上海编辑出版”⑥。这部“红军长征亲历者所写的回忆文章手抄稿”正是《二万五千里》的誊清手稿

---

① 王尧山：《胸怀千里志 不居一寸功——回忆左翼文化战士周文》，《王尧山文稿选》，上海科学普及出版社 2000 年版，第 284 页。

② 冯烈、方馨未：《冯雪峰年谱》，《冯雪峰全集》第 12 卷，人民文学出版社 2016 年版，第 402 页。

③ 《1937 年 2 月 27 日潘汉年给中共中央的电报》，《冯雪峰全集》第 7 卷，人民文学出版社 2016 年版，第 371 页。

④ 冯雪峰：《1937 年 3 月 2 日给中共中央的电报》，《冯雪峰全集》第 7 卷，人民文学出版社 2016 年版，第 370 页。

⑤ 《1937 年 3 月 11 日张闻天、毛泽东给周恩来的电报》，《冯雪峰全集》第 7 卷，人民文学出版社 2016 年版，第 371 页。

⑥ 冯烈、方馨未：《冯雪峰年谱》，《冯雪峰全集》第 12 卷，人民文学出版社 2016 年版，第 404 页。

本。之前研究者只知道冯雪峰在 1936 年 4 月到达上海，由此出现了“冯雪峰说”及其反驳的观点，直到他从事秘密工作的档案史料解密后，我们才得知他曾在 1937 年 3 月往返于上海和延安之间，并且带回了《二万五千里》，这一问题终于水落石出。

三、“曙霞”的身份

《二万五千里》的作者，如“莫休”“斯顿”“廉臣”“施平”“杨定华”等，一直被研究者关注、考证，其中“曙霞”写了《小茅屋》《渡金沙江》两诗和《通过草地》一文。《小茅屋》是歌谣体，副标题是“贵州西北边境的贫民生活写真”，全诗内容如下：

小茅屋，
矮茅屋，
入门要低头，
睡卧难伸足，
起风詹（檐）欲飞，
雨来漏满屋。
门前野草迷山径，
屋后荒山暴白骨，
绕屋凄凉无所有，
旦暮但闻小儿哭，
寒冬聚围小煤炉，
火焰常灼小儿肤，
茅屋梁上少包谷，
人家下体多无裤。
借问贫穷何至此？
苛捐杂税如狼虎！
兄弟流离爹娘死，
卖儿鬻女偿不足。
如何参加红军去？
拼将热血换幸福！①

---

① 曙霞：《小茅屋》，《二万五千里（珍藏本）》（下），第 455—456 页。笔者对校后发现，“上海本”的目录用红笔添加了“小茅屋　曙霞”，正文仅有 1 处文字修改；延安本”仅有 1 处文字修改；“党史资料本”内容与“延安本”相同；“选本”没有收录。

在贵州，穷人被称为“干人”，谢翰文的《扩大红军》、陈士榘的《三过遵义》、张山震的《瓮安之役》等都描写过“干人”的极度贫困和踊跃参军，而曙霞的《小茅屋》最为具体生动。茅屋矮小、破陋，空间狭小逼仄，无法遮风挡雨。屋内空无一物，只有幼儿饥饿的啼哭，而屋外只有暴露的白骨，对比强烈。接下来的四句更为触目惊心，幼儿们没有衣服，围在火炉取暖时常被烫伤；成年人也没有衣物，少女竟然赤身裸体。为了便于读者理解，曙霞还分别做了注释：“小孩们虽寒冷也没有一线布遮体，常被煤火烧得周身起泡”，“当地小姑娘十七八岁，还多是没有裤子穿，有的身无寸缕，终日睡在草堆中，出门时用一块烂布‘遮羞’”。“干人”极端贫困是因为贵州军阀的残酷剥削，于是诗人号召“干人”参加红军、争取解放。

《渡金沙江》是现代自由体，描述了红军“巧渡金沙江”的完整过程。诗人跟随第八连急行军，黄昏休息时，宣传员们立刻进行政治鼓动：“为着要完成我们底任务/为着要达到我们战略机动的目的/我们今天要走一百八十里!”① “一百八十里”凝结了红军指战员的坚定信仰和顽强意志。接着描写了金沙江的天险，抨击了蒋介石的“攘外安内”政策，叙述了红军在贵阳和昆明周边的战略机动。曙霞具体描述了巧渡金沙江的战斗，因为党坚决执行正确的民族政策，所以彝族群众不仅给红军带路，并且提供了重要情报——“江边还有五只小船未烧”，于是红军指战员迅速控制了渡船，趁夜渡江，不费一枪一弹，“静悄悄地收缴了/税警的八根枪”，以至于敌人惊呼：“从那里飞来的天将军!”② 红军主力利用这“五只小船”全部渡过了金沙江，以至于敌人的追兵在江边仅仅“缴到烂草鞋半双”，后来黄镇创作了活报剧《一只破草鞋》，由红五军团“猛进”剧团演出，辛辣嘲讽了敌人。最后，曙霞歌颂了红军长征的革命乐观主义精神，即“谁说‘长江天险’？/看红军等闲飞渡!”；叙述了“五一”节在通安县击溃了刘文辉的追兵；指出了“两大主力会合”与“北上抗日”的政治意义，“上海本”是这样叙述的：

> 说是：“朱毛红军已到金沙江畔，
> 如果同通南巴西进的
> 张徐汇合，

---

① 曙霞：《渡金沙江》，《二万五千里（珍藏本）》（下），第457页。笔者对校后发现，“上海本”的目录是“渡江　曙霞”，正文是“渡金沙江　曙霞”，有少量文字修改；“延安本”有2处文字修改；“党史资料本”有1处文字修改，1处政治修改；“选本”没有收录。

② 曙霞：《渡金沙江》，《二万五千里（珍藏本）》（下），第460页。“延安本”保留了“八根枪”的细节，然而“党史资料本”删除了，改为“静悄悄地收缴了税警的枪”（《党史资料》1954年第2期，第126页）。“八根枪”的细节可能不再符合1950年关于“巧渡金沙江”的历史叙事规范。

怕要赤化了川康。”①

“延安本”内容相同，然而“党史资料本”将“张徐汇合”改为“红军汇合”②。“张徐”指张国焘、徐向前，张国焘因为坚持“南下”，甚至分裂红军、“另立中央”，导致红四方面军损失惨重，最后他彻底叛变了革命。“党史资料本”的这一修改属于政治修改，保留了“朱毛红军”，突出“党（中央）的领导”；删除了“张徐”，符合“叛徒叙事”。此外，全诗有四个注释，诗末注明了写作时间：“1935 年‘五一’节后一天作于‘通安祝捷大会’中”和“1939 年‘五一’节录于子丹县西八十里之顺宁”。③“延安本”全部保留，“党史资料本”仅保留了注释。“上海本”和“延安本”都把《小茅屋》和《渡金沙江》编排在一起，在李一氓的《从金沙江到大渡河》之后、艾平的《鲁车渡寻船》之前。根据“上海本”的目录可以得知，《渡金沙江》先被编定，然后才添加了《小茅屋》，故依据《渡金沙江》所叙述的内容将两首诗编排在一起。而“党史资料本”做了调整，《渡金沙江》的位置不变，《小茅屋》的位置被提前，在谢翰文的《扩大红军》与小鹏的《残酷的轰炸》之间，两篇文章所记述的都是红军在贵州的经历，更为合理。

《通过草地》细致记述了从毛儿盖到班佑六天五夜的行军经历。“过草地”的原因是敌胡宗南部驻守松潘一带，企图同兰州构成封锁线，于是“我们为了在战略上取得出敌意表的机动，不免要有绕道松潘抄到松敌后路的行动，因此我们也就早有了通过草地的准备”④。由于红军已经“跋涉无数大江峻岭”，甚至李白所谓的“蜀道难”在红军看来也不过“如此而已”，所以“我”“有点不相信”“通司”所说的过草地的危险。红军各部在卡英筹粮，要求每人准备十天的粮食，并携带木棍、干柴，准备宿营、生火。“我回到校部后，也就立即通知了各部，照样准备，我们带了七天干粮（炒麦子）、八天生粮（麦子）。”⑤ 第一天初次体验了“草地露营逢夜雨”，“我”还能“酣然入梦”，觉得“比古诗人所听到的‘雨打芭蕉’‘窗外芭蕉窗里打’和‘夜雨闻铃肠断声’的声音要沉雄与悲壮

---

① 曙霞：《渡金沙江》，《二万五千里（珍藏本）》（下），第 461 页。“通南巴”指四川北部的通江、南江、巴中一带，红四方面军在这里建立了川陕根据地。

② 曙霞：《渡金沙江》，《党史资料》1954 年第 2 期，第 127 页。

③ 曙霞：《渡金沙江》，《二万五千里（珍藏本）》（下），第 463 页。“上海本”原文是“1939 年”，笔者认为其时间有误，应该是“1936 年”。

④ 曙霞：《通过草地》，《二万五千里（珍藏本）》（下），第 616 页。笔者对校后发现，“上海本”有少量文字修改；“延安本”目录是“过草地”，正文题目是“通过草地”，内容与“上海本”相同；“党史资料本”又做了少量文字修改，并系统删除了关于藏族的负面描述；“选本”与“党史资料本”基本相同，仅仅将原文中所有字母代称都改为“一个同志”。

⑤ 曙霞：《通过草地》，《二万五千里（珍藏本）》（下），第 617 页。红军过草地时所吃的麦子大多是尚未完全成熟的青稞。

些吧?”① 第二天经过腊子塘，“我”已体会到走在草地上的不便，晚上宿营没有烧火，冷得厉害，还遭遇藏民骑兵的骚扰。第三天经过分水岭，宿营时吸取前两晚教训，各科都在认真搭棚子，“骑兵科多用被单搭布幕，炮兵科用树枝野草等搭草棚，但盖得最密”②。“我”还组织大家学习、讨论“防空问题”。第四天行军非常艰难，一棵树也没有了，地上都是污水，很多人滑倒，马蹄陷进去都拔不出来。然而红军依然保持着英雄主义精神，“我们一队走着，雄伟的走着，像是轮船在大海中，前面不见海岸，可是并不能减低我们前进的勇气，我们的勇气使得像大海一般的草地，一步步向后退去”③。路上“我”和 M 同志还在讨论如何对草地作“有力的素描”。下午经过色既坝，草棚旁有死尸。进入草地后脚一直是湿的，当晚终于有热水“第一次洗脚”。到了第五天，准备的粮食已经吃完，柴火、热水更是没有，只能用凉水冲麦粉吃。第六天终于到达班佑，留在“牛屎房子”过夜，“我”告诉学员们“已经过完了草地”，明天前往阿西。最后，诗人赞叹：“无坚不摧的红军，又一渡（度）打破天然界的困难，创造下亘古以来所未有的大军通过千里荒凉的草地的新纪录。”④

由于国民党反动派与藏区地方政府的欺骗、胁迫，红军过草地时经常遭到藏民的袭击。“通司”在介绍草地的情况时提到“多有蛮骑出没”，这一细节在四个版本中都被保留，但是“党史资料本”系统删除了文中关于藏族的负面描写，如介绍毛儿盖的情况，“这里有二三百家，是‘蛮子’地方，‘蛮子’都被欺骗走了”，仅保留了“这里有二三百家”；第二天宿营时，“听到后面响了几声枪，派队去查，随后知道有卅余蛮骑在后面尾我们，抢去落伍人员（我们修械处的工人）的几枝枪”，这一句被全部删去；第五天到达班佑时，采摘野果充饥，“解却几日来不知五味的口闷，并且开了到‘蛮子区域’以来吃新果的‘新纪录’——虽然是野味”，仅保留了第一句；描述“牛屎房子”的文字删去了“‘蛮子区域’的木板屋”；红四方面军师长 C. K. 介绍情况的文字，删去了“据说他们和‘蛮子’的骑兵打了一阵”。⑤ 这些删除属于政治修改，反映了 1950 年代的民族政策和叙述规范，隐去了部分历史真实。

上述诗文透露了一些关于“曙霞”的身份信息，如他参加了巧渡金沙江的战斗；在毛儿盖时“我就到×军政治部找 S 同志”；“我便告诉各科，由科长副科长，教员及能讲课的排长，先行准备一些材料——我们拟讲‘防空’问题——分到各个棚内去领导讨论”；在班佑，偶遇 C. K. 师长，“他到‘红大’去找 H 政委”；“我”“通知了各科注意火

---

① 曙霞：《通过草地》，《二万五千里（珍藏本）》（下），第 618 页。“党史资料本”将“窗外芭蕉窗里打”和“沉雄与”删去。

② 曙霞：《通过草地》，《二万五千里（珍藏本）》（下），第 619 页。

③ 曙霞：《通过草地》，《二万五千里（珍藏本）》（下），第 620 页。

④ 曙霞：《通过草地》，《二万五千里（珍藏本）》（下），第 626 页。

⑤ 曙霞：《通过草地》，《二万五千里（珍藏本）》（下），第 617、619、624、625 页。

警，并且要明早出发时，派人专门检查及消灭遗火，一面告诉学员们，‘已过完草地了’”。① 由此可以推测，“曙霞”不仅是一名高级干部，而且在“红大”工作。有研究者根据《雪峰的笔名》的提示，发现冯雪峰曾使用过“曙霞”。1931 年 4 月 13 日《文艺新闻》发表了《呜呼，死者已矣！——两个读者来信答蓝布》一文，其中《作家在地狱（一）——答蓝布先生并致读者》署名“曙霞”，《雪峰文集》第三卷（人民文学出版社 1983 年版）收录了《呜呼，死者已矣!》一文，由此证明“曙霞”确实是冯雪峰的笔名。然而，冯雪峰只使用过“曙霞”一次，而且当时已出版的各种冯雪峰诗文集从未收录过《小茅屋》《渡金沙江》《通过草地》，因此无法确定这三篇诗文出自冯雪峰之手。② 直到 2016 年《冯雪峰全集》出版后，研究者的猜测终被证实。关于《在地狱或人世的作家?》的题注是：“本篇最初发表于 1931 年 3 月 30 日《文艺新闻》周刊第三号。本篇与下一篇的标题、引言、正文、文末附言等所有文字，均为作者与《文艺新闻》编者袁殊事先商定，借通信的形式在该刊公开披露 1931 年 2 月 7 日国民党当局秘密杀害‘左联’五烈士的暴行。其中的署名：蓝布、曙霞、海辰，都是作者的笔名。”③ 而且这三篇诗文都被收入《冯雪峰全集》第 1 卷，并且注释说明：“本篇录自《红军长征记》（1942 年 11 月中央军委总政治部出版），署名曙霞。收入本卷时对照上海鲁迅纪念馆所藏复写誊抄稿校订。”④ 三篇诗文内容和“延安本”一致，两首诗也都保留了作者原注，但是《渡金沙江》仅保留了写作时间，删去了录写时间。《冯雪峰年谱》提供了更多的史料：中央红军第二次占领遵义时，冯雪峰被调到干部团上级干部队（即“上干队”）任政治教员。4 月，写诗《小茅屋》。5 月初，写诗《渡金沙江》。7 月，红一、四方面军会师后，一方面军的干部团和四方面军的军事学校合并为中国工农红军大学，莫文骅任党总支书记，冯雪峰任高级班政治教员，后带领部分学员随右路军过草地，《通过草地》中的“M 同志”可能就是莫文骅。更重要的是，中央红军到达陕北后，冯雪峰调到陕北党校工作（1935 年 11 月至 1936 年 2 月），这期间他“完成《红军第一军团长征中经过地点及里程一览表》、《红军第一军团长征中所经之民族区域》、《红军第一军团长征所处环境一览表》、《红军第一军团长征中经过名山著水关隘封锁线表》，为红军长征留下了宝贵的资料。写《通过草地》”⑤。这四张附表被影印收入《冯雪峰全集》第 7 卷。需要注意的是，这四张表是冯雪峰编的，但很可能是童小鹏抄写的。

---

① 曙霞：《通过草地》，《二万五千里（珍藏本）》（下），第 617、619、624、625 页。

② 参见何志文《长征路上的诗人曙霞是冯雪峰吗?》，《红广角》2013 年第 1 期，第 31—32 页。

③ 冯雪峰：《在地狱或人世的作家?》，《冯雪峰全集》第 5 卷，人民文学出版社 2016 年版，第 28 页。

④ 冯雪峰：《小茅屋》，《冯雪峰全集》第 1 卷，人民文学出版社 2016 年版，第 140 页。

⑤ 冯烈、方馨未：《冯雪峰年谱》，《冯雪峰全集》第 12 卷，人民文学出版社 2016 年版，第 395 页。

结　　语

档案史料的解密，尤其是冯雪峰与党中央的电报往来，终于证实是他把《二万五千里》誊清手稿本从延安带到了上海。这提醒我们注意左联作家的另一种更重要的身份——革命者（地下工作者），而这种身份自 1980 年代“重写文学史”开始，逐渐被遮蔽，甚至被遗忘。因此，重返文学史现场，我们必须正视政治问题，虽然它是我们不愿谈及、不擅分析的问题。

此外，冯雪峰所写的两首诗体现了两种话语特征。反映农民的极端贫苦极易接通传统诗歌，而反映现代战争则需要使用现代的形式，于是前者是拟歌谣体，后者是自由体。“传统（民族）话语”和“现代话语”是左翼文艺所内生的问题，源于中共所领导的以农民为主体的现代性革命；1930 年代的左翼文学和革命回忆录是最初的尝试，而 1940 年代的“延安文艺”则是对这一问题第一次大规模的制度实践。

红色研学转型升级与革命老区乡村振兴之道
——以东江革命根据地红色文旅品牌为例

刘　涛[①]

摘　要：围绕东江革命根据地红色文旅发展思路问题，运用历史人类学与旅游学相结合的研究方法，深入考察东江革命根据地红色旅游发展存在的问题，分析其成因，提出相应的对策。从中发现，应根据东江革命根据地的历史地位，从全国层面出发，提出打造全国红色文旅精品的发展思路。根据东江革命根据地红色文旅的发展定位，提出相应的文旅精品发展策略，建议应重点进行文本分析，再现历史情境，还原族群互动过程，组织寓教于乐的活动。

关键词：红色研学；文旅品牌；历史情境；互动体验；族群互动

红色旅游资源的开发、保护与利用，重在活化。在活化红色旅游资源之前，需要深入了解革命史，据此提出行之有效的发展思路以及相应的发展策略。东江革命根据地是全国第一个苏维埃政权，红色旅游资源丰富，遍布粤赣闽三省，其以东江特委所在地潮州为中心，大南山作为东江特委两次驻地更是重中之重。然而，截止到目前，学术界关于东江革命根据地红色旅游资源的开发、保护与利用，大多停留在就某个行政区划内来探讨，尚无全面深入的系统考察，未能从全国高度来提出相应的对策，相关论述仍有深入探讨的空间。如张君芳《潮汕文化旅游开发研究》一文，述及汕头是周恩来、贺龙、叶挺曾经领导革命活动之地，却未提及汕头潮南区大南山曾是东江特委两度驻地，未述及东江革命根据地红色文旅发展可从大南山切入，打造全国红色旅游新高地[②]；杨晓英《潮汕文化旅游产业发展浅析》一文，未提东江红色旅游资源、汕头所辖大南山在东江革命史中的历史地位，所述周边梅州成为潮汕文化旅游发展的挑战，实则可根据历史上的

---

① 作者简介：刘涛（1985—　），男，福建漳平人，漳州市档案馆特约研究员，龙岩学院闽台客家研究院研究员，主要研究方向为历史人类学、红色文化。

② 参见张君芳《潮汕文化旅游开发研究》，中山大学 2004 年硕士学位论文，第 20 页。

东江革命根据地来整合红色旅游资源，通过资源互补，达到携手共进①；陈宁英《基于文旅融合的惠州红色文化发展对策浅析》一文，述及惠州东江红色旅游资源，却就惠州论惠州，未能从东江革命根据地视角出发，回到历史现场，据此提出再现东江革命根据地这一历史情境，形成东江红色文旅圈，打造共同的东江红色文旅精品②。

东江革命根据地红色旅游资源的开发、利用应树立东江革命根据地红色文旅发展思想，围绕中国共产党领导的第一个苏维埃政权这一历史地位，打造全国党员教育基地和全国红色旅游胜地。东江革命根据地红色文旅发展涉及革命史与地方史、旅游资源开发与游客服务，需要运用历史学、旅游学相结合的研究方法深入考察，提出东江红色文旅发展思路以及相应的发展策略，为红色文化研学文旅发展与革命老区乡村振兴提供参考与借鉴。

一、确定东江红色文旅发展思路

东江革命根据地红色旅游发展应加强文旅融合，应以东江革命根据地历史为基础，以学员与游客为导向，以活化红色旅游资源为目的，以大格局超越发展。

（一）回顾东江革命根据地历史发展阶段

目前红色旅游发展大多以资源为导向，根据红色旅游资源分布来规划旅游路线，实则犯了“先入为主”的错误。应以红色旅游发展地所在的革命历史为基础，以回到历史现场为诉求，以再现历史情境为目的。不能停留在传统的互动体验的层面，而应以寓教于乐为目的，精心设计策划文旅产品。要充分认识到学员与游客虽有不同，却要打通其“任督二脉”，取其共通点，加快红色旅游转型与升级。有些学员报名参加红色教育课程后，发现与此前参加或听闻的其他地方的红色教育课程大同小异，并无与众不同之处，只要完成课程即可结束。如此一来，谈何打造红色文旅精品？对于游客而言，抑或组织单位、公司团建，抑或组织亲友到此活动，除了风景与展陈内容不同外，并无其他众多亮点，吸引力不足，存在来了一次就不来的认识。如何解决这一问题？这就要从当地的小历史说起。因为历史可以借鉴，抑或可以借用，却无法抢走。

应根据东江革命根据地的范围，全面深入进行红色旅游资源普查。具体而言，应以潮汕为中心，向周边展开。要充分认识到这是由东江革命根据地的历史所决定的，又是当前打造全国第一苏维埃政权红色文旅精品所需要的。要做到围绕东江革命根据地，跳出东江革命根据地，深入考察，最终达到为东江革命根据地服务的目的。要做到全面认

---

① 参见杨晓英《潮汕文化旅游产业发展浅析》，《特区实践与理论》2014 年第 4 期，第 78—79 页。

② 参见陈宁英《基于文旅融合的惠州红色文化发展对策浅析》，《遵义师范学院学报》2021 年第 6 期，第 64—67 页。

识东江革命根据地的发展历程，既要对内还原其发展过程，展现其成就，总结其成功与经验教训，又要对外认识到与全国其他革命根据地的不同之处以及共同点，如此方能做到“人无我有，人有我优”，扬长避短，尽量避免红色文旅产品的同质化问题。

东江革命根据地自1927年11月至1931年春，历时三年余，其经历的三个历史阶段及其取得的主要革命成就分述如下。

其一，东江革命根据地始创阶段，自1927年11月至1928年5月，在此期间，首次实践了中共中央提出的建立工农苏维埃政权的口号，建立了全国第一个苏维埃政权，随后建立了全国第一批苏维埃县级政府。主要涉及海丰、陆丰、普宁、惠来、五华、大埔、梅县、兴宁等县，红军主力转入潮阳、普宁、惠丰三县交界的大南山，开辟大南山革命根据地，主要历史名人以彭湃为代表。

其二，东江革命根据地恢复与发展阶段，自1928年夏至1930年5月，在此期间，于五华、丰顺、揭阳三县交界的八乡山重建东江特委机关，创建革命根据地，召开东江第一次党代表大会、东江第一次工农兵代表大会，正式成立东江苏维埃政府，建立东江革命委员会，组建中国工农红军第十一军。发布与施行的相关法令有《土地政纲》《十大纲领》《土地法令》《劳动法令》《妇女法令》等。主要涉及寻邬、龙川、梅县、兴宁、五华、丰顺、大埔、潮安等县，主要历史名人有毛泽东、朱德、古大存等人。

其三，东江革命根据地鼎盛阶段，自1930年夏至1931年春，主要形成八个较为巩固的区域：“揭（阳）、丰（顺）、（五）华；梅（县）、大（埔）、丰（顺）；五（华）、兴（宁）、龙（川）；蕉（岭）、平（远）、寻（邬）；饶（平）、（平）和、（大）埔、诏（安）；潮（阳）、普（宁）、惠（来）；海（丰）、陆（丰）、惠（阳）、紫（金）；陆（丰）、惠（来）苏区。”①

（二）提出东江革命根据地红色旅游发展策略

东江革命根据地三个发展阶段要以哪个发展阶段为主？

这就陷入了两难的境地。对于东江革命根据地所在地而言，需要全面再现其发展历程。东江革命根据地涉及地域范围广，红色旅游资源星罗棋布，涉及历史人物众多，如此一来，就要置身于广阔的时空当中，既要还原东江革命根据地始创阶段，又要探索东江革命根据地恢复与发展阶段，更要全面再现东江革命根据地鼎盛阶段，似乎缺一不可。然而，对于游客而言，却着意其主要特色，走其精华路线。例如，面对东江革命根据地的历史，大多停留在“天上雷公，地上海陆丰”的认识阶段，局限于以彭湃为代表的历史人物认识层面；而面对东江革命根据地的众多红色景点，大有望洋兴叹之感。因此，在实际规划过程中，不能“眉毛胡子一把抓”，只能重点突出，无法做到面面俱到。

围绕东江革命根据地三个发展阶段，应采取重点突出、串珠成线、优势互补的发展

① 杨绍练：《试论东江革命根据地的政权建设》，《广东社会科学》1987年第3期，第14页。

策略。之所以要重点突出，缘于以此方能引人入胜，让游客眼前一亮。与全国其他革命根据地相比，东江革命根据地最大的优势在于其先行先试，建立了全国第一个苏维埃政权。人们一般首先关注“第一”，例如状元、会元、解元等，故应强调其“第一”之地位。

然而，仅靠全国第一个苏维埃政权这一金字招牌仍然不够，因此需要还原其历史规模，揭示其历史影响。如此就要再现东江革命根据地鼎盛阶段的八个苏区，即将东江革命根据地“揭丰华”“梅大丰”“五兴龙”“蕉平寻”“饶和埔诏”“潮普惠”“海陆惠紫”“陆惠”等八个苏区串珠成线，制订旅游路线。上述八个苏区涉及广东、江西、福建三省，需要突破众多行政区划壁垒，似乎难以执行。但要打造全国第一个苏维埃政权红色文旅精品，就必须再现其历史情境。东江行政文化具有其独特内涵与特征①，但当时历史条件即可超越原有的行政区划之分，时至今日，抱团合作、借力给力、优势互补，又何尝不可？且八个区域名字新颖，对游客有吸引力。除了再现八个苏区外，还要与中央根据地、中央苏区连成一片，即以东江革命根据地为中心，与中央苏区旅游打成一片。

具体到实际运作当中，又要采取优势互补的策略，即采取“人无我有，人有我优”的方法重点突出。例如，东江革命根据地创始阶段应采取山城结合的方式，以彭湃以及大南山为代表，主要还原彭湃领导、发动革命的历史情境，再现当年红军主力转入大南山、开辟大南山革命根据地的历史过程。东江革命根据地恢复与发展阶段涉及的八乡山，应以古大存为主线，还原其建立八乡山革命根据地的历史情境，再现其参与成立东江苏维埃政府、建立红十一军以及担任军长的历史情境。东江革命根据地鼎盛阶段，应再现东江革命根据地发展盛况，八个苏区当中重叠的丰顺、五华、大埔、陆丰等四县应作为主要开发对象。

只有充分认识革命历史各发展阶段，总结其发展特点，方能理清红色旅游发展思路。红色旅游要做大做强，关键在于站位问题，应立足当地，面向全国。不能停留在以往的就红色建筑论红色建筑，而是要围绕红色建筑，跳出红色建筑的传统认识范围，深入研究，转化研究成果，盘活红色资源业态，最终达到为红色旅游服务的目的。

二、策划红色文旅精品

促进红色文旅发展，要制定红色文旅发展纲要，策划红色文旅精品。要制定东江革命根据地红色文旅精品标准，再现历史情境，沉浸式互动体验，寓教于乐。应通过提升红色文旅学员培训课程水平，提升游客服务水平，促进红色资源整合与转型、升级。

---

① 参见张菊梅《浅析东江行政文化的内涵与特征》，《惠州学院学报》（社会科学版）2009年第5期，第9—12页。

（一）学员培训课程体验项目

以往红色旅游课程大多未能结合所在革命根据地历史，讲好自身的红色故事，演绎自身的红色故事，导致出现千篇一律的现象。在展陈设计方面，以说教为主，即大面积展陈历史图片、实物，辅以灯光、音响效果，未能真正达到穿越时空的体验，未就一些问题进行思考。应寻找合适的切入点，如以往认识土地革命战争时期反对“族权”，然而，邓子恢却在中央苏区“红都”瑞金请毛泽东为其福建龙岩东肖故里邓氏宗祠题词，如此冲突的认识，自然激发人们的兴趣，但是迄今龙岩红色旅游开发却未能运用到实际当中。① 就东江革命根据地红色旅游发展而言，尚需提出其红色文旅发展亮点。

设计学员课程，推动红色文旅项目开展，促进红色文旅发展。围绕东江革命根据地的独特性，活化展陈内容，组织互动体验，以再现苏维埃政权所处的历史情境。可将学员分成三组，以苏维埃政权为一组，以工人、农民、红军战士为一组，以陈铭枢、陈济棠等广东军阀为另一组，进行角色扮演。具体而言，苏维埃政权方面，根据苏维埃政府机构分工，结合自身要求做好工作。如调查委员会，负责搜集其时土地与人口调查史料、搜集情报情况史料，进行分享与解读；组织班级学员体验搜集扮演陈铭枢、陈济棠一方的情报，深入苏维埃政权所在聚落，调查当地土地与人口情况。经济委员会，负责搜集其时计划生产情况史料、组织合作社史料，进行分享并解读；组织班级学员参与历史上合作社生产、销售、服务体验，为当地企事业发展出谋划策。裁判委员会，负责搜集其时法律法规史料、裁决民事案件史料、处理犯人史料，进行分享并解读；组织班级学员举行法律知识竞赛，并进行评估。文化委员会，负责搜集其时开办学校、宣传教育情况史料，进行分享并解读；负责学员所在班级的宣传，开设讲座。土地委员会，负责搜集其时调查与处理分配土地情况史料，进行分享并解读；组织班级学员参加苏维埃政权所在地聚落义务劳动。军事委员会，负责搜集其时战争部署情况史料、扩大红军与赤卫队等兵源情况史料，进行分享并解读；组织班级学员的军事训练、射击比赛，并进行评估。粮食委员会，负责搜集其时粮食生产与储备情况史料，进行分享并解读；安排班级学员的餐饮，组织班级学员厨艺比赛，并进行评估。建设委员会，负责搜集筹划建设项目、举办公益事业情况史料，进行分析并解读；组织班级学员的活动体验项目设计、开展，在当地举办公益活动，并进行评估。劳动委员会，负责搜集其时调查处理劳动群众切身利益的情况史料，进行分析并解读；组织班级学员的集体劳动，保证卫生达标，并进行评估。采取轮值主席制度，从上述委员会负责人中竞争选出优秀者，体验做一天主席。

修订学员教材，搜集正面与反面案例，组织相关体验。东江革命根据地生活着大量

---

① 参见刘涛《毛泽东在瑞金为苏区邓氏宗祠题词背后的故事》，冉绵惠、李茂主编《全国苏区精神与老区振兴学术研讨会论文集》，四川人民出版社 2021 年版，第 72—84 页。

客家人①，东江红色文化与地方文化、族群历史密不可分，形成的精神、气度、意识、气概对东江革命开展发挥了积极的作用②。事实上，东江苏维埃八个较为巩固的区域涉及清代潮州、惠州、嘉应州、赣州、漳州等地，既有福佬民系，又有客家民系，即生活着潮汕人、客家人、闽南人。可组织学员探讨八个苏区的农民如何参与支持革命，分析隶属漳州的平和、诏安两县缘何与饶平、大埔共同形成同一区域。平和、诏安既有闽南人，又有客家人，饶平、大埔为客家县，可组织方言学习体验、竞赛。革命斗争精神既与红色革命有关，又与其族群历史上抗争封建王朝统治有关，可再现打土豪、分田地、枪毙侵吞公款的赤卫队员③等历史情节。还原八乡山开办党政干部训练班、大南山党员训练班历史情景，组织学习研讨体验，举行知识竞赛。设计军事体验项目，组建红二师、红四师、红十一军，组织攻打海陆丰县城、反"清剿"、梅县畲坑暴动等战事情景体验。根据海丰县苏维埃成立的海陆劳动银行，借用"南丰织造厂银票"加盖印章作为"本币"流通使用的史实④，可在学员学习期间，将人民币兑换成"本币"，运用到消费体验中，切身体验东江革命根据地金融文化。

（二）游客体验内容

红色旅游资源开发方面，应树立以提升游客服务水平，倒逼红色资源开发与利用的思想意识。将东江革命根据地历史人物、历史建筑、历史事件、相关战事、特殊群体融入其中，如大南山、八乡山以及彭湃、古大存、东江特委、八个苏区、红十一军，强调全国第一个苏维埃政权的历史地位，制作成主题学习用品、主题生活用品等特色伴手礼。多维视角塑造东江革命根据地红色文旅IP，建构东江革命根据地红色文旅文化符号，探究革命根据地营造手法，拍摄主题抖音、微电影、电视剧等，创作戏曲、歌曲、舞蹈、诗文、书画、小说、散文、民间故事、绘本等，组织相关赛事。分别前往八个苏区举行东江革命根据地主题学术研讨会，促使相关城市再续前缘，结成对子。打造东江革命历史文化保护区，兴建海陆丰、大南山、八乡山展示区以及大南山交流区，扩大交流与合作。激发游客对东江革命根据地机构运转、工农兵生活、百姓日常生活的兴趣，如全国第一个苏维埃政权如何建立，曾做过哪些努力，进行了哪些艰难探索；组织了哪些建设

---

① 参见张卫波、王瑞《东江文化与东江革命根据地的历史传统》，《惠州学院学报》（社会科学版）2010年第1期，第23—24页。

② 参见徐旭阳《试论东江红色文化的内涵与特色》，《惠州学院学报》（社会科学版）2011年第2期，第11—14页。

③ 参见杨绍练《试论东江革命根据地的政权建设》，《广东社会科学》1987年第3期，第15、17—18页。

④ 参见欧大军《东江革命根据地的财政金融业》，《华南师范大学学报》（社会科学版）2001年第3期，第86页。

措施，如红军战士分到土地后如何耕作土地①；东江妇女如何参加革命。

特色餐饮方面，分历史名人系列、大会系列、工农兵系列等打造东江革命根据地主题餐饮精品，可搜集史料，考证其细节部分，结合当今口味，融入地方特色，推陈出新。讲活红色餐饮故事，举办特色餐饮品鉴会，组织餐饮制作比赛。研发特色餐饮，如石刻标语主题餐饮、东江特委与潮汕抗日游击队司令部以及红军医院等机构的系列餐饮。以红军医院为例，可开发营养餐、药膳等产品。

针对游客服务，力主打造“新、奇、特”红色文旅精品，体验独一无二的红色故事。特色餐饮方面，制作主题菜谱，分成历史名人系列、大会系列、工农兵系列。东江历史名人以彭湃、古大存为代表，东江革命委员会主席团成员以毛泽东、朱德为代表，打造东江革命根据地主题餐饮精品。以东江特委所在地八乡山、大南山为中心，结合东江革命根据地范围内的土特名产，融入革命人物及其事迹。讲活红色餐饮故事，举行特色餐饮品鉴会，组织餐饮制作比赛。制作东江特委、东江第一次工农兵代表大会、东江第一次党员代表大会等系列餐饮。具体而言，可搜集史料来源，考证其细节部分，结合当今口味，融入地方特色，推陈出新。研发特色餐饮，如石刻标语主题餐饮、东江特委与潮汕抗日游击队司令部以及红军医院等机构系列餐饮，以红军医院为例，可开发营养餐、药膳等。

游览过程方面，可根据东江革命根据地开展革命日常生活体验、革命战事体验、革命斗争体验，体验东江革命根据地老百姓自己的故事、大事要事、奇闻趣事。除了传统的穿着红十一军军服体验外，还可围绕红十一军军服，组织印染体验、纺纱织布体验。围绕海陆丰劳动银行纸币“本币”，组织相关纸币常识竞赛、制作体验。围绕大南山石匠镌刻标语历史事迹②，制作相关石刻伴手礼，组织石刻体验，组织相关标语竞赛。上述特色活动，均可将其过程进行延伸，如组织相关诗文、绘画、摄影体验等主题赛事。围绕大南山、八乡山，除了传统的深入乡村田间，体验特色农事活动外，还可体验红二师、红四师、红十一军操练比赛，体验相关战事以及“打土豪、分田地”等斗争体验。根据东江妇女“直接参军参战”“组成壮丁队、自卫队、救护队、慰劳队、战时服务队等支援前线”③ 的史实，情景再现东江妇女“巾帼不让须眉”的革命义举，组织女性游客体验相关历史情节。根据东江革命根据地保护林业的史实，组织植树造林、树木认养等活动。涉及中央红色交通线的大埔，应活化展陈内容，将食盐、弹药运输融入互动体验情节，

---

① 参见王明前《东江革命根据地的土地革命》，《广东技术师范学院学报》（社会科学）2013 年第 4 期，第 52—54 页。

② 参见杨绍练《试论东江革命根据地的政权建设》，《广东社会科学》1987 年第 3 期，第 17 页。

③ 肖红松、杨学新：《挖掘东江革命文化内涵，推进东江文化研究》，《惠州学院学报》（社会科学版）2010 年第 2 期，第 11 页。

让游客参与其中。具体操作过程中，应采取三部曲原则加以推进。首先，应引导鼓励游客参与其中，以特色奖品作为激励，特色奖品以主题伴手礼或相关景区景点门票为主，既可激发游客兴趣，又可促使游客再次消费；或可从主题竞赛胜出的幸运游客当中选出。其次，叙事情节应穿越时空，既要辅以相关服装、道具，又要营造历史情境氛围，使人身临其境，让人流连忘返，意犹未尽。最后，活动结束后，再馈赠伴手礼。相关活动制订时间表，择期举行相应的活动，达到淡季不淡的效果。根据东江赤石圩集市买卖在苏维埃恢复前，每逢赴圩日仅有千余人，而自苏维埃恢复以来每日均有千余人甚至两千人的史实①，再现集市历史场景，组织文博工作者销售特色伴手礼，组织乡民销售土特产品。具体操作，可通过再现东江革命根据地重要历史情境，辅以非物质文化遗产体验活动，以互动科技的方式，吸引游客参与体验，刺激消费。

结　语

第一，东江革命根据地红色旅游发展方兴未艾，应回到历史现场，从其时所处的历史情境出发，整合历史范围内的红色旅游资源，串珠成线，抱团合作，借力给力，共同发展。当然，东江革命根据地红色旅游发展亦要主次分明，应以东江特委两度驻地大南山为中心，结合八乡山，与闽粤赣周边东江革命根据地势力范围连线，共同打造东江革命根据地红色文旅精品，形成东江革命根据地红色文旅旅游圈。

第二，东江革命根据地红色文旅发展应跳出传统的认识范围，如停留在某地或某区域红色旅游资源认识层面，而应从东江革命根据地范围出发，由广东南方红色文化研究院牵头，通过与福建、江西相关历史文化研究机构合作，共同推动学术研究成果转化，为区域社会发展服务。应充分认识到东江革命根据地的特殊性，其具有多个族群，却能够一同革命，而周边的闽西革命根据地、赣南革命根据地则是客家人参与，应重新审视东江革命根据地相关历史人物族群的身份认同。

第三，新时期东江革命根据地红色文旅发展研究应在历史研究的基础上，结合旅游学研究方法，转化学术研究成果，促进文旅融合。应从思想政治教育、社会经济建设、品牌文化传播三方面出发，开展红色文旅，促进可持续发展。应重点进行文本分析，重写东江革命史。应根据区域社会的历史变迁，讲好、演活红色故事，促进红色文旅高质量发展。既要回到历史现场，又要置身于更广阔的时空深入考察。既要围绕东江，又要跳出东江，深入研究东江革命根据地，最终达到为东江流域社会发展服务的目的。

---

① 参见王明前《东江革命根据地苏维埃政权建设和财政经济研究》，《清远职业技术学院学报》2014年第1期，第13页。

编 后 记

本辑是2025年第1期，总第5辑。这一辑文学艺术研究方面的成果较多，占了三分之二的篇幅，也反映了自身以“文艺”研究为先导和主体的红色文化研究特色。

较之以往各辑，本辑更为重视史料的发掘、搜集、整理和考辨。这方面的文章主要有天津师范大学博士生导师刘卫东教授的《孙犁与丁玲交往述考》，湖北省社会科学院研究员、姚雪垠研究专家吴永平先生的《新发现姚雪垠早年描写土匪生活的短篇小说〈露水夫妻〉》，中国茅盾研究会副会长赵思运教授和浙江传媒学院副教授韩金玲合写的《荣一农致茅盾信释读及其他》，河北师范大学副教授原帅和讲师贺紫钰合写的《长征回忆录〈二万五千里〉的传送与“曙霞”的身份考证研究》。此外，这方面的文章本来还有天津大学马克思主义学院博士生导师秦立海教授等所作《1928年中共六大代表往返莫斯科参会路线研究》一文，已排好版，因相关规制而临时撤稿，在此特向秦教授致歉。史料是人文科学研究的基础，史料类文章或许不似理论阐发类文章那样有锋芒，那样有冲击力，但扎实可靠的史料搜集和整理能够为后来学者的研究提供新的思路和依据，有价值的史料文章可能更有持久意义。

中国艺术研究院的鲁太光研究员和张元珂研究员长期从事红色文学研究。本辑分别发表了他们研究农业合作题材和抗美援朝题材作品的成果。所发陕西师范大学两位青年学者魏欣怡的《“十七年”陕西批评家的红色文学批评及其理论构建》和童一菲的《20世纪50年代陕西文艺界的“现实主义”探索》的共同点是研究“十七年”时期陕西的文艺理论争论和探索。虽然那个年代被称为“一体化”时期，但各地的文艺工作者对主流理论体系会有不同的理解和阐释，这不失为研究特定年代文艺的一种新思路，或许会有更多学术生长点被发现。

丁玲、赵树理和孙犁是解放区文学的代表性作家。本辑所发河北大学宋宇副教授等的《〈重逢〉：抗敌故事的“剧场版”书写与“成长式”叙述》、西安外事学院杜睿副教授的《巫神之制与文学空间的精神认同》、陕西师范大学博士生于浩男的《生命体验与孙犁延安时期抗战叙事特质的生成》各有特色：宋宇等研究的是丁玲不太被研究者关注的剧作，杜睿对赵树理小说的语言予以细化分析阐释，于浩男重点研究孙犁叙事特质生成与其特定生命体验的关系。辽宁师范大学王平教授等的文章发现了冯德英的《苦菜花》对“革命加恋爱”叙事模式的借用与突破。研究20世纪50—70年代抗战题材作品的成果虽已有很多，但重庆师范大学王欢副教授的研究专门聚焦其中的儿童题材小说，别开生面。

毛泽东思想是老一辈无产阶级革命家集体智慧的结晶，毛泽东文艺思想亦然。李志宏先生的文章以抗战时期朱德的文艺思想及其在太行山根据地的实践为研究对象，为读者提供了理解毛泽东文艺思想的形成与实践的新维度。黄药眠先生是老一辈的马克思主义文艺理论家，南宁师范大学程志军副教授的文章考察黄先生抗战时期的文艺观，为我们理解这一代文艺理论工作者的思想历程提供了借鉴。

本辑“红色新闻与传播研究”栏目所发河北大学博士生导师赵然教授的文章以“媒介生态学”为视角，研究红色文化的网络传播，并提出对策建议；淮北师范大学杜强老师的文章抓住具体个案，即《新华日报》对宜昌抗战的宣传报道，探索总结出国统区中共党报对正面战场报道的策略；延安大学侯业智副教授则专门分析“长城图像”，从中透视中国共产党的抗战话语如何通过视觉方式传播。这组文章值得一读。

红色历史与文化传承研究方面，龙岩学院刘涛研究员的文章以东江革命根据地红色文旅品牌为例，探讨红色研学转型升级与革命老区乡村振兴之道，选题体现地域特色。

本辑还发表了湖北省社会科学院原党组书记、院长曾成贵研究员论述马克思主义在中国传播的长篇论文的后半部分。读过前半部分的读者，于此可见全璧。